第一一册　大乘經　般若部（一一）

大般若波羅蜜多經
唐三藏法師玄奘奉　詔譯

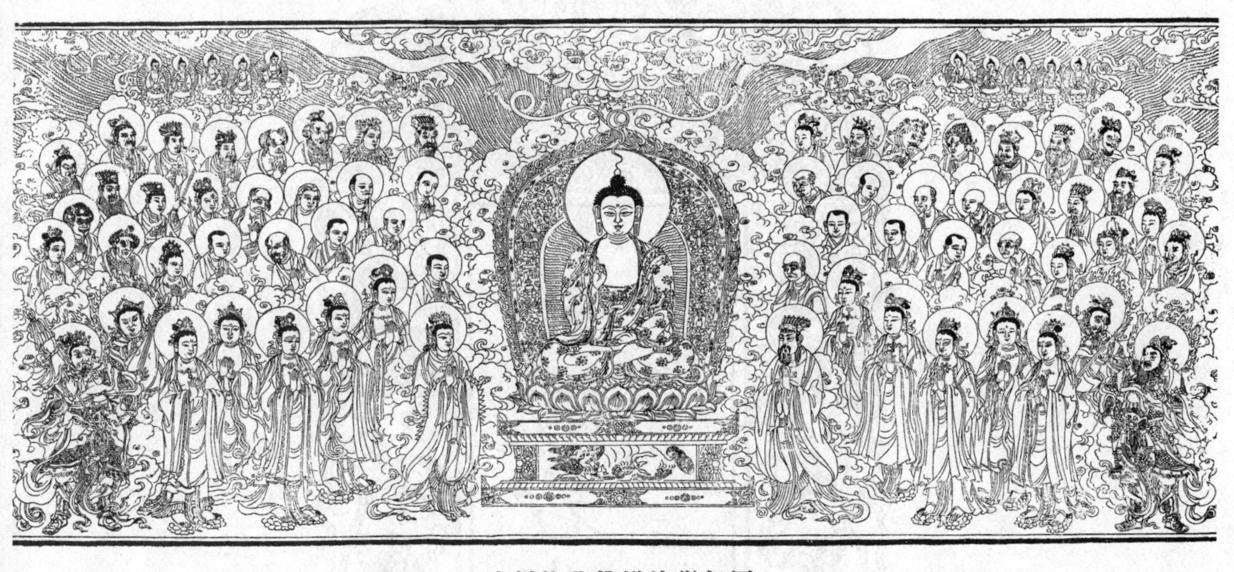

清刻龍藏佛說法變相圖

大般若波羅蜜多經卷第四百六十一

唐三藏法師玄奘奉　詔譯

第二分巧便品第六十八之二

爾時具壽善現復白佛言世尊佛說菩薩摩訶薩應於般若波羅蜜多常勤修學耶佛告善現如是如是我說菩薩摩訶薩應於般若波羅蜜多常勤修學善現若菩薩摩訶薩欲於諸法得大自在當學般若波羅蜜多所以者何甚深般若波羅蜜多具大勢力令諸菩薩摩訶薩衆於一切法得自在故善現當知甚深般若波羅蜜多是諸善法所趣向門譬如大海是一切水所趣向門是故善現若聲聞乘補特伽羅若獨覺乘補特伽羅若菩薩乘補特伽羅皆應於此甚深般若波羅蜜多常勤修學善現諸菩薩摩訶薩於此般若波

羅蜜多勤修學時應於布施波羅蜜多乃至靜慮波羅蜜多亦常修學應於內空乃至無性自性空亦常安住應於眞如乃至不思議界亦常安住應於苦集滅道聖諦亦常安住應於四念住乃至八聖道支亦常修學應於四靜慮四無量四無色定亦常修學應於八解脫乃至十遍處亦常修學應於空無相無願解脫門亦常修學應於菩薩摩訶薩地亦常修學應於一切陀羅尼門三摩地門亦常修學應於五眼六神通亦常修學應於如來十力乃至十八佛不共法亦常修學應於無忘失法恒住捨性亦常修學應於一切智道相智一切相智亦常修學應於一切菩薩摩訶薩行亦常修學應於諸佛無上正等菩提亦常修學應於一切智智亦常修學善現如

善射人甲冑堅固弓箭如意不懼怨敵諸菩薩摩訶薩亦復如是攝受般若波羅蜜多方便善巧備諸功德一切魔軍外道異論所不能屈是故善現若菩薩摩訶薩欲疾證得一切智智應勤修學甚深般若波羅蜜多善現若菩薩摩訶薩能於般若波羅蜜多常勤修學便爲十方無量無數無邊世界諸佛世尊常共護念具壽善現白言世尊云何菩薩摩訶薩常勤修學甚深般若波羅蜜多便爲十方無量無數無邊世界諸佛世尊常共護念佛告善現若菩薩摩訶薩能於般若波羅蜜多常勤修學則能修行布施波羅蜜多乃至修行一切智智由此十方無量無數無邊世界諸佛世尊常共護念具壽善現復白佛言是菩薩摩訶薩云何修行布施波羅蜜多乃

至修行一切智智便爲十方無量無數無邊世界諸佛世尊常共護念佛告善現是菩薩摩訶薩修行布施波羅蜜多時觀布施波羅蜜多不可得乃至修行一切智智時觀一切智智不可得故爲十方無量無數無邊世界諸佛世尊常共護念復次善現如是十方無量無數無邊世界諸佛世尊如色不可得故常共護念是菩薩摩訶薩如受想行識不可得故常共護念是菩薩摩訶薩乃至如一切智智不可得故常共護念是菩薩摩訶薩復次善現如是十方無量無數無邊世界諸佛世尊不以色故常共護念是菩薩摩訶薩不以受想行識故常共護念是菩薩摩訶薩乃至不以一切智智故常共護念是菩薩摩訶薩具壽善現復白佛言諸菩薩摩訶薩雖多處學而無所學佛告善現如是如是諸菩薩摩訶薩雖多處學而無所學所以者何實無有法可令菩薩摩訶薩衆於中修學具壽善現復白佛言世尊爲諸菩薩摩訶薩或略或廣宣說六種波羅蜜多相應之法若菩薩摩訶薩欲疾證得一切智智於此六種波羅蜜多相應法教若略若廣皆應聽聞受持讀誦究竟通利既通利已如理思惟既思惟已審正觀察正觀察已令心心所於所緣相皆不復轉佛告善現如是如是如汝所說復次善現諸菩薩摩訶薩於佛世尊所說六種波羅蜜多相應法教若略若廣勤修學時應於諸法如實了知略廣之相具壽善現白言世尊云何菩薩摩訶薩於一切法如實了知略廣之相佛告善現若菩薩摩訶薩如實了知色

真如相受想行識真如相如實了知眼處真如相乃至意處真如相如實了知色處真如相乃至法處真如相如實了知眼界真如相乃至意界真如相如實了知色界真如相乃至法界真如相如實了知眼識界真如相乃至意識界真如相如實了知眼觸真如相乃至意觸真如相如實了知眼觸爲緣所生諸受真如相乃至意觸爲緣所生諸受真如相如實了知地界真如相乃至識界真如相如實了知因緣真如相乃至增上緣真如相如實了知無明真如相乃至老死真如相如實了知布施波羅蜜多真如相乃至般若波羅蜜多真如相如實了知內空真如相乃至無性自性空真如相如實了知苦聖諦真如相集滅道聖諦真如相如實了知四念住真如相乃至八聖道支真如相如實了知四靜慮真如相四無量四無色定真如相如實了知八解脫真如相乃至十遍處真如相如實了知空解脫門真如相無相無願解脫門真如相如實了知淨觀地真如相乃至如來地真如相如實了知極喜地真如相乃至法雲地真如相如實了知一切陀羅尼門真如相一切三摩地門真如相如實了知五眼真如相六神通真如相如實了知如來十力真如相乃至十八佛不共法真如相如實了知三十二大士相真如相八十隨好真如相如實了知無忘失法真如相恒住捨性真如相如實了知一切智真如相道相智一切相智真如相如實了知預流果真如相乃至獨覺菩提真如相如實了知一切菩薩摩訶薩行真如

相諸佛無上正等菩提眞如相如實了知一切智智眞如相是菩薩摩訶薩於一切法如實了知略廣之相具壽善現白言世尊云何色眞如相受想行識眞如相乃至云何一切智智眞如相諸菩薩摩訶薩如實了知當於中學於一切法如實了知略廣之相佛告善現色眞如無生無滅亦無住異而可施設是名色眞如相受想行識眞如無生無滅亦無住異而可施設是名受想行識眞如相乃至一切智智眞如無生無滅亦無住異而可施設是名一切智智眞如相諸菩薩摩訶薩如實了知當於中學於一切法如實了知略廣之相復次善現若菩薩摩訶薩如實了知色實際相受想行識實際相乃至如實了知一切智智實際相是菩薩摩訶薩於一切法如實了知略廣之相具壽善現白言世尊云何色實際相受想行識實際相乃至云何一切智智實際相諸菩薩摩訶薩如實了知而於中學於一切法如實了知略廣之相佛告善現無色際是名色實際相無受想行識際是名受想行識實際相乃至無一切智智際是名一切智智實際相諸菩薩摩訶薩如實了知當於中學於一切法如實了知略廣之相復次善現若菩薩摩訶薩如實了知色法界相受想行識法界相乃至如實了知一切智智法界相是菩薩摩訶薩於一切法如實了知略廣之相具壽善現白言世尊云何色法界相受想行識法界相乃至云何一切智智法界相諸菩薩摩訶薩如實了知而於中學於一切法如實了知略廣之相佛告善現色

如虛空無障無礙無生無滅無斷無續而可施設是名色法界相受想行識如虛空無障無礙無生無滅無斷無續而可施設是名受想行識法界相乃至一切智智如虛空無障無礙無生無滅無斷無續而可施設是名一切智智法界相諸菩薩摩訶薩如實了知當於中學於一切法如實了知略廣之相具壽善現白言世尊諸菩薩摩訶薩復云何應知一切法略廣之相佛告善現若菩薩摩訶薩如實了知一切法不合不散是菩薩摩訶薩應如是知一切法略廣之相具壽善現白言世尊何等一切法不合不散佛告善現色不合不散受想行識不合不散眼處乃至意處不合不散色處乃至法處不合不散眼界乃至意界不合不散色界乃至法界不合不散眼識界乃至意識界不合不散眼觸乃至意觸不合不散眼觸爲緣所生諸受乃至意觸爲緣所生諸受不合不散地界乃至識界不合不散因緣乃至增上緣不合不散無明乃至老死不合不散貪欲瞋恚愚癡不合不散欲界色界無色界不合不散布施波羅蜜多乃至般若波羅蜜多不合不散内空乃至無性自性空不合不散眞如乃至不思議界不合不散苦集滅道聖諦不合不散四念住乃至八聖道支不合不散四靜慮四無量四無色定不合不散八解脱乃至十遍處不合不散空無相無願解脱門不合不散淨觀地乃至如來地不合不散極喜地乃至法雲地不合不散一切陀羅尼門三摩地門不合不散五眼六神通不合不散如來十力乃至十八

佛不共法不合不散三十二大士相八十隨好不合不散無忘失法恒住捨性不合不散一切智道相智一切相智不合不散預流果乃至獨覺菩提不合不散一切菩薩摩訶薩行不合不散諸佛無上正等菩提不合不散一切智智不合不散有爲界不合不散無爲界不合不散所以者何如是諸法皆無自性若無自性則無所有若無所有則不可說有合有散諸菩薩摩訶薩於一切法如是了知則能了知略廣之相具壽善現白言世尊如是名爲略攝一切波羅蜜多諸菩薩摩訶薩若於中學能多所作世尊如是略攝波羅蜜多初修業菩薩摩訶薩於中應常修學乃至住第十地菩薩摩訶薩亦於中應常修學世尊若菩薩摩訶薩學此略攝波羅蜜多於一切法能如實知略廣之相佛告善現如是如是如汝所說善現當知如是略攝波羅蜜多法門諸菩薩摩訶薩利根者能入鈍根者不能入等利根者能入非等利根者不能入勤精進者能入不勤精進者不能入具正念者能入不具正念者不能入具妙慧者能入具惡慧者不能入善現若菩薩摩訶薩欲住不退轉地當勤方便入此法門若菩薩摩訶薩乃至欲住第十地當勤方便入此法門若菩薩摩訶薩乃至欲得一切智智當勤方便入此法門善現若菩薩摩訶薩如此般若波羅蜜多所說而學是菩薩摩訶薩則能隨學布施波羅蜜多乃至般若波羅蜜多亦能隨學內空乃至無性自性空亦能隨學眞如乃至不思議界亦能隨學苦集滅道聖諦亦能隨

學四念住乃至八聖道支亦能隨學四靜慮四無量四無色定亦能隨學八解脫乃至十遍處亦能隨學空無相無願解脫門亦能隨學諸菩薩地亦能隨學一切陀羅尼門三摩地門亦能隨學五眼六神通亦能隨學如來十力乃至十八佛不共法亦能隨學無忘失法恒住捨性亦能隨學一切智道相智一切相智亦能隨學一切菩薩摩訶薩行亦能隨學諸佛無上正等菩提亦能隨學一切智智善現若菩薩摩訶薩如如依止甚深般若波羅蜜多所說而學是菩薩摩訶薩如是如是轉近所求一切智智善現若菩薩摩訶薩如此般若波羅蜜多所說而學是菩薩摩訶薩所有業障及諸魔事隨起即滅是故善現若菩薩摩訶薩欲疾滅除一切業障及諸魔事欲正攝受巧方便力當學般若波羅蜜多復次善現若時菩薩摩訶薩行此般若波羅蜜多修此般若波羅蜜多習此般若波羅蜜多是時菩薩摩訶薩便為十方無量無數無邊世界諸佛世尊現說法者常共護念所以者何善現過去未來現在諸佛無不皆從甚深般若波羅蜜多而出現故是故善現若菩薩摩訶薩能行般若波羅蜜多當作是念過去未來現在諸佛所證得法我亦當得如是善現諸菩薩摩訶薩應勤修學甚深般若波羅蜜多若勤修學甚深般若波羅蜜多疾能證得一切智智是故善現諸菩薩摩訶薩常應不捨甚深般若波羅蜜多相應作意修行般若波羅蜜多復次善現若菩薩摩訶薩於此般若波羅蜜多如實修行經彈指頃所獲福

聚其量甚多假使有人敎化三千大千世界一切有情皆令安住布施淨戒安忍精進靜慮般若或令安住解脱及解脱知見或令安住預流果乃至獨覺菩提是人雖得無量福聚而猶不及如實修行甚深般若波羅蜜多經彈指頃所獲福聚何以故善現如是般若波羅蜜多能生一切布施淨戒安忍精進靜慮般若波羅蜜多能生一切解脱及解脱知見能生一切預流果乃至獨覺菩提現在十方無量無數無邊世界諸佛世尊無不皆由甚深般若波羅蜜多而得出現過去未來諸佛亦爾復次善現若菩薩摩訶薩能不遠離甚深般若波羅蜜多相應作意修行般若波羅蜜多經須臾頃或經半日或經一日或經半月或經一月或經一時或經一歲或經百歲若復過此是菩薩摩訶薩所獲福聚其量甚多勝敎十方各如殑伽沙等世界一切有情皆令安住布施淨戒安忍精進靜慮般若或令安住解脱及解脱知見或令安住預流果乃至獨覺菩提所獲功德所以者何由此般若波羅蜜多出生過去未來現在諸佛世尊爲諸有情如實施設布施淨戒安忍精進靜慮般若波羅蜜多如實施設解脱及解脱知見如實施設預流果乃至獨覺菩提如實施設諸佛無上正等菩提故此福聚勝過於彼復次善現若菩薩摩訶薩如深般若波羅蜜多所設而住當知是菩薩摩訶薩不復退轉常爲諸佛之所護念成就最勝方便善巧已曾親近供養無量百千俱胝那庾多佛於諸佛所已種無量微妙善根已爲無量眞善

知識之所攝受已久修習布施波羅蜜多乃至般若波羅蜜多已久安住內空乃至無性自性空已久安住眞如乃至不思議界已久安住苦集滅道聖諦已久修習四念住乃至八聖道支已久修習四靜慮四無量四無色定已久修習八解脫乃至十遍處已久修習空無相無願解脫門已久修習諸菩薩地已久修習一切陀羅尼門三摩地門已久修習五眼六神通已久修習如來十力乃至十八佛不共法已久修習一切智道相智一切相智已久修習一切菩薩摩訶薩行已久修習諸佛無上正等菩提已久修習一切智智當知是菩薩摩訶薩住童眞地一切所願無不滿足常見諸佛無時暫捨於諸善根恒不遠離常能成熟所化有情常能嚴淨所居佛土從一佛國趣一佛國供養恭敬尊重讚歎諸佛世尊聽受修行無上乘法當知是菩薩摩訶薩已得無斷無盡辯才已得微妙陀羅尼法成就最上微妙色身已得諸佛授圓滿記於隨所樂爲度有情受諸有身已得自在當知是菩薩摩訶薩善入所緣善入行相善入字法善入非字法善入言說善入不言說善入一語善入二語善入多語善入女語善入男語善入非女男語善入過去時語善入未來時語善入現在時語善入諸義善入諸文善入色善入受善入想善入行善入識善入蘊善入處善入界善入緣起善入緣起支善入世間善入涅槃善入法相善入有爲相善入無爲相善入有爲無爲相善入行相善入非行相善入相相善入非相相善入有性善

入非有性善入自性善入他性善入合善入離善入合離善入相應善入不相應善入相應不相應善入眞如善入不虛妄性善入不變異性善入法性善入法界善入法定善入法住善入緣性善入非緣性善入諸聖諦善入靜慮善入四無量善入四無色定善入六波羅蜜多善入四念住乃至八聖道支善入八解脫乃至十遍處善入陀羅尼門善入三摩地門善入三解脫門善入一切空性善入五眼善入六神通善入如來十力乃至十八佛不共法善入無忘失法善入恒住捨性善入一切智善入道相智善入一切相智善入有爲界善入無爲界善入界善入非界善入色作意乃至識作意善入眼處作意乃至意處作意善入色處作意乃至法處作意善入眼界作意乃至意界作意善入色界作意乃至法界作意善入眼識界作意乃至意識界作意善入眼觸作意乃至意觸作意善入眼觸爲緣所生諸受作意乃至意觸爲緣所生諸受作意善入地界作意乃至識界作意善入因緣作意乃至增上緣作意善入無明作意乃至老死作意善入布施波羅蜜多作意乃至般若波羅蜜多作意善入內空作意乃至無性自性空作意善入眞如作意乃至不思議界作意善入苦集滅道聖諦作意善入四念住作意乃至八聖道支作意善入四靜慮四無量四無色定作意善入八解脫作意乃至十遍處作意善入空無相無願解脫門作意善入淨觀地作意乃至如來地作意善入極喜地作意乃至法雲地作意善入一切

陀羅尼門三摩地門作意善入五眼六神通作意善入如來十力作意乃至十八佛不共法作意善入三十二大士相八十隨好作意善入無忘失法恒住捨性作意善入一切智道相智一切相智作意善入預流果作意乃至獨覺菩提作意善入一切菩薩摩訶薩行作意善入諸佛無上正等菩提作意善入一切智智作意善入色色相空善入受想行識受想行識相空如是乃至善入一切智智一切智智相空善入輕安道善入不輕安道善入生善入滅善入住異善入正見善入邪見善入見善入非見善入貪瞋癡善入無貪無瞋無癡善入一切見纏隨眠結縛善入一切見纏隨眠結縛斷善入名善入色善入名色善入所緣緣善入增上緣善入因緣善入等無間緣善入行善入相善入因善入果善入苦集滅道善入地獄及地獄道善入傍生及傍生道善入鬼界及鬼界道善入人及人道善入天及天道善入預流預流果預流果道善入一來一來果一來果道善入不還不還果不還果道善入阿羅漢阿羅漢果阿羅漢果道善入獨覺獨覺菩提獨覺菩提道善入一切菩薩摩訶薩及一切菩薩摩訶薩行善入一切如來應正等覺及諸佛無上正等菩提善入一切智及一切智道善入道相智及道相智道善入一切相智及一切相智道善入根善入根圓滿善入根勝劣善入慧善入疾慧善入利慧善入速慧善入力慧善入達慧善入廣慧善入深慧善入大慧善入無等慧善入真實慧善入珍寶慧善入過去世善

入未來世善入現在世善入方便善入願有情善入意樂善入增上意樂善入文義相善入諸聖法善入安立三乘方便善現若菩薩摩訶薩行深般若波羅蜜多引深般若波羅蜜多修深般若波羅蜜多得如是等種種勝利爾時具壽善現白佛言世尊諸菩薩摩訶薩云何行深般若波羅蜜多云何引深般若波羅蜜多云何修深般若波羅蜜多佛告善現諸菩薩摩訶薩應觀色乃至識彫落故破壞故離散故不自在故不堅實故性虛僞故行深般若波羅蜜多善現汝問諸菩薩摩訶薩云何引深般若波羅蜜多者諸菩薩摩訶薩應如引虛空空引深般若波羅蜜多善現汝問諸菩薩摩訶薩云何修深般若波羅蜜多者諸菩薩摩訶薩應破壞諸法修深般若波羅蜜多具壽善現復白佛言世尊諸菩薩摩訶薩應經幾時行深般若波羅蜜多引深般若波羅蜜多修深般若波羅蜜多佛告善現諸菩薩摩訶薩應從初發心乃至安坐妙菩提座行深般若波羅蜜多引深般若波羅蜜多修深般若波羅蜜多具壽善現復白佛言世尊諸菩薩摩訶薩應住何等心無間行深般若波羅蜜多引深般若波羅蜜多修深般若波羅蜜多佛告善現諸菩薩摩訶薩應從初發心乃至安坐妙菩提座無容橫起諸餘作意唯常安住一切智智相應作意行深般若波羅蜜多引深般若波羅蜜多修深般若波羅蜜多善現是菩薩摩訶薩乃至能令心心所法於境不轉乃得名爲行深般若波羅蜜多引深般若波羅蜜多修深般若波羅

蜜多世尊諸菩薩摩訶薩行深般若波羅蜜多引深般若波羅蜜多修深般若波羅蜜多當得一切智智不不爾善現世尊諸菩薩摩訶薩不行深般若波羅蜜多不引深般若波羅蜜多不修深般若波羅蜜多當得一切智智不不爾善現世尊諸菩薩摩訶薩於深般若波羅蜜多亦行亦不行亦引亦不引亦修亦不修當得一切智智不不爾善現世尊諸菩薩摩訶薩於深般若波羅蜜多非行非不行非引非不引非修非不修當得一切智智不不爾善現世尊若爾諸菩薩摩訶薩云何當得一切智智善現諸菩薩摩訶薩當得一切智智如眞如世尊云何眞如善現如實際世尊云何實際善現如法界世尊云何法界善現如我界有情界命者界生者界養者界

士夫界補特伽羅界世尊云何我界乃至補特伽羅界善現於意云何若我若有情若命者若生者若養者若士夫若補特伽羅爲可得不不也世尊善現若我乃至補特伽羅既不可得我當云何可施設我界乃至補特伽羅界如是善現若菩薩摩訶薩不施設般若波羅蜜多亦不施設一切智智亦不施設一切法是菩薩摩訶薩定當證得一切智智具壽善現復白佛言爲但般若波羅蜜多不可施設爲靜慮波羅蜜多乃至布施波羅蜜多亦不可施設耶佛告善現非但般若波羅蜜多不可施設靜慮波羅蜜多乃至布施波羅蜜多亦不可施設若聲聞法若獨覺法若菩薩法若如來法亦不可施設善現以要言之一切法若有爲若無爲皆不可施設具壽善

現復白佛言若一切法皆不可施設云何可施設是地獄是傍生是鬼界是人是天是預流是一來是不還是阿羅漢是獨覺是菩薩是如來是一切法耶佛告善現於意云何有情施設及法施設實可得不善現對曰不也世尊佛告善現若有情施設及法施設實不可得我云何可施設是地獄是傍生是鬼界是人是天是預流是一來是不還是阿羅漢是獨覺是菩薩是如來是一切法如是善現諸菩薩摩訶薩行深般若波羅蜜多時應學一切法皆不可施設而趣無上正等菩提具壽善現白言世尊諸菩薩摩訶薩行深般若波羅蜜多時豈不應於色學豈不應於受想行識學如是乃至豈不應於一切智智學佛告善現諸菩薩摩訶薩行深般若波羅蜜多時應於色學不增不減應於受想行識學不增不減如是乃至應於一切智智學不增不減具壽善現白言世尊諸菩薩摩訶薩行深般若波羅蜜多時應云何於色學不增不減應云何於受想行識學不增不減如是乃至應云何於一切智智學不增不減佛告善現諸菩薩摩訶薩行深般若波羅蜜多時以不生不滅故於色應學以不生不滅故於受想行識應學如是乃至以不生不滅故於一切智智應學具壽善現白言世尊諸菩薩摩訶薩行深般若波羅蜜多時應云何以不生不滅故於色學應云何以不生不滅故於受想行識學如是乃至應云何以不生不滅故於一切智智學佛告善現諸菩薩摩訶薩行深般若波羅蜜多時應於色不起不作諸行若

修若遣故學應於受想行識不起不作諸行若修若遣故學如是乃至應於一切智智不起不作諸行若修若遣故學具壽善現白言世尊諸菩薩摩訶薩行深般若波羅蜜多時應云何於色不起不作諸行若修若遣故學應云何於受想行識不起不作諸行若修若遣故學如是乃至應云何於一切智智不起不作諸行若修若遣故學佛告善現諸菩薩摩訶薩行深般若波羅蜜多時應以觀一切法自相皆空於色不起不作諸行若修若遣故學應以觀一切法自相皆空於受想行識不起不作諸行若修若遣故學如是乃至應以觀一切法自相皆空於一切智智不起不作諸行若修若遣故學

大般若波羅蜜多經卷第四百六十一

音釋

冑 直又切兜鍪也

慦敵 慦於袁切慦億也敵亭歷切仇也匹也

殑伽 梵語也此云天堂來河名也以從高處來故殑其陵其拯二切伽求迦切

俱胝 梵語也此云百億胝張尼切

那庾多 梵語也此云萬億庾弋諸切

大般若波羅蜜多經卷第四百六十二

唐三藏法師玄奘奉　詔譯

第二分巧便品第六十八之三

爾時具壽善現白佛言世尊云何菩薩摩訶薩行深般若波羅蜜多時應觀一切法自相皆空佛言善現諸菩薩摩訶薩行深般若波羅蜜多時應觀色由色空應觀受想行識由受想行識空應觀眼處由眼處空應觀耳鼻舌身意處由耳鼻舌身意處空應觀色處由色處空應觀聲香味觸法處由聲香味觸法處空應觀眼界由眼界空應觀耳鼻舌身意界由耳鼻舌身意界空應觀色界由色界空應觀聲香味觸法界由聲香味觸法界空應觀眼識界由眼識界空應觀耳鼻舌身意識界由耳鼻舌身意識界空應觀眼觸由眼觸空應觀耳鼻舌身意觸由耳鼻舌身意觸空應觀眼觸爲緣所生諸受由眼觸爲緣所生諸受空應觀耳鼻舌身意觸爲緣所生諸受由耳鼻舌身意觸爲緣所生諸受空應觀地界由地界空應觀水火風空識界由水火風空識界空應觀因緣由因緣空應觀等無間緣所緣緣增上緣由等無間緣所緣緣增上緣空應觀無明由無明空應觀行識名色六處觸受愛取有生老死由行乃至老死空應觀布施波羅蜜多由布施波羅蜜多空應觀淨戒安忍精進靜慮般若波羅蜜多由淨戒安忍精進靜慮般若波羅蜜多空應觀內空由內空空應觀外空內外空空空大空勝義空有爲空無爲空畢竟空無際空散無散空本性空自共相空一切法空不可得空無性

空自性空無性自性空由外空乃至無性自性空空應觀真如由真如空應觀法界法性不虛妄性不變異性平等性離生性法定法住實際虛空界不思議界由法界乃至不思議界空應觀苦聖諦由苦聖諦空應觀集滅道聖諦由集滅道聖諦空應觀四念住由四念住空應觀四正斷四神足五根五力七等覺支八聖道支由四正斷乃至八聖道支空應觀四靜慮由四靜慮空應觀四無量四無色定由四無量四無色定空應觀八解脫由八解脫空應觀八勝處九次第定十遍處由八勝處九次第定十遍處空應觀空解脫門由空解脫門空應觀無相無願解脫門由無相無願解脫門空應觀淨觀地由淨觀地空應觀種性地第八地具見地薄地離欲地已辦地獨覺地菩薩地如來地由種性地乃至如來地空應觀極喜地由極喜地空應觀離垢地發光地焰慧地極難勝地現前地遠行地不動地善慧地法雲地由離垢地乃至法雲地空應觀一切陀羅尼門由一切陀羅尼門空應觀一切三摩地門由一切三摩地門空應觀五眼由五眼空應觀六神通由六神通空應觀如來十力由如來十力空應觀四無所畏四無礙解大慈大悲大喜大捨十八佛不共法由四無所畏乃至十八佛不共法空應觀三十二大士相由三十二大士相空應觀八十隨好由八十隨好空應觀無忘失法由無忘失法空應觀恒住捨性由恒住捨性空應觀一切智由一切智空應觀道相智一切相智由道相智一切相智空應觀預流

果由預流果空應觀一來不還阿羅漢果獨覺菩提由一來不還阿羅漢果獨覺菩提空應觀一切菩薩摩訶薩行由一切菩薩摩訶薩行空應觀諸佛無上正等菩提由諸佛無上正等菩提空應觀一切智智由一切智智空如是善現諸菩薩摩訶薩行深般若波羅蜜多時應觀一切法自相皆空具壽善現復白佛言若色由色空受想行識由受想行識空如是乃至一切智智由一切智智空云何菩薩摩訶薩行深般若波羅蜜多佛告善現若菩薩摩訶薩都無所行是行深般若波羅蜜多具壽善現復白佛言世尊何緣菩薩摩訶薩都無所行是行深般若波羅蜜多佛告善現由深般若波羅蜜多不可得菩薩摩訶薩亦不可得行亦不可得若能行者若由此

行行時行處皆不可得是故善現諸菩薩摩訶薩都無所行是行深般若波羅蜜多以於其中一切戲論不可得故具壽善現復白佛言世尊若菩薩摩訶薩都無所行是行深般若波羅蜜多初修業菩薩摩訶薩云何行深般若波羅蜜多佛告善現諸菩薩摩訶薩從初發心應於一切法常學無所得如是學已用無所得而爲方便應修布施波羅蜜多乃至般若波羅蜜多應住內空乃至無性自性空應住眞如乃至不思議界應住苦集滅道聖諦應修四念住乃至八聖道支應修四靜慮四無量四無色定應修八解脫乃至十遍處應修空無相無願解脫門應修菩薩摩訶薩地應修一切陀羅尼門三摩地門應修五眼六神通應修如來十力乃至十八佛不共

法應修無忘失法恒住捨性應修一切智道相智一切相智應修一切菩薩摩訶薩行應修諸佛無上正等菩提應修一切智智具壽善現白言世尊云何名有所得云何名無所得佛言善現諸有二者名有所得諸無二者名無所得具壽善現復白佛言云何有二名有所得云何無二名無所得佛告善現眼色爲二乃至意法爲二有色無色爲二有見無見爲二有對無對爲二有漏無漏爲二有爲無爲爲二世間出世間爲二生死涅槃爲二異生法異生爲二預流法預流爲二乃至獨覺菩提獨覺爲二菩薩摩訶薩行菩薩摩訶薩爲二佛無上正等菩提佛爲二如是一切有戲論者皆名爲二諸有二者皆有所得善現非眼非色爲無二乃至非意非法爲無二如是乃至非佛無上正等菩提非佛爲無二如是一切離戲論者皆名無二諸無二者皆無所得具壽善現白言世尊爲有所得故無所得爲無所得故無所得佛言善現非有所得故無所得非無所得故無所得然有所得無所得平等性名無所得如是善現諸菩薩摩訶薩於有所得無所得平等性應勤修學善現諸菩薩摩訶薩如是學時名學般若波羅蜜多無所得者爾時具壽善現白佛言世尊若菩薩摩訶薩行深般若波羅蜜多時不著有所得不著無所得是菩薩摩訶薩云何修行甚深般若波羅蜜多能從一地至一地漸次圓滿若無從一地至一地漸次圓滿云何能得一切智智佛言善現諸菩薩摩訶薩行深般若波羅蜜多時非住有所得行深般

若波羅蜜多能從一地至一地漸次圓滿得一切智智非住無所得行深般若波羅蜜多能從一地至一地漸次圓滿得一切智智所以者何善現甚深般若波羅蜜多無所得一切智智亦無所得行深般若波羅蜜多者亦無所得此無所得亦無所得善現諸菩薩摩訶薩應如是行甚深般若波羅蜜多具壽善現復白佛言若甚深般若波羅蜜多不可得一切智智亦不可得能行深般若波羅蜜多者亦不可得云何菩薩摩訶薩行深般若波羅蜜多時於一切法常樂決擇謂此是色此是受想行識此是眼處乃至意處此是色處乃至法處此是眼界乃至意界此是色界乃至法界此是眼識界乃至意識界此是眼觸乃至意觸此是眼觸爲緣所生諸受乃至意觸爲緣所生諸受此是地界乃至識界此是因緣乃至增上緣此是無明乃至老死此是布施波羅蜜多乃至般若波羅蜜多此是內空乃至無性自性空此是眞如乃至不思議界此是苦集滅道聖諦此是四念住乃至八聖道支此是四靜慮四無量四無色定此是八解脫乃至十遍處此是空無相無願解脫門此是淨觀地乃至如來地此是極喜地乃至法雲地此是一切陀羅尼門三摩地門此是五眼六神通此是如來十力乃至十八佛不共法此是三十二大士相八十隨好此是無忘失法恒住捨性此是一切智道相智一切相智此是預流果乃至獨覺菩提此是一切菩薩摩訶薩行此是諸佛無上正等菩提此是一切智智佛告善現諸菩薩摩訶薩行

深般若波羅蜜多時雖於諸法常樂決擇而不得色亦不得受想行識乃至亦不得一切智智具壽善現復白佛言諸菩薩摩訶薩行深般若波羅蜜多時若不得色亦不得受想行識乃至亦不得一切智智者云何能圓滿布施波羅蜜多乃至般若波羅蜜多若不能圓滿布施波羅蜜多乃至般若波羅蜜多云何能入菩薩正性離生若不能入菩薩正性離生云何能成熟有情若不能成熟有情云何能嚴淨佛土若不能成熟有情嚴淨佛土云何能得一切智智若不能得一切智智云何能轉正法輪作諸佛事若不能轉正法輪作諸佛事云何能解脱無量無數百千俱胝那庾多諸有情衆生老病死令得究竟安樂涅槃佛告善現諸菩薩摩訶薩行深般若波羅蜜多時不爲色故行深般若波羅蜜多亦不爲受想行識故行深般若波羅蜜多乃至亦不爲一切智智故行深般若波羅蜜多具壽善現復白佛言諸菩薩摩訶薩行深般若波羅蜜多時爲何事故行深般若波羅蜜多佛告善現諸菩薩摩訶薩行深般若波羅蜜多時無所爲故行深般若波羅蜜多何以故善現一切法無爲無作甚深般若波羅蜜多亦無爲無作一切智智亦無爲無作諸菩薩摩訶薩亦無爲無作如是善現諸菩薩摩訶薩應以無爲無作而爲方便行深般若波羅蜜多具壽善現復白佛言若一切法無爲無作不應施設三乘有異謂聲聞乘若獨覺乘若無上乘佛告善現非無爲無作法施設可得要有爲有作法施設可得所以者何善現

有諸愚夫無聞異生執著色執著受想行識乃至執著一切智智由執著故念色得色念受想行識得受想行識乃至念一切智智得一切智智由念得故作是思惟我定當得一切智智脫諸有情生老病死令得究竟安樂涅槃善現是諸愚夫無聞異生由顛倒故作是思惟則爲謗佛所以者何善現佛以五眼求色不可得求受想行識不可得乃至求一切智智不可得求諸有情亦不可得彼諸愚夫無聞異生盲無慧目執著諸法若當證得一切智智脫諸有情生老病死令得究竟安樂涅槃必無是處具壽善現復白佛言若諸如來應正等覺以淨五眼求色不可得求受想行識不可得乃至求一切智智不可得求諸有情亦不可得應無證得一切智智脫諸有情生老病死令得究竟安樂涅槃云何世尊自能證得一切智智安立有情三聚差別謂正性定聚邪性定聚及不定聚佛告善現我證無上正等菩提以淨五眼如實觀察決無有情實能證得一切智智安立有情三聚差別然諸有情愚癡顛倒於非實法起實法想於非實有情起實有情想我爲除遣彼虛妄執依世俗說不依勝義具壽善現復白佛言如來爲住勝義證得一切智智耶佛言不爾善現復問如來爲住顛倒證得一切智智耶佛言不爾善現復問如來若不住勝義證得一切智智亦不住顛倒證得一切智智者將無如來不能證得一切智智佛言不爾善現當知我雖證得一切智智然無所住謂不住有爲界亦不住無爲界善現譬如如來所

變化者雖不住有爲界亦不住無爲界然有去來行住坐卧善現是所變化者若行布施波羅蜜多乃至般若波羅蜜多若住内空乃至無性自性空若住眞如乃至不思議界若住苦集滅道聖諦若修四念住乃至八聖道支若修四靜慮四無量四無色定若修八解脱乃至十遍處若修空無相無願解脱門若修極喜地乃至法雲地若修一切陀羅尼門三摩地門若修五眼六神通若修如來十力乃至十八佛不共法若修無忘失法恒住捨性若修一切智道相智一切相智若修一切菩薩摩訶薩行若修諸佛無上正等菩提若證一切智智若轉法輪作諸佛事是所變化者復轉化作無量有情於中安立三聚差别善現於意云何是諸如來所變化者爲實有去來行住坐卧乃至實有安立有情三聚别不善現對曰不也世尊佛言善現如來亦爾知一切法皆如變化説一切法亦如變化雖有所作而無眞實雖度有情而無所度如所變化者度變化有情如是善現諸菩薩摩訶薩行深般若波羅蜜多應如如來所變化者雖有所作而無執著具壽善現復白佛言若一切法皆如變化如來亦爾是則如來與變化者有何差别佛告善現如來與彼所變化者及一切法實無差别所以者何善現如來所作一切事業所變化者亦皆能作彼所作事如來亦能是故如來與所變化及一切法皆無差别具壽善現復白佛言若無由佛所變化者如來獨能作所作事若無如來彼所變化爲獨能作所作事不佛言能作善現問

曰其事云何佛告善現如有如來應正等覺名善寂慧自應度者皆已度訖時無菩薩堪受佛記便化作一佛令住世間自入無餘依大涅槃界時彼化佛於半劫中作諸佛事過半劫已授一菩薩大菩提記現入涅槃時諸天人阿素洛等皆謂彼佛令入涅槃然化佛身實無起滅如是善現諸菩薩摩訶薩行深般若波羅蜜多應信知一切法皆如變化具壽善現復白佛言若如來身與所變化等無差别云何能作世間施主真淨福田若諸有情爲涅槃故於如來所供養恭敬其福無盡乃至最後入無餘依般涅槃界如是若有爲涅槃故供養恭敬佛變化者所獲福聚亦應無盡乃至最後入無餘依般涅槃界佛告善現如如來身由法性故能與天人阿素洛等作淨福田佛所變化亦復如是由法性故能與天人阿素洛等作淨福田如如來身受諸施主供養恭敬令彼施主窮生死際其福無盡佛所變化亦復如是受諸施主供養恭敬亦令施主窮生死際其福無盡善現當知且置供養恭敬如來及變化者所獲功德若善男子善女人等於如來所起慈敬心思惟憶念是善男子善女人等善根無盡乃至最後作苦邊際善現當知復置於佛起慈敬心思惟憶念所獲功德若善男子善女人等爲供養佛下至一華散虚空中是善男子善女人等善根無盡乃至最後作苦邊際善現當知復置爲欲供養佛故下至一華散虚空中所獲功德若善男子善女人等下至一稱南謨佛陀大調御士是善男子善女人等善根無

盡乃至最後作苦邊際如是善現於諸如來應正等覺大福田所供養恭敬獲如是等大功德利其量難測是故善現當知如來與變化佛俱爲施主真淨福田等無差別與諸法法性爲定量故復次善現諸菩薩摩訶薩應以如是諸法法性而爲定量行深般若波羅蜜多方便善巧入諸法法性已而於諸法不壞法性謂不分別此是般若波羅蜜多乃至布施波羅蜜多此是般若波羅蜜多乃至布施波羅蜜多法性此是内空乃至無性自性空此是内空乃至無性自性空法性此是真如乃至不思議界此是真如乃至不思議界法性此是苦集滅道聖諦此是苦集滅道聖諦法性此是四念住乃至八聖道支此是四念住乃至八聖道支法性此是四靜慮四無量四無色定此是四靜慮四無量四無色定法性此是八解脫乃至十遍處此是八解脫乃至十遍處法性此是空無相無願解脫門此是空無相無願解脫門法性此是極喜地乃至法雲地此是極喜地乃至法雲地法性此是一切陀羅尼門三摩地門此是一切陀羅尼門三摩地門法性此是五眼六神通此是五眼六神通法性此是如來十力乃至十八佛不共法此是如來十力乃至十八佛不共法法性此是三十二大士相八十隨好此是三十二大士相八十隨好法性此是無忘失法恒住捨性此是無忘失法恒住捨性法性此是一切智道相智一切相智此是一切智道相智一切相智法性此是預流果乃至獨覺菩提此是預流果乃至獨覺菩提法性

此是一切菩薩摩訶薩行此是一切菩薩摩訶薩行法性此是諸佛無上正等菩提此是諸佛無上正等菩提法性此是一切智智此是一切智智法性善現諸菩薩摩訶薩行深般若波羅蜜多不應如是分別諸法法性差別而壞法性具壽善現白言世尊若菩薩摩訶薩行深般若波羅蜜多不應分別諸法法性壞法性者云何世尊自說諸法法性差別而壞法性謂世尊說此是色此是受想行識此是眼處乃至意處此是色處乃至法處此是眼界乃至意界此是色界乃至法界此是眼識界乃至意識界此是眼觸乃至意觸此是眼觸爲緣所生諸受乃至意觸爲緣所生諸受此是地界乃至識界此是因緣乃至增上緣此是無明乃至老死此是內法此是外法此是善法此是非善法此是有記法此是無記法此是有漏法此是無漏法此是世間法此是出世間法此是共法此是不共法此是有諍法此是無諍法此是有爲法此是無爲法世尊既說如是等法種種差別將無世尊自壞法性佛言善現我不自壞諸法法性但以名相方便假說令諸有情悟入諸法法性平等出離生死證得涅槃是故善現一切如來應正等覺雖說諸法種種名相而能不壞諸法實性具壽善現復白佛言若佛但以名相假說諸法法性令諸有情方便悟入法性平等出離生死證得涅槃云何佛於無名相法以名相說而言不壞佛告善現我隨世俗於一切法假立名相爲諸有情方便宣說而無執著故無所壞善現如諸愚夫聞說苦

等執著名相不了假説非諸如來及佛弟子聞説若等執著名相然如實知隨世俗説無有真實諸法名相善現若諸聖者於名著名於相著相彼則亦應於空著空於無相著無相於無願著無願於真如著真如於法界著法界於實際著實際於無爲著無爲善現是一切法唯有假名唯有假相而無真實聖者於中亦不執著唯假名相如是善現諸菩薩摩訶薩住一切法但假名相行深般若波羅蜜多而於其中無所執著具壽善現復白佛言若一切法但有名相諸菩薩摩訶薩爲何事故發菩提心受諸勤苦行菩薩行謂自勤苦修行布施波羅蜜多乃至般若波羅蜜多安住内空乃至無性自性空安住真如乃至不思議界安住苦集滅道聖諦修行四念住乃至八聖道支修行四静慮四無量四無色定修行八解脱乃至十遍處修行空無相無願解脱門修行極喜地乃至法雲地修行一切陀羅尼門三摩地門修行五眼六神通修行如來十力乃至十八佛不共法修行無忘失法恒住捨性修行一切智道相智一切相智修行一切菩薩摩訶薩行修行諸佛無上正等菩提修行一切智智皆令圓滿佛告善現以一切法但有名相如是名相唯假施設名相性空諸有情類顛倒執著沉淪生死不證涅槃是故菩薩摩訶薩衆悲愍彼故發菩提心受諸勤苦行菩薩行漸次證得一切智智既自證得一切智智轉正法輪以三乘法方便拔濟令出生死入無餘依般涅槃界然諸名相無生無滅亦無住異施設可得爾時

具壽善現白佛言世尊佛說一切智智爲一切智智耶佛言善現我說一切智智爲一切智智具壽善現復白佛言如來曾說一切智智略有三種謂一切智道相智一切相智如是三智其相云何有何差別佛告善現一切智者謂共聲聞及獨覺智道相智者謂共菩薩摩訶薩智一切相智者謂諸如來應正等覺不共妙智具壽善現復白佛言何以故一切智是共聲聞及獨覺智佛告善現一切智者謂五蘊十二處十八界等差別法門聲聞獨覺亦能了知法門差別而不能知一切道相及一切法一切種相故一切智是共聲聞及獨覺智具壽善現復白佛言何故道相智是共菩薩摩訶薩智佛告善現諸菩薩摩訶薩應學遍知一切道相謂聲聞道相獨覺道相菩薩道相如來道相諸菩薩摩訶薩於此諸道應當修學令速圓滿雖令此道作所應作而不令其證住實際故道相智是共菩薩摩訶薩智具壽善現復白佛言諸菩薩摩訶薩修如來道得圓滿已豈於實際亦不證住佛告善現諸菩薩摩訶薩成熟有情嚴淨佛土及修大願若未圓滿猶於實際未應證住若已圓滿乃於實際應可證住具壽善現復問世尊諸菩薩摩訶薩爲住於道證住實際耶佛言不爾善現復問諸菩薩摩訶薩爲住非道證住實際耶佛言不爾善現復問諸菩薩摩訶薩爲住道非道證住實際耶佛言不爾善現復問諸菩薩摩訶薩爲住非道非非道證住實際耶佛言不爾具壽善現復白佛言世尊若爾諸菩薩摩訶薩爲何所住證住

實際耶佛言善現於意云何汝爲住道得盡諸漏心解脫不不也世尊善現汝爲住非道得盡諸漏心解脫不不也世尊善現汝爲住道非道得盡諸漏心解脫不不也世尊善現汝爲住非道非非道得盡諸漏心解脫不不也世尊佛言善現汝何所住得盡諸漏心永解脫善現對曰非我有住得盡諸漏心永解脫然我盡漏心得解脫都無所住佛告善現諸菩薩摩訶薩亦復如是行深般若波羅蜜多都無所住證住實際具壽善現復白佛言何故一切相智名一切相智耶佛告善現知一切法皆同一相謂寂滅相是故名爲一切相智復次善現諸行狀相能表諸法如來如實能遍覺知由是故名一切相智具壽善現復白佛言若一切智若道相智若一切相智如是三智諸煩惱斷有差別不有有餘斷無餘斷不佛告善現非諸煩惱斷有差別然諸如來一切煩惱習氣相續皆已永斷聲聞獨覺習氣相續猶未永斷善現復問諸煩惱斷得無爲不佛言如是善現復問聲聞獨覺不得無爲煩惱斷不佛言不爾善現復問無爲法中有差別不佛言不爾具壽善現復白佛言若無爲法無差別者佛何故說一切如來應正等覺習氣相續皆已永斷聲聞獨覺習氣相續猶未永斷佛言善現習氣相續實非煩惱然諸聲聞及諸獨覺煩惱已斷猶有少分似貪瞋癡動發身語即說此爲習氣相續此在愚夫異生相續能引無義非在聲聞獨覺相續能引無義如是一切習氣相續諸佛世尊究竟無有具壽善現白言世尊道與涅

槃俱無自性佛何故說此是預流此是一來此是不還此是阿羅漢此是獨覺此是菩薩此是如來佛告善現若預流若一來若不還若阿羅漢若獨覺若菩薩若如來一切皆是無爲所顯具壽善現復白佛言無爲法中實有預流乃至如來義差別不佛言不爾善現復問若爾何故佛說預流乃至如來一切皆是無爲所顯佛言善現我依世俗言說顯示有預流等所顯差別不依勝義非勝義中可有顯示何以故非無爲中有語言道或分別慧若復二種然由彼彼世俗言說諸法斷故施設彼彼世俗言說諸法後際具壽善現復白佛言若一切法自相皆空前際尚無況有後際云何施設有後際耶佛告善現如是如是如汝所說諸所有法自相皆空前際尚無況有後際後際實有必無是處然諸有情不能了達諸所有法自相皆空爲益彼故方便假說此是前際此是後際然一切法自相空中前際後際俱不可得如是善現諸菩薩摩訶薩達一切法自相空已應行般若波羅蜜多善現當知諸菩薩摩訶薩達一切法一切法自相皆空修行般若波羅蜜多於諸法中無所執著謂不執著若內若外若善若非善若有記若無記若世間若出世間若有漏若無漏若有爲若無爲諸法差別亦不執著若聲聞法若獨覺法若菩薩法若如來法唯依世俗言說假立不依勝義

大般若波羅蜜多經卷第四百六十二

大般若波羅蜜多經卷第四百六十三

唐三藏法師玄奘奉詔譯

第二分巧便品第六十八之四

爾時具壽善現白佛言世尊如來常說甚深般若波羅蜜多甚深般若波羅蜜多何因緣故名爲般若波羅蜜多佛告善現甚深般若波羅蜜多到一切法究竟彼岸故名般若波羅蜜多復次善現由深般若波羅蜜多聲聞獨覺菩薩如來能到彼岸故名般若波羅蜜多復次善現甚深般若波羅蜜多分析諸法過極微量竟不見有少實可得故名般若波羅蜜多復次善現此深般若波羅蜜多包含眞如法界法性廣說乃至不思議界故名般若波羅蜜多復次善現於深般若波羅蜜多無有少法若合若散若有色若無色若有見若無見若有對若無對故名般若波羅蜜多所以者何甚深般若波羅蜜多非合非散無色無見無對一相所謂無相復次善現甚深般若波羅蜜多能生一切微妙善法能發一切智慧辯才能引一切世出世樂能達一切甚深法義故名般若波羅蜜多復次善現甚深般若波羅蜜多理趣堅實不可動壞若菩薩摩訶薩行深般若波羅蜜多一切惡魔及魔眷屬聲聞獨覺外道梵志惡友怨讎皆不能壞所以者何甚深般若波羅蜜多說一切法自相皆空諸惡魔等皆不可得故名般若波羅蜜多善現諸菩薩摩訶薩應如實行如是般若波羅蜜多甚深義趣謂一切法自相皆空一切惡緣無能動壞復次善現諸菩薩摩訶薩欲行般若波羅蜜多甚深義趣應行

無常義苦義空義無我義寂靜義遠離義應行苦集滅道慧義應行苦集滅道智義應行法類他心智義應行世俗勝義智義應行盡無生智義應行盡所有如所有智義善現諸菩薩摩訶薩爲行般若波羅蜜多甚深義趣應行般若波羅蜜多具壽善現白言世尊於此般若波羅蜜多深妙理中義與非義俱不可得云何菩薩摩訶薩爲行般若波羅蜜多甚深義趣應行般若波羅蜜多佛告善現諸菩薩摩訶薩爲行般若波羅蜜多甚深義趣應作是念我不應行貪義非義我不應行瞋義非義我不應行癡義非義我不應行邪見義非義我不應行邪定義非義我不應行乃至一切見趣義非義所以者何貪欲瞋恚愚癡邪見邪定乃至一切見趣眞如實際不與諸法爲義非義復次善現諸菩薩摩訶薩爲行般若波羅蜜多甚深義趣應作是念我不應行色義非義我不應行受想行識義非義我不應行眼處乃至意處義非義我不應行色處乃至法處義非義我不應行眼界乃至意界義非義我不應行色界乃至法界義非義我不應行眼識界乃至意識界義非義我不應行眼觸乃至意觸義非義我不應行眼觸爲緣所生諸受乃至意觸爲緣所生諸受義非義我不應行地界乃至識界義非義我不應行因緣乃至增上緣義非義我不應行無明乃至老死義非義我不應行布施波羅蜜多乃至般若波羅蜜多義非義我不應行內空乃至無性自性空義非義我不應行眞如乃至不思議界義非義我不應行苦集滅

道聖諦義非義我不應行四念住乃至八聖道支義非義我不應行四靜慮四無量四無色定義非義我不應行八解脫乃至十遍處義非義我不應行空無相無願解脫門義非義我不應行淨觀地乃至如來地義非義我不應行極喜地乃至法雲地義非義我不應行一切陀羅尼門三摩地門義非義我不應行五眼六神通義非義我不應行如來十力乃至十八佛不共法義非義我不應行三十二大士相八十隨好義非義我不應行無忘失法恒住捨性義非義我不應行一切智道相智一切相智義非義我不應行預流果乃至獨覺菩提義非義我不應行一切菩薩摩訶薩行義非義我不應行諸佛無上正等菩提義非義我不應行一切智智義非義何以故善現如來得無上正等菩提時求一切法義與非義都不可得善現當知如來出世若不出世諸法法性法住法定法爾常住無法於法爲義非義善現諸菩薩摩訶薩應離一切義非義執常行般若波羅蜜多甚深義趣具壽善現復白佛言何故般若波羅蜜多不與諸法爲義非義佛告善現甚深般若波羅蜜多爲欲證入無爲法故不與諸法爲義非義具壽善現復白佛言豈不一切賢聖皆以無爲爲勝義耶佛告善現如是如是如汝所說一切賢聖無不皆以無爲而爲勝義然無爲法不與諸法爲益爲損善現譬如虛空眞如法界不與諸法爲益爲損諸菩薩摩訶薩甚深般若波羅蜜多亦復如是不與諸法爲益爲損是故般若波羅蜜多不與諸法爲義

非義具壽善現復白佛言諸菩薩摩訶薩豈不要學無爲般若波羅蜜多乃能證得一切智智佛告善現如是如是如汝所說諸菩薩摩訶薩要學甚深無爲般若波羅蜜多方能證得一切智智以不二法而爲方便善現復問爲以不二法得不二法耶佛言不爾善現復問爲以二法得不二法耶佛言不爾善現白言若無二法不以二法不二法得諸菩薩摩訶薩云何當得一切智智佛告善現二不二法俱不可得是故所得一切智智不以二法不二法得然無所得法能得無所得何以故甚深般若波羅蜜多及一切智智俱不可得故

第二分樹喻品第六十九

爾時具壽善現白佛言世尊如是般若波羅蜜多最爲甚深諸菩薩摩訶薩能爲難事謂不得諸有情亦不得彼施設而爲有情速求證得一切智智世尊譬如有人欲於無色無見無對無所依止空中種樹彼甚爲難諸菩薩摩訶薩亦復如是不得有情及彼施設而爲有情速求證得一切智智極爲難事佛言善現如是如是如汝所說如是般若波羅蜜多最爲甚深諸菩薩摩訶薩能爲難事不得有情及彼施設而爲有情速求證得一切智智善現當知諸菩薩摩訶薩雖不見實有情亦不見彼施設而諸有情愚癡顛倒執爲實有沉溺生死受苦無窮爲拔彼故速求證得一切智智以巧方便而救度之譬如有人良田種樹是人雖復不識此樹根莖枝葉花果受者而種樹已隨時溉灌勤加守護此樹後

時漸得生長根莖枝葉花果茂盛衆人受用愈疾獲安諸菩薩摩訶薩亦復如是雖不見有果報有情而爲有情速求證得一切智智漸次修行布施淨戒安忍精進靜慮般若波羅蜜多及餘無量菩提分法既圓滿已便能證得一切智智令諸有情受用果報枝葉華果各得饒益善現當知枝葉饒益謂諸有情依此菩薩解脱惡趣其華饒益謂諸有情依此菩薩或生刹帝利大族或生婆羅門大族或生長者大族或生居士大族或生四大王衆天乃至或生非想非非想處天其果饒益謂此菩薩自證無上正等菩提令諸有情或住預流果或住一來果或住不還果或住阿羅漢果或住獨覺菩提或住無上正等菩提是諸有情勤修善法依三乘道漸次證得三乘涅槃如是名爲果報饒益善現諸菩薩摩訶薩雖作如是大饒益事而竟不見有實有情得涅槃者但見妄想衆苦寂滅如是善現諸菩薩摩訶薩行深般若波羅蜜多不得有情及彼施設爲除滅彼我執顛倒速求證得一切智智由是因緣極爲難事具壽善現白言世尊諸菩薩摩訶薩當知如佛所以者何依諸菩薩摩訶薩故便能永斷一切地獄傍生鬼界亦能永斷一切無暇貧窮下賤三界衆苦佛告善現如是如是如汝所説諸菩薩摩訶薩應知如佛世間若無諸菩薩衆便無三世一切如來亦無獨覺及聲聞衆亦無永斷一切地獄傍生鬼界及餘無暇貧窮下賤三界苦時是故善現汝言菩薩摩訶薩衆猶如佛者實如所説復次善現當知菩薩摩訶

薩衆即是如來所以者何善現若由此眞如施設如來即由此眞如施設獨覺亦由此眞如施設聲聞亦由此眞如施設一切賢聖亦由此眞如施設色受想行識亦由此眞如施設眼處乃至意處亦由此眞如施設色處乃至法處亦由此眞如施設眼界乃至意界亦由此眞如施設色界乃至法界亦由此眞如施設眼識界乃至意識界亦由此眞如施設眼觸乃至意觸亦由此眞如施設眼觸爲緣所生諸受乃至意觸爲緣所生諸受亦由此眞如施設地界乃至識界亦由此眞如施設因緣乃至增上緣亦由此眞如施設無明乃至老死亦由此眞如施設布施波羅蜜多乃至般若波羅蜜多亦由此眞如施設内空乃至無性自性空亦由此眞如施設苦集滅道聖諦亦由此眞如施設四念住乃至八聖道支亦由此眞如施設四靜慮四無量四無色定亦由此眞如施設八解脫乃至十遍處亦由此眞如施設空無相無願解脫門亦由此眞如施設淨觀地乃至如來地亦由此眞如施設極喜地乃至法雲地亦由此眞如施設一切陀羅尼門三摩地門亦由此眞如施設五眼六神通亦由此眞如施設如來十力乃至十八佛不共法亦由此眞如施設三十二大士相八十隨好亦由此眞如施設無忘失法恒住捨性亦由此眞如施設一切智道相智一切相智亦由此眞如施設一切菩薩摩訶薩行亦由此眞如施設諸佛無上正等菩提亦由此眞如施設一切智智亦由此眞如施設有爲界亦由此眞如施設無爲界亦由

此眞如施設一切法亦由此眞如施設一切有情亦由此眞如施設一切菩薩摩訶薩如是善現若如來眞如若獨覺眞如若聲聞眞如若一切賢聖眞如若色等一切法眞如若一切有情眞如若一切菩薩摩訶薩眞如如是眞如實皆無異由無異故說名眞如諸菩薩摩訶薩於此眞如修學圓滿便能證得一切智智既已證得一切智智故名如來以是因緣當知菩薩摩訶薩衆即是如來以一切法一切有情皆以眞如爲定量故如是善現諸菩薩摩訶薩應學甚深般若波羅蜜多若學甚深般若波羅蜜多則能學一切法眞如若學一切法眞如則於一切法眞如得自在若於一切法眞如得自在則得一切有情根勝劣智若得一切有情根勝劣智則能具知一切有情勝解差別若能具知一切有情勝解差別則知一切有情自業受果若知一切有情自業受果則願智圓滿若願智圓滿則能淨修三世妙智若能淨修三世妙智則能圓滿一切智智若能圓滿一切智智則能無倒行菩薩行若能無倒行菩薩行則能常以財施法施饒益有情若能常以財施法施饒益有情則能如實成熟有情若能如實成熟有情則能如實嚴淨佛土若能如實嚴淨佛土則能證得一切智智若能證得一切智智則能如實轉妙法輪若能如實轉妙法輪則能安立有情於三乘道若能安立有情於三乘道則能令有情入無餘依般涅槃界如是善現諸菩薩摩訶薩見如是等自利利他無量功德欲令所發大菩提心堅固不退應勤

精進修行般若波羅蜜多方便善巧時具壽善現白佛言世尊若菩薩摩訶薩能發無上正等覺心如說修行甚深般若波羅蜜多世間天人阿素洛等皆應敬禮佛言善現如是如是如汝所說若菩薩摩訶薩能發無上正等覺心如說修行甚深般若波羅蜜多世間天人阿素洛等皆應敬禮具壽善現復白佛言若菩薩摩訶薩普爲饒益一切有情初發無上正等覺心得幾所福佛告善現假使充滿小千世界一切有情皆趣聲聞或獨覺地於意云何是諸有情其福多不善現對曰甚多世尊彼所獲福無量無邊佛告善現彼諸有情所獲福聚於汝所問普爲饒益一切有情初發無上正等覺心一菩薩摩訶薩所獲福聚百分不及一千分不及一如是乃至百千俱胝那庾多分亦不及一所以者何聲聞獨覺皆依菩薩摩訶薩有非菩薩摩訶薩依諸聲聞獨覺故有復次善現置滿小千世界若中千世界一切有情皆趣聲聞或獨覺地所獲福聚假使充滿三千大千世界一切有情皆趣聲聞或獨覺地於意云何是諸有情其福多不善現對曰甚多世尊彼所獲福無量無邊佛告善現彼諸有情所獲福聚於汝所問普爲饒益一切有情初發無上正等覺心一菩薩摩訶薩所獲福聚百分不及一千分不及一如是乃至百千俱胝那庾多分亦不及一所以者何聲聞獨覺皆依菩薩摩訶薩有非菩薩摩訶薩依諸聲聞獨覺故有復次善現置滿三千大千世界一切有情皆趣聲聞或獨覺地所獲福聚假使充滿三千大

千世界一切有情皆住淨觀地於意云何是諸有情其福多不善現對曰甚多世尊彼所獲福無量無邊佛告善現彼諸有情所獲福聚於汝所問普爲饒益一切有情初發無上正等覺心一菩薩摩訶薩所獲福聚百分不及一千分不及一如是乃至百千俱胝那庾多分亦不及一所以者何聲聞獨覺皆依菩薩摩訶薩有非菩薩摩訶薩依諸聲聞獨覺故有復次善現置滿三千大千世界一切有情皆住淨觀地所獲福聚假使充滿三千大千世界一切有情皆住種性地若第八地若具見地若薄地若離欲地若已辦地所獲福聚假使充滿三千大千世界一切有情皆住獨覺地於意云何是諸有情其福多不善現對曰甚多世尊彼所獲福無量無邊佛告善現彼諸有情所獲福聚於汝所問普爲饒益一切有情初發無上正等覺心一菩薩摩訶薩所獲福聚百分不及一千分不及一如是乃至百千俱胝那庾多分亦不及一所以者何聲聞獨覺皆依菩薩摩訶薩有非菩薩摩訶薩依諸聲聞獨覺故有復次善現假使充滿三千大千世界一切有情皆普爲饒益一切有情初發無上正等覺心是諸菩薩摩訶薩衆所獲福聚於入菩薩正性離生一菩薩摩訶薩所獲福聚百分不及一千分不及一如是乃至百千俱胝那庾多分亦不及一復次善現假使充滿三千大千世界一切有情皆入菩薩正性離生是諸菩薩摩訶薩衆所獲福聚於行菩提向一菩薩摩訶薩所獲福聚百分不及一千分不及一如是乃至百千

俱胝那庾多分亦不及一復次善現假使充滿三千大千世界一切有情皆行菩提向是諸菩薩摩訶薩衆所獲福聚於一如來應正等覺所成福聚百分不及一千分不及一如是乃至百千俱胝那庾多分亦不及一時具壽善現白佛言世尊初發無上正等覺心諸菩薩摩訶薩何所思惟佛言善現是菩薩摩訶薩恒正思惟一切智智具壽善現復白佛言一切智智以何爲性何所緣何增上何行相何爲相佛告善現一切智智無性爲性無相無因無所警覺無生現故又汝所問一切智智何所緣何增上何行相何爲相者善現一切智智無性爲所緣正念爲增上寂靜爲行相以法界爲相具壽善現復白佛言爲但一切智智無性爲性爲色受想行識亦無性爲性爲眼處乃至意處亦無性爲性爲色處乃至法處亦無性爲性爲眼界乃至意界亦無性爲性爲色界乃至法界亦無性爲性爲眼識界乃至意識界亦無性爲性爲眼觸乃至意觸亦無性爲性爲眼觸爲緣所生諸受乃至意觸爲緣所生諸受亦無性爲性爲地界乃至識界亦無性爲性爲因緣乃至增上緣亦無性爲性爲無明乃至老死亦無性爲性爲布施波羅蜜多乃至般若波羅蜜多亦無性爲性爲内空乃至無性自性空亦無性爲性爲眞如乃至不思議界亦無性爲性爲苦集滅道聖諦亦無性爲性爲四念住乃至八聖道支亦無性爲性爲四靜慮四無量四無色定亦無性爲性爲八解脫乃至十遍處亦無性爲性爲空無相無願解脫門亦無性

爲性爲淨觀地乃至如來地亦無性爲性爲極喜地乃至法雲地亦無性爲性爲一切陀羅尼門三摩地門亦無性爲性爲五眼六神通亦無性爲性爲如來十力乃至十八佛不共法亦無性爲性爲三十二大士相八十隨好亦無性爲性爲無忘失法恒住捨性亦無性爲性爲一切智道相智一切相智亦無性爲性爲預流果乃至獨覺菩提亦無性爲性爲一切菩薩摩訶薩行亦無性爲性爲諸佛無上正等菩提亦無性爲性爲有爲界亦無性爲性爲無爲界亦無性爲性佛告善現非但一切智智無性爲性色受想行識亦無性爲性如是乃至有爲界無爲界亦無性爲性具壽善現復白佛言何緣一切智智無性爲性色受想行識亦無性爲性如是乃至有爲界無爲界亦無性爲性佛告善現一切智智自性無故若法自性無此法無性爲性色受想行識亦自性無故若法自性無此法無性爲性如是乃至有爲界無爲界亦自性無故若法自性無此法無性爲性具壽善現復白佛言何緣一切智智自性無色受想行識亦自性無如是乃至有爲界無爲界亦自性無佛告善現一切智智無和合自性故若法無和合自性此法則以無性爲性色受想行識亦無和合自性故若法無和合自性此法則以無性爲性如是乃至有爲界無爲界亦無和合自性故若法無和合自性此法則以無性爲性善現由是因緣諸菩薩摩訶薩應知一切法皆無性爲性復次善現一切法皆以空爲自性無相爲自性無願爲自性善現由

是因緣諸菩薩摩訶薩應知一切法皆無性爲性復次善現一切法皆以眞如爲自性實際爲自性法界爲自性善現由是因緣諸菩薩摩訶薩應知一切法皆無性爲性具壽善現復白佛言若一切法皆無性者初發無上正等覺心諸菩薩摩訶薩成就何等方便善巧能行布施波羅蜜多乃至般若波羅蜜多成熟有情嚴淨佛土成就何等方便善巧能住內空乃至無性自性空成熟有情嚴淨佛土成就何等方便善巧能住眞如乃至不思議界成熟有情嚴淨佛土成就何等方便善巧能住苦集滅道聖諦成熟有情嚴淨佛土成就何等方便善巧能行四念住乃至八聖道支成熟有情嚴淨佛土成就何等方便善巧能行四靜慮四無量四無色定成熟有情嚴淨佛土成就何等方便善巧能行八解脫乃至十遍處成熟有情嚴淨佛土成就何等方便善巧能行空無相無願解脫門成熟有情嚴淨佛土成就何等方便善巧能行菩薩摩訶薩地成熟有情嚴淨佛土成就何等方便善巧能行一切陀羅尼門三摩地門成熟有情嚴淨佛土成就何等方便善巧能行五眼六神通成熟有情嚴淨佛土成就何等方便善巧能行如來十力乃至十八佛不共法成熟有情嚴淨佛土成就何等方便善巧能行無忘失法恒住捨性成熟有情嚴淨佛土成就何等方便善巧能行一切智道相智一切相智成熟有情嚴淨佛土成就何等方便善巧能行一切菩薩摩訶薩行成熟有情嚴淨佛土成就何等方便善巧能行諸佛無上

正等菩提成熟有情嚴淨佛土成就何等方便善巧能行一切智智成熟有情嚴淨佛土佛告善現是菩薩摩訶薩成就最勝方便善巧雖知一切法皆無性爲性而常精勤成熟有情嚴淨佛土雖常精勤成熟有情嚴淨佛土而恒通達一切有情及諸佛土無不皆以無性爲性善現是菩薩摩訶薩雖行布施波羅蜜多乃至般若波羅蜜多學菩提道而知布施波羅蜜多乃至般若波羅蜜多及菩提道無不皆以無性爲性如是乃至雖行一切智智學菩提道而知一切智智及菩提道無不皆以無性爲性善現是菩薩摩訶薩如是修行布施波羅蜜多乃至般若波羅蜜多學菩提道廣說乃至如是修行一切智智學菩提道若未成就如來十力四無所畏四無礙解大慈大悲大喜大捨十八佛不共法無忘失法恒住捨性一切智道相智一切相智及餘無量無邊佛法皆名學菩提道未得圓滿若學此道已得圓滿由一剎那相應般若便能證得一切智智爾時一切微細煩惱習氣相續皆永不生名無餘斷得名爲佛復以無障清淨佛眼遍觀十方三世等法尚不得無況當得有如是善現諸菩薩摩訶薩應行般若波羅蜜多信解一切法皆無性爲性善現是名菩薩摩訶薩成就最勝方便善巧謂行般若波羅蜜多觀一切法尚不得無況當得有善現是菩薩摩訶薩修行布施波羅蜜多時於此布施施者受者施物施果及菩提心尚不見無況當見有如是乃至證得一切智智時於一切智智若能證者若所證得若由

此證得若證得時處尚不見無況當見有所以者何善現是菩薩摩訶薩常作是念諸法皆以無性爲性如是無性非佛所作非菩薩作非獨覺作非聲聞作亦非餘作以一切法皆無作者作者離故具壽善現復白佛言豈不諸法諸法性離佛告善現實爾諸法諸法性離善現復問若一切法離法性者云何離法能知離法若有若無世尊有法不應能知無法無法不應能知有法有法不應能知有法無法不應能知無法世尊如是一切法皆無知爲性云何菩薩摩訶薩行深般若波羅蜜多於諸法中種種顯示謂色受想行識若有若無眼處乃至意處若有若無色處乃至法處若有若無眼界乃至意界若有若無色界乃至法界若有若無眼識界乃至意識界若有若無眼觸乃至意觸若有若無眼觸爲緣所生諸受乃至意觸爲緣所生諸受若有若無地界乃至識界若有若無因緣乃至增上緣若有若無無明乃至老死若有若無布施波羅蜜多乃至般若波羅蜜多若有若無內空乃至無性自性空若有若無眞如乃至不思議界若有若無苦集滅道聖諦若有若無四念住乃至八聖道支若有若無四靜慮四無量四無色定若有若無八解脫乃至十遍處若有若無空無相無願解脫門若有若無淨觀地乃至如來地若有若無極喜地乃至法雲地若有若無一切陀羅尼門三摩地門若有若無五眼六神通若有若無如來十力乃至十八佛不共法若有若無三十二大士相八十隨好若有若無無忘失法恒住捨

性若有若無一切智道相智一切相智若有若無預流果乃至獨覺菩提若有若無一切菩薩摩訶薩行若有若無諸佛無上正等菩提若有若無一切智智若有若無有爲界無爲界若有若無佛告善現諸菩薩摩訶薩行深般若波羅蜜多隨世俗故顯示諸法若有若無不隨勝義善現復問世俗勝義爲有異不佛告善現非異世俗別有勝義所以者何世俗眞如即是勝義諸有情類顛倒妄執於此眞如不知不見諸菩薩摩訶薩爲益彼故隨世俗相顯示諸法若有若無非隨勝義復次善現無量有情於蘊等法起實有想或實無想不達諸法非有非無諸菩薩摩訶薩爲益彼故顯示蘊等若有若無令諸有情因斯了達蘊等諸法非有非無非欲令執實有無相如是善現諸菩薩摩訶薩應勤精進離有無執行深般若波羅蜜多

大般若波羅蜜多經卷第四百六十三

音釋

分析 析先的切亦分也 怨讎 怨於袁切讎也 讎除留切仇也 沈溺 沈持林切溺也 溺乃歷切沒也 漑灌 漑居代切灌注也 灌古玩切澆灌也

大般若波羅蜜多經卷第四百六十四

唐三藏法師玄奘奉詔譯

第二分菩薩行品第七十

爾時具壽善現白佛言世尊所說菩薩行菩薩行者何法名為菩薩行耶佛告善現菩薩行者謂為無上正等菩提行生死故名菩薩行具壽善現白言世尊諸菩薩摩訶薩當於何處行菩薩行佛言善現諸菩薩摩訶薩當於色受想行識空行菩薩行當於眼處乃至意處空行菩薩行當於色處乃至法處空行菩薩行當於眼界乃至意界空行菩薩行當於色界乃至法界空行菩薩行當於眼識界乃至意識界空行菩薩行當於眼觸乃至意觸空行菩薩行當於眼觸為緣所生諸受乃至意觸為緣所生諸受空行菩薩行當於地界乃至識界空行菩薩行當於因緣乃至增上緣空行菩薩行當於無明乃至老死空行菩薩行當依布施波羅蜜多乃至般若波羅蜜多行菩薩行當依內空乃至無性自性空行菩薩行當依眞如乃至不思議界行菩薩行當依苦集滅道聖諦行菩薩行當依四念住乃至八聖道支行菩薩行當依四靜慮行菩薩行當依四無量行菩薩行當依四無色定行菩薩行當依八解脫行菩薩行當依八勝處行菩薩行當依九次第定行菩薩行當依十遍處行菩薩行當依三解脫門行菩薩行當依十地行菩薩行當依一切陀羅尼門行菩薩行當依一切三摩地門行菩薩行當依五眼行菩薩行當依六神通行菩薩行當依如來十力行菩薩行當依四無所

畏行菩薩行當依大慈大悲大喜大捨行菩薩行當依十八佛不共法行菩薩行當依無忘失法恒住捨性行菩薩行當依一切智道相智一切相智行菩薩行當依嚴淨佛土行菩薩行當依成熟有情行菩薩行當依引發文字陀羅尼行菩薩行當依悟入文字陀羅尼行菩薩行當依悟入無文字陀羅尼行菩薩行當依引發無礙辯才行菩薩行當依有爲界行菩薩行當依無爲界行菩薩行善現諸菩薩摩訶薩如是修行菩薩行時如佛無上正等菩提於諸法中不作二相善現若菩薩摩訶薩如是行般若波羅蜜多時名爲無上正等菩提修菩薩行善現諸菩薩摩訶薩若能如是修菩薩行疾證無上正等菩提爾時具壽善現白佛言世尊所説佛陀佛陀者

依何義故名爲佛陀佛告善現覺義實義薄伽梵義故名佛陀復次善現於諸實法現等正覺故名佛陀復次善現通達實法故名佛陀復次善現於一切法如所有性盡所有性無顛倒覺故名佛陀復次善現徧於三世及無爲法無障智轉故名佛陀復次善現如實開覺一切有情令離顛倒故名佛陀爾時具壽善現白佛言世尊所説菩提菩提者依何義故名爲菩提佛告善現菩提者是空義是眞如義是實際義是法性義是法界義復次善現假立名相施設言説能眞實覺最上勝妙故名菩提復次善現不可壞義是菩提義無分別義是菩提義復次善現是眞是實非虛妄非變異故名菩提復次善現唯假名相無實可得故名菩提復次善現諸佛所有眞

淨遍覺故名菩提復次善現諸佛由此於一切法一切種相現等正覺故名菩提爾時具壽善現白佛言世尊諸菩薩摩訶薩爲菩提故修行六波羅蜜多乃至一切智智時於何等法爲益爲損爲增爲減爲生爲滅爲染爲淨佛告善現諸菩薩摩訶薩爲菩提故修行六波羅蜜多乃至一切智智時於一切法無益無損無增無減無生無滅無染無淨何以故是菩薩摩訶薩爲菩提故行深般若波羅蜜多於一切法都無所緣而爲方便不爲益損不爲增減不爲生滅不爲染淨現在前故具壽善現白言世尊若菩薩摩訶薩爲菩提故修行六波羅蜜多乃至一切智智時於一切法都無所緣而爲方便不爲益損不爲增減不爲生滅不爲染淨現在前者是菩薩摩

訶薩行深般若波羅蜜多云何攝受布施波羅蜜多乃至般若波羅蜜多云何攝受內空乃至無性自性空云何攝受眞如乃至不思議界云何攝受苦集滅道聖諦云何攝受四念住乃至八聖道支云何攝受四靜慮四無量四無色定云何攝受八解脫乃至十遍處云何攝受空無相無願解脫門云何攝受諸菩薩地云何攝受陀羅尼門三摩地門云何攝受五眼六神通云何攝受如來十力乃至十八佛不共法云何攝受無忘失法恒住捨性云何攝受一切智道相智一切相智云何超諸聲聞獨覺等地趣入菩薩正性離生漸次證得一切智智佛言善現諸菩薩摩訶薩行深般若波羅蜜多時不以二故攝受修行六波羅蜜多乃至不以二故漸次證得一切

智智具壽善現復白佛言若菩薩摩訶薩行深般若波羅蜜多時不以二故攝受修行六波羅蜜多乃至不以二故漸次證得一切智智者云何菩薩摩訶薩從初發心乃至後心恒時增長一切善法佛告善現若菩薩摩訶薩以二故行則諸善法不得增長何以故愚夫異生皆依二故所起善法不得增長若菩薩摩訶薩不二故行從初發心乃至後心恒時增長一切善法是故善現諸菩薩摩訶薩善根堅固世間天人阿素洛等不能毁壞令墮聲聞獨覺等地世間種種惡不善法不能制伏令於行六波羅蜜多乃至一切智智時所有善法不得增長如是善現諸菩薩摩訶薩應行無二甚深般若波羅蜜多具壽善現白言世尊諸菩薩摩訶薩爲善根故行深般若波羅蜜多耶佛言不爾時諸菩薩摩訶薩不爲善根故行深般若波羅蜜多亦不爲不善根故行深般若波羅蜜多何以故諸菩薩摩訶薩法應如是若未親近諸佛世尊若諸善根未極圓滿若眞善友未多攝受終不能得一切智智具壽善現復白佛言云何菩薩摩訶薩親近諸佛圓滿善根得眞善友多所攝受速能證得一切智智佛言善現諸菩薩摩訶薩從初發心親近如來應正等覺聞說正法所謂契經乃至論議聞已受持數數温習令善通利既善通利思惟觀察既觀察已深見意趣見意趣已復善通達既善通達得陀羅尼起無礙辯乃至證得一切智智隨所生處於所聞持正法教義常不忘失於諸佛所廣種善根由善根力所攝受故不墮惡趣

無暇中生復由善根所攝受故意樂清淨淨意樂力所攝持故常能無倒成熟有情嚴淨佛土復由善根所攝受故常不遠離真淨善友謂諸如來應正等覺及諸菩薩摩訶薩衆獨覺聲聞并餘能讃佛法僧者如是善現諸菩薩摩訶薩親近諸佛圓滿善根得真善友多所攝受速能證得一切智智是故善現諸菩薩摩訶薩行深般若波羅蜜多欲疾證得一切智智當勤精進親近諸佛攝受圓滿所種善根承事善友勿生厭倦

第二分親近品第七十一

爾時具壽善現白佛言世尊若菩薩摩訶薩不親近諸佛不圓滿善根不承事善友是菩薩摩訶薩豈不能得一切智智佛告善現若不能親近諸佛圓滿善根承事善友尚不名菩薩摩訶薩豈能證得一切智智所以者何或有菩薩摩訶薩親近諸佛種諸善根承事善友猶不能得一切智智況不能親近諸佛圓滿善根承事善友而能證得一切智智彼若能得一切智智無有是處是故善現若菩薩摩訶薩欲稱菩薩摩訶薩名欲疾證得一切智智常應親近諸佛世尊圓滿善根承事善友勿生厭倦具壽善現復白佛言以何因緣有菩薩摩訶薩雖親近諸佛種諸善根承事善友而不能得一切智智佛告善現彼菩薩摩訶薩遠離方便善巧力故雖親近諸佛種諸善根承事善友而不能得一切智智謂彼菩薩摩訶薩不從諸佛及諸善友聞說殊勝方便善巧雖親近諸佛種諸善根承事善友而不能得一切智智具壽善現復白佛言

何等名爲方便善巧諸菩薩摩訶薩成就如是方便善巧諸有所爲定能證得一切智智佛告善現若菩薩摩訶薩從初發心修行布施波羅蜜多時以一切智智相應作意或施諸佛或施菩薩或施獨覺或施聲聞或施諸餘沙門梵志或施外道修梵行者或施貧窮涉路苦行及來乞者或施一切人非人等是菩薩摩訶薩成就如是一切智智相應作意雖行布施而無施想無受者想亦無一切我我所想所以者何是菩薩摩訶薩觀一切法自相皆空無實無成無轉無滅入諸法相知一切法無作無能入諸行相是菩薩摩訶薩成就如是方便善巧恒時增長覺分善根由此善根常增長故能行布施波羅蜜多成熟有情嚴淨佛土雖行布施而不希求施所得果謂不迴向可愛境界及勝生處唯爲救護無救護者及欲解脫未解脫者修行布施波羅蜜多復次善現若菩薩摩訶薩從初發心修行淨戒波羅蜜多時以一切智智相應作意受持淨戒心常不起貪瞋癡等隨眠纏縛亦復不起能障菩提餘不善法所謂慳悋惡戒忿恚懈怠劣心亂心惡慧諸慢過慢慢過慢我慢增上慢卑慢邪慢聲聞獨覺相應作意所以者何是菩薩摩訶薩觀一切法自相皆空無實無成無轉無滅入諸法相知一切法無作無能入諸行相是菩薩摩訶薩成就如是方便善巧恒時增長覺分善根由此善根常增長故能行淨戒波羅蜜多成熟有情嚴淨佛土雖行淨戒而不希求戒所得果謂不迴向可愛境界及勝生處唯爲救護無救

護者及欲解脱未解脱者修行淨戒波羅蜜多復次善現若菩薩摩訶薩從初發心修行安忍波羅蜜多時以一切智智相應作意修學安忍是菩薩摩訶薩乃至爲護自命因緣亦常不起一念忿恚惡言加報怨恨之心假使有來欲害其命劫奪財寶侵淩妻室誣罔罵辱阻隔輕調或打或刺或割或截及加種種不饒益事於彼有情竟無忿恨唯求作彼利益安樂所以者何是菩薩摩訶薩觀一切法自相皆空無實無成無轉無滅入諸法相知一切法無作無能入諸行相是菩薩摩訶薩成就如是方便善巧恒時增長覺分善根由此善根常增長故能行安忍波羅蜜多成熟有情嚴淨佛土雖行安忍而不希求忍所得果謂不迴向可愛境界及勝生處唯爲救護無救護者及欲解脱未解脱者修行安忍波羅蜜多復次善現若菩薩摩訶薩從初發心修行精進波羅蜜多時以一切智智相應作意發起正勤勇猛無怯遠離懈怠下劣之心爲求菩提不憚衆苦修諸善法常無懈廢所以者何是菩薩摩訶薩觀一切法自相皆空無實無成無轉無滅入諸法相知一切法無作無能入諸行相是菩薩摩訶薩成就如是方便善巧恒時增長覺分善根由此善根常增長故能行精進波羅蜜多成熟有情嚴淨佛土雖行精進而不希求勤所得果謂不迴向可愛境界及勝生處唯爲救護無救護者及欲解脱未解脱者修行精進波羅蜜多復次善現若菩薩摩訶薩從初發心修行靜慮波羅蜜多時以一切智智相應作意修學

諸定是菩薩摩訶薩眼見諸色耳聞諸聲鼻齅諸香舌甞諸味身覺諸觸意了諸法已不取諸相不取隨好即於是處防護諸根不放逸住勿令發起世間貪愛惡不善法諸煩惱漏專修念定守護諸根是菩薩摩訶薩若行若住若坐若臥若語若嘿常不遠離勝奢摩他遠離種種雜穢諸法身心寂靜無異威儀軌則所行無不調善心常安定無所分別所以者何是菩薩摩訶薩觀一切法自相皆空無實無成無轉無滅入諸法相知一切法無作無能入諸行相是菩薩摩訶薩成就如是方便善巧恒時增長覺分善根由此善根常增長故能行靜慮波羅蜜多成熟有情嚴淨佛土雖行靜慮而不希求定所得果謂不迴向可愛境界及勝生處唯爲救護無救護者及欲解脫未解脫者修行靜慮波羅蜜多復次善現若菩薩摩訶薩從初發心修行般若波羅蜜多時以一切智智相應作意修學妙慧是菩薩摩訶薩離諸惡慧他不能引心不發起我我所執遠離一切我見有情見乃至知者見見者見有無有見諸惡見趣遠離憍慢無所分別引發種種殊勝善根所以者何是菩薩摩訶薩觀一切法自相皆空無實無成無轉無滅入諸法相知一切法無作無能入諸行相是菩薩摩訶薩成就如是方便善巧恒時增長覺分善根由此善根常增長故能行般若波羅蜜多成熟有情嚴淨佛土雖行般若而不希求慧所得果謂不迴向可愛境界及勝生處唯爲救護無救護者及欲解脫未解脫者修行般若波羅蜜多復次善現

若菩薩摩訶薩從初發心修行般若波羅蜜多時以一切智智相應作意入四靜慮四無量四無色定是菩薩摩訶薩雖於靜慮無量無色入出自在而不攝受彼果異熟所以者何是菩薩摩訶薩成就最勝方便善巧觀諸靜慮無量無色自相皆空無實無成無轉無滅入諸法相知一切法無作無能入諸行相是菩薩摩訶薩成就如是方便善巧恒時增長覺分善根由此善根常增長故能行靜慮無量無色由行靜慮無量無色便能自在成熟有情嚴淨佛土復次善現若菩薩摩訶薩從初發心修行般若波羅蜜多時以一切智智相應作意修學一切菩提分法成就如是方便善巧雖行見修所斷法道而不取預流一來不還阿羅漢果獨覺菩提所以者何是菩薩摩訶薩觀一切法自相皆空無實無成無轉無滅入諸法相知一切法無作無能入諸行相是菩薩摩訶薩成就最勝方便善巧恒時增長覺分善根由此善根常增長故能行一切菩提分法超諸聲聞獨覺等地趣入菩薩正性離生是名菩薩無生法忍由此忍故常能自在成熟有情嚴淨佛土復次善現若菩薩摩訶薩修行般若波羅蜜多時以一切智智相應作意雖得自在順逆入出八解脫八勝處九次第定十遍處等而能成就方便善巧不取預流一來不還阿羅漢果獨覺菩提所以者何是菩薩摩訶薩觀一切法自相皆空無實無成無轉無滅入諸法相知一切法無作無能入諸行相是菩薩摩訶薩成就最勝方便善巧恒時增長覺分善根由此

善根常增長故便能自在成熟有情嚴淨佛土證入菩薩不退轉地得受記忍復次善現若菩薩摩訶薩修行般若波羅蜜多時以一切智智相應作意精進修行如來十力四無所畏四無礙解大慈大悲大喜大捨及十八佛不共法等無量無邊諸佛功德乃至未具成熟有情嚴淨佛土猶未證得一切智智所以者何是菩薩摩訶薩觀一切法自相皆空無實無成無轉無滅入諸法相知一切法無作無能入諸行相是菩薩摩訶薩成就最勝方便善巧恒時增長覺分善根由此善根常增長故便能圓滿成熟有情嚴淨佛土漸次證得一切智智善現如是名爲方便善巧若菩薩摩訶薩成就如是方便善巧諸有所爲定能證得一切智智如是最勝方便善巧皆由般若波羅蜜多而得成就是故善現諸菩薩摩訶薩應勤修學甚深般若波羅蜜多諸有所爲勿希果報若能如是精勤修學甚深般若波羅蜜多速能證得一切智智

第二分遍學品第七十二之一

爾時具壽善現白佛言世尊諸菩薩摩訶薩成就如是最勝覺慧雖能受行清淨深法而不攝受殊勝果報佛告善現如是如是如汝所說諸菩薩摩訶薩成就如是最勝覺慧雖能受行清淨深法而不攝受殊勝果報何以故是菩薩摩訶薩於法自性能不動故具壽善現白言世尊是菩薩摩訶薩能於何法自性無動佛告善現是菩薩摩訶薩能於無性自性無動具壽善現復白佛言是菩薩摩訶薩於何無性自性無動佛告善現是菩薩摩

訶薩能於色自性無動能於受想行識自性無動能於眼處乃至意處自性無動能於色處乃至法處自性無動能於眼界乃至意界自性無動能於色界乃至法界自性無動能於眼識界乃至意識界自性無動能於眼觸乃至意觸自性無動能於眼觸爲緣所生諸受乃至意觸爲緣所生諸受自性無動能於布施波羅蜜多乃至般若波羅蜜多自性無動能於四靜慮四無量四無色定自性無動能於四念住乃至八聖道支自性無動能於三解脫門自性無動能於八解脫九次第定自性無動能於如來十力乃至十八佛不共法自性無動如是乃至能於一切智智自性無動能於一切有爲界無爲界自性無動所以者何如是諸法即是無性諸菩薩摩訶薩於此無性自性無動無性不能現證無性具壽善現白言世尊有性法爲能現證有性不佛言不爾世尊無性法爲能現證有性不佛言不爾世尊有性法爲能現證無性不佛言不爾世尊無性法爲能現證無性不佛言不爾世尊若爾亦應有性不能現觀有性無性不能現觀有性有性不能現觀無性無性不能現觀無性將非世尊無得無現觀耶佛言善現雖有得有現觀然離四句世尊云何離四句而有得有現觀善現若得若現觀非有非無絶諸戲論是故我説有得有現觀然離四句具壽善現復白佛言諸菩薩摩訶薩以何爲戲論佛告善現諸菩薩摩訶薩觀色乃至識若常若無常若樂若苦若我若無我若淨若不淨若寂靜若不寂靜若遠離若不遠

離是爲戲論觀眼處乃至意處若常若無常若樂若苦若我若無我若淨若不淨若寂靜若不寂靜若遠離若不遠離是爲戲論觀色處乃至法處若常若無常若樂若苦若我若無我若淨若不淨若寂靜若不寂靜若遠離若不遠離是爲戲論觀眼界乃至意界若常若無常若樂若苦若我若無我若淨若不淨若寂靜若不寂靜若遠離若不遠離是爲戲論觀色界乃至法界若常若無常若樂若苦若我若無我若淨若不淨若寂靜若不寂靜若遠離若不遠離是爲戲論觀眼識界乃至意識界若常若無常若樂若苦若我若無我若淨若不淨若寂靜若不寂靜若遠離若不遠離是爲戲論觀眼觸乃至意觸若常若無常若樂若苦若我若無我若淨若不淨若寂靜若不寂靜若遠離若不遠離是爲戲論觀眼觸爲緣所生諸受乃至意觸爲緣所生諸受若常若無常若樂若苦若我若無我若淨若不淨若寂靜若不寂靜若遠離若不遠離是爲戲論觀地界乃至識界若常若無常若樂若苦若我若無我若淨若不淨若寂靜若不寂靜若遠離若不遠離是爲戲論觀因緣乃至增上緣若常若無常若樂若苦若我若無我若淨若不淨若寂靜若不寂靜若遠離若不遠離是爲戲論觀無明乃至老死若常若無常若樂若苦若我若無我若淨若不淨若寂靜若不寂靜若遠離若不遠離是爲戲論觀布施波羅蜜多乃至般若波羅蜜多若常若無常若樂若苦若我若無我若淨若不淨若寂靜若不寂靜若遠離若不遠離是爲

戲論觀内空乃至無性自性空若常若無常
若樂若苦若我若無我若淨若不淨若寂靜
若不寂靜若遠離若不遠離是爲戲論觀眞
如乃至不思議界若常若無常若樂若苦若
我若無我若淨若不淨若寂靜若不寂靜若
遠離若不遠離是爲戲論觀苦集滅道聖諦
若常若無常若樂若苦若我若無我若淨若
不淨若寂靜若不寂靜若遠離若不遠離是
爲戲論觀四念住乃至八聖道支若常若無
常若樂若苦若我若無我若淨若不淨若寂
靜若不寂靜若遠離若不遠離是爲戲論觀
四靜慮四無量四無色定若常若無常若樂
若苦若我若無我若淨若不淨若寂靜若不
寂靜若遠離若不遠離是爲戲論觀八解脫
乃至十遍處若常若無常若樂若苦若我若
無我若淨若不淨若寂靜若不寂靜若遠離
若不遠離是爲戲論觀空無相無願解脫門
若常若無常若樂若苦若我若無我若淨若
不淨若寂靜若不寂靜若遠離若不遠離是
爲戲論觀淨觀地乃至如來地若常若無常
若樂若苦若我若無我若淨若不淨若寂靜
若不寂靜若遠離若不遠離是爲戲論觀極
喜地乃至法雲地若常若無常若樂若苦若
我若無我若淨若不淨若寂靜若不寂靜若
遠離若不遠離是爲戲論觀一切陀羅尼門
三摩地門若常若無常若樂若苦若我若無
我若淨若不淨若寂靜若不寂靜若遠離若
不遠離是爲戲論觀五眼六神通若常若無
常若樂若苦若我若無我若淨若不淨若寂
靜若不寂靜若遠離若不遠離是爲戲論觀

如來十力乃至十八佛不共法若常若無常若樂若苦若我若無我若淨若不淨若寂靜若不寂靜若遠離若不遠離是爲戲論觀三十二大士相八十隨好若常若無常若樂若苦若我若無我若淨若不淨若寂靜若不寂靜若遠離若不遠離是爲戲論觀無忘失法恒住捨性若常若無常若樂若苦若我若無我若淨若不淨若寂靜若不寂靜若遠離若不遠離是爲戲論觀一切智道相智一切相智若常若無常若樂若苦若我若無我若淨若不淨若寂靜若不寂靜若遠離若不遠離是爲戲論觀預流果乃至獨覺菩提若常若無常若樂若苦若我若無我若淨若不淨若寂靜若不寂靜若遠離若不遠離是爲戲論觀一切菩薩摩訶薩行若常若無常若樂若苦若我若無我若淨若不淨若寂靜若不寂靜若遠離若不遠離是爲戲論觀諸佛無上正等菩提若常若無常若樂若苦若我若無我若淨若不淨若寂靜若不寂靜若遠離若不遠離是爲戲論觀一切智智若常若無常若樂若苦若我若無我若淨若不淨若寂靜若不寂靜若遠離若不遠離是爲戲論復次善現諸菩薩摩訶薩若作是念苦聖諦應遍知集聖諦應永斷滅聖諦應作證道聖諦應修習是爲戲論若作是念應修四靜慮四無量四無色定是爲戲論若作是念應修四念住乃至八聖道支是爲戲論若作是念應修空無相無願解脫門是爲戲論若作是念應修八解脫八勝處九次第定十遍處是爲戲論若作是念應超預流果乃至獨覺菩提是

爲戲論若作是念應行布施波羅蜜多乃至般若波羅蜜多是爲戲論若作是念應住内空乃至無性自性空是爲戲論若作是念應住眞如乃至不思議界是爲戲論若作是念應入菩薩正性離生是爲戲論若作是念應圓滿菩薩十地是爲戲論若作是念應起一切陀羅尼門三摩地門是爲戲論若作是念應引五眼六神通是爲戲論若作是念應引如來十力乃至十八佛不共法是爲戲論若作是念應圓滿三十二大士相八十隨好是爲戲論若作是念應引無忘失法恒住捨性是爲戲論若作是念應引一切智道相智一切相智是爲戲論若作是念應行一切菩薩摩訶薩行是爲戲論若作是念應證諸佛無上正等菩提是爲戲論若作是念我當嚴淨佛土成熟有情是爲戲論若作是念我當證得一切智智是爲戲論若作是念我當永斷一切煩惱習氣相續是爲戲論善現諸菩薩摩訶薩以如是等種種分别而爲戲論復次善現諸菩薩摩訶薩行深般若波羅蜜多時應觀色乃至識若常若無常若樂若苦若我若無我若淨若不淨若寂靜若不寂靜若遠離若不遠離皆不可戲論故不應戲論如是乃至應觀一切智智若應證得若不應證得俱不可戲論故不應戲論應觀一切煩惱習氣相續若應永斷若不應永斷俱不可戲論故不應戲論善現諸菩薩摩訶薩行深般若波羅蜜多時應觀如是等諸法及有情皆不可戲論故不應戲論所以者何以一切法及諸有情有性不能戲論有性有性不能戲論

無性無性不能戲論無性無性不能戲論有性離有無性若能戲論若所戲論若戲論處若戲論時皆不可得是故善現色無戲論受想行識亦無戲論如是乃至一切智智無戲論永斷煩惱習氣相續亦無戲論如是善現諸菩薩摩訶薩應行無戲論甚深般若波羅蜜多具壽善現白言世尊諸菩薩摩訶薩行深般若波羅蜜多時云何觀色受想行識乃至一切智智永斷煩惱習氣相續皆不可戲論故不應戲論佛告善現諸菩薩摩訶薩行深般若波羅蜜多時應觀色無自性受想行識亦無自性如是乃至應觀一切智智無自性永斷煩惱習氣相續亦無自性若法無自性則不可戲論是故善現色受想行識不可戲論故諸菩薩摩訶薩不應戲論如是乃至一切智智永斷煩惱習氣相續不可戲論故諸菩薩摩訶薩不應戲論善現諸菩薩摩訶薩若能如是於一切法離諸戲論行深般若波羅蜜多方便善巧便入菩薩正性離生若已得入速能證得一切智智

大般若波羅蜜多經卷第四百六十四

大般若波羅蜜多經卷第四百六十五

唐三藏法師玄奘奉　詔譯

第二分遍學品第七十二之二

爾時具壽善現白佛言世尊若一切法皆無自性離諸戲論不可得者諸菩薩摩訶薩由何等道得入菩薩正性離生爲聲聞道爲獨覺道爲如來道佛告善現諸菩薩摩訶薩不由聲聞道不由獨覺道不由如來道得入菩薩正性離生然於諸道遍學滿已由菩薩道得入菩薩正性離生譬如第八先學諸道後由自道得入自乘正性離生乃至未起圓滿果道未能證得自乘極果諸菩薩摩訶薩亦復如是先於諸道遍學滿已後由自道得入菩薩正性離生乃至未起金剛喻定猶未能得一切智智若起此定以一刹那相應般若乃能證得一切智智具壽善現復白佛言若菩薩摩訶薩先於諸道遍學滿已後由自道得入菩薩正性離生世尊豈不第八預流一來不還阿羅漢獨覺如來向果其道各異世尊如是諸道設各異者云何菩薩摩訶薩先於諸道遍學滿已後由自道得入菩薩正性離生謂諸菩薩摩訶薩若起第八道應成第八若起具見道應成預流若起進修道應成一來不還若起無學道應成阿羅漢若起獨覺道應成獨覺世尊若菩薩摩訶薩成第八已能入菩薩正性離生必無是處不入菩薩正性離生而能證得一切智智亦無是處世尊若菩薩摩訶薩成預流一來不還阿羅漢獨覺已能入菩薩正性離生必無是處不入菩薩正性離生而能證得一切智智亦無是

處世尊云何令我如實了知諸菩薩摩訶薩要於諸道遍學滿已乃入菩薩正性離生而不違理佛告善現如是如是如汝所說若菩薩摩訶薩成第八已廣說乃至成獨覺已能入菩薩正性離生必無是處不入菩薩正性離生而能證得一切智智亦無是處具壽善現白言世尊若爾云何諸菩薩摩訶薩先於諸道遍學滿已後由自道得入菩薩正性離生已入菩薩正性離生漸次證得一切智智永斷一切習氣相續佛告善現諸菩薩摩訶薩從初發心勇猛精進修行六種波羅蜜多以勝智見超過八地謂淨觀地乃至獨覺地雖於如是所說八地皆遍修學而能以勝智見超過由道相智得入菩薩正性離生已入菩薩正性離生漸次復由一切相智證得圓滿一切智智永斷一切習氣相續善現當知第八者智即是菩薩摩訶薩忍預流一來不還阿羅漢獨覺若智若斷亦是菩薩摩訶薩忍如是善現諸菩薩摩訶薩先於諸道遍學滿已後由自道得入菩薩正性離生已入菩薩正性離生漸次證得一切智智既已證得一切智智以果饒益一切有情爾時具壽善現白佛言世尊如說菩薩摩訶薩衆應學遍知一切道相若聲聞道若獨覺道若菩薩道若如來道知此等道一切種相名道相智諸菩薩摩訶薩云何當起此道相智佛告善現諸行狀相能正顯發道相智者諸菩薩摩訶薩遍於如是諸行狀相皆現等覺現等覺已如實爲他宣說開示施設建立令諸有情得無倒解隨應趣向所求利樂是菩薩摩訶薩

應於一切音聲語言皆得善巧陀羅尼門由此善巧陀羅尼門發起種種音聲語言遍爲三千大千世界諸有情類宣說正法令知所聞皆如谷響雖有領解而無執著善現諸菩薩摩訶薩由此因緣應學圓滿諸道相智既學圓滿道相智已應如實知一切有情意樂隨眠種種差別如應爲作利益安樂謂如實知地獄有情意樂隨眠及彼因果知已方便遮障彼道亦如實知傍生有情意樂隨眠及彼因果知已方便遮障彼道亦如實知鬼界有情意樂隨眠及彼因果知已方便遮障彼道亦如實知諸龍藥叉阿素洛等意樂隨眠及彼因果知已方便遮障彼道亦如實知人及欲天意樂隨眠及彼因果知已方便遮障彼道亦如實知梵衆天乃至色究竟天意樂隨眠及彼因果知已方便遮障彼道亦如實知空無邊處天乃至非想非非想處天意樂隨眠及彼因果知已方便遮障彼道亦如實知四念住乃至八聖道支及彼因果亦如實知三解脫門及彼因果亦如實知四靜慮四無量四無色定及彼因果亦如實知八解脫八勝處九次第定十遍處及彼因果亦如實知苦集滅道聖諦及彼因果亦如實知布施波羅蜜多乃至般若波羅蜜多及彼因果亦如實知內空乃至無性自性空及彼因果亦如實知眞如乃至不思議界及彼因果亦如實知淨觀地乃至如來地及彼因果亦如實知極喜地乃至法雲地及彼因果亦如實知一切陀羅尼門一切三摩地門及彼因果亦如實知五眼六神通及彼因果亦如實知如

來十力乃至十八佛不共法及彼因果亦如實知無忘失法恒住捨性及彼因緣亦如實知一切智道相智一切相智及彼因果善現諸菩薩摩訶薩既如實知聲聞等道及因果已隨其所應安立有情於三乘道令勤修學各得究竟善現諸菩薩摩訶薩應起如是諸道相智若菩薩摩訶薩能學如是諸道相智於諸有情種種界性意樂隨眠皆能悟入既悟入已隨其所宜爲說正法皆令獲得所求勝果終不唐捐所以者何是菩薩摩訶薩善達有情諸根勝劣如實解了一切有情往來死生心所差別故所說法終不唐捐善現諸菩薩摩訶薩應行如是諸道般若波羅蜜多所以者何一切聲聞獨覺菩薩所應學道菩提分法無不攝在甚深般若波羅蜜多一切聲聞獨覺菩薩於此中學皆得究竟爾時具壽善現白佛言世尊若一切種菩提分法乃至菩提如是一切非合非散無色無見無對一相所謂無相云何如是菩提分法能取菩提世尊一切非合非散無色無見無對一相所謂無相法非於餘法有取有捨譬如虛空於一切法無取無捨自性空故諸法亦爾自性皆空非於餘法有取有捨如何可言四念住等菩提分法能取菩提佛告善現如是如是如汝所說以一切法自性皆空無取無捨然諸有情於一切法自性空義不能解了爲益彼故方便宣說菩提分法能取菩提復次善現若所有色受想行識若眼處乃至意處若色處乃至法處若眼界乃至意界若色界乃至法界若眼識界乃至意識界若眼觸乃

至意觸若眼觸爲緣所生諸受乃至意觸爲緣所生諸受若地界乃至識界若因緣乃至增上緣若無明乃至老死若布施波羅蜜多乃至般若波羅蜜多若内空乃至無性自性空若眞如乃至不思議界若苦集滅道聖諦若四念住乃至八聖道支若四靜慮四無量四無色定若三解脱門若八解脱乃至十遍處若淨觀地乃至如來地若極喜地乃至法雲地若一切陀羅尼門三摩地門若五眼六神通若如來十力乃至十八佛不共法若三十二大士相八十隨好若無忘失法恒住捨性若一切智道相智一切相智若預流果乃至獨覺菩提若一切菩薩摩訶薩行若諸佛無上正等菩提若斷煩惱習氣相續若一切智智如是等一切法皆於聖法毗奈耶中非合非散無色無見無對一相所謂無相如來爲益諸有情類令生正解入法實相依世俗說不依勝義善現當知諸菩薩摩訶薩於如是一切法應學智見學智見已如實通達如是諸法應可受用如是諸法不應受用具壽善現即白佛言諸菩薩摩訶薩於何等法學智見已如實通達不應受用於何等法學智見已如實通達應可受用佛告善現諸菩薩摩訶薩於諸聲聞獨覺地法學智見已如實通達不應受用於一切智智相應諸法學智見已如實通達一切種相應可受用善現諸菩薩摩訶薩於此聖法毗奈耶中應如是學甚深般若波羅蜜多具壽善現復白佛言世尊所說聖法毗奈耶聖法毗奈耶者何謂聖法毗奈耶佛告善現若諸聲聞若諸獨覺若

諸菩薩若諸如來與貪瞋癡非合非散與五順下分結非合非散與五順上分結非合非散與四靜慮四無量四無色定非合非散與四念住乃至八聖道支非合非散與苦集滅道聖諦非合非散與三解脫門非合非散與八解脫乃至十遍處非合非散與淨觀地乃至如來地非合非散與五眼六神通非合非散與布施波羅蜜多乃至般若波羅蜜多非合非散與內空乃至無性自性空非合非散與真如乃至不思議界非合非散與極喜地乃至法雲地非合非散與一切陀羅尼門三摩地門非合非散與如來十力乃至十八佛不共法非合非散與三十二大士相八十隨好非合非散與無忘失法恒住捨性非合非散與一切智道相智一切相智非合非散與預流果乃至獨覺菩提非合非散與一切菩薩摩訶薩行非合非散與諸佛無上正等菩提非合非散與永斷一切煩惱習氣相續非合非散與一切智智非合非散與有為界非合非散與無為界非合非散善現彼名為聖者此是彼聖法毗奈耶是故名聖法毗奈耶所以者何此一切法無色無見無對一相所謂無相彼諸聖者如實現見善現當知無色法與無色法非合非散無見法與無見法非合非散無對法與無對法非合非散一相法與一相法非合非散無相法與無相法非合非散善現諸菩薩摩訶薩於此無色無見無對一相無相甚深般若波羅蜜多常應修學學已不取一切法相爾時具壽善現白佛言世尊諸菩薩摩訶薩豈不應於色相乃至識

相學豈不應於眼處相乃至意處相學豈不應於色處相乃至法處相學豈不應於眼界相乃至意界相學豈不應於色界相乃至法界相學豈不應於眼識界相乃至意識界相學豈不應於眼觸相乃至意觸相學豈不應於眼觸爲緣所生諸受相乃至意觸爲緣所生諸受相學豈不應於地界相乃至識界相學豈不應於因緣相乃至增上緣相學豈不應於無明相乃至老死相學豈不應於布施波羅蜜多相乃至般若波羅蜜多相學豈不應於內空相乃至無性自性空相學豈不應於眞如相乃至不思議界相學豈不應於苦集滅道聖諦相學豈不應於四靜慮四無量四無色定相學豈不應於四念住相乃至八聖道支相學豈不應於八解脫相乃至十遍處相學豈不應於空無相無願解脫門相學豈不應於淨觀地相乃至如來地相學豈不應於極喜地相乃至法雲地相學豈不應於一切陁羅尼門三摩地門相學豈不應於五眼六神通相學豈不應於如來十力相乃至十八佛不共法相學豈不應於三十二大士相八十隨好相學豈不應於無忘失法恒住捨性相學豈不應於一切智道相智一切相智相學豈不應於預流果相乃至獨覺菩提相學豈不應於一切菩薩摩訶薩行諸佛無上正等菩提相學豈不應於永斷煩惱習氣相續一切智智相學豈不應於知苦斷集證滅修道相學豈不應於順逆緣起觀相學豈不應於一切聖者聖法相學豈不應於有爲界無爲界相學世尊若菩薩摩訶薩不於如

是諸法相學亦應不於諸行相學世尊若菩薩摩訶薩於諸法相及諸行相既不能學云何能超一切聲聞及獨覺地若不能超一切聲聞及獨覺地云何能入菩薩正性離生若不能入菩薩正性離生云何能得一切智智若不能得一切智智云何能轉妙法輪若不能轉妙法輪云何能以三乘正法安立有情令出無邊生死苦海佛告善現若一切法有實相者諸菩薩摩訶薩應於中學以一切法非有實相是故菩薩摩訶薩衆不於相學亦復不於無相法學所以者何若佛出世若不出世法界常住諸法一相所謂無相如是無相既非有相亦非無相故不可學爾時具壽善現白佛言世尊若一切法皆非有相亦非無相云何菩薩摩訶薩能修般若波羅蜜多世尊若菩薩摩訶薩不能修般若波羅蜜多應不能超諸聲聞地及獨覺地若不能超諸聲聞地及獨覺地應不能入菩薩正性離生若不能入菩薩正性離生應不能起菩薩無生法忍若不能起菩薩無生法忍應不能發菩薩勝妙神通若不能發菩薩勝妙神通應不能嚴淨佛土成熟有情若不能嚴淨佛土成熟有情應不能證得一切智智若不能證得一切智智應不能轉妙法輪若不能轉妙法輪則應不能安立有情令住預流果或一來果或不還果或阿羅漢果或獨覺菩提或復無上正等菩提亦應不能安立有情令住施性福業事或戒性福業事或修性福業事當獲人天富樂自在佛告善現如是如是如汝所說一切法非有相非無相若菩薩摩訶

薩知一切法若有相若無相咸同一相所謂無相修此無相是修般若波羅蜜多具壽善現復白佛言云何菩薩摩訶薩修此無相是修般若波羅蜜多佛告善現若菩薩摩訶薩修除遣一切法是修般若波羅蜜多具壽善現復白佛言云何菩薩摩訶薩修除遣一切法是修般若波羅蜜多佛告善現若菩薩摩訶薩修除遣色受想行識是修般若波羅蜜多修除遣眼處乃至意處是修般若波羅蜜多修除遣色處乃至法處是修般若波羅蜜多修除遣眼界乃至意界是修般若波羅蜜多修除遣色界乃至法界是修般若波羅蜜多修除遣眼識界乃至意識界是修般若波羅蜜多修除遣眼觸乃至意觸是修般若波羅蜜多修除遣眼觸爲緣所生諸受乃至意觸爲緣所生諸受是修般若波羅蜜多修除遣地界乃至識界是修般若波羅蜜多修除遣因緣乃至增上緣是修般若波羅蜜多修除遣無明乃至老死是修般若波羅蜜多修除遣不淨觀是修般若波羅蜜多修除遣四靜慮四無量四無色定是修般若波羅蜜多修除遣佛隨念法隨念僧隨念戒隨念捨隨念天隨念寂靜隨念持入出息隨念是修般若波羅蜜多修除遣無常想苦想無我想空想集想因想生想緣想滅想靜想妙想離想道想如想行想出想是修般若波羅蜜多修除遣我想有情想乃至知者想見者想是修般若波羅蜜多修除遣常想樂想我想淨想是修般若波羅蜜多修除遣緣起想是修般若波羅蜜多修除遣聖諦想是修般若波羅

蜜多修除遣四念住乃至八聖道支是修般若波羅蜜多修除遣三解脫門是修般若波羅蜜多修除遣八解脫乃至十遍處是修般若波羅蜜多修除遣有尋有伺三摩地無尋唯伺三摩地無尋無伺三摩地是修般若波羅蜜多修除遣苦集滅道聖諦是修般若波羅蜜多修除遣苦智集智滅智道智法智類智世俗智他心智盡智無生智如說智是修般若波羅蜜多修除遣布施波羅蜜多乃至般若波羅蜜多是修般若波羅蜜多修除遣內空乃至無性自性空是修般若波羅蜜多修除遣眞如乃至不思議界是修般若波羅蜜多修除遣淨觀地乃至如來地是修般若波羅蜜多修除遣極喜地乃至法雲地是修般若波羅蜜多修除遣一切陀羅尼門三摩地門是修般若波羅蜜多修除遣五眼六神通是修般若波羅蜜多修除遣如來十力乃至十八佛不共法是修般若波羅蜜多修除遣三十二大士相八十隨好是修般若波羅蜜多修除遣無忘失法恒住捨性是修般若波羅蜜多修除遣一切智道相智一切相智是修般若波羅蜜多修除遣預流果乃至獨覺菩提是修般若波羅蜜多修除遣一切菩薩摩訶薩行是修般若波羅蜜多修除遣諸佛無上正等菩提是修般若波羅蜜多修除遣一切智智是修般若波羅蜜多修除遣永斷一切煩惱習氣相續是修般若波羅蜜多具壽善現復白佛言云何菩薩摩訶薩修除遣色受想行識是修般若波羅蜜多如是乃至修除遣永斷一切煩惱習氣相續是修般

若波羅蜜多佛告善現諸菩薩摩訶薩行深般若波羅蜜多時若念有色受想行識非除遣色受想行識非修般若波羅蜜多如是乃至若念有永斷一切煩惱習氣相續非除遣永斷一切煩惱習氣相續非修般若波羅蜜多然諸菩薩摩訶薩行深般若波羅蜜多時不念有色受想行識是除遣色受想行識是修般若波羅蜜多如是乃至不念有永斷一切煩惱習氣相續是除遣永斷一切煩惱習氣相續是修般若波羅蜜多所以者何非有想者能修般若波羅蜜多是故善現若菩薩摩訶薩修除遣色受想行識是修般若波羅蜜多如是乃至修除遣永斷一切煩惱習氣相續是修般若波羅蜜多復次善現住有想者不能修布施波羅蜜多乃至般若波羅蜜多亦不能修四念住乃至八聖道支亦不能住內空乃至無性自性空亦不能住真如乃至不思議界亦不能住苦集滅道聖諦亦不能修空無相無願解脫門亦不能修殊勝四靜慮四無量四無色定亦不能修八解脫乃至十遍處亦不能修極喜地乃至法雲地亦不能修一切陀羅尼門三摩地門亦不能修五眼六神通亦不能修如來十力乃至十八佛不共法亦不能修無忘失法恒住捨性亦不能修一切智道相智一切相智亦不能修一切菩薩摩訶薩行亦不能修諸佛無上正等菩提亦不能修一切智智亦不能修永斷一切煩惱習氣相續所以者何住有想者必當執有我及我所由此執故便著二邊著二邊故決定不能解脫生死無道無涅槃云何

能如實修六波羅蜜多乃至永斷一切煩惱習氣相續具壽善現復白佛言何等是有何等是非有佛告善現二是有不二是非有善現復問云何爲二云何爲不二世尊告曰色想乃至識想爲二色想空乃至識想空爲不二眼處想乃至意處想爲二眼處想空乃至意處想空爲不二色處想乃至法處想爲二色處想空乃至法處想空爲不二眼界想乃至意界想爲二眼界想空乃至意界想空爲不二色界想乃至法界想爲二色界想空乃至法界想空爲不二眼識界想乃至意識界想爲二眼識界想空乃至意識界想空爲不二眼觸想乃至意觸想爲二眼觸想空乃至意觸想空爲不二眼觸爲緣所生諸受想乃至意觸爲緣所生諸受想爲二眼觸爲緣所生諸受想空乃至意觸爲緣所生諸受想空爲不二地界想乃至識界想爲二地界想空乃至識界想空爲不二因緣想乃至增上緣想爲二因緣想空乃至增上緣想空爲不二無明想乃至老死想爲二無明想空乃至老死想空爲不二布施波羅蜜多想乃至般若波羅蜜多想爲二布施波羅蜜多想空乃至般若波羅蜜多想空爲不二內空想乃至無性自性空想爲二內空想空乃至無性自性空想空爲不二眞如想乃至不思議界想爲二眞如想空乃至不思議界想空爲不二苦集滅道聖諦想爲二苦集滅道聖諦想空爲不二四念住想乃至八聖道支想爲二四念住想空乃至八聖道支想空爲不二四靜慮四無量四無色定想爲二四靜慮四無量四

無色定想空爲不二八解脱想乃至十遍處想爲二八解脱想空乃至十遍處想空爲不二空無相無願解脱門想爲二空無相無願解脱門想空爲不二淨觀地想乃至如來地想爲二淨觀地想空乃至如來地想空爲不二極喜地想乃至法雲地想爲二極喜地想空乃至法雲地想空爲不二陀羅尼門三摩地門想爲二陀羅尼門三摩地門想空爲不二五眼六神通想爲二五眼六神通想空爲不二如來十力想乃至十八佛不共法想爲二如來十力想空乃至十八佛不共法想空爲不二三十二大士相八十隨好想爲二三十二大士相八十隨好想空爲不二無忘失法恒住捨性想爲二無忘失法恒住捨性想空爲不二一切智道相智一切相智想爲二一切智道相智一切相智想空爲不二預流果想乃至獨覺菩提想爲二預流果想空乃至獨覺菩提想空爲不二一切菩薩摩訶薩行諸佛無上正等菩提想爲二一切菩薩摩訶薩行諸佛無上正等菩提想空爲不二有爲界無爲界想爲二有爲界無爲界想空爲不二善現乃至一切想皆爲二乃至一切二皆是有乃至一切有皆有生死有生死者不能解脱生老病死愁歎苦憂惱善現諸想空者皆爲不二諸不二者皆是非有諸非有者皆無生死無生死者便能解脱生老病死愁歎苦憂惱善現由是因緣當知一切有二想者定無布施淨戒安忍精進靜慮般若波羅蜜多無得無現觀下至順忍彼尚非有況能遍知色受想行識如是乃至況能遍知一切

智智彼尚不能修四念住乃至八聖道支況能得預流果乃至獨覺菩提況復能得一切智智及能永斷一切煩惱習氣相續

第二分漸次品第七十三之一

爾時具壽善現白佛言世尊住有想者若無順忍亦無修道得果現觀住無想者豈有順忍若淨觀地如是乃至若如來地若修聖道因修聖道斷諸煩惱由此煩惱所覆障故尚不能證聲聞獨覺相應之地況入菩薩正性離生若不能入菩薩正性離生豈能證得一切智智若不能證得一切智智何能永斷一切煩惱習氣相續世尊若一切法都無所有無生無滅無染無淨如是諸法既都不生豈能證得一切智智佛告善現如是如是如汝所說住無想者亦無順忍乃至亦無永斷煩惱習氣相續若一切法都無所有無生無滅無染無淨如是諸法既都不生豈能證得一切智智具壽善現復白佛言諸菩薩摩訶薩行深般若波羅蜜多時爲有有想有無想不爲有色想受想行識想不如是乃至爲有一切智智想不爲有永斷一切煩惱習氣相續想不爲有色想有色斷想不爲有受想行識想有受想行識斷想不爲有眼處乃至意處想有眼處乃至意處斷想不爲有色處乃至法處想有色處乃至法處斷想不爲有眼界乃至意界想有眼界乃至意界斷想不爲有色界乃至法界想有色界乃至法界斷想不爲有眼識界乃至意識界想有眼識界乃至意識界斷想不爲有眼觸乃至意觸想有眼觸乃至意觸斷想不爲有眼觸爲緣所生諸

受乃至意觸爲緣所生諸受想有眼觸爲緣所生諸受乃至意觸爲緣所生諸受斷想不爲有地界乃至識界想有地界乃至識界斷想不爲有因緣乃至增上緣想有因緣乃至增上緣斷想不爲有貪瞋癡想有貪瞋癡斷想不爲有無明乃至老死愁歎苦憂惱想有無明乃至老死愁歎苦憂惱斷想不爲有苦聖諦想有苦聖諦斷想不爲有苦集聖諦想有苦集聖諦斷想不爲有苦滅聖諦想有苦滅聖諦斷想不爲有證苦滅道聖諦想有證苦滅道聖諦斷想不如是乃至爲有一切智智想有證一切智智想不爲有所斷一切煩惱習氣相續想有永斷一切煩惱習氣相續想不佛告善現諸菩薩摩訶薩行深般若波羅蜜多時於一切法皆無有想亦無無想若無有想亦無無想當知即是菩薩順忍亦是修道亦是得果亦是現觀復次善現諸菩薩摩訶薩以無性爲聖道以無性爲現觀達一切法皆以無性而爲自性由是因緣當知一切法皆以無性爲其自性具壽善現即白佛言若一切法皆以無性爲自性者云何如來應等正覺於一切法無性爲性現等覺已說名爲佛於一切法及諸境界得自在轉佛告善現如是如是一切法皆以無性爲自性我本修學菩薩道時無倒修行布施淨戒安忍精進靜慮般若波羅蜜多由此離欲惡不善法有尋有伺離生喜樂入初靜慮具足住如是乃至斷樂斷苦先喜憂沒不苦不樂捨念清淨入第四靜慮具足住我於爾時於諸靜慮及靜慮支雖善取相而無所執於諸靜慮

及靜慮支不生味著於諸靜慮及靜慮支都無所得我於爾時於四靜慮行相清淨無所分別我於爾時於諸靜慮及靜慮支雖善純熟而不受彼所得果報但依靜慮令心引發神境天耳他心宿住天眼智通於此五通雖善取相而無所執亦不愛味於諸通境都無所得亦不分別如空而住我於爾時觀一切法平等平等無性爲性以一刹那相應般若證得無上正等菩提謂如實知是苦聖諦是集聖諦是滅聖諦是道聖諦皆同一相所謂無相如是無相亦無所有由此成就如來十力四無所畏四無礙解大慈大悲大喜大捨并十八佛不共法等無量無數不可思議微妙功德以佛妙智安立有情三聚差別謂正性定聚邪性定聚及不定聚安立如是三聚別已隨其所應方便化導令獲殊勝利益安樂具壽善現復白佛言云何如來應正等覺於一切法無性性中起四靜慮發五神通證大菩提具諸功德安立利樂三聚有情佛告善現若諸欲惡不善法等有少自性或復他性爲自性者我本修行菩薩道時不應通達一切欲惡不善法等皆以無性爲自性已離欲惡等入初靜慮乃至能入第四靜慮具足安住以諸欲惡不善法等都無自性亦無他性但以無性爲自性故我本修行菩薩道時通達欲惡不善法等皆以無性爲自性已離欲惡等入初靜慮乃至能入第四靜慮復次善現若五神通有少自性或復他性爲自性者我本修行菩薩道時不應通達一切神通皆以無性爲自性已發起種種自在神通於

諸境界妙用無礙以諸神通都無自性亦無他性但以無性爲自性故我本修行菩薩道時通達神通皆以無性爲自性已發起種種自在神通於諸境界妙用無礙復次善現若佛無上正等菩提有少自性或復他性爲自性者我本修行菩薩道時不應通達諸佛無上正等菩提及諸功德皆以無性爲自性已證得無上正等菩提具諸功德以佛無上正等菩提及諸功德都無自性亦無他性但以無性爲自性故我本修行菩薩道時通達無上正等菩提皆以無性爲自性已證得無上正等菩提具諸功德復次善現若諸有情有少自性或復他性爲自性者我成佛已不應通達一切有情皆以無性爲自性已安立有情三聚差別隨其所應方便化導令獲殊勝利益安樂以諸有情都無自性亦無他性但以無性爲自性故我成佛已通達有情皆以無性爲自性已安立有情三聚差別隨其所應方便化導令獲殊勝利益安樂

大般若波羅蜜多經卷第四百六十五

大般若波羅蜜多經卷第四百六十六

唐三藏法師玄奘奉　詔譯

第二分漸次品第七十三之二

爾時具壽善現白佛言世尊若菩薩摩訶薩於一切法無性性中起四靜慮發五神通證得無上正等菩提具諸功德安立有情三聚差別令其獲得利樂事者云何初發心菩薩摩訶薩於一切法無性性中作漸次業修漸次學行漸次行證得無上正等菩提作諸有情勝利樂事佛告善現諸菩薩摩訶薩初發心位或從佛聞或復從於多供養佛菩薩獨覺及阿羅漢不還一來預流果等賢聖所聞謂證諸法無性爲性究竟圓滿方名爲佛漸證諸法無性爲性名爲菩薩乃至預流深信諸法無性爲性名賢善士故一切法及諸有情無不皆以無性爲性法及有情乃至無有如毛端量自性可得是菩薩摩訶薩聞此事已作是念言若一切法及諸有情皆以無性而爲自性證得此故說名爲佛乃至預流深信此故名賢善士我於無上正等菩提若當證得若不證得諸法有情常以無性而爲自性故我定應發趣無上正等菩提得菩提已若諸有情行有想者方便安立令住無想是菩薩摩訶薩作此念已求趣無上正等菩提普爲有情得涅槃故作漸次業修漸次學行漸次行如過去世諸菩薩摩訶薩求趣無上正等菩提先學漸次業學行故證得無上正等菩提是菩薩摩訶薩亦復如是先應修學布施波羅蜜多次應修學淨戒波羅蜜多次應修學安忍波羅蜜多次應修學精進波羅

蜜多次應修學靜慮波羅蜜多後應修學般若波羅蜜多善現當知是菩薩摩訶薩從初發心修學布施波羅蜜多時應自行布施亦勸他行布施無倒稱揚布施功德歡喜讚歎行布施者由此因緣得大財位常行布施離慳悋心隨諸有情所須飲食衣服卧具瓔珞香花財寶燈明車乘舍宅及餘資具悉皆施與是菩薩摩訶薩由布施故受持戒蘊生天人中得大尊貴由施戒故復得定蘊由施戒定故復得慧蘊由施戒定慧故復得解脱蘊由施戒定慧解脱故復得解脱知見蘊由施乃至解脱智見蘊圓滿故超諸聲聞及獨覺地證入菩薩正性離生既入菩薩正性離生成熟有情嚴淨佛土作此事已證得無上正等菩提轉妙法輪以三乘法安立度脱諸有情類令出生死證得涅槃善現是菩薩摩訶薩由布施故雖能如是作漸次業修漸次學行漸次行而於一切都無所得所以者何以一切法無自性故復次善現是菩薩摩訶薩從初發心修學淨戒波羅蜜多時應自行淨戒亦勸他行淨戒無倒稱揚淨戒功德歡喜讚歎行淨戒者由此因緣戒蘊清淨生天人中得大尊貴施貧窮者所須財物既行施已安住戒蘊定蘊慧蘊解脱蘊解脱知見蘊由戒定慧解脱解脱知見蘊清淨故超諸聲聞及獨覺地證入菩薩正性離生既入菩薩正性離生成熟有情嚴淨佛土作此事已證得無上正等菩提轉妙法輪以三乘法安立度脱諸有情類令出生死證得涅槃善現是菩薩摩訶薩由淨戒故雖能如是作漸次業修

漸次學行漸次行而於一切都無所得所以者何以一切法無自性故復次善現是菩薩摩訶薩從初發心修學安忍波羅蜜多時應自行安忍亦勸他行安忍無倒稱揚安忍功德歡喜讚歎行安忍者是菩薩摩訶薩行安忍時能以資具施諸有情皆令充足既行施已安住戒蘊定蘊慧蘊解脫蘊解脫知見蘊由戒定慧解脫解脫知見蘊清淨故超諸聲聞及獨覺地證入菩薩正性離生既入菩薩正性離生成熟有情嚴淨佛土作此事已證得無上正等菩提轉妙法輪以三乘法安立度脫諸有情類令出生死證得涅槃善現是菩薩摩訶薩由安忍故雖能如是作漸次業修漸次學行漸次行而於一切都無所得所以者何以一切法無自性故復次善現是菩薩摩訶薩從初發心修學精進波羅蜜多時應自於諸善法發勤精進亦勸他於諸善法發勤精進無倒稱揚精進功德歡喜讚歎行精進者是菩薩摩訶薩行精進時能以資具施諸有情皆令充足既行施已安住戒蘊定蘊慧蘊解脫蘊解脫知見蘊由戒定慧解脫解脫知見蘊清淨故超諸聲聞及獨覺地證入菩薩正性離生既入菩薩正性離生成熟有情嚴淨佛土作此事已證得無上正等菩提轉妙法輪以三乘法安立度脫諸有情類令出生死證得涅槃善現是菩薩摩訶薩由精進故雖能如是作漸次業修漸次學行漸次行而於一切都無所得所以者何以一切法無自性故復次善現是菩薩摩訶薩從初發心修學靜慮波羅蜜多時應自入四靜慮

四無量四無色定亦勸他入四靜慮四無量四無色定無倒稱揚四靜慮四無量四無色定功德歡喜讚歎入四靜慮四無量四無色定者是菩薩摩訶薩行靜慮時能以資具施諸有情皆令充足既行施已安住戒蘊定蘊慧蘊解脱蘊解脱知見蘊由戒定慧解脱解脱知見蘊清淨故超諸聲聞及獨覺地證入菩薩正性離生既入菩薩正性離生成熟有情嚴淨佛土作此事已證得無上正等菩提轉妙法輪以三乘法安立度脱諸有情類令出生死證得涅槃善現是菩薩摩訶薩由靜慮故雖能如是作漸次業修漸次學行漸次行而於一切都無所得所以者何以一切法無自性故復次善現是菩薩摩訶薩從初發心修學般若波羅蜜多時以無所得而爲方便應自行六波羅蜜多亦勸他行六波羅蜜多無倒稱揚六波羅蜜多功德歡喜讚歎行六波羅蜜多者是菩薩摩訶薩由於六波羅蜜多方便善巧超諸聲聞及獨覺地證入菩薩正性離生既入菩薩正性離生成熟有情嚴淨佛土作此事已證得無上正等菩提轉妙法輪以三乘法安立度脱諸有情類令出生死證得涅槃善現是菩薩摩訶薩由般若故雖能如是作漸次業修漸次學行漸次行而於一切都無所得所以者何以一切法無自性故善現是爲初發心菩薩摩訶薩依學六種波羅蜜多作漸次業修漸次學行漸次行與諸有情作利樂事復次善現諸菩薩摩訶薩作漸次業修漸次學行漸次行時從初發心以一切智智相應作意信解一切法皆

以無性而爲自性先應修學佛隨念次應修學法隨念次應修學僧隨念次應修學戒隨念次應修學捨隨念後應修學天隨念善現云何菩薩摩訶薩修學佛隨念謂菩薩摩訶薩修學佛隨念時不應以色思惟如來應正等覺不應以受想行識思惟如來應正等覺何以故色乃至識皆無自性若法無自性則不可念不可思惟所以者何若無念無思惟是爲佛隨念復次善現諸菩薩摩訶薩修學佛隨念時不應以三十二大士相思惟如來應正等覺不應以真金色身常光一尋八十隨好思惟如來應正等覺何以故如是相好金光色身都無自性若法無自性則不可念不可思惟所以者何若無念無思惟是爲佛隨念復次善現諸菩薩摩訶薩修學佛隨念

時不應以戒蘊思惟如來應正等覺不應以定蘊慧蘊解脱蘊解脱知見蘊思惟如來應正等覺何以故如是諸蘊皆無自性若法無自性則不可念不可思惟所以者何若無念無思惟是爲佛隨念復次善現諸菩薩摩訶薩修學佛隨念時不應以五眼六神通思惟如來應正等覺不應以佛十力乃至十八佛不共法思惟如來應正等覺何以故如是諸法皆無自性若法無自性則不可念不可思惟所以者何若無念無思惟是爲佛隨念復次善現諸菩薩摩訶薩修學佛隨念時不應以無忘失法恒住捨性思惟如來應正等覺不應以一切智道相智一切相智及餘無量無邊佛法思惟如來應正等覺何以故如是諸法皆無自性若法無自性則不可念不可

思惟所以者何若無念無思惟是爲佛隨念復次善現諸菩薩摩訶薩修學佛隨念時不應以緣性法思惟如來應正等覺不應以緣起法思惟如來應正等覺何以故緣性緣起俱無自性若法無自性則不可念不可思惟所以者何若無念無思惟是爲佛隨念善現諸菩薩摩訶薩行深般若波羅蜜多時應如是修學佛隨念若如是修學佛隨念是爲作漸次業修漸次學行漸次行若菩薩摩訶薩能如是作漸次業修漸次學行漸次行時則能圓滿四念住乃至八聖道支亦能圓滿四靜慮四無量四無色定亦能圓滿八解脫乃至十遍處亦能圓滿布施波羅蜜多乃至般若波羅蜜多亦能圓滿內空乃至無性自性空亦能圓滿真如乃至不思議界亦能圓滿苦集滅道聖諦亦能圓滿空無相無願解脫門亦能圓滿諸菩薩地亦能圓滿一切陀羅尼門三摩地門亦能圓滿五眼六神通亦能圓滿如來十力乃至十八佛不共法亦能圓滿無忘失法恒住捨性亦能圓滿一切智道相智一切相智由此證得一切智智善現是菩薩摩訶薩以一切法無性爲性方便力故覺一切法皆無自性其中無有想亦復無無想善現諸菩薩摩訶薩應如是修學佛隨念謂一切法無性性中佛尚不可得況有佛隨念善現云何菩薩摩訶薩修學法隨念謂菩薩摩訶薩修學法隨念時不應思惟善法非善法不應思惟有記法無記法不應思惟世間法出世間法不應思惟有愛味法無愛味法不應思惟有諍法無諍法不應思惟聖法

非聖法不應思惟有漏法無漏法不應思惟墮三界法不墮三界法不應思惟有爲界法無爲界法何以故如是諸法皆無自性若法無自性則不可念不可思惟所以者何若無念無思惟是爲法隨念善現諸菩薩摩訶薩行深般若波羅蜜多時應如是修學法隨念若如是修學法隨念是爲作漸次業修漸次學行漸次行若菩薩摩訶薩能如是作漸次業修漸次學行漸次行時則能圓滿四念住廣說乃至一切相智由此證得一切智智善現是菩薩摩訶薩以一切法無性爲性方便力故覺一切法皆無自性其中無有想亦復無無想善現諸菩薩摩訶薩應如是修學法隨念謂一切法無性性中法尚不可得況有法隨念善現云何菩薩摩訶薩修學僧隨念謂菩薩摩訶薩修學僧隨念時應作是念佛弟子衆具淨戒蘊定蘊慧蘊解脱蘊解脱知見蘊四雙八隻補特伽羅一切皆是無爲所顯皆以無性而爲自性由此因緣不應思惟何以故如是善士皆無自性若法無自性則不可念不可思惟所以者何若無念無思惟是爲僧隨念善現諸菩薩摩訶薩行深般若波羅蜜多時應如是修學僧隨念若如是修學僧隨念是爲作漸次業修漸次學行漸次行若菩薩摩訶薩能如是作漸次業修漸次學行漸次行時則能圓滿四念住廣說乃至一切相智由此證得一切智智善現是菩薩摩訶薩以一切法無性爲性方便力故覺一切法皆無自性其中無有想亦復無無想善現諸菩薩摩訶薩應如是修學僧隨念謂一

切法無性性中僧尚不可得況有僧隨念善現云何菩薩摩訶薩修學戒隨念謂菩薩摩訶薩修學戒隨念時從初發心應念聖戒無缺無隙無瑕無穢無所取著應受供養智者所讚妙善受持妙善究竟隨順勝定思惟此戒無性爲性由是因緣不應思惟何以故如是聖戒都無自性若法無自性則不可念不可思惟所以者何若無念無思惟是爲戒隨念善現諸菩薩摩訶薩行深般若波羅蜜多時應如是修學戒隨念若如是修學戒隨念是爲作漸次業修漸次學行漸次行若菩薩摩訶薩能如是作漸次業修漸次學行漸次行時則能圓滿四念住廣說乃至一切相智由此證得一切智智善現是菩薩摩訶薩以一切法無性爲性方便力故覺一切法皆無自性其中無有想亦復無無想善現諸菩薩摩訶薩應如是修學戒隨念謂一切法無性性中戒尚不可得況有戒隨念善現云何菩薩摩訶薩修學捨隨念謂菩薩摩訶薩修學捨隨念時從初發心常應念捨若念自捨若念他捨若念捨財若念捨法於捨施位終不起心我能捨施或不捨施若捨所有身分支節亦不起心我能捨施或不捨施亦不思惟所捨所與施福施果何以故如是諸法皆無自性若法無自性則不可念不可思惟所以者何若無念無思惟是爲捨隨念善現諸菩薩摩訶薩行深般若波羅蜜多時應如是修學捨隨念若如是修學捨隨念是爲作漸次業修漸次學行漸次行若菩薩摩訶薩能如是作漸次業修漸次學行漸次行時則能圓

滿四念住廣説乃至一切相智由此能證一切智智善現是菩薩摩訶薩以一切法無性爲性方便力故覺一切法皆無自性其中無有想亦復無無想善現諸菩薩摩訶薩應如是修學捨隨念謂一切法無性性中捨尚不可得況有捨隨念善現云何菩薩摩訶薩修學天隨念謂菩薩摩訶薩修學天隨念時從初發心應作是念四大王衆天乃至他化自在天由有淨信戒聞捨慧從此命終生彼天處我今亦有如是淨信戒聞捨慧與彼諸天功德相似又作是念諸預流等生六欲天諸不還等生上二界如是一切皆不可得不應思惟何以故如是諸天皆無自性若法無自性則不可念不可思惟所以者何若無念無思惟是爲天隨念善現諸菩薩摩訶薩行深般若波羅蜜多時應如是修學天隨念若如是修學天隨念是爲作漸次業修漸次學行漸次行若菩薩摩訶薩能如是作漸次業修漸次學行漸次行時則能圓滿四念住廣説乃至一切相智由此證得一切智智善現是菩薩摩訶薩以一切法無性爲性方便力故覺一切法皆無自性其中無有想亦復無無想善現諸菩薩摩訶薩應如是修學天隨念謂一切法無性性中天尚不可得況有天隨念復次善現諸菩薩摩訶薩行深般若波羅蜜多時若欲圓滿作漸次業修漸次學行漸次行以一切法無性爲性方便力故應學内空乃至無性自性空應學眞如乃至不思議界應學苦集滅道聖諦應學四念住乃至八聖道支應學四靜慮四無量四無色定應學

八解脫乃至十遍處應學空無相無願解脫門應學布施波羅蜜多乃至般若波羅蜜多應學菩薩摩訶薩地應學一切陀羅尼門三摩地門應學五眼六神通應學如來十力乃至十八佛不共法應學無忘失法恒住捨性應學一切智道相智一切相智善現是菩薩摩訶薩如是修學菩提道時覺一切法皆以無性而爲自性於中尚無少念可得況有念色受想行識況有念眼處乃至意處況有念色處乃至法處況有念眼界乃至意界況有念色界乃至法界況有念眼識界乃至意識界況有念眼觸乃至意觸況有念眼觸爲緣所生諸受乃至意觸爲緣所生諸受況有念地界乃至識界況有念因緣乃至增上緣況有念無明乃至老死況有念布施波羅蜜多乃至般若波羅蜜多況有念內空乃至無性自性空況有念眞如乃至不思議界況有念苦集滅道聖諦況有念四念住乃至八聖道支況有念四靜慮四無量四無色定況有念八解脫乃至十遍處況有念空無相無願解脫門況有念淨觀地乃至如來地況有念極喜地乃至法雲地況有念一切陀羅尼門三摩地門況有念五眼六神通況有念如來十力乃至十八佛不共法況有念三十二大士相八十隨好況有念無忘失法恒住捨性況有念一切智道相智一切相智況有念預流果乃至獨覺菩提況有念一切菩薩摩訶薩行況有念諸佛無上正等菩提況有念一切智智善現如是諸念及所念法若少實有無有是處如是善現諸菩薩摩訶薩行深般若

波羅蜜多時雖作漸次業修漸次學行漸次行而於其中心皆不轉以一切法無自性故具壽善現白言世尊若一切法皆無自性則應無色受想行識乃至應無一切智智是則應無佛法僧寶道果染淨亦無得無現觀則一切法皆應是無佛告善現於意云何於一切法無性性中有性無性爲可得不善現對曰不也世尊佛告善現若一切法無性性中有性無性俱不可得汝令云何可作是說若一切法皆無自性則應無色受想行識乃至應無得及現觀則一切法皆應是無善現白言我於是義自無疑惑但爲未來有苾芻等或求聲聞或求獨覺或求佛果彼作是念若一切法皆無自性誰染誰淨誰縛誰解彼於染淨縛解義中不了知故毀戒毀見毀威儀毀淨命由此當墮三惡趣中受諸劇苦難得解脫我觀未來當有如是可怖畏事故作是說然我於此實無疑惑佛告善現善哉善哉汝今乃能爲未來世諸苾芻等作如是問然一切法無性性中若有若無俱不可得

第二分無相品第七十四之一

爾時具壽善現白佛言世尊若一切法皆以無性而爲自性諸菩薩摩訶薩見何等義爲欲利益安樂有情求趣無上正等菩提佛告善現以一切法皆以無性而爲自性諸菩薩摩訶薩爲欲利益安樂有情所以者何諸有情類具斷常見住有所得難可調伏愚癡顛倒難可解脫善現當知住有所得者由有所得想無得無現觀亦無無上正等菩提具壽善現復白佛言若有所得者無得無現觀亦

無無上正等菩提無所得者爲有得有現觀有無上正等菩提不佛告善現若無所得即是得即是現觀即是無上正等菩提所以者何以彼不壞法界相故善現當知若有於此無所得中欲有所得欲得現觀欲得無上正等菩提當知彼爲欲壞法界具壽善現復白佛言若有所得者無得無現觀亦無無上正等菩提若無所得即是得即是現觀即是無上正等菩提無所得中無得無現觀亦無無上正等菩提諸菩薩摩訶薩云何得有初地乃至十地云何得有無生法忍云何得有異熟神通云何得有異熟布施波羅蜜多乃至般若波羅蜜多云何得有安住如是異熟生法成熟有情嚴淨佛土於諸佛所恭敬供養上妙供具所獲善根乃至無上正等菩提與果無盡展轉乃至般涅槃後自設利羅及諸弟子猶得種種恭敬供養善根勢力爾乃窮盡佛告善現以一切法無所得故諸菩薩摩訶薩得有初地乃至十地即由此故得有無生法忍即由此故得有異熟神通即由此故得有異熟布施波羅蜜多乃至般若波羅蜜多即由此故得有安住異熟生法成熟有情嚴淨佛土於諸佛所恭敬供養上妙供具所獲善根乃至無上正等菩提與果無盡展轉乃至般涅槃後自設利羅及諸弟子猶得種種恭敬供養善根勢力爾乃窮盡具壽善現復白佛言若一切法皆無所得布施淨戒安忍精進靜慮般若波羅蜜多及諸神通有何差別佛告善現無所得者布施等六波羅蜜多及諸神通皆無差別爲欲令彼有所得者

離諸染著才便宣說布施等六波羅蜜多及諸神通有差別相具壽善現復白佛言以何因緣無所得者布施等六波羅蜜多及諸神通說無差別佛告善現諸菩薩摩訶薩行深般若波羅蜜多時不得布施不得施者不得受者不得所施不得施果而行布施不得淨戒而護淨戒不得安忍而修安忍不得精進而勤精進不得靜慮而入靜慮不得般若而起般若不得神通而發神通不得四念住乃至八聖道支而修四念住乃至八聖道支不得三解脫門而修三解脫門不得四靜慮四無量四無色定而修四靜慮四無量四無色定不得八解脫乃至十遍處而修八解脫乃至十遍處不得菩薩地而修菩薩地不得陀羅尼門三摩地門而修陀羅尼門三摩地門

不得五眼六神通而修五眼六神通不得如來十力乃至十八佛不共法而修如來十力乃至十八佛不共法不得無忘失法恒住捨性而修無忘失法恒住捨性不得一切智道相智一切相智而修一切智道相智一切相智不得有情而成熟有情不得佛土而嚴淨佛土不得一切佛法而證無上正等菩提如是善現諸菩薩摩訶薩應行無所得甚深般若波羅蜜多若菩薩摩訶薩能行無所得甚深般若波羅蜜多一切惡魔及魔眷屬皆不能壞爾時具壽善現白佛言世尊云何菩薩摩訶薩行深般若波羅蜜多時一心現起則能攝受六波羅蜜多亦能攝受四靜慮四無量四無色定亦能攝受三十七菩提分法亦能攝受三解脫門亦能攝受八解脫乃至十

遍處亦能攝受一切陀羅尼門三摩地門亦能攝受五眼六神通亦能攝受如來十力乃至十八佛不共法亦能攝受無忘失法恒住捨性亦能攝受一切智道相智一切相智亦能攝受三十二大士相八十隨好佛告善現若菩薩摩訶薩行深般若波羅蜜多時所修布施乃至般若波羅蜜多皆爲般若波羅蜜多之所攝受方得圓滿如是乃至所修三十二大士相八十隨好皆爲般若波羅蜜多之所攝受方得圓滿如是善現諸菩薩摩訶薩行深般若波羅蜜多時一心現起則能攝受六波羅蜜多如是乃至亦能攝受三十二大士相八十隨好具壽善現白言世尊云何菩薩摩訶薩行深般若波羅蜜多時諸有所作皆爲般若波羅蜜多之所攝受故一心起則

能攝受六波羅蜜多乃至三十二大士相八十隨好佛告善現諸菩薩摩訶薩行深般若波羅蜜多時所修布施乃至般若波羅蜜多皆爲般若波羅蜜多所攝受故遠離二想如是乃至所修三十二大士相八十隨好亦爲般若波羅蜜多所攝受故遠離二想具壽善現復白佛言云何菩薩摩訶薩行深般若波羅蜜多時雖行布施乃至般若波羅蜜多而無二想如是乃至雖修三十二大士相八十隨好而無二想佛告善現諸菩薩摩訶薩行深般若波羅蜜多時爲欲圓滿布施波羅蜜多故即於布施波羅蜜多中攝受一切波羅蜜多乃至三十二大士相八十隨好而行布施由此因緣而無二想如是乃至爲欲圓滿八十隨好故即於八十隨好中攝受一切波

羅蜜多乃至三十二大士相八十隨好而引八十隨好由此因緣而無二想復次善現諸菩薩摩訶薩行深般若波羅蜜多故若行布施波羅蜜多時住無漏心而行布施波羅蜜多若行淨戒乃至般若波羅蜜多時住無漏心而行淨戒乃至般若波羅蜜多是故雖行布施乃至般若波羅蜜多而無二想如是乃至若修三十二大士相時住無漏心而引三十二大士相若修八十隨好時住無漏心而引八十隨好是故雖修三十二大士相八十隨好而無二想具壽善現復白佛言云何菩薩摩訶薩行深般若波羅蜜多故若行布施波羅蜜多時住無漏心而行布施波羅蜜多如是乃至若修八十隨好時住無漏心而引八十隨好佛告善現若菩薩摩訶薩行深般

若波羅蜜多時以離相心不見諸相而行布施波羅蜜多所謂不見誰能行施所施何物誰受此施云何行施住是離相無漏心中離愛離慳而行布施波羅蜜多爾時不見所行布施亦復不見此無漏心乃至不見一切佛法如是菩薩摩訶薩住無漏心而行布施波羅蜜多如是乃至若菩薩摩訶薩行深般若波羅蜜多時以離相心不見諸相而修八十隨好所謂不見誰是能修八十隨好於誰而修八十隨好爲何而修八十隨好云何而引八十隨好住是離相無漏心中無染無著而修八十隨好爾時不見所修八十隨好亦復不見此無漏心乃至不見一切佛法如是菩薩摩訶薩住無漏心而修八十隨好具壽善現復白佛言若菩薩摩訶薩行深般若波羅

審多時於一切法無相無作云何能圓滿布施波羅蜜多乃至般若波羅蜜多如是乃至云何能圓滿三十二大士相八十隨好佛告善現諸菩薩摩訶薩行深般若波羅蜜多時能以離相無漏之心而行布施隨諸有情所須資具悉皆施與若有須內頭目髓腦皮肉支節筋骨身命亦皆施與若有須外國城妻子所愛親屬種種嚴具亦皆施與如是施時設有人來現前呵毀咄哉大士何用行此無益施爲如是施者今世後世多諸苦惱是菩薩摩訶薩行深般若波羅蜜多故雖聞其言而不退屈但作是念彼人雖來呵毀於我而我不應心生憂悔我當勇猛施諸有情所須之物身心無倦是菩薩摩訶薩持此布施與諸有情平等共有迴向無上正等菩提如是布施及迴向時不見其相所謂不見誰能布施所施何物誰受此施云何行施亦復不見誰能迴向何所迴向云何迴向何處迴向於如是等一切事物悉皆不見所以者何如是諸法無不皆由內空故空乃至由自相空故空是菩薩摩訶薩觀一切法無不空已復作是念誰能迴向何所迴向云何迴向何處迴向如是等法皆不可得是菩薩摩訶薩由如是觀及如是念所作迴向名善迴向由此復能成熟有情嚴淨佛土亦能圓滿布施波羅蜜多乃至般若波羅蜜多如是乃至亦能圓滿三十二大士相八十隨好是菩薩摩訶薩雖能如是圓滿布施波羅蜜多而不攝受施異熟果雖不攝受施異熟果而由布施波羅蜜多善清淨故隨意能辦一切資具譬

如他化自在諸天一切所須隨意皆現此菩薩摩訶薩亦復如是諸有所須隨意能辦能以種種上妙供具供養恭敬尊重讚歎諸佛世尊亦能充足世間天人阿素洛等所須資具由此布施波羅蜜多攝諸有情方便善巧以三乘法而安立之令隨所宜各得利樂如是善現諸菩薩摩訶薩行深般若波羅蜜多時由離諸相無漏心力能於無相無作法中圓滿布施波羅蜜多亦能圓滿諸餘功德

大般若波羅蜜多經卷第四百六十六

音釋

隟 乞逆切正作隙釁也瑕也 苾芻 苾薄密切芻楚俱切草名含五義一體性柔軟二引蔓旁布三馨香遠聞四能療疼痛五不背日光以比丘之德似之故名比丘爲苾芻 劇苦 劇竭戟切甚也

大般若波羅蜜多經卷第四百六十七

唐三藏法師玄奘奉　詔譯

第二分無相品第七十四之二

復次善現諸菩薩摩訶薩行深般若波羅蜜多時能以離相無漏之心受持淨戒謂聖無漏道支所攝法爾所得善清淨戒如是淨戒無缺無隙無瑕無穢無所取著應受供養智者所讃由此淨戒於一切法無所取著謂不取著色受想行識不取著眼處乃至意處不取著色處乃至法處不取著眼界乃至意界不取著色界乃至法界不取著眼識界乃至意識界不取著三十二大士相八十隨好不取著刹帝利大族婆羅門大族長者大族居士大族不取著四大王衆天乃至他化自在天不取著梵衆天乃至色究竟天不取著空無邊處天乃至非想非非想處天不取著預流果乃至獨覺菩提不取著轉輪王位及餘小王宰官等位但以如是所受持戒與諸有情平等共有迴向無上正等菩提於迴向時以無相無所得無二爲方便非有相有所得有二爲方便但由世俗不由勝義由此因緣一切佛法無不圓滿是菩薩摩訶薩由此淨戒波羅蜜多方便善巧起四靜慮勝進分無染著爲方便故引諸神通是菩薩摩訶薩用異熟生清淨天眼恒見十方無邊世界現在諸佛安隱住持爲諸有情宣說正法乃至證得一切智智於所見事能不忘失是菩薩摩訶薩用超過人清淨天耳恒聞十方無邊世界諸佛說法乃至證得一切智智於所聞事能不忘失隨所聞法能作自他諸利樂事無

空過者是菩薩摩訶薩用他心智能知十方佛及諸有情心心所法知已能起一切有情諸利樂事是菩薩摩訶薩用宿住智知諸有情先所造業由所造業不失壞故生彼彼處受諸苦樂知已爲說本業因緣令其憶知作饒益事是菩薩摩訶薩用漏盡智安立有情或令住預流果或令住一來果或令住不還果或令住阿羅漢果或令住獨覺菩提或令住菩薩勝位或令住一切智智以要言之是菩薩摩訶薩在所生處隨諸有情堪能差別方便令住勝善品中如是善現諸菩薩摩訶薩行深般若波羅蜜多時由離諸相無漏心力能於無相無作法中圓滿淨戒波羅蜜多亦能圓滿諸餘功德復次善現諸菩薩摩訶薩行深般若波羅蜜多時能以離相無漏之心而修安忍是菩薩摩訶薩從初發心乃至安坐妙菩提座其中假使一切有情各持種種刀仗瓦石競來加害是菩薩摩訶薩不起一念忿恨之心爾時菩薩應修二忍云何爲二一者應受一切有情罵辱加害不生忿恨伏嗔恚忍二者應起無生法忍是菩薩摩訶薩若遭種種惡言罵辱或遭種種刀仗加害應審思察誰能罵辱誰能加害誰受罵辱誰受加害誰起忿恨誰應忍受復應審察一切法性皆畢竟空法尚不可得況當有法性尚無法性況有有情如是觀時若能罵辱若所罵辱若能加害若所加害皆無所有乃至分分割截身支其心安忍都無異念於諸法性如實觀察復能證得無生法忍云何名爲無生法忍謂令一切煩惱不生微妙智慧常無

間斷及觀諸法畢竟不生是故名爲無生法忍是菩薩摩訶薩安住如是二種忍中速能修滿布施波羅蜜多乃至般若波羅蜜多速能修滿四念住乃至八聖道支速能修滿四靜慮四無量四無色定速能修滿八解脫乃至十遍處速能修滿空無相無願解脫門速能修滿諸菩薩地速能修滿一切陀羅尼門三摩地門速能修滿五眼六神通速能修滿如來十力乃至十八佛不共法速能修滿無忘失法恒住捨性速能修滿一切智道相智一切相智速能修滿三十二大士相八十隨好是菩薩摩訶薩安住如是諸佛法已於聖無漏出世不共一切聲聞獨覺神通皆得圓滿安住如是勝神通已以淨天眼恒見十方無邊世界現在諸佛安隱住持爲諸有情宣說正法乃至證得一切智智起佛隨念常無間斷以淨天耳恒聞十方諸佛說法聞已受持常不忘失爲諸有情如實宣說以他心智能正測量諸佛世尊心心所法亦能上知菩薩獨覺及諸聲聞心心所法亦能正知餘有情類心心所法隨其所應爲說正法令生勝解以宿住智知諸有情宿種善根種種差別知已方便示現勸導讚勵慶喜令獲殊勝利益安樂以漏盡智隨其所應安立有情於三乘法令得解脫生老病死是菩薩摩訶薩行深般若波羅蜜多成就殊勝方便善巧嚴淨佛土成熟有情速能具足一切相智證得無上正等菩提轉妙法輪度有情衆如是善現諸菩薩摩訶薩行深般若波羅蜜多時由離諸相無漏心力能於無相無作法中圓滿安

忍波羅蜜多亦能圓滿諸餘功德復次善現諸菩薩摩訶薩行深般若波羅蜜多時能以離相無漏之心而修精進是菩薩摩訶薩成就勇猛身心精進由此能入初靜慮具足住乃至能入第四靜慮具足住依四靜慮起無量種神通變現乃至以手摩捫日月自在迴轉不以爲難成就勇猛身精進故以神通力經須臾頃能至十方殑伽沙等諸佛世界復以種種飲食衣服卧具醫藥及餘資具恭敬供養尊重讚歎現說正法諸佛世尊由此善根果報無盡乃至證得一切智智由此善根增上勢力得成佛已復爲無量世間天人阿素洛等以無量種飲食衣服卧具醫藥及餘資具恭敬供養尊重讚歎由此善根增上勢力般涅槃後自設利羅及諸弟子猶爲無量

世間天人阿素洛等恭敬供養尊重讚歎是菩薩摩訶薩復以神力能至十方殑伽沙等諸佛世界於諸佛所聽聞正法聞已受持乃至無上正等菩提終不忘失是菩薩摩訶薩復以神力能至十方殑伽沙等諸佛世界成熟有情嚴淨佛土精勤修學一切智智得圓滿已證得無上正等菩提轉妙法輪度有情衆如是善現諸菩薩摩訶薩行深般若波羅蜜多成就勇猛身精進故能令精進波羅蜜多疾得圓滿復次善現諸菩薩摩訶薩行深般若波羅蜜多成就勇猛心精進故速能圓滿諸聖無漏道及道支所攝精進波羅蜜多由此能令一切不善身語意業無容得起是菩薩摩訶薩於諸法中終不取著若常若無常若樂若苦若我若無我若淨若不淨若寂

靜若不寂靜若遠離若不遠離若有爲界若無爲界若欲界若色界若無色界若有漏界若無漏界若四靜慮四無量四無色定若四念住四正斷四神足五根五力七等覺支八聖道支若空無相無願解脫門若布施波羅蜜多乃至般若波羅蜜多若内空乃至無性自性空若眞如乃至不思議界若苦集滅道聖諦若八解脫八勝處九次第定十遍處若淨觀地乃至如來地若極喜地乃至法雲地若一切陀羅尼門一切三摩地門若五眼六神通若如來十力乃至十八佛不共法若三十二大士相八十隨好若無忘失法恒住捨性若一切智道相智一切相智若無常苦空無我若預流果一來果不還果阿羅漢果獨覺菩提若一切菩薩摩訶薩行諸佛無上正等菩提是菩薩摩訶薩亦不取著是預流是一來是不還是阿羅漢是獨覺是菩薩是如來亦不取著如是有情下法所顯如是有情中法所顯如是有情上法所顯如是有情上分所顯如是有情下分所顯如是有情聲聞乘所顯如是有情獨覺乘所顯如是有情無上乘所顯是菩薩摩訶薩於如是等法及有情皆不取著所以者何所取著法及諸有情皆無自性可取著故是菩薩摩訶薩成就勇猛心精進故雖恒造作一切有情諸利樂事而於有情都無所得雖常圓滿所修精進波羅蜜多而於精進波羅蜜多都無所得雖常圓滿一切佛法而於佛法都無所得雖常嚴淨一切佛土而於佛土都無所得是菩薩摩訶薩成就如是身心精進雖能遠離一切惡

法亦能攝受一切善法而無取著無取著故從一佛國至一佛國從一世界至一世界爲欲饒益諸有情故所欲示現諸神通事皆能自在示現無礙謂或示現雨衆妙花散衆名香作衆妓樂現雲雷音震動大地或復示現衆妙七寶莊嚴世界身放光明照諸盲冥身出妙香令臭穢者皆得香潔或復示現設大祠祀於中不惱諸有情類因斯化導無量有情令入正道離斷生命乃至邪見或以布施乃至般若攝諸有情爲欲饒益諸有情故或捨財寶或捨妻子或捨王位或捨支節或捨身命隨諸有情應以如是如是方便而得饒益即以如是如是方便而饒益之如是善現諸菩薩摩訶薩行深般若波羅蜜多時由離諸相無漏心力能於無相無作法中圓滿精進波羅蜜多亦能圓滿諸餘功德復次善現諸菩薩摩訶薩行深般若波羅蜜多時能以離相無漏之心而修靜慮是菩薩摩訶薩除諸佛定於諸餘定皆能圓滿是菩薩摩訶薩離欲惡不善法有尋有伺離生喜樂入初靜慮具足而住如是乃至斷樂斷苦先喜憂沒不苦不樂捨念清淨入第四靜慮具足而住是菩薩摩訶薩以慈俱心普緣一方乃至十方一切世間具足而住如是乃至以捨俱心普緣一方乃至十方一切世間具足而住是菩薩摩訶薩超諸色想滅有對想不思惟種種想入無邊空空無邊處具足而住如是乃至超一切種無所有處入非想非非想處具足而住是菩薩摩訶薩安住靜慮波羅蜜多於八解脱八勝處九次第定十遍處能順逆

入具足而住是菩薩摩訶薩能於空無相無願解脱門具足而住能於無間三摩地如電三摩地聖正三摩地金剛喻三摩地具足而住是菩薩摩訶薩安住靜慮波羅蜜多修三十七菩提分法及道相智皆令圓滿用道相智攝受一切三摩地已漸次修超淨觀地乃至獨覺地證入菩薩正性離生既入菩薩正性離生修諸地行圓滿佛地是菩薩摩訶薩雖於諸地漸次修超而於中間不取果證乃至未得一切智智是菩薩摩訶薩安住靜慮波羅蜜多從一佛國趣一佛國恭敬供養尊重讚歎諸佛世尊於諸佛所植衆善本成熟有情嚴淨佛土從一世界趣一世界饒益有情身心無倦或以布施或以淨戒或以安忍或以精進或以靜慮或以般若波羅蜜多攝諸有情或以戒蘊或以定蘊或以慧蘊或以解脱蘊或以解脱知見蘊攝諸有情或教有情住預流果或住一來果或住不還果或住阿羅漢果或住獨覺菩提或住菩薩摩訶薩位或住無上正等菩提隨諸有情善根勢力善法增長種種方便令其安住是菩薩摩訶薩安住靜慮波羅蜜多能引一切陀羅尼門三摩地門能得殊勝四無礙解異熟神通是菩薩摩訶薩成就殊勝異熟神通決定不復入於母胎受諸欲樂攝受生乘生過所染所以者何是菩薩摩訶薩善見善知一切法性皆如幻化雖知諸行皆如幻化而乘悲願饒益有情雖乘悲願饒益有情而達有情及彼施設皆不可得雖達有情及彼施設皆不可得而能安立一切有情令其安住不可得法

此依世俗不依勝義是菩薩摩訶薩安住靜慮波羅蜜多修行一切靜慮解脫等持等至乃至圓滿所求無上正等菩提常不捨離所修靜慮波羅蜜多是菩薩摩訶薩行道相智方便引發一切相智安住其中永斷一切習氣相續能正自利亦正利他能與一切世間天人阿素洛等作淨福田堪受世間供養恭敬如是善現諸菩薩摩訶薩行深般若波羅蜜多時由離諸相無漏心力能於無相無作法中圓滿靜慮波羅蜜多亦能圓滿諸餘功德復次善現諸菩薩摩訶薩行深般若波羅蜜多時能以離相無漏之心而修般若是菩薩摩訶薩不見少法實有成就謂不見色實有成就不見受想行識實有成就不見色生不見受想行識生不見色滅不見受想行識

滅不見色是增益門不見受想行識是增益門不見色是損減門不見受想行識是損減門不見色有積集不見受想行識有積集不見色有離散不見受想行識有離散如是乃至不見一切有漏法實有成就不見一切無漏法實有成就不見一切有漏法生不見一切無漏法生不見一切有漏法滅不見一切無漏法滅不見一切有漏法是增益門不見一切無漏法是增益門不見一切有漏法是損減門不見一切無漏法是損減門不見一切有漏法有積集不見一切無漏法有積集不見一切有漏法有離散不見一切無漏法有離散如實觀色是虛妄不堅實無自性如實觀受想行識是虛妄不堅實無自性如是乃至如實觀一切有漏法是虛妄不堅實無

自性如實觀一切無漏法是虚妄不堅實無自性是菩薩摩訶薩如是觀時不得色自性不得受想行識自性如是乃至不得一切有漏法自性不得一切無漏法自性是菩薩摩訶薩行深般若波羅蜜多如是觀時於一切法深生信解皆以無性而爲自性於如是事生信解已能行内空乃至能行無性自性空如是行時於一切法無所執著謂不執著色不執著受想行識不執著眼處乃至意處不執著色處乃至法處不執著眼界乃至意界不執著色界乃至法界不執著眼識界乃至意識界不執著眼觸乃至意觸不執著眼觸爲緣所生諸受乃至意觸爲緣所生諸受不執著地界乃至識界不執著因緣乃至增上緣不執著無明乃至老死不執著布施波羅蜜多乃至般若波羅蜜多不執著内空乃至無性自性空不執著眞如乃至不思議界不執著苦集滅道聖諦不執著四念住乃至八聖道支不執著四静慮四無量四無色定不執著八解脱乃至十遍處不執著空無相無願解脱門不執著淨觀地乃至如來地不執著極喜地乃至法雲地不執著一切陁羅尼門三摩地門不執著五眼六神通不執著如來十力乃至十八佛不共法不執著三十二大士相八十隨好不執著無忘失法恒住捨性不執著一切智道相智一切相智不執著預流果乃至獨覺菩提不執著一切菩薩摩訶薩行不執著諸佛無上正等菩提是菩薩摩訶薩行無所有甚深般若波羅蜜多時能圓滿菩薩道謂能圓滿六波羅蜜多亦能圓

滿内空乃至無性自性空亦能圓滿眞如乃至不思議界亦能圓滿苦集滅道聖諦亦能圓滿四念住乃至八聖道支亦能圓滿四靜慮四無量四無色定亦能圓滿八解脱乃至十遍處亦能圓滿空無相無願解脱門亦能圓滿諸菩薩地亦能圓滿一切陀羅尼門三摩地門亦能圓滿五眼六神通亦能圓滿如來十力乃至十八佛不共法亦能圓滿無忘失法恒住捨性亦能圓滿一切智道相智一切相智亦能圓滿三十二大士相八十隨好是菩薩摩訶薩圓滿如是菩薩道已復能圓滿離暗佛道謂能圓滿六波羅蜜多及餘無量無邊佛法是菩薩摩訶薩安住如是離暗佛道引發殊勝異熟神通隨諸有情應以布施乃至般若而攝受者即以布施乃至般若而攝受之應以戒藴定藴慧藴解脱藴解脱知見藴而攝受者即以戒藴乃至解脱知見藴而攝受之應令安住預流果或一来果或不還果或阿羅漢果或獨覺菩提或復無上正等菩提者即方便令安住預流果乃至無上正等菩提是菩薩摩訶薩能作種種神通變現欲往殑伽沙等世界隨意能往欲現所往諸世界中種種珍寳隨意能現欲令所往諸世界中有情受用種種珍寳隨其所樂皆令充足是菩薩摩訶薩從一世界往一世界利益安樂無量有情見諸世界種種妙好莊嚴之相能自攝受隨意所樂莊嚴佛土譬如他化自在諸天諸有所須衆妙樂具隨心而現如是菩薩隨意攝受種種莊嚴無量佛土此所攝受諸佛土中微妙清淨離雜染法隨

意所欲悉皆能現是菩薩摩訶薩由異熟生布施波羅蜜多乃至般若波羅蜜多由異熟生諸妙神通由異熟生菩薩道故行道相智由道相智得成熟故復能證得一切相智由得此智於一切法無所攝受謂不攝受色亦不攝受受想行識如是乃至亦不攝受若善法若非善法若有記法若無記法若世間法若出世間法若有漏法若無漏法若有爲法若無爲法亦不攝受所證無上正等菩提亦不攝受一切佛土所受用物其中有情於一切法亦無攝受所以者何是菩薩摩訶薩先不攝受一切法故於一切法無所得故爲諸有情無倒宣說一切法性無攝受故如是善現諸菩薩摩訶薩行深般若波羅蜜多時由離諸相無漏心力能於無相無作法中圓滿般若波羅蜜多亦能圓滿諸餘功德

第二分無雜品第七十五之一

爾時具壽善現白佛言世尊云何於一切無雜無相自相空法中能圓滿六波羅蜜多云何以一切無差別法中而施設差別云何了知如是諸法差別之相云何於般若波羅蜜多中能攝受一切六波羅蜜多如是乃至攝受一切世出世法云何於一切異相法中施設一相所謂無相及於一相無相法中施設一切差別法相佛告善現諸菩薩摩訶薩行深般若波羅蜜多時安住如夢如響如像如光影如陽焰如幻如化五取蘊中爲諸有情布施持戒安忍精進修定學慧如實了知如夢乃至如化五蘊皆同一相所謂無相所以者何夢乃至化皆無自性若法無自性是法

則無相若法無相是法一相所謂無相由此因緣當知一切施者受者施物施性施果施緣皆同無相若如是知而行布施則能圓滿所行布施波羅蜜多若能圓滿所行布施波羅蜜多則不遠離淨戒安忍精進靜慮般若波羅蜜多安住此六波羅蜜多則能圓滿四靜慮四無量四無色定亦能圓滿四念住乃至八聖道支亦能圓滿三解脫門亦能圓滿內空乃至無性自性空亦能圓滿眞如乃至不思議界亦能圓滿苦集滅道聖諦亦能圓滿八解脫乃至十遍處亦能圓滿諸菩薩地亦能圓滿五百陀羅尼門五百三摩地門亦能圓滿五眼六神通亦能圓滿如來十力乃至十八佛不共法亦能圓滿無忘失法恒住捨性亦能圓滿一切智道相智一切相智是

菩薩摩訶薩安住如是諸異熟聖無漏法中能往十方殑伽沙等諸佛世界以無量種上妙供具恭敬供養尊重讚歎諸佛世尊作諸有情利益安樂應以布施乃至般若波羅蜜多而攝受者即以布施乃至般若波羅蜜多而攝受之應以諸餘種種善法而攝受者即以諸餘種種善法而攝受之是菩薩摩訶薩成就一切殊勝善根於一切法皆得自在雖受生死不爲生死過失所染爲欲利樂諸有情故攝受人天富貴自在由此富貴自在威力能作有情諸饒益事以四攝事而攝受之是菩薩摩訶薩知一切法皆無相故雖知預流果而不住預流果乃至雖知獨覺菩提而不住獨覺菩提所以者何是菩薩摩訶薩如實了知一切法已爲欲證得一切智智不共

一切聲聞獨覺如是善現諸菩薩摩訶薩知一切法皆無相故如實了知布施等六波羅蜜多及餘無量無邊佛法皆同無相由此因緣普能圓滿一切佛法便能證得一切智智復次善現諸菩薩摩訶薩行深般若波羅蜜多時安住如夢如響如像如光影如陽焰如幻如化五取蘊中圓滿淨戒波羅蜜多是菩薩摩訶薩如實了知如夢乃至如化五蘊便能圓滿無相淨戒波羅蜜多如是淨戒無缺無隙無瑕無穢無所取著應受供養智者所讚妙善受持妙善究竟是聖無漏是出世間道支所攝安住此戒能善受持受施設戒法爾得戒律儀戒有表戒無表戒現行戒不現行戒威儀戒非威儀戒是菩薩摩訶薩雖具成就如是諸戒而於諸法無所取著不作是念我由此戒當生刹帝利大族或婆羅門大族或長者大族或居士大族富貴自在不作是念我由此戒當爲小王或爲大王或爲輪王或爲輔佐富貴自在不作是念我由此戒當生四大王衆天乃至他化自在天富貴自在不作是念我由此戒當得預流果或一來果或不還果或阿羅漢果或獨覺菩提或入菩薩正性離生或得菩薩無生法忍或得無上正等菩提所以者何如是諸法皆同一相所謂無相無住無得無相之法不得無相有相之法不得有相無相之法不得有相有相之法不得無相由是因緣都無所得如是善現諸菩薩摩訶薩行深般若波羅蜜多時速能圓滿無相淨戒波羅蜜多既能圓滿無相淨戒波羅蜜多速入菩薩正性離生既入菩

薩正性離生復得菩薩無生法忍既得菩薩無生法忍修行道相智趣一切相智得異熟五神通復得五百陀羅尼門亦得五百三摩地門安住此中復能證得四無礙解從一佛國至一佛國親近供養諸佛世尊成熟有情嚴淨佛土是菩薩摩訶薩爲化有情雖現流轉諸趣生死而不爲彼過失所染如幻化人雖現行住坐卧等事而無眞實往來等業雖現種種饒益有情而於有情及彼施設都無所得如有如來應正等覺名善寂靜證得無上正等菩提轉妙法輪度無量衆令出生死證得涅槃而無有情堪受決得無上正等菩提記者時彼如來化作化佛令久住世自捨壽行入無餘依般涅槃界彼佛化身住一劫已授一菩薩無上正等菩提記已方入涅槃彼佛化身雖作種種饒益有情事而無所得謂不得色受想行識乃至不得一切有漏無漏等法及諸有情是菩薩摩訶薩亦復如是雖有所作而無所得如是善現諸菩薩摩訶薩行深般若波羅蜜多時圓滿淨戒波羅蜜多由此淨戒波羅蜜多得圓滿故便能攝受一切佛法因斯證得一切智智復次善現諸菩薩摩訶薩行深般若波羅蜜多時安住如夢如響如像如光影如陽焰如幻如化五取蘊中圓滿安忍波羅蜜多是菩薩摩訶薩如實了知如夢乃至如化五蘊便能圓滿無相安忍波羅蜜多善現云何菩薩摩訶薩行深般若波羅蜜多時如實了知如夢乃至如化五蘊便能圓滿無相安忍波羅蜜多善現是菩薩摩訶薩如實了知是五取蘊無實相故

修二種忍便能圓滿無相安忍波羅蜜多云何爲二謂安受忍及觀察忍安受忍者謂諸菩薩從初發心乃至安坐妙菩提座於其中間假使一切有情之類競來訶毀以麤惡言罵詈凌辱復以瓦石刀仗加害是時菩薩爲滿安忍波羅蜜多乃至不生一念忿恨亦復不起加報之心但作是念彼諸有情深可哀愍增上煩惱擾動其心不得自在於我發起如是惡業我今不應瞋恨於彼復作是念由我攝受怨家諸蘊令彼有情於我發起如是惡業但應自責不應瞋彼菩薩如是審觀察時於彼有情深生慈愍如是等類名安受忍觀察忍者謂諸菩薩作是思惟諸行如幻虛妄不實不得自在亦如虛空無我有情命者生者養者士夫補特伽羅意生儒童作者受者知者見者皆不可得唯是虛妄分別所起一切皆是自心所變誰訶毀我誰罵詈我誰凌辱我誰以種種瓦石刀仗加害於我誰復受彼凌辱加害皆是自心虛妄分別我今不應橫起執著如是諸法由自性空勝義空故都無所有菩薩如是審觀察時如實了知諸行空寂於一切法不生異想如是等類名觀察忍是菩薩摩訶薩修習如是二種忍故便能圓滿無相安忍波羅蜜多由能圓滿無相安忍波羅蜜多即便獲得無生法忍具壽善現白言世尊云何名爲無生法忍此何所斷復是何智佛告善現由此勢力乃至少分惡不善法亦不得生是故名爲無生法忍此令一切我及我所慢等煩惱畢竟不生如實忍受諸行如夢乃至如化此忍名智得此智故

說名獲得無生法忍具壽善現復白佛言聲聞獨覺及諸菩薩無生法忍有何差別佛告善現諸預流者若智若斷乃至獨覺若智若斷亦名菩薩摩訶薩忍復有菩薩摩訶薩忍謂忍諸法畢竟不生是爲差別善現當知諸菩薩摩訶薩成就如是殊勝忍故超勝一切聲聞獨覺諸菩薩摩訶薩安住如是異熟忍中行菩薩道能圓滿道相智成就如是道相智故常不遠離四念住乃至八聖道支亦不遠離三解脫門亦不遠離異熟神通由不遠離異熟神通從一佛國趣一佛國親近供養諸佛世尊成熟有情嚴淨佛土作是事已用一剎那相應般若證得無上正等菩提如是善現諸菩薩摩訶薩行深般若波羅蜜多時疾能圓滿無相安忍波羅蜜多由此安忍波羅蜜多得圓滿故便能圓滿一切佛法因斯證得一切智智

大般若波羅蜜多經卷第四百六十七

音釋

測量 測察色切測度也量呂張切稱量輕重也又度也

摩捫 摩眉切撫摩也捫音門捫摸也

擾動 擾而沼切擾動謂擾亂動搖也

罵詈 罵莫駕切詈力智切正斥曰罵旁及曰詈

大般若波羅蜜多經卷第四百六十八

唐三藏法師玄奘奉詔譯

第二分無雜品第七十五之二

復次善現諸菩薩摩訶薩行深般若波羅蜜多時安住如夢如響如像如光影如陽焰如幻如化五取蘊中如實了知如夢乃至如化五蘊無實相已發起勇猛身心精進是菩薩摩訶薩發起勇猛身精進故引發殊勝迅疾神通能往十方殑伽沙等諸佛世界親近如來應正等覺以無量種上妙供具供養恭敬尊重讚歎於諸佛所種諸善根利益安樂諸有情類亦能嚴淨種種佛土是菩薩摩訶薩由身精進成熟有情隨其所宜以三乘法方便安立各令究竟如是善現諸菩薩摩訶薩行深般若波羅蜜多由是精進能速圓滿無相精進波羅蜜多是菩薩摩訶薩發起勇猛心精進故引發諸聖無漏道支所攝聖道圓滿精進波羅蜜多於中具能攝諸善法謂四念住乃至八聖道支若空無相無願解脫門若四靜慮四無量四無色定若八解脫乃至十遍處若苦集滅道聖諦若布施波羅蜜多乃至般若波羅蜜多若極喜地乃至法雲地若一切陀羅尼門三摩地門若內空乃至無性自性空若真如乃至不思議界若五眼六神通若如來十力乃至十八佛不共法若無忘失法恒住捨性若一切智道相智一切相智是菩薩摩訶薩由心精進諸相隨好皆得圓滿放大光明照無邊界由心精進極圓滿故便能永斷一切煩惱習氣相續證得無上正等菩提轉妙法輪具三十二相令三千界

六種變動其中有情蒙光照觸覩斯變動聞正法音隨其所應於三乘道得不退轉各得究竟如是善現諸菩薩摩訶薩行深般若波羅蜜多圓滿精進波羅蜜多由此精進波羅蜜多多有所作是菩薩摩訶薩安住精進波羅蜜多速能圓滿一切佛法疾證無上正等菩提復次善現諸菩薩摩訶薩行深般若波羅蜜多時安住如夢如響如像如光影如陽焰如幻如化五取蘊中圓滿靜慮波羅蜜多善現云何菩薩摩訶薩行深般若波羅蜜多時安住如夢乃至如化五取蘊中圓滿靜慮波羅蜜多謂菩薩摩訶薩行深般若波羅蜜多時如實了知如夢乃至如化五蘊無實相已入初靜慮乃至第四靜慮入慈無量乃至捨無量入空無邊處定乃至非想非非想處

定修空無相無願三摩地修如電三摩地修金剛喻三摩地修聖正三摩地住金剛喻三摩地中除如來定於餘所有若共二乘若餘勝定一切能入具足安住然於如是靜慮無量無色定等不生味著亦不躭著彼所得果所以者何是菩薩摩訶薩如實了知靜慮無量無色定等及一切法皆同無相無性爲性不應無相味著無相不應無性味著無性無味著故終不隨順靜慮無量無色定等勢力而生色無色界所以者何是菩薩摩訶薩於一切界都無所得於能入定及所入定由此入定爲此入定亦無所得是菩薩摩訶薩於一切法無所得故速能圓滿無相靜慮波羅蜜多由此靜慮波羅蜜多超諸聲聞及獨覺地具壽善現白言世尊是菩薩摩訶薩云何

圓滿無相靜慮波羅蜜多超諸聲聞及獨覺地佛告善現是菩薩摩訶薩善學內空乃至無性自性空故便能圓滿無相靜慮波羅蜜多超諸聲聞及獨覺地是菩薩摩訶薩住諸空中於一切法都無所得不見有法離諸空者是菩薩摩訶薩安住此中不得預流果乃至不得獨覺菩提亦復不得諸菩薩行及佛無上正等菩提如是諸空亦皆空故是菩薩摩訶薩由住此空超諸聲聞獨覺等地證入菩薩正性離生具壽善現復白佛言諸菩薩摩訶薩以何爲生以何爲離生佛告善現諸菩薩摩訶薩以一切有所得爲生以一切無所得爲離生具壽善現白言世尊諸菩薩摩訶薩以何爲有所得以何爲無所得佛告善現諸菩薩摩訶薩以一切法爲有所得謂菩薩摩訶薩以色受想行識爲有所得以眼處乃至意處爲有所得以色處乃至法處爲有所得以眼界乃至意界爲有所得以色界乃至法界爲有所得以眼識界乃至意識界爲有所得以眼觸乃至意觸爲有所得以眼觸爲緣所生諸受乃至意觸爲緣所生諸受爲有所得以地界乃至識界爲有所得以因緣乃至增上緣爲有所得以無明乃至老死爲有所得以布施波羅蜜多乃至般若波羅蜜多爲有所得以內空乃至無性自性空爲有所得以眞如乃至不思議界爲有所得以苦集滅道聖諦爲有所得以四念住乃至八聖道支爲有所得以空無相無願解脫門爲有所得以四靜慮四無量四無色定爲有所得以八解脫乃至十遍處爲有所得以淨觀地

乃至如來地爲有所得以極喜地乃至法雲地爲有所得以一切陀羅尼門三摩地門爲有所得以五眼六神通爲有所得以如來十力乃至十八佛不共法爲有所得以三十二大士相八十隨好爲有所得以無忘失法恒住捨性爲有所得以一切智道相智一切相智爲有所得以預流果乃至獨覺菩提爲有所得以一切菩薩摩訶薩行爲有所得以諸佛無上正等菩提爲有所得以一切智智爲有所得善現諸菩薩摩訶薩以如是等種種法門爲有所得即有所得説名爲生復次善現諸菩薩摩訶薩以一切法無行無得無説無示爲無所得謂諸菩薩摩訶薩以色受想行識無行無得無説無示爲無所得所以者何色自性乃至識自性皆不可行得説示故

諸菩薩摩訶薩以眼處乃至意處無行無得無説無示爲無所得所以者何眼處自性乃至意處自性皆不可行得説示故諸菩薩摩訶薩以色處乃至法處無行無得無説無示爲無所得所以者何色處自性乃至法處自性皆不可行得説示故諸菩薩摩訶薩以眼界乃至意界無行無得無説無示爲無所得所以者何眼界自性乃至意界自性皆不可行得説示故諸菩薩摩訶薩以色界乃至法界無行無得無説無示爲無所得所以者何色界自性乃至法界自性皆不可行得説示故諸菩薩摩訶薩以眼識界乃至意識界無行無得無説無示爲無所得所以者何眼識界自性乃至意識界自性皆不可行得説示故諸菩薩摩訶薩以眼觸乃至意觸無行無

得無說無示爲無所得所以者何眼觸自性乃至意觸自性皆不可行得說示故諸菩薩摩訶薩以眼觸爲緣所生諸受乃至意觸爲緣所生諸受無行無得無說無示爲無所得所以者何眼觸爲緣所生諸受自性乃至意觸爲緣所生諸受自性皆不可行得說示故諸菩薩摩訶薩以地界乃至識界無行無得無說無示爲無所得所以者何地界自性乃至識界自性皆不可行得說示故諸菩薩摩訶薩以因緣乃至增上緣無行無得無說無示爲無所得所以者何因緣自性乃至增上緣自性皆不可行得說示故諸菩薩摩訶薩以無明乃至老死無行無得無說無示爲無所得所以者何無明自性乃至老死自性皆不可行得說示故諸菩薩摩訶薩以布施波

羅蜜多乃至般若波羅蜜多無行無得無說無示爲無所得所以者何布施波羅蜜多自性乃至般若波羅蜜多自性皆不可行得說示故諸菩薩摩訶薩以內空乃至無性自性空無行無得無說無示爲無所得所以者何內空自性乃至無性自性空自性皆不可行得說示故諸菩薩摩訶薩以眞如乃至不思議界無行無得無說無示爲無所得所以者何眞如自性乃至不思議界自性皆不可行得說示故諸菩薩摩訶薩以苦集滅道聖諦無行無得無說無示爲無所得所以者何苦集滅道聖諦自性皆不可行得說示故諸菩薩摩訶薩以四念住乃至八聖道支無行無得無說無示爲無所得所以者何四念住自性乃至八聖道支自性皆不可行得說示故

諸菩薩摩訶薩以空無相無願解脫門無行無得無說無示爲無所得所以者何空無相無願解脫門自性皆不可行得說示故諸菩薩摩訶薩以四靜慮四無量四無色定無行無得無說無示爲無所得所以者何四靜慮四無量四無色定自性皆不可行得說示故諸菩薩摩訶薩以八解脫乃至十遍處無行無得無說無示爲無所得所以者何八解脫自性乃至十遍處自性皆不可行得說示故諸菩薩摩訶薩以淨觀地乃至如來地無行無得無說無示爲無所得所以者何淨觀地自性乃至如來地自性皆不可行得說示故諸菩薩摩訶薩以極喜地乃至法雲地無行無得無說無示爲無所得所以者何極喜地自性乃至法雲地自性皆不可行得說示故

諸菩薩摩訶薩以一切陀羅尼門三摩地門無行無得無說無示爲無所得所以者何一切陀羅尼門三摩地門自性皆不可行得說示故諸菩薩摩訶薩以五眼六神通無行無得無說無示爲無所得所以者何五眼六神通自性皆不可行得說示故諸菩薩摩訶薩以如來十力乃至十八佛不共法無行無得無說無示爲無所得所以者何如來十力自性乃至十八佛不共法自性皆不可行得說示故諸菩薩摩訶薩以三十二大士相八十隨好無行無得無說無示爲無所得所以者何三十二大士相八十隨好自性皆不可行得說示故諸菩薩摩訶薩以無忘失法恒住捨性無行無得無說無示爲無所得所以者何無忘失法恒住捨性自性皆不可行得說

示故諸菩薩摩訶薩以一切智道相智一切相智無行無得無說無示爲無所得所以者何一切智道相智一切相智自性皆不可行得說示故諸菩薩摩訶薩以預流果乃至獨覺菩提無行無得無說無示爲無所得所以者何預流果自性乃至獨覺菩提自性皆不可行得說示故諸菩薩摩訶薩以一切菩薩摩訶薩行無行無得無說無示爲無所得所以者何一切菩薩摩訶薩行自性皆不可行得說示故諸菩薩摩訶薩以諸佛無上正等菩提無行無得無說無示爲無所得所以者何諸佛無上正等菩提自性皆不可行得說示故諸菩薩摩訶薩以一切智智無行無得無說無示爲無所得所以者何一切智智自性皆不可行得說示故善現諸菩薩摩訶薩以如是等種種法門無行無得無說無示爲無所得即無所得說名離生諸菩薩摩訶薩證入正性離生位已圓滿一切靜慮解脫等持等至尚不隨定勢力而生況隨貪瞋癡等煩惱若隨煩惱勢力而生無有是處是菩薩摩訶薩安住此中造作諸業由業勢力流轉諸趣亦無是處是菩薩摩訶薩雖住如幻諸行聚中作諸有情如實饒益而不得幻及諸有情是菩薩摩訶薩於如是事無所得時成熟有情嚴淨佛土常無懈廢如是善現諸菩薩摩訶薩行深般若波羅蜜多時速能圓滿無相靜慮波羅蜜多由此靜慮波羅蜜多速圓滿故疾證無上正等菩提轉妙法輪度有情衆如是法輪名無所得復次善現諸菩薩摩訶薩行深般若波羅蜜多時安住如夢如

響如像如光影如陽焰如幻如化五取蘊中圓滿般若波羅蜜多是菩薩摩訶薩如實了知諸法性相一切如夢乃至如化便能圓滿無相般若波羅蜜多具壽善現白言世尊云何菩薩摩訶薩行深般若波羅蜜多時如實了知諸法性相一切如夢乃至如化佛告善現諸菩薩摩訶薩行深般若波羅蜜多時不見夢不見見夢者不聞響不聞聞響者不見像不見見像者不見光影不見見光影者不見陽焰不見見陽焰者不見幻不見見幻者不見化不見見化者所以者何夢乃至化皆是愚夫異生顛倒之所執著諸阿羅漢獨覺菩薩摩訶薩衆及諸如來應正等覺皆不見夢不見見夢者乃至不見化不見見化者所以者何以一切法無性爲性非成非實無相無爲非實有性與涅槃等若一切法無性爲性廣說乃至與涅槃等云何菩薩摩訶薩行深般若波羅蜜多時於一切法起有性想成想實想有相有爲有實性想若起此想無有是處所以者何若一切法有少自性有成有實有相有爲有實性可得者則所修行甚深般若波羅蜜多應非般若波羅蜜多如是善現諸菩薩摩訶薩行深般若波羅蜜多時不著色乃至識不著眼處乃至意處不著色處乃至法處不著眼界乃至意界不著色界乃至法界不著眼識界乃至意識界不著眼觸乃至意觸不著眼觸爲緣所生諸受乃至意觸爲緣所生諸受不著地界乃至識界不著因緣乃至增上緣不著從緣所生諸法不著無明乃至老死不著欲界色界無色界不著

一切靜慮解脱等持等至不著四念住乃至八聖道支不著空無相無願解脱門不著布施波羅蜜多乃至般若波羅蜜多不著苦集滅道聖諦不著内空乃至無性自性空不著眞如乃至不思議界不著淨觀地乃至如來地不著極喜地乃至法雲地不著一切陀羅尼門三摩地門不著五眼六神通不著如來十力乃至十八佛不共法不著三十二大士相八十隨好不著無忘失法恒住捨性不著一切智道相智一切相智不著預流果乃至獨覺菩提不著一切菩薩摩訶薩行不著諸佛無上正等菩提不著一切智智是菩薩摩訶薩行深般若波羅蜜多時於如是等一切法門由不著故便能圓滿菩薩初地乃至十地而於其中不生貪著所以者何是菩薩摩訶薩不得初地乃至十地能所圓滿云何於中而起貪著是菩薩摩訶薩雖行深般若波羅蜜多而不得深般若波羅蜜多由不得深般若波羅蜜多故亦不得一切法是菩薩摩訶薩雖觀般若波羅蜜多攝一切法而於諸法都無所得所以者何以一切法與此般若波羅蜜多皆無二無二處何以故一切法性不可分別説爲眞如説爲法界説爲實際諸法無雜無差别故具壽善現白言世尊若一切法其性無雜無差别者云何可説是善是非善是有記是無記是有漏是無漏是世間是出世間是有爲是無爲有如是等差别法門佛告善現於意云何一切法實性中有法可説是善是非善是有記是無記是有漏是無漏是世間是出世間是有爲是無爲是預

流果是一來果是不還果是阿羅漢果是獨覺菩提是一切菩薩摩訶薩行是諸佛無上正等菩提不善現對曰不也世尊佛告善現由是因緣當知一切法無雜無差别無相無生無滅無礙無説無示善現當知我本修學菩薩道時於法自性都無所得謂不得色受想行識不得眼處乃至意處不得色處乃至法處不得眼界乃至意界不得色界乃至法界不得眼識界乃至意識界不得眼觸乃至意觸不得眼觸爲緣所生諸受乃至意觸爲緣所生諸受不得地界乃至識界不得因緣乃至增上緣不得從緣所生諸法不得無明乃至老死不得欲界色界無色界不得善非善不得有記無記不得有漏無漏不得世間出世間不得有爲無爲不得四念住乃至八聖道支不得四靜慮四無量四無色定不得八解脫乃至十遍處不得空無相無願解脫門不得苦集滅道聖諦不得布施波羅蜜多乃至般若波羅蜜多不得内空乃至無性自性空不得眞如乃至不思議界不得淨觀地乃至如來地不得極喜地乃至法雲地不得一切陀羅尼門三摩地門不得五眼六神通不得如來十力乃至十八佛不共法不得三十二大士相八十隨好不得無忘失法恒住捨性不得一切智道相智一切相智不得預流果乃至獨覺菩提不得一切菩薩摩訶薩行不得諸佛無上正等菩提如是善現諸菩薩摩訶薩行深般若波羅蜜多時從初發心乃至安坐妙菩提座常應善學諸法自性若能善學諸法自性則能善淨大菩提道亦能

圓滿諸菩薩行成熟有情嚴淨佛土速證無上正等菩提轉妙法輪以三乘法方便調伏諸有情衆令於三有不復輪迴證得涅槃究竟安樂如是善現諸菩薩摩訶薩應以無相而爲方便修學般若波羅蜜多

第二分衆德相品第七十六之一

爾時具壽善現白佛言世尊若一切法無不如夢如響如像如光影如陽焰如幻如化都無實事無性爲性自相皆空云何可立是善是非善是有記是無記是有漏是無漏是世間是出世間是有爲是無爲如是乃至是預流果是能證得預流果法是一來果是能證得一來果法是不還果是能證得不還果法是阿羅漢果是能證得阿羅漢果法是獨覺菩提是能證得獨覺菩提法是諸菩薩摩訶薩地是能證得菩薩摩訶薩地法是諸佛無上正等菩提是能證得諸佛無上正等菩提法耶佛告善現世間愚夫無聞異生於夢得夢見夢者如是乃至於化得化得見化者如是愚夫無聞異生得夢乃至得化等已顛倒執著或造不善身語意行或復造善身語意行或造無記身語意行或造非福身語意行或復造福身語意行或造不動身語意行由諸行故往來生死輪轉無窮諸菩薩摩訶薩行深般若波羅蜜多時以二種空觀察諸法何謂二空一畢竟空二無際空是菩薩摩訶薩安住如是二種空中爲諸有情宣說正法謂作是言汝等應知色是空離我我所受想行識是空離我我所眼處是空離我我所耳鼻舌身意處是空離我我所色處是空離

我我所聲香味觸法處是空離我我所眼界是空離我我所耳鼻舌身意界是空離我我所色界是空離我我所聲香味觸法界是空離我我所眼識界是空離我我所耳鼻舌身意識界是空離我我所眼觸是空離我我所耳鼻舌身意觸是空離我我所眼觸爲緣所生諸受是空離我我所耳鼻舌身意觸爲緣所生諸受是空離我我所地界是空離我我所水火風空識界是空離我我所因緣是空離我我所等無間緣所緣緣是空離我我所所緣緣是空離我我所增上緣是空離我我所從緣所生諸法是空離我我所無明是空離我我所行識名色六處觸受愛取有生老死是空離我我所善法是空離我我所非善法是空離我我所有記法是空離我我所無記法是空離我我所有漏法是空離我我所無漏法是空離我我所世間法是空離我我所出世間法是空離我我所有爲法是空離我我所無爲法是空離我我所布施波羅蜜多乃至般若波羅蜜多是空離我我所内空乃至無性自性空是空離我我所眞如乃至不思議界是空離我我所苦集滅道聖諦是空離我我所四念住乃至八聖道支是空離我我所空無相無願解脱門是空離我我所四靜慮四無量四無色定是空離我我所八解脱乃至十遍處是空離我我所淨觀地乃至如來地是空離我我所極喜地乃至法雲地是空離我我所一切陀羅尼門三摩地門是空離我我所五眼六神通是空離我我所如來十力乃至十八佛不共法是空離我我所三十

二大士相八十隨好是空離我我所無忘失法恒住捨性是空離我我所一切智道相智一切相智是空離我我所預流果乃至獨覺菩提是空離我我所一切菩薩摩訶薩行是空離我我所諸佛無上正等菩提是空離我我所復作是言汝等應知色如夢乃至如化都無自性受想行識如夢乃至如化都無自性眼處如夢乃至如化都無自性耳鼻舌身意處如夢乃至如化都無自性色處如夢乃至如化都無自性聲香味觸法處如夢乃至如化都無自性眼界如夢乃至如化都無自性耳鼻舌身意界如夢乃至如化都無自性色界如夢乃至如化都無自性聲香味觸法界如夢乃至如化都無自性眼識界如夢乃至如化都無自性耳鼻舌身意識界如夢乃至如化都無自性眼觸如夢乃至如化都無自性耳鼻舌身意觸如夢乃至如化都無自性眼觸爲緣所生諸受如夢乃至如化都無自性耳鼻舌身意觸爲緣所生諸受如夢乃至如化都無自性地界如夢乃至如化都無自性水火風空識界如夢乃至如化都無自性因緣如夢乃至如化都無自性等無間緣所緣緣增上緣如夢乃至如化都無自性從緣所生諸法如夢乃至如化都無自性無明如夢乃至如化都無自性行識名色六處觸受愛取有生老死如夢乃至如化都無自性善法如夢乃至如化都無自性非善法如夢乃至如化都無自性有記法如夢乃至如化都無自性無記法如夢乃至如化都無自性有漏法如夢乃至如化都無自性無漏法如

夢乃至如化都無自性世間法如夢乃至如化都無自性出世間法如夢乃至如化都無自性有爲法如夢乃至如化都無自性無爲法如夢乃至如化都無自性布施波羅蜜多乃至般若波羅蜜多如夢乃至如化都無自性內空乃至無性自性空如夢乃至如化都無自性眞如乃至不思議界如夢乃至如化都無自性苦集滅道聖諦如夢乃至如化都無自性四念住乃至八聖道支如夢乃至如化都無自性空無相無願解脫門如夢乃至如化都無自性四靜慮四無量四無色定如夢乃至如化都無自性八解脫八勝處九次第定十遍處如夢乃至如化都無自性淨觀地乃至如來地如夢乃至如化都無自性極喜地乃至法雲地如夢乃至如化都無自性一切陀羅尼門三摩地門如夢乃至如化都無自性五眼六神通如夢乃至如化都無自性如來十力乃至十八佛不共法如夢乃至如化都無自性三十二大士相八十隨好如夢乃至如化都無自性無忘失法恒住捨性如夢乃至如化都無自性一切智道相智一切相智如夢乃至如化都無自性預流果乃至獨覺菩提如夢乃至如化都無自性一切菩薩摩訶薩行如夢乃至如化都無自性諸佛無上正等菩提如夢乃至如化都無自性復作是言汝等應知此中無色受想行識無眼處乃至意處無色處乃至法處無眼界乃至意界無色界乃至法界無眼識界乃至意識界無眼觸乃至意觸無眼觸爲緣所生諸受乃至意觸爲緣所生諸受無地界乃至識

界無因緣乃至增上緣無從緣所生諸法無無明乃至老死無善非善法無有記無記法無有漏無漏法無世間出世間法無有爲無爲法無布施波羅蜜多乃至般若波羅蜜多無內空乃至無性自性空無眞如乃至不思議界無苦集滅道聖諦無四念住乃至八聖道支無空無相無願解脫門無四靜慮四無量四無色定無八解脫乃至十遍處無淨觀地乃至如來地無極喜地乃至法雲地無一切陀羅尼門三摩地門無五眼六神通無如來十力乃至十八佛不共法無三十二大士相八十隨好無無忘失法恒住捨性無一切智道相智一切相智無預流果乃至獨覺菩提無一切菩薩摩訶薩行無諸佛無上正等菩提無夢無見夢者無響無聞響者無像無見像者無光影無見光影者無陽焰無見陽焰者無幻無見幻者無化無見化者復作是言汝等應知是一切法皆無實事無性爲性汝等虛妄分別力故於無蘊中起有蘊想於無處中起有處想於無界中起有界想於無觸中起有觸想於無受中起有受想復作是言汝等應知蘊處界等一切法性皆從緣生顛倒所起諸業異熟之所攝受汝等何因於是虛妄無實事法起實事想菩薩爾時方便善巧具大神力若諸有情有慳貪者方便拔濟令離慳貪是諸有情離慳貪已教修布施波羅蜜多是諸有情由布施故得大財位富貴自在復從是處方便拔濟教修淨戒波羅蜜多是諸有情由淨戒故得生善趣尊貴自在復從是處方便拔濟教修安忍波羅蜜多

是諸有情由安忍故速能獲得無生法忍復從是處方便拔濟教修精進波羅蜜多是諸有情由精進故乃至無上正等菩提於諸善法不復退轉復從是處方便拔濟教修靜慮波羅蜜多是諸有情由靜慮故得生梵世於初靜慮安住自在從初靜慮方便拔濟復令安住第二靜慮如是展轉方便拔濟乃至令住非想非非想處定復從是處方便拔濟隨其所宜令住三乘或令住四念住乃至八聖道支或令住三解脫門或令住八解脫乃至十遍處或令住四聖諦或令住六波羅蜜多或令住内空乃至無性自性空或令住眞如乃至不思議界或令住極喜地乃至法雲地或令住陀羅尼門三摩地門或令住五眼六神通或令住如來十力乃至十八佛不共法

或令住無忘失法恒住捨性或令住一切智道相智一切相智是菩薩摩訶薩方便善巧若諸有情耽著有爲布施淨戒安忍精進靜慮般若及餘善法所得果報以諸方便安慰濟拔令住無餘般涅槃界是菩薩摩訶薩行深般若波羅蜜多方便善巧成就無色無見無對眞無漏法安住其中若諸有情應得預流一來不還阿羅漢果獨覺菩提或復無上正等菩提示現勸導讃勵慶喜方便濟拔或令得預流果乃至或令證得無上正等菩提如是善現諸菩薩摩訶薩行深般若波羅蜜多觀察二空雖知諸法無不如夢乃至如化皆非實有無性爲性自相皆空而能安立善非善法廣説乃至是能證得諸佛無上正等菩提皆無雜亂

大般若波羅蜜多經卷第四百六十八

大般若波羅蜜多經卷第四百六十九

唐三藏法師玄奘奉詔譯

第二分衆德相品第七十六之二

爾時具壽善現白佛言世尊諸菩薩摩訶薩甚爲希有行深般若波羅蜜多觀察二空雖知諸法一切如夢如響如像如光影如陽焰如幻如化皆非實有無性爲性自相皆空而能安立善非善等諸法差別皆無雜亂佛告善現如是如是如汝所説諸菩薩摩訶薩甚爲希有行深般若波羅蜜多觀察二空雖知諸法皆如夢等都非實有無性爲性自相皆空而能安立善非善等諸法差別不相雜亂汝等若知諸菩薩摩訶薩行深般若波羅蜜多時所有甚奇希有之法聲聞獨覺皆不成就不能測量汝等一切聲聞獨覺於諸菩薩摩訶薩辯尚不能對況餘有情而能酬答具壽善現復白佛言何等名爲諸菩薩摩訶薩行深般若波羅蜜多時所有甚奇希有之法聲聞獨覺皆不成就不能測量佛告善現諦聽諦聽善思念之吾當爲汝分別解説諸菩薩摩訶薩行深般若波羅蜜多時所有甚奇希有之法善現諸菩薩摩訶薩行深般若波羅蜜多時安住異熟布施波羅蜜多乃至般若波羅蜜多若五神通若三十七菩提分法若陀羅尼若三摩地若空無相無願解脱門若四靜慮四無量四無色定若八解脱八勝處九次第定十遍處若餘無量無邊佛法徧十方界若諸有情應以布施乃至般若而攝受者則以布施乃至般若而攝受之應以初靜慮乃至非想非非想處定而攝受者則以

初靜慮乃至非想非非想處定而攝受之應以慈悲喜捨而攝受者則以慈悲喜捨而攝受之應以四念住乃至八聖道支而攝受者則以四念住乃至八聖道支而攝受之應以空無相無願三摩地而攝受者則以空無相無願三摩地而攝受之應以諸餘善法而攝受者則以諸餘善法而攝受之具壽善現復白佛言云何菩薩摩訶薩行深般若波羅蜜多時安住異熟波羅蜜多五神通等無量功德以布施等攝諸有情佛告善現諸菩薩摩訶薩行深般若波羅蜜多時施諸有情所須之物謂須飲食施與飲食若須衣服施與衣服若須車乘施與車乘若須華香施與華香若須臥具施與臥具若須舍宅施與舍宅若須燈明施與燈明若須醫藥施與醫藥若須諸餘種種資具悉皆施與令無匱乏或施聲聞獨覺菩薩諸佛世尊衣服飲食臥具醫藥房舍資具諸妙華香寶幢旛蓋妓樂燈明及酥油等諸餘供具如是施時其心平等無差別想而行布施如施持戒犯戒亦爾如施人趣非人亦爾如施內道外道亦爾如施諸聖異生亦爾如施尊貴下賤亦爾上從諸佛下至傍生平等布施無所分別不觀福田勝劣有異所以者何諸菩薩摩訶薩了達一切自相皆空空中都無上下差別故無異想無所分別而行布施是菩薩摩訶薩由無異想無所分別而行布施當得無異無分別法謂得圓滿一切相智及餘無量諸佛功德善現當知若菩薩摩訶薩見傍生等有所求乞便起是心此來乞者若是如來應正等覺眞福田

故我應施之若非如來應正等覺是傍生等非福田故不應施與所須資具是菩薩摩訶薩起如是心越菩薩法所以者何諸菩薩摩訶薩要淨自心福田方淨見求乞者不應念言如是有情有所求乞我應布施如是有情有所求乞我不應施若作是念違本所發大菩提心謂諸菩薩發菩提心我爲有情當作依怙洲渚舍宅救護之處見求乞者應起是心今此有情貧窮孤露我當以施而攝受之彼由此緣不盜他物少欲喜足能轉施他由是因緣離斷生命廣說乃至離雜穢語亦能調伏貪恚邪見身壞命終乘前福業生刹帝利大族或婆羅門大族或長者大族或居士大族或餘隨一富貴家生豐饒財寶修諸善業或因布施攝受因緣漸依三乘而趣圓寂

謂令趣證聲聞獨覺及無上乘般涅槃界復次善現若菩薩摩訶薩有諸怨敵或餘有情來至其所爲損害故或有匱乏求乞身分及諸財物是菩薩摩訶薩終不應起分別異心此應施與此不應施但應發起平等之心隨求身分及諸財物悉皆施與所以者何是菩薩摩訶薩普爲饒益諸有情故求趣無上正等菩提不爲利樂自身命故若當發起分別異心此應施與此不應施便爲如來應正等覺及諸菩薩獨覺聲聞世間天人阿素洛等諸聖賢衆共所呵責誰要請汝發菩提心誓普利樂諸有情類無歸依者爲作歸依無舍宅者爲作舍宅無洲渚者爲作洲渚無救護者爲作救護不安樂者令其安樂而今簡別有施不施復次善現若菩薩摩訶薩行深般

若波羅蜜多時有人非人來至其所求乞種種髓腦支節是菩薩摩訶薩不應發起分別二心爲施不施唯作是念隨彼所求定當施與所以者何是菩薩摩訶薩常作是念我爲利樂諸有情故而受此身諸有來求定當施與不應不施故見乞者便起是心吾今此身本爲他受彼不來取尚應自送況來求乞而當不與作是念已歡喜踊躍自解支節而授與之復自慶言今獲大利謂捨雜穢得純淨身善現諸菩薩摩訶薩行深般若波羅蜜多應如是學復次善現若菩薩摩訶薩見乞求者便起是心令於此中誰施誰受所施何物由何而施爲何而施云何而施諸法自性皆不可得所以者何如是諸法皆畢竟空非空法中有與有奪有施有受善現諸菩薩摩訶薩行深般若波羅蜜多時應如是學諸法皆空所謂或由內空故空乃至或由無性自性空故空是菩薩摩訶薩安住此空而行布施恒無間斷圓滿布施波羅蜜多由此布施波羅蜜多得圓滿故爲他割截劫奪一切內外物時其心都無分別嗔恨但作是念有情及法一切皆空誰割截我誰劫奪我誰復受之誰作是觀復次善現我以佛眼遍觀十方殑伽沙等諸世界中有菩薩摩訶薩爲欲利樂諸有情類以故思願入大地獄見諸有情受諸劇苦見已發起三種示導云何爲三一者神變示導二者記說示導三者教誡示導是菩薩摩訶薩以神變示導滅除地獄湯火刀等種種苦具以記說示導記彼有情心之所念而爲說法以教誡示導於彼發起慈悲喜

捨而爲說法令彼地獄諸有情類於菩薩所生淨信心由此因緣從地獄出得生天上或生人中漸依三乘盡苦邊際證涅槃界究竟安樂復次善現我以佛眼遍觀十方殑伽沙等諸世界中有菩薩摩訶薩承事供養諸佛世尊是菩薩摩訶薩承事供養佛世尊時深心歡喜愛樂恭敬非不歡喜愛樂恭敬於諸如來應正等覺所說正法恭敬聽聞受持讀誦乃至無上正等菩提終不忘失隨所聞法能爲有情無倒宣說令獲殊勝利益安樂復次善現我以佛眼遍觀十方殑伽沙等諸世界中有菩薩摩訶薩爲欲饒益傍生趣中諸有情故自捨身命是菩薩摩訶薩見諸傍生飢火所逼欲相殘害起慈愍心自割身分斷諸支節散擲十方恣令食噉諸傍生類得此菩薩身肉食者皆於菩薩深起愛敬慚愧之心由是因緣脫傍生趣得生天上或生人中值遇如來應正等覺聞說正法如實修行漸依三乘而趣圓寂謂隨證入無上大乘獨覺聲聞般涅槃界如是善現諸菩薩摩訶薩能爲世間作難作事多所饒益謂爲利樂諸有情故自發無上正等覺心亦令他發自行種種如實正行亦令他行復次善現我以佛眼遍觀十方殑伽沙等諸世界中有菩薩摩訶薩爲欲饒益餓鬼趣中諸有情類以故思願往彼界中方便息除飢渴等苦令諸餓鬼衆苦既息於此菩薩深起愛敬慚愧之心復爲宣說離慳法要令彼聞已起慧施心乘此善根脫餓鬼趣得生天上或生人中值遇如來應正等覺供養恭敬聞正法音漸次修行三

乘正行乃至證入無上大乘獨覺聲聞般涅槃界如是善現諸菩薩摩訶薩於有情類安住大悲發起無邊方便善巧令隨證入三乘涅槃復次善現我以佛眼遍觀十方殑伽沙等諸世界中有菩薩摩訶薩方便善巧或爲四大王衆天宣說正法乃至或爲他化自在天宣說正法是諸天衆於菩薩所聞正法已漸依三乘勤修正行隨應證入般涅槃界善現當知彼天衆中有諸天子耽著天上五妙欲樂及所居止衆寶宫殿是菩薩摩訶薩示現火起燒其宫殿令生厭怖因爲說法作是言諸天子應審觀察諸行無常苦空非我不可保信誰有智者於斯樂著時諸天子聞此法音於五妙欲深生厭怖自觀身命虚僞無常譬如芭蕉電光陽焰觀諸宫殿猶如牢獄作是觀已漸依三乘勤修正行而趣圓寂謂漸證入三乘涅槃復次善現我以佛眼遍觀十方殑伽沙等諸世界中有菩薩摩訶薩見諸梵天著諸見趣方便化導令其厭捨告言天仙汝等何故於空無相虚妄不實諸行聚中發起如是諸惡見趣當速捨之信受正法令汝長夜利益安樂如是善現諸菩薩摩訶薩安住大悲爲諸有情宣說法要善現是爲菩薩摩訶薩所有甚奇希有之法復次善現我以無障清淨佛眼遍觀十方殑伽沙等諸世界中有菩薩摩訶薩以四攝事攝諸有情云何爲四一者布施二者愛語三者利行四者同事善現云何菩薩摩訶薩以布施事攝諸有情善現諸菩薩摩訶薩以二種施攝諸有情云何爲二一者財施二者法施善現云

何菩薩摩訶薩能以財施攝諸有情善現諸菩薩摩訶薩行深般若波羅蜜多時能以種種飲食衣服房舍卧具車乘燈明妓樂香華寶幢旛蓋及瓔珞等施諸有情或以金銀吠瑠璃寶頗胝迦寶珂貝壁玉帝青大青末尼眞珠石藏杵藏紅蓮等寶施諸有情或以妻妾男女大小僮僕侍衛象馬牛羊及醫藥等施諸有情或以種種財寶庫藏城邑聚落及王位等施諸有情或以身分手足支節頭目髓腦施諸有情是菩薩摩訶薩以種種物置四衢道昇高臺上唱如是言一切有情有所須者恣意來取勿生疑難如取已物莫作他想乃至我身手足支節頭目髓腦隨意取之我於汝等無所悋惜是菩薩摩訶薩施諸有情所須物已復勸歸依佛法僧寶或勸受持五近事戒或勸受持八近住戒或勸受持十善業道或勸修學初靜慮乃至第四靜慮或勸修學慈無量乃至捨無量或勸修學空無邊處定乃至非想非非想處定或勸修學佛隨念乃至天隨念或勸修學不淨觀持息念或勸修學無常想乃至滅想或勸修學四念住乃至八聖道支或勸修學空無相無願解脫門或勸修學八解脫乃至十遍處或勸修學布施波羅蜜多乃至般若波羅蜜多或勸安住內空乃至無性自性空或勸安住眞如乃至不思議界或勸安住苦集滅道聖諦或勸修學一切陀羅尼門三摩地門或勸修學淨觀地乃至如來地或勸修學極喜地乃至法雲地或勸修學五眼六神通或勸修學如來十力乃至十八佛不共法或勸修學三十

二大士相八十隨好或勸修學無忘失法恒住捨性或勸修學一切智道相智一切相智或勸修學預流果乃至獨覺菩提或勸修學一切菩薩摩訶薩行或勸修學諸佛無上正等菩提如是善現諸菩薩摩訶薩行深般若波羅蜜多方便善巧於諸有情行財施已復善安立諸有情類令住無上安隱法中乃至令得一切智智善現是爲菩薩摩訶薩行深般若波羅蜜多時所有甚奇希有之法善現云何菩薩摩訶薩行深般若波羅蜜多時能以法施攝諸有情善現法施有二種云何爲二一者世間法施二者出世法施云何名爲世間法施謂諸菩薩摩訶薩行深般若波羅蜜多時爲諸有情宣說開示分別顯了世間妙法謂不淨觀若持息念若四靜慮若四無量若四無色定若五神通若餘世間共異生法如是名爲世間法施善現何故此法名爲世間謂學此法未能畢竟離世間故名爲世間善現是菩薩摩訶薩行此世間妙法施已種種方便化導有情令其遠離世間諸法種種方便化導有情令住聖法及聖法果善現云何聖法及聖法果善現言聖法者謂三十七菩提分法及三解脫門等聖法果者謂預流果乃至獨覺菩提等善現何故此法名爲出世謂學此法能令畢竟出離世間故名出世復次善現諸菩薩摩訶薩聖法者謂六波羅蜜多八解脫八勝處九次第定十遍處陀羅尼門三摩地門諸菩薩地五眼六神通如來十力四無所畏四無礙解大慈大悲大喜大捨十八佛不共法無忘失法恒住捨性一

切智道相智一切相智等諸無漏法聖法果者謂佛無上正等菩提大涅槃界復次善現諸菩薩摩訶薩聖法者謂預流果智一來果智不還果智阿羅漢果智獨覺菩提智諸佛無上正等菩提智四念住乃至八聖道支智空無相無願解脫門智四靜慮四無量四無色定智八解脫八勝處九次第定十遍處智布施波羅蜜多乃至般若波羅蜜多智一切陀羅尼門三摩地門智苦集滅道聖諦智內空乃至無性自性空智眞如乃至不思議界智極喜地乃至法雲地智五眼六神通智淨觀地乃至如來地智如來十力乃至十八佛不共法智三十二大士相八十隨好智無忘失法恒住捨性智一切智道相智一切相智善法非善法智有記法無記法智有漏法無漏法智世間法出世間法智有爲法無爲法智是名聖法聖法果者謂永斷一切煩惱習氣相續是名聖法果具壽善現白言世尊諸菩薩摩訶薩爲亦能得一切相智佛告善現如是如是諸菩薩摩訶薩亦名能得一切相智具壽善現復白佛言若菩薩摩訶薩亦名能得一切相智與佛世尊有何差別佛告善現諸菩薩摩訶薩名爲隨得一切相智諸佛世尊名爲已得一切相智所以者何非諸菩薩與佛世尊條然有異謂諸菩薩與佛世尊俱住諸法無差別性於諸法相求正遍知說名菩薩若至究竟名佛世尊然佛世尊於一切法自相共相照了無暗清淨具足在因位時名爲菩薩若至果位名佛世尊是謂菩薩與佛世尊雖俱名得一切相智而有差別善

現是名菩薩摩訶薩世間法施諸菩薩摩訶薩依因如是世間法施復能修行出世法施謂諸菩薩摩訶薩行深般若波羅蜜多時方便善巧先施有情世間善法後令厭離世間善法安住出世無漏聖法乃至令得一切智智善現云何名爲出世聖法諸菩薩摩訶薩爲諸有情宣說開示分别顯了說名法施善現一切不共異生善法若正修學令諸有情超出世間安隱而住謂三十七菩提分法三解脱門八解脱九次第定四聖諦智波羅蜜多諸空等智菩薩十地五眼六神通如來十力四無所畏四無礙解十八佛不共法大慈大悲大喜大捨三十二大士相八十隨好一切陀羅尼門一切三摩地門諸如是等無漏善法一切皆名出世聖法若菩薩摩訶薩爲諸有情宣說開示分别顯了如是諸法名爲菩薩出世法施善現此中云何名爲三十七種菩提分法謂四念住四正斷四神足五根五力七等覺支八聖道支善現如是名爲三十七種菩提分法善現四念住者謂菩薩摩訶薩於內身外身內外身住循身觀具足正勤正知正念除世貪愛住身集觀住身滅觀由彼於身住循身觀住身集觀住身滅觀無所依止於諸世間無所執受是爲第一於受於心於法亦爾是名四念住善現四正斷者謂菩薩摩訶薩爲令未生惡不善法永不生故爲令已生惡不善法永斷滅故爲令未生善法生故爲令已生善法堅住不忘修滿倍增廣大智作證故生起樂欲發勤精進策心持心是名四正斷善現四神足者謂菩薩摩

訶薩修三摩地斷行成就修習神足勤三摩地斷行成就修習神足心三摩地斷行成就修習神足觀三摩地斷行成就修習神足依止厭依止離依止滅迴向於捨是名四神足善現五根者謂菩薩摩訶薩信根精進根念根定根慧根是名五根善現五力者謂菩薩摩訶薩信力精進力念力定力慧力是名五力善現七等覺支者謂菩薩摩訶薩念等覺支擇法等覺支精進等覺支喜等覺支輕安等覺支定等覺支捨等覺支是名七等覺支善現八聖道支者謂菩薩摩訶薩正見正思惟正語正業正命正精進正念正定是名八聖道支善現三解脫門者謂菩薩摩訶薩空無相無願解脫門云何空解脫門謂菩薩摩訶薩以空無我行相攝心一趣是名空解脫門云何無相解脫門謂菩薩摩訶薩以滅寂靜行相攝心一趣是名無相解脫門云何無願解脫門謂菩薩摩訶薩以苦無常行相攝心一趣是名無願解脫門善現八解脫者謂菩薩摩訶薩有色觀諸色是第一解脫內無色想觀外諸色是第二解脫淨勝解身作證是第三解脫超一切色想滅有對想不思惟種種想入無邊空空無邊處定具足住是第四解脫超一切空無邊處入無邊識識無邊處定具足住是第五解脫超一切識無邊處入無少所有無所有處定具足住是第六解脫超一切無所有處入非想非非想處定具足住是第七解脫超一切非想非非想處入滅想受定具足住是第八解脫善現九次第定者謂菩薩摩訶薩離欲惡不善法有尋有

伺離生喜樂初靜慮具足住是第一次第定尋伺寂靜內等淨心一趣性無尋無伺定生喜樂第二靜慮具足住是第二次第定離喜住捨正念正知身受樂聖說應捨具念樂住第三靜慮具足住是第三次第定斷樂斷苦先喜憂沒不苦不樂捨念清淨第四靜慮具足住是第四次第定超一切色想滅有對想不思惟種種想入無邊空空無邊處定具足住是第五次第定如是乃至超一切非想非非想處入滅想受定具足住是第九次第定善現四聖諦智者謂菩薩摩訶薩苦智集智滅智道智是名四聖諦智善現波羅蜜多者謂菩薩摩訶薩布施淨戒安忍精進靜慮般若方便善巧妙願力智波羅蜜多是名波羅蜜多善現諸空等智者謂菩薩摩訶薩內空乃至無性自性空智及眞如乃至不思議界智是名諸空等智善現菩薩十地者謂菩薩摩訶薩極喜地離垢地發光地焰慧地極難勝地現前地遠行地不動地善慧地法雲地是名菩薩十地善現五眼者謂菩薩摩訶薩所求肉眼天眼聖慧眼法眼佛眼是名五眼善現六神通者謂菩薩摩訶薩所學神境智證通天眼智證通天耳智證通他心智證通宿住隨念智證通漏盡智證通是名六神通復次善現如來十力者若諸如來應正等覺於是處如實知是處於非處如實知非處是第一力若諸如來應正等覺於諸有情過去未來現在諸業及諸法受處因異熟皆如實知是第二力若諸如來應正等覺於諸世間非一種種諸界差別皆如實知是第三力若

諸如來應正等覺於諸世間非一種種勝解差别尋伺有異皆如實知是第四力若諸如來應正等覺於諸有情補特伽羅諸根勝劣皆如實知是第五力若諸如來應正等覺於遍趣行皆如實知是第六力若諸如來應正等覺普於一切靜慮解脱等持等至雜染清淨安立差别皆如實知是第七力若諸如來應正等覺以淨天眼超過於人見諸有情死時生時諸善惡事如是有情因身語意三種惡行因諸邪見因謗賢聖墮諸惡趣如是有情因身語意三種妙行因諸正見因讚賢聖生諸善趣復以天眼清淨過人見諸有情死時生時好色惡色從此復生善趣惡趣於諸有情隨業勢力生善惡趣皆如實知是第八力若諸如來應正等覺於諸有情過去無量諸宿住事或一生或十生或百生或千生或無量生或一劫或十劫或百劫或千劫或無量劫所有諸行諸説諸相皆如實知是第九力若諸如來應正等覺於諸漏盡無漏心解脱無漏慧解脱皆如實知於自漏盡眞解脱法自證通慧具足而住如實覺受我生已盡梵行已立所作已辦不受後有是第十力如是名爲如來十力善現四無所畏者若諸如來應正等覺自稱我是正等覺者設有沙門若婆羅門若天魔梵若餘世間依法立難或令憶念佛於是法非正等覺我於彼難正見無因以於彼難正見無因得安隱住無怖無畏自稱我處大仙尊位於大衆中正師子吼轉大梵輪一切沙門若婆羅門若天魔梵若餘世間定無有能如法轉者是第一無畏若

諸如來應正等覺自稱我已永盡諸漏設有沙門若婆羅門若天魔梵若餘世間依法立難或令憶念佛於是漏猶未永盡我於彼難正見無因以於彼難正見無因得安隱住無怖無畏自稱我處大仙尊位於大衆中正師子吼轉大梵輪一切沙門若婆羅門若天魔梵若餘世間定無有能如法轉者是第二無畏若諸如來應正等覺自稱我爲諸弟子衆說能障法染必爲障設有沙門若婆羅門若天魔梵若餘世間依法立難或令憶念有染是法不能爲障我於彼難正見無因以於彼難正見無因得安隱住無怖無畏自稱我處大仙尊位於大衆中正師子吼轉大梵輪一切沙門若婆羅門若天魔梵若餘世間定無有能如法轉者是第三無畏若諸如來應正等覺自稱我爲諸弟子衆說出離道諸聖修習決定出離決定通達正盡衆苦作苦邊際設有沙門若婆羅門若天魔梵若餘世間依法立難或令憶念有修此道非正出離非正通達非正盡苦非作苦邊我於彼難正見無因以於彼難正見無因得安隱住無怖無畏自稱我處大仙尊位於大衆中正師子吼轉大梵輪一切沙門若婆羅門若天魔梵若餘世間定無有能如法轉者是第四無畏如是名爲四無所畏善現四無礙解者謂義無礙解法無礙解詞無礙解辯無礙解如是名爲四無礙解善現云何義無礙解謂緣義無礙智云何法無礙解謂緣法無礙智云何詞無礙解謂緣詞無礙智云何辯無礙解謂緣辯無礙智善現十八佛不共法者謂諸如來應

正等覺常無誤失無卒暴音無忘失念無不定心無種種想無不擇捨志欲無退精進無退憶念無退般若無退解脫無退解脫知見無退若智若見於過去世無著無礙若智若見於現在世無著無礙若智若見於未來世無著無礙一切身業智爲前導隨智而轉一切語業智爲前導隨智而轉一切意業智爲前導隨智而轉是名十八佛不共法復次善現三十二大士相者謂如來足下有平滿相妙善安住猶如奩底地雖高下隨足所蹈皆悉坦然無不等觸是爲第一如來足下千輻輪文輞轂衆相無不圓滿是爲第二如來手足悉皆柔軟如覩羅綿勝過一切是爲第三如來手足一一指間猶如鴈王咸有鞔網金色交絡文同綺畫是爲第四如來手足所有諸指圓滿纖長甚可愛樂是爲第五如來足跟廣長圓滿與趺相稱勝餘有情是爲第六如來足趺修高充滿柔軟妙好與跟相稱是爲第七如來雙腨漸次纖圓如瑿泥耶仙鹿王腨是爲第八如來雙臂修直傭圓如象王鼻平立摩膝是爲第九如來陰相勢峯藏密其猶龍馬亦如象王是爲第十如來毛孔各一毛生柔潤紺青右旋宛轉是第十一如來髮毛端皆上靡右旋宛轉柔潤紺青嚴金色身甚可愛樂是第十二如來身皮細薄潤滑塵垢水等皆所不住是第十三如來身皮皆真金色光潔晃曜如妙金臺衆寶莊嚴衆所樂見是第十四如來兩足二手掌中頸及雙肩七處充滿是第十五如來肩項圓滿殊妙是第十六如來髆腋悉皆充實是第十七如

來容儀洪滿端直是第十八如來身相修廣端嚴是第十九如來體相縱廣量等周帀圓滿如諾瞿陀是第二十如來頷臆并身上半威容廣大如師子王是二十一如來常光面各一尋是二十二如來齒相四十齊平淨密根深白逾珂雪是二十三如來四牙鮮白鋒利是二十四如來常得味中上味是二十五如來舌相薄淨廣長能覆面輪至耳髮際是二十六如來梵音詞韻弘雅隨衆多少無不等聞其聲洪震猶如天鼓發言婉約如頻迦音是二十七如來眼睫猶如牛王紺青齊整不相雜亂是二十八如來眼睛紺青鮮白紅環間飾皎潔分明是二十九如來面輪其猶滿月眉相皎淨如天帝弓是第三十如來眉間有白毫相右旋柔軟如覩羅綿鮮白光淨逾珂雪等是三十一如來頂上烏瑟膩沙高顯周圓猶如天蓋是三十二是名三十二大士相

大般若波羅蜜多經卷第四百六十九

音釋

匱乏　匱求位切竭也乏扶法切空乏也　依怙　怙音户依怙謂依倚怙恃也　洲渚　洲之由切水中可居曰洲渚掌與切小洲曰渚也　逼　筆力切迫也驅也　擲　直炙切投也又拋擲也　頻胝迦　梵語具云塞頗胝迦亦云頗黎此云水精頗普木切胝張尼切　珂貝　珂丘何切螺屬貝之大者曰珂貝博蓋切海介蟲也　奩底　奩音廉匣也又鏡奩也奩底謂足下如匣底之平也　蹈　音盜踐也　輻輪　輻方六切輪轑也謂輪中木之直指者也　輞轂　輞音罔車輞也轂音穀輻所湊者　鞔網　鞔謨官切鞔網謂佛指間相連如鵝鴈掌也　跟　古痕切足踵也　趺　風無切足也　腨　市兗切腓腸也　毉泥耶　梵語正云伊尼延此云金色鹿名也毉煙奚切　傭圓　傭丑容切均也圓直也　膊腋　膊音博肩膊腋音亦左右肘脇之間曰腋

大般若波羅蜜多經卷第四百七十

唐三藏法師玄奘奉詔譯

第二分衆德相品第七十六之三

復次善現八十隨好者謂如來指爪狹長薄潤光潔解淨如花赤銅是爲第一如來手足指圓纖長傭直柔軟節骨不現是爲第二如來手足各等無差於諸指間悉皆充密是爲第三如來手足圓滿如意軟淨光澤色如蓮華是爲第四如來筋脉盤結堅固深隱不現是爲第五如來兩踝俱隱不現是爲第六如來行步直進庠審如龍象王是爲第七如來行步威容齊肅如師子王是爲第八如來行步安平庠序不過不減猶如牛王是爲第九如來行步進止儀雅其猶鵝王是爲第十如來迴顧必皆右旋如龍象王舉身隨轉是第十一如來支節漸次傭圓妙善安布是第十二如來骨節交結無隙猶若龍盤是第十三如來膝輪妙善安布堅固圓滿是第十四如來隱處其文妙好威勢具足圓滿清淨是第十五如來身支潤滑柔軟光悅鮮淨塵垢不著是第十六如來身容敦肅無畏常不怯弱是第十七如來身支堅固稠密善相屬著是第十八如來身支安定敦重曾不掉動圓滿無壞是第十九如來身相猶若山王周帀端嚴光淨離翳是第二十如來身有周帀圓光於行等時恒自照曜是二十一如來腹形方正無側柔軟不現衆相莊嚴是二十二如來臍深右旋圓妙清淨光澤是二十三如來臍厚不窪不凸周帀妙好是二十四如來皮膚遠離疥癬亦無黶點疣贅等過是二十五如

來手掌充滿柔軟足下安平是二十六如來手文深長明直潤澤不斷是二十七如來脣色光潤丹暉如頻婆果上下相稱是二十八如來面門不長不短不大不小如量端嚴是二十九如來舌相軟薄廣長如赤銅色是第三十如來發聲威震深遠如象王吼明朗清徹是三十一如來音韻美妙具足如深谷響是三十二如來鼻高修而且直其孔不現是三十三如來諸齒方整鮮白是三十四如來諸牙圓白光潔漸次鋒利是三十五如來眼淨青白分明是三十六如來眼相修廣猶如青蓮華葉甚可愛樂是三十七如來眼睫上下齊整稠密不白是三十八如來雙眉長而不白緻而細軟是三十九如來雙眉綺靡順次紺瑠璃色是第四十如來雙眉高顯光潤形如初月是四十一如來耳厚廣大修長輪埵成就是四十二如來兩耳綺麗齊平離衆過失是四十三如來容儀能令見者無損無染皆生愛敬是四十四如來額廣圓滿平正形相殊妙是四十五如來身分上下圓滿如師子王威嚴無對是四十六如來頭髮修長紺青稠密不白是四十七如來頭髮香潔細軟潤澤旋轉是四十八如來頭髮齊整無亂亦不交雜是四十九如來頭髮堅固不斷永無褫落是第五十如來頭髮光滑殊妙塵垢無著是五十一如來身分堅固充實逾那羅延是五十二如來身體長大端直是五十三如來諸竅清淨圓好是五十四如來身支勢力殊勝無與等者是五十五如來身相衆所樂觀甞無厭足是五十六如來面輪修廣得

所皎潔光淨如秋滿月是五十七如來顏貌舒泰光顯含笑先言唯向不背是五十八如來面貌光澤熈怡遠離嚬蹙青赤等過是五十九如來身支清淨無垢常無臭穢是第六十如來身諸毛孔中常出如意微妙之香是六十一如來面門常出最上殊勝之香是六十二如來頭相周圓妙好如末達那亦猶天蓋是六十三如來身毛紺青光淨如孔雀項紅暉綺飾色類赤銅是六十四如來法音隨衆大小不增不減應理無差是六十五如來頂相無能見者是六十六如來手足指約分明莊嚴妙好如赤銅色是六十七如來行時其足去地如四指量而現印文是六十八如來自持不待他衛身無傾動亦不逶迤是六十九如來威德遠震一切惡心見喜恐怖見安是第七十如來音聲不高不下隨衆生意和悦與言是七十一如來能隨諸有情類言音意樂而爲說法是七十二如來一音演說正法隨有情類各令得解是七十三如來說法咸依次第必有因緣言無不善是七十四如來等觀諸有情類讚善毀惡而無愛憎是七十五如來所爲先觀後作軌範具足令識善淨是七十六如來相好一切有情無能觀盡是七十七如來頂骨堅實圓滿是七十八如來顏容常少不老好巡舊處是七十九如來手足及胷臆前俱有吉祥喜旋德相文同綺畫色類朱丹是第八十如是名爲八十隨好善現如來應正等覺成就如是諸相好故身光任運能照三千大千世界無不徧滿若作意時即能普照無量無邊無數世界然爲

憐愍諸有情故攝光常照面各一尋若縱身光即日月等所有光明皆悉不現諸有情類便不能知晝夜半月月時歲數所作事業有不得成佛身任運能徧三千大千世界若作意時即能徧滿無量無邊無數世界然爲利樂諸有情故身隨衆量不減不增善現如是功德勝利我先菩薩位修行般若波羅蜜多時巳能成辦故今相好圓滿莊嚴一切有情見者歡喜皆獲殊勝利益安樂如是善現諸菩薩摩訶薩行深般若波羅蜜多時能以財法二種布施攝諸有情是爲甚奇希有之法善現云何菩薩摩訶薩以愛語事攝諸有情善現諸菩薩摩訶薩行深般若波羅蜜多時以柔軟音爲有情類先說布施波羅蜜多次說淨戒波羅蜜多次說安忍波羅蜜多次說精進波羅蜜多次說靜慮波羅蜜多後說般若波羅蜜多方便攝受善現諸菩薩摩訶薩行深般若波羅蜜多時以柔軟音多說此六波羅蜜多攝有情類所以者何由此六種波羅蜜多普能攝受諸善法故善現云何菩薩摩訶薩以利行事攝諸有情善現諸菩薩摩訶薩行深般若波羅蜜多時於長夜中種種方便勸諸有情精勤修學布施淨戒安忍精進靜慮般若波羅蜜多及餘種種殊勝善法常無懈廢善現云何菩薩摩訶薩以同事業攝諸有情善現諸菩薩摩訶薩行深般若波羅蜜多時以勝神通及大願力現處地獄傍生鬼界人天等中同彼事業方便攝受令獲殊勝利益安樂善現諸菩薩摩訶薩能以如是布施愛語利行同事攝諸有情是爲甚奇

希有之法復次善現我以佛眼徧觀十方殑伽沙等諸世界中有菩薩摩訶薩行深般若波羅蜜多時教誡教授諸餘菩薩摩訶薩言來善男子汝應善學引發諸字陀羅尼門謂應善學一字二字乃至十字如是乃至二十三十乃至若百若千若萬乃至無數引發自在又應善學一切語言皆入一字或入二字乃至十字如是乃至或入二十或入三十乃至若百若千若萬乃至無數引發自在又應善學於一字中攝一切字一切字中攝於一字引發自在又應善學一字能攝四十二本母字四十二本母字能攝一字善現是菩薩摩訶薩應如是善學四十二字入於一字一字亦入四十二字如是學已於諸字中引發善巧於引發字得善巧已復於無字引發善巧如諸如來應正等覺於法善巧於字善巧以於諸法諸字善巧於無字中亦得善巧由善巧故能爲有情說有字法說無字法爲無字法說有字法所以者何離字無字無異佛法過一切字名真佛法所以者何以一切法一切有情皆畢竟空無際空故具壽善現白言世尊若一切法一切有情皆畢竟空無際空故超諸字者則一切法一切有情自性畢竟皆不可得諸菩薩摩訶薩云何修行布施波羅蜜多乃至般若波羅蜜多云何修行四靜慮四無量四無色定云何修行四念住乃至八聖道支云何修行空無相無願解脫門云何安住內空乃至無性自性空云何安住真如乃至不思議界云何安住苦集滅道聖諦云何修行八解脫乃至十遍處云何修行

極喜地乃至法雲地云何修行一切陀羅尼門三摩地門云何修行五眼六神通云何修行如來十力乃至十八佛不共法云何修行無忘失法恒住捨性云何修行一切智道相智一切相智云何修行三十二大士相八十隨好云何安住異熟六種波羅蜜多及六神通爲諸有情宣說正法世尊一切有情皆不可得有情施設亦不可得一切有情不可得故色乃至識亦不可得眼處乃至意處亦不可得色處乃至法處亦不可得眼界乃至意界亦不可得色界乃至法界亦不可得眼識界乃至意識界亦不可得眼觸乃至意觸亦不可得眼觸爲緣所生諸受乃至意觸爲緣所生諸受亦不可得地界乃至識界亦不可得因緣乃至增上緣亦不可得從緣所生諸法亦不可得無明乃至老死亦不可得布施波羅蜜多乃至般若波羅蜜多亦不可得四靜慮四無量四無色定亦不可得四念住乃至八聖道支亦不可得空無相無願解脫門亦不可得內空乃至無性自性空亦不可得眞如乃至不思議界亦不可得苦集滅道聖諦亦不可得八解脫乃至十遍處亦不可得淨觀地乃至如來地亦不可得極喜地乃至法雲地亦不可得一切陀羅尼門三摩地門亦不可得五眼六神通亦不可得如來十力乃至十八佛不共法亦不可得無忘失法恒住捨性亦不可得一切智道相智一切相智亦不可得預流果乃至獨覺菩提亦不可得一切菩薩摩訶薩行諸佛無上正等菩提亦不可得三十二大士相八十隨好亦不可得

世尊不可得中無有情亦無彼施設無色乃至識亦無彼施設無眼處乃至意處亦無彼施設無色處乃至法處亦無彼施設無眼界乃至意界亦無彼施設無色界乃至法界亦無彼施設無眼識界乃至意識界亦無彼施設無眼觸乃至意觸亦無彼施設無眼觸爲緣所生諸受乃至意觸爲緣所生諸受亦無彼施設無地界乃至識界亦無彼施設無因緣乃至增上緣亦無彼施設無從緣所生諸法亦無彼施設無無明乃至老死亦無彼施設無布施波羅蜜多乃至般若波羅蜜多亦無彼施設無四靜慮四無量四無色定亦無彼施設無四念住乃至八聖道支亦無彼施設無空無相無願解脱門亦無彼施設無内空乃至無性自性空亦無彼施設無眞如乃至不思議界亦無彼施設無苦集滅道聖諦亦無彼施設無八解脱乃至十遍處亦無彼施設無淨觀地乃至如來地亦無彼施設無極喜地乃至法雲地亦無彼施設無一切陀羅尼門三摩地門亦無彼施設無五眼六神通亦無彼施設無如來十力乃至十八佛不共法亦無彼施設無無忘失法恒住捨性亦無彼施設無一切智道相智一切相智亦無彼施設無預流果乃至獨覺菩提亦無彼施設無一切菩薩摩訶薩行諸佛無上正等菩提亦無彼施設無三十二大士相八十隨好亦無彼施設世尊一切有情法及施設既不可得都無所有諸菩薩摩訶薩行深般若波羅蜜多時爲諸有情說何等法世尊勿謂菩薩摩訶薩衆自安住不正法爲諸有情說不

正法勸諸有情住不正法以顛倒法安立有情所以者何諸菩薩摩訶薩行深般若波羅蜜多時尚不得菩提況得菩提分法尚不得菩薩摩訶薩況得菩薩摩訶薩法佛告善現如是如是如汝所説一切有情皆不可得一切有情施設亦不可得一切法皆不可得一切法施設亦不可得由不可得都無所有無所有故當知內空外空內外空空空大空勝義空有爲空無爲空畢竟空無際空散空無變異空本性空自共相空一切法空不可得空無性空自性空無性自性空當知眞如空法界空法性空不虛妄性空不變異性空平等性空離生性空法定空法住空實際空虛空界空不思議界空當知苦聖諦空集聖諦空滅聖諦空道聖諦空當知色蘊乃至識蘊空當知眼處乃至意處空當知色處乃至法處空當知眼界乃至意界空當知色界乃至法界空當知眼識界乃至意識界空當知眼觸乃至意觸空當知眼觸爲緣所生諸受乃至意觸爲緣所生諸受空當知地界乃至識界空當知因緣乃至增上緣空當知從緣所生諸法空當知無明乃至老死空當知我有情乃至知者見者空當知布施波羅蜜多乃至般若波羅蜜多空當知四靜慮四無量四無色定空當知四念住乃至八聖道支空當知空無相無願解脫門空當知八解脫乃至十遍處空當知淨觀地乃至如來地空當知極喜地乃至法雲地空當知一切陀羅尼門三摩地門空當知五眼六神通空當知如來十力乃至十八佛不共法空當知無忘失法

恒住捨性空當知一切智道相智一切相智空當知預流果乃至獨覺菩提空當知菩薩摩訶薩正性離生空當知成熟有情嚴淨佛土空當知一切菩薩摩訶薩行空當知諸佛無上正等菩提空當知三十二大士相八十隨好空善現諸菩薩摩訶薩行深般若波羅蜜多時見一切法皆悉空已爲諸有情宣說諸法令離顛倒雖爲有情宣說諸法而於有情都無所得於一切法亦無所得於諸空相不增不減無取無捨由是因緣雖說諸法而無所說善現是菩薩摩訶薩於一切法如是觀時得無障智由此智故不壞諸法無二分別爲諸有情如實宣說令離妄想顛倒執著隨其所應趣三乘果證得究竟常樂涅槃如有如來應正等覺化作一佛是佛復能化作

無量百千俱胝那庾多衆時彼化佛教所化衆或令修行布施波羅蜜多乃至般若波羅蜜多或令修行四靜慮四無量四無色定或令修行四念住乃至八聖道支或令修行空無相無願解脫門或令安住內空乃至無性自性空或令安住眞如乃至不思議界或令安住苦集滅道聖諦或令修行八解脫乃至十遍處或令修行淨觀地乃至如來地或令修行極喜地乃至法雲地或令修行一切陀羅尼門三摩地門或令修行五眼六神通或令修行如來十力乃至十八佛不共法或令修行三十二大士相八十隨好或令修行無忘失法恒住捨性或令修行一切智道相智一切相智或令安住預流果乃至獨覺菩提或令安住菩薩勝位或令安住無上菩提善

現於意云何是時化佛及所化衆頗於諸法有所分别有破壞不善現對曰不也世尊諸所變化於一切法無分别故佛言善現由此因縁當知菩薩摩訶薩衆亦復如是行深般若波羅蜜多爲諸有情如應説法雖不分别破壞法相而能如實安立有情令其安住所應住地雖於有情及一切法都無所得而令有情解脱妄想顛倒執著無縛無脱爲方便故所以者何善現色本性乃至識本性無縛無脱若法本性無縛無脱是法非色乃至非識何以故色乃至識畢竟淨故善現眼處本性乃至意處本性無縛無脱若法本性無縛無脱是法非眼處乃至非意處何以故眼處乃至意處畢竟淨故善現色處本性乃至法處本性無縛無脱若法本性無縛無脱是法

非色處乃至非法處何以故色處乃至法處畢竟淨故善現眼界本性乃至意界本性無縛無脱若法本性無縛無脱是法非眼界乃至非意界何以故眼界乃至意界畢竟淨故善現色界本性乃至法界本性無縛無脱若法本性無縛無脱是法非色界乃至非法界何以故色界乃至法界畢竟淨故善現眼識界本性乃至意識界本性無縛無脱若法本性無縛無脱是法非眼識界乃至非意識界何以故眼識界乃至意識界畢竟淨故善現眼觸本性乃至意觸本性無縛無脱若法本性無縛無脱是法非眼觸乃至非意觸何以故眼觸乃至意觸畢竟淨故善現眼觸爲縁所生諸受本性乃至意觸爲縁所生諸受本性無縛無脱若法本性無縛無脱是法非眼

觸爲緣所生諸受乃至非意觸爲緣所生諸受何以故眼觸爲緣所生諸受乃至意觸爲緣所生諸受畢竟淨故善現地界本性乃至識界本性無縛無脱若法本性無縛無脱是法非地界乃至非識界何以故地界乃至識界畢竟淨故善現因緣本性乃至增上緣本性無縛無脱若法本性無縛無脱是法非因緣乃至非增上緣何以故因緣乃至增上緣畢竟淨故善現從緣所生諸法本性無縛無脱若法本性無縛無脱是法非從緣所生諸法何以故從緣所生諸法畢竟淨故善現無明本性乃至老死本性無縛無脱若法本性無縛無脱是法非無明乃至非老死何以故無明乃至老死畢竟淨故善現布施波羅蜜多本性乃至般若波羅蜜多本性無縛無脱若法本性無縛無脱是法非布施波羅蜜多乃至非般若波羅蜜多何以故布施波羅蜜多乃至般若波羅蜜多畢竟淨故善現四靜慮本性四無量四無色定本性無縛無脱若法本性無縛無脱是法非四靜慮四無量四無色定何以故四靜慮四無量四無色定畢竟淨故善現四念住本性乃至八聖道支本性無縛無脱若法本性無縛無脱是法非四念住乃至非八聖道支何以故四念住乃至八聖道支畢竟淨故善現空解脱門本性無相無願解脱門本性無縛無脱若法本性無縛無脱是法非空無相無願解脱門何以故空無相無願解脱門畢竟淨故善現内空本性乃至無性自性空本性無縛無脱若法本性無縛無脱是法非内空乃至非無性自性

空何以故内空乃至無性自性空畢竟淨故善現眞如本性乃至不思議界本性無縛無脱若法本性無縛無脱是法非眞如乃至非不思議界何以故眞如乃至不思議界畢竟淨故善現苦集滅道聖諦本性無縛無脱若法本性無縛無脱是法非苦集滅道聖諦何以故苦集滅道聖諦畢竟淨故善現八解脱本性乃至十遍處本性無縛無脱若法本性無縛無脱是法非八解脱乃至非十遍處何以故八解脱乃至十遍處畢竟淨故善現淨觀地本性乃至如來地本性無縛無脱若法本性無縛無脱是法非淨觀地乃至非如來地何以故淨觀地乃至如來地畢竟淨故善現極喜地本性乃至法雲地本性無縛無脱若法本性無縛無脱是法非極喜地乃至非法雲地何以故極喜地乃至法雲地畢竟淨故善現陀羅尼門本性三摩地門本性無縛無脱若法本性無縛無脱是法非陀羅尼門三摩地門何以故陀羅尼門三摩地門畢竟淨故善現五眼本性六神通本性無傅無脱若法本性無縛無脱是法非五眼六神通何以故五眼六神通畢竟淨故善現如來十力本性乃至十八佛不共法本性無縛無脱若法本性無縛無脱是法非如來十力乃至非十八佛不共法何以故如來十力乃至十八佛不共法畢竟淨故善現三十二大士相本性八十隨好本性無縛無脱若法本性無縛無脱是法非三十二大士相八十隨好何以故三十二大士相八十隨好畢竟淨故善現無忘失法本性恒住捨性本性無縛無脱若

法本性無縛無脫是法非無忘失法恒住捨性何以故無忘失法恒住捨性畢竟淨故善現一切智本性道相智一切相智本性無縛無脫若法本性無縛無脫是法非一切智道相智一切相智何以故一切智道相智一切相智畢竟淨故善現預流果本性乃至獨覺菩提本性無縛無脫若法本性無縛無脫是法非預流果乃至非獨覺菩提何以故預流果乃至獨覺菩提畢竟淨故善現一切菩薩摩訶薩行本性諸佛無上正等菩提本性無縛無脫若法本性無縛無脫是法非一切菩薩摩訶薩行諸佛無上正等菩提何以故一切菩薩摩訶薩行諸佛無上正等菩提畢竟淨故善現善法非善法本性無縛無脫若法本性無縛無脫是法非善法非非善法何以故善法非善法畢竟淨故善現有記法無記法本性無縛無脫若法本性無縛無脫是法非有記法非無記法何以故有記法無記法畢竟淨故善現有漏法無漏法本性無縛無脫若法本性無縛無脫是法非有漏法非無漏法何以故有漏法無漏法畢竟淨故善現世間法出世間法本性無縛無脫若法本性無縛無脫是法非世間法非出世間法何以故世間法出世間法畢竟淨故善現有爲法無爲法本性無縛無脫若法本性無縛無脫是法非有爲法非無爲法何以故有爲法無爲法畢竟淨故如是善現諸菩薩摩訶薩行深般若波羅蜜多時雖爲有情宣說諸法而於有情及諸法性都無所得所以者何以諸有情及一切法不可得故復次善現諸菩薩

摩訶薩行深般若波羅蜜多時以無所得而爲方便住一切法無所得中謂以無所得而爲方便住色空乃至識空以無所得而爲方便住眼處空乃至意處空以無所得而爲方便住色處空乃至法處空以無所得而爲方便住眼界空乃至意界空以無所得而爲方便住色界空乃至法界空以無所得而爲方便住眼識界空乃至意識界空以無所得而爲方便住眼觸空乃至意觸空以無所得而爲方便住眼觸爲縁所生諸受空乃至意觸爲縁所生諸受空以無所得而爲方便住地界空乃至識界空以無所得而爲方便住因縁空乃至增上縁空以無所得而爲方便住從縁所生諸法空以無所得而爲方便住無明空乃至老死空以無所得而爲方便住布施波羅蜜多空乃至般若波羅蜜多空以無所得而爲方便住四靜慮四無量四無色定空以無所得而爲方便住四念住空乃至八聖道支空以無所得而爲方便住空無相無願解脫門空以無所得而爲方便住內空空乃至無性自性空空以無所得而爲方便住眞如空乃至不思議界空以無所得而爲方便住苦集滅道聖諦空以無所得而爲方便住八解脫空乃至十遍處空以無所得而爲方便住淨觀地空乃至如來地空以無所得而爲方便住極喜地空乃至法雲地空以無所得而爲方便住一切陁羅尼門三摩地門空以無所得而爲方便住五眼六神通空以無所得而爲方便住如來十力空乃至十八佛不共法空以無所得而爲方便住三十二

大士相八十隨好空以無所得而爲方便住無忘失法恒住捨性空以無所得而爲方便住一切智道相智一切相智空以無所得而爲方便住預流果空乃至獨覺菩提空以無所得而爲方便住一切菩薩摩訶薩行諸佛無上正等菩提空以無所得而爲方便住善法非善法空以無所得而爲方便住有記法無記法空以無所得而爲方便住有漏法無漏法空以無所得而爲方便住世間法出世間法空以無所得而爲方便住有爲法無爲法空善現當知色乃至識無所住色空乃至識空亦無所住何以故色乃至識無自性不可得色空乃至識空亦無自性不可得非無自性不可得法有所住故如是乃至一切菩薩摩訶薩行諸佛無上正等菩提無所住一切菩薩摩訶薩行諸佛無上正等菩提空亦無所住何以故一切菩薩摩訶薩行諸佛無上正等菩提無自性不可得一切菩薩摩訶薩行諸佛無上正等菩提空亦無自性不可得非無自性不可得法有所住故善法非善法無所住善法非善法空亦無所住何以故善法非善法無自性不可得善法非善法空亦無自性不可得非無自性不可得法有所住故有記法無記法無所住有記法無記法空亦無所住何以故有記法無記法無自性不可得有記法無記法空亦無自性不可得非無自性不可得法有所住故有漏法無漏法無所住有漏法無漏法空亦無所住何以故有漏法無漏法無自性不可得有漏法無漏法空亦無自性不可得非無自性不可得

法有所住故世間法出世間法無所住世間法出世間法空亦無所住何以故世間法出世間法無自性不可得世間法出世間法空亦無自性不可得非無自性不可得法有所住故有爲法無爲法無所住有爲法無爲法空亦無所住何以故有爲法無爲法無自性不可得有爲法無爲法空亦無自性不可得非無自性不可得法有所住故善現當知非無性法住無性法非有性法住有性法非無性法住有性法非有性法性無性法非自性法住自性法非他性法住他性法非自性法住他性法非他性法住自性法所以者何是一切法皆不可得不可得法當何所住如是善現諸菩薩摩訶薩行深般若波羅蜜多時以是諸空修遣諸法亦能如實說示有情若菩薩摩訶薩能如是行甚深般若波羅蜜多於佛菩薩獨覺聲聞一切賢聖皆無過失所以者何諸佛菩薩獨覺聲聞一切賢聖於是法性皆能隨覺既隨覺已爲諸有情無倒宣說雖爲有情宣說諸法而於法性無轉無越所以者何諸法實性即眞法界眞如實際如是法界眞如實際皆不可轉亦不可越何以故如是法界眞如實際皆無自性都不可得非不可得法有可轉越故

大般若波羅蜜多經卷第四百七十

音釋

狹　胡夾切隘也　兩踝　踝戶瓦切足骨也腿兩旁曰內外踝　窪　烏瓜切窊也不滿也　凸　走結切高起也　黶黰　黶於琰切面有黑子也黰多忝切小黑也　疣贅　疣音尤亦贅也又丘也出皮上聚高如地之有丘也贅朱芮切疣贅也　褫落　褫直利切解也脫也　嚬蹙　嚬毗賓切正作顰蹙子六切顰蹙愁貌

逶迤

逶於危切迤余支唐何二切逶迤斜去貌

大般若波羅蜜多經卷第四百七十一

唐三藏法師玄奘奉　詔譯

第二分衆德相品第七十六之四

爾時具壽善現白佛言世尊若眞法界眞如實際無轉無越者色乃至識與眞法界眞如實際爲有異不眼處乃至意處與眞法界眞如實際爲有異不色處乃至法處與眞法界眞如實際爲有異不眼界乃至意界與眞法界眞如實際爲有異不色界乃至法界與眞法界眞如實際爲有異不眼識界乃至意識界與眞法界眞如實際爲有異不眼觸乃至意觸與眞法界眞如實際爲有異不眼觸爲緣所生諸受乃至意觸爲緣所生諸受與眞法界眞如實際爲有異不地界乃至識界與眞法界眞如實際爲有異不因緣乃至增上緣與眞法界眞如實際爲有異不從緣所生諸法與眞法界眞如實際爲有異不無明乃至老死與眞法界眞如實際爲有異不布施波羅蜜多乃至般若波羅蜜多與眞法界眞如實際爲有異不四靜慮四無量四無色定與眞法界眞如實際爲有異不四念住乃至八聖道支與眞法界眞如實際爲有異不空無相無願解脫門與眞法界眞如實際爲有異不內空乃至無性自性空與眞法界眞如實際爲有異不苦集滅道聖諦與眞法界眞如實際爲有異不八解脫乃至十遍處與眞法界眞如實際爲有異不淨觀地乃至如來地與眞法界眞如實際爲有異不極喜地乃至法雲地與眞法界眞如實際爲有異不一切陀羅尼門三摩地門與眞法界眞如實際

爲有異不五眼六神通與眞法界眞如實際爲有異不如來十力乃至十八佛不共法與眞法界眞如實際爲有異不三十二大士相八十隨好與眞法界眞如實際爲有異不無忘失法恒住捨性與眞法界眞如實際爲有異不一切智道相智一切相智與眞法界眞如實際爲有異不預流果乃至獨覺菩提與眞法界眞如實際爲有異不一切菩薩摩訶薩行諸佛無上正等菩提與眞法界眞如實際爲有異不善法非善法與眞法界眞如實際爲有異不有記法無記法與眞法界眞如實際爲有異不有漏法無漏法與眞法界眞如實際爲有異不世間法出世間法與眞法界眞如實際爲有異不有爲法無爲法與眞法界眞如實際爲有異不佛告善現色乃至識不異眞法界眞如實際如是乃至一切菩薩摩訶薩行諸佛無上正等菩提不異眞法界眞如實際善法非善法不異眞法界眞如實際有記法無記法不異眞法界眞如實際有漏法無漏法不異眞法界眞如實際世間法出世間法不異眞法界眞如實際有爲法無爲法不異眞法界眞如實際具壽善現復白佛言若色等法與眞法界眞如實際無有異者云何世尊施設黑業有黑異熟謂感地獄傍生鬼界施設白業有白異熟謂感人天施設黑白業有黑白異熟謂感一分傍生鬼界及一分人施設非黑非白業有非黑非白異熟謂感預流一來不還阿羅漢果獨覺菩提諸佛無上正等菩提佛告善現我依世俗施設如是因果差別不依勝義以勝義中不

可說有因果差別所以者何勝義諦理諸法性相不可分別無說無示如何當有因果差別善現當知於勝義諦色乃至識無生無滅無染無淨以畢竟空無際空故眼處乃至意處無生無滅無染無淨以畢竟空無際空故色處乃至法處無生無滅無染無淨以畢竟空無際空故眼界乃至意界無生無滅無染無淨以畢竟空無際空故色界乃至法界無生無滅無染無淨以畢竟空無際空故眼識界乃至意識界無生無滅無染無淨以畢竟空無際空故眼觸乃至意觸無生無滅無染無淨以畢竟空無際空故眼觸爲緣所生諸受乃至意觸爲緣所生諸受無生無滅無染無淨以畢竟空無際空故地界乃至識界無生無滅無染無淨以畢竟空無際空故因緣乃至增上緣無生無滅無染無淨以畢竟空無際空故從緣所生諸法無生無滅無染無淨以畢竟空無際空故無明乃至老死無生無滅無染無淨以畢竟空無際空故布施波羅蜜多乃至般若波羅蜜多無生無滅無染無淨以畢竟空無際空故四靜慮四無量四無色定無生無滅無染無淨以畢竟空無際空故四念住乃至八聖道支無生無滅無染無淨以畢竟空無際空故空無相無願解脫門無生無滅無染無淨以畢竟空無際空故內空乃至無性自性空無生無滅無染無淨以畢竟空無際空故真如乃至不思議界無生無滅無染無淨以畢竟空無際空故苦集滅道聖諦無生無滅無染無淨以畢竟空無際空故八解脫乃至十遍處無生無滅無染

無淨以畢竟空無際空故淨觀地乃至如來地無生無滅無染無淨以畢竟空無際空故極喜地乃至法雲地無生無滅無染無淨以畢竟空無際空故一切陀羅尼門三摩地門無生無滅無染無淨以畢竟空無際空故五眼六神通無生無滅無染無淨以畢竟空無際空故如來十力乃至十八佛不共法無生無滅無染無淨以畢竟空無際空故三十二大士相八十隨好無生無滅無染無淨以畢竟空無際空故無忘失法恒住捨性無生無滅無染無淨以畢竟空無際空故一切智道相智一切相智無生無滅無染無淨以畢竟空無際空故預流果乃至獨覺菩提無生無滅無染無淨以畢竟空無際空故一切菩薩摩訶薩行諸佛無上正等菩提無生無滅無

染無淨以畢竟空無際空故善法非善法無生無滅無染無淨以畢竟空無際空故有記法無記法無生無滅無染無淨以畢竟空無際空故有漏法無漏法無生無滅無染無淨以畢竟空無際空故世間法出世間法無生無滅無染無淨以畢竟空無際空故有爲法無爲法無生無滅無染無淨以畢竟空無際空故具壽善現復白佛言若依世俗施設因果分位差别不依勝義則應一切愚夫異生亦有預流一來不還阿羅漢果獨覺菩提及佛無上正等菩提佛告善現於意云何愚夫異生爲如實覺世俗勝義二諦理不若如實覺二諦理者彼亦應有預流一來不還阿羅漢果獨覺菩提及佛無上正等菩提然諸愚夫異生不如實覺世俗勝義故無聖道無修

聖道不可施設有諸聖果分位差別唯諸聖者能如實覺世俗勝義故有聖道有修聖道由斯得有聖果差別具壽善現復白佛言若修聖道得聖果不佛言不也具壽善現復白佛言不修聖道得聖果不佛言不也善現當知非修聖道能得聖果亦非不修聖道能得聖果非離聖道能得聖果亦非住聖道中能得聖果所以者何於勝義諦道及道果修與不修不可得故如是善現諸菩薩摩訶薩行深般若波羅蜜多時雖爲有情施設聖果種種差別而不分別在有爲界或無爲界施設聖果分位差別具壽善現復白佛言若不分別在有爲界或無爲界施設聖果分位差別云何如來應正等覺說斷三結名預流果薄欲貪瞋名一來果斷順下分五結永盡名不還果斷順上分五結永盡名阿羅漢果知所有集法皆是滅法名獨覺菩提永斷煩惱習氣相續名佛無上正等菩提世尊我當云何知佛所說甚深義趣謂不分別在有爲界或無爲界施設聖果分位差別佛告善現於意云何所說預流一來不還阿羅漢果獨覺菩提及佛無上正等菩提如是聖果爲是有爲爲是無爲善現對曰如是聖果唯是無爲佛告善現無爲法中有分別不善現對曰不也世尊佛告善現於意云何若善男子善女人等通達一切有爲無爲皆同一相所謂無相當於爾時頗於諸法有所分別此是有爲或無爲不善現對曰不也世尊佛告善現諸菩薩摩訶薩亦復如是行深般若波羅蜜多時雖爲有情宣說諸法而不分別所說法相謂

内空故乃至無性自性空故是菩薩摩訶薩自於諸法無所執著亦能教他於諸法中無所執著謂於布施波羅蜜多乃至般若波羅蜜多無所執著亦於四靜慮四無量四無色定無所執著亦於四念住乃至八聖道支無所執著亦於空無相無願解脱門無所執著亦於内空乃至無性自性空無所執著亦於眞如乃至不思議界無所執著亦於苦集滅道聖諦無所執著亦於八解脱乃至十遍處無所執著亦於極喜地乃至法雲地無所執著亦於一切陀羅尼門三摩地門無所執著亦於五眼六神通無所執著亦於如來十力乃至十八佛不共法無所執著亦於無忘失法恒住捨性無所執著亦於一切智道相智一切相智無所執著亦於一切菩薩摩訶薩行無所執著亦於諸佛無上正等菩提無所執著亦於一切智智無所執著是菩薩摩訶薩無執著故於一切處皆得無礙如諸如來應正等覺所變化者雖行布施波羅蜜多乃至般若波羅蜜多而於彼果不受不住唯爲有情般涅槃故如是乃至雖行一切智智而於彼果不受不住唯爲有情般涅槃故諸菩薩摩訶薩亦復如是行深般若波羅蜜多時於一切法若善若非善若有記若無記若有漏若無漏若世間若出世間若有爲若無爲皆無執著亦無所礙所以者何善達諸法如實相故

第二分善達品第七十七之一

爾時具壽善現白佛言世尊諸菩薩摩訶薩行深般若波羅蜜多時如何善達諸法實相

佛告善現諸菩薩摩訶薩行深般若波羅蜜多時如所變化不行一切貪瞋癡結不行色蘊乃至識蘊不行眼處乃至意處不行色處乃至法處不行眼界乃至意界不行色界乃至法界不行眼識界乃至意識界不行眼觸乃至意觸不行眼觸爲緣所生諸受乃至意觸爲緣所生諸受不行地界乃至識界不行因緣乃至增上緣不行從緣所生諸法不行無明乃至老死不行布施波羅蜜多乃至般若波羅蜜多不行四靜慮四無量四無色定不行四念住乃至八聖道支不行空無相無願解脫門不行內空乃至無性自性空不行真如乃至不思議界不行苦集滅道聖諦不行八解脫乃至十遍處不行淨觀地乃至如來地不行極喜地乃至法雲地不行一切陀羅尼門三摩地門不行五眼六神通不行如來十力乃至十八佛不共法不行三十二大士相八十隨好不行無忘失法恒住捨性不行一切智道相智一切相智不行預流果乃至獨覺菩提不行一切菩薩摩訶薩行不行諸佛無上正等菩提不行一切智智不行內法外法不行隨眠諸纏不行善法非善法不行有記法無記法不行有漏法無漏法不行世間法出世間法不行有爲法無爲法不行聖道及聖道果諸菩薩摩訶薩行深般若波羅蜜多時亦復如是於一切法都無所行是爲善達諸法實相具壽善現復白佛言云何所變化而能修聖道佛告善現所變化者依修聖道無染無淨亦不輪轉諸趣生死具壽善現復白佛言諸菩薩摩訶薩行深般若波

羅蜜多時於一切法云何善達皆無實事佛告善現於意云何一切如來應正等覺所變化者爲有實事依斯實事有染有淨及有輪轉諸趣事不善現對曰不也世尊非諸如來應正等覺所變化者有少實事非依彼事有染有淨亦無輪轉諸趣生死佛告善現諸菩薩摩訶薩行深般若波羅蜜多時於一切法善達實相亦復如是通達諸法都無實事具壽善現復白佛言爲一切色受想行識皆如化不爲一切眼處乃至意處皆如化不爲一切色處乃至法處皆如化不爲一切眼界乃至意界皆如化不爲一切色界乃至法界皆如化不爲一切眼識界乃至意識界皆如化不爲一切眼觸乃至意觸皆如化不爲一切眼觸爲緣所生諸受乃至意觸爲緣所生諸受皆如化不爲一切地界乃至識界皆如化不爲一切因緣乃至增上緣皆如化不爲一切從緣所生諸法皆如化不爲一切無明乃至老死皆如化不爲一切布施波羅蜜多乃至般若波羅蜜多皆如化不爲一切四靜慮四無量四無色定皆如化不爲一切四念住乃至八聖道支皆如化不爲一切空無相無願解脱門皆如化不爲一切内空乃至無性自性空皆如化不爲一切眞如乃至不思議界皆如化不爲一切苦集滅道聖諦皆如化不爲一切八解脱乃至十遍處皆如化不爲一切淨觀地乃至如來地皆如化不爲一切極喜地乃至法雲地皆如化不爲一切陀羅尼門三摩地門皆如化不爲一切五眼六神通皆如化不爲一切如來十力乃至十八佛

不共法皆如化不爲一切三十二大士相八十隨好皆如化不爲一切無忘失法恒住捨性皆如化不爲一切一切智道相智一切相智皆如化不爲一切預流果乃至獨覺菩提皆如化不爲一切菩薩摩訶薩行諸佛無上正等菩提皆如化不爲一切若善法非善法若有記法無記法若有漏法無漏法若世間法出世間法若有爲法無爲法皆如化不佛告善現如是如是色等諸法無不如化具壽善現復白佛言若一切法皆如化者諸所變化皆無實色受想行識乃至無實有爲無爲由此亦無雜染清淨亦無輪轉諸趣生死亦無從彼得解脫義云何菩薩摩訶薩於諸有情有勝士用佛告善現於意云何諸菩薩摩訶薩本行菩薩道時頗見有情可脫地獄傍生鬼界人天趣不善現對曰不也世尊佛告善現如是如是諸菩薩摩訶薩本行菩薩道時不見有情可脫三界所以者何諸菩薩摩訶薩行深般若波羅蜜多時於一切法通達知見皆如幻化都非實有具壽善現復白佛言若菩薩摩訶薩於一切法通達知見皆如幻化都非實有諸菩薩摩訶薩爲何事故修行六波羅蜜多爲何事故修行四靜慮四無量四無色定爲何事故修行四念住乃至八聖道支爲何事故修行空無相無願解脫門爲何事故安住內空乃至無性自性空爲何事故安住眞如乃至不思議界爲何事故安住苦集滅道聖諦爲何事故修行八解脫乃至十遍處爲何事故修行極喜地乃至法雲地爲何事故修行一切陀羅尼門三摩地門

爲何事故修行五眼六神通爲何事故修行如來十力乃至十八佛不共法爲何事故修行無忘失法恒住捨性爲何事故修行一切智道相智一切相智爲何事故修行一切菩薩摩訶薩行爲何事故修行諸佛無上正等菩提爲何事故成熟有情爲何事故嚴淨佛土佛告善現若諸有情於一切法能自通達皆如幻化都非實有諸菩薩摩訶薩不應經於三無數劫爲諸有情修行菩薩難行苦行以諸有情於一切法不能通達皆如幻化都非實有是故菩薩三無數劫爲諸有情修行菩薩難行苦行復次善現若菩薩摩訶薩於一切法不能通達皆如幻化都非實有不應經於三無數劫爲諸有情修菩薩行嚴淨佛土成熟有情以菩薩摩訶薩於一切法如實通達皆如幻化都非實有是故經於三無數劫爲諸有情修行六種波羅蜜多廣說乃至成熟有情嚴淨佛土證得無上正等菩提爾時具壽善現白佛言世尊若一切法如幻如夢如響如像如光影如陽焰如尋香城如變化事所化有情住在何處諸菩薩摩訶薩行深般若波羅蜜多救拔令出佛告善現所化有情住在名相虛妄分別諸菩薩摩訶薩行深般若波羅蜜多從彼名相虛妄分別救拔令出具壽善現復白佛言何等爲名何等爲相佛告善現名唯是客唯假施設表所顯義謂此名色受想行識此名眼處乃至意處此名色處乃至法處此名眼界乃至意界此名色界乃至法界此名眼識界乃至意識界此名爲男此名爲女此名爲小此名爲大此名

地獄此名傍生此名鬼界此名爲人此名爲天此名善法此名非善法此名有記法此名無記法此名有漏法此名無漏法此名世間法此名出世間法此名有爲法此名無爲法此名預流果此名一來果此名不還果此名阿羅漢果此名獨覺菩提此名一切菩薩摩訶薩行此名諸佛無上正等菩提此名異生此名聲聞此名獨覺此名菩薩此名如來善現如是等一切名爲表諸義唯假施設故一切名皆非實有諸有爲法亦但有名由此無爲亦非實有愚夫異生於中妄執諸菩薩摩訶薩行深般若波羅蜜多悲願熏心方便善巧教令遠離作如是言名是分別妄想所起亦是衆緣和合假立汝等於中不應執著名無實事自性皆空誰有智者執著空法如是善現諸菩薩摩訶薩行深般若波羅蜜多方便善巧爲諸有情說遣名法善現是謂爲名相有二種愚夫異生於中執著何等爲二所謂色相及無色相云何名色相謂所有色若過去若未來若現在若内若外若麤若細若劣若勝若遠若近如是一切自性皆空愚夫異生分別執著謂之爲色是名色相無色相者謂諸所有無色法中愚夫異生取相分別生諸煩惱色無色相諸菩薩摩訶薩行深般若波羅蜜多方便善巧教諸有情遠離二相復教安住無相界中雖教安住無相界中而不令其墮二邊執謂此是相此是無相如是善現諸菩薩摩訶薩行深般若波羅蜜多方便善巧令諸有情遠離諸相行無相界而無執著具壽善現復白佛言若一切法但有名

相一切名相皆是假立虚妄分别之所集起於中都無少實可得云何菩薩摩訶薩行深般若波羅蜜多時於諸善法自能增進亦能令他增進善法由自善法漸增進故能令諸地漸得圓滿亦能安立諸有情類令隨所應住三乘果佛告善現若諸法中少有實事非但假立有名相者則諸菩薩摩訶薩行深般若波羅蜜多時應於善法自不增進亦不令他增進善法以諸法中無少實事但有假立諸名諸相是故菩薩摩訶薩行深般若波羅蜜多時於諸善法能自增進亦能令他增進善法能以無相而爲方便圓滿般若波羅蜜多乃至布施波羅蜜多能以無相而爲方便圓滿四静慮四無量四無色定能以無相而爲方便圓滿四念住乃至八聖道支能以無

相而爲方便圓滿空無相無願解脱門能以無相而爲方便圓滿内空乃至無性自性空能以無相而爲方便圓滿真如乃至不思議界能以無相而爲方便圓滿苦集滅道聖諦能以無相而爲方便圓滿八解脱乃至十遍處能以無相而爲方便圓滿極喜地乃至法雲地能以無相而爲方便圓滿一切陁羅尼門三摩地門能以無相而爲方便圓滿五眼六神通能以無相而爲方便圓滿如來十力乃至十八佛不共法能以無相而爲方便圓滿無忘失法恒住捨性能以無相而爲方便圓滿一切智道相智一切相智能以無相而爲方便圓滿一切菩薩摩訶薩行能以無相而爲方便圓滿諸佛無上正等菩提能以無相而爲方便圓滿一切智智能以無相而爲

方便成熟有情嚴淨佛土如是善現以一切法無少實事但有假立諸名諸相諸菩薩摩訶薩於中不起顛倒執著能以無相而爲方便於諸善法自增進已亦能令他善法增進復次善現若諸法中有毛端量實法相者則諸菩薩摩訶薩行深般若波羅蜜多時於一切法不應覺知無相無念亦無作意無漏相已證得無上正等菩提安立有情於無漏法以諸無漏法皆無相無念無作意故如是善現諸菩薩摩訶薩行深般若波羅蜜多方便善巧安立有情於無漏法乃名真實饒益他事具壽善現復白佛言若一切法真無漏性無相無念無作意者何縁世尊於諸經中數作是說此是有漏法此是無漏法此是世間法此是出世間法此是有爲法此是無爲法此是有諍法此是無諍法此是流轉法此是還滅法此是聲聞法此是獨覺法此是菩薩法此是佛法耶佛告善現於意云何有漏等法與無相等無漏法性爲有異不善現對曰不也世尊佛告善現於意云何聲聞等法與無相等無漏法性爲有異不善現對曰不也世尊佛告善現有漏等法豈不即是無相念等無漏法性善現對曰如是世尊佛告善現諸預流果乃至無上正等菩提豈不即是無相念等無漏法性善現對曰如是世尊佛告善現由此因縁當知一切法皆是無相等無二無別善現當知若菩薩摩訶薩學一切法無相無念無作意時常能增長所行善法所謂布施波羅蜜多乃至般若波羅蜜多若四靜慮四無量四無色定若四念住乃至八聖

道支若空無相無願解脱門若内空乃至無性自性空若眞如乃至不思議界若苦集滅道聖諦若八解脱乃至十遍處若極喜地乃至法雲地若一切陁羅尼門三摩地門若五眼六神通若如來十力乃至十八佛不共法若無忘失法恒住捨性若一切智道相智一切相智若成熟有情嚴淨佛土諸如是等一切佛法皆由學無相無念無作意而得增長所以者何諸菩薩摩訶薩除空無相無願解脱門更無有餘要所學法何以故善現三解脱門總攝一切妙善法故所以者何空解脱門觀一切法自相皆空無相解脱門觀一切法遠離衆相無願解脱門觀一切法遠離所願諸菩薩摩訶薩依此三門能攝一切殊勝善法離此三門所應修學殊勝善法不得生

長復次善現若菩薩摩訶薩能學如是三解脱門則能學色蘊乃至識蘊亦能學眼處乃至意處亦能學色處乃至法處亦能學眼界乃至意界亦能學色界乃至法界亦能學眼識界乃至意識界亦能學眼觸乃至意觸亦能學眼觸爲緣所生諸受乃至意觸爲緣所生諸受亦能學地界乃至識界亦能學因緣乃至增上緣亦能學從緣所生諸法亦能學無明乃至老死亦能學内空乃至無性自性空亦能學眞如乃至不思議界亦能學苦集滅道聖諦亦能學布施波羅蜜多乃至般若波羅蜜多亦能學四靜慮四無量四無色定亦能學四念住乃至八聖道支亦能學八解脱乃至十遍處亦能學極喜地乃至法雲地亦能學一切陀羅尼門三摩地門亦能學五

眼六神通亦能學如來十力乃至十八佛不共法亦能學無忘失法恒住捨性亦能學一切智道相智一切相智亦能學成熟有情嚴淨佛土亦能學諸餘無量無邊佛法具壽善現白言世尊云何菩薩摩訶薩能學如是三解脫門則能學色藴乃至識藴佛告善現若菩薩摩訶薩行深般若波羅蜜多時能如實知色乃至識若相若生滅若眞如是名能學色乃至識善現云何菩薩摩訶薩行深般若波羅蜜多時如實知色相謂菩薩摩訶薩行深般若波羅蜜多時如實知色畢竟有孔畢竟有隙譬如聚沫性不堅固是名菩薩摩訶薩行深般若波羅蜜多時如實知色相善現云何菩薩摩訶薩行深般若波羅蜜多時如實知色生滅謂菩薩摩訶薩行深般若波羅

蜜多時如實知色生時無所從來滅時無所至去雖無來無去而生滅相應是名菩薩摩訶薩行深般若波羅蜜多時如實知色生滅善現云何菩薩摩訶薩行深般若波羅蜜多時如實知色眞如謂菩薩摩訶薩行深般若波羅蜜多時如實知色眞如無生無滅無來無去無染無淨無增無減常如其性不虚妄不變易故名眞如是名菩薩摩訶薩行深般若波羅蜜多時如實知色眞如善現云何菩薩摩訶薩行深般若波羅蜜多時如實知受相謂菩薩摩訶薩行深般若波羅蜜多時如實知受畢竟如癰畢竟如箭速起速滅猶若浮泡虚僞不住三和合起是名菩薩摩訶薩行深般若波羅蜜多時如實知受相善現云何菩薩摩訶薩行深般若波羅蜜多時如實知受生滅謂菩薩摩訶

薩行深般若波羅蜜多時如實知受生時無所從來滅時無所至去雖無來無去而生滅相應是名菩薩摩訶薩行深般若波羅蜜多時如實知受生滅善現云何菩薩摩訶薩行深般若波羅蜜多時如實知受眞如謂菩薩摩訶薩行深般若波羅蜜多時如實知受眞如無生無滅無來無去無染無淨無增無減常如其性不虛妄不變易故名眞如是名菩薩摩訶薩行深般若波羅蜜多時如實知受眞如善現云何菩薩摩訶薩行深般若波羅蜜多時如實知想相謂菩薩摩訶薩行深般若波羅蜜多時如實知想猶如陽焰水不可得渴愛因緣妄起此想發假言說是名菩薩摩訶薩行深般若波羅蜜多時如實知想相善現云何菩薩摩訶薩行深般若波羅蜜多時如實知想生滅謂菩薩摩訶薩行深般若波羅蜜多時如實知想生時無所從來滅時無所至去雖無來無去而生滅相應是名菩薩摩訶薩行深般若波羅蜜多時如實知想生滅善現云何菩薩摩訶薩行深般若波羅蜜多時如實知想眞如謂菩薩摩訶薩行深般若波羅蜜多時如實知想眞如無生無滅無來無去無染無淨無增無減常如其性不虛妄不變易故名眞如是名菩薩摩訶薩行深般若波羅蜜多時如實知想眞如

大般若波羅蜜多經卷第四百七十一

音釋

有隙 隙乞逆切罅隙也 癰 於容切癧也 泡 音拋水漚也 僞 于睡切詐也

大般若波羅蜜多經卷第四百七十二

唐三藏法師玄奘奉　詔譯

第二分善達品第七十七之二

善現云何菩薩摩訶薩行深般若波羅蜜多時如實知行相謂菩薩摩訶薩行深般若波羅蜜多時如實知行如芭蕉柱葉葉析除實不可得是名菩薩摩訶薩行深般若波羅蜜多時如實知行相善現云何菩薩摩訶薩行深般若波羅蜜多時如實知行生滅謂菩薩摩訶薩行深般若波羅蜜多時如實知行生時無所從來滅時無所至去雖無來無去而生滅相應是名菩薩摩訶薩行深般若波羅蜜多時如實知行生滅善現云何菩薩摩訶薩行深般若波羅蜜多時如實知行真如謂菩薩摩訶薩行深般若波羅蜜多時如實知行真如無生無滅無來無去無染無淨無增無減常如其性不虛妄不變易故名真如是名菩薩摩訶薩行深般若波羅蜜多時如實知行真如善現云何菩薩摩訶薩行深般若波羅蜜多時如實知識相謂菩薩摩訶薩行深般若波羅蜜多時如實知識如諸幻事衆緣和合假施設有實不可得謂如幻師或彼弟子於四衢道幻作四軍所謂象軍馬軍車軍步軍或復幻作諸餘色類相雖似有而無其實識亦如是實不可得是名菩薩摩訶薩行深般若波羅蜜多時如實知識相善現云何菩薩摩訶薩行深般若波羅蜜多時如實知識生滅謂菩薩摩訶薩行深般若波羅蜜多時如實知識生時無所從來滅時無所至去雖無來無去而生滅相應是名菩薩摩訶

薩行深般若波羅蜜多時如實知識生滅善現云何菩薩摩訶薩行深般若波羅蜜多時如實知識真如謂菩薩摩訶薩行深般若波羅蜜多時如實知識真如無生無滅無來無去無染無淨無增無減常如其性不虛妄不變易故名真如是名菩薩摩訶薩行深般若波羅蜜多時如實知識真如善現是爲菩薩摩訶薩能學如是三解脱門則能學色蘊乃至識蘊具壽善現復白佛言云何菩薩摩訶薩能學如是三解脱門亦能學眼處乃至意處佛告善現若菩薩摩訶薩行深般若波羅蜜多時如實知眼處眼處自性空乃至意處意處自性空內處自性不可得故善現是爲菩薩摩訶薩能學如是三解脱門亦能學眼處乃至意處具壽善現復白佛言云何菩薩摩訶薩能學如是三解脱門亦能學色處乃至法處佛告善現若菩薩摩訶薩行深般若波羅蜜多時如實知色處色處自性空乃至法處法處自性空外處自性不可得故善現是爲菩薩摩訶薩能學如是三解脱門亦能學色處乃至法處具壽善現復白佛言云何菩薩摩訶薩能學如是三解脱門亦能學眼界乃至意界佛告善現若菩薩摩訶薩行深般若波羅蜜多時如實知眼界眼界自性空乃至意界意界自性空善現是爲菩薩摩訶薩能學如是三解脱門亦能學眼界乃至意界具壽善現復白佛言云何菩薩摩訶薩能學如是三解脱門亦能學色界乃至法界佛告善現若菩薩摩訶薩行深般若波羅蜜多時如實知色界色界自性空乃至法界法界

自性空善現是爲菩薩摩訶薩能學如是三解脱門亦能學色界乃至法界具壽善現復白佛言云何菩薩摩訶薩能學如是三解脱門亦能學眼識界乃至意識界佛告善現若菩薩摩訶薩行深般若波羅蜜多時如實知眼識界眼識界自性空乃至意識界意識界自性空善現是爲菩薩摩訶薩能學如是三解脱門亦能學眼識界乃至意識界具壽善現復白佛言云何菩薩摩訶薩能學如是三解脱門亦能學眼觸乃至意觸佛告善現若菩薩摩訶薩行深般若波羅蜜多時如實知眼觸眼觸自性空乃至意觸意觸自性空善現是爲菩薩摩訶薩能學如是三解脱門亦能學眼觸乃至意觸具壽善現復白佛言云何菩薩摩訶薩能學如是三解脱門亦能學眼觸爲緣所生諸受乃至意觸爲緣所生諸受佛告善現若菩薩摩訶薩行深般若波羅蜜多時如實知眼觸爲緣所生諸受眼觸爲緣所生諸受自性空乃至意觸爲緣所生諸受意觸爲緣所生諸受自性空善現是爲菩薩摩訶薩能學如是三解脱門亦能學眼觸爲緣所生諸受乃至意觸爲緣所生諸受具壽善現復白佛言云何菩薩摩訶薩能學如是三解脱門亦能學地界乃至識界佛告善現若菩薩摩訶薩行深般若波羅蜜多時如實知地界地界自性空乃至識界識界自性空善現是爲菩薩摩訶薩能學如是三解脱門亦能學地界乃至識界具壽善現復白佛言云何菩薩摩訶薩能學如是三解脱門亦能學因緣乃至增上緣佛告善現若菩薩摩訶薩

訶薩行深般若波羅蜜多時如實知因緣是種子相等無間緣是開發相所緣緣是任持相增上緣是不礙相自性本空遠離二法善現是爲菩薩摩訶薩能學如是三解脱門亦能學因緣乃至增上緣具壽善現復白佛言云何菩薩摩訶薩能學如是三解脱門亦能學從緣所生諸法佛告善現若菩薩摩訶薩行深般若波羅蜜多時如實知一切從緣所生法不生不滅不斷不常不一不異不來不去絶諸戲論本性憺怕善現是爲菩薩摩訶薩能學如是三解脱門亦能學從緣所生諸法具壽善現復白佛言云何菩薩摩訶薩能學如是三解脱門亦能學無明乃至老死佛告善現若菩薩摩訶薩行深般若波羅蜜多時如實知無明乃至老死無生無滅無染無淨自性本空遠離二法善現是爲菩薩摩訶薩能學如是三解脱門亦能學無明乃至老死具壽善現復白佛言云何菩薩摩訶薩能學如是三解脱門亦能學内空乃至無性自性空佛告善現若菩薩摩訶薩行深般若波羅蜜多時如實知内空乃至無性自性空皆無自性都不可得而能安住善現是爲菩薩摩訶薩能學如是三解脱門亦能學内空乃至無性自性空具壽善現復白佛言云何菩薩摩訶薩能學如是三解脱門亦能學眞如乃至不思議界佛告善現若菩薩摩訶薩行深般若波羅蜜多時如實知眞如乃至不思議界皆無戲論都無分别而能安住善現是爲菩薩摩訶薩能學如是三解脱門亦能學眞如乃至不思議界具壽善現復白佛言云

何菩薩摩訶薩能學如是三解脱門亦能學苦集滅道聖諦佛告善現若菩薩摩訶薩行深般若波羅蜜多時如實知苦是逼迫相集是生起相滅是寂靜相道是出離相自性本空遠離二法是聖者諦苦等即眞如眞如即苦等無二無别唯眞聖者能如實知善現是爲菩薩摩訶薩能學如是三解脱門亦能學苦集滅道聖諦具壽善現復白佛言云何菩薩摩訶薩能學如是三解脱門亦能學布施波羅蜜多乃至般若波羅蜜多佛告善現若菩薩摩訶薩行深般若波羅蜜多時如實知布施波羅蜜多乃至般若波羅蜜多無增無減無染無淨無自性不可得而能修習善現是爲菩薩摩訶薩能學如是三解脱門亦能學布施波羅蜜多乃至般若波羅蜜多具壽善現復白佛言云何菩薩摩訶薩能學如是三解脱門亦能學四靜慮四無量四無色定佛告善現若菩薩摩訶薩行深般若波羅蜜多時如實知四靜慮四無量四無色定無增無減無染無淨無自性不可得而能修習善現是爲菩薩摩訶薩能學如是三解脱門亦能學四靜慮四無量四無色定具壽善現復白佛言云何菩薩摩訶薩能學如是三解脱門亦能學四念住乃至八聖道支佛告善現若菩薩摩訶薩行深般若波羅蜜多時如實知四念住乃至八聖道支無增無減無染無淨無自性不可得而能修習善現是爲菩薩摩訶薩能如是學三解脱門亦能學四念住乃至八聖道支具壽善現復白佛言云何菩薩摩訶薩能學如是三解脱門亦能學八解

脱乃至十遍處佛告善現若菩薩摩訶薩行深般若波羅蜜多時如實知八解脱乃至十遍處無增無減無染無淨無自性不可得而能修習善現是爲菩薩摩訶薩能如是學三解脱門亦能學八解脱乃至十遍處具壽善現復白佛言云何菩薩摩訶薩能學如是三解脱門亦能學極喜地乃至法雲地佛告善現若菩薩摩訶薩行深般若波羅蜜多時如實知極喜地乃至法雲地無增無減無染無淨無自性不可得而能修習善現是爲菩薩摩訶薩能如是學三解脱門亦能學極喜地乃至法雲地具壽善現復白佛言云何菩薩摩訶薩能學如是三解脱門亦能學一切陀羅尼門三摩地門佛告善現若菩薩摩訶薩行深般若波羅蜜多時如實知一切陀羅尼門三摩地門無增無減無染無淨無自性不可得而能修習善現是爲菩薩摩訶薩能如是學三解脱門亦能學一切陀羅尼門三摩地門具壽善現復白佛言云何菩薩摩訶薩能如是學三解脱門亦能學五眼六神通佛告善現若菩薩摩訶薩行深般若波羅蜜多時如實知五眼六神通無增無減無染無淨無自性不可得而能修習善現是爲菩薩摩訶薩能如是學三解脱門亦能學五眼六神通具壽善現復白佛言云何菩薩摩訶薩能如是學三解脱門亦能學如來十力乃至十八佛不共法佛告善現若菩薩摩訶薩行深般若波羅蜜多時如實知如來十力乃至十八佛不共法無增無減無染無淨無自性不可得而能修習善現是爲菩薩摩訶薩能如

是學三解脫門亦能學如來十力乃至十八佛不共法具壽善現復白佛言云何菩薩摩訶薩能如是學三解脫門亦能學無忘失法恒住捨性佛告善現若菩薩摩訶薩行深般若波羅蜜多時如實知無忘失法恒住捨性無增無減無染無淨無自性不可得而能修習善現是爲菩薩摩訶薩能如是學三解脫門亦能學無忘失法恒住捨性具壽善現復白佛言云何菩薩摩訶薩能如是學三解脫門亦能學一切智道相智一切相智佛告善現若菩薩摩訶薩行深般若波羅蜜多時如實知一切智道相智一切相智無增無減無染無淨無自性不可得而能修習善現是爲菩薩摩訶薩能如是學三解脫門亦能學一切智道相智一切相智具壽善現復白佛言云何菩薩摩訶薩能如是學三解脫門亦能學成熟有情嚴淨佛土佛告善現若菩薩摩訶薩行深般若波羅蜜多時如實知成熟有情嚴淨佛土無增無減無染無淨無自性不可得而能修習善現是爲菩薩摩訶薩能如是學三解脫門亦能學成熟有情嚴淨佛土具壽善現復白佛言云何菩薩摩訶薩能如是學三解脫門亦能學諸餘無量無邊佛法佛告善現若菩薩摩訶薩行深般若波羅蜜多時如實知諸餘無量無邊佛法無增無減無染無淨無自性不可得而能修習善現是爲菩薩摩訶薩能如是學三解脫門亦能學諸餘無量無邊佛法爾時具壽善現白佛言世尊若菩薩摩訶薩行深般若波羅蜜多時如實了知色等諸法各各差別不相雜亂將

無以色乃至以識壞法界耶將無以眼處乃至以意處壞法界耶將無以色處乃至以法處壞法界耶將無以眼界乃至以意界壞法界耶將無以色界乃至以法界壞法界耶將無以眼識界乃至以意識界壞法界耶將無以眼觸乃至以意觸壞法界耶將無以眼觸爲緣所生諸受乃至以意觸爲緣所生諸受壞法界耶將無以地界乃至以識界壞法界耶將無以因緣乃至以增上緣壞法界耶將無以從緣所生諸法壞法界耶將無以無明乃至以老死壞法界耶將無以内空乃至以無性自性空壞法界耶將無以眞如乃至以不思議界壞法界耶將無以苦集滅道聖諦壞法界耶將無以布施波羅蜜多乃至以般若波羅蜜多壞法界耶將無以四靜慮四無量四無色定壞法界耶將無以四念住乃至以八聖道支壞法界耶將無以空無相無願解脫門壞法界耶將無以八解脫八勝處九次第定十遍處壞法界耶將無以淨觀地乃至以如來地壞法界耶將無以極喜地乃至以法雲地壞法界耶將無以一切陀羅尼門三摩地門壞法界耶將無以五眼六神通壞法界耶將無以如來十力乃至十八佛不共法壞法界耶將無以三十二大士相八十隨好壞法界耶將無以無忘失法恒住捨性壞法界耶將無以一切智道相智一切相智壞法界耶將無以預流果乃至以獨覺菩提壞法界耶將無以一切菩薩摩訶薩行壞法界耶將無以諸佛無上正等菩提壞法界耶將無以一切智智壞法界耶何以故世尊法

界無二無差別故佛告善現若離法界餘法可得可言彼法能壞法界然離法界無法可得故無餘法能壞法界所以者何諸佛菩薩獨覺聲聞知離法界無法可得既知無法離於法界亦不爲他施設宣說是故法界無能壞者如是善現諸菩薩摩訶薩行深般若波羅蜜多時應學法界無二無別不可壞相具壽善現復白佛言若菩薩摩訶薩欲學法界當於何學佛告善現若菩薩摩訶薩欲學法界當於一切法學所以者何善現以一切法皆入法界故具壽善現復白佛言何因緣故說一切法皆入法界佛告善現若佛出世若不出世諸法法爾皆入法界無差別相不由佛說所以者何善現若善法非善法若有記法無記法若有漏法無漏法若世間法出世間法若有爲法無爲法如是等一切法無不皆入無相無爲性空法界是故善現諸菩薩摩訶薩行深般若波羅蜜多時欲學法界當學一切法若學一切法即是學法界具壽善現復白佛言若一切法皆入法界無二無別諸菩薩摩訶薩云何當學般若波羅蜜多乃至布施波羅蜜多云何當學初靜慮乃至第四靜慮云何當學慈無量乃至捨無量云何當學空無邊處定乃至非想非非想處定云何當學四念住乃至八聖道支云何當學空無相無願解脫門云何當學八解脫乃至十遍處云何當學極喜地乃至法雲地云何當學一切陀羅尼門三摩地門云何當學內空乃至無性自性空云何當學眞如乃至不思議界云何當學苦集滅道聖諦云何當學五

眼六神通云何當學如來十力乃至十八佛不共法云何當學無忘失法恒住捨性云何當學一切智道相智一切相智云何當學成滿三十二大士相八十隨好云何當學成滿刹帝利大族婆羅門大族長者大族居士大族云何當學成滿四大王衆天乃至他化自在天云何當學成滿梵衆天乃至廣果天云何當學成滿無想有情天法而不樂生彼云何當學成滿淨居天法而不樂生彼云何當學空無邊處天法乃至非想非非想處天法而不樂生彼云何當學初發菩提心乃至第十發菩提心云何當學趣證菩薩正性離生云何當學一切聲聞及獨覺地而不作證云何當學成熟有情嚴淨佛土云何當學諸陀羅尼及無礙辯云何當學一切菩薩摩訶薩道及佛無上正等菩提如是學已知一切法一切種相便能證得一切智智世尊非法界中有如是等種種分別將無菩薩摩訶薩衆由此分別行於顛倒無戲論中起諸戲論何以故眞法界中都無分別戲論事故世尊法界非色受想行識亦不離色受想行識色受想行識即是法界法界即是色受想行識世尊法界非眼處乃至意處亦不離眼處乃至意處眼處乃至意處即是法界法界即是眼處乃至意處世尊法界非色處乃至法處亦不離色處乃至法處色處乃至法處即是法界法界即是色處乃至法處世尊法界非眼界乃至意界亦不離眼界乃至意界眼界乃至意界即是法界法界即是眼界乃至意界世尊法界非色界乃至法界亦不離色界乃

至法界色界乃至法界即是法界法界即是色界乃至法界世尊法界非眼識界乃至意識界亦不離眼識界乃至意識界眼識界乃至意識界即是法界法界即是眼識界乃至意識界世尊法界非眼觸乃至意觸亦不離眼觸乃至意觸眼觸乃至意觸即是法界法界即是眼觸乃至意觸世尊法界非眼觸爲緣所生諸受乃至意觸爲緣所生諸受亦不離眼觸爲緣所生諸受乃至意觸爲緣所生諸受眼觸爲緣所生諸受乃至意觸爲緣所生諸受即是法界法界即是眼觸爲緣所生諸受乃至意觸爲緣所生諸受世尊法界非地界乃至識界亦不離地界乃至識界地界乃至識界即是法界法界即是地界乃至識界法界法界非因緣乃至增上緣亦不離因緣乃至增上緣因緣乃至增上緣即是法界法界即是因緣乃至增上緣世尊法界非從緣所生諸法亦不離從緣所生諸法從緣所生諸法即是法界法界即是從緣所生諸法世尊法界非無明乃至老死亦不離無明乃至老死無明乃至老死即是法界法界即是無明乃至老死世尊法界非布施波羅蜜多乃至般若波羅蜜多亦不離布施波羅蜜多乃至般若波羅蜜多布施波羅蜜多乃至般若波羅蜜多即是法界法界即是布施波羅蜜多乃至般若波羅蜜多世尊法界非四靜慮四無量四無色定亦不離四靜慮四無量四無色定四靜慮四無量四無色定即是法界法界即是四靜慮四無量四無色定世尊法界非四念住乃至八聖道支亦不離四念

住乃至八聖道支四念住乃至八聖道支即是法界法界即是四念住乃至八聖道支世尊法界非空無相無願解脱門亦不離空無相無願解脱門空無相無願解脱門即是法界法界即是空無相無願解脱門世尊法界非内空乃至無性自性空亦不離内空乃至無性自性空内空乃至無性自性空即是法界法界即是内空乃至無性自性空世尊法界非苦集滅道聖諦亦不離苦集滅道聖諦苦集滅道聖諦即是法界法界即是苦集滅道聖諦世尊法界非八解脱乃至十遍處亦不離八解脱乃至十遍處八解脱乃至十遍處即是法界法界即是八解脱乃至十遍處世尊法界非淨觀地乃至如來地亦不離淨觀地乃至如來地淨觀地乃至如來地即是法界法界即是淨觀地乃至如來地世尊法界非極喜地乃至法雲地亦不離極喜地乃至法雲地極喜地乃至法雲地即是法界法界即是極喜地乃至法雲地世尊法界非一切陀羅尼門三摩地門亦不離一切陀羅尼門三摩地門一切陀羅尼門三摩地門即是法界法界即是一切陀羅尼門三摩地門世尊法界非五眼六神通亦不離五眼六神通五眼六神通即是法界法界即是五眼六神通世尊法界非如來十力乃至十八佛不共法亦不離如來十力乃至十八佛不共法如來十力乃至十八佛不共法即是法界法界即是如來十力乃至十八佛不共法世尊法界非無忘失法恒住捨性亦不離無忘失法恒住捨性無忘失法恒住捨性即是法界法

界即是無忘失法恒住捨性世尊法界非一切智道相智一切相智亦不離一切智道相智一切相智一切智道相智一切相智即是法界法界即是一切智道相智一切相智世尊法界非三十二大士相八十隨好亦不離三十二大士相八十隨好三十二大士相八十隨好即是法界法界即是三十二大士相八十隨好世尊法界非預流果乃至獨覺菩提亦不離預流果乃至獨覺菩提預流果乃至獨覺菩提即是法界法界即是預流果乃至獨覺菩提世尊法界非一切菩薩摩訶薩行諸佛無上正等菩提亦不離一切菩薩摩訶薩行諸佛無上正等菩提一切菩薩摩訶薩行諸佛無上正等菩提即是法界法界即是一切菩薩摩訶薩行諸佛無上正等菩提

世尊法界非善非善法亦不離善非善法善非善法即是法界法界即是善非善法世尊法界非有記無記法亦不離有記無記法有記無記法即是法界法界即是有記無記法世尊法界非有漏無漏法亦不離有漏無漏法有漏無漏法即是法界法界即是有漏無漏法世尊法界非世間出世間法亦不離世間出世間法世間出世間法即是法界法界即是世間出世間法世尊法界非有爲無爲法亦不離有爲無爲法有爲無爲法即是法界法界即是有爲無爲法佛告善現如是如是如汝所說真法界中無一切種分別戲論法界非色受想行識亦不離色受想行識法界即色受想行識色受想行識即法界如是乃至法界非有爲無爲法亦不離有爲無爲

法法界即有爲無爲法有爲無爲法即法界復次善現諸菩薩摩訶薩行深般若波羅蜜多時若見有法離法界者便非正趣所求無上正等菩提是故善現諸菩薩摩訶薩行深般若波羅蜜多時不見有法離眞法界善現當知諸菩薩摩訶薩行深般若波羅蜜多時知一切法即眞法界方便善巧無明相法爲諸有情寄名相説謂此是色受想行識此是眼處乃至意處此是色處乃至法處此是眼界乃至意界此是色界乃至法界此是眼識界乃至意識界此是眼觸乃至意觸此是眼觸爲緣所生諸受乃至意觸爲緣所生諸受此是地界乃至識界此是因緣乃至增上緣此是從緣所生諸法此是無明乃至老死此是善法非善法此是有記法無記法此是有漏法無漏法此是世間法出世間法此是有爲法無爲法此是布施波羅蜜多乃至般若波羅蜜多此是四靜慮四無量四無色定此是四念住乃至八聖道支此是空無相無願解脱門此是内空乃至無性自性空此是眞如乃至不思議界此是苦集滅道聖諦此是八解脱乃至十遍處此是淨觀地乃至如來地此是極喜地乃至法雲地此是一切陀羅尼門三摩地門此是五眼六神通此是如來十力乃至十八佛不共法此是無忘失法恒住捨性此是一切智道相智一切相智此是三十二大士相八十隨好此是預流果乃至獨覺菩提此是一切菩薩摩訶薩行此是諸佛無上正等菩提如工幻師或彼弟子執持少物於衆人前幻作種種異類色相謂或幻

作男女大小或復幻作象馬牛羊駞驢雞等種種禽獸或復幻作城邑聚落園林池沼種種莊嚴甚可愛樂或復幻作衣服飲食房舍卧具華香瓔珞種種珍寶財穀庫藏或復幻作無量種類伎樂俳優令無量人歡娱受樂或復幻作種種形相令行布施或令持戒或令安忍或令精進或令習定或令修慧或復現生刹帝利大族乃至居士大族或復幻作諸山大海妙高山王輪圍山等或復現生四大王衆天乃至他化自在天或復現生梵衆天乃至色究竟天或復現生空無邊處天乃至非想非非想處天或復現作預流一來不還阿羅漢獨覺或復現作菩薩摩訶薩從初發心修行布施波羅蜜多乃至般若波羅蜜多修行四静慮四無量四無色定修行四念住乃至八聖道支修行空無相無願解脱門學住内空乃至無性自性空學住真如乃至不思議界學住苦集滅道聖諦趣入菩薩正性離生修行極喜地乃至法雲地引發種種殊勝神通放大光明照諸世界成熟有情嚴淨佛土遊戲一切静慮解脱等持等至諸陀羅尼及三摩地修行種種諸佛功德或復幻作如來形像具三十二大丈夫相八十隨好圓滿莊嚴成就十力四無所畏四無礙解大慈大悲大喜大捨十八佛不共法無忘失法恒住捨性一切智道相智一切相智等無量無邊不可思議殊勝功德善現如是幻師或彼弟子爲惑他故在衆人前幻作此等諸幻化事其中無智男女大小見是事已咸驚歎言奇哉此人妙解衆技能作種種甚希有事

乃至能作如來之身相好莊嚴具諸功德令衆歡樂自顯技能其中有智見此事已作是思惟甚爲神異如何此人能現是事其中雖無實事可得而令愚人迷謬歡悅於無實物起實物想唯有智者了達皆空雖有見聞而無執著

大般若波羅蜜多經卷第四百七十二

大般若波羅蜜多經卷第四百七十三

唐三藏法師玄奘奉詔譯

第二分善達品第七十七之三

如是善現諸菩薩摩訶薩行深般若波羅蜜多時雖不見法界離諸法有不見諸法離法界有不見有情及彼施設實事可得而能發生方便善巧自修行六波羅蜜多亦勸他修行六波羅蜜多無倒稱揚修行六波羅蜜多法歡喜讚歎修行六波羅蜜多者自受持十善業道亦勸他受持十善業道無倒稱揚受持十善業道法歡喜讚歎受持十善業道者自受持五戒亦勸他受持五戒無倒稱揚受持五戒法歡喜讚歎受持五戒者自受持八戒亦勸他受持八戒無倒稱揚受持八戒法歡喜讚歎受持八戒者自受持出家戒亦勸他受持出家戒無倒稱揚受持出家戒法歡喜讚歎受持出家戒者自修行四靜慮亦勸他修行四靜慮無倒稱揚修行四靜慮法歡喜讚歎修行四靜慮者自修行四無量亦勸他修行四無量無倒稱揚修行四無量法歡喜讚歎修行四無量者自修行四無色定亦勸他修行四無色定無倒稱揚修行四無色定法歡喜讚歎修行四無色定者自修行四念住乃至八聖道支亦勸他修行四念住乃至八聖道支無倒稱揚修行四念住乃至八聖道支法歡喜讚歎修行四念住乃至八聖道支者自修行空無相無願解脫門亦勸他修行空無相無願解脫門無倒稱揚修行空無相無願解脫門法歡喜讚歎修行空無相無願解脫門者自安住內空乃至無性自性

空亦勸他安住內空乃至無性自性空無倒稱揚安住內空乃至無性自性空法歡喜讚歎安住內空乃至無性自性空者自安住真如乃至不思議界亦勸他安住真如乃至不思議界無倒稱揚安住真如乃至不思議界法歡喜讚歎安住真如乃至不思議界者自安住苦集滅道聖諦亦勸他安住苦集滅道聖諦無倒稱揚安住苦集滅道聖諦法歡喜讚歎安住苦集滅道聖諦者自修行八解脫亦勸他修行八解脫無倒稱揚修行八解脫法歡喜讚歎修行八解脫者自修行八勝處亦勸他修行八勝處無倒稱揚修行八勝處法歡喜讚歎修行八勝處者自修行九次第定亦勸他修行九次第定無倒稱揚修行九次第定法歡喜讚歎修行九次第定者自修

行十遍處亦勸他修行十遍處無倒稱揚修行十遍處法歡喜讚歎修行十遍處者自修行菩薩十地亦勸他修行菩薩十地無倒稱揚修行菩薩十地法歡喜讚歎修行菩薩十地者自修行一切陀羅尼門亦勸他修行一切陀羅尼門無倒稱揚修行一切陀羅尼門法歡喜讚歎修行一切陀羅尼門者自修行一切三摩地門亦勸他修行一切三摩地門無倒稱揚修行一切三摩地門法歡喜讚歎修行一切三摩地門者自圓滿五眼亦勸他圓滿五眼無倒稱揚圓滿五眼法歡喜讚歎圓滿五眼者自圓滿六神通亦勸他圓滿六神通無倒稱揚圓滿六神通法歡喜讚歎圓滿六神通者自圓滿如來十力亦勸他圓滿如來十力無倒稱揚圓滿如來十力法歡喜

讚歎圓滿如來十力者自圓滿四無所畏亦勸他圓滿四無所畏無倒稱揚圓滿四無所畏法歡喜讚歎圓滿四無所畏者自圓滿四無礙解亦勸他圓滿四無礙解無倒稱揚圓滿四無礙解法歡喜讚歎圓滿四無礙解者自圓滿大慈大悲大喜大捨亦勸他圓滿大慈大悲大喜大捨無倒稱揚圓滿大慈大悲大喜大捨法歡喜讚歎圓滿大慈大悲大喜大捨者自圓滿十八佛不共法亦勸他圓滿十八佛不共法無倒稱揚圓滿十八佛不共法法歡喜讚歎圓滿十八佛不共法者自圓滿無忘失法亦勸他圓滿無忘失法無倒稱揚圓滿無忘失法法歡喜讚歎圓滿無忘失法者自圓滿恒住捨性亦勸他圓滿恒住捨性無倒稱揚圓滿恒住捨性法歡喜讚歎圓滿恒住捨性者自圓滿一切智亦勸他圓滿一切智無倒稱揚圓滿一切智法歡喜讚歎圓滿一切智者自圓滿道相智亦勸他圓滿道相智無倒稱揚圓滿道相智法歡喜讚歎圓滿道相智者自圓滿一切相智亦勸他圓滿一切相智無倒稱揚圓滿一切相智法歡喜讚歎圓滿一切相智者自圓滿三十二大士相八十隨好亦勸他圓滿三十二大士相八十隨好無倒稱揚圓滿三十二大士相八十隨好法歡喜讚歎圓滿三十二大士相八十隨好者善現若真法界初中後際有差別者則諸菩薩摩訶薩行深般若波羅蜜多時不能施設方便善巧爲諸有情説真法界嚴淨佛土成熟有情修諸菩薩摩訶薩行證得無上正等菩提能盡未來利樂一切以真法

界初中後際常無差別是故菩薩摩訶薩行深般若波羅蜜多時能善施設方便善巧爲諸有情說眞法界嚴淨佛土成熟有情修諸菩薩摩訶薩行證得無上正等菩提能盡未來利樂一切

第二分實際品第七十八之一

爾時具壽善現白佛言世尊若諸有情有情施設俱畢竟不可得諸菩薩摩訶薩爲誰故行甚深般若波羅蜜多佛告善現諸菩薩摩訶薩但以實際爲量故行甚深般若波羅蜜多善現當知若有情際異實際者諸菩薩摩訶薩則不應行甚深般若波羅蜜多以有情際不異實際是故菩薩摩訶薩衆爲諸有情行深般若波羅蜜多復次善現諸菩薩摩訶薩行深般若波羅蜜多時以不壞實際法安立有情令住實際具壽善現復白佛言若有情際即是實際云何菩薩摩訶薩行深般若波羅蜜多時以不壞實際法安立有情令住實際世尊若菩薩摩訶薩行深般若波羅蜜多時安立有情令住實際則爲安立實際令住實際世尊若菩薩摩訶薩行深般若波羅蜜多時安立實際令住實際則爲安立自性令住自性然理不應安立自性令住自性云何可說諸菩薩摩訶薩行深般若波羅蜜多時以不壞實際法安立有情令住實際佛告善現不可安立實際令住實際亦不可安立自性令住自性然諸菩薩摩訶薩行深般若波羅蜜多時有方便善巧故能安立有情令住實際而有情際不異實際有情際與實際無二無二處具壽善現復白佛言何等名爲

諸菩薩摩訶薩方便善巧諸菩薩摩訶薩行深般若波羅蜜多時由此方便善巧力故安立有情令住實際而能不壞實際之相佛告善現諸菩薩摩訶薩行深般若波羅蜜多時成就如是方便善巧由此方便善巧力故安立有情令住布施既安立已爲說布施前後中際無差别相謂作是言如是布施前後中際無不皆空施者受者施所得果亦復皆空如是一切於實際中都無所有皆不可得汝等勿執布施施者受者施果各各有異汝等若能不執布施施者受者施果各異所修施福則趣甘露得甘露果定以甘露而作後邊復作是言汝等用此所修布施勿取色乃至識勿取眼處乃至意處勿取色處乃至法處勿取眼界乃至意界勿取色界乃至法界勿取眼識界乃至意識界勿取眼觸乃至意觸勿取眼觸爲緣所生諸受乃至意觸爲緣所生諸受勿取地界乃至識界勿取因緣乃至增上緣勿取從緣所生諸法勿取無明乃至老死勿取布施波羅蜜多乃至般若波羅蜜多勿取四靜慮四無量四無色定勿取四念住乃至八聖道支勿取空無相無願解脱門勿取内空乃至無性自性空勿取眞如乃至不思議界勿取苦集滅道聖諦勿取八解脱乃至十遍處勿取淨觀地乃至如來地勿取極喜地乃至法雲地勿取一切陀羅尼門三摩地門勿取五眼六神通勿取如來十力乃至十八佛不共法勿取三十二大士相八十隨好勿取無忘失法恒住捨性勿取一切智道相智一切相智勿取預流果乃至獨覺菩

提勿取一切菩薩摩訶薩行勿取諸佛無上正等菩提勿取善非善法勿取有記無記法勿取有漏無漏法勿取世間出世間法勿取有爲無爲法所以者何一切布施布施性空一切施者施者性空一切受者受者性空一切施果施果性空空中布施施者受者及諸施果皆不可得何以故如是諸法差別自性皆畢竟空畢竟空中如是諸法不可得故由此諸法不可得故餘所取法亦不可得復次善現諸菩薩摩訶薩行深般若波羅蜜多時成就如是方便善巧由此方便善巧力故安立有情令住淨戒既安立已復作是言汝等今者於諸有情應深慈愍離斷生命廣說乃至應離邪見修行正見所以者何如是諸法都無自性汝等不應分別執著汝等復應如實觀察何法名生欲斷其命復以何緣而斷彼命廣說乃至何法名爲所邪見境欲起邪見復以何緣而起邪見如是一切自性皆空善現是菩薩摩訶薩行深般若波羅蜜多時成就如是方便善巧能善成熟諸有情類以無量門爲說布施及淨戒果俱不可得令知布施及淨戒果自性皆空彼既了知所修布施及淨戒果自性空已能於其中不生執著由不執著心無散亂無散亂故能發妙慧由此妙慧永斷隨眠及諸纏已入無餘依般涅槃界善現如是依世俗說不依勝義所以者何空中無有少法可得若已涅槃若當涅槃若今涅槃若涅槃者若由此故得般涅槃如是一切都無所有皆畢竟空畢竟空性即是涅槃離此涅槃無別有法復次善現諸菩薩

摩訶薩行深般若波羅蜜多時成就如是方便善巧由此方便善巧力故見諸有情心多瞋忿深生慈愍方便教誡作如是言汝等今者應修安忍樂安忍法調伏其心受安忍行汝所瞋法自性皆空云何於中而生瞋忿汝等復應如實觀察我由何法而生瞋忿誰能瞋忿瞋忿於誰如是諸法皆本性空本性空法未曾不空如是空性非佛所作非菩薩作非獨覺作非聲聞作亦非天龍諸神藥叉健達縛阿素洛揭路荼緊捺洛莫呼洛伽人非人作亦非四大王衆天乃至他化自在天作亦非梵衆天乃至色究竟天作亦非空無邊處天乃至非想非非想處天作汝等復應如實觀察如是瞋忿由何而生爲屬於誰復於誰起當獲何果現得何利是一切法皆本性空非空性中有所瞋忿故應安忍以自饒益如是善現諸菩薩摩訶薩行深般若波羅蜜多時成就最勝方便善巧安立有情於性空理性空因果漸以無上正等菩提示現勸導讚勵慶喜令善安住速能證得善現如是依世俗說不依勝義所以者何本性空中能得所得得處得時一切非有善現當知是名實際本性空理諸菩薩摩訶薩爲欲饒益諸有情故依此實際本性空理行深般若波羅蜜多不得有情及彼施設何以故善現以一切法離有情故有情離故法不可得法及有情相待立故復次善現諸菩薩摩訶薩行深般若波羅蜜多時成就如是方便善巧由此方便善巧力故見諸有情身心懈怠退失精進方便勸導令其發起身心精進修諸善法作

如是言諸善男子應深信受本性空中無懈怠法無懈怠者無懈怠處無懈怠時無由此法發生懈怠如是一切本性皆空不越空理汝等應發身心精進捨諸懈怠勤修善法謂修布施波羅蜜多乃至般若波羅蜜多若修四靜慮四無量四無色定若修四念住乃至八聖道支若修空無相無願解脫門若住內空乃至無性自性空若住真如乃至不思議界若住苦集滅道聖諦若修八解脫乃至十遍處若修淨觀地乃至如來地若修極喜地乃至法雲地若修一切陀羅尼門三摩地門若修五眼六神通若修如來十力乃至十八佛不共法若修三十二大士相八十隨好若修無忘失法恒住捨性若修一切智道相智一切相智若修預流果乃至獨覺菩提若修一切菩薩摩訶薩行若修諸佛無上正等菩提若修諸餘無量佛法應勤精進勿生懈怠若生懈怠受苦無窮諸善男子是一切法皆本性空無諸障礙汝等應觀本性空理無障礙中無懈怠法無懈怠者此處時緣亦不可得如是善現諸菩薩摩訶薩行深般若波羅蜜多時成就殊勝方便善巧安立有情令住諸法本性空理雖令安住而無二想所以者何本性空理無二無別非無二法可於其中而作二想復次善現是菩薩摩訶薩行深般若波羅蜜多依本性空教誡教授諸有情類令勤修學謂作是言諸善男子汝於善法當勤精進若修布施波羅蜜多乃至般若波羅蜜多時於此諸法不應思惟二不二相若修四靜慮四無量四無色定時於此諸法不應

思惟二不二相若修四念住乃至八聖道支時於此諸法不應思惟二不二相若修空無相無願解脱門時於此諸法不應思惟二不二相若住内空乃至無性自性空時於此諸法不應思惟二不二相若住眞如乃至不思議界時於此諸法不應思惟二不二相若住苦集滅道聖諦時於此諸法不應思惟二不二相若修八解脱乃至十遍處時於此諸法不應思惟二不二相若修淨觀地乃至如來地時不應思惟二不二相若修極喜地乃至法雲地時於此諸法不應思惟二不二相若修一切陀羅尼門三摩地門時於此諸法不應思惟二不二相若修五眼六神通時於此諸法不應思惟二不二相若修如來十力乃至十八佛不共法時於此諸法不應思惟二不二相若修三十二大士相八十隨好時於此諸法不應思惟二不二相若修無忘失法恒住捨性時於此諸法不應思惟二不二相若修一切智道相智一切相智時於此諸法不應思惟二不二相若修預流果乃至獨覺菩提時於此諸法不應思惟二不二相若修一切菩薩摩訶薩行諸佛無上正等菩提時於此諸法不應思惟二不二相若修諸餘無量佛法時於此諸法不應思惟二不二相何以故善男子如是諸法皆本性空本性空理不應思惟二不二故如是善現諸菩薩摩訶薩行深般若波羅蜜多成就殊勝方便善巧行菩薩行成熟有情諸有情類既成熟已隨其所應漸次安立或令住預流果或令住一來果或令住不還果或令住阿羅漢果或令

住獨覺菩提或令住菩薩勝位或令住無上正等菩提復次善現諸菩薩摩訶薩行深般若波羅蜜多時成就如是方便善巧由此方便善巧力故見諸有情心多散亂於諸欲境不攝諸根發起種種不寂靜業見已方便令入勝定謂作是言來善男子汝應修習勝三摩地勿起散亂及勝定想所以者何是一切法皆本性空本性空中無法可得可名散亂或名一心汝等若能住此勝定所作善事皆速成滿亦隨所欲住本性空何等名爲所作善事謂起勝淨身語意業若修布施波羅蜜多乃至般若波羅蜜多若修四念住乃至八聖道支若修空無相無願解脫門若住内空乃至無性自性空若住真如乃至不思議界若住若集滅道聖諦若修四靜慮四無量四無色定若修八解脫乃至十遍處若修淨觀地乃至如來地若趣菩薩正性離生若修極喜地乃至法雲地若修一切陀羅尼門三摩地門若修五眼六神通若修如來十力乃至十八佛不共法若修三十二大士相八十隨好若修無忘失法恒住捨性若修一切智道相智一切相智若修聲聞道獨覺道菩薩道如來道若修預流果乃至獨覺菩提若修菩薩摩訶薩行及佛無上正等菩提若成熟有情嚴淨佛土如是一切勝淨善法由勝定力皆速成辦及隨所願住本性空如是善現諸菩薩摩訶薩行深般若波羅蜜多方便善巧從初發心乃至究竟求作善利常無間斷爲欲利樂諸有情故從一佛土至一佛土親近供養諸佛世尊於諸佛所聽受正法捨身受

身經無量劫乃至無上正等菩提於其中間終不忘失是菩薩摩訶薩得陀羅尼諸根無滅所以者何是菩薩摩訶薩恒具善修一切智智諸有所作能善思惟由具善修一切智智諸有所作能善思惟於一切道悉能修習謂聲聞道若獨覺道若菩薩道若諸佛道若勝天道若勝人道若諸菩薩勝神通道是菩薩摩訶薩由住殊勝神通道故常作有情諸利樂事雖經諸趣生死輪迴而勝神通常無退減由無退減異熟神通常作自他勝饒益事如是善現諸菩薩摩訶薩行深般若波羅蜜多住本性空方便善巧能善利樂諸有情類疾證無上正等菩提復次善現諸菩薩摩訶薩行深般若波羅蜜多時成就如是方便善巧由此方便善巧力故住本性空見諸有情智慧薄少愚癡顛倒造諸惡業方便引入甚深般若波羅蜜多作如是言來善男子應修般若波羅蜜多觀一切法本性空寂汝等若能修此般若波羅蜜多觀一切法本性空寂諸所修行身語意業皆趣甘露得甘露果定以甘露而作後邊諸善男子是一切法皆本性空本性空中有情及法雖不可得而所修行亦無退失何以故善男子本性空理非增非減本性空中無增減法所以者何本性空理無性爲性離諸分別絶諸戲論故於此中無增減法由此所作亦無退失是故汝等應修般若波羅蜜多觀本性空作所應作如是善現諸菩薩摩訶薩行深般若波羅蜜多方便善巧教誡教授諸有情類令入般若波羅蜜多住本性空修諸善業善現是菩薩摩

訶薩如是教誡教授有情常無懈廢謂自常行十善業道亦勸他常行十善業道自常受持五近事戒亦勸他常受持五近事戒自常受持八近住戒亦勸他常受持八近住戒自常受持出家戒亦勸他常受持出家戒自常修行四靜慮四無量四無色定亦勸他常修行四靜慮四無量四無色定自常修行四念住乃至八聖道支亦勸他常修行四念住乃至八聖道支自常修行空無相無願解脫門亦勸他常修行空無相無願解脫門自常修行布施波羅蜜多乃至般若波羅蜜多亦勸他常修行布施波羅蜜多乃至般若波羅蜜多自常安住內空乃至無性自性空亦勸他常安住內空乃至無性自性空自常安住真如乃至不思議界亦勸他常安住真如乃至不思議界自常安住苦集滅道聖諦亦勸他常安住苦集滅道聖諦自常修行八解脫乃至十遍處亦勸他常修行八解脫乃至十遍處自常修行諸菩薩地亦勸他常修行諸菩薩地自常修行一切陀羅尼門三摩地門亦勸他常修行一切陀羅尼門三摩地門自常修學五眼六神通亦勸他常修學五眼六神通自常修學如來十力乃至十八佛不共法亦勸他常修學如來十力乃至十八佛不共法自常修學三十二大士相八十隨好亦勸他常修學三十二大士相八十隨好自常修學無忘失法恒住捨性亦勸他常修學無忘失法恒住捨性自常修學一切智道相智一切相智亦勸他常修學一切智道相智一切相智自常發起預流果智乃至獨覺菩提智

而不住預流果乃至獨覺菩提亦勸他常發起預流果智乃至獨覺菩提智或令住預流果乃至獨覺菩提自常發起諸菩薩摩訶薩行亦勸他常發起諸菩薩摩訶薩行自常發起諸佛無上正等菩提道亦勸他常發起諸佛無上正等菩提道如是善現諸菩薩摩訶薩行深般若波羅蜜多時方便善巧自修善業常無懈廢教誡教授諸有情類令修善業常無懈廢善現是名諸菩薩摩訶薩行深般若波羅蜜多時方便善巧由此方便善巧力故安立有情於實際中而能不壞實際之相爾時具壽善現白佛言世尊若一切法皆本性空本性空中有情及法俱不可得由此於中亦無非法云何菩薩摩訶薩爲有情類求證無上正等菩提欲盡未來常作饒益佛告善現如是如是如汝所說諸所有法皆本性空本性空中有情及法俱不可得由此於中亦無非法善現當知若一切法非本性空諸菩薩摩訶薩行深般若波羅蜜多時不應安住本性空理求證無上正等菩提爲饒益有情說本性空法以一切法皆本性空是故善薩摩訶薩行深般若波羅蜜多時住一切法本性空理求證無上正等菩提爲饒益有情說本性空法善現何等諸法本性皆空而諸菩薩摩訶薩行深般若波羅蜜多時如實了知本性空已住本性空爲他說法善現色乃至識本性皆空眼處乃至意處本性皆空色處乃至法處本性皆空眼界乃至意界本性皆空色界乃至法界本性皆空眼識界乃至意識界本性皆空眼觸乃至意觸本性皆空

眼觸爲緣所生諸受乃至意觸爲緣所生諸受本性皆空地界乃至識界本性皆空因緣乃至增上緣本性皆空從緣所生諸法本性皆空無明乃至老死本性皆空布施波羅蜜多乃至般若波羅蜜多本性皆空四靜慮四無量四無色定本性皆空四念住乃至八聖道支本性皆空空無相無願解脫門本性皆空内空乃至無性自性空本性皆空眞如乃至不思議界本性皆空苦集滅道聖諦本性皆空八解脫乃至十遍處本性皆空淨觀地乃至如來地本性皆空極喜地乃至法雲地本性皆空一切陀羅尼門三摩地門本性皆空五眼六神通本性皆空如來十力乃至十八佛不共法本性皆空三十二大士相八十隨好本性皆空無忘失法恒住捨性本性皆空一切智道相智一切相智本性皆空預流果乃至獨覺菩提本性皆空一切菩薩摩訶薩行本性皆空諸佛無上正等菩提本性皆空永斷一切煩惱習氣相續本性皆空諸菩薩摩訶薩行深般若波羅蜜多時如實了知色等諸蘊乃至永已一切煩惱習氣相續本性空已住本性空爲諸有情宣說如是本性空法復次善現若内空性本性不空若外空内外空空空大空勝義空有爲空無爲空畢竟空無際空散無散空本性空自共相空一切法空不可得空無性空自性空無性自性空性亦本性不空者則諸菩薩摩訶薩行深般若波羅蜜多時不應爲諸有情說一切法皆本性空若作是說壞本性空然本性空理不可壞非常非斷所以者何本性空理無方

無處無所從來亦無所去如是空理亦名法住此中無法無聚無散無減無增無生無滅無染無淨是一切法本所住性諸菩薩摩訶薩安住其中求趣無上正等菩提不見有法有所求趣不見有法無所求趣以一切法都無所住故名法住諸菩薩摩訶薩安住此中行深般若波羅蜜多見一切法本性空已定於無上正等菩提得不退轉所以者何是菩薩摩訶薩不見有法能爲障礙見一切法無障礙故便於無上正等菩提不生疑惑故不退轉復次善現諸菩薩摩訶薩住一切法本性空中觀本性空都無所得謂我有情命者生者養者士夫補特伽羅意生儒童作者受者知者見者皆不可得色乃至識亦不可得眼處乃至意處亦不可得色處乃至法處亦不可得眼界乃至意界亦不可得色界乃至法界亦不可得眼識界乃至意識界亦不可得眼觸乃至意觸亦不可得眼觸爲緣所生諸受乃至意觸爲緣所生諸受亦不可得地界乃至識界亦不可得因緣乃至增上緣亦不可得從緣所生諸法亦不可得無明乃至老死亦不可得布施波羅蜜多乃至般若波羅蜜多亦不可得內空乃至無性自性空亦不可得真如乃至不思議界亦不可得苦集滅道聖諦亦不可得四念住乃至八聖道支亦不可得四靜慮四無量四無色定亦不可得八解脫乃至十遍處亦不可得空無相無願解脫門亦不可得淨觀地乃至如來地亦不可得極喜地乃至法雲地亦不可得一切陀羅尼門三摩地門亦不可得五眼六神通

亦不可得如來十八佛不共法亦不可得無忘失法恒住捨性亦不可得一切智道相智一切相智亦不可得預流果乃至獨覺菩提亦不可得一切菩薩摩訶薩行亦不可得諸佛無上正等菩提亦不可得善法非善法亦不可得有記法無記法亦不可得有漏法無漏法亦不可得世間法出世間法亦不可得有爲法無爲法亦不可得三十二大士相八十隨好亦不可得

大般若波羅蜜多經卷第四百七十三

音釋

瞋忿（瞋稱人切怒目也 忿房吻切怒也）揭路茶（梵語也亦云迦樓羅此云金翅鳥揭居謁切茶同都切）緊捺洛（梵語也亦云緊那羅此云疑神又云人非人捺乃八切）勵（勵音例勉也）懈怠（懈音戒怠音代）

大般若波羅蜜多經卷第四百七十四

唐三藏法師玄奘奉　詔譯

第二分實際品第七十八之二

善現當知如有如來應正等覺化作四衆所謂苾芻苾芻尼鄔波索迦鄔波斯迦假使化佛或經一劫或一劫餘爲彼四衆宣說正法於意云何如是化衆頗有能得或預流果或一來果或不還果或阿羅漢果或獨覺菩提或得無上正等菩提記不善現對曰不也世尊何以故是諸化衆都無實事非無實法可有得果可得受記佛告善現諸法亦爾皆本性空都無實事於中何等菩薩摩訶薩爲何等有情說何等法可令證得或預流果或一來果或不還果或阿羅漢果或獨覺菩提或得受無上正等菩提記善現當知諸菩薩摩訶薩雖爲有情宣說空法而諸有情實不可得哀愍彼墮顛倒法故拔濟令住無顛倒法無顛倒者謂無分別無分別者無顛倒故若有分別則有顛倒彼等流故善現當知顛倒即是無顛倒法無顛倒中無我無有情廣說乃至無知者無見者亦無色受想行識亦無眼處乃至意處亦無色處乃至法處亦無眼界乃至意界亦無色界乃至法界亦無眼識界乃至意識界亦無眼觸乃至意觸亦無眼觸爲緣所生諸受乃至意觸爲緣所生諸受亦無地界乃至識界亦無因緣乃至增上緣亦無從緣所生諸法亦無無明乃至老死亦無布施波羅蜜多乃至般若波羅蜜多亦無內空乃至無性自性空亦無真如乃至不思議界亦無苦集滅道聖諦亦無四念住乃至

八聖道支亦無四靜慮四無量四無色定亦無八解脫乃至十遍處亦無空無相無願解脫門亦無淨觀地乃至如來地亦無極喜地乃至法雲地亦無一切陀羅尼門三摩地門亦無五眼六神通亦無如來十力乃至十八佛不共法亦無三十二大士相八十隨好亦無無忘失法恒住捨性亦無一切智道相智一切相智亦無預流果乃至獨覺菩提亦無一切菩薩摩訶薩行亦無諸佛無上正等菩提善現此無所有即本性空諸菩薩摩訶薩行深般若波羅蜜多時安住此中見諸有情墮顛倒想方便善巧令得解脫謂令解脫無我我想無有情有情想廣說乃至無知者知者想無見者見者想亦令解脫無常常想無樂樂想無我我想不淨淨想亦令解脫無色受想行識色受想行識想亦令解脫無眼處乃至意處眼處乃至意處想亦令解脫無色處乃至法處色處乃至法處想亦令解脫無眼界乃至意界眼界乃至意界想亦令解脫無色界乃至法界色界乃至法界想亦令解脫無眼識界乃至意識界眼識界乃至意識界想亦令解脫無眼觸乃至意觸眼觸乃至意觸想亦令解脫無眼觸爲緣所生諸受乃至意觸爲緣所生諸受眼觸爲緣所生諸受乃至意觸爲緣所生諸受想亦令解脫無地界乃至識界地界乃至識界想亦令解脫無因緣乃至增上緣因緣乃至增上緣想亦令解脫無從緣所生諸法從緣所生諸法想亦令解脫無無明乃至老死無明乃至老死想亦令解脫無布施波羅蜜多乃至般若波羅

蜜多布施波羅蜜多乃至般若波羅蜜多想亦令解脱無内空乃至無性自性空内空乃至無性自性空想亦令解脱無眞如乃至不思議界眞如乃至不思議界想亦令解脱無苦集滅道聖諦苦集滅道聖諦想亦令解脱無四念住乃至八聖道支四念住乃至八聖道支想亦令解脱無四靜慮四無量四無色定四靜慮四無量四無色定想亦令解脱無八解脱乃至十遍處八解脱乃至十遍處想亦令解脱無空無相無願解脱門空無相無願解脱門想亦令解脱無淨觀地乃至如來地淨觀地乃至如來地想亦令解脱無極喜地乃至法雲地極喜地乃至法雲地想亦令解脱無一切陀羅尼門三摩地門一切陀羅尼門三摩地門想亦令解脱無五眼六神通

五眼六神通想亦令解脱無如來十力乃至十八佛不共法如來十力乃至十八佛不共法想亦令解脱無三十二大士相八十隨好三十二大士相八十隨好想亦令解脱無無忘失法恒住捨性無忘失法恒住捨性想亦令解脱無一切智道相智一切相智一切智道相智一切相智想亦令解脱無預流果乃至獨覺菩提預流果乃至獨覺菩提想亦令解脱無一切菩薩摩訶薩行一切菩薩摩訶薩行想亦令解脱無諸佛無上正等菩提諸佛無上正等菩提想亦令解脱五取蘊等諸有漏法亦令解脱四念住等諸無漏法所以者何四念住等諸無漏法非如勝義無生無滅無相無爲無戲論無分別是故亦應解脱彼法眞勝義者即本性空此本性空即是諸

佛所證無上正等菩提善現當知此中無我乃至見者可得亦無色乃至識可得亦無眼處乃至意處可得亦無色處乃至法處可得亦無眼界乃至意界可得亦無色界乃至法界可得亦無眼識界乃至意識界可得亦無眼觸乃至意觸可得亦無眼觸爲緣所生諸受乃至意觸爲緣所生諸受可得亦無地界乃至識界可得亦無因緣乃至增上緣可得亦無從緣所生諸法可得亦無無明乃至老死可得亦無布施波羅蜜多乃至般若波羅蜜多可得亦無内空乃至無性自性空可得亦無眞如乃至不思議界可得亦無苦集滅道聖諦可得亦無四念住乃至八聖道支可得亦無四靜慮四無量四無色定可得亦無八解脫乃至十遍處可得亦無空無相無願解脫門可得亦無淨觀地乃至如來地可得亦無極喜地乃至法雲地可得亦無一切陀羅尼門三摩地門可得亦無五眼六神通可得亦無如來十力乃至十八佛不共法可得亦無三十二大士相八十隨好可得亦無無忘失法恒住捨性可得亦無一切智道相智一切相智可得亦無預流果乃至獨覺菩提可得亦無一切菩薩摩訶薩行可得亦無諸佛無上正等菩提可得善現當知諸菩薩摩訶薩不爲無上正等菩提道故求趣無上正等菩提但爲諸法本性空故求趣無上正等菩提是本性空前後中際常本性空未曾不空諸菩薩摩訶薩住本性空波羅蜜多爲欲度脫諸有情類執有情想及法想故行道相智是菩薩摩訶薩行道相智時即得一切道

謂聲聞道若獨覺道若菩薩道若諸佛道善現當知是菩薩摩訶薩於一切道得圓滿已便能成熟所化有情亦能嚴淨所求佛土留諸壽行趣證無上正等菩提既證無上正等菩提能令佛眼常無斷壞何謂佛眼謂本性空過去未来現在諸佛住十方界爲諸有情宣說正法無不皆以此本性空而爲佛眼善現當知定無諸佛離本性空而出世者諸佛出世無不皆說本性空義所化有情要聞佛說本性空理乃入聖道得聖道果離本性空無別方便是故善現諸菩薩摩訶薩欲證無上正等菩提應正安住本性空理修行六種波羅蜜多及餘菩薩摩訶薩行若正安住本性空理修行六種波羅蜜多及餘菩薩摩訶薩行終不退失一切智智常能利樂一切有情爾時具壽善現白佛言世尊諸菩薩摩訶薩甚爲希有雖行一切法皆本性空而於本性空常無失壞謂不執色乃至識異本性空亦不執眼處乃至意處異本性空亦不執色處乃至法處異本性空亦不執眼界乃至意界異本性空亦不執色界乃至法界異本性空亦不執眼識界乃至意識界異本性空亦不執眼觸乃至意觸異本性空亦不執眼觸爲緣所生諸受乃至意觸爲緣所生諸受異本性空亦不執地界乃至識界異本性空亦不執因緣乃至增上緣異本性空亦不執從緣所生諸法異本性空亦不執無明乃至老死異本性空亦不執布施波羅蜜多乃至般若波羅蜜多異本性空亦不執內空乃至無性自性空異本性空亦不執真如乃至不思

議界異本性空亦不執苦集滅道聖諦異本性空亦不執四念住乃至八聖道支異本性空亦不執四靜慮四無量四無色定異本性空亦不執八解脫乃至十遍處異本性空亦不執空無相無願解脫門異本性空亦不執淨觀地乃至如來地異本性空亦不執極喜地乃至法雲地異本性空亦不執一切陀羅尼門三摩地門異本性空亦不執五眼六神通異本性空亦不執如來十力乃至十八佛不共法異本性空亦不執三十二大士相八十隨好異本性空亦不執無忘失法恒住捨性異本性空亦不執一切智道相智一切相智異本性空亦不執預流果乃至獨覺菩提異本性空亦不執一切菩薩摩訶薩行異本性空亦不執諸佛無上正等菩提異本性空

世尊色即是本性空本性空即是色如是乃至諸佛無上正等菩提即是本性空本性空即是諸佛無上正等菩提佛告善現如是如是如汝所說諸菩薩摩訶薩甚爲希有雖行一切法皆本性空而於本性空常無失壞善現當知色不異本性空本性空不異色色即是本性空本性空即是色如是乃至諸佛無上正等菩提不異本性空本性空不異諸佛無上正等菩提諸佛無上正等菩提即是本性空本性空即是諸佛無上正等菩提善現當知若色異本性空本性空異色色非本性空本性空非色如是乃至諸佛無上正等菩提異本性空本性空異諸佛無上正等菩提諸佛無上正等菩提非本性空本性空非諸佛無上正等菩提者則諸菩薩摩訶薩行深

般若波羅蜜多時不應觀一切法皆本性空亦不應能證得一切智智以色不異本性空本性空不異色色即是本性空本性空即是色如是乃至諸佛無上正等菩提不異本性空本性空不異諸佛無上正等菩提諸佛無上正等菩提即是本性空本性空即是諸佛無上正等菩提故諸菩薩摩訶薩行深般若波羅蜜多時觀一切法皆本性空而能證得一切智智所以者何離本性空無有一法是實是常可壞可斷本性空中亦無一法是實是常可壞可斷但諸愚夫迷謬顛倒起別異想謂分別色異本性空或分別受想行識異本性空如是乃至或分別一切菩薩摩訶薩行異本性空或分別諸佛無上正等菩提異本性空是諸愚夫分別諸法與本性空有差別故不如實知色不如實知受想行識由不知故便執著色執著受想行識由執著故便於色計我我所於受想行識計我我所由妄計故著內外物受後身色受想行識由此不能解脫諸趣生老病死愁憂苦惱往來三有輪轉無窮由此因緣諸菩薩摩訶薩住本性空波羅蜜多行深般若波羅蜜多不執受色亦不壞色若空不空不執受受想行識亦不壞受想行識若空不空如是乃至不執受一切菩薩摩訶薩行亦不壞一切菩薩摩訶薩行若空若不空不執受諸佛無上正等菩提亦不壞諸佛無上正等菩提若空若不空所以者何色不壞空空不壞色謂此是色此是空受想行識不壞空空不壞受想行識謂此是受想行識此是空如是乃至一切菩薩摩

訶薩行不壞空空不壞一切菩薩摩訶薩行謂此是一切菩薩摩訶薩行此是空諸佛無上正等菩提不壞空空不壞諸佛無上正等菩提謂此是諸佛無上正等菩提此是空譬如虛空不壞虛空內虛空界不壞外虛空界外虛空界不壞內虛空界如是善現色不壞空空不壞色受想行識不壞空空不壞受想行識所以者何如是諸法俱無自性不可分別謂此是空此是不空如是乃至一切菩薩摩訶薩行不壞空空不壞一切菩薩摩訶薩行諸佛無上正等菩提不壞空空不壞諸佛無上正等菩提所以者何如是諸法俱無自性不可分別謂此是空此是不空爾時具壽善現白佛言世尊若一切法皆本性空都無差別諸菩薩摩訶薩爲住何處發趣無上正等菩提諸佛無上正等菩提無二行相非二行相能證無上正等菩提惟願世尊哀愍爲說佛告善現如是如是如汝所說諸佛無上正等菩提無二行相非二行相能證無上正等菩提所以者何菩提無二亦無分別若於菩提行於二相有分別者必不能證所求無上正等菩提善現當知諸菩薩摩訶薩不於菩提行於二相亦不分別都無所住發趣無上正等菩提諸菩薩摩訶薩於一切法不行二相亦不分別都無所行則能證得所求無上正等菩提善現當知諸菩薩摩訶薩所求無上正等菩提非行二相而能證得諸菩薩摩訶薩所有菩提都無所行謂不於色行亦不於受想行識行如是乃至不於一切菩薩摩訶薩行行亦不於諸佛無上正等菩提行

所以者何諸菩薩摩訶薩所有菩提不緣名聲執我我所謂不作是念我行於色我行於受想行識如是乃至不作是念我行於一切菩薩摩訶薩行我行於諸佛無上正等菩提復次善現諸菩薩摩訶薩所有菩提非取故行非捨故行具壽善現白佛言世尊若菩薩摩訶薩所有菩提非取故行非捨故行諸菩薩摩訶薩所有菩提當何處行佛告善現於意云何如來化身所有菩提當何處行爲取故行爲捨故行善現對曰不也世尊如來化身實無所有如何可說所有菩提有所行處若取若捨佛告善現於意云何諸阿羅漢夢中菩提當何處行爲取故行爲捨故行善現對曰不也世尊諸阿羅漢諸漏永盡惛沉睡眠盖纏俱滅畢竟無夢云何當有夢中菩提有所行處若取若捨佛告善現如是如是如汝所說諸阿羅漢畢竟無夢惛沉睡眠分別盡故諸菩薩摩訶薩行深般若波羅蜜多所有菩提亦復如是非取故行非捨故行都無行處達一切法本性空故具壽善現復白佛言若菩薩摩訶薩行深般若波羅蜜多所有菩提非取故行非捨故行都無行處謂不行於色亦不行於受想行識如是乃至不行於一切菩薩摩訶薩行亦不行於諸佛無上正等菩提者豈不菩薩摩訶薩爲欲饒益諸有情故不行布施波羅蜜多乃至般若波羅蜜多不行内空乃至無性自性空不行眞如乃至不思議界不行苦集滅道聖諦不行四念住乃至八聖道支不行四靜慮四無量四無色定不行八解脫乃至十遍處不行空無相

無願解脱門不行極喜地乃至法雲地不行一切陀羅尼門三摩地門不行五眼六神通不行如來十力乃至十八佛不共法不行三十二大士相八十隨好不行無忘失法恒住捨性不行一切智道相智一切相智不住菩薩殊勝神通成熟有情嚴淨佛土而得無上正等菩提佛告善現諸菩薩摩訶薩所有菩提雖無行處而諸菩薩摩訶薩爲欲饒益諸有情故要行布施波羅蜜多乃至般若波羅蜜多如是乃至要行一切智道相智一切相智要住菩薩殊勝神通成熟有情嚴淨佛土乃得無上正等菩提具壽善現復白佛言諸菩薩摩訶薩所有菩提若無行處將無菩薩摩訶薩爲欲饒益諸有情故不住布施波羅蜜多乃至般若波羅蜜多久修令滿如是乃

至不住一切智道相智一切相智久修令滿不住菩薩殊勝神通成熟有情嚴淨佛土久修令滿而得無上正等菩提佛告善現諸菩薩摩訶薩所有菩提雖無行處而諸菩薩摩訶薩爲欲饒益諸有情故要住布施波羅蜜多乃至般若波羅蜜多久修令滿如是乃至要住一切智道相智一切相智久修令滿要住菩薩殊勝神通成熟有情嚴淨佛土久修令滿乃得無上正等菩提善現當知若菩薩摩訶薩修諸善根未總圓滿終不能得所求無上正等菩提善現當知若菩薩摩訶薩欲得無上正等菩提應住色本性空應住受想行識本性空如是乃至應住一切菩薩摩訶薩行本性空應住諸佛無上正等菩提本性空應住一切法本性空應住一切有情本性

空修行布施波羅蜜多乃至般若波羅蜜多令得圓滿如是乃至修行一切智道相智一切相智令得圓滿修行菩薩殊勝神通成熟有情嚴淨佛土令圓滿已便得無上正等菩提善現當知是一切法本性空理及諸有情本性空理最極寂靜無有少法能增能減能生能滅能斷能常能染能淨能得果能現觀善現當知諸菩薩摩訶薩依世俗故說修般若波羅蜜多如實了知本性空已證得無上正等菩提不依勝義所以者何眞勝義中無色可得亦無受想行識可得如是乃至無一切菩薩摩訶薩行可得亦無諸佛無上正等菩提可得無行一切菩薩摩訶薩行者可得亦無行諸佛無上正等菩提者可得善現如是諸法皆依世俗言說施設不依勝義善現諸菩薩摩訶薩行深般若波羅蜜多從初發心雖極猛利爲諸有情行菩提行而於此心都無所得於諸有情亦無所得於大菩提亦無所得於佛菩薩亦無所得以一切法一切有情不可得故爾時具壽善現白佛言世尊若一切法都無所有皆不可得云何菩薩摩訶薩行菩提行云何能得所求無上正等菩提誰行菩提行誰復能證得佛告善現於意云何汝於先時依止斷界斷諸煩惱得無漏根住無間定得預流果次一來果次不還果後阿羅漢果汝於彼時頗見有情若心若道若諸道果有可得不善現對曰不也世尊佛告善現若汝彼時依止斷界斷諸煩惱得無漏根於有情心道及道果都無所得云何言得阿羅漢果善現對曰依世俗說不依勝義

佛告善現如是如是如汝所說諸菩薩摩訶薩亦復如是依世俗說行菩提道及得無上正等菩提不依勝義善現當知依世俗故假說有色受想行識如是乃至依世俗故假說有一切菩薩摩訶薩行諸佛無上正等菩提依世俗故假說有情菩薩諸佛不依勝義善現當知諸菩薩摩訶薩不見有法能於無上正等菩提有增有減有益有損以一切法本性空故善現當知諸菩薩摩訶薩於一切法觀本性空尚不可得況初發心而有可得最初發心尚不可得況修布施波羅蜜多乃至般若波羅蜜多而有可得況住內空乃至無性自性空而有可得況住眞如乃至不思議界而有可得況住苦集滅道聖諦而有可得況修四念住乃至八聖道支而有可得況修四靜慮四無量四無色定而有可得況修八解脫乃至十遍處而有可得況修空無相無願解脫門而有可得況修極喜地乃至法雲地而有可得況修一切陀羅尼門三摩地門而有可得況修五眼六神通而有可得況修如來十力乃至十八佛不共法而有可得況修三十二大士相八十隨好而有可得況修無忘失法恒住捨性而有可得況修一切智道相智一切相智而有可得況修一切菩薩摩訶薩行而有可得況修諸佛無上正等菩提而有可得善現諸菩薩摩訶薩於所修住一切佛法若有所得無有是處如是善現諸菩薩摩訶薩行深般若波羅蜜多方便修行大菩提行證得無上正等菩提利樂有情常無間斷

第二分無闕品第七十九之一

爾時具壽善現白佛言世尊若菩薩摩訶薩雖勤精進修行布施波羅蜜多乃至般若波羅蜜多安住内空乃至無性自性空安住真如乃至不思議界安住苦集滅道聖諦修行四念住乃至八聖道支修行四靜慮四無量四無色定修行八解脫乃至十遍處修行空無相無願解脫門修行極喜地乃至法雲地修行一切陀羅尼門三摩地門修行五眼六神通修行如來十力乃至十八佛不共法修行三十二大士相八十隨好修行無忘失法恒住捨性修行一切智道相智一切相智修行一切菩薩摩訶薩行修行諸佛無上正等菩提若菩提道修未圓滿不能證得所求無上正等菩提世尊云何菩薩摩訶薩修菩提道令得圓滿能證無上正等菩提佛告善現若菩薩摩訶薩行深般若波羅蜜多時具足殊勝方便善巧由此方便善巧力故修行布施波羅蜜多時不得布施不得施者不得受者亦不遠離如是諸法而行布施波羅蜜多是菩薩摩訶薩如是施時能具照明三菩提道修菩提道速能成就如是善現諸菩薩摩訶薩行深般若波羅蜜多方便善巧修菩提道令得圓滿能證無上正等菩提如是善現若菩薩摩訶薩行深般若波羅蜜多時具足殊勝方便善巧由此方便善乃力故修行淨戒安忍精進靜慮般若波羅蜜多廣說乃至修行一切菩薩摩訶薩行證佛無上正等菩提隨其所應皆當廣說爾時具壽舍利子白佛言世尊云何菩薩摩訶薩行深般若波羅

蜜多時勇猛正勤修菩提道佛告舍利子若菩薩摩訶薩行深般若波羅蜜多時方便善巧不和合色受想行識不離散色受想行識不和合眼處乃至意處不離散眼處乃至意處不和合色處乃至法處不離散色處乃至法處不和合眼界乃至意界不離散眼界乃至意界不和合色界乃至法界不離散色界乃至法界不和合眼識界乃至意識界不離散眼識界乃至意識界不和合眼觸乃至意觸不離散眼觸乃至意觸不和合眼觸爲緣所生諸受乃至意觸爲緣所生諸受不離散眼觸爲緣所生諸受乃至意觸爲緣所生諸受不和合地界乃至識界不離散地界乃至識界不和合因緣乃至增上緣不離散因緣乃至增上緣不和合從緣所生諸法不離散從緣所生諸法不和合無明乃至老死不離散無明乃至老死所以者何如是諸法皆無自性可合離故舍利子若菩薩摩訶薩行深般若波羅蜜多時方便善巧不和合布施波羅蜜多乃至般若波羅蜜多不離散布施波羅蜜多乃至般若波羅蜜多不和合内空乃至無性自性空不離散内空乃至無性自性空不和合真如乃至不思議界不離散真如乃至不思議界不和合苦集滅道聖諦不離散苦集滅道聖諦不和合四念住乃至八聖道支不離散四念住乃至八聖道支不和合四靜慮四無量四無色定不離散四靜慮四無量四無色定不和合八解脱乃至十遍處不離散八解脱乃至十遍處不和合空無相無願解脱門不離散空無相無願解脱門不

和合淨觀地乃至如來地不離散淨觀地乃至如來地不和合極喜地乃至法雲地不離散極喜地乃至法雲地不和合一切陀羅尼門三摩地門不離散一切陀羅尼門三摩地門不和合五眼六神通不離散五眼六神通不和合如來十力乃至十八佛不共法不離散如來十力乃至十八佛不共法不和合三十二大士相八十隨好不離散三十二大士相八十隨好不和合無忘失法恒住捨性不離散無忘失法恒住捨性不和合一切智道相智一切相智不離散一切智道相智一切相智不和合預流果乃至獨覺菩提不離散預流果乃至獨覺菩提不和合一切菩薩摩訶薩行不離散一切菩薩摩訶薩行不和合諸佛無上正等菩提不離散諸佛無上正等

菩提所以者何如是諸法皆無自性可合離故如是舍利子諸菩薩摩訶薩行深般若波羅蜜多時勇猛正勤修菩提道時舍利子復白佛言若一切法都無自性可合離者云何菩薩摩訶薩引發般若波羅蜜多於中修學世尊若菩薩摩訶薩不學般若波羅蜜多終不能得所求無上正等菩提佛告舍利子如是如是如汝所說若菩薩摩訶薩不學般若波羅蜜多終不能得所求無上正等菩提舍利子諸菩薩摩訶薩要學般若波羅蜜多乃能證得所求無上正等菩提舍利子諸菩薩摩訶薩所求無上正等菩提要有方便善巧乃能證得非無方便善巧而能證得舍利子諸菩薩摩訶薩行深般若波羅蜜多時若見有法自性可得則應可取不見有法自性可

得當何所取所謂不取此是般若波羅蜜多乃至布施波羅蜜多此是色乃至識此是眼處乃至意處此是色處乃至法處此是眼界乃至意界此是色界乃至法界此是眼識界乃至意識界此是眼觸乃至意觸此是眼觸爲緣所生諸受乃至意觸爲緣所生諸受此是地界乃至識界此是因緣乃至增上緣此是從緣所生諸法此是無明乃至老死此是內空乃至無性自性空此是眞如乃至不思議界此是苦集滅道聖諦此是四念住乃至八聖道支此是四靜慮四無量四無色定此是八解脫乃至十遍處此是空無相無願解脫門此是淨觀地乃至如來地此是極喜地乃至法雲地此是一切陀羅尼門三摩地門此是五眼六神通此是如來十力乃至十八佛不共法此是三十二大士相八十隨好此是無忘失法恒住捨性此是一切智道相智一切相智此是預流果乃至獨覺菩提此是一切菩薩摩訶薩行此是諸佛無上正等菩提此是異生此是聲聞此是獨覺此是菩薩此是如來

大般若波羅蜜多經卷第四百七十四

大般若波羅蜜多經卷第四百七十五

唐三藏法師玄奘奉　詔譯

第二分無闕品第七十九之二

舍利子諸菩薩摩訶薩行深般若波羅蜜多如實了知一切法性皆不可取所謂般若波羅蜜多乃至布施波羅蜜多皆不可取色乃至識亦不可取眼處乃至意處亦不可取色處乃至法處亦不可取眼界乃至意界亦不可取色界乃至法界亦不可取眼識界乃至意識界亦不可取眼觸乃至意觸亦不可取眼觸爲緣所生諸受乃至意觸爲緣所生諸受亦不可取地界乃至識界亦不可取因緣乃至增上緣亦不可取從緣所生諸法亦不可取無明乃至老死亦不可取内空乃至無性自性空亦不可取眞如乃至不思議界亦不可取苦集滅道聖諦亦不可取四念住乃至八聖道支亦不可取四靜慮四無量四無色定亦不可取八解脱乃至十遍處亦不可取空無相無願解脱門亦不可取淨觀地乃至如來地亦不可取極喜地乃至法雲地亦不可取一切陀羅尼門三摩地門亦不可取五眼六神通亦不可取如來十力乃至十八佛不共法亦不可取三十二大士相八十隨好亦不可取無忘失法恒住捨性亦不可取一切智道相智一切相智亦不可取預流果乃至獨覺菩提亦不可取一切菩薩摩訶薩行亦不可取諸佛無上正等菩提亦不可取一切異生聲聞獨覺菩薩如來亦不可取舍利子諸菩薩摩訶薩行深般若波羅蜜多如實了知一切法性不可取故於一切法得無

障礙舍利子此不可取波羅蜜多即是無障波羅蜜多如是無障波羅蜜多即是般若波羅蜜多諸菩薩摩訶薩應於中學舍利子若菩薩摩訶薩能於中學於一切法都無所得尚不得學況得無上正等菩提況得般若波羅蜜多況得異生聲聞獨覺菩薩佛法何以故舍利子無有少法實有自性於無自性一切法中何等是異生法何等是預流法何等是一來法何等是不還法何等是阿羅漢法何等是獨覺法何等是菩薩法何等是如來法舍利子如是諸法既不可得依何等法可施設有補特伽羅補特伽羅既不可得云何可說此是異生此是預流此是一來此是不還此是阿羅漢此是獨覺此是菩薩此是如來時舍利子白言世尊若一切法都無自性皆非實有依何等事而可了知此是異生此是異生法廣說乃至此是如來此是如來法佛告舍利子於汝意云何爲實有色或曾或當如諸愚夫異生執不爲實有受想行識或曾或當如諸愚夫異生執不如是乃至爲實有一切菩薩摩訶薩行或曾或當如諸愚夫異生執不爲實有諸佛無上正等菩提或曾或當如諸愚夫異生執不爲實有異生預流一來不還阿羅漢獨覺菩薩如來或曾或當如諸愚夫異生執不舍利子言不也世尊但由顛倒愚夫異生有如是執佛告舍利子諸菩薩摩訶薩行深般若波羅蜜多方便善巧雖觀諸法都無自性皆非實有而依世俗求趣無上正等菩提爲諸有情方便宣說令得正解離諸顛倒時舍利子復白佛言云何菩

薩摩訶薩行深般若波羅蜜多時方便善巧雖觀諸法都無自性皆非實有而依世俗求趣無上正等菩提爲諸有情方便宣說令得正解離諸顛倒佛告舍利子諸菩薩摩訶薩行深般若波羅蜜多時成就如是方便善巧謂都不見有少實法可於中住由於中住而有罣礙由罣礙故而有退沒由退沒故心便劣弱心劣弱故便生懈怠舍利子以一切法都無實事離我我所皆以無性而爲自性本性空寂自相空寂唯有一切愚夫異生迷謬顛倒執著色蘊乃至識蘊執著眼處乃至意處執著色處乃至法處執著眼界乃至意界執著色界乃至法界執著眼識界乃至意識界執著眼觸乃至意觸執著眼觸爲緣所生諸受乃至意觸爲緣所生諸受執著地界乃至識界執著因緣乃至增上緣執著從緣所生諸法執著無明乃至老死執著布施波羅蜜多乃至般若波羅蜜多執著內空乃至無性自性空執著真如乃至不思議界執著苦集滅道聖諦執著四念住乃至八聖道支執著四靜慮四無量四無色定執著八解脫乃至十遍處執著空無相無願解脫門執著淨觀地乃至如來地執著極喜地乃至法雲地執著一切陀羅尼門三摩地門執著五眼六神通執著如來十力乃至十八佛不共法執著三十二大士相八十隨好執著無忘失法恒住捨性執著一切智道相智一切相智執著預流果乃至獨覺菩提執著一切菩薩摩訶薩行執著諸佛無上正等菩提執著異生預流一來不還阿羅漢獨覺菩薩如來由是

因緣諸菩薩摩訶薩觀一切法都無實事離我我所皆以無性而爲自性本性空寂自相空寂行深般若波羅蜜多自立如幻師爲有情說法諸慳貪者爲說布施諸破戒者爲說淨戒諸忿恚者爲說安忍諸懈怠者爲說精進諸散亂者爲說靜慮諸愚癡者爲說般若是菩薩摩訶薩安立有情令住布施乃至般若波羅蜜多已復爲宣說能出生死殊勝聖法令諸有情依之修學或得預流果或得一來果或得不還果或得阿羅漢果或得獨覺菩提或入菩薩正性離生或住菩薩摩訶薩地或證無上正等菩提時舍利子復白佛言諸菩薩摩訶薩行深般若波羅蜜多時云何不名有所得者謂諸有情實無所有而令安住布施波羅蜜多乃至般若波羅蜜多復爲

宣說能出生死殊勝聖法或令得預流果乃至或令證得無上正等菩提佛告舍利子諸菩薩摩訶薩行深般若波羅蜜多時於諸有情非有所得何以故舍利子是菩薩摩訶薩行深般若波羅蜜多時不見有情少實可得唯有世俗假說有情舍利子是菩薩摩訶薩行深般若波羅蜜多時安住二諦爲諸有情宣說正法何謂二諦一世俗諦二勝義諦舍利子雖二諦中有情施設俱不可得而諸菩薩摩訶薩行深般若波羅蜜多時方便善巧爲諸有情宣說正法令諸有情聞正法已於現法中尚不得我何況當得所求果證及能得者如是舍利子諸菩薩摩訶薩行深般若波羅蜜多時方便善巧雖爲有情宣說正法令修正行得所證果而心於彼都無所得達

一切法不可得故爾時具壽舍利子白佛言世尊此諸菩薩摩訶薩雖於諸法不得一性不得異性不得總性不得別性而被如是大功德鎧由被如是大功德鎧不現欲界不現色界不現無色界不現有爲界不現無爲界雖化有情令出三界而於有情都無所得亦復不得有情施設有情施設不可得故無縛無脫無縛脫故無染無淨無染淨故諸趣差別不可了知諸趣差別不可了知故無業無煩惱無業煩惱故亦無異熟果既無異熟果如何得有我及有情流轉諸趣現三界等種種差別佛告舍利子如是如是如汝所說舍利子若諸有情先有後無菩薩諸佛應有過失若諸趣生死先有後無則菩薩諸佛亦有過失先無後有理亦不然是故舍利子若佛

出世若不出世法相常住真如法界不虛妄性終無改轉以一切法法性法界法住法定真如實際不虛妄性不變異性猶如虛空此中尚無我等可得況有色等諸法可得既無色等諸法可得云何當有諸趣生死諸趣生死既不可得云何當有成熟有情令其解脫唯依世俗假說爲有舍利子諸菩薩摩訶薩從過去佛聞一切法自性皆空但諸有情顛倒執著聞已如實繫念思惟爲脫有情顛倒執著求趣無上正等菩提於求趣時不作是念我於此法已得當得令彼有情已度當度所執著處生死衆苦舍利子是菩薩摩訶薩爲脫有情顛倒執著被功德鎧大誓莊嚴勇猛正勤無所顧戀不退無上正等菩提常於菩提不起猶豫謂我當證不當證耶但正念

言我定當證所求無上正等菩提作諸有情眞實饒益謂令解脫迷謬顛倒諸趣往來受生死苦舍利子諸菩薩摩訶薩雖脫有情迷謬顛倒諸趣生死而無所得但依世俗說有是事舍利子如工幻師或彼弟子依帝網術化作無量百千俱胝諸有情類復化種種上妙飲食施化有情皆令飽滿作是事已歡喜唱言我已獲得廣大福聚於意云何是工幻師或彼弟子實令有情得飽滿不舍利子言不也世尊佛告舍利子諸菩薩摩訶薩亦復如是從初發心爲欲饒益諸有情故修行布施波羅蜜多乃至般若波羅蜜多安住內空乃至無性自性空安住眞如乃至不思議界安住苦集滅道聖諦修行四念住乃至八聖道支修行四靜慮四無量四無色定修行八

解脫乃至十遍處修行空無相無願解脫門修行極喜地乃至法雲地修行一切陀羅尼門三摩地門修行五眼六神通修行如來十力乃至十八佛不共法修行三十二大士相八十隨好修行無忘失法恒住捨性修行一切智道相智一切相智圓滿菩薩大菩提道成熟有情嚴淨佛土舍利子諸菩薩摩訶薩雖作是事而於有情及一切法都無所得不作是念我以此法調伏如是諸有情類令其遠離顛倒執著不復輪廻諸趣生死爾時具壽善現白佛言世尊何謂菩薩大菩提道諸菩薩摩訶薩修行此道方便善巧成熟有情嚴淨佛土疾證無上正等菩提佛告善現諸菩薩摩訶薩從初發心所行布施波羅蜜多乃至般若波羅蜜多所行內空乃至無性自

性空所行真如乃至不思議界所行苦集滅道聖諦所行四念住乃至八聖道支所行四靜慮四無量四無色定所行八解脫乃至十遍處所行空無相無願解脫門所行極喜地乃至法雲地所行一切陀羅尼門三摩地門所行五眼六神通所行如來十力乃至十八佛不共法所行無忘失法恒住捨性所行一切智道相智一切相智及餘無量無邊佛法皆是菩薩大菩提道諸菩薩摩訶薩修行此道方便善巧成熟有情嚴淨佛土疾證無上正等菩提而無有情佛土等想具壽善現復白佛言云何菩薩摩訶薩修行布施波羅蜜多時方便善巧成熟有情佛告善現有菩薩摩訶薩修行布施波羅蜜多時方便善巧自行布施亦勸他行布施慇懃教誡教授彼言

諸善男子勿著布施若著布施當更受身若更受身由斯展轉當受無量猛利大苦諸善男子勝義諦中都無布施亦無施者受者施物及諸施果如是諸法皆本性空本性空中無法可取諸法空性亦不可取如是善現諸菩薩摩訶薩修行布施波羅蜜多雖於有情自行於施亦勸他施而於布施施者受者施物施果皆無所得如是布施波羅蜜多名無所得波羅蜜多善現是菩薩摩訶薩於此諸法無所得時方便善巧能化有情住預流果或一來果或不還果或阿羅漢果或獨覺菩提或趣無上正等菩提如是善現諸菩薩摩訶薩修行布施波羅蜜多時成熟有情令獲勝利善現是菩薩摩訶薩自行布施亦勸他行布施無倒稱揚行布施法歡喜讚歎行布

施者善現是菩薩摩訶薩如是施已或生剎帝利大族或生婆羅門大族或生長者大族或生居士大族豐饒財寶或作小王於小國土富貴自在或作大王於大國土富貴自在或作輪王於四洲界富貴自在是菩薩摩訶薩生如是等諸尊貴處以四攝事攝諸有情先教有情安住布施由施因緣其心調善漸次令住戒忍精進靜慮般若復令安住四靜慮四無量四無色定復令安住四念住乃至八聖道支復令安住空無相無願解脫門是菩薩摩訶薩令諸有情住如是等諸善法已或令趣入正性離生得預流果乃至令得阿羅漢果或令趣入正性離生漸次證得獨覺菩提或令趣入正性離生漸次修學諸菩薩地速趣無上正等菩提復告彼言諸善男子當發大願速趣無上正等菩提作諸有情饒益勝事諸有情類虛妄分別所執諸法都無自性但由顛倒妄執爲有是故汝等常當精勤自除顛倒亦勸他斷自脫生死亦令他脫自獲大利亦令他得善現諸菩薩摩訶薩常應如是修行布施波羅蜜多由此布施波羅蜜多從初發心乃至究竟不墮惡趣貧賤邊鄙爲欲饒益諸有情故多生人趣作轉輪王富貴自在多所饒益所以者何隨業威勢獲如是果謂彼菩薩作輪王時見乞者來便作是念我爲何事流轉生死作轉輪王豈我不爲饒益有情住生死中受斯勝果不爲餘事作是念已告乞者言隨汝所須皆當施與汝取物時如取己物勿作他想所以者何我爲汝等得饒益故而受此身積聚財物故此財

物是汝等有隨汝自取若自受用若轉施他莫有疑難是菩薩摩訶薩如是憐愍諸有情時無緣大悲疾得圓滿由此大悲疾圓滿故雖常饒益無量有情而於有情都無所得亦復不得所獲勝果能如實知但由世俗言說施設饒益種種諸有情事又如實知所施設事皆如谷響雖現似有而無真實由此於法都無所取善現諸菩薩摩訶薩常應如是修行布施波羅蜜多謂於有情都無所顧乃至能施自身骨肉況不能捨諸外資具謂諸資具攝受有情令速解脫生老病死具壽善現白佛言世尊何等資具攝受有情令速解脫生老病死佛告善現所謂布施波羅蜜多乃至般若波羅蜜多資具若內空乃至無性自性空資具若真如乃至不思議界資具若苦集滅道聖諦資具若四念住乃至八聖道支資具若四靜慮四無量四無色定資具若八解脫乃至十遍處資具若空無相無願解脫門資具若淨觀地乃至如來地資具若極喜地乃至法雲地資具若一切陀羅尼門三摩地門資具若五眼六神通資具若如來十力乃至十八佛不共法資具若無忘失法恒住捨性資具若一切智道相智一切相智資具若預流果乃至獨覺菩提資具若一切菩薩摩訶薩行資具若諸佛無上正等菩提資具善現諸如是等善法資具攝受有情令速解脫生老病死諸菩薩摩訶薩常以如是種種資具攝受有情令速解脫生老病死復次善現諸菩薩摩訶薩安住布施波羅蜜多自行布施勸諸有情行布施已若見有情毀犯淨

戒深生憐愍而告之言汝等今應受持淨戒我當施汝種種資具令無所乏汝等由乏諸資生具毀犯淨戒作諸惡業我當隨汝所乏資具皆相供給汝等安住律儀戒已漸次當能作苦邊際依三乘法隨其所應出離生死至究竟樂善現是菩薩摩訶薩安住布施波羅蜜多自受持淨戒亦勸他受持淨戒無倒稱揚受持淨戒法歡喜讚歎受持淨戒者如是善現諸菩薩摩訶薩修行布施波羅蜜多勸諸有情安住淨戒解脫一切生老病死證得究竟利益安樂復次善現諸菩薩摩訶薩安住布施波羅蜜多若見有情更相瞋忿深生憐愍而告之言汝等何緣更相瞋忿汝等若爲有所匱乏展轉相緣起諸惡者應從我索我當濟汝隨汝所須種種資具皆當施汝令無匱之汝等不應更相瞋忿應修安忍共起慈心善現是菩薩摩訶薩安住布施波羅蜜多勸諸有情修安忍已欲令堅固復告之言瞋忿因緣都無定實皆從虛妄分別所生以一切法本性空故汝等何緣於無實事妄起瞋忿更相毀害汝等勿緣虛妄分別更相瞋忿造諸惡業當墮地獄傍生鬼界及餘惡處受諸劇苦其苦楚毒剛强猛利遍切身心最極難忍汝等勿執非實有事妄相瞋忿作斯惡業由此惡業尚難可得下劣人身況得生天或得值佛聽聞正法如說修行汝等應知人身難得佛世難值生信復難汝等今者既具斯事勿由忿恚而失好時若失此時則不可救是故汝等於諸有情勿起忿恚當修安忍善現是菩薩摩訶薩安住布施波羅蜜

多自行安忍亦勸他行安忍無倒稱揚行安忍法歡喜讚歎行安忍者如是善現諸菩薩摩訶薩安住布施波羅蜜多勸諸有情修行安忍諸有情類由斯展轉漸依三乘而得解脫復次善現諸菩薩摩訶薩安住布施波羅蜜多見諸有情身心懈怠深生憐愍而告之言汝等何緣不勤精進修諸善法而生懈怠彼作是言我乏資具於諸善事不獲勤修菩薩告言我能施汝所乏資具汝應勤修布施淨戒安忍等法時諸有情得是菩薩所施資具無所乏少便能發起身心精進修諸善法速得圓滿由諸善法得圓滿故漸次引生諸無漏法由無漏法得預流果或一來果或不還果或阿羅漢果或獨覺菩提或有趣入諸菩薩地漸得無上正等菩提善現是菩薩摩訶薩安住布施波羅蜜多自行精進亦勸他行精進無倒稱揚行精進法歡喜讚歎行精進者如是善現諸菩薩摩訶薩安住布施波羅蜜多令諸有情遠離懈怠勤修諸善疾證解脫復能利樂諸有情類復次善現諸菩薩摩訶薩安住布施波羅蜜多見諸有情諸根散亂忘失正念深生憐愍而告之言汝等何緣不修靜慮散亂失念沉淪生死受苦無窮彼作是言我乏資具故於靜慮不獲勤修菩薩告言我能施汝所乏資具汝等從今不應復起虛妄尋伺攀緣內外擾亂自心時諸有情得是菩薩所施資具無所乏少便能伏斷虛妄尋伺入初靜慮漸次復入第二第三第四靜慮依諸靜慮復能引發慈悲喜捨四種無量靜慮無量為所依止復能引發四無色

定靜慮無量無色調心令柔軟已修四念住展轉乃至八聖道支由此復能引空無相及無願等殊勝善法隨其所應得三乘果善現是菩薩摩訶薩安住布施波羅蜜多自修靜慮亦勸他修靜慮無倒稱揚修靜慮法歡喜讃歎修靜慮者如是善現諸菩薩摩訶薩安住布施波羅蜜多勸諸有情遠離散亂修諸靜慮獲大利樂復次善現諸菩薩摩訶薩安住布施波羅蜜多見諸有情愚癡顛倒深生憐愍而告之言汝等何緣不修妙慧愚癡顛倒受苦無窮彼作是言我乏資具故於妙慧不獲勤修菩薩告言我能施汝所乏資具汝可受之先修布施淨戒安忍精進靜慮得圓滿已應審觀察諸法實相修行般若波羅蜜多謂於爾時應審觀察為有少法而可得不謂我有情廣説乃至知者見者為可得不色乃至識為可得不眼處乃至意處為可得不色處乃至法處為可得不眼界乃至意界為可得不色界乃至法界為可得不眼識界乃至意識界為可得不眼觸乃至意觸為可得不眼觸為緣所生諸受乃至意觸為緣所生諸受為可得不地界乃至識界為可得不因緣乃至增上緣為可得不從緣所生諸法為可得不無明乃至老死為可得不欲界色界無色界為可得不布施波羅蜜多乃至般若波羅蜜多為可得不内空乃至無性自性空為可得不眞如乃至不思議界為可得不苦集滅道聖諦為可得不四念住乃至八聖道支為可得不四靜慮四無量四無色定為可得不八解脱乃至十遍處為可得不空無相

無願解脫門爲可得不淨觀地乃至如來地爲可得不極喜地乃至法雲地爲可得不一切陀羅尼門三摩地門爲可得不五眼六神通爲可得不如來十力乃至十八佛不共法爲可得不三十二大士相八十隨好爲可得不無忘失法恒住捨性爲可得不一切智道相智一切相智爲可得不預流果乃至獨覺菩提爲可得不一切菩薩摩訶薩行爲可得不諸佛無上正等菩提爲可得不彼諸有情既得資具無所乏少依菩薩語先修布施淨戒安忍精進靜慮得圓滿已復審觀察諸法實相修行般若波羅蜜多審觀察時如先所說諸法實性皆不可得不可得故無所執著不執著故不見少法有生有滅有染有淨彼於諸法無所得時於一切處不起分別謂不分別此是地獄傍生鬼界若阿素洛若人若天亦不分別此是持戒此是犯戒亦不分別此是異生此是聖者此是預流此是一來此是不還此是阿羅漢此是獨覺此是菩薩此是佛此是有爲此是無爲彼由如是無分別故隨其所應漸次證得三乘涅槃究竟安樂善現是菩薩摩訶薩安住布施波羅蜜多自修般若亦勸他修般若無倒稱揚修般若法歡喜讚歎修般若者如是善現諸菩薩摩訶薩安住布施波羅蜜多勸諸有情勤修般若令得究竟利益安樂復次善現諸菩薩摩訶薩安住布施波羅蜜多自行布施波羅蜜多乃至般若波羅蜜多亦勸他行布施波羅蜜多乃至般若波羅蜜多已復見有情輪迴諸趣受無量苦未得解脫欲令解脫生死苦故

先以種種資具饒益後以出世諸無漏法方便善巧而攝受之彼諸有情既得資具無所乏少身心勇決能住內空乃至無性自性空亦能住真如乃至不思議界亦能住苦集滅道聖諦亦能修四念住乃至八聖道支亦能修四靜慮四無量四無色定亦能修八解脫乃至十遍處亦能修空無相無願解脫門亦能修淨觀地乃至如來地亦能修極喜地乃至法雲地亦能修一切陀羅尼門三摩地門亦能修五眼六神通亦能修如來十力乃至十八佛不共法亦能修無忘失法恒住捨性亦能修一切智道相智一切相智亦能修無量無邊諸餘佛法彼諸有情由無漏法所攝受故解脫生死證得涅槃究竟安樂善現是菩薩摩訶薩安住布施波羅蜜多自行種種勝無漏法亦勸他行種種勝無漏法無倒稱揚行種種勝無漏法歡喜讚歎行種種勝無漏法者如是善現諸菩薩摩訶薩安住布施波羅蜜多以無漏法攝受有情令其解脫生死衆苦證得畢竟常樂涅槃亦能爲他作大饒益復次善現諸菩薩摩訶薩安住布施波羅蜜多見諸有情無所依怙多諸苦惱衆具匱乏深生憐愍而安慰言我能爲汝作所依怙令汝解脫所受苦事汝等所須飲食衣服卧具車乘舍宅香花妓樂燈明財寶僮僕及餘種種所須資具皆隨意索勿有疑難我當隨汝所索皆施令汝長夜利益安樂汝等受我所施物時如取己物莫作他想所以者何我於長夜積聚財物但爲汝等得利樂故汝等今者以無難心於此財物隨意受取受已

先應自正受用修諸善業後以此物施諸有情亦令修善謂令修行布施波羅蜜多乃至般若波羅蜜多亦令安住內空乃至無性自性空亦令安住真如乃至不思議界亦令安住苦集滅道聖諦亦令修行四念住乃至八聖道支亦令修行四靜慮四無量四無色定亦令修行八解脫乃至十遍處亦令修行空無相無願解脫門亦令修行淨觀地乃至如來地亦令修行極喜地乃至法雲地亦令修行一切陀羅尼門三摩地門亦令修行五眼六神通亦令修行如來十力乃至十八佛不共法亦令修行無忘失法恒住捨性亦令修行一切智道相智一切相智亦令修行諸餘無量無邊佛法善現是菩薩摩訶薩如是教導諸有情已隨其所應復令修習諸無漏法住預流果或一來果或不還果或阿羅漢果或獨覺菩提或復無上正等菩提如是善現諸菩薩摩訶薩修行布施波羅蜜多方便善巧成熟有情令其解脫惡趣生死如應證得三乘涅槃饒益自他究竟安樂具壽善現復白佛言云何菩薩摩訶薩修行淨戒波羅蜜多及餘菩薩大菩提道方便善巧成熟有情佛告善現有菩薩摩訶薩修行淨戒波羅蜜多時方便善巧見諸有情資財匱乏煩惱熾盛不能修善憐愍告言汝等若爲資緣匱乏不能修善我當施汝種種資緣汝等勿起煩惱惡業應正修習布施等善是菩薩摩訶薩安住淨戒波羅蜜多如應攝受諸有情類諸慳貪者令修布施於身命財無所顧惜諸破戒者令修淨戒能正受行十善業道住律儀

戒不破不穿無穢無雜亦無執取諸瞋忿者令修安忍諸懈怠者令修精進諸散亂者令修靜慮諸愚癡者令修妙慧執諸法者令修法空無餘種種勝功德者令具修學如是善現諸菩薩摩訶薩安住淨戒波羅蜜多成熟有情方便善巧令其解脫惡趣生死如應證得三乘涅槃饒益自他究竟安樂善現當知諸菩薩摩訶薩修行餘四波羅蜜多及餘菩薩大菩提道一一皆能方便善巧以一切善成熟有情令其解脫惡趣生死如應證得三乘涅槃饒益自他究竟安樂一一廣說如前布施

大般若波羅蜜多經卷第四百七十五

大般若波羅蜜多經卷第四百七十六

唐三藏法師玄奘奉　詔譯

第二分道士品第八十

爾時具壽善現作是念言何謂菩薩摩訶薩道諸菩薩摩訶薩安住此道能被種種勝功德鎧如實饒益一切有情世尊知彼心之所念便告之言善現當知布施波羅蜜多乃至般若波羅蜜多是諸菩薩摩訶薩道四念住乃至八聖道支是諸菩薩摩訶薩道內空乃至無性自性空是諸菩薩摩訶薩道真如乃至不思議界是諸菩薩摩訶薩道苦集滅道聖諦是諸菩薩摩訶薩道四靜慮四無量四無色定是諸菩薩摩訶薩道八解脫乃至十遍處是諸菩薩摩訶薩道空無相無願解脫門是諸菩薩摩訶薩道極喜地乃至法雲地是諸菩薩摩訶薩道一切陀羅尼門三摩地門是諸菩薩摩訶薩道五眼六神通是諸菩薩摩訶薩道如來十力乃至十八佛不共法是諸菩薩摩訶薩道無忘失法恒住捨性是諸菩薩摩訶薩道一切智道相智一切相智是諸菩薩摩訶薩道諸餘無量無邊佛法是諸菩薩摩訶薩道復次善現總一切法皆是菩薩摩訶薩道善現於汝意云何頗有法諸菩薩摩訶薩所不應學諸菩薩摩訶薩不學此法能得無上正等菩提不善現對曰不也世尊佛告善現如是如是定無有法諸菩薩摩訶薩所不應學諸菩薩摩訶薩不學此法必不能得所求無上正等菩提所以者何若菩薩摩訶薩不學一切法定不能得一切智智具壽善現復白佛言若一切法皆自性空

云何菩薩摩訶薩於何處學若有所學將無世尊於無戲論而作戲論謂有諸法是此是彼由是爲是此是世間此是出世間此是有漏此是無漏此是有爲此是無爲此是異生法此是預流法此是一來法此是不還法此是阿羅漢法此是獨覺法此是菩薩法此是如來法佛告善現如是如是如汝所說諸所有法皆自性空若一切法非自性空則應菩薩摩訶薩不證無上正等菩提以一切法皆自性空是故菩薩摩訶薩能證無上正等菩提善現如汝所言若一切法皆自性空云何菩薩摩訶薩於何處學若有所學將無世尊於無戲論而作戲論謂有諸法是此是彼由是爲是廣說乃至是如來法者善現若諸有情知一切法皆自性空則諸菩薩摩訶薩不應學一切法證得一切智智爲諸有情建立宣說以諸有情不知諸法皆自性空故諸菩薩摩訶薩定應學一切法證得一切智智爲諸有情建立宣說善現當知諸菩薩摩訶薩於菩薩道初修學時應審觀察諸法自性都不可得唯有執著和合所作我當審察諸法自性皆畢竟空不應於中有所執著謂不應執著色受想行識不應執著眼處乃至意處不應執著色處乃至法處不應執著眼界乃至意界不應執著色界乃至法界不應執著眼識界乃至意識界不應執著眼觸乃至意觸不應執著眼觸爲緣所生諸受乃至意觸爲緣所生諸受不應執著地界乃至識界不應執著因緣乃至增上緣不應執著從緣所生諸法不應執著無明乃至老死不應執著

布施波羅蜜多乃至般若波羅蜜多不應執著内空乃至無性自性空不應執著真如乃至不思議界不應執著苦集滅道聖諦不應執著四念住乃至八聖道支不應執著四靜慮四無量四無色定不應執著八解脱乃至十遍處不應執著空無相無願解脱門不應執著淨觀地乃至如來地不應執著極喜地乃至法雲地不應執著一切陀羅尼門三摩地門不應執著五眼六神通不應執著如來十力乃至十八佛不共法不應執著三十二大士相八十隨好不應執著無忘失法恒住捨性不應執著一切智道相智一切相智不應執著預流果乃至獨覺菩提不應執著一切菩薩摩訶薩行不應執著諸佛無上正等菩提所以者何以一切法皆自性空空性不應執著空性空中空性尚不可得況有空性能執著空善現諸菩薩摩訶薩如是觀察一切法時於諸法性雖無執著而於諸法學無猒倦是菩薩摩訶薩住此學中觀諸有情心行差别謂審觀察是諸有情心行何處既觀察已如實了知彼心但行虛妄所執爾時菩薩便作是念彼心既行虛妄所執我今解脱必不爲難是菩薩摩訶薩作是念已安住般若波羅蜜多方便善巧教誡教授諸有情言汝等今者皆應遠離虛妄所執趣入正法修諸善行復作是言汝等今者應行布施當得資具無所乏少然勿恃此而生憍逸所以者何此中都無堅實事故汝等今者應行淨戒安忍精進靜慮般若當得種種功德具足然勿恃此而生憍逸所以者何此中都無堅實

事故汝等今者應行內空乃至無性自性空應行真如乃至不思議界應行苦集滅道聖諦應行四念住乃至八聖道支應行四靜慮四無量四無色定應行八解脱乃至十遍處應行空無相無願解脱門應行淨觀地乃至如來地應行極喜地乃至法雲地應行一切陀羅尼門三摩地門應行五眼六神通應行如來十力乃至十八佛不共法應行無忘失法恒住捨性應行一切智道相智一切相智應行預流果乃至獨覺菩提應行一切菩薩摩訶薩行應行諸佛無上正等菩提應行諸餘無量佛法然勿恃此而生憍逸所以者何此中都無堅實事故善現是菩薩摩訶薩安住般若波羅蜜多方便善巧教誡教授諸有情時行菩薩道無所執著所以者何一切法性不應執著若能執著若所執著執時執處皆無自性以一切法自性空故如是善現諸菩薩摩訶薩如是修行菩薩道時於一切法都無所住以無所住而爲方便雖行布施波羅蜜多乃至般若波羅蜜多而於其中都無所住雖行內空乃至無性自性空而於其中都無所住雖行真如乃至不思議界而於其中都無所住雖行苦集滅道聖諦而於其中都無所住雖行四念住乃至八聖道支而於其中都無所住雖行四靜慮四無量四無色定而於其中都無所住雖行八解脱乃至十遍處而於其中都無所住雖行空無相無願解脱門而於其中都無所住雖行淨觀地乃至如來地而於其中都無所住雖行極喜地乃至法雲地而於其中都無所住雖行一切

陀羅尼門三摩地門而於其中都無所住雖行五眼六神通而於其中都無所住雖行如來十力乃至十八佛不共法而於其中都無所住雖行無忘失法恒住捨性而於其中都無所住雖行一切智道相智一切相智而於其中都無所住雖行預流果乃至獨覺菩提而於其中都無所住雖行一切菩薩摩訶薩行而於其中都無所住雖行諸佛無上正等菩提而於其中都無所住雖行諸餘無量佛法而於其中都無所住所以者何如是自性行者行相一切皆空故於其中都無所住善現當知諸菩薩摩訶薩雖能得預流果乃至獨覺菩提而於其中不欲證住所以者何有二緣故何等爲二一者彼果都無自性能住所住俱不可得二者於彼不生喜足是故於

中不欲證住謂諸菩薩常作是念我定應得預流果乃至獨覺菩提不應不得然於其中不應證住所以者何我從初發無上正等菩提心來於一切時更無餘想唯求無上正等菩提然我定當證得無上正等菩提豈於中間應住餘果善現是菩薩摩訶薩從初發心乃至趣入菩薩所得正性離生曾無異想但求無上正等菩提善現是菩薩摩訶薩從得初地展轉乃至得第十地曾無異想但求無上正等菩提善現是菩薩摩訶薩專求無上正等菩提於一切時心無散亂諸有發起身語意業無不皆與菩提心俱善現是菩薩摩訶薩住菩提心起菩提道不爲餘事擾亂其心具壽善現白言世尊若一切法畢竟不生云何菩薩摩訶薩起菩提道佛告善現如是

如是如汝所說一切法皆不生此復云何諸無所作無所趣者知一切法皆不生故具壽善現復白佛言豈不諸佛若出世間不出世間諸法法界法爾常住佛告善現如是如是然諸有情不能解了諸法法界法爾常住流轉生死受諸苦惱諸菩薩摩訶薩爲饒益彼起菩提道由菩提道令諸有情畢竟解脫生死衆苦證得常樂清涼涅槃具壽善現復白佛言諸菩薩摩訶薩爲用生道得菩提耶佛言不也世尊爲用不生道得菩提耶佛言不也世尊爲用生不生道得菩提耶佛言不也世尊爲用非生非不生道得菩提耶佛言不也具壽善現復白佛言若爾菩提由何而得佛告善現菩提不由道非道得所以者何菩提即道道即菩提是故不由道非道得具壽善現復白佛言若菩提即是道道即是菩提者豈不菩薩摩訶薩已得菩提道應已得菩提若爾如來應正等覺何縁復爲諸菩薩說如來十力四無所畏四無礙解大慈大悲大喜大捨十八佛不共法三十二相八十隨好及餘無量無邊佛法令其修證佛告善現於意云何汝豈謂佛得菩提耶善現對曰不也世尊所以者何佛即是菩提菩提即是佛故不應謂佛得菩提佛告善現如是如是然汝所問豈不菩薩摩訶薩已得菩提道應已得菩提者善現諸菩薩摩訶薩修菩提道未得圓滿云何可說已得菩提善現當知諸菩薩摩訶薩若已圓滿布施波羅蜜多乃至般若波羅蜜多若已圓滿内空乃至無性自性空若已圓滿眞如乃至不思議界若已圓滿苦

集滅道聖諦若已圓滿四念住乃至八聖道支若已圓滿四靜慮四無量四無色定若已圓滿八解脱乃至十遍處若已圓滿空無相無願解脱門若已圓滿極喜地乃至法雲地若已圓滿一切陀羅尼門三摩地門若已圓滿五眼六神通若已圓滿如來十力乃至十八佛不共法若已圓滿三十二大士相八十隨好若已圓滿無忘失法恒住捨性若已圓滿一切智道相智一切相智若已圓滿諸餘無量無邊佛法從此無間以一刹那金剛喻定相應妙慧永斷一切二障麤重習氣相續證得無上正等菩提乃名如來應正等覺於一切法得大自在盡未來際饒益有情爾時具壽善現白佛言世尊云何菩薩摩訶薩嚴淨佛土佛告善現諸菩薩摩訶薩從初發心

乃至後有常自清淨身語意三麤重亦清淨他三種麤重故能嚴淨所居佛土具壽善現復白佛言何謂菩薩摩訶薩身語意三麤重佛告善現若害生命若不與取若欲邪行是身麤重若虚誑語若離間語若麤惡語若雜穢語是語麤重若貪欲若瞋恚若邪見是意麤重復次善現若菩薩摩訶薩戒蘊定蘊慧蘊解脱蘊解脱智見蘊皆不清淨亦名麤重復次善現若菩薩摩訶薩慳貪心犯戒心忿恚心懈怠心散亂心惡慧心亦名麤重復次善現若菩薩摩訶薩遠離四念住乃至八聖道支心亦名麤重復次善現若菩薩摩訶薩遠離内空乃至無性自性空心亦名麤重復次善現若菩薩摩訶薩遠離眞如乃至不思議界心亦名麤重復次善現若菩薩摩訶薩

遠離苦集滅道聖諦心亦名麤重復次善現若菩薩摩訶薩遠離四靜慮四無量四無色定心亦名麤重復次善現若菩薩摩訶薩遠離八解脫乃至十遍處心亦名麤重復次善現若菩薩摩訶薩遠離空無相無願解脫門心亦名麤重復次善現若菩薩摩訶薩遠離極喜地乃至法雲地心亦名麤重復次善現若菩薩摩訶薩遠離一切陀羅尼門三摩地門心亦名麤重復次善現若菩薩摩訶薩遠離五眼六神通心亦名麤重復次善現若菩薩摩訶薩遠離如來十力乃至十八佛不共法心亦名麤重復次善現若菩薩摩訶薩遠離無忘失法恒住捨性心亦名麤重復次善現若菩薩摩訶薩遠離一切智道相智一切相智心亦名麤重復次善現若菩薩摩訶薩遠離一切菩薩摩訶薩行心亦名麤重復次善現若菩薩摩訶薩遠離諸佛無上正等菩提心亦名麤重復次善現若菩薩摩訶薩貪著預流果乃至獨覺菩提亦名麤重復次善現若菩薩摩訶薩起色受想行識想亦名麤重起眼處乃至意處想亦名麤重起色處乃至法處想亦名麤重起眼界乃至意界想亦名麤重起色界乃至法界想亦名麤重起眼識界乃至意識界想亦名麤重起眼觸乃至意觸想亦名麤重起眼觸爲緣所生諸受乃至意觸爲緣所生諸受想亦名麤重起地界乃至識界想亦名麤重起因緣乃至增上緣想亦名麤重起從緣所生諸法想亦名麤重起無明乃至老死想亦名麤重起布施波羅蜜多乃至般若波羅蜜多想亦名麤重起內

空乃至無性自性空想亦名麤重起眞如乃至不思議界想亦名麤重起苦集滅道聖諦想亦名麤重起四念住乃至八聖道支想亦名麤重起四靜慮四無量四無色定想亦名麤重起八解脫乃至十遍處想亦名麤重起空無相無願解脫門想亦名麤重起淨觀地乃至如來地想亦名麤重起極喜地乃至法雲地想亦名麤重起一切陀羅尼門三摩地門想亦名麤重起五眼六神通想亦名麤重起如來十力乃至十八佛不共法想亦名麤重起三十二大士相八十隨好想亦名麤重起無忘失法恒住捨性想亦名麤重起一切智道相智一切相智想亦名麤重起預流果乃至獨覺菩提想亦名麤重起一切菩薩摩訶薩行想亦名麤重起諸佛無上正等菩提想亦名麤重起異生想聲聞想獨覺想菩薩想如來想亦名麤重起地獄想傍生想鬼界想人想天想男想女想亦名麤重起欲界想色界想無色界想亦名麤重起善法想非善法想亦名麤重起有記法想無記法想亦名麤重起有漏法想無漏法想亦名麤重起世間法想出世間法想亦名麤重起有爲法想無爲法想亦名麤重善現諸如是等無量無邊執著諸法及諸有情虛妄分別并所發起身語意業及彼種類無堪任性皆名麤重諸菩薩摩訶薩皆應遠離復次善現諸菩薩摩訶薩行深般若波羅蜜多遠離如是所說麤重自行布施波羅蜜多亦教他行布施波羅蜜多若諸有情須食施食須飲施飲須車乘施車乘須衣服施衣服隨餘所須種種資具

隨時隨處悉皆施與如自所行教他亦爾如是施已持此善根與諸有情平等共有迴向所居嚴淨佛土令速圓滿利樂有情是菩薩摩訶薩自行淨戒安忍精進靜慮般若波羅蜜多亦教他行淨戒乃至般若波羅蜜多作此事已持是善根與諸有情平等共有迴向所居嚴淨佛土令速圓滿利樂有情復次善現諸菩薩摩訶薩以通願力盛滿三千大千世界上妙七寶施佛法僧施已歡喜發弘誓願我持如是所種善根與諸有情平等共有迴向所居嚴淨佛土當令我土七寶莊嚴一切有情隨意受用衆妙珎寶而無貪著復次善現諸菩薩摩訶薩以通願力擊奏無量天上人中諸妙伎樂供養三寶及佛制多供已歡喜發弘誓願我持如是所種善根與諸有情平等共有迴向所居嚴淨佛土當令我土常奏如是上妙伎樂有情聞者身心悅豫而無貪著復次善現諸菩薩摩訶薩以通願力盛滿三千大千世界人中天上諸妙香花供養三寶及佛制多供已歡喜發弘誓願我持如是所種善根與諸有情平等共有迴向所居嚴淨佛土當令我土常有如是諸妙香花有情受用身心悅豫而無貪著復次善現諸菩薩摩訶薩以通願力營辦百味上妙飲食供養諸佛獨覺聲聞及諸菩薩摩訶薩衆供已歡喜發弘誓願我持如是所種善根與諸有情平等共有迴向所居嚴淨佛土當得無上正等覺時令我土中諸有情類皆食如是百味飲食資悅身心而無貪著復次善現諸菩薩摩訶薩以通願力營辦種種人中天上

諸妙塗香細軟衣服奉施諸佛獨覺聲聞及諸菩薩摩訶薩衆或復施法并佛制多施已歡喜發弘誓願我持如是所種善根與諸有情平等共有迴向所居嚴淨佛土當得無上正等覺時令我土中諸有情類常得如是衣服塗香隨意受用而無貪著復次善現諸菩薩摩訶薩以通願力營辦種種人中天上隨意所生五妙欲境供養諸佛及佛制多獨覺聲聞并諸菩薩摩訶薩衆施餘有情施已歡喜發弘誓願我持如是所種善根與諸有情平等共有迴向所居嚴淨佛土當得無上正等覺時令我土中諸有情類隨心所樂上妙色聲香味觸境應念而生歡喜受用而無貪著復次善現諸菩薩摩訶薩行深般若波羅蜜多勇猛正勤發弘誓願自住內空乃至無性自性空亦教他住內空乃至無性自性空作是事已復發願言當得無上正等覺時願我土中諸有情類不離內空乃至無性自性空復次善現諸菩薩摩訶薩行深般若波羅蜜多勇猛正勤發弘誓願自住眞如乃至不思議界亦教他住眞如乃至不思議界作此事已復發願言當得無上正等覺時令我土中諸有情類不離眞如乃至不思議界復次善現諸菩薩摩訶薩行深般若波羅蜜多勇猛正勤發弘誓願自住苦集滅道聖諦亦教他住苦集滅道聖諦作此事已復發願言當得無上正等覺時令我土中諸有情類不離苦集滅道聖諦復次善現諸菩薩摩訶薩行深般若波羅蜜多勇猛正勤發弘誓願自修四念住乃至八聖道支亦教他修四念住乃

至八聖道支作此事已復發願言當得無上
正等覺時令我土中諸有情類不離四念住
乃至八聖道支復次善現諸菩薩摩訶薩行
深般若波羅蜜多勇猛正勤發弘誓願自修
四靜慮四無量四無色定亦教他修四靜慮
四無量四無色定作此事已復發願言當得
無上正等覺時令我土中諸有情類不離四
靜慮四無量四無色定復次善現諸菩薩摩
訶薩行深般若波羅蜜多勇猛正勤發弘誓
願自修八解脫乃至十遍處亦教他修八解
脫乃至十遍處作此事已復發願言當得無
上正等覺時令我土中諸有情類不離八解
脫乃至十遍處復次善現諸菩薩摩訶薩行
深般若波羅蜜多勇猛正勤發弘誓願自修
空無相無願解脫門亦教他修空無相無願
解脫門作此事已復發願言當得無上正等
覺時令我土中諸有情類不離空無相無願
解脫門復次善現諸菩薩摩訶薩行深般若
波羅蜜多勇猛正勤發弘誓願自修極喜地
乃至法雲地亦教他修極喜地乃至法雲地
作此事已復發願言當得無上正等覺時令
我土中諸有情類不離極喜地乃至法雲地
復次善現諸菩薩摩訶薩行深般若波羅蜜
多勇猛正勤發弘誓願自修一切陀羅尼門
三摩地門亦教他修一切陀羅尼門三摩地
門作此事已復發願言當得無上正等覺時
令我土中諸有情類不離一切陀羅尼門三
摩地門復次善現諸菩薩摩訶薩行深般若
波羅蜜多勇猛正勤發弘誓願自修五眼六
神通亦教他修五眼六神通作此事已復發

願言當得無上正等覺時令我土中諸有情類不離五眼六神通復次善現諸菩薩摩訶薩行深般若波羅蜜多勇猛正勤發弘誓願自修如來十力乃至十八佛不共法亦教他修如來十力乃至十八佛不共法作此事已復發願言當得無上正等覺時令我土中諸有情類不離如來十力乃至十八佛不共法復次善現諸菩薩摩訶薩行深般若波羅蜜多勇猛正勤發弘誓願自修三十二大士相八十隨好亦教他修三十二大士相八十隨好作此事已復發願言當得無上正等覺時令我土中諸有情類不離三十二大士相八十隨好復次善現諸菩薩摩訶薩行深般若波羅蜜多勇猛正勤發弘誓願自修無忘失法恒住捨性亦教他修無忘失法恒住捨性

作此事已復發願言當得無上正等覺時令我土中諸有情類不離無忘失法恒住捨性復次善現諸菩薩摩訶薩行深般若波羅蜜多勇猛正勤發弘誓願自修一切智道相智一切相智亦教他修一切智道相智一切相智作此事已復發願言當得無上正等覺時令我土中諸有情類不離一切智道相智一切相智復次善現諸菩薩摩訶薩行深般若波羅蜜多勇猛正勤發弘誓願自修一切菩薩摩訶薩行亦教他修一切菩薩摩訶薩行作此事已復發願言當得無上正等覺時令我土中諸有情類不離一切菩薩摩訶薩行復次善現諸菩薩摩訶薩行深般若波羅蜜多勇猛正勤發弘誓願自修諸佛無上正等菩提亦教他修諸佛無上正等菩提作此事

已復發願言當得無上正等覺時令我土中諸有情類不離諸佛無上正等菩提如是善現諸菩薩摩訶薩行深般若波羅蜜多由斯願行便能嚴淨所居佛土善現當知是諸菩薩摩訶薩衆隨爾所時行菩提道應得圓滿所起願行即爾所時精勤修學由此因緣自能成就一切善法亦能令他漸次成就一切善法亦能修得殊勝相好所莊嚴身亦能令他漸次修得殊勝相好所莊嚴身由廣大福所攝受故善現當知是諸菩薩摩訶薩衆所修願行得圓滿已各於所居嚴淨佛土證得無上正等覺時所化有情亦生彼土共受淨土大乘法樂善現當知是諸菩薩摩訶薩衆應修如是嚴淨佛土謂彼土中常不聞有三種惡趣亦不聞有諸惡見趣亦不聞有貪瞋癡毒亦不聞有男女形相亦不聞有聲聞獨覺亦不聞有苦無常等不可意事亦不聞有攝受資具亦不聞有我我所執隨眠纏結顛倒執著亦不聞有安立有情果位差別但聞說空無相無願無生無滅無性等聲謂隨有情所樂差別於樹林等內外物中常有微風互相衝擊發起種種微妙音聲彼音聲中說一切法皆無自性無性故空空故無相無相故無願無願故無生無生故無滅是故諸法本來寂靜自性涅槃如來出世若不出世諸法法界法爾常住謂一切法無性空等彼佛土中諸有情類若晝若夜若行若立若坐若臥常聞如是妙法音聲善現當知是諸菩薩摩訶薩衆各住所居嚴淨佛土證得無上正等覺時十方如來應正等覺皆共稱讚彼彼

佛名若諸有情得聞如是諸佛名者定於無上正等菩提得不退轉善現當知是諸菩薩摩訶薩衆各住所居嚴淨佛土證得無上正等覺時爲諸有情宣説正法有情聞已定不生疑謂爲是法爲是非法所以者何彼諸有情達一切法皆即眞如法界法性一切是法無非法者如是善現是諸菩薩摩訶薩衆皆能嚴淨如是佛土復次善現是諸菩薩摩訶薩衆有所化生具不善根未於諸佛菩薩獨覺及聲聞等種諸善根爲諸惡友所攝受故離善友故不聞正法常爲種種我有情見及諸見趣之所執藏墮在斷常二邊偏執是諸有情自起邪執亦常教他令起邪執於非三寶起三寶想於三寶中謂非三寶毀謗正法稱讚邪法由是因緣身壞命終墮諸惡趣受諸劇苦是諸菩薩摩訶薩衆各住自土證得無上正等覺已見彼有情沉淪生死受無量苦以神通力方便教化令捨惡見住正見中從惡趣出生於人趣生人趣已復以種種神通方便教化令住正定聚中由斯畢竟不墮惡趣復令勤修殊勝願行命終得生嚴淨佛土受用淨土大乘法樂如是善現是諸菩薩摩訶薩衆皆能如是嚴淨佛土由所居土極清淨故生彼有情於一切法不起疑惑謂此是世間法此是出世間法此是有漏法此是無漏法此是有爲法此是無爲法諸如是等疑惑分別畢竟不生由此因緣彼有情類定得無上正等菩提善現是爲菩薩摩訶薩嚴淨佛土功德之相

大般若波羅蜜多經卷第四百七十六

大般若波羅蜜多經卷第四百七十七

唐三藏法師玄奘奉　詔譯

第二分正定品第八十一

爾時具壽善現白佛言世尊是諸菩薩摩訶薩爲住正性定聚爲住不定聚耶佛告善現是諸菩薩摩訶薩皆住正性定聚非不定聚具壽善現復白佛言是諸菩薩摩訶薩爲住何等正性定聚聲聞乘耶獨覺乘耶菩薩乘耶佛告善現是諸菩薩摩訶薩皆住菩薩正性定聚非住二乘正性定聚具壽善現復白佛言是諸菩薩摩訶薩爲何時住正性定聚初發心耶不退位耶最後有耶佛告善現是諸菩薩摩訶薩若初發心若不退位若最後有皆住菩薩正性定聚具壽善現復白佛言住正性定聚菩薩摩訶薩墮惡趣不佛告善現住正性定聚菩薩摩訶薩決定不墮諸惡趣中復告善現於意云何第八預流一來不還阿羅漢獨覺墮惡趣不善現對曰不也世尊佛告善現諸菩薩摩訶薩亦復如是從初發心修行布施波羅蜜多乃至般若波羅蜜多及餘無量無邊佛法斷諸惡法由此因緣墮諸惡趣無有是處生長壽天亦無是處謂於彼處諸勝善法不得現行是菩薩摩訶薩若生邊鄙或生達絮蔑戾車中無有是處謂於彼處不能修行殊勝善法多起惡見不信因果常樂習行諸穢惡業不聞佛名法名僧名亦無四衆謂苾芻苾芻尼鄔波索迦鄔波斯迦是菩薩摩訶薩生邪見家無有是處謂生彼家執著種種諸惡見趣撥無妙行惡行及果不修諸善樂作諸惡故諸菩薩不生彼

家復次善現諸菩薩摩訶薩初發無上正等覺心以勝意樂受行十種不善業道無有是處具壽善現復白佛言若菩薩摩訶薩從初發心成就如是功德善根不生惡處何以故如來每爲衆說自本生事多百千種於中亦有生諸惡趣爾時善根爲何所在佛告善現諸菩薩摩訶薩不由織業受惡趣身但爲饒益諸有情類由故思願而受彼身是故不應引彼爲難復告善現於意云何有諸獨覺或阿羅漢方便善巧如諸菩薩成就殊勝方便善巧受白象等傍生之身見怨賊來欲爲損害便起無上安忍慈悲欲令彼人得利樂故自捨身命不害彼不善現對曰諸獨覺等無如是事佛告善現由此因緣當知菩薩爲欲饒益諸有情故爲大慈悲速圓滿故雖現愛種種傍生之身而不爲傍生過失所染具壽善現復白佛言諸菩薩摩訶薩住何善根爲欲饒益諸有情故受傍生身佛告善現諸菩薩摩訶薩有何善根不應圓滿然諸菩薩摩訶薩衆爲求無上正等菩提一切善根皆應圓滿謂諸菩薩從初發心乃至安坐妙菩提座無有善根不應圓滿要具圓滿一切善法方得無上正等菩提若一善法未能圓滿而得無上正等菩提無有是處是故菩薩從初發心乃至安坐妙菩提座於其中間常學圓滿一切善法學已當得一切相智永斷一切習氣相續乃能證得一切智智具壽善現復白佛言云何菩薩摩訶薩成就白法及眞聖智而生惡趣受傍生身佛告善現於意云何如來成就一切白法眞聖智不善現對曰如

來成就一切白法及真聖智佛告善現於意云何如來化作傍生趣身饒益有情作佛事不善現對曰如來化作傍生趣身饒益有情作諸佛事佛告善現於意云何如來化作傍生身時是實傍生受彼苦不善現對曰如來化作傍生身時非實傍生不受彼苦佛告善現諸菩薩摩訶薩亦復如是雖成白法及真聖智而爲成熟諸有情故方便善巧受傍生身如應成熟諸有情類復次善現於意云何有阿羅漢諸漏永盡能化作身起諸事業由彼事業能發生他歡喜心不善現對曰有阿羅漢諸漏永盡能化作身起諸事業由彼事業能令他人生大歡喜佛告善現諸菩薩摩訶薩亦復如是雖成白法及真聖智而爲饒益諸有情故方便善巧受惡趣身如應成熟諸有情類雖受彼身而不同彼受諸苦惱亦復不爲彼趣過失之所雜染復次善現於意云何有工幻師或彼弟子幻作種種象馬等事令衆人見歡喜踊躍於彼有實象馬等不善現對曰於彼無實象馬等事佛告善現諸菩薩摩訶薩亦復如是雖成白法及真聖智而爲饒益諸有情故現受種種傍生等身雖受彼身而實非彼亦不爲彼過失所汙具壽善現復白佛言諸菩薩摩訶薩如是廣大方便善巧雖成就白法及真聖智而爲有情故受種種身隨其所應現作饒益世尊諸菩薩摩訶薩住何等法能作如是方便善巧雖受諸趣種種身形而不爲彼過失所汙佛告善現諸菩薩摩訶薩住深般若波羅蜜多能作如是方便善巧由斯方便善巧力故雖往十

方殑伽沙等諸佛世界現種種身利益安樂彼有情類而於其中不起染著所以者何是菩薩摩訶薩於一切法都無所得謂都不得能染所染及染因緣所以者何以一切法自性空故善現當知空不能染著空空亦不能染著餘法亦無餘法能染著空所以者何空中空性尚不可得況有餘法而可得者如是名爲不可得空諸菩薩摩訶薩安住此中能證無上正等菩提爲諸有情常作饒益具壽善現復白佛言諸菩薩摩訶薩爲但安住甚深般若波羅蜜多能作如是方便善巧爲亦安住諸餘法耶佛告善現豈有餘法非深般若波羅蜜多之所攝受而汝今者生如是疑具壽善現復白佛言甚深般若波羅蜜多旣自性空云何可說甚深般若波羅蜜多攝一切法非於空中可說有法攝與不攝佛告善現豈不諸法諸法性空善現對曰如是如是佛告善現若一切法一切法性空豈不空中攝一切法善現對曰如是如是佛告善現由此因緣甚深般若波羅蜜多攝一切法當知菩薩住深般若波羅蜜多能作如是方便善巧爾時具壽善現白佛言世尊云何菩薩摩訶薩行深般若波羅蜜多時安住諸法自性空中引發神通波羅蜜多安住神通波羅蜜多能往十方殑伽沙等諸佛世界供養恭敬諸佛世尊於諸佛所聽受正法種植無量殊勝善根佛告善現諸菩薩摩訶薩行深般若波羅蜜多時遍觀十方殑伽沙等諸佛世界及諸佛衆并所說法自性皆空唯有世俗假說名字說爲世界佛衆及法如是世俗假說

名字亦自性空善現當知若十方界及諸佛衆并所說法假說名字自性不空則所說空應成一分以所說空非成一分故一切法自性皆空其理周圓無二無别諸菩薩摩訶薩行深般若波羅蜜多時由遍觀空方便善巧引發神通波羅蜜多安住神通波羅蜜多便能引發天眼天耳神境他心宿住隨念及知漏盡微妙通慧善現當知諸菩薩摩訶薩非離神通波羅蜜多有能自在成熟有情嚴淨佛土證得無上正等菩提是故神通波羅蜜多是菩提道諸菩薩摩訶薩皆依此道求趣無上正等菩提於求趣時能自圓滿一切善法亦能教他修諸善法雖作是事而於善法都無執著所以者何是菩薩摩訶薩知諸善法皆自性空非自性空有所執著若有執著則有愛味由無執著亦無愛味自性空中無愛味故能味所味及味因緣於空法中不可得故善現當知諸菩薩摩訶薩行深般若波羅蜜多時安住神通波羅蜜多引發天眼清淨過人用此天眼觀一切法自性皆空見一切法自性空故不依法相造作諸業雖爲有情說如是法而亦不得諸有情相及彼施設是菩薩摩訶薩以無所得而爲方便引發菩薩殊勝神通用此神通作所應作一切事業是菩薩摩訶薩以極清淨過人天眼遍觀十方殑伽沙等諸佛世界見已引發神境智通往彼饒益諸有情類或以布施波羅蜜多乃至般若波羅蜜多而作饒益或以四念住乃至八聖道支而作饒益或以四靜慮四無量四無色定而作饒益或以八解脱乃至十遍

處而作饒益或以空無相無願解脫門而作饒益或以諸餘殊勝善法而作饒益或以聲聞獨覺菩薩及諸佛法而作饒益是菩薩摩訶薩於十方界若見有情多慳貪者深生憐愍說如是法汝等有情當行布施諸慳貪者受貧窮苦由貧窮故無有威德不能自益況能益他是故汝等當勤行施既自安樂亦安樂他勿以貧窮更相食噉俱不解脫諸惡趣苦若見有情毀犯淨戒深生憐愍說如是法汝等有情當持淨戒諸破戒者受惡趣苦破戒之人無有威德不能自益況能益他破戒因緣墮三惡趣受苦異熟楚毒難忍不能自救況能救他是故汝等當持淨戒不應容納破戒之心經剎那頃況經多時勿自縱心後生憂悔若見有情更相忿恚展轉結恨互相

損惱深生憐愍說如是法汝等有情當修安忍勿相瞋忿結恨相害諸忿恨心不順善法增長惡法招現衰損汝等由此忿恨心故身壞命終當墮惡趣受諸極苦難有出期是故汝等不應容納忿恨之心經剎那頃何況令其長時相續汝等今者展轉相緣應起慈心作饒益事若見有情懶惰懈怠深生憐愍說如是法汝等有情當勤精進勿於善法懶惰懈怠諸懈怠者於諸善法及諸勝事皆不能成汝等由斯墮諸惡趣受無量苦是故汝等不應容納懈怠之心經剎那頃何況令其長時相續若見有情失念散亂心不寂靜深生憐愍說如是法汝等有情當修靜慮勿生失念散亂之心如是之心不順善法增長惡法招現衰損汝等由此身壞命終墮諸惡趣受

無量苦是故汝等不應容納失念散亂相應之心經剎那頃何況令其長時相續若見有情愚癡惡慧深生憐愍說如是法汝等有情當修勝慧勿起惡慧起惡慧者於諸善趣尚不能往況得解脫汝等由此惡慧因緣墮諸惡趣受無量苦是故汝等不應容納愚癡惡慧相應之心經剎那頃何況令其長時相續若見有情多貪欲者深生憐愍方便令其修不淨觀若見有情多瞋恚者深生憐愍方便令其修慈悲觀若見有情多愚癡者深生憐愍方便令其修緣起觀若見有情多憍慢者深生憐愍方便令其修界分別觀若見有情多尋伺者深生憐愍方便令其修持息念若見有情失正道者深生憐愍方便教導令入正道謂聲聞道或獨覺道或如來道方便為彼說如是法汝等所執皆自性空非空法中可有所執以無所執為空相故如是善現諸菩薩摩訶薩行深般若波羅蜜多時安住神通波羅蜜多方能自在宣說正法利益安樂諸有情類善現當知若菩薩摩訶薩遠離神通波羅蜜多不能自在宣說正法與諸有情作饒益事善現當知如鳥無翅不能自在飛翔虛空遠有所至諸菩薩摩訶薩亦復如是若無神通波羅蜜多不能自在宣說正法與諸有情作饒益事是故善現諸菩薩摩訶薩行深般若波羅蜜多時應引發神通波羅蜜多若引發神通波羅蜜多即能自在宣說正法隨意利樂諸有情類善現當知諸菩薩摩訶薩以極清淨過人天眼遍觀十方殑伽沙等諸佛世界及觀生彼諸有情類見已引發

神境智通經須臾間往到彼界以他心智如實了知彼諸有情心心所法隨其所應爲說法要謂說布施波羅蜜多乃至般若波羅蜜多或說四念住乃至八聖道支或說四靜慮四無量四無色定或說八解脫乃至十遍處或說空無相無願解脫門或說一切陀羅尼門三摩地門或說內空乃至無性自性空或說眞如乃至不思議界或說苦集滅道聖諦或說因緣乃至增上緣或說從緣所生諸法或說無明乃至老死或說種種蘊處界門或說聲聞道或說獨覺道或說菩薩道或說菩提或說涅槃令彼有情聞是法已皆獲殊勝利益安樂是菩薩摩訶薩以極清淨過人天耳能聞一切人非人聲由此天耳遍聞十方殑伽沙等諸佛世界一切如來應正等覺所說正法聞已受持思惟義趣隨所聞法能爲有情如實宣說或說布施波羅蜜多乃至般若波羅蜜多廣說乃至或說菩提或說涅槃令彼有情聞是法已皆獲殊勝利益安樂是菩薩摩訶薩以極清淨他心智通如實了知諸有情類心心所法隨其所應爲說法要謂說布施波羅蜜多乃至般若波羅蜜多廣說乃至或說菩提或說涅槃令彼有情聞是法已皆獲殊勝利益安樂是菩薩摩訶薩以淨宿住隨念智通能憶自他諸本生事由此宿住隨念智通如實念知過去諸佛及弟子衆名等差別若諸有情樂聞過去諸宿住事而得益者便爲宣說諸宿住事因斯方便爲說正法謂說布施波羅蜜多乃至般若波羅蜜多廣說乃至或說菩提或說涅槃令彼有情

聞是法已皆獲殊勝利益安樂是菩薩摩訶薩以極迅速神境智通往到十方殑伽沙等諸佛世界親近供養諸佛世尊於諸佛所種諸善根還來本土爲有情說諸佛土事因斯方便爲說正法謂說布施波羅蜜多乃至般若波羅蜜多廣說乃至或說菩提或說涅槃令諸有情聞是法已皆獲殊勝利益安樂是菩薩摩訶薩以隨所得漏盡智通如實了知諸有情類漏盡未盡亦如實知漏盡方便爲未盡者宣說法要謂說布施波羅蜜多乃至般若波羅蜜多廣說乃至或說菩提或說涅槃令諸有情聞是法已皆獲殊勝利益安樂如是善現諸菩薩摩訶薩行深般若波羅蜜多時應引發神通波羅蜜多是菩薩摩訶薩修習神通波羅蜜多得圓滿故隨意所樂受種種身不爲苦樂過失所染如佛化身雖能施作種種事業而不爲彼苦樂過失之所雜染如是善現諸菩薩摩訶薩行深般若波羅蜜多時應遊戲神通波羅蜜多若遊戲神通波羅蜜多則能成熟有情嚴淨佛土疾證無上正等菩提善現當知若菩薩摩訶薩不成熟有情嚴淨佛土終不能得所求無上正等菩提所以者何諸菩薩摩訶薩若未圓滿菩提資粮必不能證所求無上正等菩提具壽善現白言世尊何等名爲諸菩薩摩訶薩菩提資粮諸菩薩摩訶薩圓滿如是菩提資粮方能證得所求無上正等菩提佛告善現一切善法皆是菩薩菩提資粮具壽善現復白佛言何等名爲一切善法佛告善現諸菩薩摩訶薩從初發心修行布施波羅蜜多乃至

般若波羅蜜多於中都無分別執著謂作是念此是布施乃至般若由此爲此而修布施乃至般若是三分別執著都無知一切法自性空故由此所修布施等六波羅蜜多能自饒益亦能饒益一切有情令出生死證涅槃故說爲善法亦名菩薩菩提資粮亦名菩薩摩訶薩道過去未來現在菩薩摩訶薩衆行此道故已得當得令得無上正等菩提亦令有情已當令度生死大海得涅槃樂復次善現諸菩薩摩訶薩從初發心修行四念住乃至八聖道支安住内空乃至無性自性空安住眞如乃至不思議界安住苦集滅道聖諦修行四靜慮四無量四無色定修行八解脫乃至十遍處修行空無相無願解脫門修行菩薩摩訶薩地修行一切陀羅尼門三摩地門修行如來十力乃至十八佛不共法修行無忘失法恒住捨性修行一切智道相智一切相智於中都無分別執著謂作是念此是四念住乃至一切相智由此爲此而修四念住乃至一切相智是三分別執著都無知一切法自性空故由此所修四念住乃至一切相智能自饒益亦能饒益一切有情令出生死得涅槃故說爲善法亦名菩薩菩提資粮亦名菩薩摩訶薩道過去未來現在菩薩摩訶薩衆行此道故已得當得令得無上正等菩提亦令有情已當令度生死大海得涅槃樂善現當知復有無量諸菩薩衆所修功德皆名善法亦名菩薩菩提資粮亦名菩薩摩訶薩道諸菩薩摩訶薩要修如是諸勝善法令極圓滿方便證得一切智智要已證得一

切智智乃能無倒轉正法輪令諸有情究竟安樂

第二分佛法品第八十二

爾時具壽善現白佛言世尊若此諸善法是菩薩法者復有何等是佛法耶佛告善現即菩薩法亦是佛法謂諸菩薩於一切法覺一切相由此當得一切相智永斷一切習氣相續若諸如來應正等覺於一切法以一刹那相應妙慧現等覺已證得無上正等菩提善現是名菩薩與佛二法差別如二聖者雖俱是聖而有行向住果差別所成就法非無有異如是善現若無間道中行於一切法未離闇障未到彼岸未得自在未得果時名爲菩薩若解脫道中行於一切法已離闇障已到彼岸已得自在已得果時乃名爲佛是爲菩薩與佛有異由位有異法非無別而不可說法性有異具壽善現復白佛言若一切法自相皆空自相空中如何得有種種差別謂此是地獄此是傍生此是鬼界此是人此是天此是種性地此是第八地此是預流此是一來此是不還此是阿羅漢此是獨覺此是菩薩此是如來世尊如是所說補特伽羅既不可得彼所造業亦不可得如所造業既不可得彼異熟果亦不可得佛告善現如是如是如汝所說一切法自相空自相空中補特伽羅既無所有業果異熟亦無所有無所有中無差別相然諸有情於一切法自相空理不如實知造作諸業或善或惡由於善業造作增長生人天中由於惡業造作增長墮三惡趣於善業中由於定業造作增長生於色界

或無色界由此因緣諸菩薩摩訶薩修行布施波羅蜜多乃至般若波羅蜜多安住內空乃至無性自性空安住真如乃至不思議界安住苦集滅道聖諦修行四念住乃至八聖道支修行四靜慮四無量四無色定修行八解脫乃至十遍處修行空無相無願解脫門修行極喜地乃至法雲地修行一切陀羅尼門三摩地門修行五眼六神通修行如來十力乃至十八佛不共法修行無忘失法恒住捨性修行一切智道相智一切相智善現諸菩薩摩訶薩於如是等菩提分法無間無缺修令圓滿既圓滿已便能引發近助菩提金剛喻定證得無上正等菩提與諸有情作大饒益常無失壞無失壞故令諸有情解脫生死諸苦惱事具壽善現復白佛言佛得無上正等覺已為得諸趣生死法不佛言不也具壽善現復白佛言佛得無上正等覺已為得黑業白業黑白業非黑白業不佛言不也具壽善現復白佛言若佛不得諸趣生死及業差別如何施設此是地獄此是傍生此是鬼界此是人此是天此是種性地此是第八地此是預流此是一來此是不還此是阿羅漢此是獨覺此是菩薩此是如來佛告善現諸有情類自知諸法自相空不善現對曰不也世尊佛告善現若諸有情自知諸法自相空者諸菩薩摩訶薩便於無上正等菩提不應求證方便善巧拔諸有情惡趣生死以諸有情不知諸法自相空故流轉諸趣受無量苦是故菩薩從諸佛所聞一切法自相空已為欲饒益諸有情故求證無上正等菩提方便

善巧拔諸有情惡趣生死善現當知諸菩薩摩訶薩常作是念非一切法實有自相如諸愚夫異生所執然後分別顛倒力故非實有中起實有想謂無我中起於我想無有情中起有情想廣說乃至無見者中起見者想於無色中起於色想無受想行識中起受想行識想乃至一切有爲法中虛妄分別顛倒力故非實謂實非有執有由斯造作身語意業不能解脫惡趣生死我當拔濟令得解脫是菩薩摩訶薩作此念已行深般若波羅蜜多以諸善法攝在其中無倒修行諸菩薩行漸次圓滿菩提資粮菩提資粮得圓滿已證得無上正等菩提得菩提已爲諸有情宣說開示分別建立四聖諦義謂此是苦聖諦此是苦集聖諦此是苦滅聖諦此是趣苦滅道聖諦復以一切菩提分法依通達智攝在如是四聖諦中復依一切菩提分法以微妙智施設建立佛法僧寶由此三寶出現世間諸有情類解脫生死若諸有情不能歸信佛法僧寶造作諸業輪廻諸趣受苦無窮故應歸依佛法僧寶具壽善現復白佛言爲由苦集滅道聖諦諸有情類得般涅槃爲由苦集滅道聖智諸有情類得般涅槃佛告善現非由苦集滅道聖諦諸有情類得般涅槃非由苦集滅道聖智諸有情類得般涅槃善現我說四聖諦平等性即是涅槃如是涅槃不由苦集滅道諦得不由苦集滅道智得但由般若波羅蜜多證平等性名得涅槃具壽善現復白佛言何等名爲苦集滅道平等性耶佛告善現若於是處無苦集滅道諦無苦集滅道智

名四聖諦平等之性此平等性即四聖諦所有眞如法界法性不虚妄性不變異性平等性離生性法定法住實際虚空界不思議界若佛出世若不出世性相常住無失壞無變易如是名爲苦集滅道平等之性諸菩薩摩訶薩行深般若波羅蜜多時爲欲隨覺此四聖諦平等性故行深般若波羅蜜多若能隨覺此四聖諦平等性時名眞隨覺一切聖諦疾證無上正等菩提具壽善現復白佛言云何菩薩摩訶薩行深般若波羅蜜多時爲欲隨覺此四聖諦平等性故行深般若波羅蜜多若能隨覺此四聖諦平等性時名眞隨覺一切聖諦不墮聲聞獨覺等地趣入菩薩正性離生佛告善現諸菩薩摩訶薩行深般若波羅蜜多時無有少法不如實見於一切法如實見時於一切法都無所得於一切法無所得時則如實見一切法空謂如實見四諦所攝及所不攝諸法皆空如是見時能入菩薩正性離生由能入菩薩正性離生故便住菩薩種性地中既住菩薩種性地中則能決定不從頂墮若從頂墮應墮聲聞或獨覺地是菩薩摩訶薩安住菩薩種性地中起四靜慮及四無量四無色定是菩薩摩訶薩安住如是奢摩他地便能決擇一切法性及隨覺悟四聖諦理爾時菩薩雖遍知苦而能不起緣執苦心雖永斷集而能不起緣執集心雖能證滅而能不起緣執滅心雖能修道而能不起緣執道心但起隨順趣向臨入無上正等菩提之心如實觀察諸法實相具壽善現復白佛言是菩薩摩訶薩云何觀察諸法實

相佛告善現是菩薩摩訶薩觀一切法無不皆空是爲觀察諸法實相具壽善現復白佛言是菩薩摩訶薩云何觀察諸法皆空佛告善現是菩薩摩訶薩於一切法如實觀察皆自相空如是觀察諸法皆空是菩薩摩訶薩以如是相毗鉢舍那如實觀見諸法皆空都不見有諸法自性可住彼性證得無上正等菩提所以者何諸佛無上正等菩提及一切法皆以無性而爲自性所謂色乃至識皆以無性而爲自性眼處乃至意處亦以無性而爲自性色處乃至法處亦以無性而爲自性眼界乃至意界亦以無性而爲自性色界乃至法界亦以無性而爲自性眼識界乃至意識界亦以無性而爲自性眼觸乃至意觸亦以無性而爲自性眼觸爲縁所生諸受乃至意觸爲縁所生諸受亦以無性而爲自性地界乃至識界亦以無性而爲自性因縁乃至增上縁亦以無性而爲自性從縁所生諸法亦以無性而爲自性無明乃至老死亦以無性而爲自性布施波羅蜜多乃至般若波羅蜜多亦以無性而爲自性内空乃至無性自性空亦以無性而爲自性眞如乃至不思議界亦以無性而爲自性苦集滅道聖諦亦以無性而爲自性四念住乃至八聖道支亦以無性而爲自性四靜慮四無量四無色定亦以無性而爲自性八解脫乃至十遍處亦以無性而爲自性空無相無願解脫門亦以無性而爲自性淨觀地乃至如來地亦以無性而爲自性極喜地乃至法雲地亦以無性而爲自性一切陀羅尼門三摩地門亦以無性

而爲自性五眼六神通亦以無性而爲自性如來十力乃至十八佛不共法亦以無性而爲自性三十二大士相八十隨好亦以無性而爲自性無忘失法恒住捨性亦以無性而爲自性一切智道相智一切相智亦以無性而爲自性預流果乃至獨覺菩提亦以無性而爲自性一切菩薩摩訶薩行亦以無性而爲自性諸佛無上正等菩提亦以無性而爲自性如是無性非諸佛作非獨覺作非菩薩作非聲聞作亦非住果行向者作但爲有情於一切法不知不見如實皆空故諸菩薩摩訶薩衆行深般若波羅蜜多方便善巧如自所覺爲諸有情如實宣說令離執著解脫一切生老病死得般涅槃究竟安樂

大般若波羅蜜多經卷第四百七十七

音釋

達絮 梵語也此謂微信佛法者 絮息攄切

蔑戾車 梵語也亦名彌離車 此云惡見 蔑彌列切 戾力霽切

殑伽 梵語河名也此云天堂來以從高處來故 殑其極其陵二切

翅 音試翼也

補特伽羅 梵語也或云福伽羅或富特伽羅此云數取趣語數數往來諸趣也

大般若波羅蜜多經卷第四百七十八

唐三藏法師玄奘奉　詔譯

第二分無事品第八十三

爾時具壽善現白佛言世尊若一切法皆以無性而爲自性如是無性非諸佛作非獨覺作非菩薩作非聲聞作亦非住果行向者作云何施設諸法有異謂此是地獄此是傍生此是鬼界此是人此是四大王衆天乃至他化自在天此是梵衆天乃至色究竟天此是空無邊處天乃至非想非非想處天此是預流此是一來此是不還此是阿羅漢此是獨覺此是菩薩此是如來由此業故施設地獄由此業故施設傍生由此業故施設鬼界由此業故施設於人由此業故施設四大王衆天乃至他化自在天由此業故施設梵衆天乃至色究竟天由此業故施設空無邊處天乃至非想非非想處天由此法故施設預流一來不還由此法故施設阿羅漢由此法故施設獨覺由此法故施設菩薩由此法故施設如來世尊無性之法定無作用云何可言由如是業生於地獄由如是業生於傍生由如是業生於鬼界由如是業生於人中由如是業生四大王衆天乃至他化自在天由如是業生梵衆天乃至色究竟天由如是業生空無邊處天乃至非想非非想處天由如是法得預流果由如是法得一來果由如是法得不還果由如是法得阿羅漢果由如是法得獨覺菩提由如是法入菩薩位行菩薩道由如是法得一切相智名佛世尊令諸有情解脫生死佛告善現如是如是如汝所說無

性法中不可施設諸法有異無業無果亦無作用但諸愚夫不了聖法毗柰耶故不如實知諸法皆以無性爲性愚癡顛倒發起種種身語意業隨業差别受種種身依如是身品類差别施設地獄傍生鬼界若人若天乃至非想非非想處爲欲濟拔如是愚夫愚癡顛倒受生死苦施設聖法及毗柰耶分位差别依此分位施設預流乃至獨覺菩薩如來然一切法皆以無性而爲自性無性法中實無異法無業無果亦無作用無性之法常無性故復次善現如汝所説無性之法定無作用云何可言由如是法得預流果廣説乃至由如是法得一切智名佛世尊令諸有情脱生死者於意云何諸所修道是無性不諸預流果一來不還阿羅漢果獨覺菩提及菩薩道一切相智是無性不善現對曰如是如是諸所修道廣説乃至一切相智皆是無性佛告善現於意云何無性法爲能得無性法不善現對曰不也世尊佛告善現無性及道是一切法皆非相應非不相應無色無見無對一相所謂無相愚夫異生愚癡顛倒於無相法起有法想執著五蘊於無常中起於常想於諸苦中起於樂想於無我中起於我想於不淨中起於淨想於無性法執著有性由此菩薩摩訶薩衆行深般若波羅蜜多方便善巧濟拔如是諸有情類令離顛倒虚妄分别方便安置無相法中令勤修學解脱生死證得畢竟常樂涅槃具壽善現復白佛言愚夫異生所執著事頗有眞實而非虚妄彼執著已造作諸業由是因緣沉淪諸趣不能解脱生

死苦不佛告善現愚夫異生所執著事乃至無有如細毛端可說真實而非虛妄彼執著已造作諸業由是因緣沉淪諸趣不能解脱生死衆苦唯有虛妄顛倒執著吾今爲汝廣說譬喻重顯斯義令其易了諸有智者由諸譬喻於所說義能生正解善現於意云何夢中見人受五欲樂夢中頗有少分實事可令彼人受欲樂不善現對曰夢所見人尚非實有況有實事可令彼人受五欲樂佛告善現於意云何頗有諸法若善若非善若有記若無記若有漏若無漏若世間若出世間若有爲若無爲非如夢中所見事不善現對曰定無有法若善若非善若有記若無記若有漏若無漏若世間若出世間若有爲若無爲非如夢中所見事者佛告善現於意云何夢中頗有真實諸趣於中往來生死事不善現對曰不也世尊佛告善現於意云何夢中頗有真實修道依彼修道有離雜染得清淨不善現對曰不也世尊所以者何夢所見法都無實事非能施設非所施設修道尚無況依修道有離雜染及得清淨佛告善現於意云何明鏡等中所現衆像爲有實事可依造業由所造業或墮地獄或墮傍生或墮鬼界或生人中或生天上受苦樂不善現對曰明鏡等中所現衆像都無實事但誑愚童如何可依造作諸業由所造業或墮惡趣或生人天受諸苦樂佛告善現於意云何衆像頗有真實修道依彼修道有離雜染得清淨不善現對曰明鏡等像都無實事非能施設非所施設修道尚無況依修道有離雜染及得清淨佛

告善現於意云何山谷等中所發諸響爲有實事可依造業由所造業或墮地獄或墮傍生或墮鬼界或生人中或生天上受苦樂不善現對曰山谷等中所發諸響都無實事但誑愚童如何可依造作諸業由所造業或墮惡趣或生人天受諸苦樂佛告善現於意云何諸響頗有眞實修道依彼修道有離雜染得清淨不善現對曰不也世尊所以者何山谷等響都無實事非能施設非所施設修道尚無況依修道有離雜染及得清淨佛告善現於意云何諸陽焰中現似水等爲有實事可依造業由所造業或墮地獄或墮傍生或墮鬼界或生人中或生天上受苦樂不善現對曰諸陽焰中所現水等都無實事但誑愚童如何可依造作諸業由所造業或墮惡趣或生人天受諸苦樂佛告善現於意云何諸陽焰中水等頗有眞實修道依彼修道有離雜染得清淨不善現對曰不也世尊所以者何陽焰水等都無實事非能施設非所施設修道尚無況依修道有離雜染及得清淨佛告善現於意云何諸光影中所現色相爲有實事可依造業由所造業或墮地獄或墮傍生或墮鬼界或生人中或生天上受苦樂不善現對曰諸光影中所現色相都無實事但誑愚童如何可依造作諸業由所造業或墮惡趣或生人天受諸苦樂佛告善現於意云何諸光影中色相頗有眞實修道依彼修道有離雜染得清淨不善現對曰不也世尊所以者何光影色相都無實事非能施設非所施設修道尚無況依修道有離雜染及得清

淨佛告善現於意云何幻師幻作象馬車步四種勇軍或復幻作牛羊男女及餘種種甚希有事此幻象等爲有實事可依造業由所造業或墮地獄或墮傍生或墮鬼界或生人中或生天上受苦樂不善現對曰幻象馬等都無實事但誑愚童如何可依造作諸業由所造業或墮惡趣或生人天受諸苦樂佛告善現於意云何幻事頗有眞實修道依彼修道有離雜染得清淨不善現對曰不也世尊所以者何幻象馬等都無實事非能施設非所施設修道尚無況依修道有離雜染及得清淨佛告善現於意云何能變化者所化作身此所化身爲有實事可依造業由所造業或墮地獄或墮傍生或墮鬼界或生人中或生天上受苦樂不善現對曰諸變化身都無實事如何可依造作諸業由所造業或墮惡趣或生人天受諸苦樂佛告善現於意云何化身頗有眞實修道依彼修道有離雜染得清淨不善現對曰不也世尊所以者何諸變化身都無實事非能施設非所施設修道尚無況依修道有離雜染及得清淨佛告善現於意云何尋香城中所現物類爲有實事可依造業由所造業或墮地獄或墮傍生或墮鬼界或生人中或生天上受苦樂不善現對曰尋香城中所現物類都無實事如何可依造作諸業由所造業或墮惡趣或生人天受諸苦樂佛告善現於意云何尋香城中物類頗有眞實修道依彼修道有離雜染得清淨不善現對曰不也世尊所以者何尋香城中所現物類都無實事非能施設非所施設修

道尙無況依修道有離雜染及得清淨佛告善現於意云何此中頗有實雜染者清淨者不善現對曰此中都無實雜染者及清淨者佛告善現如雜染者及清淨者實無所有由此因緣雜染清淨亦非實有所以者何住我我所諸有情類虛妄分別謂有雜染及清淨者由此因緣謂有雜染及有清淨非見實者謂有雜染及清淨者如實見者知無雜染及清淨者如是亦無雜染清淨實事可得以一切法畢竟空故

第二分實說品第八十四

爾時具壽善現白佛言世尊諸見實者既無雜染及無清淨不見實者亦無雜染及無清淨所以者何以一切法無所有故世尊諸實說者既無雜染及無清淨不實說者亦無雜染及無清淨所以者何以一切法無自性故世尊無自性法既無雜染及無清淨有自性法亦無雜染及無清淨諸有自性無自性法亦無雜染及無清淨所以者何以一切法皆用無性爲自性故世尊若見實者及實說者無染無淨不見實者不實說者亦無染淨云何世尊有時說有清淨法耶佛告善現我說一切法平等性爲清淨法具壽善現復白佛言何謂一切法平等性佛告善現諸法眞如法界法性不虛妄性不變異性平等性離生性法定法住實際虛空界不思議界若佛出世若不出世性相常住是名一切法平等性此平等性名清淨法此依世俗說爲清淨不依勝義所以者何勝義諦中既無分別亦無戲論一切名字言語道斷具壽善現復白佛

言若一切法如夢像響熖影幻化及尋香城雖現似有而無實事諸菩薩摩訶薩云何依此非實有法發趣無上正等覺心作是誓言我當圓滿布施波羅蜜多乃至般若波羅蜜多我當圓滿殊勝神通波羅蜜多我當圓滿方便善巧妙願力智波羅蜜多我當圓滿四靜慮四無量四無色定我當圓滿四念住乃至八聖道支我當圓滿空無相無願解脫門我當圓滿八解脫乃至十遍處我當圓滿內空乃至無性自性空我當圓滿眞如乃至不思議界我當圓滿苦集滅道聖諦我當圓滿極喜地乃至法雲地我當圓滿一切陀羅尼門三摩地門我當圓滿五眼六神通我當圓滿如來十力乃至十八佛不共法我當圓滿無忘失法恒住捨性我當圓滿一切智道相智一切相智我當圓滿三十二大士相八十隨好我當發起無量光明普照十方無邊世界我當發起一妙音聲遍滿十方無邊世界隨諸有情心心所法勝解差別爲說種種微妙法門令獲利樂佛告善現於意云何汝所說法豈不一切如夢像響熖影幻化尋香城耶善現對曰如是如是世尊若一切法如夢乃至如尋香城皆無實事云何菩薩摩訶薩行深般若波羅蜜多時發大誓言我當圓滿一切功德利益安樂無量有情世尊非夢所見廣說乃至尋香城中所現物類能行布施波羅蜜多乃至般若波羅蜜多況能圓滿餘一切法亦應如是俱非實故世尊非夢所見廣說乃至尋香城中所現物類乃至能行三十二大士相八十隨好況能圓滿餘一切法

亦應如是俱非實故世尊非夢所見廣說乃至尋香城中所現物類能成一切所願事業餘一切法亦應如是俱非實故佛告善現如是如是如汝所說非實有法尚不能行布施波羅蜜多乃至般若波羅蜜多況能圓滿如是乃至非實有法尚不能行三十二大士相八十隨好況能圓滿非實有法不能成辦所願事業非實有法不能證得所求無上正等菩提復次善現布施淨戒安忍精進靜慮般若波羅蜜多及餘無量無邊善法非實有故不能證得所求無上正等菩提善現當知如是諸法一切皆是思惟造作諸有思惟所造作法皆不能得一切智智復次善現如是諸法於菩提道雖能引發而於其果無資助用由此諸法無生無起無實相故諸菩薩摩訶薩行深般若波羅蜜多時從初發心雖起種種身語意善謂若修行布施淨戒安忍精進靜慮般若波羅蜜多如是乃至若修行一切智道相智一切相智而知一切如夢像響焰影幻化及尋香城皆非實有復次善現如是諸法雖非實有若不圓滿決定不能成熟有情嚴淨佛土證得無上正等菩提謂菩薩摩訶薩若不圓滿布施淨戒安忍精進靜慮般若波羅蜜多乃至一切智道相智一切相智決定不能成熟有情嚴淨佛土證得無上正等菩提復次善現是諸菩薩摩訶薩行深般若波羅蜜多時隨所修住一切善法皆如實知如夢乃至如尋香城謂若修行布施淨戒安忍精進靜慮般若波羅蜜多能如實知如夢乃至如尋香城如是乃至若修行一切智

道相智一切相智能如實知如夢乃至如尋香城若成熟有情嚴淨佛土求趣無上正等菩提能如實知如夢乃至如尋香城亦如實知諸有情類心行差別如夢乃至如尋香城復次善現是諸菩薩摩訶薩行深般若波羅蜜多時於一切法不取爲有不取爲無若由如是取故證得一切智智亦知彼法如夢乃至如尋香城不取爲有不取爲無所以者何布施淨戒安忍精進靜慮般若波羅蜜多乃至一切智道相智一切相智皆不可取故善非善法亦不可取故有記無記法亦不可取故有漏無漏法亦不可取故世間出世間法亦不可取故有爲無爲法亦不可取故是菩薩摩訶薩知一切法不可取已求趣無上正等菩提所以者何以一切法皆不可取都無實事如夢乃至如尋香城不可取法不能證得不可取法然諸有情於如是法不知不見是菩薩摩訶薩爲饒益彼諸有情故求趣無上正等菩提復次善現是菩薩摩訶薩從初發心爲欲利樂諸有情故修行布施波羅蜜多乃至般若波羅蜜多不爲已事非爲餘事爲欲利樂諸有情故求趣無上正等菩提不爲已事非爲餘事復次善現是菩薩摩訶薩行深般若波羅蜜多時見諸愚夫於非我中而住我想於非有情住有情想如是乃至於非知者住知者想於非見者住見者想是菩薩摩訶薩見是事已深生憐愍方便教化令離顛倒妄想執著安置無想甘露界中住是界中不復現起我想乃至知見者想是時一切掉動散亂戲論分別不復現行心多安住

寂靜憺怕無戲論界善現是菩薩摩訶薩由此方便行深般若波羅蜜多自於諸法無所執著亦能教他於一切法無所執著此依世俗不依勝義以勝義中無所執著自他差別不可得故爾時具壽善現白佛言世尊佛得無上正等覺時所證佛法爲依世俗說名爲得爲依勝義說名得耶佛告善現佛得無上正等覺時所證佛法依世俗故說名爲得不依勝義若依勝義能得所得俱不可得所以者何若謂此人得如是法便有所得有所得者便執有二執有二者不能得果亦無現觀具壽善現復白佛言若執有二不能得果亦無現觀執無二者爲能得果有現觀耶佛告善現執有二者不能得果亦無現觀執無二者亦復如是有所執故如執有二若不執二不執不二則名得果亦名現觀所以者何若執由此便能得果亦有現觀及執由彼不能得果亦無現觀俱是戲論非一切法平等性中有諸戲論若離戲論乃可名爲法平等性具壽善現復白佛言若一切法皆以無性而爲自性此中何謂法平等性佛告善現若於是處都無有性亦無無性亦不可說爲平等性如是乃名法平等性善現當知平等性既不可說亦不可知除平等性無法可得離一切法無平等性善現當知法平等性異生聖者俱不能行非彼境故具壽善現復白佛言法平等性豈亦非佛所行境耶佛告善現法平等性一切聖者皆不能行亦不能證謂諸預流若諸一來若諸不還若阿羅漢若諸獨覺若諸菩薩若諸如來皆不能以法平等性

爲所行境此中一切戲論分別皆不行故具壽善現復白佛言佛於諸法皆得自在如何可言法平等性亦非諸佛所行境耶佛告善現佛於諸法雖得自在若平等性與佛有別可言是佛所行境界然平等性與佛無別如何可言佛行彼境善現當知若諸異生法平等性若諸預流一來不還阿羅漢獨覺菩薩如來法平等性如是一切法平等性皆同一相所謂無相是一平等無二無別故不可說此是異生法平等性廣說乃至此是如來法平等性於此一法平等性中諸平等性既不可得於中異生及預流等差別之相亦不可得具壽善現復白佛言若一切法平等性中諸差別相皆不可得則諸異生及預流等法及有情應無差別佛告善現如是如是如汝所說於一切法平等性中若諸異生若諸聖者乃至如來法及有情皆無差別具壽善現復白佛言若一切法平等性中異生聖者法及有情皆無差別云何三寶出現世間所謂佛寶法寶僧寶佛告善現於意云何佛法僧寶法平等性各各別耶善現對曰如我解佛所說義者佛法僧寶法平等性皆無差別所以者何佛法僧寶法平等性如是一切皆非相應非不相應無色無見無對一相所謂無相然佛世尊於無相法方便善巧建立種種法及有情名相差別所謂此是異生及法乃至此是如來及法佛告善現如是如是如汝所說諸佛於法方便善巧能於無相建立種種法及有情名相差別復次善現於意云何若諸如來應正等覺不證無上正等菩提設

證無上正等菩提不爲有情建立諸法名相差别諸有情類爲能自知此是地獄此是傍生此是鬼界此是人此是天謂四大王衆天乃至非想非非想處天此是色乃至識此是眼處乃至意處此是色處乃至法處此是眼界乃至意界此是色界乃至法界此是眼識界乃至意識界此是眼觸乃至意觸此是眼觸爲緣所生諸受乃至意觸爲緣所生諸受此是地界乃至識界此是因緣乃至增上緣此是從緣所生諸法此是無明乃至老死此是善非善法此是有記無記法此是有漏無漏法此是世間出世間法此是有爲無爲法此是布施波羅蜜多乃至般若波羅蜜多此是四念住乃至八聖道支此是内空乃至無性自性空此是真如乃至不思議界此是苦集滅道聖諦此是四靜慮四無量四無色定此是空無相無願解脱門此是八解脱乃至十遍處此是淨觀地乃至如來地此是極喜地乃至法雲地此是一切陀羅尼門三摩地門此是五眼六神通此是如來十力乃至十八佛不共法此是三十二大士相八十隨好此是無忘失法恒住捨性此是一切智道相智一切相智此是一切相妙願智此是一切智智此是三寶此是三乘諸有情類於如是等差别名相能自知不善現對曰不也世尊若佛不爲有情建立諸如是等差别名相諸有情類不能自知諸如是等差别名相佛告善現是故如來於無相法方便善巧雖爲有情建立種種差别名相而於諸法平等性中能無所動雖於有情作大恩德而於其中能

不取相爾時具壽善現白佛言世尊爲如如來於一切法平等性中都無所動如是一切異生預流一來不還及阿羅漢獨覺菩薩亦於諸法平等性中無所動不佛告善現如是如是以一切法及諸有情皆不出過平等性故如平等性當知真如廣説乃至不思議界亦復如是諸法異生及諸聖者於真如等無差别故具壽善現復白佛言若諸異生及諸聖者并一切法平等之性無差别者令一切法及諸有情相各異故性亦應異是則法性亦應各異謂色乃至識相各異故性亦應異眼處乃至意處相各異故性亦應異色處乃至法處相各異故性亦應異眼界乃至意界相各異故性亦應異色界乃至法界相各異故性亦應異眼識界乃至意識界相各異故性亦應異眼觸乃至意觸相各異故性亦應異眼觸爲緣所生諸受乃至意觸爲緣所生諸受相各異故性亦應異地界乃至識界相各異故性亦應異因緣乃至增上緣相各異故性亦應異從緣所生諸法相各異故性亦應異無明乃至老死相各異故性亦應異貪瞋癡相各異故性亦應異異生見趣相各異故性亦應異四靜慮四無量四無色定相各異故性亦應異四念住乃至八聖道支相各異故性亦應異空無相無願解脱門相各異故性亦應異内空乃至無性自性空相各異故性亦應異真如乃至不思議界相各異故性亦應異苦集滅道聖諦相各異故性亦應異布施波羅蜜多乃至般若波羅蜜多相各異故性亦應異八解脱乃至十遍處相各異

故性亦應異淨觀地乃至如來地相各異故性亦應異極喜地乃至法雲地相各異故性亦應異一切陀羅尼門三摩地門相各異故性亦應異五眼六神通相各異故性亦應異如來十力乃至十八佛不共法相各異故性亦應異三十二大士相八十隨好相各異故性亦應異無忘失法恒住捨性相各異故性亦應異一切智道相智一切相智相各異故性亦應異愚夫異生乃至如來相各異故性亦應異善非善法相各異故性亦應異有記無記法相各異故性亦應異有漏無漏法相各異故性亦應異世間出世間法相各異故性亦應異有爲無爲法相各異故性亦應異世尊如是法等性若各異是則法性亦應各異云何於諸異相法等可得安立法性一相

云何菩薩摩訶薩行深般若波羅蜜多時不分别法及諸有情有種種性若菩薩摩訶薩不分别法及諸有情有種種性則應不能行深般若波羅蜜多若不能行甚深般若波羅蜜多則應不能從一菩薩地至一菩薩地若定不能從一菩薩地至一菩薩地則應不能趣入菩薩正性離生若定不能趣入菩薩正性離生則應不能超諸聲聞及獨覺地若定不能超諸聲聞及獨覺地則應不能圓滿神通波羅蜜多若定不能圓滿神通波羅蜜多則應不能於諸神通遊戲自在若定不能於諸神通遊戲自在則應不能圓滿布施波羅蜜多乃至般若波羅蜜多若定不能圓滿布施波羅蜜多乃至般若波羅蜜多則應不能從一佛國趣一佛國親近供養諸佛世尊若

定不能從一佛國趣一佛國親近供養諸佛世尊則應不能於諸佛所種諸善根若定不能於諸佛所種諸善根則應不能嚴淨佛土成熟有情若定不能嚴淨佛土成熟有情則應不能證得無上正等菩提轉正法輪度有情衆令其永離惡趣生死佛告善現如汝所言若諸異生及諸聖者并一切法平等之性無差别者令一切法及諸有情相各異故性亦應異是則法性亦應各異云何於諸異相法等可得安立法性一相云何菩薩摩訶薩行深般若波羅蜜多時不分别法及諸有情有種種性乃至廣說善現於意云何諸色法性是空性不諸受想行識法性是空性不如是乃至一切有爲無爲法性是空性不善現對曰如是如是一切法性皆是空性佛告善現於意云何於空性中法等異相爲可得不謂色異相廣說乃至一切有爲無爲異相爲可得不善現對曰不也世尊於空性中一切異相皆不可得佛告善現由此當知法平等性非即一切愚夫異生非離一切愚夫異生如是乃至非即如來應正等覺非離如來應正等覺法平等性非即色非離色非即受想行識非離受想行識如是乃至非即有爲及無爲法非離有爲及無爲法具壽善現復白佛言法平等性爲是有爲爲是無爲佛告善現法平等性非是有爲非是無爲然離有爲法無爲法不可得離無爲法有爲法亦不可得善現當知若有爲界若無爲界如是二界非合非散無色無見無對一相所謂無相一切如來應正等覺依世俗說不依勝義所以

者何非勝義中身行語行意行可得非離身行語行意行勝義可得善現當知即有爲法及無爲法平等法性說名勝義非離一切有爲無爲別有勝義是故菩薩摩訶薩行深般若波羅蜜多時不動勝義而行菩薩摩訶薩行成熟有情嚴淨佛土證得無上正等菩提轉妙法輪度有情衆令其永離生老病死證得究竟常樂涅槃

第二分空性品第八十五

爾時具壽善現白佛言世尊若諸法等平等之性皆本性空此本性空於一切法非能所作云何菩薩摩訶薩行深般若波羅蜜多時不動勝義以四攝事饒益有情佛告善現如是如是一切法等平等之性皆本性空此本性空於一切法非能所作然諸菩薩能爲有情以布施等作饒益事若諸有情自知諸法皆本性空則諸如來及諸菩薩不現神通作希有事謂於諸法本性空中雖無所動而令有情遠離種種妄想顛倒謂令有情遠離我想有情想乃至知者見者想亦令遠離色乃至識想眼處乃至意處想色處乃至法處想眼界乃至意界想色界乃至法界想眼識界乃至意識界想眼觸乃至意觸想眼觸爲緣所生諸受乃至意觸爲緣所生諸受想地界乃至識界想無明乃至老死想亦令遠離有爲界想住無爲界解脫一切生老病死無爲界者即諸法空依世俗說名無爲界具壽善現復白佛言由何空故說諸法空佛告善現由想空故說諸法空復次善現於意云何若變化身復作化事此有實事而不空耶善現

對曰諸所變化都無實事一切皆空佛告善現變化與空如是二法非合非散此二俱以空空故空不應分别是空是化所以者何非空性中有空有化二事可得以一切法畢竟空故復次善現無色非化無受想行識非化諸是化者無不皆空餘法有情應知亦爾具壽善現復白佛言蘊界處等世間諸法及諸有情可皆是化四念住等出世間法及諸有情豈亦是化佛告善現一切世間出世法等無非是化然於其中有聲聞化有獨覺化有菩薩化有如來化有煩惱化有諸業化由此因緣我說一切皆如變化等無差別具壽善現復白佛言一切斷界所謂預流一來不還阿羅漢果獨覺如來永斷煩惱習氣相續豈亦是化佛告善現如是諸法若與生滅二相合者亦皆是化具壽善現復白佛言何法非化佛告善現若法不與生滅相合是法非化具壽善現復白佛言何法不與生滅相合佛告善現不虚誑法即是涅槃此法不與生滅相合是故非化具壽善現復白佛言如世尊說平等法性一切皆空無能動者無二可得無有少法非自性空如何涅槃可說非化佛告善現如是如是如汝所說無有少法非自性空此自性空非聲聞作非獨覺作非菩薩作非如來作亦非餘作有佛無佛其性常空此即涅槃是故我說涅槃非化非實有法名爲涅槃可說無生無滅非化復次善現我爲新學諸菩薩說涅槃非化非别實有不空涅槃是故不應執此爲難爾時善現便白佛言云何方便教誡教授新學菩薩令知諸法自

性常空佛告善現豈一切法先有後無而不常空然一切法先既非有後亦非無自性常空不應驚怖應作如是方便善巧教誡教授新學菩薩令知諸法自性常空時薄伽梵說是經已無量菩薩摩訶薩衆慈氏菩薩而爲上首具壽善現及舍利子大採菽氏大迦葉波阿難陀等諸大聲聞及諸天龍阿素洛等一切大衆聞佛所說皆大歡喜信受奉行

大般若波羅蜜多經卷第四百七十八

音釋

掉動（掉杜弔切搖也謂身心妄搖動也）　採菽氏（目揵連姓也菽音叔）

大般若經第三會序

唐西明寺沙門玄則製

夫正理晦於率情而情由理鏡妙觀睽於循迹而迹以觀冥然情迹兩崇假名相而躭習則理觀雙抚資漸漬於多聞王城所以亟迁聖席於茲復坦是用入遊戲定摘前會之神蹤出微妙音集向時之遥證光敷法潤澡沃心源將欲利無利於情區度不度於生品運六通於即寂流四辯於忘言固當住不思議得無分別至如夢中重夢尚縈馳徇之勞即明覺後復覺乃有發蒙之慶何物物之殊炫而如如之罕覿哉彼如復如者非異所異也在纏出纏而性淨有佛無佛而體常會之則歸來號如來矣乖之則流異稱異生焉前際空而累盡後際空而德滿爾其闢甘露門坐金剛座假名法外無色而莊嚴勝義諦中無心而啓悟故能斷以空滯空之惡取開無說假說之善權熙妙色之殊對霈圓音之各解莫非自般若以爲源依般若以成學譬山王之高妙谷王之宗長義必重深辭亦豊秘凡五十九卷三十一品於舊無涉號單譯焉

大般若波羅蜜多經卷第四百七十九

唐三藏法師玄奘奉　詔譯

第三分緣起品第一

如是我聞一時薄伽梵住王舍城鷲峯山中與大苾芻衆五億人俱皆阿羅漢諸漏已盡無復煩惱得眞自在心善解脱慧善解脱如調慧馬亦如大龍已作所作已辦所辦棄諸重擔逮得己利盡諸有結正知解脱至心自在第一究竟除阿難陀獨居學地舍利子等而爲上首復有五百苾芻尼衆皆阿羅漢耶輸達羅而爲上首復有多千鄔波索迦鄔波斯迦皆已見法復有無量無數不可稱不可量不可説無等等大菩薩僧一切皆得大陀羅尼勝三摩地安住空性行無相境願無分别得一切法平等性忍具無礙解諸所演説深妙理趣辯才無盡遊戲五通永無退失氣調温雅一切欽承勤進勇鋭無諸懈怠捨親棄財忘身殞命不以矯誑有所貪求爲諸有情而宣妙理證深法忍至等極趣得大無畏身意坦然超出衆魔所作事業降煩惱敵息諸業障一切他論所不能伏聲聞獨覺不測其量於法於心皆得自在解脱所有業煩惱障於説衆緣無不善巧契深緣起無盡理趣滅見隨眠斷諸纏結於衆諦理智皆善證發弘誓願已經多劫含笑先言容顏舒泰調韻和美妙辯無窮處衆尊嚴威容肅穆動止儀雅無畏坦然那庾多劫巧説無盡觀諸法門猶如幻事陽焰夢境水月響聲既類空花鏡像光影亦如變化及尋香城雖體實無而現似有於甚深理説無所畏讚頌巧妙心不下

劣善知有情種種勝解心行所趣微細差別善能通達後際無礙成就最勝無生法忍如實悟入法平等性攝受無邊大願佛土於十方界無數諸佛由等持力常念現前一切如來出興于世皆能歷事無空過者亦能勸請久住世間轉正法輪度無量衆善能伏滅一切隨眠及諸見趣煩惱纏垢引發遊戲百千等持於諸法門能善悟入是諸菩薩摩訶薩衆具如是等無量功德經無數劫歎不能盡其名曰賢守菩薩寶性菩薩導師菩薩仁授菩薩星授菩薩水天菩薩帝授菩薩上慧菩薩觀自在菩薩得大勢菩薩妙吉祥菩薩金剛慧菩薩寶印手菩薩常舉手菩薩慈氏菩薩如是等無量百千俱胝那庾多菩薩摩訶薩而爲上首爾時世尊於師子座上自敷尼師壇結跏趺坐端身正願住對面念入等持王妙三摩地諸三摩地皆攝入此三摩地中是所流故爾時世尊正知正念從等持王安庠而起以淨天眼觀察十方殑伽沙等諸佛世界舉身怡悅從兩足下千輻輪相各放六十百千俱胝那庾多光從足十指兩趺兩跟四踝兩脛兩腨兩膝兩髀兩股腰脅腹背臍中心上胷臆德字大士夫相兩乳兩腋兩肩兩髆兩肘兩臂兩腕兩手兩掌十指項咽頤頷頰額頭頂兩眉兩眼兩耳兩鼻口四牙四十齒眉間毫相一一身分各放六十百千俱胝那庾多光此一一光各照三千大千世界從此展轉遍照十方殑伽沙等諸佛世界其中有情觸斯光者必獲無上正等菩提爾時世尊一切毛孔皆悉熈怡各出六十百千俱

胝那庾多光是一一光各照三千大千世界從此展轉遍照十方殑伽沙等諸佛世界其中有情觸斯光者必獲無上正等菩提爾時世尊演身常光照此三千大千世界從此展轉遍照十方殑伽沙等諸佛世界其中有情觸斯光者必獲無上正等菩提爾時世尊從其面門出廣長舌相遍覆三千大千世界熈怡微笑復從舌相流出無量百千俱胝那庾多光其光雜色從此雜色一一光中現寶蓮華其華千葉皆眞金色衆寶莊嚴如是光華遍三千界從此展轉周流十方殑伽沙等諸佛世界諸華臺中皆有化佛結跏趺坐演妙法音一一法音皆說六種波羅蜜多相應之法有情聞者必獲無上正等菩提爾時世尊不起于座復入師子遊戲等持現神通力令

此三千大千世界六種變動東涌西没西涌東没南涌北没北涌南没中涌邊没邊涌中没其地清淨光澤細軟生諸有情利益安樂時此三千大千世界所有地獄傍生鬼界及餘無暇險惡趣坑一切有情皆離苦難從此捨命得生人中及六欲天皆憶宿住歡喜踊躍同詣佛所以淳淨心頂禮佛足從此展轉周遍十方殑伽沙等諸佛世界以佛神力六種變動時彼世界諸惡趣等一切有情皆離苦難從彼捨命得生人中及六欲天皆憶宿住歡喜踊躍各於本界同詣佛所頂禮佛足時此三千大千世界及餘十方殑伽沙等世界有情盲者能視聾者能聽瘂者能言狂者得念亂者得定貧者得富露者得衣飢者得食渴者得飲病者得除愈醜者得端嚴形殘

者得具足根缺者得圓滿迷悶者得醒悟疲頓者得安適時諸有情等心相向如父如母如兄如弟如姊如妹如友如親離邪語業命修正語業命離十惡業道修十善業道離惡尋思修善尋思離非梵行修正梵行好淨棄穢樂靜捨諠身意泰然忽生妙樂如修行者入第三定復有勝慧欻爾現前咸作是思布施調伏安忍勇進寂靜諦觀遠離放逸修行梵行於諸有情慈悲喜捨不相惱觸豈不善哉爾時世尊在師子座光明殊特威德巍巍映蔽三千大千世界并餘十方殑伽沙等諸佛國土蘇迷盧山輪圍山等及餘一切龍神天宮乃至淨居皆悉不現如秋滿月暉映衆星如夏日輪光奪諸色如四大寶妙高山王掩蔽諸山衰其光彩佛以神力現本色身令此三千大千世界一切有情皆悉覩見時此三千大千世界無量無數淨居諸天下至欲界四大王衆天及餘一切人非人等皆見如來處師子座威光顯曜如大金山歡喜踊躍歎未曾有各持種種上妙花鬘塗散等香衣服瓔珞寶幢旛蓋伎樂諸珍及無量種天青蓮華天赤蓮華天白蓮華天香蓮華天黃蓮華天紅蓮華天金錢樹華及香葉并餘無量水陸生華持詣佛所奉散佛上以佛神力諸華鬘等旋轉上涌合成華臺量等三千大千世界垂天華蓋寶鐸珠旛綺飾紛綸甚可愛樂時此佛土微妙莊嚴猶如西方極樂世界佛光暉映三千大千物類虛空皆同金色十方各等殑伽河沙諸佛世界亦復如是時此三千大千佛土以佛神力一切天人各各見

佛正坐其前咸謂如來獨爲説法爾時世尊不起于座熈怡微笑從其面門放大光明遍照三千大千佛土并餘十方殑伽沙等諸佛世界時此三千大千佛土一切有情尋佛光明普見十方殑伽沙等諸佛世界一切如來應正等覺聲聞菩薩衆會圍遶及餘一切有情無情品類差别時彼十方殑伽沙等諸佛世界一切有情尋佛光明亦見此土釋迦牟尼如來應正等覺聲聞菩薩衆會圍遶及餘一切有情無情品類差别爾時東方盡殑伽沙等世界最後世界名曰多寶佛號寶性如來應正等覺現爲菩薩摩訶薩衆説大般若波羅蜜多彼有菩薩名曰普光見此大光大地變動及佛身相心懷猶豫前詣佛所白言世尊何因何緣而有此瑞時寶性佛告普光言從此西方盡殑伽沙等世界最後世界名曰堪忍佛號釋迦牟尼如來應正等覺現爲菩薩摩訶薩衆説大般若波羅蜜多彼佛神力故現斯瑞普光聞已歡喜踊躍白言世尊我今請往堪忍世界觀禮供養釋迦牟尼佛及菩薩衆惟願聽許時寶性佛告普光言今正是時隨汝意往即以千莖金色蓮華其華千葉衆寶莊嚴授與普光而誨之曰汝持此華至釋迦牟尼佛所如我辭曰寶性如來應正等覺致問無量持此蓮華以寄世尊而爲佛事汝至彼界應住正知勿以慢心觀彼佛土及諸大衆而自毀傷所以者何彼諸菩薩得無礙解陀羅尼門三摩地門神通自在住最後身堪紹佛位威德難及悲願熏心以大因緣而生彼界時普光菩薩於寶性佛所受

華奉勑與無量百千俱胝那庾多菩薩摩訶薩及無數百千童男童女頂禮佛足右遶奉辭各持無量上妙供具發引而來所經東方諸佛世界一一佛所供養恭敬尊重讚歎無空過者到此佛所頂禮雙足遶百千帀却住一面普光菩薩前白佛言世尊從此東方盡殑伽沙等世界最後世界名曰多寶佛號寶性如來應正等覺致問世尊無量持此千莖金色蓮華以寄世尊而爲佛事時釋迦牟尼佛受此蓮華還散東方殑伽沙等諸佛世界佛神力故令此蓮華遍諸佛土諸華臺中各有化佛結跏趺坐爲諸菩薩說大般若波羅蜜多相應之法有情聞者必獲無上正等菩提是時普光及諸眷屬見此事已歡喜踊躍歎未曾有各隨善根供具多少供養恭敬尊重讚歎佛菩薩已退坐一面餘東方界亦復如是爾時南方盡殑伽沙等世界最後世界名離一切憂佛號無憂德彼有菩薩名曰離憂西方盡殑伽沙等世界最後世界名近寂靜佛號寶焰彼有菩薩名曰行慧北方盡殑伽沙等世界最後世界名曰最勝佛號勝帝彼有菩薩名曰勝授東北方盡殑伽沙等世界最後世界名定莊嚴佛號定象勝德彼有菩薩名離塵勇猛東南方盡殑伽沙等世界最後世界名妙覺莊嚴甚可愛樂佛號蓮華勝德彼有菩薩名蓮華手西南方盡殑伽沙等世界最後世界名離塵聚佛號日輪遍照勝德彼有菩薩名曰光明西北方盡殑伽沙等世界最後世界名眞自在佛號一寶蓋勝彼有菩薩名曰寶勝下方盡殑伽沙等世界

最後世界名曰蓮華佛號蓮華德彼有菩薩名蓮華勝上方盡殑伽沙等世界最後世界名曰歡喜佛號喜德彼有菩薩名曰喜授如是一切皆如東方爾時於此三千大千堪忍世界衆寶充滿諸妙香花遍布其地寶幢旛蓋處處行列花樹果樹香樹鬘樹寶樹衣樹諸雜飾樹周遍莊嚴甚可愛樂如衆蓮華世界普華如來佛土妙吉祥菩薩善住慧菩薩及餘無量大威德菩薩摩訶薩本所住處

第三分舍利子品第二之一

爾時世尊知諸世界若天魔梵若諸沙門若婆羅門若諸菩薩摩訶薩衆紹尊位者若餘一切於法有緣人非人等皆來集會便告具壽舍利子言若菩薩摩訶薩欲於諸法等覺諸相應學般若波羅蜜多時舍利子聞佛所說合掌恭敬而白佛言世尊云何菩薩摩訶薩欲於諸法等覺諸相應學般若波羅蜜多佛告具壽舍利子言諸菩薩摩訶薩應以無住而爲方便安住般若波羅蜜多所住能住不可得故應以無捨而爲方便圓滿布施波羅蜜多施者受者不可得故應以無護而爲方便圓滿淨戒波羅蜜多犯無犯相不可得故應以無取而爲方便圓滿安忍波羅蜜多動不動相不可得故應以無策而爲方便圓滿精進波羅蜜多身心勤怠不可得故應以無思而爲方便圓滿靜慮波羅蜜多有味無味不可得故應以無執而爲方便圓滿般若波羅蜜多有無性相不可得故復次舍利子諸菩薩摩訶薩安住般若波羅蜜多以無所得而爲方便應修四念住四正斷四神足五

根五力七等覺支八聖道支應修空解脫門無相解脫門無願解脫門應修四靜慮四無量四無色定應修八解脫九次第定應修九想何等爲九謂胮脹想膿爛想異赤想青瘀想啄噉想離散想骸骨想焚燒想猒壞想應修十隨念何等爲十謂佛隨念法隨念僧隨念戒隨念捨隨念天隨念入出息隨念猒隨念死隨念身隨念應修十想何等爲十謂無常想苦想無我想不淨想死想一切世間不可樂想猒食想斷想離想滅想應修十一智何等十一謂苦智集智滅智道智盡智無生智法智類智世俗智他心智如說智應修有尋有伺三摩地無尋唯伺三摩地無尋無伺三摩地應修未知當知根已知根具知根應修不淨處觀遍處觀一切智智應修奢摩他

毘鉢舍那應修三明四無礙解四無所畏應修不退轉五神通應修六波羅蜜多七聖財八大士覺九有情居智應修如來十力十八佛不共法應修大慈大悲大喜大捨應修一切相微妙智等無量無邊不可思議諸佛功德如是諸法不可得故復次舍利子若菩薩摩訶薩欲疾證得一切智智應學般若波羅蜜多欲疾圓滿一切智道相智一切相智一切有情心行相智應學般若波羅蜜多欲拔一切煩惱習氣應學般若波羅蜜多欲入菩薩正決定位應學般若波羅蜜多欲超聲聞獨覺等地應學般若波羅蜜多欲住菩薩不退轉地應學般若波羅蜜多欲得殊勝六種神通應學般若波羅蜜多欲知一切有情心行轉變差別應學般若波羅蜜多欲勝一切

聲聞獨覺智慧作用應學般若波羅蜜多欲得一切陀羅尼門三摩地門應學般若波羅蜜多欲以一念隨喜之心超過一切聲聞獨覺所有布施應學般若波羅蜜多欲以一念隨喜之心超過一切聲聞獨覺所有淨戒應學般若波羅蜜多欲以一念隨喜之心超過一切聲聞獨覺定慧解脫解脫知見應學般若波羅蜜多欲以一念隨喜之心超過一切聲聞獨覺靜慮解脫等持等至及餘善法應學般若波羅蜜多欲以一念所修善法超過一切異生聲聞獨覺善法應學般若波羅蜜多欲行少分布施淨戒安忍精進靜慮般若爲諸有情方便善巧平等迴向一切智智便得無量無數功德應學般若波羅蜜多復次舍利子若菩薩摩訶薩欲令所修布施淨戒安忍精進靜慮般若波羅蜜多速得圓滿離諸障礙應學般若波羅蜜多欲得世世常見諸佛常聞正法得佛覺悟蒙佛憶念教誡教授應學般若波羅蜜多欲得佛身具三十二大丈夫相八十隨好具足莊嚴應學般若波羅蜜多欲生佛家入童眞地常不遠離諸佛菩薩應學般若波羅蜜多欲以種種勝善根力隨意能引上妙供具供養恭敬尊重讚歎一切如來應正等覺令諸善根疾得成滿應學般若波羅蜜多欲滿一切有情所求飲食衣服牀榻臥具病緣醫藥種種花香燈明車乘園林舍宅財穀珍寶嚴具妓樂及餘種種王等所受上妙樂具幷世出世諸妙善法應學般若波羅蜜多復次舍利子若菩薩摩訶薩欲普安立盡虛空界法界世界一切有情

皆令安住布施淨戒安忍精進靜慮般若波羅蜜多及餘無邊殊勝善法應學般若波羅蜜多欲得發起一念善心所獲功德乃至安坐妙菩提座證得無上正等菩提亦不窮盡應學般若波羅蜜多欲得十方諸佛世界一切如來應正等覺及諸菩薩摩訶薩衆咸共稱歎護念與力應學般若波羅蜜多欲一發心即能遍到十方各如殑伽沙界供養恭敬尊重讚歎一切如來應正等覺及諸菩薩摩訶薩衆利益安樂無量有情應學般若波羅蜜多欲以一音即能遍滿十方各如殑伽沙界讚歎諸佛教誡有情應學般若波羅蜜多欲紹三寶種使不斷絶利益安樂一切有情應學般若波羅蜜多復次舍利子若菩薩摩訶薩欲通達内空外空内外空大空空空勝義空有爲空無爲空畢竟空無際空散無散空本性空自共相空一切法空無性空無性自性空及所緣空增上空等無空等應學般若波羅蜜多若菩薩摩訶薩欲通達一切法眞如法界法性不虛妄性不變異性平等性離生性法定法住實際應學般若波羅蜜多若菩薩摩訶薩欲知十方殑伽沙等三千大千世界所有大地虛空諸山大海江河池沼澗谷陂湖地水火風諸極微數應學般若波羅蜜多若菩薩摩訶薩見劫火起遍燒三千大千世界天地洞然欲以一氣吹令頓滅應學般若波羅蜜多若菩薩摩訶薩見風劫起三千大千世界最下所依風輪飄擊上涌將吹三千大千世界蘇迷盧山輪圍山等諸所有物碎如朽葉欲以一指障彼風力令息不

起應學般若波羅蜜多若菩薩摩訶薩欲於三千大千世界一結跏坐充滿虛空應學般若波羅蜜多若菩薩摩訶薩欲以一毛繫取三千大千世界蘇迷盧山輪圍山等諸所有物擲過他方無量無數無邊世界而不損害其中有情應學般若波羅蜜多若菩薩摩訶薩欲以一食一香一花一鬘一衣一幢一蓋一燈旛等諸供養具供養恭敬尊重讚歎十方各如殑伽沙界一切如來應正等覺及弟子衆無不充足應學般若波羅蜜多若菩薩摩訶薩欲普安立十方各如殑伽沙界諸有情類令住戒蘊定蘊慧蘊解脫蘊解脫知見蘊或住預流一來不還阿羅漢果獨覺菩提乃至令入無餘依涅槃界究竟安樂應學般若波羅蜜多復次舍利子若菩薩摩訶薩修

行般若波羅蜜多能如實知修行布施得大果報謂如實知如是布施得生剎帝利大族如是布施得生婆羅門大族如是布施得生長者大族如是布施得生居士大族又如實知如是布施得生四大王衆天如是布施得生三十三天如是布施得生夜摩天如是布施得生覩史多天如是布施得生樂變化天如是布施得生他化自在天又如實知依此布施得初靜慮定或第二靜慮定或第三靜慮定或第四靜慮定又如實知依此布施得空無邊處定或識無邊處定或無所有處定或非想非非想處定又如實知依此布施起三十七菩提分法由是因緣得預流果或一來果或不還果或阿羅漢果或獨覺菩提或得無上正等菩提能如實知修行淨戒安忍

精進靜慮般若得大果報亦復如是復次舍利子若菩薩摩訶薩修行般若波羅蜜多能如實知如是布施方便善巧能滿布施波羅蜜多如是布施方便善巧能滿淨戒波羅蜜多如是布施方便善巧能滿安忍波羅蜜多如是布施方便善巧能滿精進波羅蜜多如是布施方便善巧能滿靜慮波羅蜜多如是布施方便善巧能滿般若波羅蜜多又如實知如是淨戒安忍精進靜慮般若方便善巧各能滿六波羅蜜多時舍利子白言世尊云何菩薩摩訶薩修行般若波羅蜜多能如實知如是布施方便善巧能滿布施乃至般若波羅蜜多能如實知如是淨戒乃至般若方便善巧能滿淨戒乃至靜慮波羅蜜多佛告尊者舍利子言以無所得爲方便故謂菩薩摩訶薩行布施時了達一切施受物相不可得故能滿布施波羅蜜多犯無犯相不可得故能滿淨戒波羅蜜多動不動相不可得故能滿安忍波羅蜜多身心勤怠不可得故能滿精進波羅蜜多有亂無亂不可得故能滿靜慮波羅蜜多諸法性相不可得故能滿般若波羅蜜多舍利子是爲菩薩摩訶薩行布施時方便善巧能滿六種波羅蜜多如是舍利子菩薩摩訶薩行淨戒時乃至行般若時方便善巧各能滿六波羅蜜多復次舍利子若菩薩摩訶薩欲得過去未來現在一切如來應正等覺殊勝功德應學般若波羅蜜多若菩薩摩訶薩欲達一切有爲無爲究竟彼岸應學般若波羅蜜多若菩薩摩訶薩欲達過去未來現在諸法眞如法界法性無生實

際應學般若波羅蜜多若菩薩摩訶薩欲與一切聲聞獨覺常爲導首應學般若波羅蜜多若菩薩摩訶薩欲與諸佛爲親侍者應學般若波羅蜜多若菩薩摩訶薩欲與諸佛爲内眷屬應學般若波羅蜜多若菩薩摩訶薩欲得生生具大眷屬應學般若波羅蜜多若菩薩摩訶薩欲得菩薩常爲眷屬應學般若波羅蜜多若菩薩摩訶薩欲爲世間眞淨福田應學般若波羅蜜多若菩薩摩訶薩欲伏慳貪心息犯戒心除忿恚心捨懈怠心靜散亂心離惡慧心應學般若波羅蜜多若菩薩摩訶薩欲善安立一切有情於施性福業事戒性福業事修性福業事供侍福業事有依福業事應學般若波羅蜜多復次舍利子若菩薩摩訶薩欲得五眼何等爲五所謂肉眼天眼慧眼法眼佛眼應學般若波羅蜜多若菩薩摩訶薩欲以天眼盡見十方殑伽沙等世界諸佛妙相好身應學般若波羅蜜多若菩薩摩訶薩欲以天耳遍聞十方殑伽沙等世界諸佛所説法要應學般若波羅蜜多若菩薩摩訶薩欲如實知十方各如殑伽沙界一切如來心心所法應學般若波羅蜜多若菩薩摩訶薩欲得普聞十方世界諸佛説法乃至無上正等菩提常無斷絶應學般若波羅蜜多若菩薩摩訶薩欲見過去未來現在十方諸佛所有國土應學般若波羅蜜多若菩薩摩訶薩欲於過去未來現在十方諸佛所説契經應頌授記諷頌自説因緣本事本生方廣希有譬喻論議諸聲聞等曾所未聞皆能受持究竟通利應學般若波羅蜜多若

菩薩摩訶薩欲於過去未來現在十方諸佛所說法門既自受持究竟通利如說修行復能爲他如實廣說勸令修行應學般若波羅蜜多若菩薩摩訶薩欲於十方殑伽沙等幽冥世界或世界中間無日月光處爲作光明應學般若波羅蜜多若菩薩摩訶薩欲於十方殑伽沙等無量世界其中衆生成就邪見不聞佛名法名僧名不信因果而能化導令起正見聞三寶名深信因果應學般若波羅蜜多若菩薩摩訶薩欲令十方殑伽沙等世界有情以巳威力盲者能視聾者能聽瘂者能言狂者得念亂者得定貧者得富露者得衣飢者得食渴者得飲病者得除瘙醜者得端嚴形殘者得具足根缺者得圓滿迷悶者得醒悟疲頓者得安泰一切有情慈心相向墮惡趣者得生善趣習惡業者皆修善業諸犯戒者安住戒蘊未得定者安住定蘊有惡慧者安住慧蘊無解脫者安住解脫蘊無解脫知見者安住解脫知見蘊未見諦者得預流果或一來果或不還果或阿羅漢果或獨覺菩提或復漸次證得無上正等菩提應學般若波羅蜜多若菩薩摩訶薩欲學如來應正等覺殊勝威儀令諸有情觀之無猒滅惡生善應學般若波羅蜜多復次舍利子若菩薩摩訶薩修行般若波羅蜜多作如是念我何時得如龍象視容止肅然爲衆說法身語意業隨智慧行皆悉清淨於經行時足不履地如四指量欲成是事應學般若波羅蜜多若菩薩摩訶薩修行般若波羅蜜多作如是念我何時得無量百千俱胝那庾多四大王

衆天三十三天夜摩天覩史多天樂變化天他化自在天梵衆天梵輔天梵會天大梵天光天少光天無量光天極光淨天淨天少淨天無量淨天遍淨天廣天少廣天無量廣天廣果天無煩天無熱天善現天善見天色究竟天導從圍遶詣菩提樹是諸天衆於菩提樹下以天衣爲座我於此座結跏趺坐以衆妙相所莊嚴手而撫大地使于地神并諸眷屬俱時涌現降魔怨敵證得無上正等菩提從是巳後若行若住若坐若臥隨地方所悉爲金剛欲成是事應學般若波羅蜜多若菩薩摩訶薩修行般若波羅蜜多作如是念我何時得捨國出家即於是日證得無上正等菩提即於是日轉妙法輪即令無量無數有情遠塵離垢生淨法眼復令無量無數有情永盡諸漏心慧解脫亦令無量無數有情能於無上正等菩提得不退轉欲成是事應學般若波羅蜜多若菩薩摩訶薩修行般若波羅蜜多作如是念我何時得無上菩提無量無數聲聞菩薩爲弟子衆一說法時即令無量無數有情不起于座成阿羅漢復令無量無數有情不起于座能於無上正等菩提得不退轉欲成是事應學般若波羅蜜多若菩薩摩訶薩修行般若波羅蜜多作如是念我何時得壽量無盡無邊光明相好莊嚴觀者無猒雖復行時千葉蓮華每承其足而令地上現千輻輪舉步經行大地震動而不擾惱地居有情欲迴顧時舉身皆轉足之所履盡金剛際如車輪量地皆隨轉舉身支節皆放光明遍照十方無邊世界隨所照處爲諸有

情作大饒益欲成是事應學般若波羅蜜多若菩薩摩訶薩修行般若波羅蜜多作如是念我得無上正等覺時願所居土無有一切貪欲瞋恚愚癡等名其中有情成就妙慧由斯慧力作是思惟布施調伏安忍勇進寂靜諦觀離諸放逸勤修梵行慈悲喜捨不惱有情如餘佛土豈不善哉化事既周般涅槃後正法無有滅盡之期常爲有情作大饒益欲成是事應學般若波羅蜜多若菩薩摩訶薩修行般若波羅蜜多作如是念我得無上正等覺時願令十方殑伽沙等無量世界一切有情聞我名者必得無上正等菩提欲成是事應學般若波羅蜜多舍利子諸菩薩摩訶薩欲得此等無量無邊殊勝功德應學般若波羅蜜多

大般若波羅蜜多經卷第四百七十九

音釋

三會序

睽傾畦切乖也異也回曲也　漬資四切浸漬也　亟迁亟去吏切數也迁邕俱切　摛抽知切舒也張也　炫熒絹切明也　覯居候切遇見也

經

降胡江切伏也　輻方六切輪中木之直指者　那庾多梵語也此云萬億庾弋渚切　跟音根足踵也　脛下頂切脚脛也　腨市充切腓腸也　䏶部比切股也　股脅股音古髀也脅虛業切腋下也　臆音益胷臆也　腋音亦左右肘脅之間曰腋　髆伯各切肩髆也　捥烏貫切手腕也　胭音煙嗌也又喉也　頥盈之切頷也　頷戶感切口下曰頷　頰古協切面旁也　額

鄂格切額也

欻爾 欻許勿切欻爾猶卒然也

胮脹 胮匹降切脹知亮切謂胮臭脹滿也

青瘀 瘀依據切青瘀謂血積瘀而色青也

大般若波羅蜜多經卷第四百八十

唐三藏法師玄奘奉 詔譯

第三分舍利子品第二之二

復次舍利子若菩薩摩訶薩修行般若波羅蜜多已能引發如是功德爾時三千大千世界四大天王歡喜踊躍作是思惟我等今者應以四鉢奉此菩薩如昔天王奉先佛鉢是時三千大千世界三十三天夜摩天覩史多天樂變化天他化自在天歡喜踊躍作是思惟我等皆應給侍供養如是菩薩令阿素洛黨損減使諸天衆眷屬增益是時三千大千世界梵衆天乃至大梵天光天乃至極光淨天淨天乃至遍淨天廣天乃至廣果天無煩天乃至色究竟天歡喜悅豫作是思惟我等應請如是菩薩疾證無上正等菩提轉妙法輪饒益一切復次舍利子若菩薩摩訶薩修行般若波羅蜜多增益布施淨戒安忍精進靜慮般若波羅蜜多及餘善法時彼世界諸善男子善女人等歡喜踊躍作是思惟我等當爲如是菩薩作父母兄弟妻子眷屬知識朋友時彼世界四大王衆天乃至他化自在天梵衆天乃至大梵天光天乃至極光淨天淨天乃至遍淨天廣天乃至廣果天無煩天乃至色究竟天歡喜悅豫作是思惟我等當設種種方便令是菩薩離婬欲法從初發心乃至證得所求無上正等菩提常修梵行於順結法不生貪染所以者何行非梵行於生梵天尚能爲礙況證無上正等菩提是故菩薩斷欲出家修梵行者能得無上正等菩提非不出家行非梵行爾時舍利子白佛言

世尊諸菩薩摩訶薩爲要當有父母妻子諸親友耶佛言舍利子或有菩薩具有父母妻子眷屬而修菩薩摩訶薩行或有菩薩無有妻子從初發心乃至成佛常修梵行不壞童眞或有菩薩方便善巧先現受用五妙欲境後方猒捨勤修梵行乃得無上正等菩提舍利子如工幻師或彼弟子善幻術者化作種種五妙欲具於中自恣歡娛受樂於意云何彼幻所作爲有實不舍利子言不也世尊佛言舍利子菩薩摩訶薩亦復如是方便善巧爲欲成熟諸有情故示受五欲而實無染所以者何諸菩薩摩訶薩於五欲中深生猒患不爲彼過之所塗染以無量門訶毀諸欲謂作是念欲如熾火欲如糞穢欲如魁膾欲如怨敵欲如毒器欲如闇井舍利子諸菩薩摩訶薩以如是等無量過門訶毀諸欲豈有眞實受諸欲事但爲方便饒益有情令獲利樂化現斯事爾時舍利子白佛言世尊諸菩薩摩訶薩云何應行甚深般若波羅蜜多佛言舍利子諸菩薩摩訶薩修行般若波羅蜜多時應如是觀實有菩薩不見有菩薩不見菩薩名不見般若波羅蜜多不見般若波羅蜜多名不見行不見不行何以故舍利子菩薩自性空菩薩名空所以者何色自性空不由空故色空非色空不由空故受想行識自性空不由空故受想行識空非受想行識色不離空空不離色受想行識不離空空不離受想行識色即是空空即是色受想行識即是空空即是受想行識何以故舍利子此但有名謂爲菩提此但有名謂爲薩埵此但有名謂爲菩薩此

但有名謂之爲空如是自性無生無滅無染無淨諸菩薩摩訶薩如是修行甚深般若波羅蜜多不見生不見滅不見染不見淨何以故舍利子唯假立客名别别於法而起分别假立客名隨起言説如如言説如是如是生起執著諸菩薩摩訶薩修行般若波羅蜜多時於如是等名及所名一切不見由不見故不生執著復次舍利子菩薩摩訶薩修行般若波羅蜜多時應如是觀菩薩但有名佛但有名般若波羅蜜多但有名色但有名受想行識但有名餘一切法但有名舍利子如我但有名謂之爲我實不可得如是有情命者生者養者士夫補特伽羅廣説乃至知者見者亦但有名謂爲有情乃至見者實不可得以不可得空故但隨世俗假立客名諸法亦

爾不應執著是故菩薩摩訶薩修行般若波羅蜜多時不見有我乃至見者亦不見有一切法性舍利子菩薩摩訶薩如是修行般若波羅蜜多除諸佛慧一切聲聞獨覺等慧所不能及所以者何是菩薩摩訶薩於名所名俱無所得以不觀見無執著故舍利子若菩薩摩訶薩能如是行甚深般若波羅蜜多名爲善行甚深般若波羅蜜多舍利子假使汝等諸大聲聞滿贍部洲如竹蘆葦稻粟甘蔗諸麻林等所有智慧比行般若波羅蜜多菩薩智慧百分不及一千分不及一百千分不及一數分算分乃至鄔波尼殺曇分亦不及一何以故舍利子是菩薩摩訶薩所有智慧能使十方一切有情趣涅槃故又舍利子修行般若波羅蜜多一菩薩摩訶薩於一日中

所修智慧一切聲聞獨覺智慧不能及故舍利子置贍部洲假使汝等諸大聲聞滿四大洲如竹蘆葦稻粟甘蔗諸麻林等所有智慧比行般若波羅蜜多菩薩智慧百分不及一千分不及一百千分不及一數分算分乃至鄔波尼殺曇分亦不及一何以故舍利子是菩薩摩訶薩所有智慧能使十方一切有情趣涅槃故又舍利子修行般若波羅蜜多一菩薩摩訶薩於一日中所修智慧一切聲聞獨覺智慧不能及故舍利子置四大洲假使汝等諸大聲聞滿一三千大千世界如竹蘆葦稻粟甘蔗諸麻林等所有智慧比行般若波羅蜜多菩薩智慧百分不及一千分不及一百千分不及一數分算分乃至鄔波尼殺曇分亦不及一何以故舍利子是菩薩摩訶

薩所有智慧能使十方一切有情趣涅槃故又舍利子修行般若波羅蜜多一菩薩摩訶薩於一日中所修智慧一切聲聞獨覺智慧不能及故舍利子置一三千大千世界假使汝等諸大聲聞充滿十方殑伽沙等諸佛世界如竹蘆葦稻粟甘蔗諸麻林等所有智慧比行般若波羅蜜多菩薩智慧百分不及一千分不及一百千分不及一數分算分乃至鄔波尼殺曇分亦不及一何以故舍利子是菩薩摩訶薩所有智慧能使十方一切有情趣涅槃故又舍利子修行般若波羅蜜多一菩薩摩訶薩於一日中所修智慧一切聲聞獨覺智慧不能及故爾時舍利子白佛言世尊若聲聞乘預流一來不還阿羅漢所有智慧若獨覺乘所有智慧若菩薩摩訶薩所有

智慧若諸如來應正等覺所有智慧如是一切皆無差別不相違背無生無滅自性皆空若法無差別不相違無生滅自性空是法差別理不可得云何世尊說行般若波羅蜜多一菩薩摩訶薩於一日中所修智慧一切聲聞獨覺智慧所不能及佛言舍利子於汝意云何修行般若波羅蜜多一菩薩摩訶薩於一日中所修智慧所作事業一切聲聞獨覺智慧有此用不舍利子言不也世尊又舍利子於意云何修行般若波羅蜜多一菩薩摩訶薩於一日中所修智慧具能引發一切相微妙智一切智道相智一切相智利益安樂一切有情於一切法覺一切相方便安立一切有情於無餘依般涅槃界一切聲聞獨覺智慧有此用不舍利子言不也世尊又舍利子於意云何一切聲聞及諸獨覺能作是念我證無上正等菩提方便安立一切有情於無餘依涅槃界不舍利子言不也世尊又舍利子於意云何一切聲聞及諸獨覺能作是念我當修行布施淨戒安忍精進靜慮般若波羅蜜多成熟有情嚴淨佛土滿佛十力四無所畏四無礙解十八佛不共法證得無上正等菩提方便安立無量無數無邊有情於無餘依涅槃界不舍利子言不也世尊佛言舍利子修行般若波羅蜜多諸菩薩摩訶薩皆作是念我當修行布施淨戒安忍精進靜慮般若波羅蜜多成熟有情嚴淨佛土滿佛十力四無所畏四無礙解十八佛不共法證得無上正等菩提方便安立無量無數無邊有情於無餘依般涅槃界舍利子譬如螢火

不作是念我光能照遍贍部洲普令大明聲聞獨覺亦復如是曾無一心能作是念我修六種波羅蜜多成熟有情嚴淨佛土滿佛十力四無所畏四無礙解十八佛不共法證得無上正等菩提方便安立無量無數無邊有情於無餘依般涅槃界舍利子譬如日輪光明熾盛纔出便照遍贍部洲修行般若波羅蜜多諸菩薩摩訶薩亦復如是皆作是念我修六種波羅蜜多成熟有情嚴淨佛土滿佛十力四無所畏四無礙解十八佛不共法證得無上正等菩提方便安立無量無數無邊有情於無餘依般涅槃界爾時舍利子白佛言世尊云何菩薩摩訶薩能超聲聞獨覺等地能得菩薩不退轉地淨菩提道佛言舍利子諸菩薩摩訶薩從初發心修行六種波羅蜜多住空無相無願之法便超聲聞獨覺等地能得菩薩不退轉地淨菩提道時舍利子復白佛言世尊諸菩薩摩訶薩住何等地能爲一切聲聞獨覺眞淨福田佛言舍利子諸菩薩摩訶薩從初發心修行六種波羅蜜多乃至安坐妙菩提座常爲一切聲聞獨覺眞淨福田何以故舍利子依諸菩薩摩訶薩故一切善法出現世間所謂一切十善業道五近事戒八近住戒四靜慮四無量四無色定四聖諦智四念住四正斷四神足五根五力七等覺支八聖道支四無所畏四無礙解如來十力六波羅蜜多十八佛不共法諸如是等無量無數無邊善法出現世間由此菩薩諸善法故世間便有剎帝利大族婆羅門大族長者大族居士大族四大王衆天乃至他

化自在天梵衆天乃至大梵天光天乃至極光淨天淨天乃至遍淨天廣天乃至廣果天無想有情天無煩天乃至色究竟天空無邊處天乃至非想非非想處天出現於世復由菩薩諸善法故便有預流一來不還阿羅漢獨覺菩薩摩訶薩及諸如來應等正覺出現世間時舍利子復白佛言世尊諸菩薩摩訶薩爲復須淨自身福田不佛言舍利子諸菩薩摩訶薩不復須淨自身福田所以者何已極淨故何以故舍利子諸菩薩摩訶薩爲大施主施諸有情世出世間多善法故謂施有情十善業道五近事戒八近住戒四靜慮四無量四無色定四聖諦智四念住四正斷四神足五根五力七等覺支八聖道支如來十力四無所畏四無礙解六波羅蜜多十八佛不共法施如是等無量無數無邊善法故說菩薩爲大施主由斯已淨自身福田生長世間無量福聚爾時舍利子白佛言世尊諸菩薩摩訶薩與何法相應故當言與般若波羅蜜多相應佛言舍利子諸菩薩摩訶薩與色空相應故當言與般若波羅蜜多相應與受想行識空相應故當言與般若波羅蜜多相應諸菩薩摩訶薩與眼處空相應故當言與般若波羅蜜多相應與耳鼻舌身意處空相應故當言與般若波羅蜜多相應諸菩薩摩訶薩與色處空相應故當言與般若波羅蜜多相應與聲香味觸法處空相應故當言與般若波羅蜜多相應諸菩薩摩訶薩與眼界空相應故當言與般若波羅蜜多相應與耳鼻舌身意界空相應故當言與般若波羅蜜

多相應諸菩薩摩訶薩與色界空相應故當言與般若波羅蜜多相應與聲香味觸法界空相應故當言與般若波羅蜜多相應諸菩薩摩訶薩與眼識界空相應故當言與般若波羅蜜多相應與耳鼻舌身意識界空相應故當言與般若波羅蜜多相應諸菩薩摩訶薩與苦聖諦空相應故當言與般若波羅蜜多相應與集滅道聖諦空相應故當言與般若波羅蜜多相應諸菩薩摩訶薩與無明空相應故當言與般若波羅蜜多相應與行識名色六處觸受愛取有生老死愁歎苦憂惱空相應故當言與般若波羅蜜多相應諸菩薩摩訶薩與一切法空相應故當言與般若波羅蜜多相應與有爲無爲法空相應故當言與般若波羅蜜多相應諸菩薩摩訶薩與本性空相應故當言與般若波羅蜜多相應舍利子諸菩薩摩訶薩與如是七空相應故當言與般若波羅蜜多相應舍利子諸菩薩摩訶薩與如是七空相應時不見色若相應若不相應不見受想行識若相應若不相應不見色若生法若滅法不見受想行識若生法若滅法不見色若染法若淨法不見受想行識若染法若淨法不見色與受合不見受與想合不見想與行合不見行與識合何以故舍利子無有少法與法合者以一切法本性空故舍利子諸色空彼非色諸受想行識空彼非受想行識何以故舍利子諸色空彼非變礙相諸受空彼非領納相諸想空彼非取像相諸行空彼非造作相諸識空彼非了別相何以故舍利子色不異空空不異色色

即是空空即是色受想行識亦復如是舍利
子是諸法空相不生不滅不染不淨不增不
減非過去非未來非現在如是空中無色無
受想行識無眼處無耳鼻舌身意處無色處
無聲香味觸法處無地界無水火風空識界
無眼界無耳鼻舌身意界無色界無聲香味
觸法界無眼識界無耳鼻舌身意識界無無
明亦無無明滅無行識名色六處觸受愛取
有生老死無行乃至老死滅無苦聖諦無集
滅道聖諦無得無現觀無預流無預流果無
一來無一來果無不還無不還果無阿羅漢
無阿羅漢果無獨覺無獨覺菩提無菩薩無
菩薩行無正等覺無正等覺菩提舍利子諸
菩薩摩訶薩與如是法相應故當言與般若
波羅蜜多相應復次舍利子諸菩薩摩訶薩
修行般若波羅蜜多不見布施波羅蜜多若
相應若不相應不見淨戒安忍精進靜慮般
若波羅蜜多若相應若不相應不見色若相
應若不相應不見受想行識若相應若不相
應不見眼處若相應若不相應不見耳鼻舌
身意處若相應若不相應不見色處若相應
若不相應不見聲香味觸法處若相應若不
相應不見眼界若相應若不相應不見耳鼻
舌身意界若相應若不相應不見色界若相
應若不相應不見聲香味觸法界若相應若
不相應不見眼識界若相應若不相應不見
耳鼻舌身意識界若相應若不相應不見苦
聖諦若相應若不相應不見集滅道聖諦若
相應若不相應不見無明若相應若不相應
不見行識名色六處觸受愛取有生老死若

相應若不相應不見四念住若相應若不相應不見四正斷四神足五根五力七等覺支八聖道支若相應若不相應不見六神通若相應若不相應不見佛十力若相應若不相應不見四無所畏四無礙解十八佛不共法若相應若不相應不見一切相微妙智若相應若不相應不見一切智智若相應若不相應舍利子諸菩薩摩訶薩修行般若波羅蜜多與如是法相應故當言與般若波羅蜜多相應復次舍利子諸菩薩摩訶薩修行般若波羅蜜多不觀空與空合亦不與空相應不觀無相與無相合亦不與無相相應不觀無願與無願合亦不與無願相應何以故舍利子空無相無願無合無不合亦無相應不相應故舍利子諸菩薩摩訶薩修行般若波羅蜜多與如是法相應故當言與般若波羅蜜多相應復次舍利子諸菩薩摩訶薩修行般若波羅蜜多入一切法自相空已不觀色若合若散不觀受想行識若合若散不觀色與前際若合若散何以故不見前際故不觀色與後際若合若散何以故不見後際故不觀色與中際若合若散何以故不見中際故不觀受想行識與前際若合若散何以故不見前際故不觀受想行識與後際若合若散何以故不見後際故不觀受想行識與中際若合若散何以故不見中際故舍利子諸菩薩摩訶薩修行般若波羅蜜多與如是法相應故當言與般若波羅蜜多相應復次舍利子諸菩薩摩訶薩不觀前際與後際若合若散不觀前際與中際若合若散不觀後際與前

際若合若散不觀後際與中際若合若散不觀中際與前際若合若散不觀中際與後際若合若散不觀前際與後際中際若合若散不觀後際與前際中際若合若散不觀中際與前際後際若合若散不觀前際後際中際若合若散何以故三世空故舍利子諸菩薩摩訶薩修行般若波羅蜜多與如是法相應故當知與般若波羅蜜多相應復次舍利子諸菩薩摩訶薩修行般若波羅蜜多不觀一切智與過去若合若散何以故尚不見過去況觀一切智與過去若合若散不觀一切智與未來若合若散何以故尚不見未來況觀一切智與未來若合若散不觀一切智與現在若合若散何以故尚不見現在況觀一切智與現在若合若散不觀一切智與色若合若散何以故尚不見色況觀一切智與色若合若散不觀一切智與受想行識若合若散何以故尚不見受想行識況觀一切智與受想行識若合若散不觀一切智與眼處若合若散何以故尚不見眼處況觀一切智與眼處若合若散不觀一切智與耳鼻舌身意處若合若散何以故尚不見耳鼻舌身意處況觀一切智與耳鼻舌身意處若合若散不觀一切智與色處若合若散何以故尚不見色處況觀一切智與色處若合若散不觀一切智與聲香味觸法處若合若散何以故尚不見聲香味觸法處況觀一切智與聲香味觸法處若合若散不觀一切智與眼界若合若散何以故尚不見眼界況觀一切智與眼界若合若散不觀一切智與耳鼻舌身意界若

合若散何以故尚不見耳鼻舌身意界況觀一切智與耳鼻舌身意界若合若散不觀一切智與色界若合若散何以故尚不見色界況觀一切智與色界若合若散不觀一切智與聲香味觸法界若合若散何以故尚不見聲香味觸法界況觀一切智與聲香味觸法界若合若散不觀一切智與眼識界若合若散何以故尚不見眼識界況觀一切智與眼識界若合若散不觀一切智與耳鼻舌身意識界若合若散何以故尚不見耳鼻舌身意識界況觀一切智與耳鼻舌身意識界若合若散不觀一切智與苦聖諦若合若散何以故尚不見苦聖諦況觀一切智與苦聖諦若合若散不觀一切智與集滅道聖諦若合若散何以故尚不見集滅道聖諦況觀一切智與集滅道聖諦若合若散不觀一切智與無明若合若散何以故尚不見無明況觀一切智與無明若合若散不觀一切智與行識名色六處觸受愛取有生老死若合若散何以故尚不見行乃至老死況觀一切智與行乃至老死若合若散不觀一切智與布施波羅蜜多若合若散何以故尚不見布施波羅蜜多況觀一切智與布施波羅蜜多若合若散不觀一切智與淨戒安忍精進靜慮般若波羅蜜多若合若散何以故尚不見淨戒安忍精進靜慮般若波羅蜜多況觀一切智與淨戒安忍精進靜慮般若波羅蜜多若合若散不觀一切智與四念住若合若散何以故尚不見四念住況觀一切智與四念住若合若散不觀一切智與四正斷四神足五根五力

七等覺支八聖道支若合若散何以故尚不見四正斷乃至八聖道支況觀一切智與四正斷乃至八聖道支若合若散不觀一切智與六神通若合若散何以故尚不見六神通況觀一切智與六神通若合若散不觀一切智與佛十力若合若散何以故尚不見佛十力況觀一切智與佛十力若合若散不觀一切智與四無所畏四無礙解十八佛不共法若合若散何以故尚不見四無所畏四無礙解十八佛不共法況觀一切智與四無所畏四無礙解十八佛不共法若合若散不觀一切智與佛若合若散亦不觀佛與一切智若合若散何以故一切智即是佛佛即是一切智故不觀一切智與菩提若合若散亦不觀菩提與一切智若合若散何以故一切智即是菩提菩提即是一切智故舍利子諸菩薩摩訶薩修行般若波羅蜜多與如是法相應故當言與般若波羅蜜多相應復次舍利子諸菩薩摩訶薩修行般若波羅蜜多不著色若有若非有不著受想行識若有若非有不著色若常若無常不著受想行識若常若無常不著色若樂若苦不著受想行識若樂若苦不著色若我若無我不著受想行識若我若無我不著色若寂靜若不寂靜不著受想行識若寂靜若不寂靜不著色若空若不空不著受想行識若空若不空不著色若有相若無相不著受想行識若有相若無相不著色若有願若無願不著受想行識若有願若無願舍利子諸菩薩摩訶薩修行般若波羅蜜多與如是法相應故當言與般若波羅蜜

多相應復次舍利子諸菩薩摩訶薩修行般若波羅蜜多不作是念我行般若波羅蜜多不作是念我不行般若波羅蜜多不作是念我亦行亦不行般若波羅蜜多不作是念我非行非不行般若波羅蜜多舍利子諸菩薩摩訶薩修行般若波羅蜜多與如是法相應故當言與般若波羅蜜多相應復次舍利子諸菩薩摩訶薩修行般若波羅蜜多時不爲布施波羅蜜多故修行般若波羅蜜多不爲淨戒安忍精進靜慮般若波羅蜜多故修行般若波羅蜜多不爲入菩薩正決定故修行般若波羅蜜多不爲得菩薩不退轉地故修行般若波羅蜜多不爲成熟有情故修行般若波羅蜜多不爲嚴淨佛土故修行般若波羅蜜多不爲四念住故修行般若波羅蜜多不爲四正斷四神足五根五力七等覺支八聖道支故修行般若波羅蜜多不爲佛十力故修行般若波羅蜜多不爲四無所畏四無礙解十八佛不共法故修行般若波羅蜜多不爲內空故修行般若波羅蜜多不爲外空內外空大空空空勝義空有爲空無爲空畢竟空無際空無散空本性空共相空一切法空無性空無性自性空故修行般若波羅蜜多不爲眞如故修行般若波羅蜜多不爲法界法性實際故修行般若波羅蜜多何以故舍利子諸菩薩摩訶薩修行般若波羅蜜多時不見諸法性差別故舍利子諸菩薩摩訶薩修行般若波羅蜜多與如是法相應故當言與般若波羅蜜多相應復次舍利子諸菩薩摩訶薩修行般若波羅蜜多不爲天眼智

證通故修行般若波羅蜜多不爲天耳他心宿住隨念神境漏盡智證通故修行般若波羅蜜多何以故舍利子諸菩薩摩訶薩修行般若波羅蜜多時尚不見般若波羅蜜多況見菩薩摩訶薩及諸如來應正等覺六神通事舍利子諸菩薩摩訶薩修行般若波羅蜜多與如是法相應故當言與般若波羅蜜多相應復次舍利子諸菩薩摩訶薩修行般若波羅蜜多不作是念我以天眼智證通遍觀十方殑伽沙等諸佛世界一切有情死此生彼品類差別不作是念我以天耳智證通遍聞十方殑伽沙等諸佛世界一切有情言音差別不作是念我以他心智證通遍知十方殑伽沙等諸佛世界一切有情心及心所緣慮差別不作是念我以宿住隨念智證通遍憶十方殑伽沙等諸佛世界一切有情宿住差別不作是念我以神境智證通遍往十方殑伽沙等諸佛世界爲諸有情宣說正法不作是念我以漏盡智證通遍了十方殑伽沙等諸佛世界一切有情漏盡不盡舍利子諸菩薩摩訶薩修行般若波羅蜜多與如是法相應故當言與般若波羅蜜多相應復次舍利子如是菩薩摩訶薩修行般若波羅蜜多與般若波羅蜜多相應時方便善巧普能安立無量無數無邊有情於無餘依般涅槃界一切惡魔及諸眷屬不得其便一切煩惱悉皆伏滅世間衆事所欲皆成十方各如殑伽沙界一切如來應正等覺及諸菩薩摩訶薩衆皆共護念如是菩薩不令退墮一切聲聞獨覺等地十方各如殑伽沙界聲聞獨覺四

大王衆天乃至他化自在天梵衆天乃至大梵天光天乃至極光淨天淨天乃至遍淨天廣天乃至廣果天無煩天乃至色究竟天皆共擁衛是菩薩摩訶薩諸有所爲令無障礙皆速成辦所有身心種種病苦咸得痊除設有罪業於當來世應受苦報轉現輕受何以故舍利子是菩薩摩訶薩於一切有情慈悲周遍故舍利子是菩薩摩訶薩修行般若波羅蜜多具大勢力少用加行則能引發一切殊勝陀羅尼門一切殊勝三摩地門皆得現起由斯勢力隨意引生世出世間種種功德隨所生處常得逢事諸佛世尊及諸菩薩摩訶薩衆乃至無上正等菩提於其中間常不離佛及諸菩薩摩訶薩衆舍利子當知是菩薩摩訶薩修行般若波羅蜜多與般若波羅蜜多相應故得如是等無量無邊不可思議功德勝利復次舍利子諸菩薩摩訶薩修行般若波羅蜜多不作是念有法與法若相應若不相應若等若不等何以故舍利子是菩薩摩訶薩不見有法與法若相應若不相應若等若不等故舍利子諸菩薩摩訶薩修行般若波羅蜜多與如是法相應故當言與般若波羅蜜多相應

大般若波羅蜜多經卷第四百八十

音釋

魁膾（魁枯回切凡爲首者曰魁膾古外切切肉也謂宰殺者）薩埵（梵語也此云成衆生謂用佛道成就衆生也埵音朶）蘆葦（葦烏賄切）鄔波尼殺曇（梵語也此謂數之極鄔安古切曇徒南切）

大般若波羅蜜多經卷第四百八十一

唐三藏法師玄奘奉詔譯

第三分舍利子品第二之三

復次舍利子諸菩薩摩訶薩修行般若波羅蜜多不作是念我於法界若速現等覺若不速現等覺何以故舍利子無有少法能於法界現等覺故舍利子是菩薩摩訶薩不見少法離法界者不見法界離諸法有不見少法即法界者不見法界即諸法有何以故舍利子法與法界非即離故舍利子是菩薩摩訶薩不作是念法界能爲諸法因緣不作是念如是諸法能證法界何以故舍利子是菩薩摩訶薩尚不見有少法何況有法能證法界舍利子是菩薩摩訶薩不見法界與空相應亦不見空與法界相應諸佛亦爾何以故舍利子空與法界非相應非不相應非即非離故舍利子諸菩薩摩訶薩修行般若波羅蜜多相與如是法相應故當言與般若波羅蜜多相應復次舍利子諸菩薩摩訶薩修行般若波羅蜜多不見法界與空相應亦不見空與法界相應舍利子是菩薩摩訶薩不見色與空相應亦不見空與色相應不見受想行識與空相應亦不見空與受想行識相應舍利子是菩薩摩訶薩不見眼處與空相應亦不見空與眼處相應不見耳鼻舌身意處與空相應亦不見空與耳鼻舌身意處相應舍利子是菩薩摩訶薩不見色處與空相應亦不見空與色處相應不見聲香味觸法處與空相應亦不見空與聲香味觸法處相應舍利子是菩薩摩訶薩不見眼界與空相應亦不見

空與眼界相應不見耳鼻舌身意界與空相應亦不見空與耳鼻舌身意界相應舍利子是菩薩摩訶薩不見色界與空相應亦不見空與色界相應不見聲香味觸法界與空相應亦不見空與聲香味觸法界相應舍利子是菩薩摩訶薩不見眼識界與空相應亦不見空與眼識界相應不見耳鼻舌身意識界與空相應亦不見空與耳鼻舌身意識界相應舍利子若菩薩摩訶薩修行般若波羅蜜多能如是相應是為第一與空相應舍利子是菩薩摩訶薩由與如是空相應故不墮聲聞獨覺等地成熟有情嚴淨佛土疾證無上正等菩提舍利子諸菩薩摩訶薩諸相應中與般若波羅蜜多相應最為第一最尊最勝最上最妙最高最極無上無上上無等無等等何以故舍利子如是般若波羅蜜多相應即是空相應即是無相相應即是無願相應故舍利子諸菩薩摩訶薩與如是般若波羅蜜多相應時當知即為受菩提記若近受記舍利子是菩薩摩訶薩由此相應能為無量無數有情作大饒益舍利子是菩薩摩訶薩不作是念我與般若波羅蜜多相應不作是念我於菩提已得受記若近受記不作是念我能嚴淨佛土我能成熟有情不作是念我當證得所求無上正等菩提轉妙法輪度無量衆何以故舍利子是菩薩摩訶薩不見有法離於法界不見法界離諸法有不見有法能行般若波羅蜜多不見有法得佛授記不見有法能得無上正等菩提不見有法能嚴淨佛土不見有法能成熟有情何以故舍利

子諸菩薩摩訶薩修行般若波羅蜜多時畢竟不起有情等想所以者何諸有情等畢竟不生亦復不滅彼既畢竟不生不滅云何當能修行般若波羅蜜多如諸有情不生不滅諸法亦爾舍利子是菩薩摩訶薩不見有情諸法生故修行般若波羅蜜多不見有情諸法滅故修行般若波羅蜜多達諸有情及法空故修行般若波羅蜜多達諸有情及法非我故修行般若波羅蜜多達諸有情及法不可得故修行般若波羅蜜多達諸有情及法遠離故修行般若波羅蜜多舍利子諸菩薩摩訶薩修行般若波羅蜜多時與空相應最爲第一與般若波羅蜜多相應最尊最勝無能及者舍利子諸菩薩摩訶薩如是相應能正引發大慈大悲及餘無量無邊佛法由此勢力畢竟不起慳貪犯戒忿恚懈怠散亂惡慧雜染之心爾時舍利子白佛言世尊若菩薩摩訶薩與般若波羅蜜多相應是菩薩摩訶薩從何處沒來生此間從此間沒當生何處佛告尊者舍利子言若菩薩摩訶薩與般若波羅蜜多相應是菩薩摩訶薩或從餘佛土沒來生此間或從覩史多天沒來生此間或從人中沒來生此間舍利子若菩薩摩訶薩與般若波羅蜜多相應從餘佛土沒來生此者是菩薩摩訶薩速與般若波羅蜜多相應由此因緣轉生便得深妙法門疾現在前從是已後恒與般若波羅蜜多速得相應在所生處常值諸佛供養恭敬尊重讚歎無空過者舍利子若菩薩摩訶薩與般若波羅蜜多相應從覩史多天沒來生此者是菩薩摩

訶薩於六波羅蜜多常不忘失恒現在前於一切陀羅尼門三摩地門亦常不忘失恒現在前舍利子若菩薩摩訶薩與般若波羅蜜多相應從人中没來生此者是菩薩摩訶薩除得不退轉其根昧鈍不能速與般若波羅蜜多相應於陀羅尼門三摩地門俱未自在不能數數現前又舍利子汝復所問若菩薩摩訶薩與般若波羅蜜多相應是菩薩摩訶薩從此間没當生何處者舍利子是菩薩摩訶薩從此没已生餘佛土從一佛國至一佛國隨所生處常遇如來應正等覺乃至證得所求無上正等菩提恒不離佛復次舍利子有菩薩摩訶薩無方便善巧故雖能現起四靜慮亦能修行六波羅蜜多由得靜慮故生長壽天隨彼壽盡來生人間值遇諸佛供養恭敬尊重讃歎修行六種波羅蜜多而根昧鈍不極明利復次舍利子有菩薩摩訶薩雖得靜慮修行般若波羅蜜多而無方便善巧故棄捨靜慮生於欲界當知是菩薩摩訶薩根亦昧鈍不極明利復次舍利子有菩薩摩訶薩雖能入四靜慮亦能入四無量亦能入四無色定亦能修四念住四正斷四神足五根五力七等覺支八聖道支如來十力四無所畏四無礙解大慈大悲大喜大捨十八佛不共法而有方便善巧故不隨靜慮無量無色勢力而生但生有佛世界常遇如來應正等覺不離般若波羅蜜多於賢劫中定當作佛復次舍利子有菩薩摩訶薩雖能起四靜慮四無量四無色定而有方便善巧故不隨靜慮無量無色勢力而生還生欲界或刹帝

利大族或婆羅門大族或長者大族或居士大族爲欲成熟諸有情故復次舍利子有菩薩摩訶薩雖現入四靜慮四無量四無色定而有方便善巧故不隨靜慮無量無色勢力而生還生欲界或四大王衆天或三十三天或夜摩天或覩史多天或樂變化天或他化自在天爲欲成熟諸有情故或爲嚴淨自佛土故常遇諸佛供養恭敬尊重讚歎無空過者復次舍利子有菩薩摩訶薩雖能現入四靜慮四無量四無色定而有方便善巧故從此處沒生梵世中作大梵王威德自在遊諸佛土從一佛國至一佛國其中菩薩未證無上正等覺者勸證無上正等菩提已證無上正等覺者請轉法輪饒益一切復次舍利子有菩薩摩訶薩一生所繫修行般若波羅蜜多有方便善巧故雖現起四靜慮四無量四無色定修四念住四正斷四神足五根五力七等覺支八聖道支空三摩地無相三摩地無願三摩地而不隨靜慮無量無色勢力而轉現前奉事親近供養現在如來應正等覺於此佛所勤修梵行從此間沒生覩史多天隨彼壽量諸根無缺具念正知無量無數百千俱胝那庾多天衆恭敬圍遶來生人中證得無上正等菩提轉妙法輪度無量衆復次舍利子有菩薩摩訶薩得六神通不生欲界不生色界不生無色界遊諸佛土供養恭敬尊重讚歎諸佛世尊修菩薩行乃至證得所求無上正等菩提復次舍利子有菩薩摩訶薩得六神通遊戲自在從一佛國至一佛國所經佛土無有聲聞獨覺乘名唯有一乘諸

菩薩衆復次舍利子有菩薩摩訶薩得六神通遊戲自在從一佛國至一佛國所經佛土有情壽量不可數知復次舍利子有菩薩摩訶薩得六神通遊諸世界從一世界至一世界或有世界不聞佛名法名僧名是菩薩摩訶薩往彼讚歎三寶功德令諸有情深生淨信由斯長夜得大饒益是菩薩摩訶薩從此命終生有佛界修菩薩行漸次證得所求無上正等菩提復次舍利子有菩薩摩訶薩從初發心得四靜慮四無量四無色定修四念住四正斷四神足五根五力七等覺支八聖道支修佛十力四無所畏四無礙解十八佛不共法是菩薩摩訶薩不生欲界不生色界不生無色界常生能益有情之處利益安樂所化有情復次舍利子有菩薩摩訶薩從初發心能入菩薩正決定位乃至能住不退轉地復次舍利子有菩薩摩訶薩從初發心便能展轉證得無上正等菩提轉妙法輪度脫無量無數有情令獲殊勝利益安樂於無餘依般涅槃界而般涅槃般涅槃後所說正法若住一劫若一劫餘饒益無邊諸有情類復次舍利子有菩薩摩訶薩從初發心能與般若波羅蜜多相應與無量無數百千俱胝那庾多菩薩摩訶薩恭敬圍遶遊諸佛土供養恭敬尊重讚歎諸佛世尊成熟有情嚴淨佛土復次舍利子有菩薩摩訶薩修行般若波羅蜜多得四靜慮四無量四無色定能於其中自在遊戲謂先入初靜慮從初靜慮起入滅等至從滅等至起入第二靜慮從第二靜慮起入滅等至從滅等至起入第三靜慮從

第三靜慮起入滅等至從滅等至起入第四靜慮從第四靜慮起入滅等至從滅等至起入空無邊處從空無邊處起入滅等至從滅等至起入識無邊處從識無邊處起入滅等至從滅等至起入無所有處從無所有處起入滅等至從滅等至起入非想非非想處從非想非非想處起入滅等至如是舍利子菩薩摩訶薩修行般若波羅蜜多方便善巧於諸等至次第超越順逆往還遊戲自在復次舍利子有菩薩摩訶薩雖已得四念住四正斷四神足五根五力七等覺支八聖道支亦已修佛十力四無所畏四無礙解十八佛不共法而不取預流果若一來果若不還果若阿羅漢果若獨覺菩提若佛無上正等菩提是菩薩摩訶薩修行般若波羅蜜多有方便善巧故令諸有情修四念住四正斷四神足五根五力七等覺支八聖道支得預流果或一來果或不還果或阿羅漢果或獨覺菩提亦令有情修佛十力四無所畏四無礙解十八佛不共法證得無上正等菩提舍利子此諸聲聞獨覺果智即是菩薩摩訶薩忍舍利子是菩薩摩訶薩當知已住不退轉地安住般若波羅蜜多能爲斯事復次舍利子有菩薩摩訶薩安住六波羅蜜多淨覩史多天宫此賢劫中當得作佛利益安樂無量有情復次舍利子有菩薩摩訶薩修行般若波羅蜜多雖已得四靜慮四無量四無色定已修四念住四正斷四神足五根五力七等覺支八聖道支亦已修佛十力四無所畏四無礙解十八佛不共法常勤修學趣菩提行而於四

諦現未通達當知是菩薩摩訶薩一生所繫未得無上正等菩提復次舍利子有菩薩摩訶薩修行六種波羅蜜多遊諸世界安立有情於無上覺嚴淨佛土當知是菩薩摩訶薩要經無量無數大劫方得無上正等菩提復次舍利子有菩薩摩訶薩安住六種波羅蜜多常勤精進饒益有情口常不說引無義語身心不起招無義業復次舍利子有菩薩摩訶薩常以六種波羅蜜多而爲上首修菩薩行施諸有情一切樂具須食與食須飲與飲須衣服與衣服須車乘與車乘須香鬘與香鬘須臥具與臥具須舍宅與舍宅須財穀與財穀須珍寶與珍寶須嚴具與嚴具須僮僕與僮僕隨餘所須悉皆施與勸修衆善教斷諸惡皆令證得常樂涅槃復次舍利子有菩薩摩訶薩化身如佛遍入地獄旁生鬼界人天趣中隨其類音爲說正法令獲殊勝利益安樂復次舍利子有菩薩摩訶薩安住六種波羅蜜多化身如佛遍往十方殑伽沙等諸佛世界爲諸有情宣說正法嚴淨佛土於諸佛所聽聞正法恭敬供養尊重讚歎遍取十方最勝無上微妙清淨佛土之相而便自起最勝無上嚴淨佛土於中安處一生所繫諸大菩薩令疾證得所求無上正等菩提復次舍利子有菩薩摩訶薩修行六種波羅蜜多具三十二大丈夫相八十隨好莊嚴其身諸根猛利無上清淨衆生見者無不敬愛漸次化導令疾證得三乘涅槃如是舍利子諸菩薩摩訶薩應學清淨身語意業利益安樂一切有情復次舍利子有菩薩摩訶薩修行般

若波羅蜜多雖得諸根最勝猛利而不自舉輕蔑他人復次舍利子有菩薩摩訶薩從初發心恒住施戒波羅蜜多乃至未得不退轉地於一切時不墮惡趣復次舍利子有菩薩摩訶薩從初發心乃至未得不退轉地終不捨離十善業道復次舍利子有菩薩摩訶薩安住施戒波羅蜜多作轉輪王具大威德常以財寶給施有情令其安住十善業道復次舍利子有菩薩摩訶薩安住施戒波羅蜜多攝多百千轉輪王報由斯值遇無量百千諸佛世尊供養恭敬尊重讚歎無空過者復次舍利子有菩薩摩訶薩安住六種波羅蜜多常爲有情作法明照恒不遠離佛法光明如是展轉乃至證得所求無上正等菩提舍利子是菩薩摩訶薩由此因緣於諸佛法常能現起是故舍利子諸菩薩摩訶薩修行般若波羅蜜多常不應起有罪身業語業意業時舍利子白佛言世尊云何名爲有罪身業語業意業佛告舍利子若菩薩摩訶薩作如是念何等是身我由此身而起身業何等是語我由此語而起語業何等是意我由此意而起意業舍利子是名有罪身語意業舍利子諸菩薩摩訶薩修行般若波羅蜜多不得身及身業不得語及語業不得意及意業舍利子若菩薩摩訶薩修行般若波羅蜜多得身語意及彼業者便起慳貪犯戒忿恚懈怠散亂惡慧之心舍利子若菩薩摩訶薩修行般若波羅蜜多起如是心無有是處又舍利子諸菩薩摩訶薩修行般若波羅蜜多起身語意三種麤重亦無是處何以故舍利子諸菩

薩摩訶薩修行六種波羅蜜多能淨身語意三種麤重故時舍利子白佛言世尊云何菩薩摩訶薩淨身語意三種麤重佛告舍利子諸菩薩摩訶薩修行般若波羅蜜多不得身及身麤重不得語及語麤重不得意及意麤重舍利子如是菩薩摩訶薩能淨身語意三種麤重又舍利子若菩薩摩訶薩從初發心能具受持十善業道不起聲聞獨覺作意恒念度脱一切有情舍利子是菩薩摩訶薩亦名能淨三種麤重復次舍利子有菩薩摩訶薩修行六種波羅蜜多淨菩提道時舍利子白佛言世尊云何名爲菩薩摩訶薩菩提道佛告舍利子若菩薩摩訶薩修菩薩行時不得身業不得語業不得意業不得布施波羅蜜多不得淨戒安忍精進靜慮般若波羅蜜

多不得聲聞不得獨覺不得菩薩不得如來不得一切法舍利子是爲菩薩摩訶薩菩提道舍利子諸菩薩摩訶薩修行六種波羅蜜多趣菩提道無能制者時舍利子白佛言世尊何緣菩薩摩訶薩修行六種波羅蜜多趣菩提道無能制者佛言舍利子諸菩薩摩訶薩修行六種波羅蜜多不取色不取受想行識不取眼處色處不取耳處聲處不取鼻處香處不取舌處味處不取身處觸處不取意處法處不取眼界色界眼識界不取耳界聲界耳識界不取鼻界香界鼻識界不取舌界味界舌識界不取身界觸界身識界不取意界法界意識界不取地界不取水火風空識界不取四念住不取四正斷四神足五根五力七等覺支八聖道支不取布施波羅蜜多

不取淨戒安忍精進靜慮般若波羅蜜多不取佛十力不取四無所畏四無礙解十八佛不共法不取預流果不取一來不還阿羅漢果不取獨覺菩提不取菩薩摩訶薩行不取無上正等菩提舍利子由是緣故諸菩薩摩訶薩修行六種波羅蜜多增長熾盛趣菩提道無能制者復次舍利子有菩薩摩訶薩安住般若波羅蜜多速能圓滿一切智智成勝智故關閉一切險惡趣門受人天身常不貧賤諸根具足形貌端嚴世間天人咸所敬愛時舍利子白佛言世尊何等名爲菩薩摩訶薩所成勝智佛言舍利子諸菩薩摩訶薩由成此智普見十方殑伽沙等諸佛世界一切如來應正等覺普聞諸佛所說法音普見彼會一切聲聞菩薩僧等普見彼土嚴淨之相

舍利子諸菩薩摩訶薩由成此智不起世界想不起佛想不起法想不起聲聞僧想不起菩薩僧想不起獨覺想不起自想不起他想不起佛土嚴淨之想舍利子諸菩薩摩訶薩由成此智雖行布施波羅蜜多而不得布施波羅蜜多雖行淨戒安忍精進靜慮般若波羅蜜多而不得淨戒安忍精進靜慮般若波羅蜜多雖修四念住而不得四念住雖修四正斷四神足五根五力七等覺支八聖道支而不得四正斷乃至八聖道支雖集佛十力而不得佛十力雖集四無所畏四無礙解十八佛不共法而不得四無所畏四無礙解十八佛不共法舍利子是爲菩薩摩訶薩所成勝智諸菩薩摩訶薩由成此智速能圓滿一切佛法雖能圓滿一切佛法而無所取復次

舍利子有菩薩摩訶薩修行六種波羅蜜多得淨五眼所謂肉眼天眼慧眼法眼佛眼時舍利子白佛言世尊云何菩薩摩訶薩得淨肉眼佛告舍利子有菩薩摩訶薩肉眼能見百踰繕那有菩薩摩訶薩肉眼能見二百踰繕那有菩薩摩訶薩肉眼能見三百乃至千踰繕那有菩薩摩訶薩肉眼能見贍部洲界有菩薩摩訶薩肉眼能見二大洲界有菩薩摩訶薩肉眼乃至能見四大洲界有菩薩摩訶薩肉眼能見小千世界有菩薩摩訶薩肉眼能見中千世界有菩薩摩訶薩肉眼能見三千大千世界舍利子是爲菩薩摩訶薩得淨肉眼時舍利子復白佛言世尊云何菩薩摩訶薩得淨天眼佛告舍利子諸菩薩摩訶薩天眼能見一切四大王衆天三十三天夜摩天覩史多天樂變化天他化自在天天眼所見亦能見一切梵衆天梵輔天梵會天大梵天天眼所見亦能見一切光天少光天無量光天光音天天眼所見亦能見一切淨天少淨天無量淨天遍淨天天眼所見亦能見一切廣天少廣天無量廣天廣果天天眼所見亦能見一切無想有想天天眼所見亦能見一切無煩天無熱天善現天善見天色究竟天天眼所見舍利子有菩薩摩訶薩天眼所見一切四大王衆天乃至色究竟天天眼所不能見舍利子諸菩薩摩訶薩天眼能見十方各如殑伽沙界諸有情類死此生彼如實了知舍利子是爲菩薩摩訶薩得淨天眼時舍利子復白佛言世尊云何菩薩摩訶薩得淨慧眼佛告舍利子諸菩薩摩訶薩有淨

慧眼不見有法若有爲若無爲若善若非善若有罪若無罪若有漏若無漏若有染若離染若世間若出世間若雜染若清淨舍利子是菩薩摩訶薩慧眼不見有法可見可聞可覺可識舍利子是爲菩薩摩訶薩得淨慧眼時舍利子復白佛言世尊云何菩薩摩訶薩得淨法眼佛告舍利子諸菩薩摩訶薩法眼能如實知補特伽羅種種差別謂如實知此隨信行此隨法行此無相行此住空此住無相此住無願此由三解脫門起五根由五根起無間定由無間定起解脫智見由解脫智見永斷三結所謂薩迦耶見戒禁取疑由斷此故得預流果即此復由初得修道薄欲貪瞋得一來果即此復由上品修道盡欲貪瞋得不還果即此復由增上修道盡五順上分結所謂色貪無色貪無明慢掉舉由盡此故得阿羅漢果此由空解脫門起五根由五根起無間定由無間定起解脫知見由解脫智見永斷三結得預流果廣說乃至得阿羅漢果此由無相解脫門起五根由五根起無間定由無間定起解脫智見由解脫知見永斷三結得預流果廣說乃至得阿羅漢果此由無願解脫門起五根由五根起無間定由無間定起解脫知見由解脫知見永斷三結得預流果廣說乃至得阿羅漢果此由空無相解脫門此由空無願解脫門此由無相無願解脫門廣說亦爾舍利子是爲菩薩摩訶薩得淨法眼又舍利子諸菩薩摩訶薩法眼能如實知所有集法皆是滅法由知此故便得五根舍利子是爲菩薩摩訶薩得淨法眼復

次舍利子諸菩薩摩訶薩法眼能如實知是菩薩摩訶薩最初發心修行施戒波羅蜜多成就信根乃至精進根方便善巧故思受身增長善法是菩薩摩訶薩或生剎帝利大族乃至或生居士大族或生四大王衆天乃至或生他化自在天安住彼處成熟有情施諸有情種種樂具嚴淨佛土逢事如來應正等覺供養恭敬尊重讚歎不墮聲聞獨覺等地乃至無上正等菩提終不退轉舍利子是爲菩薩摩訶薩得淨法眼復次舍利子諸菩薩摩訶薩法眼能如實知是菩薩摩訶薩於無上正等菩提已得受記是菩薩摩訶薩於無上正等菩提未得受記是菩薩摩訶薩已得不退是菩薩摩訶薩未得不退是菩薩摩訶薩已圓滿神通是菩薩摩訶薩未圓滿神通是菩薩摩訶薩能往十方殑伽沙等諸佛世界供養恭敬尊重讚歎諸佛世尊是菩薩摩訶薩不能往十方殑伽沙等諸佛世界供養恭敬尊重讚歎諸佛世尊是菩薩摩訶薩已得神通是菩薩摩訶薩未得神通是菩薩摩訶薩已嚴淨佛土是菩薩摩訶薩未嚴淨佛土是菩薩摩訶薩已成熟有情是菩薩摩訶薩未成熟有情是菩薩摩訶薩已爲諸佛之所稱歎是菩薩摩訶薩未爲諸佛之所稱歎是菩薩摩訶薩已親覲諸佛是菩薩摩訶薩未親覲諸佛是菩薩摩訶薩壽命無量是菩薩摩訶薩壽命有量是菩薩摩訶薩得菩提時苾芻僧無量是菩薩摩訶薩得菩提時有菩薩芻僧有量是菩薩摩訶薩得菩提時有菩薩僧是菩薩摩訶薩得菩提時無菩薩僧是菩

薩摩訶薩有難行苦行是菩薩摩訶薩無難行苦行是菩薩摩訶薩巳住最後有是菩薩摩訶薩未住最後有是菩薩摩訶薩巳坐菩提座是菩薩摩訶薩未坐菩提座是菩薩摩訶薩有魔來嬈是菩薩摩訶薩無魔來嬈舍利子是爲菩薩摩訶薩得淨法眼時舍利子復白佛言世尊云何菩薩摩訶薩得淨佛眼佛告舍利子諸菩薩摩訶薩菩提心無間入金剛喻定得一切相智成佛十力四無所畏四無礙解十八佛不共法大慈大悲大喜大捨得淨佛眼諸菩薩摩訶薩由得此眼無所不見無所不聞無所不覺無所不識舍利子是爲菩薩摩訶薩得淨佛眼舍利子若菩薩摩訶薩欲得如是清淨五眼應學六種波羅蜜多何以故舍利子如是六種波羅蜜多能攝一切殊勝善法所謂一切聲聞善法獨覺善法菩薩善法如來善法舍利子若有說言甚深般若波羅蜜多能攝一切殊勝善法是爲正說所以者何甚深般若波羅蜜多是一切善法母能生一切波羅蜜多及五眼等殊勝功德舍利子若菩薩摩訶薩欲得如是清淨五眼應學般若波羅蜜多舍利子若菩薩摩訶薩欲得無上正等菩提應學五眼舍利子若菩薩摩訶薩能學五眼定得無上正等菩提

大般若波羅蜜多經卷第四百八十一

大般若波羅蜜多經卷第四百八十二

唐三藏法師玄奘奉　詔譯

第三分舍利子品第二之四

復次舍利子有菩薩摩訶薩修行般若波羅蜜多能引發六神通波羅蜜多舍利子有菩薩摩訶薩神境智證通能起種種大神變事所謂震動十方各如殑伽沙界大地等物變一爲多變多爲一或顯或隱迅疾無礙山崖牆壁直過如空陵虛往來猶如飛鳥地中出没如出没水水上經行如經行地身出煙焰如燎高原體注衆流如銷雪嶺日月神德威勢難當以手捫摩光明隱蔽乃至淨居轉身自在如是神變其數無邊舍利子此菩薩摩訶薩雖具如是神境智用而於其中不自高舉不執神境智證通性不執神境智證通事不執能得如是神境智證通者於執不執俱無所執何以故舍利子自性空故自性離故自性本來不可得故舍利子是菩薩摩訶薩不爲娛樂引發如是神境智通唯除爲得一切智智舍利子是爲菩薩摩訶薩修行般若波羅蜜多引發神境智證通波羅蜜多舍利子有菩薩摩訶薩天耳智證通最勝清淨過人天耳能如實聞十方各如殑伽沙界情非情類種種音聲所謂遍聞諸地獄聲旁生聲鬼界聲人聲天聲聲聞聲獨覺聲菩薩聲如來聲及餘一切情非情聲若大若小無障無礙舍利子此菩薩摩訶薩雖具如是天耳智用而於其中不自高舉不執天耳智證通性不執天耳智證通事不執能得如是天耳智證通者於執不執俱無所執何以故舍利子

自性空故自性離故自性本來不可得故舍利子是菩薩摩訶薩不爲娛樂引發如是天耳智通唯除爲得一切智智舍利子是爲菩薩摩訶薩修行般若波羅蜜多引發天耳智證通波羅蜜多舍利子有菩薩摩訶薩他心智證通能如實知十方各如殑伽沙界他有情類心及心所所謂徧知他有情類若有貪心若離貪心若有瞋心若離瞋心若有癡心若離癡心若有愛心若離愛心若有取心若離取心若聚心若散心若小心若大心若舉心若下心若寂靜心若不寂靜心若掉心若不掉心若定心若不定心若解脫心若不解脫心若有漏心若無漏心若有疊心若無疊心若有上心若無上心皆如實知舍利子此菩薩摩訶薩雖具如是他心智用而於其中不自高舉不執他心智證通性不執他心智證通事不執能得如是他心智證通者於執不執俱無所執何以故舍利子自性空故自性離故自性本來不可得故舍利子是菩薩摩訶薩不爲娛樂引發如是他心智通唯除爲得一切智智舍利子是爲菩薩摩訶薩修行般若波羅蜜多引發他心智證通波羅蜜多舍利子有菩薩摩訶薩宿住隨念智證通能如實憶十方各如殑伽沙界一切有情諸宿住事所謂隨憶若自若他過去一心乃至百心頃諸宿住事或復隨憶若自若他過去一日乃至百日諸宿住事或復隨憶若自若他過去一月乃至百月諸宿住事或復隨憶若自若他過去一歲乃至百歲諸宿住事或復隨憶若自若他過去一劫百劫千劫多百

千劫乃至無量百千俱胝那庾多劫諸宿住事或復隨憶前際所有諸宿住事謂如是時如是處如是名如是性如是類如是食如是久住如是壽量如是苦樂從彼處沒來生此間從此間沒往生彼處如是形貌如是言說若略若廣諸宿住事皆能隨憶舍利子此菩薩摩訶薩雖具如是種種宿住隨念智用而於其中不自高舉不執宿住隨念智證通性不執宿住隨念智證通事不執能得宿住隨念智證通者於執不執俱無所執何以故舍利子自性空故自性離故自性本來不可得故舍利子是菩薩摩訶薩不爲娛樂引發宿住隨念智通唯除爲得一切智智舍利子是爲菩薩摩訶薩修行般若波羅蜜多引發宿住隨念智證通波羅蜜多舍利子有菩薩摩訶薩天眼智證通最勝清淨過人天眼能如實見十方各如殑伽沙界情非情類種種色像見諸有情死時生時好色惡色善趣惡趣若劣若勝隨業力用受生差別如是有情成身語意三種妙行讚美賢聖正見因緣身壞命終當昇善趣或生天上或生人中受諸快樂如是有情成身語意三種惡行誹毀賢聖邪見因緣身壞命終當墮惡趣或生地獄或生旁生或生鬼界或生邊地下賤穢惡有情聚中受諸苦惱舍利子此菩薩摩訶薩雖具如是清淨天眼見十方界諸趣有情死此生彼因果差別而於其中不自高舉不執天眼智證通性不執天眼智證通事不執能得如是天眼智證通者於執不執俱無所執何以故舍利子自性空故自性離故自性本來不

可得故舍利子是菩薩摩訶薩不爲娛樂引發如是天眼智通唯除爲得一切智智舍利子是爲菩薩摩訶薩修行般若波羅蜜多引發天眼智證通波羅蜜多舍利子有菩薩摩訶薩漏盡智證通能如實知十方各如殑伽沙界一切有情漏盡不盡菩薩雖得此漏盡通不墮聲聞及獨覺地唯趣無上正等菩提不復希求餘義利故舍利子此菩薩摩訶薩雖具如是漏盡智用而於其中不自高舉不執漏盡智證通性不執漏盡智證通事不執能得如是漏盡智證通者於執不執俱無所執何以故舍利子自性空故自性離故自性本來不可得故舍利子是菩薩摩訶薩不爲娛樂引發如是漏盡智通唯除爲得一切智智舍利子是爲菩薩摩訶薩修行般若波羅蜜多引發漏盡智證通波羅蜜多如是舍利子諸菩薩摩訶薩修行般若波羅蜜多速能圓滿清淨六通由此六通清淨圓滿速能證得一切智智復次舍利子有菩薩摩訶薩修行般若波羅蜜多安住布施波羅蜜多嚴淨一切智智道由畢竟空無慳恪故有菩薩摩訶薩修行般若波羅蜜多安住淨戒波羅蜜多嚴淨一切智智道由畢竟空無毁犯故有菩薩摩訶薩修行般若波羅蜜多安住安忍波羅蜜多嚴淨一切智智道由畢竟空無忿恚故有菩薩摩訶薩修行般若波羅蜜多安住精進波羅蜜多嚴淨一切智智道由畢竟空無懈怠故有菩薩摩訶薩修行般若波羅蜜多安住靜慮波羅蜜多嚴淨一切智智道由畢竟空無散亂故有菩薩摩訶薩修行般

若波羅蜜多安住般若波羅蜜多嚴淨一切智智道由畢竟空無惡慧故如是舍利子諸菩薩摩訶薩修行般若波羅蜜多安住六種波羅蜜多或別或總嚴淨一切智智道由畢竟空故無往來故無取捨故施設布施慳貪淨戒惡戒安忍忿恚精進懈怠靜慮散亂般若惡慧而於其中無所執著舍利子是菩薩摩訶薩當於爾時不執布施不執慳貪不執淨戒不執犯戒不執安忍不執忿恚不執精進不執懈怠不執靜慮不執散亂不執般若不執惡慧舍利子是菩薩摩訶薩當於爾時不執毀罵不執讚歎不執輕慢不執恭敬何以故舍利子無生法中毀罵讚歎輕慢恭敬皆無有故所以者何甚深般若波羅蜜多永絶一切執著事故舍利子是菩薩摩訶薩修

行般若波羅蜜多所獲功德最上最妙一切聲聞及諸獨覺皆所非有舍利子是菩薩摩訶薩功德圓滿成熟有情嚴淨佛土速能證得一切智智復次舍利子諸菩薩摩訶薩修行般若波羅蜜多時於諸有情起平等心是菩薩摩訶薩於諸有情起平等心已得一切有情平等性得一切法平等性是菩薩摩訶薩得一切有情平等性得一切法平等性已安立一切有情於一切法平等性中是菩薩摩訶薩於現法中得一切佛共所護念得一切菩薩摩訶薩共所愛重得一切聲聞獨覺共所恭敬是菩薩摩訶薩隨所生處眼常不見不可愛色耳常不聞不可愛聲鼻常不齅不可愛香舌常不嗜不可愛味身常不覺不可愛觸意常不取不可愛法舍利子是菩薩

摩訶薩能於無上正等菩提求不退轉當佛說此修行般若波羅蜜多諸菩薩摩訶薩勝功德時多百苾芻從座而起各脫上服以奉世尊奉已皆發阿耨多羅三藐三菩提心爾時世尊即便微笑從面門出種種色光時阿難陀即從座起偏覆左肩右膝著地合掌恭敬白言世尊何因何緣現此微笑諸佛現笑非無因緣是時佛告阿難陀曰此從座起多百苾芻從是已後六十一劫星喻劫中當得作佛皆同一號謂大幢相如來應正等覺明行圓滿善逝世間解無上丈夫調御士天人師佛薄伽梵此諸苾芻捨是身已當生東方不動佛國於彼佛所修菩薩行是時復有六萬天子聞佛所說甚深般若波羅蜜多相應之法歡喜信受世尊記彼當於慈氏如來法中淨信出家勤修梵行斷諸煩惱證般涅槃爾時會中一切大衆以佛神力皆見十方各千佛土及諸如來應正等覺并彼衆會彼諸佛土衆德莊嚴甚可愛樂當於爾時此堪忍界嚴淨之相所不能及時此衆會十千衆生各發願言我所修福願當往生彼彼佛土爾時世尊知其所願便復微笑面門又出種種色光時阿難陀復從座起恭敬問佛微笑因緣時佛告言汝今見此十千人不阿難陀言唯然已見佛言今此十千衆生從此命終隨彼願力於萬佛土各得往生從是已後常不離佛供養恭敬尊重讚歎修行六種波羅蜜多得圓滿已證得無上正等菩提皆同一號謂莊嚴王如來應正等覺明行圓滿善逝世間解無上丈夫調御士天人師佛薄伽梵爾

時衆中具壽舍利子具壽大目連具壽大飲光具壽善現等衆望所識諸大苾芻及苾芻尼菩薩摩訶薩鄔波索迦鄔波斯迦皆從座起合掌恭敬俱白佛言世尊菩薩摩訶薩所得般若波羅蜜多是大波羅蜜多是廣波羅蜜多是第一波羅蜜多是尊波羅蜜多是勝波羅蜜多是妙波羅蜜多是微妙波羅蜜多是高波羅蜜多是極波羅蜜多是上波羅蜜多是無上波羅蜜多是無上上波羅蜜多是等波羅蜜多是無等波羅蜜多是無等等波羅蜜多是如虛空波羅蜜多是無待對波羅蜜多是自相空波羅蜜多是共相空波羅蜜多是成就一切功德波羅蜜多是不可屈伏波羅蜜多是能伏一切波羅蜜多世尊修行般若波羅蜜多諸菩薩摩訶薩最尊最勝最上最妙具大勢力能行無等等布施淨戒安忍精進靜慮般若波羅蜜多能滿無等等布施淨戒安忍精進靜慮般若波羅蜜多能具無等等布施淨戒安忍精進靜慮般若波羅蜜多能得無等等自體所謂無邊相好妙莊嚴身能證無等等法所謂無上正等菩提世尊亦由修行般若波羅蜜多極圓滿故得無等等色得無等等受想行識證無等等菩提轉無等等法輪利益安樂諸有情類過去未來現在諸佛亦由修行甚深般若波羅蜜多能於無上正等菩提已當現證是故世尊若菩薩摩訶薩欲至一切法究竟彼岸者應學般若波羅蜜多世尊修行般若波羅蜜多諸菩薩摩訶薩一切世間天人阿素洛健達縛等皆應恭敬供養尊重讚歎爾時世尊告諸

弟子菩薩等言如是如是如汝所說修行般若波羅蜜多諸菩薩摩訶薩一切世間天人阿素洛健達縛等皆應恭敬供養尊重讚歎何以故因是菩薩摩訶薩故世間便有人天出現所謂刹帝利大族婆羅門大族長者大族居士大族轉輪聖王及諸小王富貴自在四大王衆天乃至非想非非想處天出現世間因此菩薩摩訶薩故世間便有預流一來不還阿羅漢獨覺菩薩諸佛出現因此菩薩摩訶薩故世間便有佛寶法寶僧寶出現因此菩薩摩訶薩故世間便有種種資生樂具出現所謂飲食衣服卧具病縁醫藥財穀珍寶燈明等物以要言之一切世間人天等樂及涅槃樂無不皆因如是菩薩摩訶薩有所以者何是菩薩摩訶薩自行六種波羅蜜多亦勸他行是故由此修行般若波羅蜜多諸菩薩摩訶薩一切有情皆獲殊勝利益安樂

爾時世尊現舌根相遍覆三千大千世界從此舌相復出無量種種色光普照十方殑伽沙等諸佛國土靡不周遍爾時十方殑伽沙等諸佛土中一一各有無量無數諸大菩薩見此大光心懷猶豫各各往詣自界佛所稽首恭敬白言世尊是誰神力復以何縁有此大光照諸佛土時彼彼佛各各報言於其其方有佛世界名曰堪忍佛號釋迦牟尼如來應正等覺明行圓滿善逝世間解無上丈夫調御士天人師佛薄伽梵今爲菩薩摩訶薩衆宣說般若波羅蜜多現舌根相遍覆三千大千世界從彼舌相復出無量種種色光普照十方殑伽沙等諸佛國土靡不周遍今所

見光即是彼佛舌相所現時彼彼界無量無數諸大菩薩聞已歡喜各白佛言我等欲往堪忍世界覲禮供養釋迦牟尼佛及諸菩薩并聽般若波羅蜜多唯願世尊哀愍聽往時彼彼佛各各報言今正是時隨汝意往時諸菩薩摩訶薩衆蒙佛聽許各禮雙足右遶奉辭嚴辦種種寶幢旛蓋衣服瓔珞香鬘珍寶金銀等花奏擊種種上妙音樂經須臾間至此佛所供養恭敬尊重讚歎佛菩薩已遶百千帀頂禮佛足退坐一面爾時四大王衆天乃至色究竟天各持無量種種香鬘及無量種上妙天花來詣佛所供養恭敬尊重讚歎佛菩薩已遶百千帀頂禮佛足却住一面爾時十方諸大菩薩及餘無量欲色界天所獻種種寶幢旛蓋衣服瓔珞香花珍寶及諸音樂以佛神力上踊空中合成臺蓋量等三千大千世界臺頂四角各有寶幢種種莊嚴甚可愛樂爾時世尊知十方界諸來菩薩及諸天衆意樂清淨已於諸法得無生忍達一切法無作無爲不生不滅即便微笑面門復出種種色光時阿難陀即從座起恭敬合掌白言世尊何因何緣現此微笑大聖現笑非無因緣爾時佛告阿難陀言今此會中百千俱胝那庾多衆已於諸法得無生忍達一切法無作無爲不生不滅意樂清淨由是因緣所獻花等諸供養具上涌空中合成臺蓋臺頂四角各有寶幢種種莊嚴甚可愛樂爾時會中百千俱胝那庾多衆從座而起合掌恭敬白言世尊我等未來願當作佛威德相好如今世尊國土莊嚴聲聞菩薩人天衆會所轉

法輪皆同今佛爾時世尊便告具壽阿難陀曰此從座起百千俱胝那庾多衆於未來世經六十八俱胝大劫修菩薩行花積劫中當得作佛皆同一號謂覺分花如來應正等覺明行圓滿善逝世間解無上丈夫調御士天人師佛薄伽梵

第三分善現品第三之一

時薄伽梵告善現言汝以辯才當爲菩薩摩訶薩衆宣說般若波羅蜜多教誡教授諸菩薩摩訶薩令於般若波羅蜜多得至究竟時諸菩薩大弟子衆及諸天子咸各生疑具壽善現爲以自力當爲菩薩摩訶薩衆宣說般若波羅蜜多爲承世尊威神之力爾時善現承佛神力知諸菩薩大弟子衆及諸天子心之所疑便告具壽舍利子言諸佛弟子敢有所說無不皆承佛威神力何以故舍利子佛先爲他宣說法要彼依佛教精勤修學乃至證得諸法實性後轉爲他有所宣說若與法性能不相違皆是如來方便善巧舍利子我當承佛神力加被爲諸菩薩摩訶薩衆宣說般若波羅蜜多非自辯才能爲斯事何以故舍利子甚深般若波羅蜜多非諸聲聞獨覺境界爾時具壽善現白佛言世尊如佛所言諸菩薩者何法增語謂爲菩薩世尊我不見有法可名菩薩摩訶薩亦不見有法可名般若波羅蜜多云何令我爲諸菩薩摩訶薩衆宣說般若波羅蜜多世尊我以何等般若波羅蜜多教誡教授何等菩薩摩訶薩令於般若波羅蜜多得至究竟爾時佛告具壽善現唯有假名謂爲般若波羅蜜多唯有假名謂

爲菩薩摩訶薩衆如是假名唯假施設不生不滅不在內不在外不在兩間不可得故善現當知如世間我唯有假名實不可得如是名假不生不滅唯有等想施設言說如是有情命者生者養者士夫補特伽羅意生儒童作者受者知者見者如是一切唯有假名實不可得如是名假不生不滅唯有等想施設言說此諸假名不在內不在外不在兩間不可得故如是善現若般若波羅蜜多若菩薩摩訶薩若此二名皆是假法如是假法不生不滅唯有假名施設言說不在內不在外不在兩間不可得故復次善現譬如內色唯是假法如是法假不生不滅唯有等想施設言說如是受想行識亦唯是假法如是法假不生不滅唯有等想施設言說如是一切唯有假名此諸假名不在內不在外不在兩間不可得故如是善現若般若波羅蜜多若菩薩摩訶薩若此二名皆是假法如是假法不生不滅唯有假名施設言說不在內不在外不在兩間不可得故復次善現譬如眼處唯是假法如是法假不生不滅唯有等想施設言說如是耳鼻舌身意處亦唯是假法如是法假不生不滅唯有等想施設言說如是一切唯有假名此諸假名不在內不在外不在兩間不可得故如是善現若般若波羅蜜多若菩薩摩訶薩若此二名皆是假法如是假法不生不滅唯有假名施設言說不在內不在外不在兩間不可得故復次善現譬如色處唯是假法如是法假不生不滅唯有等想施設言說如是聲香味觸法處亦唯是假法如

是法假不生不滅唯有等想施設言說如是一切唯有假名此諸假名不在內不在外不在兩間不可得故如是善現若般若波羅蜜多若菩薩摩訶薩若此二名皆是假法如是假法不生不滅唯有假名施設言說不在內不在外不在兩間不可得故復次善現譬如眼界色界眼識界唯是假法如是法假不生不滅唯有等想施設言說如是耳界聲界耳識界鼻界香界鼻識界舌界味界舌識界身界觸界身識界意界法界意識界唯是假法如是法假不生不滅唯有等想施設言說如是一切唯有假名此諸假名不在內不在外不在兩間不可得故如是善現若般若波羅蜜多若菩薩摩訶薩若此二名皆是假法如是假法不生不滅唯有假名施設言說不在內不在外不在兩間不可得故復次善現譬如內身所有頭頸肩膊手臂腹背胷脇腰脊髀膝腨脛足等皮肉骨髓唯有假名如是名假不生不滅唯有等想施設言說此諸假名不在內不在外不在兩間不可得故如是善現若般若波羅蜜多若菩薩摩訶薩若此二名皆是假法如是假法不生不滅唯有假名施設言說不在內不在外不在兩間不可得故復次善現譬如外事所有草木根莖枝葉及花果等唯有假名如是名假不生不滅唯有等想施設言說此諸假名不在內不在外不在兩間不可得故如是善現若般若波羅蜜多若菩薩摩訶薩若此二名皆是假法如是假法不生不滅唯有假名施設言說不在內不在外不在兩間不可得故復次善現譬

如過去未來諸佛唯有假名如是名假不生不滅唯有等想施設言說此諸假名不在内不在外不在兩間不可得故如是善現若般若波羅蜜多若菩薩摩訶薩若此二名皆是假法如是假法不生不滅唯有假名施設言說不在内不在外不在兩間不可得故復次善現譬如夢境谷響光影幻事陽燄水月變化唯有假名如是名假不生不滅唯有等想施設言說此諸假名不在内不在外不在兩間不可得故如是善現若般若波羅蜜多若菩薩摩訶薩若此二名皆是假法如是假法不生不滅唯有假名施設言說不在内不在外不在兩間不可得故如是善現諸菩薩摩訶薩修行般若波羅蜜多時於一切法名假法假應正修學如是善現修行般若波羅蜜多諸菩薩摩訶薩不應觀色若常若無常若樂若苦若我若無我若淨若不淨若空若不空若有相若無相若有願若無願若寂靜若不寂靜若遠離若不遠離若有爲若無爲若有漏若無漏若生若滅若善若非善若有罪若無罪若有煩惱若無煩惱若世間若出世間若雜染若清淨若屬生死若屬涅槃受想行識亦復如是復次善現修行般若波羅蜜多諸菩薩摩訶薩不應觀眼處若常若無常若樂若苦若我若無我若淨若不淨若空若不空若有相若無相若有願若無願若寂靜若不寂靜若遠離若不遠離若有爲若無爲若有漏若無漏若生若滅若善若非善若有罪若無罪若有煩惱若無煩惱若世間若出世間若雜染若清淨若屬生死若屬涅槃耳

鼻舌身意處亦復如是復次善現修行般若波羅蜜多諸菩薩摩訶薩不應觀色處若常若無常若樂若苦若我若無我若淨若不淨若空若不空若有相若無相若有願若無願若寂靜若不寂靜若遠離若不遠離若有爲若無爲若有漏若無漏若生若滅若善若非善若有罪若無罪若有煩惱若無煩惱若世間若出世間若雜染若清淨若屬生死若屬涅槃聲香味觸法處亦復如是復次善現修行般若波羅蜜多諸菩薩摩訶薩不應觀眼界若常若無常若樂若苦若我若無我若淨若不淨若空若不空若有相若無相若有願若無願若寂靜若不寂靜若遠離若不遠離若有爲若無爲若有漏若無漏若生若滅若善若非善若有罪若無罪若有煩惱若無煩惱若世間若出世間若雜染若清淨若屬生死若屬涅槃耳鼻舌身意界亦復如是復次善現修行般若波羅蜜多諸菩薩摩訶薩不應觀色界若常若無常若樂若苦若我若無我若淨若不淨若空若不空若有相若無相若有願若無願若寂靜若不寂靜若遠離若不遠離若有爲若無爲若有漏若無漏若生若滅若善若非善若有罪若無罪若有煩惱若無煩惱若世間若出世間若雜染若清淨若屬生死若屬涅槃聲香味觸法界亦復如是復次善現修行般若波羅蜜多諸菩薩摩訶薩不應觀眼識界若常若無常若樂若苦若我若無我若淨若不淨若空若不空若有相若無相若有願若無願若寂靜若不寂靜若遠離若不遠離若有爲若無爲若有漏若

無漏若生若滅若善若非善若有罪若無罪若有煩惱若無煩惱若世間若出世間若雜染若清淨若屬生死若屬涅槃耳鼻舌身意識界亦復如是復次善現修行般若波羅蜜多諸菩薩摩訶薩不應觀眼觸若常若無常若樂若苦若我若無我若淨若不淨若空若不空若有相若無相若有願若無願若寂靜若不寂靜若遠離若不遠離若有為若無為若有漏若無漏若生若滅若善若非善若有罪若無罪若有煩惱若無煩惱若世間若出世間若雜染若清淨若屬生死若屬涅槃耳鼻舌身意觸亦復如是復次善現修行般若波羅蜜多諸菩薩摩訶薩不應觀眼觸為緣所生諸受或樂或苦或不苦不樂若常若無常若樂若苦若我若無我若淨若不淨若空若不空若有相若無相若有願若無願若寂靜若不寂靜若遠離若不遠離若有為若無為若有漏若無漏若生若滅若善若非善若有罪若無罪若有煩惱若無煩惱若世間若出世間若雜染若清淨若屬生死若屬涅槃耳鼻舌身意觸為緣所生諸受或樂或苦或不苦不樂亦復如是何以故善現諸菩薩摩訶薩修行般若波羅蜜多時若般若波羅蜜多若菩薩摩訶薩若此二名皆不見在有為界中亦不見在無為界中所以者何善現諸菩薩摩訶薩修行般若波羅蜜多時於如是一切法不起分別無異分別善現是菩薩摩訶薩修行般若波羅蜜多時住一切法無分別中為修四念住乃至為修八聖道支故雖行般若波羅蜜多而不見般若波羅蜜多亦

不見般若波羅蜜多名亦不見菩薩摩訶薩亦不見菩薩摩訶薩名亦不見諸佛亦不見諸佛名唯正思求一切智智善現是菩薩摩訶薩修行般若波羅蜜多時住一切法無分別中爲修布施波羅蜜多乃至爲修般若波羅蜜多爲修佛十力乃至爲修十八佛不共法故雖行般若波羅蜜多而不見般若波羅蜜多亦不見般若波羅蜜多名亦不見菩薩摩訶薩亦不見菩薩摩訶薩名亦不見諸佛亦不見諸佛名唯正思求一切智智善現是菩薩摩訶薩修行般若波羅蜜多於一切法善通達實相謂達其中無染無淨

大般若波羅蜜多經卷第四百八十二

音釋

迅疾 迅思晉切亦疾也 燎 力照切縱火也 抆摩 抆武粉切抆摩謂揩摩也 掉 杜弔切搖也 舋 許刃切瑕隙也 誹毀 誹敷尾切非議也毀虎委切訾也 齅 許救切以鼻擥氣也 嗜 時利切喜欲之也 鄔波索迦 梵語也此云近事男鄔安古切 鄔波斯迦 梵語也此云近事女 頸 音境頭莖也 髆 音博肩髆也 脇 虛業切腋下也 脊 音積背呂也 䏶 部比切股也 腨脛 腨市兗切腓腸也脛下頂切脚脛也 莖 何庚切小枝也

大般若波羅蜜多經卷第四百八十三

唐三藏法師玄奘奉詔譯

第三分善現品第三之二

如是善現諸菩薩摩訶薩修行般若波羅蜜多時於一切法應如實覺名假法假善現是菩薩摩訶薩於一切法名假法假如實覺已不取著色不取著受想行識不取著眼處色處不取著耳處聲處不取著鼻處香處不取著舌處味處不取著身處觸處不取著意處法處不取著眼界色界眼識界及眼觸眼觸爲緣所生諸受若樂若苦若不苦不樂不取著耳界聲界耳識界及耳觸耳觸爲緣所生諸受若樂若苦若不苦不樂不取著鼻界香界鼻識界及鼻觸鼻觸爲緣所生諸受若樂若苦若不苦不樂不取著舌界味界舌識界及舌觸舌觸爲緣所生諸受若樂若苦若不苦不樂不取著身界觸界身識界及身觸身觸爲緣所生諸受若樂若苦若不苦不樂不取著意界法界意識界及意觸意觸爲緣所生諸受若樂若苦若不苦不樂不取著有爲界不取著無爲界不取著布施波羅蜜多不取著淨戒安忍精進靜慮般若波羅蜜多不取著名不取著相不取著菩薩身不取著肉眼不取著天眼慧眼法眼佛眼不取著智波羅蜜多不取著神通波羅蜜多不取著內空不取著外空內外空空空大空勝義空有爲空無爲空畢竟空無際空散空本性空自相空一切法空無性空無性自性空不取著眞如不取著實際法界不取著成熟有情不取著嚴淨佛土不取著方便善巧所以者何善

現以一切法若能取著若所取著若取著時若取著處皆無所有如是善現諸菩薩摩訶薩於一切法無所取著修行般若波羅蜜多時增長布施波羅蜜多增長淨戒安忍精進靜慮般若波羅蜜多趣入菩薩正決定位能住菩薩不退轉地圓滿菩薩殊勝神通如是神通得圓滿已從一佛國至一佛國供養恭敬尊重讚嘆諸佛世尊爲欲成熟諸有情故爲欲嚴淨自佛土故爲見如來應正等覺引發種種殊勝善根既能引發勝善根已隨所樂聞諸佛正法皆得聽受既聽受已乃至安坐妙菩提座終不忘失所受法門亦無間斷普於一切陀羅尼門三摩地門皆得自在如是善現諸菩薩摩訶薩修行般若波羅蜜多時於一切法能如實覺名假法假無所取著

復次善現於意云何言菩薩者即色乃至識是菩薩耶異色乃至識是菩薩耶色乃至識中有菩薩耶菩薩中有色乃至識耶離色乃至識有菩薩耶善現答言不也世尊復次善現於意云何言菩薩者即眼處乃至意處是菩薩耶異眼處乃至意處是菩薩耶眼處乃至意處中有菩薩耶菩薩中有眼處乃至意處耶離眼處乃至意處有菩薩耶善現答言不也世尊復次善現於意云何言菩薩者即色處乃至法處是菩薩耶異色處乃至法處是菩薩耶色處乃至法處中有菩薩耶菩薩中有色處乃至法處耶離色處乃至法處有菩薩耶善現答言不也世尊復次善現於意云何言菩薩者即眼界乃至意界是菩薩耶異眼界乃至意界是菩薩耶眼界乃至意界

中有菩薩耶菩薩中有眼界乃至意界耶離眼界乃至意界有菩薩耶善現荅言不也世尊復次善現於意云何言菩薩者即色界乃至法界是菩薩耶異色界乃至法界是菩薩耶色界乃至法界中有菩薩耶菩薩中有色界乃至法界耶離色界乃至法界有菩薩耶善現荅言不也世尊復次善現於意云何言菩薩者即眼識界乃至意識界是菩薩耶異眼識界乃至意識界是菩薩耶眼識界乃至意識界中有菩薩耶菩薩中有眼識界乃至意識界耶離眼識界乃至意識界有菩薩耶善現荅言不也世尊復次善現於意云何言菩薩者即地界乃至識界是菩薩耶異地界乃至識界是菩薩耶地界乃至識界中有菩薩耶菩薩中有地界乃至識界耶離地界乃至識界有菩薩耶善現荅言不也世尊復次善現於意云何言菩薩者即無明乃至老死是菩薩耶異無明乃至老死是菩薩耶無明乃至老死中有菩薩耶菩薩中有無明乃至老死耶離無明乃至老死有菩薩耶善現荅言不也世尊佛告善現汝觀何義作如是言即色等非菩薩異色等非菩薩非色等中有菩薩非菩薩中有色等非離色等有菩薩耶善現荅言世尊若菩提若薩埵若色等尚畢竟無所有不可得故況有菩薩此既非有如何可言即色等是菩薩異色等是菩薩色等中有菩薩菩薩中有色等離色等有菩薩佛告善現善哉善哉如汝所說善現當知若菩提若薩埵若色等不可得故諸菩薩亦不可得諸菩薩不可得故所行般若波羅蜜多亦

不可得善現諸菩薩摩訶薩修行般若波羅蜜多時於此義中當勤修學復次善現於意云何即色乃至識真如是菩薩耶異色乃至識真如是菩薩耶色乃至識真如中有菩薩耶菩薩中有色乃至識真如耶離色乃至識真如有菩薩耶善現荅言不也世尊復次善現於意云何即眼處乃至意處真如是菩薩耶異眼處乃至意處真如是菩薩耶眼處乃至意處真如中有菩薩耶菩薩中有眼處乃至意處真如耶離眼處乃至意處真如有菩薩耶善現荅言不也世尊復次善現於意云何即色處乃至法處真如是菩薩耶異色處乃至法處真如是菩薩耶色處乃至法處真如中有菩薩耶菩薩中有色處乃至法處真如耶離色處乃至法處真如有菩薩耶善現荅言不也世尊復次善現於意云何即眼界乃至意界真如是菩薩耶異眼界乃至意界真如是菩薩耶眼界乃至意界真如中有菩薩耶菩薩中有眼界乃至意界真如耶離眼界乃至意界真如有菩薩耶善現荅言不也世尊復次善現於意云何即色界乃至法界真如是菩薩耶異色界乃至法界真如是菩薩耶色界乃至法界真如中有菩薩耶菩薩中有色界乃至法界真如耶離色界乃至法界真如有菩薩耶善現荅言不也世尊復次善現於意云何即眼識界乃至意識界真如是菩薩耶異眼識界乃至意識界真如是菩薩耶眼識界乃至意識界真如中有菩薩耶菩薩中有眼識界乃至意識界真如耶離眼識界乃至意識界真如有菩薩耶善現荅言

不也世尊復次善現於意云何即地界乃至識界眞如是菩薩耶異地界乃至識界眞如是菩薩耶地界乃至識界眞如中有菩薩耶菩薩中有地界乃至識界眞如耶離地界乃至識界眞如有菩薩耶善現荅言不也世尊復次善現於意云何即無明乃至老死眞如是菩薩耶異無明乃至老死眞如是菩薩耶無明乃至老死眞如中有菩薩耶菩薩中有無明乃至老死眞如耶離無明乃至老死眞如有菩薩耶善現荅言不也世尊佛告善現汝觀何義作如是言即色等眞如非菩薩異色等眞如非菩薩非色等眞如中有菩薩非菩薩中有色等眞如非離色等眞如有菩薩耶善現荅言世尊色等法尚畢竟無所有不可得故況有色等眞如此眞如既非有如何可言即色等眞如是菩薩異色等眞如是菩薩色等眞如中有菩薩菩薩中有色等眞如離色等眞如有菩薩佛告善現善哉善哉如汝所說善現當知色等法不可得故色等眞如亦不可得色等法及眞如不可得故諸菩薩亦不可得諸菩薩不可得故所行般若波羅蜜多亦不可得善現諸菩薩摩訶薩修行般若波羅蜜多時於此義中當勤修學復次善現於意云何言菩薩者色乃至識增語是菩薩耶色乃至識若常若無常增語是菩薩耶色乃至識若樂若苦增語是菩薩耶色乃至識若我若無我增語是菩薩耶色乃至識若淨若不淨增語是菩薩耶色乃至識若空若不空增語是菩薩耶色乃至識若有相若無相增語是菩薩耶色乃至識若有願若無

願增語是菩薩耶色乃至識若寂靜若不寂靜增語是菩薩耶色乃至識若遠離若不遠離增語是菩薩耶色乃至識若有爲若無爲增語是菩薩耶色乃至識若有漏若無漏增語是菩薩耶色乃至識若生若滅增語是菩薩耶色乃至識若善若非善增語是菩薩耶色乃至識若有罪若無罪增語是菩薩耶色乃至識若有煩惱若無煩惱增語是菩薩耶色乃至識若世間若出世間增語是菩薩耶色乃至識若雜染若清淨增語是菩薩耶色乃至識若屬生死若屬涅槃增語是菩薩耶

善現荅言不也世尊復次善現於意云何言菩薩者眼處乃至意處增語是菩薩耶眼處乃至意處若常若無常增語是菩薩耶眼處乃至意處若樂若苦增語是菩薩耶眼處乃至意處若我若無我增語是菩薩耶眼處乃至意處若淨若不淨增語是菩薩耶眼處乃至意處若空若不空增語是菩薩耶眼處乃至意處若有相若無相增語是菩薩耶眼處乃至意處若有願若無願增語是菩薩耶眼處乃至意處若寂靜若不寂靜增語是菩薩耶眼處乃至意處若遠離若不遠離增語是菩薩耶眼處乃至意處若有爲若無爲增語是菩薩耶眼處乃至意處若有漏若無漏增語是菩薩耶眼處乃至意處若生若滅增語是菩薩耶眼處乃至意處若善若非善增語是菩薩耶眼處乃至意處若有罪若無罪增語是菩薩耶眼處乃至意處若有煩惱若無煩惱增語是菩薩耶眼處乃至意處若世間若出世間增語是菩薩耶眼處乃至意處若

雜染若清淨增語是菩薩耶眼處乃至意處若屬生死若屬涅槃增語是菩薩耶善現荅言不也世尊復次善現於意云何言菩薩者色處乃至法處增語是菩薩耶色處乃至法處若常若無常增語是菩薩耶色處乃至法處若樂若苦增語是菩薩耶色處乃至法處若我若無我增語是菩薩耶色處乃至法處若淨若不淨增語是菩薩耶色處乃至法處若空若不空增語是菩薩耶色處乃至法處若有相若無相增語是菩薩耶色處乃至法處若有願若無願增語是菩薩耶色處乃至法處若寂靜若不寂靜增語是菩薩耶色處乃至法處若遠離若不遠離增語是菩薩耶色處乃至法處若有為若無為增語是菩薩耶色處乃至法處若有漏若無漏增語是菩薩耶色處乃至法處若生若滅增語是菩薩耶色處乃至法處若善若非善增語是菩薩耶色處乃至法處若有罪若無罪增語是菩薩耶色處乃至法處若有煩惱若無煩惱增語是菩薩耶色處乃至法處若世間若出世間增語是菩薩耶色處乃至法處若雜染若清淨增語是菩薩耶色處乃至法處若屬生死若屬涅槃增語是菩薩耶善現荅言不也世尊復次善現於意云何言菩薩者眼界乃至意界增語是菩薩耶眼界乃至意界若常若無常增語是菩薩耶眼界乃至意界若樂若苦增語是菩薩耶眼界乃至意界若我若無我增語是菩薩耶眼界乃至意界若淨若不淨增語是菩薩耶眼界乃至意界若空若不空增語是菩薩耶眼界乃至意界若有相

若無相增語是菩薩耶眼界乃至意界若有願若無願增語是菩薩耶眼界乃至意界若寂靜若不寂靜增語是菩薩耶眼界乃至意界若遠離若不遠離增語是菩薩耶眼界乃至意界若有爲若無爲增語是菩薩耶眼界乃至意界若有漏若無漏增語是菩薩耶眼界乃至意界若生若滅增語是菩薩耶眼界乃至意界若善若非善增語是菩薩耶眼界乃至意界若有罪若無罪增語是菩薩耶眼界乃至意界若有煩惱若無煩惱增語是菩薩耶眼界乃至意界若世間若出世間增語是菩薩耶眼界乃至意界若雜染若清淨增語是菩薩耶眼界乃至意界若屬生死若屬涅槃增語是菩薩耶善現荅言不也世尊復次善現於意云何言菩薩者色界乃至法界增語是菩薩耶色界乃至法界若常若無常增語是菩薩耶色界乃至法界若樂若苦增語是菩薩耶色界乃至法界若我若無我增語是菩薩耶色界乃至法界若淨若不淨增語是菩薩耶色界乃至法界若空若不空增語是菩薩耶色界乃至法界若有相若無相增語是菩薩耶色界乃至法界若有願若無願增語是菩薩耶色界乃至法界若寂靜若不寂靜增語是菩薩耶色界乃至法界若遠離若不遠離增語是菩薩耶色界乃至法界若有爲若無爲增語是菩薩耶色界乃至法界若有漏若無漏增語是菩薩耶色界乃至法界若生若滅增語是菩薩耶色界乃至法界若善若非善增語是菩薩耶色界乃至法界若有罪若無罪增語是菩薩耶色界乃至

法界若有煩惱若無煩惱增語是菩薩耶色界乃至法界若世間若出世間增語是菩薩耶色界乃至法界若雜染若清淨增語是菩薩耶色界乃至法界若屬生死若屬涅槃增語是菩薩耶善現荅言不也世尊復次善現於意云何言菩薩者眼識界乃至意識界增語是菩薩耶眼識界乃至意識界若常若無常增語是菩薩耶眼識界乃至意識界若樂若苦增語是菩薩耶眼識界乃至意識界若我若無我增語是菩薩耶眼識界乃至意識界若淨若不淨增語是菩薩耶眼識界乃至意識界若空若不空增語是菩薩耶眼識界乃至意識界若有相若無相增語是菩薩耶眼識界乃至意識界若有願若無願增語是菩薩耶眼識界乃至意識界若寂靜若不寂靜增語是菩薩耶眼識界乃至意識界若遠離若不遠離增語是菩薩耶眼識界乃至意識界若有爲若無爲增語是菩薩耶眼識界乃至意識界若有漏若無漏增語是菩薩耶眼識界乃至意識界若生若滅增語是菩薩耶眼識界乃至意識界若善若非善增語是菩薩耶眼識界乃至意識界若有罪若無罪增語是菩薩耶眼識界乃至意識界若有煩惱若無煩惱增語是菩薩耶眼識界乃至意識界若世間若出世間增語是菩薩耶眼識界乃至意識界若雜染若清淨增語是菩薩耶眼識界乃至意識界若屬生死若屬涅槃增語是菩薩耶善現荅言不也世尊復次善現於意云何言菩薩者眼觸乃至意觸增語是菩薩耶眼觸乃至意觸若常若無常增語

是菩薩耶眼觸乃至意觸若樂若苦增語是菩薩耶眼觸乃至意觸若我若無我增語是菩薩耶眼觸乃至意觸若淨若不淨增語是菩薩耶眼觸乃至意觸若空若不空增語是菩薩耶眼觸乃至意觸若有相若無相增語是菩薩耶眼觸乃至意觸若有願若無願增語是菩薩耶眼觸乃至意觸若寂靜若不寂靜增語是菩薩耶眼觸乃至意觸若遠離若不遠離增語是菩薩耶眼觸乃至意觸若有爲若無爲增語是菩薩耶眼觸乃至意觸若有漏若無漏增語是菩薩耶眼觸乃至意觸若生若滅增語是菩薩耶眼觸乃至意觸若善若非善增語是菩薩耶眼觸乃至意觸若有罪若無罪增語是菩薩耶眼觸乃至意觸若有煩惱若無煩惱增語是菩薩耶眼觸乃至意觸若世間若出世間增語是菩薩耶眼觸乃至意觸若雜染若清淨增語是菩薩耶眼觸乃至意觸若屬生死若屬涅槃增語是菩薩耶善現荅言不也世尊復次善現於意云何言菩薩者眼觸爲緣所生諸受乃至意觸爲緣所生諸受增語是菩薩耶眼觸爲緣所生諸受乃至意觸爲緣所生諸受若常若無常增語是菩薩耶眼觸爲緣所生諸受乃至意觸爲緣所生諸受若樂若苦增語是菩薩耶眼觸爲緣所生諸受乃至意觸爲緣所生諸受若我若無我增語是菩薩耶眼觸爲緣所生諸受乃至意觸爲緣所生諸受若淨若不淨增語是菩薩耶眼觸爲緣所生諸受乃至意觸爲緣所生諸受若空若不空增語是菩薩耶眼觸爲緣所生諸受乃至意觸爲

緣所生諸受若有相若無相增語是菩薩耶眼觸爲緣所生諸受乃至意觸爲緣所生諸受若有願若無願增語是菩薩耶眼觸爲緣所生諸受乃至意觸爲緣所生諸受若寂靜若不寂靜增語是菩薩耶眼觸爲緣所生諸受乃至意觸爲緣所生諸受若遠離若不遠離增語是菩薩耶眼觸爲緣所生諸受乃至意觸爲緣所生諸受若有爲若無爲增語是菩薩耶眼觸爲緣所生諸受乃至意觸爲緣所生諸受若有漏若無漏增語是菩薩耶眼觸爲緣所生諸受乃至意觸爲緣所生諸受若生若滅增語是菩薩耶眼觸爲緣所生諸受乃至意觸爲緣所生諸受若善若非善增語是菩薩耶眼觸爲緣所生諸受乃至意觸爲緣所生諸受若有罪若無罪增語是菩薩耶眼觸爲緣所生諸受乃至意觸爲緣所生諸受若有煩惱若無煩惱增語是菩薩耶眼觸爲緣所生諸受乃至意觸爲緣所生諸受若世間若出世間增語是菩薩耶眼觸爲緣所生諸受乃至意觸爲緣所生諸受若雜染若清淨增語是菩薩耶眼觸爲緣所生諸受乃至意觸爲緣所生諸受若屬生死若屬涅槃增語是菩薩耶善現荅言不也世尊復次善現於意云何言菩薩者地界乃至識界增語是菩薩耶地界乃至識界若常若無常增語是菩薩耶地界乃至識界若樂若苦增語是菩薩耶地界乃至識界若我若無我增語是菩薩耶地界乃至識界若淨若不淨增語是菩薩耶地界乃至識界若空若不空增語是菩薩耶地界乃至識界若有相若無相增

語是菩薩耶地界乃至識界若有願若無願增語是菩薩耶地界乃至識界若寂靜若不寂靜增語是菩薩耶地界乃至識界若遠離若不遠離增語是菩薩耶地界乃至識界若有爲若無爲增語是菩薩耶地界乃至識界若有漏若無漏增語是菩薩耶地界乃至識界若生若滅增語是菩薩耶地界乃至識界若善若非善增語是菩薩耶地界乃至識界若有罪若無罪增語是菩薩耶地界乃至識界若有煩惱若無煩惱增語是菩薩耶地界乃至識界若世間若出世間增語是菩薩耶地界乃至識界若雜染若清淨增語是菩薩耶地界乃至識界若屬生死若屬涅槃增語是菩薩耶善現答言不也世尊復次善現於意云何言菩薩者無明乃至老死增語是菩薩耶無明乃至老死若常若無常增語是菩薩耶無明乃至老死若樂若苦增語是菩薩耶無明乃至老死若我若無我增語是菩薩耶無明乃至老死若淨若不淨增語是菩薩耶無明乃至老死若空若不空增語是菩薩耶無明乃至老死若有相若無相增語是菩薩耶無明乃至老死若有願若無願增語是菩薩耶無明乃至老死若寂靜若不寂靜增語是菩薩耶無明乃至老死若遠離若不遠離增語是菩薩耶無明乃至老死若有爲若無爲增語是菩薩耶無明乃至老死若有漏若無漏增語是菩薩耶無明乃至老死若生若滅增語是菩薩耶無明乃至老死若善若非善增語是菩薩耶無明乃至老死若有罪若無罪增語是菩薩耶無明乃至老死若有

煩惱若無煩惱增語是菩薩耶無明乃至老死若世間若出世間增語是菩薩耶無明乃至老死若雜染若清淨增語是菩薩耶無明乃至老死若屬生死若屬涅槃增語是菩薩耶善現答言不也世尊佛告善現汝觀何義作如是言色等增語非菩薩復觀何義作如是言色等法若常若無常增語若樂若苦增語若我若無我增語若淨若不淨增語若空若不空增語若有相若無相增語若有願若無願增語若寂靜若不寂靜增語若遠離若不遠離增語若有爲若無爲增語若有漏若無漏增語若生若滅增語若善若非善增語若有罪若無罪增語若有煩惱若無煩惱增語若世間若出世間增語若雜染若清淨增語若屬生死若屬涅槃增語非菩薩耶善現答言世尊色等法尚畢竟無所有不可得故況有色等增語此增語既非有如何可言色等增語是菩薩世尊色等法尚畢竟無所有不可得故況有色等若常若無常若樂若苦若我若無我若淨若不淨若空若不空若有相若無相若有願若無願若寂靜若不寂靜若遠離若不遠離若有爲若無爲若有漏若無漏若生若滅若善若非善若有罪若無罪若有煩惱若無煩惱若世間若出世間若雜染若清淨若屬生死若屬涅槃此既非有況有色等法常無常增語乃至屬生死屬涅槃增語此增語既非有如何可言色等法常無常增語是菩薩乃至屬生死屬涅槃增語是菩薩佛告善現善哉善哉如汝所說善現當知色等法及常無常等不可得故色等法增

語及常無常等增語亦不可得法及增語不可得故諸菩薩亦不可得諸菩薩不可得故所行般若波羅蜜多亦不可得善現諸菩薩摩訶薩修行般若波羅蜜多時於此義中當勤修學復次善現汝先所言不見有法可名菩薩摩訶薩者如是如是如汝所說善現當知諸法不見法界法界不見諸法諸法不見諸法法界不見法界善現當知色界不見法界法界不見色界受想行識界不見法界法界不見受想行識界善現當知眼界不見法界法界不見眼界耳鼻舌身意界不見法界法界不見耳鼻舌身意界色界不見法界法界不見色界聲香味觸法界不見法界法界不見聲香味觸法界眼識界不見法界法界不見眼識界耳鼻舌身意識界不見法界法界不見耳鼻舌身意識界善現當知地界不見法界法界不見地界水火風空識界不見法界法界不見水火風空識界善現當知有爲界不見無爲界無爲界不見有爲界善現當知非離有爲界可施設無爲界非離無爲界可施設有爲界如是善現諸菩薩摩訶薩修行般若波羅蜜多時於一切法都無所見無所見故其心不驚不恐不怖於一切法心不沉沒亦不憂悔所以者何善現是菩薩摩訶薩如是修行甚深般若波羅蜜多時不見色不見受想行識不見眼處不見耳鼻舌身意處不見色處不見聲香味觸法處不見眼界不見耳鼻舌身意界不見色界不見聲香味觸法界不見眼識界不見耳鼻舌身意識界不見地界不見水火風空識界不見無明

不見行識名色六處觸受愛取有生老死不見貪欲不見瞋恚愚癡不見我不見有情命者生者養者士夫補特伽羅意生儒童作者受者知者見者不見欲界不見色無色界不見聲聞及聲聞法不見獨覺及獨覺法不見菩薩及菩薩法不見如來及如來法不見菩提不見涅槃如是善現諸菩薩摩訶薩修行般若波羅蜜多時於一切法都無所見無所見時其心不驚不恐不怖於一切法心不沉沒亦不憂悔爾時具壽善現白佛言世尊諸菩薩摩訶薩修行般若波羅蜜多時何因緣故於一切法心不沉沒亦不憂悔佛言善現諸菩薩摩訶薩修行般若波羅蜜多時普於一切心及心所無見無得由是因緣於一切法心不沉沒亦不憂悔具壽善現復白佛言何因緣故諸菩薩摩訶薩修行般若波羅蜜多時於一切法其心不驚不恐不怖佛言善現諸菩薩摩訶薩修行般若波羅蜜多時普於一切意界及意識界無見無得如是善現諸菩薩摩訶薩修行般若波羅蜜多時於一切法其心不驚不恐不怖復次善現諸菩薩摩訶薩於一切法無見無得應行般若波羅蜜多謂於色無見無得於受想行識無見無得於眼處無見無得於耳鼻舌身意處無見無得於色處無見無得於聲香味觸法處無見無得於眼界無見無得於耳鼻舌身意界無見無得於色界無見無得於聲香味觸法界無見無得於眼識界無見無得於耳鼻舌身意識界無見無得於眼觸無見無得於耳鼻舌身意觸無見無得於眼觸爲緣所生諸

受無見無得於耳鼻舌身意觸爲緣所生諸受無見無得於地界無見無得於水火風空識界無見無得於無明無見無得於行識名色六處觸受愛取有生老死無見無得於布施波羅蜜多無見無得於淨戒安忍精進靜慮般若波羅蜜多無見無得於內空無見無得於外空內外空空空大空勝義空有爲空無爲空畢竟空無際空散空本性空自相空一切法空無性空無性自性空無見無得於眞如無見無得於法界法性不虛妄性不變異性平等性離生性法定法住實際無見無得於四念住無見無得於四正斷四神足五根五力七等覺支八聖道支無見無得於苦聖諦無見無得於集滅道聖諦無見無得於四靜慮無見無得於四無量四無色定無見無得於八解脫無見無得於八勝處九次第定十遍處無見無得於空解脫門無見無得於無相無願解脫門無見無得於一切陀羅尼門無見無得於一切三摩地門無見無得於極喜地無見無得於離垢地發光地焰慧地極難勝地現前地遠行地不動地善慧地法雲地無見無得於五眼無見無得於六神通無見無得於佛十力無見無得於四無所畏四無礙解大慈大悲大喜大捨十八佛不共法無見無得於三十二大士相無見無得於八十隨好無見無得於無忘失法無見無得於恒住捨性無見無得於一切智無見無得於道相智一切相智無見無得於預流果無見無得於一來不還阿羅漢果無見無得於獨覺菩提無見無得於一切菩薩摩訶薩

行無見無得於諸佛無上正等菩提無見無得如是善現諸菩薩摩訶薩於一切法無見無得應行般若波羅蜜多復次善現諸菩薩摩訶薩修行般若波羅蜜多時於一切處及一切時不得般若波羅蜜多不得般若波羅蜜多名不得菩薩摩訶薩不得菩薩摩訶薩名善現應如是教誡教授諸菩薩摩訶薩令於般若波羅蜜多得至究竟

大般若波羅蜜多經卷第四百八十三

音釋

補特伽羅　梵語也或云福伽羅或富特伽羅此云數取趣謂數數往來諸趣也補博古切伽求迦切

大般若波羅蜜多經卷第四百八十四

唐三藏法師玄奘奉　詔譯

第三分善現品第三之三

爾時具壽善現白佛言世尊若諸菩薩欲滿布施波羅蜜多應學般若波羅蜜多欲滿淨戒安忍精進靜慮般若波羅蜜多應學般若波羅蜜多若諸菩薩欲遍知色應學般若波羅蜜多欲遍知受想行識應學般若波羅蜜多若諸菩薩欲遍知眼處應學般若波羅蜜多欲遍知耳鼻舌身意處應學般若波羅蜜多若諸菩薩欲遍知色處應學般若波羅蜜多欲遍知聲香味觸法處應學般若波羅蜜多若諸菩薩欲遍知眼界應學般若波羅蜜多欲遍知耳鼻舌身意界應學般若波羅蜜多若諸菩薩欲遍知色界應學般若波羅蜜多欲遍知聲香味觸法界應學般若波羅蜜多若諸菩薩欲遍知眼識界應學般若波羅蜜多欲遍知耳鼻舌身意識界應學般若波羅蜜多若諸菩薩欲遍知眼觸應學般若波羅蜜多欲遍知耳鼻舌身意觸應學般若波羅蜜多若諸菩薩欲遍知眼觸為緣所生諸受應學般若波羅蜜多欲遍知耳鼻舌身意觸為緣所生諸受應學般若波羅蜜多若諸菩薩欲遍知地界應學般若波羅蜜多欲遍知水火風空識界應學般若波羅蜜多若諸菩薩欲遍知無明應學般若波羅蜜多欲遍知行識名色六處觸受愛取有生老死應學般若波羅蜜多若諸菩薩欲永斷貪欲應學般若波羅蜜多欲永斷瞋恚愚癡應學般若波羅蜜多若諸菩薩欲永斷薩迦耶見應學

般若波羅蜜多欲永斷戒禁取疑欲貪瞋恚應學般若波羅蜜多若諸菩薩欲永斷色貪應學般若波羅蜜多欲永斷無色貪無明慢掉舉應學般若波羅蜜多若諸菩薩欲永斷一切隨眠纏結應學般若波羅蜜多若諸菩薩欲永斷四食應學般若波羅蜜多若諸菩薩欲永斷四軛四暴流四取四身繫及四顛倒應學般若波羅蜜多若諸菩薩欲遠離十不善業道應學般若波羅蜜多若諸菩薩欲受行十善業道應學般若波羅蜜多若諸菩薩欲圓滿四靜慮應學般若波羅蜜多欲圓滿四無量四無色定應學般若波羅蜜多若諸菩薩欲圓滿四念住應學般若波羅蜜多欲圓滿四正斷四神足五根五力七等覺支八聖道支應學般若波羅蜜多若諸菩薩欲圓滿佛十力應學般若波羅蜜多欲圓滿四無所畏四無礙解大慈大悲大喜大捨十八佛不共法應學般若波羅蜜多若諸菩薩欲自在入覺分等持應學般若波羅蜜多若諸菩薩欲自在入師子遊戲等持乃至師子奮迅等持應學般若波羅蜜多若諸菩薩欲於一切陀羅尼門三摩地門皆得自在應學般若波羅蜜多若諸菩薩欲於入出健行等持寶印等持月光等持月幢相等持入一切法印等持觀印等持法界決定等持決定幢相等持金剛喻等持入諸法門等持等持王等持王印等持力嚴等持寶篋等持入一切法言詞決定等持入一切法智安受等持觀察十方等持一切法印陀羅尼門等持不忘諸法等持一切法等趣行相印等持住虛空處

等持三輪清淨等持隨順不退神通等持器中涌出等持勝定幢相等持降伏煩惱等持破四魔軍等持成就十力等持及餘無量無邊等持皆得自在應學般若波羅蜜多若諸菩薩欲滿一切有情所願應學般若波羅蜜多若諸菩薩欲滿一切殊勝善根由此善根得圓滿故不墮諸惡趣不生貧賤家不墮聲聞地不墮獨覺地於菩薩頂決定不墮應學般若波羅蜜多時舍利子問善現言云何名爲菩薩頂墮善現答言若諸菩薩無方便善巧修行六波羅蜜多無方便善巧住空無相無願等持退墮聲聞或獨覺地不得菩薩正決定位不入菩薩正性離生如是名爲菩薩頂墮時舍利子問善現言何法名生善現答言生謂菩薩隨順法愛舍利子言何謂菩薩隨順法愛善現答言若諸菩薩修行般若波羅蜜多安住色空起想起著安住受想行識空起想起著安住色無相起想起著安住受想行識無相起想起著安住色無願起想起著安住受想行識無願起想起著安住色寂靜起想起著安住受想行識寂靜起想起著安住色遠離起想起著安住受想行識遠離起想起著安住色無常起想起著安住受想行識無常起想起著安住色苦起想起著安住受想行識苦起想起著安住色無我起想起著安住受想行識無我起想起著安住色不淨起想起著安住受想行識不淨起想起著舍利子是爲菩薩隨順法愛即此法愛說名爲生復次舍利子若諸菩薩作是念言此色應斷由此故色應斷此受想行識應斷由

此故受想行識應斷此苦應遍知由此故苦應遍知此集應永斷由此故集應永斷此滅應作證由此故滅應作證此道應修習由此故道應修習此是雜染此是清淨此應親近此不應親近此應行此不應行此是道此非道此應修此不應修此應學此不應學此是布施波羅蜜多此非布施波羅蜜多此是淨戒安忍精進靜慮般若波羅蜜多此非淨戒安忍精進靜慮般若波羅蜜多此是菩薩方便善巧此非菩薩方便善巧此是菩薩生此是菩薩離生舍利子若菩薩摩訶薩修行般若波羅蜜多時安住此等種種法門起想起著是爲菩薩隨順法愛即此法愛説名爲生如宿食生能爲過患除遣此故名爲離生時舍利子問善現言云何菩薩摩訶薩名入菩薩正性離生善現答言若菩薩摩訶薩修行般若波羅蜜多時不見内空不依内空而觀外空不見外空不依外空而觀内外空不依外空而觀内外空不見内外空不依内外空而觀外空不依内外空而觀大空不見大空不依大空而觀内外空不依大空而觀空空不見空空不依空空而觀大空不依空空而觀勝義空不見勝義空不依勝義空而觀空空不依勝義空而觀有爲空不見有爲空不依有爲空而觀勝義空不依有爲空而觀無爲空不見無爲空不依無爲空而觀有爲空不依無爲空而觀畢竟空不見畢竟空不依畢竟空而觀無爲空不依畢竟空而觀無際空不見無際空不依無際空而觀畢竟空不依無際空而觀無散空不見無散空不依無散

空而觀無際空不依無散空而觀本性空不見本性空不依本性空而觀無散空不依本性空而觀相空不見相空不依相空而觀本性空不依相空而觀一切法空不見一切法空不依一切法空而觀相空不依一切法空而觀無性空不見無性空不依無性空而觀一切法空不依無性空而觀無性自性空不見無性自性空不依無性自性空而觀無性空舍利子是菩薩摩訶薩修行般若波羅蜜多時作如是觀名入菩薩正性離生復次舍利子諸菩薩摩訶薩修行般若波羅蜜多時應如是學甚深般若波羅蜜多謂於色及名應知不應著於受想行識及名應知不應著於眼處及名應知不應著於耳鼻舌身意處及名應知不應著於色處及名應知不應著於聲香味觸法處及名應知不應著於眼界及名應知不應著於耳鼻舌身意界及名應知不應著於色界及名應知不應著於聲香味觸法界及名應知不應著於眼識界及名應知不應著於耳鼻舌身意識界及名應知不應著於布施波羅蜜多及名應知不應著於淨戒安忍精進靜慮般若波羅蜜多及名應知不應著於四靜慮及名應知不應著於四無量四無色定及名應知不應著於四念住及名應知不應著於四正斷四神足五根五力七等覺支八聖道支及名應知不應著於五眼及名應知不應著於六神通及名應知不應著於佛十力及名應知不應著於四無所畏四無礙解大慈大悲大喜大捨十八佛不共法及名應知不應著如是舍利子諸

菩薩摩訶薩修行般若波羅蜜多時於菩提心及名應知不應著於無等等心及名應知不應著於廣大心及名應知不應著何以故舍利子是心非心本性淨故時舍利子問善現言云何是心本性清淨善現荅言是心本性非貪相應非不相應非瞋相應非不相應非癡相應非不相應非諸纏結隨眠見趣及障相應非不相應與諸聲聞獨覺心等亦非相應非不相應舍利子諸菩薩摩訶薩知心如是本性清淨爾時舍利子復問善現言是心爲有非心性不善現詰言非心性中有性無性爲可得不舍利子言不也善現善現荅言非心性中有性無性既不可得云何可問是心爲有非心性不時舍利子問善現言何等名爲非心性耶善現荅言於一切法無變異無分別是名非心性舍利子言爲但心無變異無分別爲所餘法亦無變異無分別耶善現荅言如心無變異無分別色受想行識亦無變異無分別如心無變異無分別眼處乃至意處亦無變異無分別如心無變異無分別色處乃至法處亦無變異無分別如心無變異無分別眼界乃至意界亦無變異無分別如心無變異無分別色界乃至法界亦無變異無分別如心無變異無分別眼識界乃至意識界亦無變異無分別如心無變異無分別地界乃至識界亦無變異無分別如心無變異無分別無明乃至老死亦無變異無分別如心無變異無分別布施波羅蜜多乃至般若波羅蜜多亦無變異無分別如心無變異無分別四念住乃至八聖道支亦無

變異無分別如心無變異無分別五眼六神通亦無變異無分別如心無變異無分別佛十力乃至十八佛不共法亦無變異無分別如心無變異無分別乃至無上正等菩提亦無變異無分別時舍利子讚善現言善哉善哉誠如所說汝眞佛子從佛心生從佛口生從佛法生從法化生得佛法分不受財分於諸法中身自作證慧眼現見而能起說佛常說汝聲聞衆中住無諍定最爲第一如佛所說眞實不虛善現諸菩薩摩訶薩於深般若波羅蜜多應如是學善現若菩薩摩訶薩於深般若波羅蜜多能如是學應知已住不退轉地不離般若波羅蜜多能如實觀諸法實性復次善現若善男子善女人等欲學聲聞地者應於如是甚深般若波羅蜜多當勤聽受讀誦堅持如理思惟審諦觀察令至究竟欲學獨覺地者亦於如是甚深般若波羅蜜多當勤聽受讀誦堅持如理思惟審諦觀察令至究竟欲學菩薩地及如來地者亦於如是甚深般若波羅蜜多當勤聽受讀誦堅持如理思惟審諦觀察令至究竟何以故善現如是般若波羅蜜多甚深經中廣說開示三乘法故若菩薩摩訶薩能學般若波羅蜜多則爲遍學三乘諸法皆得善巧爾時具壽善現白佛言世尊我於般若波羅蜜多及於菩薩摩訶薩皆不知不得亦無所見云何令我以般若波羅蜜多教誡教授諸菩薩摩訶薩世尊我於般若波羅蜜多不知不得亦無所見若以般若波羅蜜多教誡教授諸菩薩摩訶薩定當有悔世尊我於諸法不知不得亦

無所見若以諸法教誡教授諸菩薩摩訶薩定當有悔世尊我於諸法若增若減不知不得亦無所見云何可言此名菩薩摩訶薩此名般若波羅蜜多世尊諸菩薩摩訶薩名及般若波羅蜜多名皆無所住亦非不住何以故如是二義無所有故如是二名俱無所住亦非不住世尊我於色乃至識若增若減不知不得亦無所見云何可言此是色乃至識是色等名皆無所住亦非不住何以故是色等義無所有故此色等名都無所住亦非不住世尊我於眼處乃至意處若增若減不知不得亦無所見云何可言此是眼處乃至意處眼處等名皆無所住亦非不住何以故眼處等義無所有故眼處等名都無所住亦非不住世尊我於色處乃至法處若增若減不知不得亦無所見云何可言此是色處乃至法處色處等名皆無所住亦非不住何以故色處等義無所有故色處等名都無所住亦非不住世尊我於眼界乃至意界若增若減不知不得亦無所見云何可言此是眼界乃至意界眼界等名皆無所住亦非不住何以故眼界等義無所有故眼界等名都無所住亦非不住世尊我於色界乃至法界若增若減不知不得亦無所見云何可言此是色界乃至法界色界等名皆無所住亦非不住何以故色界等義無所有故色界等名都無所住亦非不住世尊我於眼識界乃至意識界若增若減不知不得亦無所見云何可言此是眼識界乃至意識界眼識界等名皆無所住亦非不住何以故眼識界等義無所有故

眼識界等名都無所住亦非不住世尊我於眼觸乃至意觸若增若減不知不得亦無所見云何可言此是眼觸乃至意觸眼觸等名皆無所住亦非不住何以故眼觸等義無所有故眼觸等名都無所住亦非不住世尊我於眼觸爲緣所生諸受乃至意觸爲緣所生諸受若增若減不知不得亦無所見云何可言此是眼觸爲緣所生諸受乃至意觸爲緣所生諸受眼觸爲緣所生諸受等名皆無所住亦非不住何以故眼觸爲緣所生諸受等義無所有故眼觸爲緣所生諸受等名都無所住亦非不住世尊我於無明乃至老死若增若減不知不得亦無所見云何可言此是無明乃至老死無明等名皆無所住亦非不住何以故無明等義無所有故無明等名都

無所住亦非不住世尊我於無明滅乃至老死滅若增若減不知不得亦無所見云何可言此是無明滅乃至老死滅無明滅等名皆無所住亦非不住何以故無明滅等義無所有故無明滅等名都無所住亦非不住世尊我於貪瞋癡及諸纒結隨眠見趣若增若減不知不得亦無所見云何可言此是貪等是貪等名皆無所住亦非不住何以故是貪等義無所有故此貪等名都無所住亦非不住世尊我於布施乃至般若波羅蜜多若增若減不知不得亦無所見云何可言此是布施乃至般若波羅蜜多布施等名皆無所住亦非不住何以故布施等義無所有故布施等名都無所住亦非不住世尊我於我乃至見者若增若減不知不得亦無所見云何可言

此是我乃至見者是我等名皆無所住亦非不住何以故是我等義無所有故此我等名都無所住亦非不住世尊我於四念住乃至八聖道支若增若減不知不得亦無所見云何可言此是四念住乃至八聖道支四念住等名皆無所住亦非不住何以故四念住等義無所有故四念住等名都無所住亦非不住世尊我於三解脫門若增若減不知不得亦無所見云何可言此是三解脫門三解脫門名皆無所住亦非不住何以故三解脫門義無所有故三解脫門名都無所住亦非不住世尊我於靜慮無量無色若增若減不知不得亦無所見云何可言此是靜慮無量無色靜慮等名皆無所住亦非不住何以故靜慮等義無所有故靜慮等名都無所住亦非

不住世尊我於佛隨念法隨念僧隨念戒隨念捨隨念天隨念息隨念死隨念若增若減不知不得亦無所見云何可言此是佛隨念乃至死隨念佛隨念等名皆無所住亦非不住何以故佛隨念等義無所有故佛隨念等名都無所住亦非不住世尊我於五眼六神通若增若減不知不得亦無所見云何可言此是五眼六神通五眼等名皆無所住亦非不住何以故五眼等義無所有故五眼等名都無所住亦非不住世尊我於佛十力乃至十八佛不共法若增若減不知不得亦無所見云何可言此是佛十力乃至十八佛不共法佛十力等名皆無所住亦非不住何以故佛十力等義無所有故佛十力等名都無所住亦非不住世尊我於如夢如光影如響如

陽焰如像如水月如幻如變化五取蘊若增若減不知不得亦無所見云何可言此是如夢等五取蘊如夢等五取蘊名皆無所住亦非不住何以故是如夢等五取蘊義無所有故此如夢等五取蘊名都無所住亦非不住世尊我於遠離寂靜無生無滅無成無壞無染無淨眞如法界法住法定實際若增若減不知不得亦無所見云何可言此是遠離乃至實際遠離等名皆無所住亦非不住何以故遠離等義無所有故遠離等名都無所住亦非不住世尊我於有爲無爲有漏無漏等法若增若減不知不得亦無所見云何可言此是有爲無爲有漏無漏等法有爲等名皆無所住亦非不住何以故有爲等義無所有故有爲等名都無所住亦非不住世尊我於過去未來現在等法若增若減不知不得亦無所見云何可言此是過去未來現在等法過去等名皆無所住亦非不住何以故過去等義無所有故過去等名都無所住亦非不住世尊我於十方殑伽沙等諸佛世界一切如來應正等覺及諸菩薩聲聞僧等若增若減不知不得亦無所見云何可言此是十方殑伽沙等諸佛世界一切如來應正等覺及諸菩薩聲聞僧等十方等名皆無所住亦非不住何以故十方等義無所有故十方等名都無所住亦非不住世尊我於如上所說諸法若增若減不知不得亦無所見云何可言此是菩薩摩訶薩此是般若波羅蜜多世尊我於般若波羅蜜多及於菩薩摩訶薩皆不知不得亦無所見云何令我以般若波羅蜜

多教誡教授諸菩薩摩訶薩世尊諸菩薩摩訶薩名及般若波羅蜜多名皆無所住亦非不住何以故如是二義無所有故如是二名俱無所住亦非不住世尊如是諸法和合因緣假名菩薩摩訶薩假名般若波羅蜜多如是假名於蘊處界中不可說乃至於十八佛不共法中不可說於如夢乃至如變化五取蘊中不可說於寂靜遠離等中不可說乃至於十方殑伽沙等諸佛世界一切如來應正等覺及諸菩薩聲聞僧等中不可說何以故世尊如上所說諸法增減皆不可知亦不可得無所見故世尊如是所說五蘊等名無處可說諸菩薩摩訶薩名及般若波羅蜜多名亦無處可說如夢等名無處可說如虛空名無處可說如地水火風名無處可說如戒定慧解脫解脫知見名無處可說如預流一來不還阿羅漢獨覺如來及彼諸法名無處可說如善非善常無常樂苦我無我寂靜不寂靜等若有若無名皆無處可說如是菩薩摩訶薩名及般若波羅蜜多名亦無處可說所以者何如是諸名皆無所住亦非不住何以故如是諸義無所有故如是諸名都無所住亦非不住世尊我緣是義故說於法若增若減不知不得亦無所見云何可言此名菩薩摩訶薩此名般若波羅蜜多世尊我於此二若義若名不知不得亦無所見云何令我以般若波羅蜜多教誡教授諸菩薩摩訶薩世尊由是因緣若以此法教誡教授諸菩薩摩訶薩定當有悔世尊若菩薩摩訶薩聞以此相宣說般若波羅蜜多時心不沉沒不憂不

悔亦復不驚不恐不怖當知是菩薩摩訶薩決定已住不退轉地以無所住方便而住無所執著復次世尊諸菩薩摩訶薩修行般若波羅蜜多時不應住色乃至識不應住眼處乃至意處不應住色處乃至法處不應住眼界乃至意界不應住色界乃至法界不應住眼識界乃至意識界不應住眼觸乃至意觸不應住眼觸爲緣所生諸受乃至意觸爲緣所生諸受不應住地界乃至識界不應住無明乃至老死何以故世尊色色性空受想行識受想行識性空世尊是色空非色色不離空空不離色色即是空空即是色受想行識亦復如是由此因緣諸菩薩摩訶薩修行般若波羅蜜多時不應住色乃至識如是乃至老死亦爾復次世尊諸菩薩摩訶薩修行般若波羅蜜多時不應住四念住乃至十八佛不共法何以故世尊四念住四念住性空世尊是四念住空非四念住四念住不離空空不離四念住四念住即是空空即是四念住乃至十八佛不共法亦復如是由此因緣諸菩薩摩訶薩修行般若波羅蜜多時不應住四念住乃至十八佛不共法復次世尊諸菩薩摩訶薩修行般若波羅蜜多時不應住布施乃至般若波羅蜜多何以故世尊布施布施性空世尊是布施空非布施布施不離空空不離布施布施即是空空即是布施乃至般若波羅蜜多亦復如是由此因緣諸菩薩摩訶薩修行般若波羅蜜多時不應住布施乃至般若波羅蜜多復次世尊諸菩薩摩訶薩修行般若波羅蜜多時不應住諸字不應

住諸字所引若一所引若二所引若多所引何以故世尊諸字諸字性空世尊是諸字空非諸字諸字不離空空不離諸字諸字即是空空即是諸字諸字所引亦復如是由此因緣諸菩薩摩訶薩修行般若波羅蜜多時不應住諸字及諸字所引復次世尊諸菩薩摩訶薩修行般若波羅蜜多時不應住神通何以故世尊神通神通性空世尊是神通空非神通神通不離空空不離神通神通即是空空即是神通由此因緣諸菩薩摩訶薩修行般若波羅蜜多時不應住神通復次世尊諸菩薩摩訶薩修行般若波羅蜜多時不應住色乃至識若常若無常若樂若苦若我若無我若淨若不淨若空若不空若有相若無相若有願若無願若寂靜若不寂靜若遠離若不遠離何以故世尊色等法常無常色等法常無常性空世尊是色等法常無常空非色等法常無常色等法常無常不離空空不離色等法常無常色等法常無常即是空空即是色等法常無常由此因緣諸菩薩摩訶薩修行般若波羅蜜多時不應住色乃至識若常若無常色等法樂苦乃至遠離不遠離亦復如是復次世尊諸菩薩摩訶薩修行般若波羅蜜多時不應住眞如法界法性法定實際何以故世尊眞如眞如性空世尊是眞如空非眞如眞如不離空空不離眞如眞如即是空空即是眞如由此因緣諸菩薩摩訶薩修行般若波羅蜜多時不應住眞如法界法性法定實際亦復如是復次世尊諸菩薩摩訶薩修行般若波羅蜜多時不應住一切陀

羅尼門三摩地門何以故世尊一切陀羅尼門陀羅尼門性空世尊是陀羅尼門空非陀羅尼門陀羅尼門不離空空不離陀羅尼門陀羅尼門即是空空即是陀羅尼門由此因縁諸菩薩摩訶薩修行般若波羅蜜多時不應住一切陀羅尼門三摩地門亦復如是復次世尊若菩薩摩訶薩無方便善巧修行般若波羅蜜多時我我所執纏擾心故便住於色住受想行識由此住故於色作加行於受想行識作加行由加行故不能修行甚深般若波羅蜜多何以故世尊彼由加行不能攝受甚深般若波羅蜜多不能正學甚深般若波羅蜜多不能圓滿甚深般若波羅蜜多不能成辦一切智智世尊若菩薩摩訶薩無方便善巧修行般若波羅蜜多時我我所執纏擾心故乃至便住一切陀羅尼門及三摩地門由此住故於陀羅尼門及三摩地門作加行由加行故不能修行甚深般若波羅蜜多何以故世尊彼由加行不能攝受甚深般若波羅蜜多不能正學甚深般若波羅蜜多不能圓滿甚深般若波羅蜜多不能成辦一切智智所以者何世尊色不應攝受受想行識不應攝受色不應攝受故便非色受想行識不應攝受故便非受想行識何以故色乃至識本性空故世尊乃至一切陀羅尼門不應攝受三摩地門亦不應攝受陀羅尼門不應攝受故非陀羅尼門三摩地門不應攝受故亦非三摩地門何以故陀羅尼門及三摩地門皆本性空故世尊其所攝受正學圓滿甚深般若波羅蜜多亦不應攝受如是般若波

羅蜜多不應攝受故便非般若波羅蜜多何以故本性空故如是菩薩摩訶薩修行般若波羅蜜多時應以本性空觀一切法作此觀時心無行處是名菩薩摩訶薩無所攝受三摩地此三摩地微妙殊勝廣大無量能集無邊無礙作業不爲一切聲聞獨覺之所引奪其所成辦一切智智亦不應攝受此不應攝受故便非一切智智何以故由内空乃至無性自性空故所以者何世尊是一切智智非取相修得何以故諸取相者皆是煩惱何等爲相所謂色相受想行識相眼相乃至意相色相乃至法相眼識相乃至意識相念住相乃至道支相波羅蜜多相神通相文字相十力相乃至十八佛不共法相空無相無願相造作相眞如相法界法性法定實際相陀羅尼門相三摩地門相於此諸相而取著者名爲煩惱是故不應取相修得一切智智若取相修得一切智智者則勝軍梵志於一切智智不應信解何等名爲便信解相謂於般若波羅蜜多深生淨信由勝解力思量觀察一切智智不以相爲方便亦不以非相爲方便以相與非相俱不可取故是勝軍梵志雖由信解力歸趣佛法名隨信行而能以本性空悟入一切智智既悟入已不取色相不取受想行識乃至陀羅尼門三摩地門相何以故以一切法自相皆空能取所取不可得故所以者何由此梵志不以内得現觀而觀一切智智不以外得現觀而觀一切智智不以内外得現觀而觀一切智智不以無智得現觀而觀一切智智不以餘得現觀而觀一切智

智不以不得現觀而觀一切智智所以者何如是梵志不見所觀一切智智不見能觀般若不見觀者觀處觀時如是梵志非於內色受想行識觀一切智智亦非於外及內外色受想行識觀一切智智亦非離色受想行識觀一切智智如是乃至陀羅尼門三摩地門亦復如是何以故若內若外若內外若離內外一切皆空不可得故勝軍梵志以如是等諸離相門於一切智智深生信解於一切法皆無取著諸法實相不可得故如是梵志以離相門於一切智智得信解已於一切法皆不取相亦不思惟無相諸法以相無相法皆不可得故如是梵志由勝解力於一切法不取不捨實相法中無取捨故時彼梵志於自信解乃至涅槃亦不取著何以故以一切法本性皆空不可取故

大般若波羅蜜多經卷第四百八十四

音釋

軛（音厄）暴流（暴蒲報切）寶篋（篋音怯角蜀）詰言（詰音乞問也）纏擾（纏直連切繞也擾爾沼切煩亂也）

大般若波羅蜜多經卷第四百八十五

唐三藏法師玄奘奉詔譯

第三分善現品第三之四

世尊諸菩薩摩訶薩所證般若波羅蜜多亦復如是於一切法無所取著能從此岸到彼岸故若於諸法少有取著則於彼岸非爲能到由是因緣諸菩薩摩訶薩修行般若波羅蜜多時不取色乃至識乃至不取陀羅尼門三摩地門何以故以一切法不可取故世尊諸菩薩摩訶薩雖於諸法皆無所取而由本願所行念住乃至道支未圓滿故及由本願所證十力乃至十八佛不共法未成辦故於其中間不以不取諸法相故而般涅槃世尊是菩薩摩訶薩雖能圓滿所行念住乃至道支及能成辦所證十力乃至十八佛不共法而能不見所以者何所行念住即非念住乃至道支即非道支所證十力即非十力乃至十八佛不共法即非十八佛不共法以一切法本性非法非非法故世尊是菩薩摩訶薩修行般若波羅蜜多時於一切法雖無取著而能成辦一切勝事復次世尊諸菩薩摩訶薩修行般若波羅蜜多時應審觀察何者是般若波羅蜜多何故名般若波羅蜜多誰之般若波羅蜜多如是般若波羅蜜多爲何所作世尊是菩薩摩訶薩修行般若波羅蜜多時應審觀察若法無所有不可得是爲般若波羅蜜多無所有中何所徵詰時舍利子問善現言此中何法名無所有不可得耶善現荅言所謂般若波羅蜜多乃至布施波羅蜜多無所有不可得由内空故乃至無性自性

空故舍利子色乃至識無所有不可得內空乃至無性自性空無所有不可得四念住乃至八聖道支無所有不可得五眼六神通無所有不可得佛十力乃至十八佛不共法無所有不可得眞如乃至實際無所有不可得預流乃至獨覺無所有不可得菩薩諸佛無所有不可得一切智道相智一切相智無所有不可得由內空故乃至無性自性空故舍利子若菩薩摩訶薩修行般若波羅蜜多能作如是審諦觀察諸所有法皆無所有不可得時其心不驚不恐不怖不沉不沒不憂不悔當知是菩薩摩訶薩能於般若波羅蜜多常不捨離時舍利子問善現言何緣故知是菩薩摩訶薩能於般若波羅蜜多常不捨離善現答言是菩薩摩訶薩如實知色乃至識離色等自性如實知布施乃至般若波羅蜜多離布施等自性乃至如實知十八佛不共法離十八佛不共法自性乃至如實知實際離實際自性舍利子由此故知是菩薩摩訶薩能於般若波羅蜜多常不捨離時舍利子問善現言何謂色自性乃至何謂實際自性善現答言色以無性而爲自性乃至實際以無性而爲自性由此應知色離色自性乃至實際離實際自性舍利子色亦離色相乃至實際亦離實際相舍利子相亦離自性自性亦離相相亦離相自性亦離自性時舍利子謂善現言若諸菩薩於此中學速能成辦一切智智善現報言如是如是若諸菩薩於此中學速能成辦一切智智何以故舍利子是諸菩薩知一切法無生滅故舍利子言何緣

諸法無生無滅善現荅言色乃至識自性空故若生若滅俱不可得乃至實際自性空故若生若滅俱不可得舍利子若諸菩薩能於般若波羅蜜多作如是學則爲漸近一切智智如如漸近一切智智如是如是得身語意及相清淨如如獲得身語意相四種清淨如是如是不起貪瞋癡慢諂誑慳貪見趣俱行之心是諸菩薩由恒不起貪等心故畢竟不墮女人胎中常受化生離險惡趣除爲利樂有情因緣是諸菩薩從一佛土至一佛土供養恭敬尊重讃歎諸佛世尊成熟有情嚴淨佛土乃至證得所求無上正等菩提常不離佛舍利子是諸菩薩由學般若波羅蜜多常無懈倦當知隣近所求無上正等菩提爾時具壽善現白佛言世尊若諸菩薩無方便善巧修行般若波羅蜜多時若行色乃至識是行其相非行般若波羅蜜多若行色乃至識或常或無常或樂或苦或我或無我或淨或不淨或遠離或不遠離或寂靜或不寂靜是行其相非行般若波羅蜜多若諸菩薩無方便善巧修行般若波羅蜜多時若行四念住乃至八聖道支若行五眼六神通波羅蜜多若行佛十力乃至十八佛不共法是行其相非行般若波羅蜜多若諸菩薩無方便善巧修行般若波羅蜜多時若作是念我行般若波羅蜜多有所得故是行其相若作是念我是菩薩有所得故是行其相若作是念有能如是修行般若波羅蜜多是爲菩薩修行般若波羅蜜多有所得故是行其相世尊若諸菩薩作如是等種種分別修行般若波羅蜜

多當知彼菩薩無方便善巧故非行般若波羅蜜多爾時善現謂舍利子言若諸菩薩無方便善巧修行般若波羅蜜多時若於色乃至識住想勝解則於彼作加行由加行故不能解脫生老病死愁歎憂惱及種種苦若於眼處乃至意處住想勝解則於彼作加行若於色處乃至法處住想勝解則於彼作加行若於眼界乃至意界住想勝解則於彼作加行若於色界乃至法界住想勝解則於彼作加行若於眼識界乃至意識界住想勝解則於彼作加行若於眼觸乃至意觸住想勝解則於彼作加行若於眼觸爲緣所生諸受乃至意觸爲緣所生諸受住想勝解則於彼作加行由加行故不能解脫生老病死愁歎憂惱及種種苦若諸菩薩無方便善巧修行般若波羅蜜多時若於四念住乃至八聖道支住想勝解則於彼作加行若於五眼六神通六波羅蜜多四靜慮四無量四無色定佛十力乃至十八佛不共法住想勝解則於彼作加行若於預流一來不還阿羅漢獨覺菩薩如來住想勝解則於彼作加行由加行故不能解脫生老病死愁歎憂惱及種種苦舍利子是諸菩薩無方便善巧故尚不能得聲聞獨覺所住之地況得無上正等菩提舍利子若諸菩薩作如是等修行般若波羅蜜多當知彼名無方便善巧者諸有所作皆不能成時舍利子問善現言云何當知諸菩薩摩訶薩修行般若波羅蜜多時有方便善巧善現荅言若諸菩薩修行般若波羅蜜多時不行色乃至識不行其相不行色乃至識若常若

無常若樂若苦若我若無我若淨若不淨若空若不空若有相若無相若有願若無願若寂靜若不寂靜若遠離若不遠離不行其相何以故舍利子是色等空非色等色等不離空空不離色等色等即是空空即是色等如於諸蘊於諸處於諸界緣起覺分波羅蜜多五眼六通十力乃至不共佛法亦復如是舍利子當知是諸菩薩修行般若波羅蜜多時有方便善巧是諸菩薩有方便善巧故能證無上正等菩提舍利子是諸菩薩修行般若波羅蜜多時尚於般若波羅蜜多不取行不取不行不取亦行亦不行不取非行非不行於不取亦不取況於餘法而有所取時舍利子問善現言何因緣故是諸菩薩於般若波羅蜜多亦無所取善現荅言由般若波羅蜜多自性亦不可得何以故舍利子如是般若波羅蜜多亦以無性爲自性故舍利子由是因緣若諸菩薩修行般若波羅蜜多時於般若波羅蜜多若取行若取不行若取亦行亦不行若取非行非不行若取不取如是一切非行般若波羅蜜多何以故舍利子以一切法皆用無性爲自性故都無所取無所執著舍利子是名菩薩於一切法無所取著無性無生三摩地此三摩地微妙殊勝廣大無量能集無邊無礙作事不共一切聲聞獨覺若諸菩薩能於如是勝三摩地常住不捨速證無上正等菩提時舍利子問善現言諸菩薩摩訶薩爲但於此一勝等持常住不捨速證無上正等菩提爲更有餘善現荅言非但於此一勝等持常住不捨令諸菩薩速證無上

正等菩提復有所餘舍利子言何者是餘善現答言舍利子諸菩薩摩訶薩復有健行等持寶印等持師子遊戲等持妙月等持月幢相等持諸法海等持觀頂等持法界決定等持決定幢相等持金剛喻等持入諸法印等持安住定等持王印等持精進力等持等涌出等持入詞決定等持入增語等持觀方等持總持印等持無忘失等持諸法等趣等持遍覆虛空等持金剛輪等持勝幢相等持帝幢相等持月幢相等持順堅固等持師子奮迅等持廣開闡等持捨塵愛等持遍照等持不眴等持住無相等持決定等持離垢行等持無邊光等持發光等持普照等持淨座等持無垢光等持發愛樂等持電燈等持無盡等持難勝等持具威光等持離盡等持無勝等持開顯等持日燈等持淨月等持淨光等持發明等持作無作等持智相等持住心等持普明等持善住等持寶積等持妙法印等持諸法等意等持捨愛樂等持法涌等持飄散等持分別法句等持入平等字等持離文字相等持斷所緣等持無變異等持品類等持入名定相等持無相行等持離翳闇等持具行等持無動等持境相寂靜等持集諸功德等持住決定等持淨妙華等持具覺支等持無邊辯等持無等等等持超一切等持善分別等持散疑網等持無所住等持一相莊嚴等持引發行相等持一行等持捨行相等持達諸有底變異等持入一切施設語言等持解脫音聲文字等持具威德等持炬熾然等持淨暇等持無濁忍等持入諸行相等持

不喜一切等持無盡行相等持具陀羅尼等持攝伏一切正邪性等持離違順等持離憎愛等持無垢明等持具堅固等持滿月淨光等持電光辯等持大莊嚴等持照一切世間等持定平等意等持無塵有塵平等理趣等持無諍有諍平等理趣等持無巢穴等持無標幟等持決定住真如等持壞身語意惡行等持如虛空等持無染著如虛空等持舍利子若諸菩薩於如是等諸勝等持常住不捨速證無上正等菩提舍利子復有所餘無量無數三摩地門陀羅尼門若諸菩薩常於中學亦能速證所求無上正等菩提爾時善現承佛威神復謂具壽舍利子言若諸菩薩安住如是諸勝等持當知已爲過去諸佛之所授記亦爲現在十方諸佛之所授記舍利子

是諸菩薩雖住如是諸三摩地而不見此諸三摩地亦不著此三摩地名亦不念言我於如是諸三摩地已正當入亦不念言唯我能入此諸勝定非餘所能彼如是等尋思分別由諸定力一切不起時舍利子問善現言爲定別有諸菩薩摩訶薩安住如是勝三摩地已爲過去現在諸佛所授記耶善現答言不也舍利子何以故舍利子若般若波羅蜜多若三摩地若諸菩薩皆無別異般若波羅蜜多即三摩地三摩地即諸菩薩所以者何以一切法性平等故時舍利子問善現言若三摩地不異菩薩菩薩不異三摩地三摩地即是菩薩菩薩即是三摩地以一切法平等故者是諸菩薩爲能顯示自所證入三摩地不善現答言不也舍利子舍利子言是諸菩薩

於三摩地作想解不善現荅言是諸菩薩於三摩地不作想解舍利子言是諸菩薩云何不於自三摩地而作想解善現荅言是諸菩薩無分別故舍利子言彼何故無分別善現荅言是諸菩薩知一切法及三摩地皆無所有無所有中分別想解無容起故時薄伽梵讃善現言善哉善哉如汝所說故我說汝聲聞衆中住無諍定最爲第一由斯我說與義相應平等性中無違諍故如是善現諸菩薩摩訶薩欲學般若乃至布施波羅蜜多應如是學欲學念住乃至道支應如是學欲學十力乃至十八佛不共法應如是學時舍利子即白佛言若菩薩摩訶薩如是學時爲正學般若波羅蜜多乃至十八佛不共法不佛言舍利子若菩薩摩訶薩如是學時爲正學般若波羅蜜多乃至十八佛不共法以無所得爲方便故時舍利子復白佛言若菩薩摩訶薩如是學時皆以無所得爲方便而學般若波羅蜜多乃至十八佛不共法不佛言舍利子若菩薩摩訶薩如是學時皆以無所得爲方便而學般若波羅蜜多乃至十八佛不共法舍利子言無所得者爲說何等不可得耶佛言舍利子無所得者我不可得乃至見者不可得畢竟淨故諸蘊處界及緣起不可得畢竟淨故欲色無色界不可得畢竟淨故四念住乃至八聖道支不可得畢竟淨故佛十力乃至十八佛不共法不可得畢竟淨故布施乃至般若波羅蜜多不可得畢竟淨故預流乃至獨覺不可得畢竟淨故菩薩諸佛菩提涅槃不可得畢竟淨故舍利子言畢竟淨

者義何謂耶佛言舍利子即一切法無生無滅無染無淨無出無没無得無爲如是名爲畢竟淨義時舍利子復白佛言若諸菩薩作是學時於何法學佛言舍利子若諸菩薩作是學時都不於法而有所學何以故舍利子非一切法如是而有如諸愚夫異生所執可於中學舍利子言若爾諸法如何而有佛言諸法如無所有如是而有若於如是無所有法不能了達説名無明舍利子言何等法無所有若不了達説名無明佛言舍利子色乃至識無所有如是乃至四念住乃至十八佛不共法無所有由内空故乃至無性自性空故舍利子愚夫異生於如是等無所有法不能了達説名無明彼由無明及愛勢力分別執著斷常二邊由此不知不見諸法無所有性分別諸法由分別故便執著色受想行識乃至執著十八佛不共法由執著故分別諸法無所有性由此於法不知不見舍利子言於何等法不知不見佛言舍利子於色乃至識不知不見如是乃至於四念住乃至十八佛不共法不知不見以於諸法不知不見墮在愚夫異生數中不能出離舍利子言彼於何處不能出離佛言舍利子彼於欲界色無色界不能出離由於三界不能出離便於聲聞獨覺菩薩及諸佛法不能成辦設於三界能出離者而於二乘不能出離由此不能信解深法舍利子言於何深法不能信解佛言舍利子彼於色空乃至識空不能信解如是乃至於十八佛不共法空不能信解由於能覺所覺法空不能信解便不能住所應學法

舍利子言於何所學彼不能住佛言舍利子彼於布施乃至般若波羅蜜多不能安住亦不能住不退轉地及餘無量無邊佛法由此故名愚夫異生以於諸法執著有性謂執著色受想行識眼處乃至意處色處乃至法處眼界乃至意識界貪瞋癡諸見趣念住乃至菩提涅槃皆悉有性時舍利子白佛言世尊頗有菩薩作如是學非學般若波羅蜜多不能成辦一切智智耶佛告舍利子有諸菩薩作如是學非學般若波羅蜜多不能成辦一切智智舍利子言云何菩薩作如是學非學般若波羅蜜多佛言舍利子若諸菩薩無方便善巧分別執著般若波羅蜜多乃至分別執著布施波羅蜜多分別執著四念住乃至分別執著十八佛不共法分別執著一切智道相智一切相智由此因緣有諸菩薩作如是學非學般若波羅蜜多不能成辦一切智智舍利子言此諸菩薩如是學時定非學般若波羅蜜多不能成辦一切智智耶佛言舍利子此諸菩薩如是學時定非學般若波羅蜜多不能成辦一切智智舍利子言云何菩薩修行般若波羅蜜多是學般若波羅蜜多如是學時便能成辦一切智智佛言舍利子若諸菩薩修行般若波羅蜜多不見般若波羅蜜多乃至不見一切相智如是菩薩修行般若波羅蜜多是學般若波羅蜜多如是學時則能成辦一切智智以無所得爲方便故舍利子言是諸菩薩於何法無所得爲方便耶佛言舍利子是諸菩薩修行布施波羅蜜多時於布施波羅蜜多無所得爲方便乃至

修行般若波羅蜜多時於般若波羅蜜多無所得爲方便乃至求菩提時於菩提無所得爲方便乃至求一切相智時於一切相智無所得爲方便舍利子言是諸菩薩修行般若波羅蜜多時以何等無所得爲方便耶佛言舍利子是諸菩薩修行般若波羅蜜多時以内空無所得爲方便乃至以無性自性空無所得爲方便由此因緣速能成辦一切智智爾時具壽善現白佛言世尊設有人來作如是問諸幻化者若學般若乃至布施波羅蜜多及學念住乃至十八佛不共法彼能成辦一切智智不世尊我得此問當如何荅佛告善現我還問汝隨汝意荅於意云何色乃至識與幻化者爲有異不眼處乃至意處與幻化者爲有異不色處乃至法處與幻化者爲有異不眼界乃至意界與幻化者爲有異不色界乃至法界與幻化者爲有異不眼識界乃至意識界與幻化者爲有異不眼觸乃至意觸與幻化者爲有異不眼觸爲緣所生諸受乃至意觸爲緣所生諸受與幻化者爲有異不四念住乃至八聖道支與幻化者爲有異不空無相無願解脱門與幻化者爲有異不布施波羅蜜多乃至十八佛不共法與幻化者爲有異不諸佛無上正等菩提與幻化者爲有異不善現荅言不也世尊何以故色不異幻化者幻化者不異色色即是幻化者幻化者即是色乃至無上正等菩提亦復如是佛告善現於意云何諸幻化者有染淨不有生滅不善現荅言不也世尊佛告善現於意云何若法無染淨無生滅是法能學般若

波羅蜜多乃至一切相智成辦一切智智不善現荅言不也世尊佛告善現於意云何於五蘊中起想等想施設言説假名菩薩摩訶薩不善現荅言如是世尊佛告善現於意云何於五蘊中起想等想施設言説假建立者有生滅有染淨可得不善現荅言不也世尊佛告善現於意云何若法無想無等想無施設無言説無假名無身無身業無語無語業無意無意業無生滅無染淨是法能學般若波羅蜜多成辦一切智智不善現荅言不也世尊佛告善現若諸菩薩以無所得而爲方便修學如是甚深般若波羅蜜多定能成辦一切智智具壽善現復白佛言若諸菩薩欲得無上正等菩提當如幻士而學般若波羅蜜多所以者何當知幻士即是五蘊佛告善現於意云何如幻五蘊能學般若波羅蜜多成辦一切智智不善現荅言不也世尊何以故如幻五蘊以無性爲自性無性自性不可得故佛告善現於意云何如夢如響如光影如陽焰如鏡像如變化五蘊能學般若波羅蜜多成辦一切智智不善現荅言不也世尊何以故如響乃至變化五蘊以無性爲自性無性自性不可得故佛告善現於意云何如幻等五蘊各有異性不善現荅言不也世尊何以故如幻色等即是如夢乃至如變化色等故五蘊六根亦無異性如是一切皆由内空乃至無性自性空故性不可得爾時善現復白佛言若諸菩薩新學大乘聞説如是甚深般若波羅蜜多其心將無驚恐怖不佛告善現若諸菩薩新學大乘修行般若波羅蜜

多若無方便善巧及無善友攝護聞說如是甚深般若波羅蜜多其心有驚有恐有怖具壽善現復白佛言何等菩薩修行般若波羅蜜多有方便善巧故聞說如是甚深般若波羅蜜多其心不驚不恐不怖佛告善現若諸菩薩以應一切智智作意觀色乃至識無常苦無我不淨空無相無願寂靜遠離相亦不可得是諸菩薩修行般若波羅蜜多有方便善巧故聞說如是甚深般若波羅蜜多其心不驚不恐不怖復次善現若諸菩薩作此觀已復作是念我當以無所得爲方便爲一切有情說如是五蘊無常乃至遠離相亦不可得是爲菩薩無著布施波羅蜜多復次善現若諸菩薩不以聲聞獨覺作意思惟五蘊無常乃至遠離相亦不可得以無所得爲方便故是爲菩薩無著淨戒波羅蜜多復次善現若諸菩薩以無所得而爲方便修行般若波羅蜜多觀察地界乃至識界皆悉無常苦空無我不應嗔恨唯應安忍是爲菩薩無著安忍波羅蜜多復次善現若諸菩薩以應一切智智作意觀察色乃至識無常乃至遠離相亦不可得雖以無所得爲方便而常不捨一切智智相應作意勤修一切善法是爲菩薩無著精進波羅蜜多復次善現若諸菩薩不以聲聞獨覺作意及餘非善散亂之心間雜菩薩清淨作意是爲菩薩無著靜慮波羅蜜多復次善現若諸菩薩修行般若波羅蜜多如實觀察非空色故說色爲空色即是空空即是色受想行識亦復如是眼處乃至意處色處乃至法處眼界乃至意界色界乃至法

界眼識界乃至意識界眼觸乃至意觸眼觸爲緣所生諸受乃至意觸爲緣所生諸受四念住乃至十八佛不共法亦復如是是爲菩薩無著般若波羅蜜多善現如是菩薩修行般若波羅蜜多有方便善巧故聞說如是甚深般若波羅蜜多其心不驚不恐不怖具壽善現復白佛言云何菩薩爲諸善友所攝護故聞說如是甚深般若波羅蜜多其心不驚不恐不怖佛告善現諸菩薩善友者謂若能以無所得爲方便說色乃至識無常相苦相無我相不淨相空相無相相無願相寂靜相遠離相亦不可得說眼乃至意無常相乃至遠離相亦不可得說色乃至法無常相乃至遠離相亦不可得說眼識乃至意識無常相乃至遠離相亦不可得說眼觸乃至意觸無常相乃至遠離相亦不可得及勸依此勤修善根迴向無上正等菩提不向聲聞及獨覺地當知是爲菩薩善友復次善現諸菩薩善友者謂若能以無所得爲方便說修四念住乃至八聖道支不可得說修空無相無願解脫門不可得說修佛十力乃至十八佛不共法不可得說修一切智道相智一切相智不可得而勸依此勤修善根迴向無上正等菩提不向聲聞及獨覺地當知是爲菩薩善友善現若諸菩薩爲此善友所攝護者聞說如是甚深般若波羅蜜多其心不驚不恐不怖爾時善現復白佛言云何菩薩修行般若波羅蜜多無方便善巧故聞說如是甚深般若波羅蜜多其心有驚有恐有怖佛告善現若諸菩薩以有所得而爲方便離應一切智智

作意修行般若乃至布施波羅蜜多於所修行有得有恃以有所得而爲方便離一切智智作意觀色乃至識内空乃至無性自性空於觀此空有得有恃以有所得而爲方便觀眼乃至意觀色乃至法觀眼識乃至意識觀眼觸乃至意觸觀眼觸爲緣所生諸受乃至意觸爲緣所生諸受内空乃至無性自性空於觀此空有得有恃以有所得而爲方便離應一切智智作意修行四念住乃至十八佛不共法於所修行有得有恃善現如是菩薩修行般若波羅蜜多無方便善巧故聞說如是甚深般若波羅蜜多其心有驚有恐有怖

具壽善現復白佛言云何菩薩修行般若波羅蜜多爲諸惡友所攝引故聞說如是甚深般若波羅蜜多其心有驚有恐有怖佛告善現諸菩薩惡友者謂教猒離般若乃至布施波羅蜜多作是言善男子汝等於此不應修學所以者何如是六種波羅蜜多非佛所說是文頌者虛誑製造是故汝等不應聽習讀誦受持思惟推究爲他演說當知是爲菩薩惡友復次善現諸菩薩惡友者若不爲說魔事魔過謂有惡魔作佛形像來教菩薩猒離六種波羅蜜多作是言善男子何用修此波羅蜜多復有惡魔作佛形像來爲菩薩宣說開示聲聞獨覺相應之法所謂契經乃至論義分別顯了令專修學復有惡魔作佛形像至菩薩所作如是言汝非菩薩無菩提心不能安住不退轉地不能證得所求無上正等菩提復有惡魔作佛形像至菩薩所作是言善男子色乃至識空無我無我所眼乃至意

空無我無我所色乃至法空無我無我所眼識乃至意識空無我無我所眼觸乃至意觸空無我無我所眼觸爲緣所生諸受乃至意觸爲緣所生諸受空無我無我所布施乃至般若波羅蜜多空無我無我所四念住乃至十八佛不共法空無我無我所何用無上正等菩提復有惡魔作獨覺形像至菩薩所作是言善男子十方世界諸佛菩薩及聲聞衆一切皆空汝於是事應深信受勿自勤苦求欲供養聽聞正法如說修行復有惡魔作聲聞形像至菩薩所令深猒離一切智智相應作意令勤修學聲聞獨覺相應作意復有惡魔作親教軌範形像至菩薩所令深猒離菩薩勝行所謂六種波羅蜜多及令猒離一切智智所謂無上正等菩提唯教勤修四念住等令速證得二乘菩提猒離所求無上乘果復有惡處作父母形像至菩薩所告言子子汝當精勤求證預流一來不還阿羅漢果足得永離生死大苦何用無上正等菩提求菩提者要經無量無數大劫輪迴生死教化有情棄捨身命斷截手足徒自勤苦誰荷汝恩所求菩提或得或不得復有惡魔作苾芻形像至菩薩所以有所得而爲方便說色乃至識有無常相苦相無我相不淨相空相無相相無願相寂靜相遠離相眞實可得說眼乃至意有無常相乃至遠離相眞實可得說色乃至法有無常相乃至遠離相眞實可得說眼識乃至意識有無常相乃至遠離相眞實可得說眼觸乃至意觸有無常相乃至遠離相眞實可得說眼觸爲緣所生諸受乃至意

觸爲緣所生諸受有無常相乃至遠離相眞實可得以有所得而爲方便說四念住乃至十八佛不共法眞實可得令其修學若不爲說如是等事令覺悟者當知是爲菩薩惡友善現若諸菩薩修行般若波羅蜜多爲此惡友所攝引者聞說如是甚深般若波羅蜜多其心有驚有恐有怖是故菩薩修行般若波羅蜜多於諸惡友應審觀察方便遠離勿近彼故退菩提心捨諸菩薩摩訶薩行不證無上正等菩提

大般若波羅蜜多經卷第四百八十五

音釋

諂誑 諂丑琰切佞言曰諂誑古況切欺也 開闡 闡齒善切開也顯也 不眴 眴音舜目動也 翳闇 翳於計切障也闇暗同不明也 巢穴 巢鋤交切鳥巢也穴胡決切窟穴也 幟 昌志切旗幟也 軌範 軌居洧切範音犯軌範謂軌則範模也 斷截 截昨結切亦斷也

大般若波羅蜜多經卷第四百八十六

唐三藏法師玄奘奉詔譯

第三分善現品第三之五

爾時善現復白佛言所說菩薩摩訶薩者何等名爲菩薩句義佛告善現無句義是菩薩句義何以故善現菩提不生薩埵非有句義於其中理不可得故無句義是菩薩句義善現譬如空中實無鳥跡菩薩句義亦復如是實無所有善現譬如夢境實無所有菩薩句義亦復如是實無所有善現譬如幻事實無所有菩薩句義亦復如是實無所有善現譬如陽焰實無所有菩薩句義亦復如是實無所有善現譬如光影響像變化實無所有菩薩句義亦復如是實無所有善現譬如真如句義實無所有菩薩句義亦復如是實無所有善現譬如法界句義實無所有菩薩句義亦復如是實無所有善現譬如法性句義實無所有菩薩句義亦復如是實無所有善現譬如不虛妄性不變異性平等性離生性法定法住實際句義實無所有菩薩句義亦復如是實無所有善現譬如幻士色句義乃至識句義實無所有菩薩句義亦復如是實無所有善現譬如幻士眼處句義乃至意處句義實無所有菩薩句義亦復如是實無所有善現譬如幻士色處句義乃至法處句義實無所有菩薩句義亦復如是實無所有善現譬如幻士眼界句義乃至意界句義實無所有菩薩句義亦復如是實無所有善現譬如幻士色界句義乃至法界句義實無所有菩薩句義亦復如是實無所有善現譬如幻士

眼識界句義乃至意識界句義實無所有菩薩句義亦復如是實無所有善現譬如幻士眼觸句義乃至意觸句義實無所有菩薩句義亦復如是實無所有善現譬如幻士眼觸爲緣所生諸受句義乃至意觸爲緣所生諸受句義實無所有菩薩句義亦復如是實無所有善現譬如幻士地界句義乃至識界句義實無所有菩薩句義亦復如是實無所有善現譬如幻士無明句義乃至老死句義實無所有菩薩句義亦復如是實無所有善現譬如幻士行內空句義乃至無性自性空句義實無所有菩薩句義亦復如是實無所有善現譬如幻士行四念住句義乃至十八佛不共法句義實無所有菩薩句義亦復如是實無所有善現譬如如來應正等覺色相句義乃至識相句義實無所有諸菩薩摩訶薩行深般若波羅蜜多時菩薩句義亦復如是實無所有善現譬如如來應正等覺眼處相句義乃至意處相句義實無所有諸菩薩摩訶薩行深般若波羅蜜多時菩薩句義亦復如是實無所有善現譬如如來應正等覺色處相句義乃至法處相句義實無所有諸菩薩摩訶薩行深般若波羅蜜多時菩薩句義亦復如是實無所有善現譬如如來應正等覺眼界相句義乃至意界相句義實無所有諸菩薩摩訶薩行深般若波羅蜜多時菩薩句義亦復如是實無所有善現譬如如來應正等覺色界相句義乃至法界相句義實無所有諸菩薩摩訶薩行深般若波羅蜜多時菩薩句義亦復如是實無所有善現譬如如

來應正等覺眼識界相句義乃至意識界相句義實無所有諸菩薩摩訶薩行深般若波羅蜜多時菩薩句義亦復如是實無所有善現譬如如來應正等覺眼觸相句義乃至意觸相句義實無所有諸菩薩摩訶薩行深般若波羅蜜多時菩薩句義亦復如是實無所有善現譬如如來應正等覺眼觸爲緣所生諸受相句義乃至意觸爲緣所生諸受相句義實無所有諸菩薩摩訶薩行深般若波羅蜜多時菩薩句義亦復如是實無所有善現譬如如來應正等覺地界相句義乃至識界相句義實無所有諸菩薩摩訶薩行深般若波羅蜜多時菩薩句義亦復如是實無所有善現譬如如來應正等覺無明句義乃至老死句義實無所有諸菩薩摩訶薩行深般若波羅蜜多時菩薩句義亦復如是實無所有善現譬如如來應正等覺行內空相句義乃至無性自性空相句義實無所有諸菩薩摩訶薩行深般若波羅蜜多時菩薩句義亦復如是實無所有善現譬如如來應正等覺行四念住相句義乃至十八佛不共法相句義實無所有諸菩薩摩訶薩行深般若波羅蜜多時菩薩句義亦復如是實無所有善現譬如無爲界中有爲界句義實無所有有爲界中無爲界句義亦實無所有諸菩薩摩訶薩行深般若波羅蜜多時菩薩句義亦復如是實無所有善現譬如無生無滅無作無爲無成無壞無得無捨無染無淨句義實無所有諸菩薩摩訶薩行深般若波羅蜜多時菩薩句義亦復如是實無所有所以者何善現譬

如色乃至識無生無滅句義乃至無染無淨句義實無所有諸菩薩摩訶薩行深般若波羅蜜多時菩薩句義亦復如是實無所有善現譬如眼處乃至意處無生無滅句義乃至無染無淨句義實無所有諸菩薩摩訶薩行深般若波羅蜜多時菩薩句義亦復如是實無所有善現譬如色處乃至法處無生無滅句義乃至無染無淨句義實無所有諸菩薩摩訶薩行深般若波羅蜜多時菩薩句義亦復如是實無所有善現譬如眼界乃至意界無生無滅句義乃至無染無淨句義實無所有諸菩薩摩訶薩行深般若波羅蜜多時菩薩句義亦復如是實無所有善現譬如色界乃至法界無生無滅句義乃至無染無淨句義實無所有諸菩薩摩訶薩行深般若波羅蜜多時菩薩句義亦復如是實無所有善現譬如眼識界乃至意識界無生無滅句義乃至無染無淨句義實無所有諸菩薩摩訶薩行深般若波羅蜜多時菩薩句義亦復如是實無所有善現譬如眼觸乃至意觸無生無滅句義乃至無染無淨句義實無所有諸菩薩摩訶薩行深般若波羅蜜多時菩薩句義亦復如是實無所有善現譬如眼觸爲緣所生諸受乃至意觸爲緣所生諸受無生無滅句義乃至無染無淨句義實無所有諸菩薩摩訶薩行深般若波羅蜜多時菩薩句義亦復如是實無所有善現譬如地界乃至識界無生無滅句義乃至無染無淨句義實無所有諸菩薩摩訶薩行深般若波羅蜜多時菩薩句義亦復如是實無所有善現譬如無明

乃至老死無生無滅句義乃至無染無淨句
義實無所有諸菩薩摩訶薩行深般若波羅
蜜多時菩薩句義亦復如是實無所有善現
譬如內空乃至無性自性空無生無滅句義
乃至無染無淨句義實無所有諸菩薩摩訶
薩行深般若波羅蜜多時菩薩句義亦復如
是實無所有善現譬如四念住乃至十八佛
不共法無生無滅句義乃至無染無淨句義
實無所有諸菩薩摩訶薩行深般若波羅蜜
多時菩薩句義亦復如是實無所有善現譬
如色乃至識畢竟清淨諸相句義實無所有
諸菩薩摩訶薩行深般若波羅蜜多時菩薩
句義亦復如是實無所有善現譬如眼處乃
至意處畢竟清淨諸相句義實無所有諸菩
薩摩訶薩行深般若波羅蜜多時菩薩句義
亦復如是實無所有善現譬如色處乃至法
處畢竟清淨諸相句義實無所有諸菩薩摩
訶薩行深般若波羅蜜多時菩薩句義亦復
如是實無所有善現譬如眼界乃至意界畢
竟清淨諸相句義實無所有諸菩薩摩訶薩
行深般若波羅蜜多時菩薩句義亦復如是
實無所有善現譬如色界乃至法界畢竟清
淨諸相句義實無所有諸菩薩摩訶薩行深
般若波羅蜜多時菩薩句義亦復如是實無
所有善現譬如眼識界乃至意識界畢竟清
淨諸相句義實無所有諸菩薩摩訶薩行深
般若波羅蜜多時菩薩句義亦復如是實無
所有善現譬如眼觸乃至意觸畢竟清淨諸
相句義實無所有諸菩薩摩訶薩行深般若
波羅蜜多時菩薩句義亦復如是實無所有

善現譬如眼觸爲緣所生諸受乃至意觸爲緣所生諸受畢竟清淨諸相句義實無所有諸菩薩摩訶薩行深般若波羅蜜多時菩薩句義亦復如是實無所有善現譬如地界乃至識界畢竟清淨諸相句義實無所有諸菩薩摩訶薩行深般若波羅蜜多時菩薩句義亦復如是實無所有善現譬如無明乃至老死畢竟清淨諸相句義實無所有諸菩薩摩訶薩行深般若波羅蜜多時菩薩句義亦復如是實無所有善現譬如內空乃至無性自性空畢竟清淨諸相句義實無所有諸菩薩摩訶薩行深般若波羅蜜多時菩薩句義亦復如是實無所有善現譬如四念住乃至十八佛不共法畢竟清淨諸相句義實無所有諸菩薩摩訶薩行深般若波羅蜜多時菩薩

句義亦復如是實無所有善現譬如我乃至見者句義畢竟淨中實無所有性非有故諸菩薩摩訶薩行深般若波羅蜜多時菩薩句義亦復如是實無所有善現譬如日出現時闇冥句義實無所有諸菩薩摩訶薩行深般若波羅蜜多時菩薩句義亦復如是實無所有善現譬如大劫盡時諸行句義實無所有諸菩薩摩訶薩行深般若波羅蜜多時菩薩句義亦復如是實無所有善現譬如如來應正等覺淨戒蘊中犯戒句義實無所有淨定蘊中散亂句義實無所有淨慧蘊中愚癡句義實無所有解脱蘊中繫縛句義實無所有解脱知見蘊中無解脱知見句義實無所有諸菩薩摩訶薩行深般若波羅蜜多時菩薩句義亦復如是實無所有善現譬如日月三

十三天廣説乃至色究竟天諸光明中佛光句義實無所有諸菩薩摩訶薩行深般若波羅蜜多時菩薩句義亦復如是實無所有所以者何善現若菩提若薩埵若菩薩若菩薩句義如是諸法皆非相應非不相應無色無見無對一相所謂無相諸菩薩摩訶薩於一切法非實有中無著無礙應勤修學應正覺知爾時具壽善現白佛言世尊云何一切法諸菩薩摩訶薩云何於一切法非實有中無著無礙應勤修學應正覺知佛告善現一切法者謂善法非善法有記法無記法世間法出世間法有漏法無漏法有爲法無爲法共法不共法諸如是等名一切法諸菩薩摩訶薩於如是一切法非實有中無著無礙應勤修學應正覺知具壽善現復白佛言云何名爲世間善法佛告善現世間善法者謂孝順父母供養沙門及婆羅門敬事師長若施性福業事若戒性福業事若供侍病者俱行福業若方便善巧俱行福業若世間十善業道若膖脹想若膿爛想若青瘀想若異赤想若破壞想若啄噉想若離散想若骸骨想若焚燒想若世間四靜慮四無量四無色定若佛隨念法隨念僧隨念戒隨念捨隨念天隨念入出息隨念寂靜隨念身隨念死隨念此等名爲世間善法具壽善現復白佛言云何名爲非善法佛告善現非善法者謂害生命若不與取若欲邪行若虛誑語若麤惡語若離間語若雜穢語若貪欲若瞋恚若邪見若忿若害若嫉若慳諸如是等名非善法具壽善現復白佛言云何名爲有記法佛告善現一

切善法及不善法名有記法具壽善現復白佛言云何名爲無記法佛告善現若無記身業語業意業若無記四大種若無記五根若無記六處若無記無色諸蘊界處若無記異熟諸如是等名無記法具壽善現復白佛言云何名爲世間法佛告善現謂世間五蘊十二處十八界十善業道四靜慮四無量四無色定十二緣起諸如是等名世間法具壽善現復白佛言云何名爲出世間法佛告善現謂三十七菩提分法三解脫門若未知當知根已知根具知根若有尋有伺三摩地無尋有伺三摩地無尋無伺三摩地若明解脫若念正知若如理作意若八解脫九次第定若內空外空內外空空空大空勝義空有爲空無爲空畢竟空無際空無散空本性空相空一切法空無性空無性自性空若如來十力四無所畏十八佛不共法此等名爲出世間法具壽善現復白佛言云何名爲有漏法佛告善現謂三界攝若五蘊十二處十八界若四靜慮四無量四無色定諸如是等名有漏法具壽善現復白佛言云何名爲無漏法佛告善現謂三十七菩提分法廣說乃至如來十力四無所畏四無礙解十八佛不共法諸如是等名無漏法具壽善現復白佛言云何名爲有爲法佛告善現若法有生住異滅或三界攝或三十七菩提分法廣說乃至如來十力四無所畏四無礙解十八佛不共法諸如是等名有爲法具壽善現復白佛言云何名爲無爲法佛告善現若法無生住異滅若貪瞋癡盡若眞如法界法性不虛妄性不變

異性平等性離生性法定法住實際諸如是等名無爲法具壽善現復白佛言云何名爲共法佛告善現謂世間四靜慮四無量四無色定諸如是等名爲共法具壽善現復白佛言云何名爲不共法佛告善現謂三十七菩提分法三解脫門廣說乃至十八佛不共法諸如是等名不共法諸菩薩摩訶薩於如是等自相空法不應執著以一切法無分別故諸菩薩摩訶薩於一切法應以無二而爲方便如實覺知以一切法皆無動故善現當知於一切法無二無動無分别無執著是菩薩句義以是故無句義是菩薩句義爾時具壽善現復白佛言世尊何故菩薩名摩訶薩佛告善現是諸菩薩於大有情衆中當爲上首故復名摩訶薩具壽善現白言世尊云何名爲大有情衆菩薩於中當爲上首佛告善現若種性地若第八地若預流若一來若不還若阿羅漢若獨覺若初發心展轉乃至不退轉地諸菩薩摩訶薩如是皆名大有情衆菩薩於中當爲上首故復名摩訶薩謂諸菩薩已發堅固金剛喻心定不退壞是故能於大有情衆當爲上首具壽善現白言世尊何謂堅固金剛喻心佛告善現若菩薩摩訶薩發如是心我今當被大功德鎧無邊生死大曠野中爲諸有情破煩惱敵我當普爲一切有情枯竭無邊生死大海我當捨棄一切所有爲諸有情作大饒益我當平等利益安樂一切有情心無偏黨我當普令諸有情類遊三乘路趣涅槃城我當雖以三乘濟度一切有情而嘗不見有一有情得涅槃者我當覺了

一切法性無染無淨無生無滅我當純以一切智智相應作意修行布施乃至般若波羅蜜多我當勤學隨入一切通達究竟微妙智門我當通達一切法相一理趣門我當通達一切法相二理趣門我當通達一切法相多理趣門無所執著我當修學種種妙智達諸法性引勝功德善現是謂菩薩所發堅固金剛喻心若菩薩摩訶薩以無所得而爲方便安住此心決定能於大有情衆當爲上首復次善現諸菩薩摩訶薩生如是心一切地獄傍生鬼界及人天中諸有情類所受苦惱我當代受令彼安樂諸菩薩摩訶薩生如是心我爲饒益一切有情故經於無量百千俱胝那庾多劫受大地獄種種重苦無數方便教化令得無餘涅槃如是次第普爲饒益一切有情爲彼一一各經無量百千俱胝那庾多劫受大地獄種種重苦一一各以無數方便教化令得無餘涅槃作是事已自種善根復經無量百千俱胝那庾多劫圓滿修集菩提資糧然後方證所求無上正等菩提善現如是廣大誓願亦名菩薩所發堅固金剛喻心若菩薩摩訶薩以無所得而爲方便安住此心決定能於大有情衆當爲上首復次善現諸菩薩摩訶薩常應發起廣大之心由此心故決定能於大有情衆當爲上首此中菩薩廣大心者謂諸菩薩生如是心我從初發大菩提心乃至證得一切智智定當不起貪欲瞋恚愚癡忿害見慢等心亦定不起趣求聲聞獨覺地心是爲菩薩廣大之心若菩薩摩訶薩以無所得而爲方便安住此心決定能

於大有情衆當爲上首復次善現諸菩薩摩訶薩常應發起不傾動心由此心故決定能於大有情衆當爲上首此中何謂不傾動心謂諸菩薩生如是心我當常依一切智智相應作意修習發起一切所修所作事業而無憍慢是謂菩薩不傾動心若菩薩摩訶薩以無所得而爲方便安住此心決定能於大有情衆當爲上首復次善現諸菩薩摩訶薩於諸有情平等發起利樂之心由此心故決定能於大有情衆當爲上首此中菩薩利樂心者謂諸菩薩生如是心我當決定窮未來際利益安樂一切有情爲作歸依洲渚舍宅常不捨離是謂菩薩利樂之心若菩薩摩訶薩以無所得而爲方便安住此心決定能於大有情衆當爲上首復次善現諸菩薩摩訶薩常勤精進愛法樂法欣法喜法由是因緣決定能於大有情衆當爲上首此中法者謂一切法無差別性是名爲法言愛法者謂於此法起欲希求言樂法者謂於此法稱讚功德言欣法者謂於此法歡喜信受言喜法者謂於此法樂多修習若菩薩摩訶薩以無所得而爲方便常能如是愛樂欣喜無差別法而無執著決定能於大有情衆當爲上首復次善現若菩薩摩訶薩行深般若波羅蜜多以無所得而爲方便安住內空乃至無性自性空是菩薩摩訶薩決定能於大有情衆當爲上首復次善現若菩薩摩訶薩行深般若波羅蜜多以無所得而爲方便修三十七菩提分法廣說乃至如來十力四無所畏四無礙解十八佛不共法是菩薩摩訶薩決定能於

大有情衆當爲上首復次善現若菩薩摩訶薩行深般若波羅蜜多以無所得而爲方便住金剛喻三摩地乃至住無著無爲無染解脫如虛空三摩地是菩薩摩訶薩決定能於大有情衆當爲上首善現當知諸菩薩摩訶薩安住此等微妙勝法行深般若波羅蜜多決定能於大有情衆當爲上首是故菩薩名摩訶薩爾時具壽舍利子白佛言世尊我以辯才樂說菩薩由是義故名摩訶薩唯願聽許佛告舍利子隨汝意說舍利子言以諸菩薩方便善巧能爲有情宣說法要令斷我見有情見乃至知者見見者見令斷常見斷見有見無見蘊處界見諸聖諦見及緣起見令斷三十七菩提分法見廣說乃至十八佛不共法見成熟有情見嚴淨佛土見菩薩見如來見菩提見涅槃見轉法輪見以諸菩薩方便善巧以無所得而爲方便爲諸有情宣說永斷此等見法依如是義名摩訶薩爾時善現便問具壽舍利子言若菩薩摩訶薩能爲有情以無所得而爲方便宣說永斷諸見法要何因何緣有諸菩薩自有所得而爲方便起蘊等見舍利子言若菩薩摩訶薩行深般若波羅蜜多時無方便善巧者以有所得而爲方便起蘊等見是菩薩摩訶薩無方便善巧故決定不能爲諸有情以無所得而爲方便宣說永斷諸見法要若菩薩摩訶薩行深般若波羅蜜多時有方便善巧者能爲有情以無所得而爲方便宣說永斷諸見法要是菩薩摩訶薩決定不起蘊等諸見爾時具壽善現白佛言世尊我以辯才樂說菩薩由是

義故名摩訶薩惟願聽許佛告善現隨汝意說善現白言以諸菩薩爲欲證得一切智智發菩提心無等等心不共聲聞獨覺等心於如是心亦不執著依如是義名摩訶薩所以者何以一切智智心是眞無漏不墮三界求一切智智心亦是眞無漏不墮三界於如是心不應執著是故菩薩名摩訶薩時舍利子問善現言云何菩薩摩訶薩無等等心不共聲聞獨覺等心善現答言諸菩薩摩訶薩從初發心不見少法有生有滅有增有減有往有來有染有淨若不見法有生有滅有增有減有往有來有染有淨亦不見有聲聞獨覺菩薩等心是名菩薩摩訶薩無等等心不共聲聞獨覺等心諸菩薩摩訶薩於如是心亦不執著時舍利子問善現言若菩薩摩訶薩於如是心不應執著則於聲聞獨覺等心亦不應執著及於一切蘊處界等心并四念住廣說乃至十八佛不共法心亦不應執著何以故如是諸心無心性故善現答言如是如是時舍利子問善現言若一切心無心性故不應執著則蘊處界等廣說乃至十八佛不共法亦無彼性不應執著善現答言如是如是舍利子言若一切智智心是眞無漏不墮三界則諸愚夫異生聲聞獨覺等心亦應是眞無漏不墮三界何以故如是諸心皆本性空故善現答言如是如是舍利子言若如是心本性空故是眞無漏不墮三界則蘊處界等廣說乃至十八佛不共法亦應是眞無漏不墮三界何以故蘊處界等皆本性空故善現答言如是如是舍利子言若心色等法無

心色等性故不應執著則一切法皆應平等都無差别善現答言如是如是舍利子言若一切法等無差别云何如來説心色等有種種異善現答言此是如來隨世俗説非隨勝義舍利子言若諸異生聲聞獨覺菩薩如來心色等法皆真無漏不墮三界則諸異生聲聞獨覺菩薩如來應無差别善現答言如是如是舍利子言若諸異生聲聞獨覺菩薩如來無差别者云何佛説凡聖大小有種種異善現答言此亦如來依世俗説不依勝義舍利子諸菩薩摩訶薩行深般若波羅蜜多時以無所得爲方便故於所發起大菩提心無等等心不共聲聞獨覺等心不恃不執於蘊處界等廣説乃至十八佛不共法無取無著依如是義名摩訶薩爾時具壽滿慈子白佛

言世尊我以辯才樂説菩薩由是義故名摩訶薩惟願聽許佛告滿慈子隨汝意説滿慈子言以諸菩薩普爲利樂一切有情被大功德鎧故發趣大乘故乘大乘故名摩訶薩時舍利子問滿慈子言云何菩薩摩訶薩普爲利樂一切有情被大功德鎧滿慈子言諸菩薩摩訶薩修行布施波羅蜜多時不爲利樂少分有情普爲利樂一切有情修行淨戒安忍精進靜慮般若波羅蜜多時亦復如是舍利子是爲菩薩摩訶薩普爲利樂一切有情被大功德鎧復次舍利子諸菩薩摩訶薩被大功德鎧利樂有情不爲分限不作是念我當拔濟爾許有情入無餘依般涅槃界爾許有情不令其入我當拔濟爾許有情令住無上正等菩提爾許有情不令其住然諸菩薩

摩訶薩普爲拔濟一切有情入無餘依般涅槃界及住無上正等菩提舍利子是爲菩薩摩訶薩普爲利樂一切有情被大功德鎧復次舍利子諸菩薩摩訶薩作如是念我當自圓滿布施淨戒安忍精進靜慮般若波羅蜜多亦令一切有情圓滿復作是念我依六種波羅蜜多自住內空乃至無性自性空自修四念住乃至十八佛不共法亦令有情依此六種波羅蜜多安住內空乃至無性自性空修四念住乃至十八佛不共法復作是念我依六種波羅蜜多速證無上正等菩提入無餘依般涅槃界亦令有情依此六種波羅蜜多速證無上正等菩提入無餘依般涅槃界舍利子是爲菩薩摩訶薩普爲利樂一切有情被大功德鎧復次舍利子諸菩薩摩訶薩修行布施波羅蜜多時以一切智智相應作意而修布施波羅蜜多不雜聲聞獨覺作意持此善根以無所得而爲方便與諸有情平等共有迴向無上正等菩提於布施時都無所悋是爲布施波羅蜜多大功德鎧於布施時不起聲聞獨覺作意是爲淨戒波羅蜜多大功德鎧於布施時信忍欲樂修布施法是爲安忍波羅蜜多大功德鎧於布施時精進勇猛不捨加行是爲精進波羅蜜多大功德鎧於布施時一心趣向一切智智究竟利樂一切有情不雜聲聞獨覺作意是爲靜慮波羅蜜多大功德鎧於布施時住如幻想不得施者受者施物施所得果是爲般若波羅蜜多大功德鎧舍利子如是菩薩摩訶薩修行布施波羅蜜多時具被六種波羅蜜多大功

德鎧若菩薩摩訶薩以一切智智相應作意修行布施波羅蜜多時於六波羅蜜多相無取無得當知是菩薩摩訶薩被大功德鎧復次舍利子諸菩薩摩訶薩修行淨戒波羅蜜多時以一切智智相應作意而修淨戒波羅蜜多不雜聲聞獨覺作意持此善根以無所得而爲方便與諸有情平等共有迴向無上正等菩提修淨戒時於諸所有都無慳恪是爲布施波羅蜜多大功德鎧修淨戒時於諸聲聞及獨覺地尚不趣求況異生地是爲淨戒波羅蜜多大功德鎧修淨戒時於淨戒法信忍欲樂是爲安忍波羅蜜多大功德鎧修淨戒時精進勇猛不捨加行是爲精進波羅蜜多大功德鎧修淨戒時純以大悲而爲上首尚不間雜二乘作意況異生心是爲靜慮波羅蜜多大功德鎧修淨戒時於一切法住如幻想於淨戒行無恃無得達本性空是爲般若波羅蜜多大功德鎧舍利子如是菩薩摩訶薩修行淨戒波羅蜜多時具被六種波羅蜜多大功德鎧若菩薩摩訶薩以一切智智相應作意修行淨戒波羅蜜多時於六波羅蜜多相無取無得當知是菩薩摩訶薩被大功德鎧復次舍利子諸菩薩摩訶薩修行安忍波羅蜜多時以一切智智相應作意而修安忍波羅蜜多不雜聲聞獨覺作意持此善根以無所得而爲方便與諸有情平等共有迴向無上正等菩提修安忍時爲成安忍於身命等無所戀著是爲布施波羅蜜多大功德鎧修安忍時不雜聲聞及獨覺等下劣作意是爲淨戒波羅蜜多大功德鎧修安忍

時於安忍法信忍欲樂是爲安忍波羅蜜多大功德鎧修安忍時精進勇猛不捨加行是爲精進波羅蜜多大功德鎧修安忍時攝心一境雖遇衆苦而心不亂是爲靜慮波羅蜜多大功德鎧修安忍時住如幻想爲集佛法成熟有情觀諸法空不執怨害是爲般若波羅蜜多大功德鎧舍利子如是菩薩摩訶薩修行安忍波羅蜜多時具被六種波羅蜜多大功德鎧若菩薩摩訶薩以一切智智相應作意修行安忍波羅蜜多時於六波羅蜜多相無取無得當知是菩薩摩訶薩被大功德鎧

大般若波羅蜜多經卷第四百八十六

音釋

薩埵 梵語也此云成衆生謂用佛道成就衆生也埵音朶

膖脹 膖匹絳匹江二切脹知亮切膖脹謂膖臭脹滿也

瘀 依據切血瘀積而青色也

豕噉 豕音卓鳥食也噉徒濫切食噉也

骸骨 骸音諧百骸也

鎧 可亥切甲也

慳悋 慳丘閑切亦悋也悋良刃切恨惜也

大般若波羅蜜多經卷第四百八十七

唐三藏法師玄奘奉　詔譯

第三分善現品第三之六

復次舍利子諸菩薩摩訶薩修行精進波羅蜜多時以一切智智相應作意而修精進波羅蜜多不雜聲聞獨覺作意持此善根以無所得而爲方便與諸有情平等共有迴向無上正等菩提修精進時能勤修學難行施行是爲布施波羅蜜多大功德鎧修精進時勤護淨戒終無毀犯是爲淨戒波羅蜜多大功德鎧修精進時能勤修學難行忍行是爲安忍波羅蜜多大功德鎧修精進時能勤修學有益苦行是爲精進波羅蜜多大功德鎧修精進時能勤修學靜慮等至是爲靜慮波羅蜜多大功德鎧修精進時能勤修學無取著慧是爲般若波羅蜜多大功德鎧舍利子如是菩薩摩訶薩修行精進波羅蜜多時具被六種波羅蜜多大功德鎧若菩薩摩訶薩以一切智智相應作意修行精進波羅蜜多時於六波羅蜜多相無取無得當知是菩薩摩訶薩被大功德鎧復次舍利子諸菩薩摩訶薩修行靜慮波羅蜜多時以一切智智相應作意而修靜慮波羅蜜多不雜聲聞獨覺作意持此善根以無所得而爲方便與諸有情平等共有迴向無上正等菩提修靜慮時靜心行施亂心慳悋不復現前是爲布施波羅蜜多大功德鎧修靜慮時定心護戒令諸惡戒不復現前是爲淨戒波羅蜜多大功德鎧修靜慮時住慈悲定而修安忍不惱有情是爲安忍波羅蜜多大功德鎧修靜慮時安住

靜定勤修功德離諸懈怠是爲精進波羅蜜多大功德鎧修靜慮時依靜慮等引發勝定離擾亂心是爲靜慮波羅蜜多大功德鎧修靜慮時依靜慮等引發勝慧離惡慧心是爲般若波羅蜜多大功德鎧舍利子如是菩薩摩訶薩修行靜慮波羅蜜多時具被六種波羅蜜多大功德鎧若菩薩摩訶薩以一切智智相應作意修行靜慮波羅蜜多時於六波羅蜜多相無取無得當知是菩薩摩訶薩被大功德鎧復次舍利子諸菩薩摩訶薩修行般若波羅蜜多時以一切智智相應作意而修般若波羅蜜多不雜聲聞獨覺作意持此善根以無所得而爲方便與諸有情平等共有迴向無上正等菩提修般若時雖施一切而能不見施者等三是爲布施波羅蜜多大功德鎧修般若時雖護淨戒而能不見持犯差別是爲淨戒波羅蜜多大功德鎧修般若時依勝空慧而修安忍不見能忍所忍等事是爲安忍波羅蜜多大功德鎧修般若時雖觀諸法皆畢竟空而以大悲勤修善法是爲精進波羅蜜多大功德鎧修般若時雖修勝定而觀定境皆畢竟空是爲靜慮波羅蜜多大功德鎧修般若時觀一切法一切有情及一切行皆如幻夢光影響像陽焰變化及尋香城而修種種無取著慧是爲般若波羅蜜多大功德鎧舍利子如是菩薩摩訶薩修行般若波羅蜜多時具被六種波羅蜜多大功德鎧若菩薩摩訶薩以一切智智相應作意修行般若波羅蜜多時於六波羅蜜多相無取無得當知是菩薩摩訶薩被大功德鎧舍

利子如是名爲諸菩薩摩訶薩普爲利樂一切有情被大功德鎧舍利子諸菩薩摩訶薩安住一一波羅蜜多皆修六種波羅蜜多令得圓滿是故名被大功德鎧復次舍利子諸菩薩摩訶薩雖入靜慮無量無色而不味著亦不爲彼勢力牽引亦不隨彼勢力受生舍利子是爲菩薩摩訶薩修行靜慮波羅蜜多時所被方便善巧般若波羅蜜多大功德鎧復次舍利子諸菩薩摩訶薩雖於靜慮無量無色住遠離見寂靜見空無相無願見而不證實際不墮聲聞及獨覺地超勝一切聲聞獨覺舍利子是爲菩薩摩訶薩修行靜慮波羅蜜多時所被方便善巧般若波羅蜜多大功德鎧舍利子以諸菩薩普爲利樂一切有情被如是等大功德鎧故復名摩訶薩舍利子如是普爲利樂有情被大功德鎧菩薩摩訶薩普爲十方殑伽沙等諸佛世界一切如來應正等覺處大衆中歡喜讚歎作如是言某方某世界中有某名菩薩摩訶薩普爲利樂一切有情被大功德鎧嚴淨佛土成熟有情遊戲神通作所應作如是展轉聲遍十方人天等聞皆大歡喜咸作是言是菩薩摩訶薩不久當證所求無上正等菩提令諸有情皆獲利樂爾時舍利子問滿慈子言云何菩薩摩訶薩普爲利樂諸有情故發趣大乘滿慈子言諸菩薩摩訶薩普爲利樂一切有情已被六種波羅蜜多大功德鎧復爲利樂一切有情離欲惡不善法有尋有伺離生喜樂入初靜慮具足安住廣說乃至斷樂斷苦先喜憂没不苦不樂捨念清淨入第四靜慮具

足安住復依靜慮起慈俱心行相廣大無二無量無怨無害無恨無惱遍滿善修勝解周普充溢十方盡虛空窮法界慈心勝解具足而住起悲喜捨俱心行相勝解亦復如是依此加行復超一切色想滅有對想不思惟種種想入無邊空空無邊處具足安住廣說乃至超一切無所有處入非想非非想處具足安住是菩薩摩訶薩持此靜慮無量無色以無所得而爲方便與諸有情平等共有迴向無上正等菩提舍利子是爲菩薩摩訶薩普爲利樂諸有情故發趣大乘復次舍利子諸菩薩摩訶薩普爲利益一切有情先自安住如是靜慮無量無色於入住出諸行相狀善分別知得自在已復作是念我令應以一切智智相應作意大悲爲首爲斷有情諸煩惱故說諸靜慮無量無色分別開示令善了知諸定愛味過患出離及入住出諸行相狀持此善根以無所得而爲方便與諸有情平等共有迴向無上正等菩提舍利子是爲菩薩摩訶薩依止靜慮波羅蜜多修行布施波羅蜜多普爲利樂諸有情故發趣大乘若菩薩摩訶薩以一切智智相應作意大悲爲首說諸靜慮無量無色時不爲聲聞獨覺等心之所間雜持此善根以無所得而爲方便與諸有情平等共有迴向無上正等菩提舍利子是爲菩薩摩訶薩依止靜慮波羅蜜多修行淨戒波羅蜜多普爲利樂諸有情故發趣大乘若菩薩摩訶薩以一切智智相應作意大悲爲首說諸靜慮無量無色時於如是法信忍欲樂持此善根以無所得而爲方便與諸

有情平等共有迴向無上正等菩提舍利子是爲菩薩摩訶薩依止靜慮波羅蜜多修行安忍波羅蜜多普爲利樂諸有情故發趣大乘若菩薩摩訶薩以一切智智相應作意大悲爲首修諸靜慮無量無色時於諸善根勤修不息持此善根以無所得而爲方便與諸有情平等共有迴向無上正等菩提舍利子是爲菩薩摩訶薩依止靜慮波羅蜜多修行精進波羅蜜多普爲利樂諸有情故發趣大乘若菩薩摩訶薩以一切智智相應作意大悲爲首依諸靜慮無量無色引發殊勝等至等持解脫勝處遍處等定於入住出皆得自在不隨聲聞獨覺等地持此善根以無所得而爲方便與諸有情平等共有迴向無上正等菩提舍利子是爲菩薩摩訶薩依止靜慮波羅蜜多修行靜慮波羅蜜多普爲利樂諸有情故發趣大乘若菩薩摩訶薩以一切智智相應作意大悲爲首修諸靜慮無量無色時於諸靜慮無量無色及靜慮支以無常苦無我行相及空無相無願行相如實觀察不捨大悲不墮聲聞及獨覺地持此善根以無所得而爲方便與諸有情平等共有迴向無上正等菩提舍利子是爲菩薩摩訶薩依止靜慮波羅蜜多修行般若波羅蜜多普爲利樂諸有情故發趣大乘復次舍利子若菩薩摩訶薩以一切智智相應作意大悲爲首修慈定時作如是念我當濟恤一切有情皆令得樂修悲定時作如是念我當救拔一切有情皆令離苦修喜定時作如是念我當讚勵一切有情皆令解脫修捨定時作如是念我

當等益一切有情皆令盡漏持此善根以無所得而爲方便與諸有情平等共有迴向無上正等菩提舍利子是爲菩薩摩訶薩依止無量修行布施波羅蜜多普爲利樂諸有情故發趣大乘若菩薩摩訶薩以一切智智相應作意大悲爲首於四無量入住出時終不趣求聲聞等地唯求無上正等菩提欲盡未來利樂一切舍利子是爲菩薩摩訶薩依止無量修行淨戒波羅蜜多普爲利樂諸有情故發趣大乘若菩薩摩訶薩以一切智智相應作意大悲爲首於四無量入住出時不雜聲聞獨覺作意唯於無上正等菩提信忍欲樂持此善根以無所得而爲方便與諸有情平等共有迴向無上正等菩提舍利子是爲菩薩摩訶薩依止無量修行安忍波羅蜜多普爲利樂諸有情故發趣大乘若菩薩摩訶薩以一切智智相應作意大悲爲首於四無量入住出時勤斷諸惡勤修諸善求趣菩提曾無暫捨持此善根以無所得而爲方便與諸有情平等共有迴向無上正等菩提舍利子是爲菩薩摩訶薩依止無量修行精進波羅蜜多普爲利樂諸有情故發趣大乘若菩薩摩訶薩以一切智智相應作意大悲爲首於四無量入住出時引發種種等持等至能於其中得大自在不爲彼定之所引奪亦不隨彼勢力受生持此善根以無所得而爲方便與諸有情平等共有迴向無上正等菩提舍利子是爲菩薩摩訶薩依止無量修行靜慮波羅蜜多爲欲利樂諸有情故發趣大乘若菩薩摩訶薩以一切智智相應作意大悲

爲首於四無量入住出時以無常苦無我行相及空無相無願行相如實觀察不捨大悲不墮聲聞獨覺等地持此善根以無所得而爲方便與諸有情平等共有迴向無上正等菩提舍利子是爲菩薩摩訶薩依止無量修行般若波羅蜜多普爲利樂諸有情故發趣大乘舍利子諸菩薩摩訶薩依如是等方便善巧修習六種波羅蜜多普爲利樂諸有情故發趣大乘復次舍利子若菩薩摩訶薩以一切智智相應作意大悲爲首修一切種四念住等三十七種菩提分法三解脱門乃至十力四無所畏四無礙解大慈大悲大喜大捨十八佛不共法持此善根以無所得而爲方便與諸有情平等共有迴向無上正等菩提舍利子是爲菩薩摩訶薩普爲利樂諸有情故發趣大乘復次舍利子若菩薩摩訶薩以一切智智相應作意大悲爲首用無所得而爲方便修内空等智及眞如等智持此善根以無所得而爲方便與諸有情平等共有迴向無上正等菩提舍利子是爲菩薩摩訶薩普爲利樂諸有情故發趣大乘復次舍利子若菩薩摩訶薩以一切智智相應作意大悲爲首用無所得而爲方便於一切法平等發起非亂非定智非常非無常智非樂非苦智非我非無我智非淨非不淨智非空非不空智非有相非無相智非有願非無願智非寂靜非不寂靜智非遠離非不遠離智非眞實非虚假智持此善根以無所得而爲方便與諸有情平等共有迴向無上正等菩提舍利子是爲菩薩摩訶薩普爲利樂諸有情故

發趣大乘復次舍利子若菩薩摩訶薩以一切智智相應作意大悲爲首所起妙智不行過去未來現在非不知三世法不行欲色無色界非不知三界法不行善不善無記非不知三性法不行有漏無漏非不知有漏無漏法不行世間出世間非不知世間出世間法不行有爲無爲非不知有爲無爲法持此善根以無所得而爲方便與諸有情平等共有迴向無上正等菩提舍利子是爲菩薩摩訶薩普爲利樂諸有情故發趣大乘舍利子以諸菩薩由如是等方便善巧普爲利樂諸有情故發趣大乘故復名摩訶薩舍利子如是普爲利樂有情發趣大乘諸菩薩摩訶薩普爲十方殑伽沙等諸佛世界一切如來應正等覺處大衆中歡喜讚歎作如是言某方某世界中有某名菩薩摩訶薩普爲利樂一切有情發趣大乘成熟有情嚴淨佛土遊戲神通作所應作如是展轉聲遍十方人天等聞皆大歡喜咸作是言是菩薩摩訶薩不久當證所求無上正等菩提令諸有情皆獲利樂

爾時具壽舍利子問具壽滿慈子言云何菩薩摩訶薩普爲利樂諸有情故乘於大乘滿慈子言若菩薩摩訶薩行深般若波羅蜜多時以一切智智相應作意大悲爲首用無所得而爲方便雖乘布施波羅蜜多而不得布施波羅蜜多亦不得菩薩受者施物及所遮法雖乘淨戒波羅蜜多而不得淨戒波羅蜜多亦不得菩薩及犯戒者并所遮法雖乘安忍波羅蜜多而不得安忍波羅蜜多亦不得菩薩及所忍境并所遮法雖乘精進波羅蜜

多而不得精進波羅蜜多亦不得菩薩及懈怠者并所遮法雖乘靜慮波羅蜜多而不得靜慮波羅蜜多亦不得菩薩及散亂者定境遮法雖乘般若波羅蜜多而不得般若波羅蜜多亦不得菩薩及愚癡者慧境遮法舍利子是爲菩薩摩訶薩普爲利樂諸有情故乘於大乘復次舍利子若菩薩摩訶薩以一切智智相應作意大悲爲首用無所得而爲方便爲遣修故修三十七菩提分法三解脫門乃至如來十力四無所畏四無礙解大慈大悲大喜大捨十八佛不共法舍利子是爲菩薩摩訶薩普爲利樂諸有情故乘於大乘復次舍利子若菩薩摩訶薩以一切智智相應作意大悲爲首用無所得而爲方便如實觀察諸菩薩摩訶薩但有假名菩提薩埵俱自性空不可得故色乃至識但有假名皆自性空不可得故眼處乃至意處但有假名皆自性空不可得故色處乃至法處但有假名皆自性空不可得故眼界乃至意界但有假名皆自性空不可得故色界乃至法界但有假名皆自性空不可得故眼識界乃至意識界但有假名皆自性空不可得故無明乃至老死但有假名皆自性空不可得故三十七菩提分法乃至十八佛不共法但有假名皆自性空不可得故内空乃至無性自性空但有假名皆自性空不可得故眞如乃至實際但有假名皆自性空不可得故菩提佛陀但有假名俱自性空不可得故舍利子是爲菩薩摩訶薩普爲利樂諸有情故乘於大乘復次舍利子若菩薩摩訶薩從初發心乃至證得

一切智智用無所得而爲方便常修菩薩圓滿神通成熟有情嚴淨佛土從一佛國至一佛國親近供養諸佛世尊於諸佛所聽受正法所謂大乘相應妙法亦是菩薩所學法要舍利子是菩薩摩訶薩雖乘大乘從一佛國至一佛國親近供養諸佛世尊成熟有情嚴淨佛土於諸佛所聽受正法而心都無佛土等想舍利子是菩薩摩訶薩住不二地觀諸有情應以何身而得度者即便現受如是之身舍利子是菩薩摩訶薩乃至證得一切智智隨所生處常不遠離大乘正法舍利子是菩薩摩訶薩不久當得一切智智爲天人等轉正法輪如是法輪聲聞獨覺諸天魔梵阿素洛等所不能轉舍利子以諸菩薩普爲利樂諸有情故乘於大乘故復名摩訶薩舍利子如是普爲利樂有情乘於大乘菩薩摩訶薩普爲十方殑伽沙等諸佛世界一切如來應正等覺處大衆中歡喜讚歎作如是言某方某世界中有某名菩薩摩訶薩普爲利樂一切有情乘於大乘不久當得一切智智爲天人等轉正法輪其輪世間諸聲聞等皆不能轉如是展轉聲遍十方人天等聞皆大歡喜咸作是言是菩薩摩訶薩不久當得一切智智轉妙法輪度無量衆爾時具壽善現白佛言世尊如世尊說諸菩薩摩訶薩被大乘鎧齊何當言諸菩薩摩訶薩被大乘鎧佛告善現若菩薩摩訶薩能被布施波羅蜜多鎧乃至般若波羅蜜多鎧是爲菩薩摩訶薩被大乘鎧若菩薩摩訶薩能被四念住鎧乃至八聖道支鎧是爲菩薩摩訶薩被大乘鎧若

菩薩摩訶薩能被内空鎧乃至無性自性空鎧是爲菩薩摩訶薩被大乘鎧若菩薩摩訶薩能被眞如鎧乃至實際鎧是爲菩薩摩訶薩被大乘鎧若菩薩摩訶薩乃至能被如來十力鎧乃至十八佛不共法鎧是爲菩薩摩訶薩被大乘鎧若菩薩摩訶薩能被一切智道相智一切相智鎧是爲菩薩摩訶薩被大乘鎧若菩薩摩訶薩能自變身如佛形像放大光明遍照三千大千世界乃至十方殑伽沙等諸佛世界與諸有情作饒益事是爲菩薩摩訶薩被大乘鎧復次善現若菩薩摩訶薩被如是等諸功德鎧放大光明遍照三千大千世界乃至十方殑伽沙等諸佛世界亦令諸界六種變動與諸有情作大饒益謂滅一切地獄熾火令彼有情衆苦止息菩薩知彼衆苦息已化作廣大歸佛音聲敬禮如來應正等覺令彼地獄聞佛聲已皆得身心安隱喜樂從地獄出生天人中逢事彼界諸佛菩薩亦令一切旁生餓鬼聞佛聲已身心安樂從彼趣沒生天人中逢事彼界諸佛菩薩善現是爲菩薩摩訶薩被大乘鎧善現如巧幻師或彼弟子住四衢道對大衆前化作地獄旁生鬼界復爲稱讚佛法僧寶令彼聞已身心安樂從彼趣沒生天人中於意云何如是幻事爲有實不善現答言不也世尊佛告善現諸菩薩摩訶薩亦復如是雖令無數無邊世界諸有情類脫三惡趣而無有情得解脫者所以者何諸法性相皆如幻故復次善現若菩薩摩訶薩能被布施波羅蜜多大功德鎧普化三千大千世界如吠瑠璃自身化

作轉輪聖王七寶眷屬無不圓滿諸有情類須食與食須飲與飲須衣與衣須乘與乘須餘資具悉皆施與作是施已隨其所宜復爲宣說布施淨戒安忍精進靜慮般若波羅蜜多相應之法令彼聞已乃至無上正等菩提常不捨離波羅蜜多相應之法善現是爲菩薩摩訶薩被大乘鎧善現如巧幻師或彼弟子住四衢道對大衆前化作種種貧乏有情隨意所須皆化施與於意云何如是幻事爲有實不善現答言不也世尊佛告善現諸菩薩摩訶薩亦復如是能被布施波羅蜜多大功德鎧或化世界如吠瑠璃或化自身居輪王位隨有情類所須施與及爲宣說波羅蜜多相應之法如是菩薩雖有所爲而無其實所以者何諸法性相皆如幻故復次善現若菩薩摩訶薩自被淨戒波羅蜜多大功德鎧爲有情故生輪王家紹輪王位富貴自在安立無量百千俱胝那庾多衆於十善業道或四靜慮四無量四無色定或三十七菩提分法廣說乃至十八佛不共法亦爲宣說如是功德相應之法令其安住乃至無上正等菩提常不捨離善現是爲菩薩摩訶薩被大乘鎧善現如巧幻師或彼弟子住四衢道對大衆前化作無量百千有情令其安住十善業道廣說乃至十八佛不共法於意云何如是幻事爲有實不善現答言不也世尊佛告善現諸菩薩摩訶薩亦復如是爲有情故生輪王家紹輪王位富貴自在安立無量百千俱胝那庾多衆於十善業道廣說乃至十八佛不共法如是菩薩雖有所爲而無其實所以

者何諸法性相皆如幻故復次善現若菩薩摩訶薩自被安忍波羅蜜多大功德鎧亦勸無量百千有情令被安忍波羅蜜多大功德鎧善現云何菩薩摩訶薩自被安忍波羅蜜多大功德鎧亦勸無量百千有情令被安忍波羅蜜多大功德鎧善現若菩薩摩訶薩從初發心乃至證得一切智智被安忍鎧常作是念假使一切有情之類皆持苦具謂刀杖等來相加害我終不起一念忿心勸諸有情亦修是忍善現是菩薩摩訶薩如心所念皆能成辦乃至無上正等菩提常不捨離如是安忍亦令有情修如是忍善現是爲菩薩摩訶薩被大乘鎧善現如巧幻師或彼弟子住四衢道對大衆前化作種種諸有情類或持苦具更相加害或有相勸修安忍法於意云何如是幻事爲有實不善現答言不也世尊佛告善現諸菩薩摩訶薩亦復如是自被安忍波羅蜜多大功德鎧亦勸無量百千有情令被安忍波羅蜜多大功德鎧如是菩薩雖有所爲而無其實所以者何諸法性相皆如幻故復次善現若菩薩摩訶薩自被精進波羅蜜多大功德鎧亦勸無量百千有情令被精進波羅蜜多大功德鎧善現云何菩薩摩訶薩自被精進波羅蜜多大功德鎧亦勸無量百千有情令被精進波羅蜜多大功德鎧善現若菩薩摩訶薩以一切智智相應作意大悲爲首發趣種種身心精進亦勸無量百千有情發趣種種身心精進善現是爲菩薩摩訶薩被大乘鎧善現如巧幻師或彼弟子住四衢道對大衆前化作種種諸有情類自

修精進亦勸他修於意云何如是幻事爲有實不善現答言不也世尊佛告善現諸菩薩摩訶薩亦復如是以一切智智相應作意大悲爲首自修精進亦勸有情令修精進如是菩薩雖有所爲而無其實所以者何諸法性相皆如幻故復次善現若菩薩摩訶薩自被靜慮波羅蜜多大功德鎧亦勸無量百千有情令被靜慮波羅蜜多大功德鎧善現云何菩薩摩訶薩自被靜慮波羅蜜多大功德鎧亦勸無量百千有情令被靜慮波羅蜜多大功德鎧善現若菩薩摩訶薩住一切法平等性中不見諸法有定有亂而常修習如是靜慮波羅蜜多亦勸有情修習如是平等靜慮乃至無上正等菩提不離如是平等靜慮善現是爲菩薩摩訶薩被大乘鎧善現如巧幻

師或彼弟子住四衢道對大衆前化作種種諸有情類令修諸法平等靜慮亦令勸修如是靜慮於意云何如是幻事爲有實不善現答言不也世尊佛告善現諸菩薩摩訶薩亦復如是住一切法平等性中亦勸有情修如是定如是菩薩雖有所爲而無其實所以者何諸法性相皆如幻故復次善現若菩薩摩訶薩自被般若波羅蜜多大功德鎧亦勸無量百千有情令被般若波羅蜜多大功德鎧善現云何菩薩摩訶薩自被般若波羅蜜多大功德鎧亦勸無量百千有情令被般若波羅蜜多大功德鎧善現若菩薩摩訶薩住無戲論甚深般若波羅蜜多不得諸法此岸彼岸淤淨差別亦勸無量百千有情安住如是無戲論慧善現是爲菩薩摩訶薩被大乘鎧

善現如巧幻師或彼弟子住四衢道對大衆前化作種種諸有情類令自安住無戲論慧亦令勸他住如是慧於意云何如是幻事爲有實不善現答言不也世尊佛告善現諸菩薩摩訶薩亦復如是自能安住無戲論慧亦勸有情住如是慧如是菩薩雖有所爲而無其實所以者何諸法性相皆如幻故復次善現若菩薩摩訶薩被如上説諸功德鎧觀察十方殑伽沙等諸佛世界一切有情若諸有情攝受邪法行諸惡行是菩薩摩訶薩以神通力自變其身遍滿如是諸佛世界隨彼有情所樂示現自行布施波羅蜜多亦勸他行布施波羅蜜多如是乃至自行般若波羅蜜多亦勸他行般若波羅蜜多作是事已復隨類音爲説六種波羅蜜多相應之法令彼聞已乃至無上正等菩提常不捨離如是妙法善現是爲菩薩摩訶薩被大乘鎧善現如巧幻師或彼弟子住四衢道對大衆前化作種種諸有情類令自安住布施波羅蜜多乃至般若波羅蜜多亦勸他住布施波羅蜜多乃至般若波羅蜜多於意云何如是幻事爲有實不善現答言不也世尊佛告善現諸菩薩摩訶薩亦復如是普於十方殑伽沙等諸佛世界自現其身隨宜安住布施等六波羅蜜多常不捨離亦勸他住布施等六波羅蜜多常不捨離如是菩薩雖有所爲而無其實所以者何諸法性相皆如幻故復次善現若菩薩摩訶薩被如上説諸功德鎧以一切智智相應作意大悲爲首用無所得而爲方便利益安樂一切有情不雜聲聞獨覺作意是菩

薩摩訶薩不作是念我當安立爾所有情令住布施波羅蜜多爾所有情不當安立令住布施波羅蜜多但作是念我當安立無量無數無邊有情令住布施波羅蜜多如是乃至不作是念我當安立爾所有情令住般若波羅蜜多爾所有情不當安立令住般若波羅蜜多但作是念我當安立無量無數無邊有情令住般若波羅蜜多不作是念我當安立爾所有情令住內空爾所有情不當安立令住內空但作是念我當安立無量無數無邊有情令住內空如是乃至不作是念我當安立爾所有情令住無性自性空爾所有情不當安立令住無性自性空但作是念我當安立無量無數無邊有情令住無性自性空不作是念我當安立爾所有情令住三十七菩提分法爾所有情不當安立令住三十七菩提分法但作是念我當安立無量無數無邊有情令住三十七菩提分法不作是念我當安立爾所有情令住三解脫門爾所有情不當安立令住三解脫門但作是念我當安立無量無數無邊有情令住三解脫門廣說乃至不作是念我當安立爾所有情令住如來十力乃至十八佛不共法爾所有情不當安立令住如來十力乃至十八佛不共法但作是念我當安立無量無數無邊有情令住如來十力乃至十八佛不共法不作是念我當安立爾所有情令住預流果乃至獨覺菩提爾所有情不當安立令住預流果乃至獨覺菩提但作是念我當安立無量無數無邊有情令住預流果乃至獨覺菩提不作是念我

當安立爾所有情令住無上正等菩提爾所有情不當安立令住無上正等菩提但作是念我當安立無量無數無邊有情令住無上正等菩提善現是爲菩薩摩訶薩被大乘鎧善現如巧幻師或彼弟子住四衢道對大衆前化作無數無量有情令住六種波羅蜜多乃至無上正等菩提於意云何如是幻事爲有實不善現答言不也世尊佛告善現諸菩薩摩訶薩亦復如是以一切智智相應作意大悲爲首用無所得而爲方便安立無數無量有情令住六種波羅蜜多乃至無上正等菩提如是菩薩雖有所爲而無其實所以者何諸法性相皆如幻故

大般若波羅蜜多經卷第四百八十七

音釋

充溢 溢音逸充溢謂充塞溢滿也 濟恤 濟子計切賙救也恤雪律切賑貧老曰恤 讚勵 讚則旰切稱美也勵音例勉勵也

大般若波羅蜜多經卷第四百八十八

唐三藏法師玄奘奉　詔譯

第三分善現品第三之七

爾時具壽善現白佛言世尊如我解佛所說義者諸菩薩摩訶薩不被功德鎧當知是爲被大乘鎧以一切法自相空故所以者何世尊色色相空乃至識識相空眼處眼處相空乃至意處意處相空色處色處相空乃至法處法處相空眼界眼界相空乃至意界意界相空色界色界相空乃至法界法界相空眼識界眼識界相空乃至意識界意識界相空眼觸眼觸相空乃至意觸意觸相空眼觸爲緣所生諸受眼觸爲緣所生諸受相空乃至意觸爲緣所生諸受意觸爲緣所生諸受相空布施波羅蜜多布施波羅蜜多相空乃至般若波羅蜜多般若波羅蜜多相空內空內空相空乃至無性自性空無性自性空相空四念住四念住相空乃至八聖道支八聖道支相空如是乃至如來十力如來十力相空乃至十八佛不共法十八佛不共法相空菩薩摩訶薩菩薩摩訶薩相空被大功德鎧被大功德鎧相空世尊由此因緣諸菩薩摩訶薩不被功德鎧當知是爲被大乘鎧佛告善現如是如是如汝所說所以者何一切智智無造無作一切有情亦無造無作彼諸煩惱亦無造無作諸菩薩摩訶薩爲是事故被大乘鎧具壽善現便白佛言何因緣故一切智智無造無作一切有情亦無造無作彼諸煩惱亦無造無作諸菩薩摩訶薩爲是事故被大乘鎧佛告善現以諸作者不可得故一切

智智無造無作一切有情亦無造無作彼諸
煩惱亦無造無作所以者何善現色乃至識
非造非不造非作非不作何以故色乃至識
畢竟不可得故眼處乃至意處非造非不造
非作非不作何以故眼處乃至意處畢竟不
可得故色處乃至法處非造非不造非作非
不作何以故色處乃至法處畢竟不可得故
眼界乃至意界非造非不造非作非不作何
以故眼界乃至意界畢竟不可得故色界乃
至法界非造非不造非作非不作何以故色
界乃至法界畢竟不可得故眼識界乃至意
識界非造非不造非作非不作何以故眼識
界乃至意識界畢竟不可得故眼觸乃至意
觸非造非不造非作非不作何以故眼觸乃
至意觸畢竟不可得故眼觸爲緣所生諸受
乃至意觸爲緣所生諸受非造非不造非作
非不作何以故眼觸爲緣所生諸受乃至意
觸爲緣所生諸受畢竟不可得故我乃至見
者非造非不造非作非不作何以故我乃至
見者畢竟不可得故夢幻響像光影陽焰變
化事尋香城非造非不造非作非不作何以
故夢乃至尋香城畢竟不可得故內空乃至
無性自性空非造非不造非作非不作何以
故內空乃至無性自性空畢竟不可得故四
念住乃至八聖道支非造非不造非作非不
作何以故四念住乃至八聖道支畢竟不可
得故空無相無願解脫門非造非不造非作
非不作何以故空無相無願解脫門畢竟不
可得故廣說乃至如來十力四無所畏四無
礙解大慈大悲大喜大捨十八佛不共法非

造非不造非作非不作何以故如來十力乃至十八佛不共法畢竟不可得故眞如法界法性不虚妄性不變異性平等性離生性法定法住實際非造非不造非作非不作何以故眞如乃至實際畢竟不可得故諸菩薩摩訶薩非造非不造非作非不作何以故諸菩薩摩訶薩畢竟不可得故一切如來應正等覺非造非不造非作非不作何以故一切如來應正等覺畢竟不可得故一切智道相智一切相智非造非不造非作非不作何以故一切智道相智一切相智畢竟不可得故善現由是因緣一切智智無造無作一切有情亦無造無作彼諸煩惱亦無造無作諸菩薩摩訶薩爲是事故被大乘鎧善現由是義故諸菩薩摩訶薩不被功德鎧當知是爲被大乘鎧爾時具壽善現白佛言世尊如我解佛所説義者色乃至識無縛無脱時滿慈子問善現言尊者説色乃至識無縛無脱耶善現答言如是如是滿慈子言何等色乃至識無縛無脱善現答言如夢乃至尋香城色乃至識無縛無脱所以者何如是一切色乃至識無所有故遠離故寂靜故無相故無作故無生故無滅故無染故無淨故無縛無脱復次滿慈子過去色乃至識無縛無脱未來色乃至識無縛無脱現在色乃至識無縛無脱所以者何如是一切色乃至識無所有故遠離故寂靜故無相故無作故無生故無滅故無染故無淨故無縛無脱復次滿慈子善色乃至識無縛無脱不善色乃至識無縛無脱無記色乃至識無縛無脱所以者何如是一切

色乃至識無所有故遠離故寂靜故無相故無作故無生故無滅故無染故無淨故無縛無脫復次滿慈子有罪色乃至識無縛無脫無罪色乃至識無縛無脫所以者何如是一切色乃至識無所有故遠離故寂靜故無相故無作故無生故無滅故無染故無淨故無縛無脫復次滿慈子有漏色乃至識無縛無脫無漏色乃至識無縛無脫所以者何如是一切色乃至識無所有故遠離故寂靜故無相故無作故無生故無滅故無染故無淨故無縛無脫復次滿慈子世間色乃至識無縛無脫出世間色乃至識無縛無脫所以者何如是一切色乃至識無所有故遠離故寂靜故無相故無作故無生故無滅故無染故無淨故無縛無脫復次滿慈子雜染色乃至識無縛無脫清淨色乃至識無縛無脫所以者何如是一切色乃至識無所有故遠離故寂靜故無相故無作故無生故無滅故無染故無淨故無縛無脫復次滿慈子一切法無縛無脫所以者何以一切法無所有故遠離故寂靜故無相故無作故無生故無滅故無染故無淨故無縛無脫復次滿慈子布施波羅蜜多乃至般若波羅蜜多無縛無脫所以者何以布施等波羅蜜多無所有故遠離故寂靜故無相故無作故無生故無滅故無染故無淨故無縛無脫復次滿慈子內空乃至無性自性空無縛無脫所以者何以內空等無所有故遠離故寂靜故無相故無作故無生故無滅故無染故無淨故無縛無脫復次滿慈子四念住乃至八聖道支無縛無脫所以

者何以四念住等無所有故遠離故寂靜故無相故無作故無生故無滅故無染故無淨故無縛無脫復次滿慈子空無相無願解脫門無縛無脫所以者何以解脫門無所有故遠離故寂靜故無相故無作故無生故無滅故無染故無淨故無縛無脫復次滿慈子如是乃至如來十力四無所畏四無礙解大慈大悲大喜大捨十八佛不共法無縛無脫所以者何以十力等無所有故遠離故寂靜故無相故無作故無生故無滅故無染故無淨故無縛無脫復次滿慈子一切智道相智一切相智無縛無脫所以者何以此諸智無所有故遠離故寂靜故無相故無作故無生故無滅故無染故無淨故無縛無脫復次滿慈子一切菩薩摩訶薩行無縛無脫所以者何以諸菩薩摩訶薩行無所有故遠離故寂靜故無相故無作故無生故無滅故無染故無淨故無縛無脫復次滿慈子諸佛無上正等菩提無縛無脫所以者何以佛無上正等菩提無所有故遠離故寂靜故無相故無作故無生故無滅故無染故無淨故無縛無脫復次滿慈子諸菩薩摩訶薩無縛無脫所以者何以菩薩摩訶薩無所有故遠離故寂靜故無相故無作故無生故無滅故無染故無淨故無縛無脫復次滿慈子一切如來應正等覺無縛無脫所以者何以諸如來應正等覺無所有故遠離故寂靜故無相故無作故無生故無滅故無染故無淨故無縛無脫復次滿慈子真如法界法性不虛妄性不變異性平等性離生性法定法住實際無縛無脫所

以者何以真如等無所有故遠離故寂靜故無相故無作故無生故無滅故無染故無淨故無縛無脫滿慈子諸菩薩摩訶薩於如是無縛無脫微妙法門以無所得而爲方便應如實知滿慈子諸菩薩摩訶薩於如是無縛無脫六波羅蜜多乃至一切相智以無所得而爲方便應勤修學滿慈子諸菩薩摩訶薩於如是無縛無脫六波羅蜜多乃至一切相智應正安住滿慈子諸菩薩摩訶薩以無所得而爲方便應成熟無縛無脫有情應嚴淨無縛無脫佛土應親近供養無縛無脫諸佛應聽受無縛無脫法門滿慈子是菩薩摩訶薩常不遠離無縛無脫諸佛常不遠離無縛無脫神通常不遠離無縛無脫五眼常不遠離無縛無脫陀羅尼門常不遠離無縛無脫三摩地門滿慈子是菩薩摩訶薩決定當起無縛無脫道相智決定當證無縛無脫一切智一切相智決定當轉無縛無脫法輪決定當以無縛無脫三乘法要安立無縛無脫諸有情類令證無縛無脫究竟涅槃滿慈子若菩薩摩訶薩修行無縛無脫六波羅蜜多能證無縛無脫一切法性無所有故遠離故寂靜故無相故無作故無生故無滅故無染故無淨故無縛無脫滿慈子當知是菩薩摩訶薩名被無縛無脫大乘鎧者是菩薩摩訶薩爲諸有情類爾時具壽善現白佛言世尊何等名爲諸菩薩摩訶薩大乘之相齊何當知諸菩薩摩訶薩發趣大乘如是大乘從何處出至何處住如是大乘爲何所住誰復乘是大乘

而出佛告善現汝先所問何等名爲諸菩薩摩訶薩大乘相者善現當知六波羅蜜多是菩薩摩訶薩大乘之相云何爲六一者布施波羅蜜多二者淨戒波羅蜜多三者安忍波羅蜜多四者精進波羅蜜多五者靜慮波羅蜜多六者般若波羅蜜多云何布施波羅蜜多謂菩薩摩訶薩以一切智智相應作意大悲爲首自捨一切内外所有亦勸他捨内外諸物持此善根用無所得而爲方便與諸有情平等共有迴向無上正等菩提是爲布施波羅蜜多云何淨戒波羅蜜多謂菩薩摩訶薩以一切智智相應作意大悲爲首自受持十善業道亦勸他受持十善業道持此善根用無所得而爲方便與諸有情平等共有迴向無上正等菩提是爲淨戒波羅蜜多云何安忍波羅蜜多謂菩薩摩訶薩以一切智智相應作意大悲爲首自具增上安忍亦勸他具增上安忍持此善根用無所得而爲方便與諸有情平等共有迴向無上正等菩提是爲安忍波羅蜜多云何精進波羅蜜多謂菩薩摩訶薩以一切智智相應作意大悲爲首自於五波羅蜜多勤修不捨亦勸他於五波羅蜜多勤修不捨持此善根用無所得而爲方便與諸有情平等共有迴向無上正等菩提是爲精進波羅蜜多云何靜慮波羅蜜多謂菩薩摩訶薩以一切智智相應作意大悲爲首自方便善巧入諸靜慮不隨彼定勢力受生亦勸他方便善巧入諸靜慮不隨彼定勢力受生持此善根用無所得而爲方便與諸有情平等共有迴向無上正等菩提是爲

靜慮波羅蜜多云何般若波羅蜜多謂菩薩摩訶薩以一切智智相應作意大悲爲首自如實觀察一切法性於諸法性無取無著亦勸他如實觀察一切法性於諸法性無取無著持此善根用無所得而爲方便與諸有情平等共有迴向無上正等菩提是爲般若波羅蜜多善現是爲諸菩薩摩訶薩大乘之相復次善現諸菩薩摩訶薩大乘相者所謂内空外空内外空大空空空勝義空有爲空無爲空畢竟空無際空無散空本性空相空一切法空無性空無性自性空云何内空内謂内法即是眼耳鼻舌身意當知此中眼由眼空非常非壞所以者何本性爾故如是乃至意由意空非常非壞所以者何本性爾故是爲内空云何外空外謂外法即是色聲香味觸法當知此中色由色空非常非壞所以者何本性爾故如是乃至法由法空非常非壞所以者何本性爾故是爲外空云何内外空内外謂内外法即六内處及六外處當知此中内法由外法空非常非壞所以者何本性爾故謂於六内處由六外處空外法由内法空非常非壞所以者何本性爾故謂於外六處由内六處空是謂内外空云何大空大謂十方當知此中東方由東方空非常非壞所以者何本性爾故如是乃至下方由下方空非常非壞所以者何本性爾故是爲大空云何空空此中空謂一切法空此空復由空空故空非常非壞所以者何本性爾故是謂空空云何勝義空此中勝義即是涅槃當知涅槃由涅槃空非常非壞所以者何本性爾故

是爲勝義空云何有爲空此中有爲即是三界當知欲界由欲界空非常非壞所以者何本性爾故色無色界由色無色界空非常非壞所以者何本性爾故是爲有爲空云何無爲空無爲謂無生無異無滅法當知無爲由無爲空非常非壞所以者何本性爾故是爲無爲空云何畢竟空畢竟謂若法畢竟不可得當知畢竟由畢竟空非常非壞所以者何本性爾故是爲畢竟空云何無際空無際謂無初際後際中際可得若法無初際中後際可得是法無來亦無所去當知無際由無際空非常非壞所以者何本性爾故是爲無際空云何無散空散謂諸法有放有棄有捨可得若法無放棄捨可得説名無散此中無散由無散空非常非壞所以者何本性爾故是爲無散空云何本性空本性謂一切法若有爲性若無爲性如是本性非聲聞作非獨覺作非菩薩作非諸佛作亦非餘作其性法爾故名本性當知本性由本性空非常非壞所以者何本性爾故是爲本性空云何相空相謂諸法自相共相當知此中相由相空非常非壞所以者何本性爾故是爲相空云何一切法空一切法謂色乃至識眼乃至意色乃至法眼識乃至意識眼觸乃至意觸眼觸爲緣所生諸受乃至意觸爲緣所生諸受若有爲法若無爲法名一切法此中一切法由一切法空非常非壞所以者何本性爾故是爲一切法空云何無性空無性謂此中無少性可得當知無性由無性空非常非壞所以者何本性爾故是爲無性空云何無性自性空

無性自性謂一切法無能和合者性有所和合自性衆緣生故當知無性自性由無性自性空非常非壞所以者何本性爾故復次善現有性由有性空無性由無性空自性由自性空他性由他性空云何有性由有性空有性謂有爲法即是五蘊如是有性由有性空色等五蘊不可得故無生性故云何無性由無性空無性謂無爲法此中無爲法由無爲法空即是無性由無性空云何自性由自性空謂一切法皆自性空此空非智所作非見所作亦非餘所作故名自性由自性空云何他性由他性空謂一切法如來出世若不出世法住法定法界眞如不虛妄性不變異性實際法爾由他性空故名他性由他性空善現是爲諸菩薩摩訶薩行深般若波羅蜜多

時大乘之相復次善現諸菩薩摩訶薩大乘相者謂健行三摩地寶印三摩地師子遊戲三摩地妙月三摩地月幢相三摩地一切法涌三摩地觀頂三摩地法界決定三摩地決定幢相三摩地金剛喻三摩地入法印三摩地等持王三摩地善安立三摩地放光三摩地力衆三摩地等涌三摩地入言詞決定三摩地等入增語三摩地觀方三摩地持印三摩地無忘失三摩地諸法等趣海印三摩地遍覆虛空三摩地金剛輪三摩地無量光三摩地無著無障三摩地斷諸法輪三摩地捨寶三摩地遍照三摩地不眴三摩地無相住三摩地不思惟三摩地無垢燈三摩地無邊光三摩地發光三摩地普照三摩地淨堅三摩地無垢光三摩地發妙樂三摩地電燈三

摩地無盡三摩地具威光三摩地離盡三摩地不可毀三摩地開發三摩地日燈三摩地淨月三摩地淨光三摩地無動三摩地發明三摩地應作不應作三摩地智幢相三摩地金剛鬘三摩地住心三摩地普明三摩地善住三摩地寶積三摩地妙法印三摩地法平等性三摩地捨愛樂三摩地法涌滿三摩地飄散三摩地分別法句三摩地平等字相三摩地離文字相三摩地斷所緣三摩地無變異三摩地無品類三摩地入名相三摩地無相行三摩地離翳闇三摩地具行三摩地不變動三摩地度境界三摩地離集衆德三摩地決定住三摩地淨妙花三摩地具覺支三摩地無邊辯三摩地無等等三摩地普超一切三摩地決判一切三摩地散猶豫三摩地無所住三摩地一相莊嚴三摩地引發行相三摩地一行相三摩地離行相三摩地妙行相三摩地達諸有底散壞三摩地寶堅固三摩地解脫音聲文字三摩地入施設語言三摩地炬熾然三摩地嚴淨相三摩地無標幟三摩地具妙相三摩地不喜一切苦樂三摩地無盡行相三摩地具總持三摩地攝伏一切正性邪性三摩地息違順三摩地離愛憎三摩地無垢明三摩地具堅固三摩地滿月淨光三摩地大莊嚴三摩地普照世間三摩地定平等性三摩地遠離塵垢三摩地有諍無諍平等理趣三摩地無巢穴無標幟無愛樂三摩地決定安住真如三摩地離身語意穢惡三摩地如虛空三摩地無染無著三摩地如是等三摩地有無量百千是爲菩薩摩

訶薩大乘之相善現此中云何名爲健行三摩地謂若住此三摩地時普能領受諸定行處是故名爲健行三摩地云何名爲寶印三摩地謂若住此三摩地時能印諸定行相差別是故名爲寶印三摩地云何名爲師子遊戲三摩地謂若住此三摩地時於諸等持遊戲自在是故名爲師子遊戲三摩地云何名爲妙月三摩地謂若住此三摩地時如淨滿月普照諸定是故名爲妙月三摩地云何名爲月幢相三摩地謂若住此三摩地時普能任持諸定幢相是故名爲月幢相三摩地云何名爲一切法涌三摩地謂若住此三摩地時普能涌出一切勝定是故名爲一切法涌三摩地云何名爲觀頂三摩地謂若住此三摩地時普能觀察諸勝定頂是故名爲觀頂三摩地云何名爲法界決定三摩地謂若住此三摩地時能於法界決定照了是故名爲法界決定三摩地云何名爲決定幢相三摩地謂若住此三摩地時決定能持諸定幢相是故名爲決定幢相三摩地云何名爲金剛喻三摩地謂若住此三摩地時能摧諸定非彼所伏是故名爲金剛喻三摩地云何名爲入法印三摩地謂若住此三摩地時普能悟入一切法印是故名爲入法印三摩地云何名爲等持王三摩地謂若住此三摩地時於諸定中皆得自在是故名爲等持王三摩地云何名爲善安立三摩地謂若住此三摩地時於等持王能善安立是故名爲善安立三摩地云何名爲放光三摩地謂若住此三摩地時於諸定光普能開發是故名爲放光三

摩地云何名爲力衆三摩地謂若住此三摩地時能發諸定衆多勢力是故名爲力衆三摩地云何名爲等涌三摩地謂若住此三摩地時令諸勝定平等涌出是故名爲等涌三摩地云何名爲入言詞決定三摩地謂若住此三摩地時於定言詞必能悟入是故名爲入言詞決定三摩地云何名爲等入增語三摩地謂若住此三摩地時於諸定名平等悟入訓釋理趣是故名爲等入增語三摩地云何名爲觀方三摩地謂若住此三摩地時於諸定方普能觀照是故名爲觀方三摩地云何名爲持印三摩地謂若住此三摩地時能總任持諸定妙印是故名爲持印三摩地云何名爲無忘失三摩地謂若住此三摩地時於諸定相能無忘失是故名爲無忘失三摩地云何名爲諸法等趣海印三摩地謂若住此三摩地時令諸勝定平等趣入如大海印攝受衆流是故名爲諸法等趣海印三摩地云何名爲遍覆虛空三摩地謂若住此三摩地時於諸等持能遍覆護無所簡別如太虛空是故名爲遍覆虛空三摩地云何名爲金剛輪三摩地謂若住此三摩地時普能住持一切勝定令不散壞如金剛輪是故名爲金剛輪三摩地云何名爲無量光三摩地謂若住此三摩地時放無量光照有情類令彼憶念曾所受法及作種種大饒益事是故名爲無量光三摩地云何名爲無著無障三摩地謂若住此三摩地時離諸染著及一切障是故名爲無著無障三摩地云何名爲斷諸法輪三摩地謂若住此三摩地時於一切法證

無生理令生死苦永不相續是故名爲斷諸法輪三摩地云何名爲捨寶三摩地謂若住此三摩地時於諸定相尚能棄捨況諸煩惱及餘法相而不能捨是故名爲捨寶三摩地云何名爲遍照三摩地謂若住此三摩地時遍照諸定令其光顯是故名爲遍照三摩地云何名爲不眴三摩地謂若住此三摩地時於一切法無所求願是故名爲不眴三摩地云何名爲無相住三摩地謂若住此三摩地時不見諸定中有少法可住是故名爲無相住三摩地云何名爲不思惟三摩地謂若住此三摩地時所有下劣心心所法悉皆不轉是故名爲不思惟三摩地云何名爲無垢燈三摩地謂若住此三摩地時如持淨燈照了諸定是故名爲無垢燈三摩地云何名爲無邊光三摩地謂若住此三摩地時能發大光照無邊際是故名爲無邊光三摩地云何名爲發光三摩地謂若住此等持無間能發一切勝定光明是故名爲發光三摩地云何名爲普照三摩地謂若住此等持無間即能普照諸勝定門是故名爲普照三摩地云何名爲淨堅三摩地謂若住此三摩地時得諸等持淨平等性是故名爲淨堅三摩地云何名爲無垢光三摩地謂若住此三摩地時能普蠲除一切定垢亦能照了一切等持是故名爲無垢光三摩地云何名爲發妙樂三摩地謂若住此三摩地時普能領受諸定妙樂是故名爲發妙樂三摩地云何名爲電燈三摩地謂若住此三摩地時照諸等持如電光焰是故名爲電燈三摩地云何名爲無盡三摩

地謂若住此三摩地時於諸等持不見有盡是故名爲無盡三摩地云何名爲具威光三摩地謂若住此三摩地時於諸等持威光獨盛是故名爲具威光三摩地云何名爲離盡三摩地謂若住此三摩地時見諸等持一切離盡而不見有少分法相是故名爲離盡三摩地云何名爲不可毀三摩地謂若住此三摩地時令諸等持見無瑕隙是故名爲不可毀三摩地云何名爲開發三摩地謂若住此三摩地時見諸等持無不開發是故名爲開發三摩地云何名爲日燈三摩地謂若住此三摩地時令諸定門發光普照是故名爲日燈三摩地云何名爲淨月三摩地謂若住此三摩地時令諸等持破闇如月是故名爲淨月三摩地云何名爲淨光三摩地謂若住此三摩地時於諸等持得無礙解是故名爲淨光三摩地云何名爲無動三摩地謂若住此三摩地時令諸等持無掉慢動亦無戲論是故名爲無動三摩地云何名爲發明三摩地謂若住此三摩地時令諸定門發明普照是故名爲發明三摩地云何名爲應作不應作三摩地謂若住此三摩地時照諸等持一切應作不應作事皆令顯了是故名爲應作不應作三摩地云何名爲智幢相三摩地謂若住此三摩地時見諸等持妙智幢相是故名爲智幢相三摩地云何名爲金剛鬘三摩地謂若住此三摩地時雖能通達一切法而不見有一切相是故名爲金剛鬘三摩地云何名爲住心三摩地謂若住此三摩地時心不動搖不轉不照亦不損減不念有心是故名

爲住心三摩地云何名爲普明三摩地謂若住此三摩地時於諸定明普能觀照是故名爲普明三摩地云何名爲善住三摩地謂若住此三摩地時於諸等持善能安住是故名爲善住三摩地云何名爲寶積三摩地謂若住此三摩地時觀諸等持皆如寶積是故名爲寶積三摩地云何名爲妙法印三摩地謂若住此三摩地時能印諸等持以無印印故是故名爲妙法印三摩地云何名爲法平等性三摩地謂若住此三摩地時不見有少法離平等性者是故名爲法平等性三摩地云何名爲捨愛樂三摩地謂若住此三摩地時於一切定及一切法俱捨愛樂是故名爲捨愛樂三摩地云何名爲法涌滿三摩地謂若住此三摩地時一切法相悉皆涌出一切諸佛法無不圓滿是故名爲法涌滿三摩地云何名爲飄散三摩地謂若住此三摩地時能令諸定飄散諸法是故名爲飄散三摩地云何名爲分別法句三摩地謂若住此三摩地時善能分別諸定法句是故名爲分別法句三摩地云何名爲平等字相三摩地謂若住此三摩地時得諸等持平等字相甚可愛樂是故名爲平等字相三摩地云何名爲離文字相三摩地謂若住此三摩地時於諸等持不得文字可愛樂相是故名爲離文字相三摩地云何名爲斷所緣三摩地謂若住此三摩地時斷諸等持所緣境相是故名爲斷所緣三摩地云何名爲無變異三摩地謂若住此三摩地時不得諸法變異之相是故名爲無變異三摩地云何名爲無品類三摩地謂

若住此三摩地時不得諸法品類別相是故名爲無品類三摩地云何名爲入名相三摩地謂若住此三摩地時悟入諸法名相差別是故名爲入名相三摩地云何名爲無相行三摩地謂若住此三摩地時於諸定相都無所得是故名爲無相行三摩地云何名爲離翳闇三摩地謂若住此三摩地時普能遣除諸定翳闇是故名爲離翳闇三摩地云何名爲具行三摩地謂若住此三摩地時見諸等持行相差別是故名爲具行三摩地云何名爲不變動三摩地謂若住此三摩地時於諸等持不見變動是故名爲不變動三摩地云何名爲度境界三摩地謂若住此三摩地時超諸等持所緣境相是故名爲度境界三摩地云何名爲離集衆德三摩地謂若住此三摩地時於一切法及一切定不得集相以一切法不可集故是故名爲離集衆德三摩地云何名爲決定住三摩地謂若住此三摩地時於諸定心雖決定住而知其相竟不可得是故名爲決定住三摩地云何名爲淨妙花三摩地謂若住此三摩地時令諸等持皆得清淨嚴飾光顯猶如妙花是故名爲淨妙花三摩地云何名爲具覺支三摩地謂若住此三摩地時修七覺支速得圓滿是故名爲具覺支三摩地云何名爲無邊辯三摩地謂若住此三摩地時於一切法得無邊辯是故名爲無邊辯三摩地云何名爲無等等三摩地謂若住此三摩地時得諸等持無等等性是故名爲無等等三摩地

大般若波羅蜜多經卷第四百八十八

音釋

蠲除 蠲圭淵切潔也亦除也　**瑕隙** 瑕音霞玷也隙乞逆切釁也

大般若波羅蜜多經卷第四百八十九

唐三藏法師玄奘奉　詔譯

第三分善現品第三之八

云何名爲普超一切三摩地謂若住此三摩地時普超三界有情諸法是故名爲普超一切三摩地云何名爲決判一切三摩地謂若住此三摩地時普能決判有情諸法是故名爲決判一切三摩地云何名爲散猶豫三摩地謂若住此三摩地時於諸等持及一切法所有猶豫皆能散滅是故名爲散猶豫三摩地云何名爲無所住三摩地謂若住此三摩地時不見諸法有所住處是故名爲無所住三摩地云何名爲一相莊嚴三摩地謂若住此三摩地時不見諸法有少相者是故名爲一相莊嚴三摩地云何名爲引發行相三摩地謂若住此三摩地時於諸等持及一切法雖能引發種種行相而都不見能所引發是故名爲引發行相三摩地云何名爲一行相三摩地謂若住此三摩地時見諸等持無二行相是故名爲一行相三摩地云何名爲離行相三摩地謂若住此三摩地時見諸等持都無行相是故名爲離行相三摩地云何名爲妙行相三摩地謂若住此三摩地時令諸等持行相微妙離諸戲論是故名爲妙行相三摩地云何名爲達諸有底散壞三摩地謂若住此三摩地時於諸等持及一切法得通達智如實悟入得悟入已於諸有法通達散壞令無所遺是故名爲達諸有底散壞三摩地云何名爲寶堅固三摩地謂若住此三摩地時見佛法僧不可破壞同無相故是故名

爲寶堅固三摩地云何名爲解脱音聲文字三摩地謂若住此三摩地時見諸等持解脱一切音聲文字衆相寂滅是故名爲解脱音聲文字三摩地云何名爲入施設語言三摩地謂若住此三摩地時悟入一切等持諸法施設語言無著無礙是故名爲入施設語言三摩地云何名爲炬熾然三摩地謂若住此三摩地時於諸等持威光照曜是故名爲炬熾然三摩地云何名爲嚴淨相三摩地謂若住此三摩地時普能嚴淨一切定相是故名爲嚴淨相三摩地云何名爲無標幟三摩地謂若住此三摩地時於諸等持不見標幟是故名爲無標幟三摩地云何名爲具妙相三摩地謂若住此三摩地時諸定妙相無不具足是故名爲具妙相三摩地云何名爲不喜一切苦樂三摩地謂若住此三摩地時於諸等持樂苦之相不樂觀察是故名爲不喜一切苦樂三摩地云何名爲無盡行相三摩地謂若住此三摩地時不見諸定行相有盡是故名爲無盡行相三摩地云何名爲具總持三摩地謂若住此三摩地時能總任持諸定勝事是故名爲具總持三摩地云何名爲攝伏一切正性邪性三摩地謂若住此三摩地時於諸等持正性邪性攝伏諸見皆令不起是故名爲攝伏一切正性邪性三摩地云何名爲息違順三摩地謂若住此三摩地時於諸等持及一切法都不見有違順之相是故名爲息違順三摩地云何名爲離愛憎三摩地謂若住此三摩地時於諸等持及一切法都不見有愛憎之相是故名爲離愛憎三摩

地云何名爲無垢明三摩地謂若住此三摩地時都不見有垢相明相是故名爲無垢明三摩地云何名爲具堅固三摩地謂若住此三摩地時令諸等持皆得堅固是故名爲具堅固三摩地云何名爲滿月淨光三摩地謂若住此三摩地時令諸等持功德增益如淨滿月光增海水是故名爲滿月淨光三摩地云何名爲大莊嚴三摩地謂若住此三摩地時令諸等持成就種種微妙希有大莊嚴事是故名爲大莊嚴三摩地云何名爲普照世間三摩地謂若住此三摩地時照諸等持及一切法令有情類皆得開曉是故名爲普照世間三摩地云何名爲定平等性三摩地謂若住此三摩地時不見等持定散差別是故名爲平定等性三摩地云何名爲遠離塵垢三摩地謂若住此三摩地時能滅一切煩惱塵垢是故名爲遠離塵垢三摩地云何名爲有諍無諍平等理趣三摩地謂若住此三摩地時不見諸法及一切定有諍無諍性相差別是故名爲有諍無諍平等理趣三摩地云何名爲無巢穴無標幟無愛樂三摩地謂若住此三摩地時破諸巢穴捨諸標幟斷諸愛樂而無所執是故名爲無巢穴無標幟無愛樂三摩地云何名爲決定安住真如三摩地謂若住此三摩地時於諸等持及一切法常不棄捨真如實相是故名爲決定安住真如三摩地云何名爲離身語意穢惡三摩地謂若住此三摩地時於身語意都無所得破壞一切身語意惡於諸等持無障自在是故名爲離身語意穢惡三摩地云何名爲如虛空

三摩地謂若住此三摩地時觀一切法都無所有無障無礙如太虛空是故名爲如虛空三摩地云何名爲無染無著三摩地謂若住此三摩地時觀一切法皆同一相所謂無相無染無著是故名爲無染無著三摩地善現是爲菩薩摩訶薩行深般若波羅蜜多時大乘之相復次善現諸菩薩摩訶薩大乘相者謂四念住何等爲四一身念住二受念住三心念住四法念住云何身念住謂菩薩摩訶薩行深般若波羅蜜多時以無所得而爲方便雖於内身或於外身或於内外身住循身觀而能不起身俱尋思熾然精進正知具念除世貪憂云何受念住謂菩薩摩訶薩行深般若波羅蜜多時以無所得而爲方便雖於内受或於外受或於内外受住循受觀而能不起受俱尋思熾然精進正知具念除世貪憂云何心念住謂菩薩摩訶薩行深般若波羅蜜多時以無所得而爲方便雖於内心或於外心或於内外心住循心觀而能不起心俱尋思熾然精進正知具念除世貪憂云何法念住謂菩薩摩訶薩行深般若波羅蜜多時以無所得而爲方便雖於内法或於外法或於内外法住循法觀而能不起法俱尋思熾然精進正知具念除世貪憂復次善現諸菩薩摩訶薩行深般若波羅蜜多時以無所得而爲方便於内身住循身觀熾然精進正知具念除世貪憂者謂菩薩摩訶薩行深般若波羅蜜多時以無所得而爲方便審觀自身行時如實知行住時如實知住坐時如實知坐卧時如實知卧如如自身威儀差別如

是如是皆如實知熾然精進正知具念除世貪憂是爲菩薩摩訶薩行深般若波羅蜜多時以無所得而爲方便於内身住循身觀熾然精進正知具念除世貪憂復次善現諸菩薩摩訶薩行深般若波羅蜜多時以無所得而爲方便於内身住循身觀熾然精進正知具念除世貪憂者謂菩薩摩訶薩行深般若波羅蜜多時以無所得而爲方便審觀自身正知往來正知瞻顧正知俯仰正知屈伸服僧伽胝執持衣鉢若食若飲卧息經行坐起承迎寤寐語默入出諸定皆念正知是爲菩薩摩訶薩行深般若波羅蜜多時以無所得而爲方便於内身住循身觀熾然精進正知具念除世貪憂復次善現諸菩薩摩訶薩行深般若波羅蜜多時以無所得而爲方便於内身住循身觀熾然精進正知具念除世貪憂者謂菩薩摩訶薩行深般若波羅蜜多時以無所得而爲方便審觀自身於息入時如實知息入於息出時如實知息出於息長時如實知息長於息短時如實知息短如轉輪師或彼弟子輪勢長時如實知輪勢長輪勢短時如實知輪勢短是菩薩摩訶薩亦復如是如實知息若入若出長短差别是爲菩薩摩訶薩行深般若波羅蜜多時以無所得而爲方便於内身住循身觀熾然精進正知具念除世貪憂復次善現諸菩薩摩訶薩行深般若波羅蜜多時以無所得而爲方便於内身住循身觀熾然精進正知具念除世貪憂者謂菩薩摩訶薩行深般若波羅蜜多時以無所得而爲方便如實了知自身所有諸界

差别於諸地界如實了知此是地界於諸水界如實了知此是水界於諸火界如實了知此是火界於諸風界如實了知此是風界如巧屠師或彼弟子斷牛命已復用利刀剖析其身分爲四分若坐若立如實觀知是菩薩摩訶薩亦復如是行深般若波羅蜜多時以無所得而爲方便觀察自身地水火風四界差别是爲菩薩摩訶薩行深般若波羅蜜多時以無所得而爲方便於内身住循身觀熾然精進正知具念除世貪憂復次善現諸菩薩摩訶薩行深般若波羅蜜多時以無所得而爲方便於内身住循身觀熾然精進正知具念除世貪憂者謂菩薩摩訶薩行深般若波羅蜜多時以無所得而爲方便審觀自身從足至頂種種不淨充滿其中外爲薄皮之

所纏裹所謂此身唯有種種髮毛爪齒皮革血肉筋脉骨髓心肝肺腎脾膽胞胃大腸小腸屎尿洟唾涎淚垢汗痰膿肪删腦膜䏔聹如是不淨充滿身中如有農夫或諸長者倉中盛滿種種雜穀所謂稻麻粟豆麥等有明眼者開倉觀之能如實知其中唯有稻麻粟等種種雜穀是菩薩摩訶薩亦復如是審觀自身從足至頂不淨充滿不可貪樂是爲菩薩摩訶薩行深般若波羅蜜多時以無所得而爲方便於内身住循身觀熾然精進正知具念除世貪憂復次善現諸菩薩摩訶薩行深般若波羅蜜多時以無所得而爲方便於内身住循身觀熾然精進正知具念除世貪憂者謂菩薩摩訶薩行深般若波羅蜜多時以無所得而爲方便往至塚間觀所棄屍死

經一日或經二日乃至七日其身膖脹色變青瘀臭爛皮穿膿血流出見是事已自念我身有如是性具如是法未得涅槃終歸如是深生猒離是爲菩薩摩訶薩行深般若波羅蜜多時以無所得而爲方便於内身住循身觀熾然精進正知具念除世貪憂復次善現諸菩薩摩訶薩行深般若波羅蜜多時以無所得而爲方便於内身住循身觀熾然精進正知具念除世貪憂者謂菩薩摩訶薩行深般若波羅蜜多時以無所得而爲方便往至塚間觀所棄屍死經一日或經二日乃至七日爲諸鵰鷲烏鵲鵄梟虎豹犲狼野干狗等種種禽獸或啄或摣骨肉狼籍齰掣食噉見是事已自念我身有如是性具如是法未得涅槃終歸如是深生猒離是爲菩薩摩訶薩行深般若波羅蜜多時以無所得而爲方便於内身住循身觀熾然精進正知具念除世貪憂復次善現諸菩薩摩訶薩行深般若波羅蜜多時以無所得而爲方便於内身住循身觀熾然精進正知具念除世貪憂者謂菩薩摩訶薩行深般若波羅蜜多時以無所得而爲方便往至塚間觀所棄屍禽獸食已不淨潰爛膿血流離有無量種蟲蛆雜出臭穢可汙過於死狗見是事已自念我身有如是性具如是法未得涅槃終歸如是深生猒離是爲菩薩摩訶薩行深般若波羅蜜多時以無所得而爲方便於内身住循身觀熾然精進正知具念除世貪憂復次善現諸菩薩摩訶薩行深般若波羅蜜多時以無所得而爲方便於内身住循身觀熾然精進正知具念

除世貪憂者謂菩薩摩訶薩行深般若波羅蜜多時以無所得而爲方便往至塚間觀所棄屍蟲蛆食已肉離骨現支節相連筋纏血塗尚餘腐肉見是事已自念我身有如是性具如是法未得涅槃終歸如是深生猒離是爲菩薩摩訶薩行深般若波羅蜜多時以無所得而爲方便於內身住循身觀熾然精進正知具念除世貪憂復次善現諸菩薩摩訶薩行深般若波羅蜜多時以無所得而爲方便於內身住循身觀熾然精進正知具念除世貪憂者謂菩薩摩訶薩行深般若波羅蜜多時以無所得而爲方便往至塚間觀所棄屍已成骨瑣血肉都盡餘筋相連見是事已自念我身有如是性具如是法未得涅槃終歸如是深生猒離是爲菩薩摩訶薩行深般若波羅蜜多時以無所得而爲方便於內身住循身觀熾然精進正知具念除世貪憂復次善現諸菩薩摩訶薩行深般若波羅蜜多時以無所得而爲方便於內身住循身觀熾然精進正知具念除世貪憂者謂菩薩摩訶薩行深般若波羅蜜多時以無所得而爲方便往至塚間觀所棄屍但餘衆骨其色皓白如雪珂具諸筋糜爛支節分離見是事已自念我身有如是性具如是法未得涅槃終歸如是深生猒離是爲菩薩摩訶薩行深般若波羅蜜多時以無所得而爲方便於內身住循身觀熾然精進正知具念除世貪憂復次善現諸菩薩摩訶薩行深般若波羅蜜多時以無所得而爲方便於內身住循身觀熾然精進正知具念除世貪憂者謂菩薩摩訶薩

行深般若波羅蜜多時以無所得而爲方便往至塚間觀所棄屍成白色已支節分散零落異方見是事已自念我身有如是性具如是法未得涅槃終歸如是深生猒離是爲菩薩摩訶薩行深般若波羅蜜多時以無所得而爲方便於内身住循身觀熾然精進正知具念除世貪憂復次善現諸菩薩摩訶薩行深般若波羅蜜多時以無所得而爲方便於内身住循身觀熾然精進正知具念除世貪憂者謂菩薩摩訶薩行深般若波羅蜜多時以無所得而爲方便往至塚間觀所棄屍諸骨分散各在異處足骨異處腨骨異處膝骨異處髀骨異處髖骨異處脊骨異處脇骨異處胷骨異處膊骨異處臂骨異處手骨異處項骨異處頷骨異處頰骨異處其髑髏骨亦在異處見是事已自念我身有如是性具如是法未得涅槃終歸如是深生猒離是爲菩薩摩訶薩行深般若波羅蜜多時以無所得而爲方便於内身住循身觀熾然精進正知具念除世貪憂復次善現諸菩薩摩訶薩行深般若波羅蜜多時以無所得而爲方便於内身住循身觀熾然精進正知具念除世貪憂者謂菩薩摩訶薩行深般若波羅蜜多時以無所得而爲方便往至塚間觀所棄屍骸骨狼籍風吹日曝雨灌霜封積有歲年色如珂雪見是事已自念我身有如是性具如是法未得涅槃終歸如是深生猒離是爲菩薩摩訶薩行深般若波羅蜜多時以無所得而爲方便於内身住循身觀熾然精進正知具念除世貪憂復次善現諸菩薩摩訶薩行深

般若波羅蜜多時以無所得而爲方便於內身住循身觀熾然精進正知具念除世貪憂者謂菩薩摩訶薩行深般若波羅蜜多時以無所得而爲方便往至塚間觀所棄屍餘骨散地經多百歲或多千年其相變青狀如鴿色或有腐朽碎末如塵與土相和難可分別見是事已自念我身有如是性具如是法未得涅槃終歸如是深生猒離是爲菩薩摩訶薩行深般若波羅蜜多時以無所得而爲方便於內身住循身觀熾然精進正知具念除世貪憂善現諸菩薩摩訶薩行深般若波羅蜜多時以無所得而爲方便如於內身如是差別住循身觀熾然精進正知具念除世貪憂於外身住循身觀於內外身住循身觀熾然精進正知具念除世貪憂隨其所應亦復如是善現諸菩薩摩訶薩行深般若波羅蜜多時以無所得而爲方便於內外俱受心法住循受心法觀熾然精進正知具念除世貪憂隨其所應皆應廣說善現如是菩薩摩訶薩行深般若波羅蜜多時以無所得而爲方便於內外俱身受心法住循身受心法觀時雖作是觀而無所得善現是爲菩薩摩訶薩行深般若波羅蜜多時大乘之相復次善現諸菩薩摩訶薩大乘相者謂四正斷何等爲四善現當知若菩薩摩訶薩行深般若波羅蜜多時以無所得而爲方便於諸未生惡不善法爲不生故生欲策勵發起正勤策心持心是爲第一若菩薩摩訶薩行深般若波羅蜜多時以無所得而爲方便於諸已生惡不善法爲永斷故生欲策勵發起正勤策心持

心是爲第二若菩薩摩訶薩行深般若波羅蜜多時以無所得而爲方便未生善法爲令生故生欲策勵發起正勤策心持心是爲第三若菩薩摩訶薩行深般若波羅蜜多時以無所得而爲方便已生善法爲令安住不忘增廣倍修滿故生欲策勵發起正念策心持心是爲第四善現是爲菩薩摩訶薩行深般若波羅蜜多時大乘之相復次善現諸菩薩摩訶薩大乘相者謂四神足何等爲四善現當知若菩薩摩訶薩行深般若波羅蜜多時以無所得而爲方便修欲等持斷行成就神足依離依無染依滅迴向捨是爲第一若菩薩摩訶薩行深般若波羅蜜多時以無所得而爲方便修勤等持斷行成就神足依離依無染依滅迴向捨是爲第二若菩薩摩訶薩行深般若波羅蜜多時以無所得而爲方便修心等持斷行成就神足依離依無染依滅迴向捨是爲第三若菩薩摩訶薩行深般若波羅蜜多時以無所得而爲方便修觀等持斷行成就神足依離依無染依滅迴向捨是爲第四善現是爲菩薩摩訶薩行深般若波羅蜜多時大乘之相復次善現諸菩薩摩訶薩大乘相者謂五根何等爲五善現當知若菩薩摩訶薩行深般若波羅蜜多時所修信根精進根念根定根慧根善現是爲菩薩摩訶薩行深般若波羅蜜多時大乘之相復次善現諸菩薩摩訶薩大乘相者謂五力何等爲五善現當知若菩薩摩訶薩行深般若波羅蜜多時以無所得而爲方便所修信力精進力念力定力慧力善現是爲菩薩摩訶薩

行深般若波羅蜜多時大乘之相復次善現諸菩薩摩訶薩大乘相者謂七等覺支何等爲七善現當知若菩薩摩訶薩行深般若波羅蜜多時以無所得而爲方便所修念等覺支擇法等覺支精進等覺支喜等覺支輕安等覺支定等覺支捨等覺支依離依無染依滅迴向捨善現是爲菩薩摩訶薩行深般若波羅蜜多時大乘之相復次善現諸菩薩摩訶薩大乘相者謂八聖道支何等爲八善現當知若菩薩摩訶薩行深般若波羅蜜多時以無所得而爲方便所修正見正思惟正語正業正命正精進正念正定依離依無染依滅迴向捨善現是爲菩薩摩訶薩行深般若波羅蜜多時大乘之相復次善現諸菩薩摩訶薩大乘相者謂三解脱門何等爲三善現當知若菩薩摩訶薩行深般若波羅蜜多時以無所得而爲方便觀一切法自相皆空其心安住名空解脱門亦名空三摩地是爲第一諸菩薩摩訶薩欲學大乘當於中學若菩薩摩訶薩行深般若波羅蜜多時以無所得而爲方便觀一切法自相空故皆無有相其心安住名無相解脱門亦名無相三摩地是爲第二諸菩薩摩訶薩欲學大乘當於中學若菩薩摩訶薩行深般若波羅蜜多時以無所得而爲方便觀一切法自相空故皆無所願其心安住名無願解脱門亦名無願三摩地是爲第三諸菩薩摩訶薩欲學大乘當於中學善現是爲菩薩摩訶薩行深般若波羅蜜多時大乘之相復次善現諸菩薩摩訶薩大乘相者謂十一智何等十一所謂苦智集

智滅智道智盡智無生智法智類智世俗智他心智如說智云何苦智謂若智以無所得而爲方便知苦應不生是爲苦智云何集智謂若智以無所得而爲方便知集應永斷是爲集智云何滅智謂若智以無所得而爲方便知滅應作證是爲滅智云何道智謂若智以無所得而爲方便知道應修習是爲道智云何盡智謂若智以無所得而爲方便知貪瞋癡盡是爲盡智云何無生智謂若智以無所得而爲方便知諸有不復生是爲無生智云何法智謂若智以無所得而爲方便知五蘊等各別自性是爲法智云何類智謂若智以無所得而爲方便知五蘊等差別之相謂苦無常空無我等是爲類智云何世俗智謂若智以無所得而爲方便知諸有情修行差別及知諸法名相等異是爲世俗智云何他心智謂若智以無所得而爲方便知他有情補特伽羅心心所法無所疑滯是爲他心智云何如說智謂若智以無所得而爲方便知一切法如說之相即是如來一切相智是爲如說智善現當知此十一智是爲菩薩摩訶薩行深般若波羅蜜多時大乘之相復次善現諸菩薩摩訶薩大乘相者謂三無漏根何等爲三一者未知當知根二者已知根三者具知根云何未知當知根謂諸有學補特伽羅於諸聖諦未已現觀未得聖果所有信根精進根念根定根慧根是爲未知當知根云何已知根謂諸有學補特伽羅於諸聖諦已得現觀已得聖果所有信根精進根念根定根慧根是爲已知根云何具知根謂諸無學

補特伽羅若阿羅漢若諸獨覺若菩薩摩訶薩已住十地若諸如來應正等覺所有信根精進根念根定根慧根是爲具知根若此三根以無所得而爲方便當知是爲菩薩摩訶薩行深般若波羅蜜多時大乘之相復次善現諸菩薩摩訶薩大乘相者謂三三摩地何等爲三一者有尋有伺三摩地二者無尋唯伺三摩地三者無尋無伺三摩地云何有尋有伺三摩地謂菩薩摩訶薩離欲惡不善法有尋有伺離生喜樂入初靜慮具足安住是爲有尋有伺三摩地云何無尋唯伺三摩地謂菩薩摩訶薩所有初靜慮第二靜慮中間定是爲無尋唯伺三摩地云何無尋無伺三摩地謂菩薩摩訶薩從第二靜慮乃至非想非非想處定是爲無尋無伺三摩地若此三種以無所得而爲方便當知是爲菩薩摩訶薩行深般若波羅蜜多時大乘之相復次善現諸菩薩摩訶薩大乘相者謂十隨念何等爲十一者佛隨念二者法隨念三者僧隨念四者戒隨念五者捨隨念六者天隨念七者猒隨念八者死隨念九者身隨念十者息隨念若此十種以無所得而爲方便當知是爲菩薩摩訶薩行深般若波羅蜜多時大乘之相復次善現諸菩薩摩訶薩大乘相者謂四靜慮四無量四無色定八解脫八勝處九次第定十遍處等清淨善法以無所得而爲方便當知是爲菩薩摩訶薩行深般若波羅蜜多時大乘之相復次善現諸菩薩摩訶薩大乘相者謂佛十力何等爲十善現當知若無所得而爲方便如實了知因果等法處非處

相是第一力若無所得而爲方便如實了知諸有情類過去未來現在種種諸業法受因果別相是第二力若無所得而爲方便如實了知世間非一種種界相是第三力若無所得而爲方便如實了知諸有情類非一勝解種種勝解是第四力若無所得而爲方便如實了知諸有情類諸根勝劣是第五力若無所得而爲方便如實了知遍行行相是第六力若無所得而爲方便如實了知諸有情類根力覺支解脫靜慮等持等至染淨差別是第七力若無所得而爲方便如實了知諸有情類有無量種宿住差別是第八力若無所得而爲方便由淨天眼如實了知諸有情類有無量種死生差別是第九力若無所得而爲方便如實了知諸漏永盡得無漏心解脫

得無漏慧解脫於現法中自作證具足住能正了知我生已盡梵行已立所作已辦不受後有是第十力當知是爲菩薩摩訶薩行深般若波羅蜜多時大乘之相復次善現諸菩薩摩訶薩大乘相者謂四無所畏何等爲四善現當知若無所得而爲方便自稱我是正等覺者設有沙門若婆羅門若天魔梵或餘世間依法立難及令憶念言於是法非正等覺我於彼難正見無由以於彼難見無由故得安隱住無怖無畏自稱我處大仙尊位於大衆中正師子吼轉妙梵輪其輪清淨正真無上一切沙門婆羅門等皆無有能如法轉者是第一無所畏若無所得而爲方便自稱我已永盡諸漏設有沙門若婆羅門若天魔梵或餘世間依法立難及令憶念言如是漏

未得永盡我於彼難見無由以於彼難見無由故得安隱住無怖無畏自稱我處大仙尊位於大衆中正師子吼轉妙梵輪其輪清淨正真無上一切沙門婆羅門等皆無有能如法轉者是第二無所畏若無所得而爲方便爲諸弟子說障道法設有沙門若婆羅門若天魔梵或餘世間依法立難及令憶念言習此法不能障道我於彼難正見無由以於彼難見無由故得安隱住無怖無畏自稱我處大仙尊位於大衆中正師子吼轉妙梵輪其輪清淨正真無上一切沙門婆羅門等皆無有能如法轉者是第三無所畏若無所得而爲方便爲諸弟子說盡苦道設有沙門若婆羅門若天魔梵或餘世間依法立難及令憶念言修此道不能盡苦我於彼難正見無由以於彼難見無由故得安隱住無怖無畏自稱我處大仙尊位於大衆中正師子吼轉妙梵輪其輪清淨正真無上一切沙門婆羅門等皆無有能如法轉者是第四無所畏當知是爲菩薩摩訶薩行深般若波羅蜜多時大乘之相

大般若波羅蜜多經卷第四百八十九

音釋

循身觀　循音旬觀音貫循身觀謂遍觀此身皆不淨也　僧伽胝　梵語也亦云僧伽梨此云重複衣伽求迦切胝張尼切　寤寐　寤音悟覺也寐密二切卧息也　剖析　剖普厚切判也破也析先的切分也　筋脉　筋音斤骨絡也脉音麥幕也謂幕絡一體也　肺腎　肺放吠切金藏也腎時軫切水藏也

脾膽脾頻彌切土藏也膽覩敢切連肝之府也胞胃胞音拋胃于貴切穀府也洟唾洟延知切鼻液也唾吐卧切口液也肪䏋肪音方䏋先安切皆脂也腦膜腦乃老切頭髓也膜音莫肉間胲膜也眵聹眵抽知切目汁凝也聹乃頂切耳垢也鵰鷲鵰音凋鷲鳥也鷲音就大鵰也鵄梟鵄稱脂切即鵂鶹怪鳥也梟吁嬌切即土梟不孝鳥也犲狼犲鉏佳切狼屬狼盧當切似犬而頭銳爴古伯切攫也齇掣齇莊加切齒不正也掣尺列尺制二切牽拽也潰爛潰胡對切決也爛郎肝切糜爛也蟲蛆蟲持中切蛆子余切腐音父爛也骨瑣瑣蘇果切骨瑣謂骨相連瑣也皓古老胡老二切潔白晶瑩貌珂貝珂丘何切石次玉也潔白如雪者貝博蓋切海介蟲也糜忙皮切爛也膝音悉脛頭節也髖音寬兩股間也頷户感切口下曰頷髑髏髑徒谷切髏郎侯切髑髏首骨也曝步木切日乾也鴿音閤鳩屬

大般若波羅蜜多經卷第四百九十

唐三藏法師玄奘奉　詔譯

第三分善現品第三之九

復次善現諸菩薩摩訶薩大乘相者謂四無礙解何等爲四一者義無礙解二者法無礙解三者詞無礙解四者辯無礙解善現如是四無礙解以無所得而爲方便當知是爲菩薩摩訶薩行深般若波羅蜜多時大乘之相

復次善現諸菩薩摩訶薩大乘相者謂十八佛不共法何等十八謂諸如來應正等覺始從證得無上正等菩提夜乃至入無餘依涅槃夜於其中間常無誤失無卒暴音無忘失念無種種想無不定心無不擇捨志欲無退精進無退念無退定無退慧無退解脫智見無退一切身業智爲前導隨智而轉一切語業智爲前導隨智而轉一切意業智爲前導隨智而轉於過去世所起智見無著無礙於未來世所起智見無著無礙於現在世所起智見無著無礙如是十八佛不共法無不皆以無所得而爲方便當知是爲諸菩薩摩訶薩行深般若波羅蜜多時大乘之相復次善現諸菩薩摩訶薩大乘相者謂諸文字陀羅尼門何等文字陀羅尼門謂字平等性語平等性入諸字門云何字平等性語平等性入諸字門善現當知若菩薩摩訶薩行深般若波羅蜜多時以無所得而爲方便入𠳐字門悟一切法本不生故入洛字門悟一切法離塵垢故入跛字門悟一切法勝義教故入者字門悟一切法遠離死生若死若生皆無所得爲方便故入娜字門悟一切法遠離名相

若名若相皆無所得爲方便故入砢字門悟一切法出世間故愛染因緣不現前故入柁字門悟一切法調伏寂靜眞如平等無分別故入娑字門悟一切法離縛解故入茶字門悟一切法離熱矯穢得清淨故入沙字門悟一切法無罣礙故入縛字門悟一切法言音道斷故入頞字門悟一切法眞如不動故入也字門悟一切法如實不生故入瑟吒字門悟一切法制伏任持相不可得故入迦字門悟一切法作者不可得故入娑字門悟一切法時平等性不可得故入磨字門悟一切法我所執性不可得故入伽字門悟一切法行動取性不可得故入他字門悟一切法所依處性不可得故入闍字門悟一切法能所生起不可得故入濕縛字門悟一切法安隱之性不可得故入達字門悟一切法能持界性不可得故入捨字門悟一切法奢摩他性不可得故入佉字門悟一切法如太虛空平等之性不可得故入羼字門悟一切法窮盡之性不可得故入薩頞字門悟一切法任持之性不可得故入若字門悟一切法能所知性不可得故入剌他字門悟一切法執著義性不可得故入呵字門悟一切法能爲因性不可得故入薄字門悟一切法可破壞性不可得故入綽字門悟一切法欲樂覆性不可得故入颯磨字門悟一切法可憶念性不可得故入嗑縛字門悟一切法可呼召性不可得故入蹉字門悟一切法離勇健故入鍵字門悟一切法厚平等性不可得故入搋字門悟一切法積集之性不可得故入拏字門悟一

切法離諠雜故入頗字門悟一切法無果報故入塞迦字門悟一切法離蘊性故入逸娑字門悟一切法衰老性相不可得故入酌字門悟一切法無足迹故入吒字門悟一切法相驅迫性不可得故入擇字門悟一切法究竟處所不可得故善現當知此擇字門是能悟入法空邊際除此諸字表諸法空更不可得所以者何此諸字義不可宣說不可顯示不可書持不可執取不可觀察離諸相故善現當知譬如虛空是一切物所歸趣處此諸字門亦復如是諸法空義皆入此門方得顯了善現當知入此衰字等名入諸字門諸菩薩摩訶薩若於如是入諸字門得善巧智是菩薩摩訶薩於諸言音所詮所表皆無量礙於一切法平等空性盡能證持於衆言音咸得善巧若菩薩摩訶薩能聽如是入諸字門印相印句聞已受持讀誦通利爲他解說無所執著不徇名譽利養恭敬由此因緣得三十種功德勝利何等三十謂得强憶念得勝慚愧得堅固力得法旨趣得增上覺得殊勝慧得無礙辯得總持門得無疑惑得違順語不生愛恚得無高下平等而住得於有情言音善巧得蘊善巧得界善巧得處善巧得諦善巧得緣起善巧得因善巧得緣善巧得法善巧得根勝劣智善巧得他心智善巧得神境智善巧得天耳智善巧得宿住隨念智善巧得死生智善巧得漏盡智善巧得處非處智善巧得往來智善巧得威儀路智善巧是爲三十功德勝利善現當知若菩薩摩訶薩行深般若波羅蜜多時以無所得而爲方便

得如是文字陀羅尼門當知是爲菩薩摩訶薩行深般若波羅蜜多時大乘之相復次善現汝次所問齊何當知諸菩薩摩訶薩發趣大乘者善現當知若菩薩摩訶薩勤行六種波羅蜜多從一地趣一地齊此當知諸菩薩摩訶薩發趣大乘具壽善現便白佛言云何菩薩摩訶薩勤行六種波羅蜜多從一地趣一地佛告善現若菩薩摩訶薩知一切法無所從來亦無所趣所以者何以一切法無去無來無從無趣由彼諸法無變壞故是菩薩摩訶薩於所從趣地不念不思惟雖修治地業而不見彼地是爲菩薩摩訶薩勤行六種波羅蜜多從一地趣一地具壽善現復白佛言云何菩薩摩訶薩修治地業佛告善現諸菩薩摩訶薩住初地時應善修治十種勝業何等爲十一者以無所得而爲方便應善修治淨勝意樂業利益事相不可得故二者以無所得而爲方便應善修治一切有情平等心業一切有情不可得故三者以無所得而爲方便應善修治一切捨施業施者受者及所施物不可得故四者以無所得而爲方便應善修治親近善友業於諸善友無執著故五者以無所得而爲方便應善修治勤求正法業諸所求法不可得故六者以無所得而爲方便應善修治常樂出家業所捨居家不可得故七者以無所得而爲方便應善修治愛敬佛身業諸相好因不可得故八者以無所得而爲方便應善修治開闡法教業所分別法不可得故九者以無所得而爲方便應善修治破壞憍慢業諸興盛法不可得故十

者以無所得而爲方便應善修治常樂諦語業一切語言不可得故善現當知諸菩薩摩訶薩住初地時應善修治此十勝業由斯初地速得圓滿復次善現諸菩薩摩訶薩住第二地時應於八法修習思惟速令圓滿何等爲八一者清淨尸羅二者知恩報恩三者住安忍力四者受勝歡喜五者不捨有情六者常起大悲七者於諸師長以敬信心諮承供養如事諸佛八者勤求修習波羅蜜多善現當知諸菩薩摩訶薩住第二地時於此八法應正思惟應勤修學令速圓滿復次善現諸菩薩摩訶薩住第三地時應於五法精勤安住何等爲五一者勤求多聞恒無猒足於所聞法不著文字二者以無染心常行法施雖廣開化而不自高三者爲嚴淨土種諸善根雖用迴向而不自舉四者爲化有情雖不猒倦無邊生死而不憍逸五者雖住慙愧而無所執善現當知諸菩薩摩訶薩住第三地時應常安住如是五法無得暫捨復次善現諸菩薩摩訶薩住第四地時應於十法受持不捨何等爲十一者住阿練若常不捨離二者常樂少欲三者常樂喜足四者常不捨離杜多功德五者於諸學處常不棄捨六者於諸欲樂深生猒離七者常樂發起涅槃俱心八者於一切物常樂棄捨九者於一切時心不沉没十者於一切事常無戀著善現當知諸菩薩摩訶薩住第四地時於如是十法應受持不捨復次善現諸菩薩摩訶薩住第五地時應遠離十法何等爲十一者應遠離居家二者應遠離苾芻尼三者應遠離家慳四者

應遠離衆會忿諍五者應遠離自讃毀他六者應遠離十惡業道七者應遠離增上慢傲八者應遠離顛倒九者應遠離猶豫十者應遠離貪瞋癡善現當知諸菩薩摩訶薩住第五地時於此十法常應遠離復次善現諸菩薩摩訶薩住第六地時應圓滿六法應遠離六法云何名爲圓滿六法謂應圓滿布施等六波羅蜜多云何名爲遠離六法謂應遠離六下劣心何等爲六一者應遠離聲聞心二者應遠離獨覺心三者應遠離熱惱心四者應遠離見乞者來不喜愁惱心五者應遠離捨所有物追戀憂悔心六者應遠離於來求者方便矯亂心善現當知諸菩薩摩訶薩住第六地時常應圓滿前說六法及應遠離後說六法復次善現諸菩薩摩訶薩住第七地時於二十法常應遠離於二十法常應圓滿云何名爲於二十法常應遠離一者常應遠離我執乃至見者執二者常應遠離斷執三者常應遠離常執四者常應遠離相想執五者常應遠離見執六者常應遠離名色執七者常應遠離蘊執八者常應遠離處執九者常應遠離界執十者常應遠離諦執十一者常應遠離緣起執十二者常應遠離住著三界執十三者常應遠離一切法執十四者常應遠離於一切法如理不如理執十五者常應遠離依佛見執十六者常應遠離依法見執十七者常應遠離依僧見執十八者常應遠離依戒見執十九者常應遠離依空見執二十者常應遠離猒怖空性云何名爲於二十法常應圓滿一者常應圓滿通達空二者

常應圓滿證無相三者常應圓滿知無願四者常應圓滿三輪清淨五者常應圓滿悲愍有情及於有情無所執著六者常應圓滿於一切法平等性見及於此中無所執著七者常應圓滿於諸有情平等性見及於此中無所執著八者常應圓滿於真理趣究竟通達及於此中無所執著九者常應圓滿無生忍智十者常應圓滿說一切法一相理趣十一者常應圓滿滅除分別十二者常應圓滿遠離諸想十三者常應圓滿遠離諸見十四者常應圓滿遠離煩惱十五者常應圓滿善巧止觀十六者常應圓滿調伏心性十七者常應圓滿寂靜心性十八者常應圓滿無礙智性十九者常應圓滿無所愛染二十者常應圓滿隨心所欲往諸佛土於佛衆會自現其身善現當知諸菩薩摩訶薩住第七地時於前二十法常應遠離於後二十法常應圓滿復次善現諸菩薩摩訶薩住第八地時於四種法常應圓滿何等爲四一者常應圓滿悟入一切有情心行二者常應圓滿遊戲神通三者常應圓滿見諸佛土如其所見而自嚴淨種種佛土四者常應圓滿承事供養諸佛世尊於如來身如實觀察善現當知諸菩薩摩訶薩住第八地時於此四法常應圓滿復次善現諸菩薩摩訶薩住第九地時於四種法常應圓滿何等爲四一者常應圓滿根勝劣智二者常應圓滿嚴淨佛土三者常應圓滿如幻等持數入諸定四者常應圓滿隨諸有情善根應熟故入諸有自現化生善現當知諸菩薩摩訶薩住第九地時於此四法常

應圓滿復次善現諸菩薩摩訶薩住第十地時於十二法常應圓滿何等十二一者常應圓滿攝受無邊處所大願隨有所願皆令證得二者常應圓滿隨諸天龍藥叉健達縛阿素洛揭路茶緊捺洛莫呼洛伽人非人等異類音智三者常應圓滿無礙辯說四者常應圓滿入胎具足五者常應圓滿出生具足六者常應圓滿家族具足七者常應圓滿種姓具足八者常應圓滿眷屬具足九者常應圓滿生身具足十者常應圓滿出家具足十一者常應圓滿莊嚴菩提樹具足十二者常應圓滿一切功德成辦具足善現當知諸菩薩摩訶薩住第十地時常應圓滿此十二法善現當知若菩薩摩訶薩住第十地已於前所修諸地勝法皆得圓滿與諸如來應言無異

具壽善現白言世尊云何菩薩摩訶薩以無所得而爲方便應善修治淨勝意樂業佛告善現若菩薩摩訶薩以一切智智相應作意修集一切殊勝善根是爲菩薩摩訶薩以無所得而爲方便應善修治淨勝意樂業世尊云何菩薩摩訶薩以無所得而爲方便應善修治一切有情平等心業善現若菩薩摩訶薩以一切智智相應作意引發慈悲喜捨四無量心是爲菩薩摩訶薩以無所得而爲方便應善修治一切有情平等心業世尊云何菩薩摩訶薩以無所得而爲方便應善修治一切捨施業善現若菩薩摩訶薩於諸有情無所分別而行布施是爲菩薩摩訶薩以無所得而爲方便應善修治一切捨施業世尊云何菩薩摩訶薩以無所得而爲方便應善

修治親近善友業善現若菩薩摩訶薩見諸善友勸化有情令其修習一切智智即便親近恭敬供養尊重讚歎諮受正法晝夜承奉無懈倦心是爲菩薩摩訶薩以無所得而爲方便應善修治親近善友業世尊云何菩薩摩訶薩以無所得而爲方便應善修治勤求正法業善現若菩薩摩訶薩以一切智智相應作意勤求如來無上正法不墮聲聞獨覺等地是爲菩薩摩訶薩以無所得而爲方便應善修治勤求正法業世尊云何菩薩摩訶薩以無所得而爲方便應善修治常樂出家業善現若菩薩摩訶薩一切生處恒猒居家諠雜迫迮猶如牢獄常欣佛法清淨出家寂靜無爲如空無礙是爲菩薩摩訶薩以無所得而爲方便應善修治常樂出家業世尊云何菩薩摩訶薩以無所得而爲方便應善修治愛敬佛身業善現若菩薩摩訶薩纔一覩見佛形相已乃至證得一切智智終不捨於念佛作意是爲菩薩摩訶薩以無所得而爲方便應善修治愛敬佛身業世尊云何菩薩摩訶薩以無所得而爲方便應善修治開闡法教業善現若菩薩摩訶薩於佛在世及涅槃後爲諸有情開闡法教初中後善文義巧妙純一圓滿清白梵行所謂契經應頌記別諷頌自說本事本生緣起譬喻方廣希法及與論議是爲菩薩摩訶薩以無所得而爲方便應善修治開闡法教業世尊云何菩薩摩訶薩以無所得而爲方便應善修治破壞憍慢業善現若菩薩摩訶薩常懷謙敬伏憍慢心由此不生下姓卑族是爲菩薩摩訶薩以

無所得而爲方便應善修治破壞憍慢業世尊云何菩薩摩訶薩以無所得而爲方便應善修治常樂諦語業善現若菩薩摩訶薩稱知而說言行相符是爲菩薩摩訶薩以無所得而爲方便應善修治常樂諦語業善現當知諸菩薩摩訶薩住初地時應善修治此十勝業令速圓滿世尊云何菩薩摩訶薩清淨尸羅善現若菩薩摩訶薩不起聲聞獨覺等心及餘破戒障菩提法是爲菩薩摩訶薩清淨尸羅世尊云何菩薩摩訶薩知恩報恩善現若菩薩摩訶薩行諸菩薩殊勝行時得他少恩尚能重報況多恩惠而當不酬是爲菩薩摩訶薩知恩報恩世尊云何菩薩摩訶薩住安忍力善現若菩薩摩訶薩一切有情設皆侵害而能於彼無恚害心是爲菩薩摩訶薩住安忍力世尊云何菩薩摩訶薩受勝歡喜善現若菩薩摩訶薩見諸有情於三乘行已得成熟深心歡喜是爲菩薩摩訶薩受勝歡喜世尊云何菩薩摩訶薩不捨有情善現若菩薩摩訶薩常普濟拔一切有情令離苦難是爲菩薩摩訶薩不捨有情世尊云何菩薩摩訶薩常起大悲善現若菩薩摩訶薩行諸菩薩殊勝行時常作是念我爲饒益一切有情假使各如無量無數殑伽沙劫在大地獄受諸重苦或燒或煮或斫或截若刺若懸若磨若擣受如是等無量苦事乃至令彼諸有情類乘如來乘而入圓寂如是一切有情界盡我大悲心嘗無懈廢是爲菩薩摩訶薩常起大悲世尊云何菩薩摩訶薩於諸師長以敬信心諮承供養如事諸佛善現若菩薩

摩訶薩爲求無上正等菩提恭順師長無所顧戀是爲菩薩摩訶薩於諸師長以敬信心諮承供養如事諸佛世尊云何菩薩摩訶薩勤求修習波羅蜜多善現若菩薩摩訶薩普於一切波羅蜜多專心修學不顧餘事爲欲成熟一切有情是爲菩薩摩訶薩勤求修習波羅蜜多善現當知諸菩薩摩訶薩住第二地時於此八法應思應學令速圓滿世尊云何菩薩摩訶薩勤求多聞恒無猒足於所聞法不著文字善現若菩薩摩訶薩發勤精進作是念言若此佛土若十方界一切如來應正等覺所說正法我當聽聞受持讀誦修學究竟令無所遺而於其中不著文字是爲菩薩摩訶薩勤求多聞恒無猒足於所聞法不著文字世尊云何菩薩摩訶薩以無染心常

行法施雖廣開化而不自高善現若菩薩摩訶薩爲諸有情宣說正法尚不自爲持此善根迴向菩提況求餘事雖多化導而不憍逸是爲菩薩摩訶薩以無染心常行法施雖廣開化而不自高世尊云何菩薩摩訶薩爲嚴淨佛土種諸善根雖用迴向而不自舉善現若菩薩摩訶薩勇猛精進修諸善根爲欲莊嚴諸佛淨國及爲清淨自他心土雖爲是事而不自高是爲菩薩摩訶薩爲嚴淨佛土種諸善根雖用迴向而不自舉世尊云何菩薩摩訶薩爲化有情雖不猒倦無邊生死而不憍逸善現若菩薩摩訶薩爲欲成熟一切有情種諸善根嚴淨佛土乃至未滿一切智智未總成就一切佛法雖受無邊生死勤苦而無猒倦亦不自高是爲菩薩摩訶薩爲化有

情雖不猒倦無邊生死而不憍逸世尊云何菩薩摩訶薩雖住慙愧而無所執善現若菩薩摩訶薩專求無上正等菩提於諸聲聞獨覺作意具慙愧故終不暫起而於其中亦無所執不生猒毀是爲菩薩摩訶薩雖住慙愧而無所執善現當知諸菩薩摩訶薩住第三地時應常安住如是五法精勤修習令速圓滿世尊云何菩薩摩訶薩住阿練若常不捨離善現若菩薩摩訶薩爲求無上正等菩提超諸聲聞獨覺等地故常不捨阿練若處是爲菩薩摩訶薩住阿練若常不捨離世尊云何菩薩摩訶薩常樂少欲善現若菩薩摩訶薩尚不自爲希求無上正等菩提況欲世間及二乘事是爲菩薩摩訶薩常樂少欲世尊云何菩薩摩訶薩常樂喜足善現若菩薩摩訶薩專求無上正等菩提故於餘事不生執著是爲菩薩摩訶薩常樂喜足世尊云何菩薩摩訶薩常不捨離杜多功德善現若菩薩摩訶薩常於深佛法起諦察法忍是爲菩薩摩訶薩常不捨離杜多功德世尊云何菩薩摩訶薩於諸學處常不棄捨善現若菩薩摩訶薩於所學戒堅守不移而於其中能不取相是爲菩薩摩訶薩於諸學處常不棄捨世尊云何菩薩摩訶薩於諸欲樂深生猒離善現若菩薩摩訶薩於妙欲樂不起欲心是爲菩薩摩訶薩於諸欲樂深生猒離世尊云何菩薩摩訶薩常樂發起涅槃俱心善現若菩薩摩訶薩達一切法常無起作是爲菩薩摩訶薩常樂發起涅槃俱心世尊云何菩薩摩訶薩於一切物常樂棄捨善現若菩薩摩訶

薩於内外法常不執取是爲菩薩摩訶薩於一切物常樂棄捨世尊云何菩薩摩訶薩於一切時心不沉沒善現若菩薩摩訶薩於諸識住心常不著是爲菩薩摩訶薩於一切時心不沉沒世尊云何菩薩摩訶薩於一切事常無戀著善現若菩薩摩訶薩於一切事無所思惟是爲菩薩摩訶薩於一切事常無戀著善現當知諸菩薩摩訶薩住第四地時於如是十法常應受持無得暫捨世尊云何菩薩摩訶薩應遠離居家善現若菩薩摩訶薩志性好遊諸佛國土隨所生處常樂出家剃除鬚髮執持應器披三法服現作沙門是爲菩薩摩訶薩應遠離居家世尊云何菩薩摩訶薩應遠離苾芻尼善現若菩薩摩訶薩常應遠離諸苾芻尼不與共居如彈指頃亦復於彼不起異心是爲菩薩摩訶薩應遠離苾芻尼世尊云何菩薩摩訶薩應遠離家慳善現若菩薩摩訶薩作是思惟我應長夜利益安樂一切有情令此有情自由福力感得如是好施主家故我於中不應慳嫉旣思惟巳遠離家慳是爲菩薩摩訶薩應遠離家慳世尊云何菩薩摩訶薩應遠離衆會忿諍善現若菩薩摩訶薩作是思惟若處衆會其中或有聲聞獨覺或説二乘相應法要令我退失大菩提心是故定應遠離衆會復作是念諸忿諍者能使有情發起瞋害造作種種惡不善業尚違善趣況大菩提是故定應遠離忿諍是爲菩薩摩訶薩應遠離衆會忿諍世尊云何菩薩摩訶薩應遠離自讚毀他善現若菩薩摩訶薩於内外法都無所見故應遠離

自讚毀他是爲菩薩摩訶薩應遠離自讚毀他世尊云何菩薩摩訶薩應遠離十惡業道善現若菩薩摩訶薩作是思惟如是十惡尚當能礙人天善趣況於聖道及大菩提而不爲障故我於彼定應遠離是爲菩薩摩訶薩應遠離十惡業道世尊云何菩薩摩訶薩應遠離增上慢傲善現若菩薩摩訶薩都不見有内外諸法可能發起增上慢傲是故定應遠離如是增上慢傲是爲菩薩摩訶薩應遠離增上慢傲世尊云何菩薩摩訶薩應遠離顛倒善現若菩薩摩訶薩觀顛倒事都不可得是故定應遠離顛倒是爲菩薩摩訶薩應遠離顛倒世尊云何菩薩摩訶薩應遠離猶豫善現若菩薩摩訶薩觀猶豫事都不可得是故定應遠離猶豫是爲菩薩摩訶薩應遠離猶豫世尊云何菩薩摩訶薩應遠離貪瞋癡善現若菩薩摩訶薩都不見有貪瞋癡事故應遠離如是三毒是爲菩薩摩訶薩應遠離貪瞋癡善現當知諸菩薩摩訶薩住第五地時於此十法常應遠離不應習近世尊云何菩薩摩訶薩應圓滿六波羅蜜多善現若菩薩摩訶薩圓滿六種波羅蜜多超諸聲聞獨覺等地又住此六波羅蜜多三乘聖衆能度五種所知彼岸何等爲五一者過去二者未來三者現在四者無爲五者不可說是故菩薩定應圓滿布施等六波羅蜜多是爲菩薩摩訶薩應圓滿六波羅蜜多世尊云何菩薩摩訶薩應遠離聲聞心善現若菩薩摩訶薩作如是念聲聞乘心非證無上菩提之道故應遠離所以者何猒生死故是爲菩薩摩

訶薩應遠離聲聞心世尊云何菩薩摩訶薩作如是念獨覺乘心非證無上菩提之道故應遠離所以者何樂涅槃故是爲菩薩摩訶薩應遠離獨覺心世尊云何菩薩摩訶薩應遠離熱惱心善現若菩薩摩訶薩作如是念怖畏生死熱惱之心非證無上菩提之道故應遠離所以者何畏生死故是爲菩薩摩訶薩應遠離熱惱心世尊云何菩薩摩訶薩應遠離見乞者來不喜愁惱心善現若菩薩摩訶薩作如是念此不喜愁惱心非證無上菩提之道故應遠離所以者何違慈悲故是爲菩薩摩訶薩應遠離見乞者來不喜愁惱心世尊云何菩薩摩訶薩應遠離捨所有物追戀憂悔心善現若菩薩摩訶薩作如是念此追悔心非證無上菩提之道故應遠離所以者何違本願故謂我先發菩提心時作是願言諸我所有於來求者隨欲不空云何今時施巳追悔是爲菩薩摩訶薩應遠離捨所有物追戀憂悔心世尊云何菩薩摩訶薩應遠離於來求者方便矯亂心善現若菩薩摩訶薩作如是念此矯亂心非證無上菩提之道故應遠離所以者何違本誓故謂我先發菩提心時作是誓言凡我所有於來求者隨欲不空云何今時而矯亂彼是爲菩薩摩訶薩應遠離於來求者方便矯亂心善現當知諸菩薩摩訶薩住第六地時應常圓滿前說六法及應遠離後說六法而於其中無所執取

大般若波羅蜜多經卷第四百九十

音釋

卒暴 卒倉沒切急也又匆遽貌暴蒲報切猛也驟也 哀 一可切 跛 補火切 娜 奴可切 砢 魯可切 柁 待可切 ⿰多頁 丁可切 瑟吒 瑟色櫛切吒陟駕切 闍 音蛇 佉 丘迦切 羼 初眼切 若 爾者切 剌他 剌郎達切 呵 音訶 綽 尺約切 颰磨 颰悉合切磨莫卧切 嚧縛 嚧胡閣切縛符卧切 蹉 倉何切 鍵 音件 搋 丑皆切 拏 女加切 頗 普火切 塞迦 塞息則切已上從哀字起皆四十二字母中字也 驅迫 驅音區逐也迫音百逼也急也 徇 松閏切求也 阿練若 梵語也此云閑靜處若爾者切 揭路荼 梵語也此云金翅鳥揭吉列切荼同都切 緊捺洛 梵語也此云疑神又云人非人捺乃八切 迮 側格切與窄同迫也狹也 擣 都皓切春也 杜多 梵語也亦云頭陀此云修治謂修治淨行也

大般若波羅蜜多經卷第四百九十一

唐三藏法師玄奘奉詔譯

第三分善現品第三之十

世尊云何菩薩摩訶薩常應遠離我執乃至見者執善現若菩薩摩訶薩觀我乃至見者畢竟非有所以者何以我乃至見者自性不可得故是爲菩薩摩訶薩常應遠離我執乃至見者執世尊云何菩薩摩訶薩常應遠離斷執善現若菩薩摩訶薩觀一切法性不可斷所以者何以一切法畢竟不生無斷義故是爲菩薩摩訶薩常應遠離斷執世尊云何菩薩摩訶薩常應遠離常執善現若菩薩摩訶薩觀一切法常性非有所以者何以一切法無生無滅非斷常故是爲菩薩摩訶薩常應遠離常執世尊云何菩薩摩訶薩常應遠離相想善現若菩薩摩訶薩觀雜染法畢竟非有所以者何以雜染法本性離故是爲菩薩摩訶薩常應遠離相想世尊云何菩薩摩訶薩常應遠離見執善現若菩薩摩訶薩都不見有諸見自性所以者何所見諸法不可得故是爲菩薩摩訶薩常應遠離見執世尊云何菩薩摩訶薩常應遠離名色執善現若菩薩摩訶薩觀名色性都無所有所以者何眞實名色不可得故是爲菩薩摩訶薩常應遠離名色執世尊云何菩薩摩訶薩常應遠離蘊執善現若菩薩摩訶薩觀諸蘊性都無所有所以者何積聚法性不可得故是爲菩薩摩訶薩常應遠離蘊執世尊云何菩薩摩訶薩常應遠離處執善現若菩薩摩訶薩觀諸處性都無所有所以者何生門法性不可

得故是爲菩薩摩訶薩常應遠離處執世尊云何菩薩摩訶薩常應遠離界執善現若菩薩摩訶薩觀諸界性都無所有所以者何住持法性不可得故是爲菩薩摩訶薩常應遠離界執世尊云何菩薩摩訶薩常應遠離諦執善現若菩薩摩訶薩觀諸諦性都無所有所以者何非虛妄法不可得故是爲菩薩摩訶薩常應遠離諦執世尊云何菩薩摩訶薩常應遠離緣起執善現若菩薩摩訶薩觀緣起性都無所有所以者何無明等法不可得故是爲菩薩摩訶薩常應遠離緣起執世尊云何菩薩摩訶薩常應遠離住著三界執善現若菩薩摩訶薩觀三界性都無所有所以者何三界繫法不可得故是爲菩薩摩訶薩常應遠離住著三界執世尊云何菩薩摩訶薩常應遠離一切法執善現若菩薩摩訶薩觀諸法性都無所有所以者何諸法自性但假施設皆如虛空不可得故是爲菩薩摩訶薩常應遠離一切法執世尊云何菩薩摩訶薩常應遠離於一切法如理不如理執善現若菩薩摩訶薩觀諸法性無有如理不如理者所以者何如是諸法不可得故是爲菩薩摩訶薩常應遠離於一切法如理不如理執世尊云何菩薩摩訶薩常應遠離依佛見執善現若菩薩摩訶薩知依佛見不得見佛所以者何眞佛自性不可見故是爲菩薩摩訶薩常應遠離依佛見執世尊云何菩薩摩訶薩常應遠離依法見執善現若菩薩摩訶薩知依法見不得見法所以者何眞法自性不可見故是爲菩薩摩訶薩常應遠離依法見

執世尊云何菩薩摩訶薩常應遠離依僧見執善現若菩薩摩訶薩知依僧見不得見僧所以者何眞僧自性無相無爲不可見故是爲菩薩摩訶薩常應遠離依僧見執世尊云何菩薩摩訶薩常應遠離依戒見執善現若菩薩摩訶薩知罪福性俱非實有所以者何若罪若福但假施設不可得故是爲菩薩摩訶薩常應遠離依戒見執世尊云何菩薩摩訶薩常應遠離依空見執善現若菩薩摩訶薩觀諸空法都無所有不可觀見所以者何空之自性非有非無不可見故是爲菩薩摩訶薩常應遠離依空見執世尊云何菩薩摩訶薩常應遠離猒怖空性善現若菩薩摩訶薩觀一切法自性皆空非空與空有所違害故猒怖事俱不可得所以者何諸有性法或可猒怖空非有性法不應猒怖故是爲菩薩摩訶薩常應遠離猒怖空性世尊云何菩薩摩訶薩常應圓滿通達空善現若菩薩摩訶薩知一切法自相皆空是爲菩薩摩訶薩常應圓滿通達空世尊云何菩薩摩訶薩常應圓滿證無相善現若菩薩摩訶薩不思惟一切相是爲菩薩摩訶薩常應圓滿證無相世尊云何菩薩摩訶薩常應圓滿知無願善現若菩薩摩訶薩於三界法心無所住是爲菩薩摩訶薩常應圓滿知無願世尊云何菩薩摩訶薩常應圓滿三輪清淨善現若菩薩摩訶薩圓滿清淨十善業道是爲菩薩摩訶薩常應圓滿三輪清淨世尊云何菩薩摩訶薩常應圓滿悲愍有情及於有情無所執著善現若菩薩摩訶薩已得大悲及嚴淨土都無

所執是爲菩薩摩訶薩常應圓滿悲愍有情及於有情無所執著世尊云何菩薩摩訶薩常應圓滿於一切法平等性見及於此中無所執著善現若菩薩摩訶薩於一切法不增不減及於此中無取無住是爲菩薩摩訶薩常應圓滿於一切法平等性見及於此中無所執著世尊云何菩薩摩訶薩常應圓滿於諸有情平等性見及於此中無所執著善現若菩薩摩訶薩於諸有情不增不減及於此中無取無住是爲菩薩摩訶薩常應圓滿於諸有情平等性見及於此中無所執著世尊云何菩薩摩訶薩常應圓滿於眞理趣究竟通達及於此中無所執著善現若菩薩摩訶薩於一切法眞實理趣雖如實通達而無所通達及於此中無取無住是爲菩薩摩訶薩常應圓滿於眞理趣究竟通達及於此中無所執著世尊云何菩薩摩訶薩常應圓滿無生忍智善現若菩薩摩訶薩忍一切法無生無滅無造無作及知名色畢竟不生是爲菩薩摩訶薩常應圓滿無生忍智世尊云何菩薩摩訶薩常應圓滿說一切法一相理趣善現若菩薩摩訶薩於一切法不行二相是爲菩薩摩訶薩常應圓滿說一切法一相理趣世尊云何菩薩摩訶薩常應圓滿滅除分別善現若菩薩摩訶薩於一切法無所分別是爲菩薩摩訶薩常應圓滿滅除分別世尊云何菩薩摩訶薩常應圓滿遠離諸想善現若菩薩摩訶薩遠離一切小想大想及無量想是爲菩薩摩訶薩常應圓滿遠離諸想世尊云何菩薩摩訶薩常應圓滿遠離諸見善現

若菩薩摩訶薩遠離聲聞獨覺等見是爲菩薩摩訶薩常應圓滿遠離諸見世尊云何菩薩摩訶薩常應圓滿遠離煩惱善現若菩薩摩訶薩棄捨一切有漏煩惱習氣相續是爲菩薩摩訶薩常應圓滿遠離煩惱世尊云何菩薩摩訶薩常應圓滿善巧止觀善現若菩薩摩訶薩修一切智一切相智是爲菩薩摩訶薩常應圓滿善巧止觀世尊云何菩薩摩訶薩常應圓滿調伏心性善現若菩薩摩訶薩於三界法不著不樂是爲菩薩摩訶薩常應圓滿調伏心性世尊云何菩薩摩訶薩常應圓滿寂靜心性善現若菩薩摩訶薩善攝六根是爲菩薩摩訶薩常應圓滿寂靜心性世尊云何菩薩摩訶薩常應圓滿無礙智性善現若菩薩摩訶薩修得佛眼於一切法決了無礙是爲菩薩摩訶薩常應圓滿無礙智性世尊云何菩薩摩訶薩常應圓滿無所愛染善現若菩薩摩訶薩能於六處能善棄捨是爲菩薩摩訶薩常應圓滿無所愛染世尊云何菩薩摩訶薩常應圓滿隨心所欲往諸佛土於佛衆會自現其身善現若菩薩摩訶薩修勝神通往諸佛土承事供養諸佛世尊請轉法輪饒益一切是爲菩薩摩訶薩常應圓滿隨心所欲往諸佛土於佛衆會自現其身善現當知諸菩薩摩訶薩住第七地時常應遠離前二十法及應圓滿後二十法世尊云何菩薩摩訶薩常應圓滿悟入一切有情心行善現若菩薩摩訶薩一心俱智如實遍知一切有情心及心所行相差別是爲菩薩摩訶薩常應圓滿悟入一切有情心行世尊

云何菩薩摩訶薩常應圓滿遊戲神通善現若菩薩摩訶薩遊戲種種自在神通爲欲親近供養佛故從一佛土至一佛土而能不生遊佛土想是爲菩薩摩訶薩常應圓滿遊戲神通世尊云何菩薩摩訶薩常應圓滿見諸佛土如其所見而自嚴淨種種佛土善現若菩薩摩訶薩住一佛土能見十方無邊佛國亦能示現而常不生佛國土想又爲成熟諸有情故現處三千大千世界轉輪王位而自莊嚴亦能棄捨而無所執是爲菩薩摩訶薩常應圓滿見諸佛土如其所見而自嚴淨種種佛土世尊云何菩薩摩訶薩常應圓滿承事供養諸佛世尊於如來身如實觀察善現若菩薩摩訶薩爲欲饒益諸有情故於法義趣如實分別如是名爲以法承事供養諸佛又諦觀察諸佛法身是爲菩薩摩訶薩常應圓滿承事供養諸佛世尊於如來身如實觀察善現當知諸菩薩摩訶薩住第八地時於此四法常應圓滿世尊云何菩薩摩訶薩常應圓滿根勝劣智善現若菩薩摩訶薩住佛十力如實了知一切有情諸根勝劣是爲菩薩摩訶薩常應圓滿根勝劣智世尊云何菩薩摩訶薩常應圓滿嚴淨佛土善現若菩薩摩訶薩以無所得而爲方便嚴淨一切有情心行無所執著是爲菩薩摩訶薩常應圓滿嚴淨佛土世尊云何菩薩摩訶薩常應圓滿如幻等持數入諸定善現若菩薩摩訶薩住此等持雖能成辦一切事業而心於法都無動轉又修等持極成熟故不作加行能數現前是爲菩薩摩訶薩常應圓滿如幻等持數

入諸定世尊云何菩薩摩訶薩常應圓滿隨諸有情善根應熟故入諸有自現化生善現若菩薩摩訶薩爲欲成熟諸有情類殊勝善根隨其所宜故入諸有而現受生是爲菩薩摩訶薩隨諸有情善根應熟故入諸有自現化生善現當知諸菩薩摩訶薩住第九地時於此四法常應圓滿世尊云何菩薩摩訶薩常應圓滿攝受無邊處所大願隨有所願皆令證得善現若菩薩摩訶薩已修六種波羅蜜多極圓滿故或爲嚴淨諸佛國土或爲成熟諸有情類隨心所願皆能圓滿無所匱乏是爲菩薩摩訶薩常應圓滿攝受無邊處所大願隨有所願皆令證得世尊云何菩薩摩訶薩常應圓滿隨諸天龍廣說乃至人非人等異類音智善現若菩薩摩訶薩修習殊勝詞無礙解善知有情言音差別是爲菩薩摩訶薩常應圓滿隨諸天龍廣說乃至人非人等異類音智世尊云何菩薩摩訶薩常應圓滿無礙辯說善現若菩薩摩訶薩修習殊勝辯無礙解爲諸有情能無盡說是爲菩薩摩訶薩常應圓滿無礙辯說世尊云何菩薩摩訶薩常應圓滿入胎具足善現若菩薩摩訶薩雖一切生處實恒化生而爲益有情現入胎藏於中具足種種勝事是爲菩薩摩訶薩常應圓滿入胎具足世尊云何菩薩摩訶薩常應圓滿出生具足善現若菩薩摩訶薩於出胎時示現種種希有勝事令諸有情見者歡喜得大饒益是爲菩薩摩訶薩常應圓滿出生具足世尊云何菩薩摩訶薩常應圓滿家族具足善現若菩薩摩訶薩或生刹帝利

大族或生婆羅門大族所禀父母無可譏嫌是爲菩薩摩訶薩常應圓滿家族具足世尊云何菩薩摩訶薩常應圓滿種姓具足善現若菩薩摩訶薩常在過去諸大菩薩種姓中生是爲菩薩摩訶薩常應圓滿種姓具足世尊云何菩薩摩訶薩常應圓滿眷屬具足善現若菩薩摩訶薩純以無量無數菩薩摩訶薩衆而爲眷屬非餘雜類是爲菩薩摩訶薩常應圓滿眷屬具足世尊云何菩薩摩訶薩常應圓滿生身具足善現若菩薩摩訶薩於初生時其身具足一切相好放大光明遍照無邊諸佛世界亦令彼界六種變動有情遇者皆獲利樂是爲菩薩摩訶薩常應圓滿生身具足世尊云何菩薩摩訶薩常應圓滿出家具足善現若菩薩摩訶薩於出家時無量無數百千俱胝那庾多衆前後圍繞尊重讚歎往詣道場剃除鬚髮服三法衣受持應器引導無量無邊有情令乘三乘而趣圓寂是爲菩薩摩訶薩常應圓滿出家具足世尊云何菩薩摩訶薩常應圓滿莊嚴菩提樹具足善現若菩薩摩訶薩殊勝善根廣大願力感得如是大菩提樹吠瑠璃寶以爲其莖真金爲根枝葉花果皆以上妙七寶所成其樹高廣遍覆三千大千佛土光明照曜周遍十方殑伽沙等諸佛世界有情見者無不蒙益是爲菩薩摩訶薩常應圓滿莊嚴菩提樹具足世尊云何菩薩摩訶薩常應圓滿一切功德成辦具足善現若菩薩摩訶薩滿足殊勝福慧資粮成熟有情嚴淨佛土是爲菩薩摩訶薩常應圓滿一切功德成辦具足善現當知

諸菩薩摩訶薩住第十地時常應圓滿此十二法世尊云何菩薩摩訶薩住第十地已於前所修諸地勝法皆得圓滿與諸如來應言無異善現是菩薩摩訶薩已圓滿布施波羅蜜多乃至般若波羅蜜多已圓滿四靜慮四無量四無色定已圓滿四念住乃至八聖道支已圓滿空無相無願解脫門已圓滿内空乃至無性自性空已圓滿眞如乃至不思議界已圓滿苦集滅道聖諦已圓滿八解脫九次第定已圓滿一切陀羅尼門三摩地門已圓滿五眼六神通已圓滿如來十力乃至十八佛不共法具一切智一切相智若復永斷一切煩惱習氣相續便住佛地由此故說若菩薩摩訶薩住第十地已於前所修諸地勝法皆得圓滿與諸如來應言無異爾時具壽善現復白佛言世尊云何菩薩摩訶薩住第十地趣如來地佛告善現是菩薩摩訶薩方便善巧行六波羅蜜多修四靜慮四無量四無色定三十七菩提分法廣說乃至十八佛不共法具一切智一切相智超淨觀地種性地第八地具見地薄地離欲地已辦地獨覺地及菩薩地又能永斷一切煩惱習氣相續便成如來應正等覺住如來地善現如是菩薩摩訶薩住第十地趣如來地如是善現齊此當知諸菩薩摩訶薩發趣大乘復次善現汝次所問如是大乘從何處出至何處住者善現當知如是大乘從三界中出至一切智智中住然以無二爲方便故無出無住所以者何若大乘若一切智智如是二法不合不散非有色非無色非有見非無見非有對非

無對皆同一相所謂無相無相之法無出無住所以者何無相之法非已出已住非當出當住非今出今住善現當知其有欲令無相之法有出住者則爲欲令眞如法界法性不虛妄性不變異性平等性離生性法定法住實際虛空界不思議界亦有出住所以者何眞如乃至不思議界皆不能從三界中出亦不能至一切智智中住何以故眞如眞如自性空乃至不思議界不思議界自性空故善現當知其有欲令無相之法有出住者則爲欲令斷界離界滅界安隱界寂靜界無生界無滅界無性界無相界無作界無爲界亦有出住所以者何斷界乃至無爲界皆不能從三界中出亦不能至一切智智中住何以故斷界斷界自性空乃至無爲界無爲界自性空故善現當知其有欲令無相之法有出住者則爲欲令色空乃至識空亦有出住所以者何色空乃至識空皆不能從三界中出亦不能至一切智智中住何以故色空色空自性空乃至識空識空自性空故善現當知其有欲令無相之法有出住者則爲欲令眼處空乃至意處空亦有出住所以者何眼處空乃至意處空皆不能從三界中出亦不能至一切智智中住何以故眼處空眼處空自性空乃至意處空意處空自性空故善現當知其有欲令無相之法有出住者則爲欲令色處空乃至法處空亦有出住所以者何色處空乃至法處空皆不能從三界中出亦不能至一切智智中住何以故色處空色處空自性空乃至法處空法處空自性空故善現當

知其有欲令無相之法有出住者則爲欲令眼界空乃至意界空亦有出住所以者何眼界空乃至意界空皆不能從三界中出亦不能至一切智智中住何以故眼界空眼界空自性空乃至意界空意界空自性空故善現當知其有欲令無相之法有出住者則爲欲令色界空乃至法界空亦有出住所以者何色界空乃至法界空皆不能從三界中出亦不能至一切智智中住何以故色界空色界空自性空乃至法界空法界空自性空故善現當知其有欲令無相之法有出住者則爲欲令眼識界空乃至意識界空亦有出住所以者何眼識界空乃至意識界空皆不能從三界中出亦不能至一切智智中住何以故眼識界空眼識界空自性空乃至意識界空意識界空自性空故善現當知其有欲令無相之法有出住者則爲欲令眼觸空乃至意觸空亦有出住所以者何眼觸空乃至意觸空皆不能從三界中出亦不能至一切智智中住何以故眼觸空眼觸空自性空乃至意觸空意觸空自性空故善現當知其有欲令無相之法有出住者則爲欲令眼觸爲緣所生諸受空乃至意觸爲緣所生諸受空亦有出住所以者何眼觸爲緣所生諸受空乃至意觸爲緣所生諸受空皆不能從三界中出亦不能至一切智智中住何以故眼觸爲緣所生諸受空眼觸爲緣所生諸受空自性空乃至意觸爲緣所生諸受空意觸爲緣所生諸受空自性空故善現當知其有欲令無相之法有出住者則爲欲令地界空乃至識界

空亦有出住所以者何地界空乃至識界空皆不能從三界中出亦不能至一切智智中住何以故地界空地界空自性空乃至識界空識界空自性空故善現當知其有欲令無相之法有出住者則爲欲令因緣空乃至增上緣空亦有出住所以者何因緣空乃至增上緣空皆不能從三界中出亦不能至一切智智中住何以故因緣空因緣空自性空乃至增上緣空增上緣空自性空故善現當知其有欲令無相之法有出住者則爲欲令無明空乃至老死空亦有出住所以者何無明空乃至老死空皆不能從三界中出亦不能至一切智智中住何以故無明空無明空自性空乃至老死空老死空自性空故善現當知其有欲令無相之法有出住者則爲欲令

夢境幻事響像光影陽焰空花尋香城變化事亦有出住所以者何夢境乃至變化事皆不能從三界中出亦不能至一切智智中住何以故夢境夢境自性空乃至變化事變化事自性空故善現當知其有欲令無相之法有出住者則爲欲令布施波羅蜜多空乃至般若波羅蜜多空亦有出住所以者何布施波羅蜜多空乃至般若波羅蜜多空皆不能從三界中出亦不能至一切智智中住何以故布施波羅蜜多空布施波羅蜜多空自性空乃至般若波羅蜜多空般若波羅蜜多空自性空故善現當知其有欲令無相之法有出住者則爲欲令內空乃至無性自性空亦有出住所以者何內空乃至無性自性空皆不能從三界中出亦不能至一切智智中住

何以故内空内空自性空乃至無性自性空無性自性空自性空故善現當知其有欲令無相之法有出住者則爲欲令苦集滅道聖諦空亦有出住所以者何苦集滅道聖諦空皆不能從三界中出亦不能至一切智智中住何以故苦集滅道聖諦空苦集滅道聖諦空自性空故善現當知其有欲令無相之法有出住者則爲欲令四念住空乃至八聖道支空亦有出住所以者何四念住空乃至八聖道支空皆不能從三界中出亦不能至一切智智中住何以故四念住空四念住空自性空乃至八聖道支空八聖道支空自性空故善現當知其有欲令無相之法有出住者則爲欲令四靜慮空亦有出住所以者何四靜慮空皆不能從三界中出亦不能至一切智智中住何以故四靜慮空四靜慮空自性空故善現當知其有欲令無相之法有出住者則爲欲令四無量空亦有出住所以者何四無量空皆不能從三界中出亦不能至一切智智中住何以故四無量空四無量空自性空故善現當知其有欲令無相之法有出住者則爲欲令四無色定空亦有出住所以者何四無色定空皆不能從三界中出亦不能至一切智智中住何以故四無色定空四無色定空自性空故善現當知其有欲令無相之法有出住者則爲欲令空無相無願解脫門空亦有出住所以者何空無相無願解脫門空皆不能從三界中出亦不能至一切智智中住何以故空無相無願解脫門空空無相無願解脫門空自性空故善現當知其

有欲令無相之法有出住者則爲欲令八解脱空亦有出住所以者何八解脱空皆不能從三界中出亦不能至一切智智中住何以故八解脱空八解脱空自性空故善現當知其有欲令無相之法有出住者則爲欲令九次第定空亦有出住所以者何九次第定空皆不能從三界中出亦不能至一切智智中住何以故九次第定空九次第定空自性空故善現當知其有欲令無相之法有出住者則爲欲令淨觀地空乃至如來地空亦有出住所以者何淨觀地空乃至如來地空皆不能從三界中出亦不能至一切智智中住何以故淨觀地空淨觀地空自性空乃至如來地空如來地空自性空故善現當知其有欲令無相之法有出住者則爲欲令極喜地空乃至法雲地空亦有出住所以者何極喜地空乃至法雲地空皆不能從三界中出亦不能至一切智智中住何以故極喜地空極喜地空自性空乃至法雲地空法雲地空自性空故善現當知其有欲令無相之法有出住者則爲欲令一切陀羅尼門三摩地門空亦有出住所以者何一切陀羅尼門三摩地門空皆不能從三界中出亦不能至一切智智中住何以故一切陀羅尼門三摩地門空一切陀羅尼門三摩地門空自性空故善現當知其有欲令無相之法有出住者則爲欲令五眼六神通空亦有出住所以者何五眼六神通空皆不能從三界中出亦不能至一切智智中住何以故五眼六神通空五眼六神通空自性空故善現當知其有欲令無相之

法有出住者則爲欲令如來十力空乃至十八佛不共法空亦有出住所以者何如來十力空乃至十八佛不共法空皆不能從三界中出亦不能至一切智智中住何以故如來十力空如來十力空自性空乃至十八佛不共法空十八佛不共法空自性空故善現當知其有欲令無相之法有出住者則爲欲令無忘失法恒住捨性空亦有出住所以者何無忘失法恒住捨性空皆不能從三界中出亦不能至一切智智中住何以故無忘失法恒住捨性空無忘失法恒住捨性空自性空故善現當知其有欲令無相之法有出住者則爲欲令一切智道相智一切相智空亦有出住所以者何一切智道相智一切相智空皆不能從三界中出亦不能至一切智智中住何以故一切智道相智一切相智空一切智道相智一切相智空自性空故善現當知其有欲令無相之法有出住者則爲欲令預流者惡趣生一來者頻來生不還者欲界生諸菩薩自利生阿羅漢獨覺如來後有生亦有出住所以者何預流者惡趣生乃至如來後有生皆不能從三界中出亦不能至一切智智中住何以故預流者惡趣生預流者惡趣生自性空乃至如來後有生如來後有生自性空故善現當知其有欲令無相之法有出住者則爲欲令預流空乃至如來空亦有出住所以者何預流空乃至如來空皆不能從三界中出亦不能至一切智智中住何以故預流空預流空自性空乃至如來空如來空自性空故善現當知其有欲令無相之法

有出住者則爲欲令名字假想施設言說亦有出住所以者何名字假想施設言說皆不能從三界中出亦不能至一切智智中住何以故名字假想施設言說名字假想施設言說自性空故善現當知其有欲令無相之法有出住者則爲欲令無生無滅無染無淨無相無爲亦有出住所以者何無生無滅無染無淨無相無爲皆不能從三界中出亦不能至一切智智中住何以故無生無滅無染無淨無相無爲無生無滅無染無淨無相無爲自性空故善現當知由此緣故我作是說如是大乘從三界中出至一切智智中住然以無二爲方便故無出無住所以者何無相之法無動轉故不可說言有出有住

大般若波羅蜜多經卷第四百九十一

音釋

譏嫌 譏堅溪切誚也嫌胡兼切憎也 吠瑠璃 梵語也或言毗頭棃此云青色寶吠符廢切 殑伽 梵語也此云天堂來河名也以從高處來故殑其拯其陵二切伽具牙切

大般若波羅蜜多經卷第四百九十二

唐三藏法師玄奘奉　詔譯

第三分善現品第三之十一

復次善現汝次所問如是大乘爲何所住者善現當知如是大乘都無所住所以者何以一切法皆無所住何以故諸法住處不可得故善現當知如是大乘以無所得而爲方便住無所住善現當知譬如眞如法界法性不虛妄性不變異性平等性離生性法定法住實際虛空界不思議界非住非不住大乘亦爾非住非不住所以者何以眞如自性乃至不思議界自性皆無住無不住何以故眞如自性眞如自性空乃至不思議界自性不思議界自性空故善現當知譬如斷界離界滅界安隱界寂靜界無生界無滅界無染界無淨界無作界無爲界非住非不住大乘亦爾非住非不住所以者何以斷界自性乃至無爲界自性皆無住無不住何以故斷界自性斷界自性空乃至無爲界自性無爲界自性空故善現當知譬如色蘊乃至識蘊非住非不住大乘亦爾非住非不住所以者何以色蘊自性乃至識蘊自性皆無住無不住何以故色蘊自性色蘊自性空乃至識蘊自性識蘊自性空故善現當知譬如眼處乃至意處非住非不住大乘亦爾非住非不住所以者何以眼處自性乃至意處自性皆無住無不住何以故眼處自性眼處自性空乃至意處自性意處自性空故善現當知譬如色處乃至法處非住非不住大乘亦爾非住非不住所以者何以色處自性乃至法處自性皆無

住無不住何以故色處自性色處自性空乃至法處自性法處自性空故善現當知譬如眼界乃至意界非住非不住大乘亦爾非住非不住所所以者以眼界自性乃至意界自性皆無住無不住何以故眼界自性眼界自性空乃至意界自性意界自性空故善現當知譬如色界乃至法界非住非不住大乘亦爾非住非不住所以者何以色界自性乃至法界自性皆無住無不住何以故色界自性色界自性空乃至法界自性法界自性空故善現當知譬如眼識界乃至意識界非住非不住大乘亦爾非住非不住所以者何以眼識界自性乃至意識界自性皆無住無不住何以故眼識界自性眼識界自性空乃至意識界自性意識界自性空故善現當知譬如眼觸乃至意觸非住非不住大乘亦爾非住非不住所以者何以眼觸自性乃至意觸自性皆無住無不住何以故眼觸自性眼觸自性空乃至意觸自性識界自性空故善現當知譬如眼觸爲緣所生諸受乃至意觸爲緣所生諸受非住非不住大乘亦爾非住非不住所以者何以眼觸爲緣所生諸受自性乃至意觸爲緣所生諸受自性皆無住無不住何以故眼觸爲緣所生諸受自性眼觸爲緣所生諸受自性空乃至意觸爲緣所生諸受自性意觸爲緣所生諸受自性空故善現當知譬如地界乃至識界非住非不住大乘亦爾非住非不住所以者何以地界自性乃至識界自性皆無住無不住何以故地界自性地界自性空乃至識界自性識界自性空故

善現當知譬如因緣乃至增上緣非住非不住大乘亦爾非住非不住所以者何以因緣自性乃至增上緣自性皆無住無不住何以故因緣自性因緣自性空乃至增上緣自性增上緣自性空故善現當知譬如無明乃至老死非住非不住大乘亦爾非住非不住所以者何以無明自性乃至老死自性皆無住無不住何以故無明自性無明自性空乃至老死自性老死自性空故善現當知譬如夢境幻事響像光影陽焰空花尋香城變化事非住非不住大乘亦爾非住非不住所以者何以夢境自性乃至變化事自性無住無不住何以故夢境自性夢境自性空乃至變化事自性變化事自性空故善現當知譬如布施波羅蜜多乃至般若波羅蜜多非住非不住大乘亦爾非住非不住所以者何以布施波羅蜜多自性乃至般若波羅蜜多自性皆無住無不住何以故布施波羅蜜多自性布施波羅蜜多自性空乃至般若波羅蜜多自性般若波羅蜜多自性空故善現當知譬如內空乃至無性自性空非住非不住大乘亦爾非住非不住所以者何以內空自性乃至無性自性空自性皆無住無不住何以故內空自性內空自性空乃至無性自性空自性無性自性空自性空故善現當知譬如苦集滅道聖諦非住非不住大乘亦爾非住非不住所以者何以苦集滅道聖諦自性皆無住無不住何以故苦集滅道聖諦自性苦集滅道聖諦自性空故善現當知譬如四念住乃至八聖道支非住非不住大乘亦爾非住非

不住所以者何以四念住自性乃至八聖道支自性皆無住無不住何以故四念住自性四念住自性空乃至八聖道支自性八聖道支自性空故善現當知譬如四靜慮四無量四無色定非住非不住大乘亦爾非住非不住所以者何以四靜慮四無量四無色定自性皆無住無不住何以故四靜慮四無量四無色定自性四靜慮四無量四無色定自性空故善現當知譬如空無相無願解脫門非住非不住大乘亦爾非住非不住所以者何以空無相無願解脫門自性皆無住無不住何以故空無相無願解脫門自性空無相無願解脫門自性空故善現當知譬如八解脫九次第定非住非不住大乘亦爾非住非不住所以者何以八解脫九次第定自性皆無住無不住何以故八解脫九次第定自性八解脫九次第定自性空故善現當知譬如淨觀地乃至如來地非住非不住大乘亦爾非住非不住所以者何以淨觀地自性乃至如來地自性皆無住無不住何以故淨觀地自性淨觀地自性空乃至如來地自性如來地自性空故善現當知譬如極喜地乃至法雲地非住非不住大乘亦爾非住非不住所以者何以極喜地自性乃至法雲地自性皆無住無不住何以故極喜地自性極喜地自性空乃至法雲地自性法雲地自性空故善現當知譬如陀羅尼門三摩地門非住非不住大乘亦爾非住非不住所以者何以陀羅尼門三摩地門自性皆無住無不住何以故陀羅尼門三摩地門自性陀羅尼門三摩地門

自性空故善現當知譬如五眼六神通非住非不住大乘亦爾非住非不住所以者何以五眼六神通自性皆無住無不住何以故五眼六神通自性五眼六神通自性空故善現當知譬如佛十力乃至十八佛不共法非住非不住大乘亦爾非住非不住所以者何以佛十力自性乃至十八佛不共法自性皆無住無不住何以故佛十力自性佛十力自性空乃至十八佛不共法自性十八佛不共法自性空故善現當知譬如無忘失法恒住捨性非住非不住大乘亦爾非住非不住所以者何以無忘失法恒住捨性自性皆無住無不住何以故無忘失法恒住捨性自性無忘失法恒住捨性自性空故善現當知譬如一切智道相智一切相智非住非不住大乘亦爾非住非不住所以者何以一切智道相智一切相智自性皆無住無不住何以故一切智道相智一切相智自性一切智道相智一切相智自性空故善現當知譬如預流者惡趣生一來者頻來生不還者欲界生諸菩薩自利生阿羅漢獨覺如來後有生非住非不住大乘亦爾非住非不住所以者何以預流者惡趣生自性乃至如來後有生自性皆無住無不住何以故預流者惡趣生自性預流者惡趣生自性空乃至如來後有生自性如來後有生自性空故善現當知譬如預流向預流果一來向一來果不還向不還果阿羅漢向阿羅漢果獨覺向獨覺果一切菩薩摩訶薩行諸佛無上正等菩提非住非不住大乘亦爾非住非不住所以者何以預流向自

性乃至諸佛無上正等菩提自性皆無住無
不住何以故預流向自性預流向自性空乃
至諸佛無上正等菩提自性諸佛無上正等
菩提自性空故善現當知譬如名字假想施
設言說非住非不住大乘亦爾非住非不住
所以者何以名字假想施設言說自性無住
無不住何以故名字假想施設言說自性名
字假想施設言說自性空故善現當知譬如
無生無滅無染無淨無作無爲非住非不住
大乘亦爾非住非不住所以者何以無生無
滅無染無淨無作無爲自性皆無住無不住
何以故無生無滅無染無淨無作無爲自性
無生無滅無染無淨無作無爲自性空故善
現由此緣故我作是說如是大乘雖無所住
而以無二爲方便故住無所住復次善現汝
後所問誰復乘是大乘出者善現當知都無
乘是大乘出者所以者何若所乘乘若能乘
者由此爲此若處若時如是一切皆無所有
都不可得以一切法皆無所有都不可得故
不可言有所乘乘有能乘者由此爲此若處
若時由此因緣都無乘是大乘出者所以者
何以一切法畢竟淨故善現當知我無所有
不可得故乘大乘者亦不可得所以者何畢
竟淨故如是有情命者生者養者士夫補特
伽羅意生儒童作者受者知者見者亦無所
有不可得故乘大乘者亦不可得所以者何
畢竟淨故善現當知眞如乃至不思議界皆
無所有不可得故乘大乘者亦不可得所以
者何畢竟淨故善現當知斷界離界滅界安
隱界寂靜界無生界無滅界無染界無淨界

無作界無爲界皆無所有不可得故乘大乘者亦不可得所以者何畢竟淨故善現當知色蘊乃至識蘊皆無所有不可得故乘大乘者亦不可得所以者何畢竟淨故善現當知眼處乃至意處皆無所有不可得故乘大乘者亦不可得所以者何畢竟淨故善現當知色處乃至法處皆無所有不可得故乘大乘者亦不可得所以者何畢竟淨故善現當知眼界乃至意界皆無所有不可得故乘大乘者亦不可得所以者何畢竟淨故善現當知色界乃至法界皆無所有不可得故乘大乘者亦不可得所以者何畢竟淨故善現當知眼識界乃至意識界皆無所有不可得故乘大乘者亦不可得所以者何畢竟淨故善現當知眼觸乃至意觸皆無所有不可得故乘

大乘者亦不可得所以者何畢竟淨故善現當知眼觸爲緣所生諸受乃至意觸爲緣所生諸受皆無所有不可得故乘大乘者亦不可得所以者何畢竟淨故善現當知地界乃至識界皆無所有不可得故乘大乘者亦不可得所以者何畢竟淨故善現當知因緣乃至增上緣皆無所有不可得故乘大乘者亦不可得所以者何畢竟淨故善現當知無明乃至老死皆無所有不可得故乘大乘者亦不可得所以者何畢竟淨故善現當知夢境幻事響像光影陽焰空花尋香城變化事皆無所有不可得故乘大乘者亦不可得所以者何畢竟淨故善現當知布施波羅蜜多乃至般若波羅蜜多皆無所有不可得故乘大乘者亦不可得所以者何畢竟淨故善現當

知内空乃至無性自性空皆無所有不可得故乘大乘者亦不可得所以者何畢竟淨故善現當知苦集滅道聖諦皆無所有不可得故乘大乘者亦不可得所以者何畢竟淨故善現當知四念住乃至八聖道支皆無所有不可得故乘大乘者亦不可得所以者何畢竟淨故善現當知四靜慮四無量四無色定皆無所有不可得故乘大乘者亦不可得所以者何畢竟淨故善現當知空無相無願解脫門皆無所有不可得故乘大乘者亦不可得所以者何畢竟淨故善現當知八解脫九次第定皆無所有不可得故乘大乘者亦不可得所以者何畢竟淨故善現當知淨觀地乃至如來地皆無所有不可得故乘大乘者亦不可得所以者何畢竟淨故善現當知極喜地乃至法雲地皆無所有不可得故乘大乘者亦不可得所以者何畢竟淨故善現當知一切陀羅尼門三摩地門皆無所有不可得故乘大乘者亦不可得所以者何畢竟淨故善現當知五眼六神通皆無所有不可得故乘大乘者亦不可得所以者何畢竟淨故善現當知如來十力乃至十八佛不共法皆無所有不可得故乘大乘者亦不可得所以者何畢竟淨故善現當知無忘失法恒住捨性皆無所有不可得故乘大乘者亦不可得所以者何畢竟淨故善現當知一切智道相智一切相智皆無所有不可得故乘大乘者亦不可得所以者何畢竟淨故善現當知預流者惡趣生一來者頻來生不還者欲界生諸菩薩自利生阿羅漢獨覺如來後有生皆

無所有不可得故乘大乘者亦不可得所以者何畢竟淨故善現當知預流向預流果一來向一來果不還向不還果阿羅漢向阿羅漢果獨覺向獨覺果一切菩薩摩訶薩行諸佛無上正等菩提皆無所有不可得故乘大乘者亦不可得所以者何畢竟淨故善現當知預流一來不還阿羅漢獨覺菩薩如來皆無所有不可得故乘大乘者亦不可得所以者何畢竟淨故善現當知名字假想施設言說皆無所有不可得故乘大乘者亦不可得所以者何畢竟淨故善現當知無生無滅無染無淨無作無爲皆無所有不可得故乘大乘者亦不可得所以者何畢竟淨故善現當知前後中際皆無所有不可得故乘大乘者亦不可得所以者何畢竟淨故善現當知若往若來若行若住皆無所有不可得故乘大乘者亦不可得所以者何畢竟淨故善現當知若死若生若增若減皆無所有不可得故乘大乘者亦不可得所以者何畢竟淨故善現當知嚴淨佛土成熟有情皆無所有不可得故乘大乘者亦不可得所以者何畢竟淨故復次善現此中何法不可得故說不可得善現當知此中我性乃至見者性不可得故說不可得所以者何以我性乃至見者性非已可得非當可得非現可得畢竟淨故善現當知此中眞如性乃至不思議界性不可得故說不可得所以者何以眞如性乃至不思議界性非已可得非當可得非現可得畢竟淨故善現當知此中斷界性乃至無爲界性不可得故說不可得所以者何以斷界性乃

至無爲界性非已可得非當可得非現可得畢竟淨故善現當知此中色蘊性乃至識蘊性不可得故說不可得所以者何以色蘊性乃至識蘊性非已可得非當可得非現可得畢竟淨故善現當知此中眼處性乃至意處性不可得故說不可得所以者何以眼處性乃至意處性非已可得非當可得非現可得畢竟淨故善現當知此中色處性乃至法處性不可得故說不可得所以者何以色處性乃至法處性非已可得非當可得非現可得畢竟淨故善現當知此中眼界性乃至意界性不可得故說不可得所以者何以眼界性乃至意界性非已可得非當可得非現可得畢竟淨故善現當知此中色界性乃至法界性不可得故說不可得所以者何以色界性乃至法界性非已可得非當可得非現可得畢竟淨故善現當知此中眼識界性乃至意識界性不可得故說不可得所以者何以眼識界性乃至意識界性非已可得非當可得非現可得畢竟淨故善現當知此中眼觸性乃至意觸性不可得故說不可得所以者何以眼觸性乃至意觸性非已可得非當可得非現可得畢竟淨故善現當知此中眼觸爲緣所生諸受性乃至意觸爲緣所生諸受性不可得故說不可得所以者何以眼觸爲緣所生諸受性乃至意觸爲緣所生諸受性非已可得非當可得非現可得畢竟淨故善現當知此中地界性乃至識界性不可得故說不可得所以者何以地界性乃至識界性非已可得非當可得非現可得畢竟淨故善現

當知此中因緣性乃至增上緣性不可得故說不可得所以者何以因緣性乃至增上緣性非已可得非當可得非現可得畢竟淨故善現當知此中無明性乃至老死性不可得故說不可得所以者何以無明性乃至老死性非已可得非當可得非現可得畢竟淨故善現當知此中夢境性乃至變化事性不可得故說不可得所以者何以夢境性乃至變化事性非已可得非當可得非現可得畢竟淨故善現當知此中布施波羅蜜多性乃至般若波羅蜜多性不可得故說不可得所以者何以布施波羅蜜多性乃至般若波羅蜜多性非已可得非當可得非現可得畢竟淨故善現當知此中內空性乃至無性自性空性不可得故說不可得所以者何以內空性乃至無性自性空性非已可得非當可得非現可得畢竟淨故善現當知此中苦集滅道聖諦性不可得故說不可得所以者何以苦集滅道聖諦性非已可得非當可得非現可得畢竟淨故善現當知此中四念住性乃至八聖道支性不可得故說不可得所以者何以四念住性乃至八聖道支性非已可得非當可得非現可得畢竟淨故善現當知此中四靜慮四無量四無色定性不可得故說不可得所以者何以四靜慮四無量四無色定性非已可得非當可得非現可得畢竟淨故善現當知此中空無相無願解脫門性不可得故說不可得所以者何以空無相無願解脫門性非已可得非當可得非現可得畢竟淨故善現當知此中八解脫九次第定性不

可得故說不可得所以者何以八解脫九次第定性非已可得非當可得非現可得畢竟淨故善現當知此中淨觀地性乃至如來地性不可得故說不可得所以者何以淨觀地性乃至如來地性非已可得非當可得非現可得畢竟淨故善現當知此中極喜地性乃至法雲地性不可得故說不可得所以者何以極喜地性乃至法雲地性非已可得非當可得非現可得畢竟淨故善現當知此中一切陀羅尼門三摩地門性不可得故說不可得所以者何以一切陀羅尼門三摩地門性非已可得非當可得非現可得畢竟淨故善現當知此中五眼六神通性不可得故說不可得所以者何以五眼六神通性非已可得非當可得非現可得畢竟淨故善現當知此中如來十力性乃至十八佛不共法性不可得故說不可得所以者何以如來十力性乃至十八佛不共法性非已可得非當可得非現可得畢竟淨故善現當知此中無忘失法恒住捨性性不可得故說不可得所以者何以無忘失法恒住捨性性非已可得非當可得非現可得畢竟淨故善現當知此中一切智道相智一切相智性不可得故說不可得所以者何以一切智道相智一切相智性非已可得非當可得非現可得畢竟淨故善現當知此中預流者惡趣生性乃至如來後有生性不可得故說不可得所以者何以預流者惡趣生性乃至如來後有生性非已可得非當可得非現可得畢竟淨故善現當知此中預流向預流果一來向一來果不還向不

還果阿羅漢向阿羅漢果獨覺向獨覺果一切菩薩摩訶薩行諸佛無上正等菩提性不可得故說不可得所以者何以預流向性乃至諸佛無上正等菩提性非已可得非當可得非現可得畢竟淨故善現當知此中預流性乃至如來性不可得故說不可得所以者何以預流性乃至如來性非已可得非當可得非現可得畢竟淨故善現當知此中名字假想施設言說性不可得故說不可得所以者何以名字假想施設言說性非已可得非當可得非現可得畢竟淨故善現當知此中無生無滅無染無淨無作無為性不可得故說不可得所以者何以無生無滅無染無淨無作無為性非已可得非當可得非現可得畢竟淨故善現當知此中初中後際性不可得故說不可得所以者何以初中後際性非已可得非當可得非現可得畢竟淨故善現當知此中若往若來若行若住性不可得故說不可得所以者何以若往若來若行若住性非已可得非當可得非現可得畢竟淨故善現當知此中若死若生若增若減性不可得故說不可得所以者何以若死若生若增若減性非已可得非當可得非現可得畢竟淨故善現當知此中嚴淨佛土成熟有情性不可得故說不可得所以者何以嚴淨佛土成熟有情性非已可得非當可得非現可得畢竟淨故復次善現內空乃至無性自性空中色乃至識不可得故說不可得所以者何此中色乃至識非已可得非當可得非現可得畢竟淨故善現當知內空乃至無性自性

空中眼處乃至意處不可得故說不可得所以者何此中眼處乃至意處非已可得非當可得非現可得畢竟淨故善現當知內空乃至無性自性空中色處乃至法處不可得故說不可得所以者何此中色處乃至法處非已可得非當可得非現可得畢竟淨故善現當知內空乃至無性自性空中眼界乃至意界不可得故說不可得所以者何此中眼界乃至意界非已可得非當可得非現可得畢竟淨故善現當知內空乃至無性自性空中色界乃至法界不可得故說不可得所以者何此中色界乃至法界非已可得非當可得非現可得畢竟淨故善現當知內空乃至無性自性空中眼識界乃至意識界不可得故說不可得所以者何此中眼識界乃至意識界非已可得非當可得非現可得畢竟淨故善現當知內空乃至無性自性空中眼觸乃至意觸不可得故說不可得所以者何此中眼觸乃至意觸非已可得非當可得非現可得畢竟淨故善現當知內空乃至無性自性空中眼觸為緣所生諸受乃至意觸為緣所生諸受不可得故說不可得所以者何此中眼觸為緣所生諸受乃至意觸為緣所生諸受非已可得非當可得非現可得畢竟淨故善現當知內空乃至無性自性空中地界乃至識界不可得故說不可得所以者何此中地界乃至識界非已可得非當可得非現可得畢竟淨故善現當知內空乃至無性自性空中因緣乃至增上緣不可得故說不可得所以者何此中因緣乃至增上緣非已可得

非當可得非現可得畢竟淨故善現當知內空乃至無性自性空中無明乃至老死不可得故說不可得所以者何此中無明乃至老死非已可得非當可得非現可得畢竟淨故善現當知內空乃至無性自性空中布施波羅蜜多乃至般若波羅蜜多不可得故說不可得所以者何此中布施波羅蜜多乃至般若波羅蜜多非已可得非當可得非現可得畢竟淨故善現當知內空乃至無性自性空中四念住乃至八聖道支不可得故說不可得所以者何此中四念住乃至八聖道支非已可得非當可得非現可得畢竟淨故善現當知內空乃至無性自性空中四靜慮四無量四無色定不可得故說不可得所以者何此中四靜慮四無量四無色定非已可得非當可得非現可得畢竟淨故善現當知內空乃至無性自性空中空無相無願解脫門不可得故說不可得所以者何此中空無相無願解脫門非已可得非當可得非現可得畢竟淨故善現當知內空乃至無性自性空中八解脫九次第定不可得故說不可得所以者何此中八解脫九次第定非已可得非當可得非現可得畢竟淨故善現當知內空乃至無性自性空中淨觀地乃至如來地不可得故說不可得所以者何此中淨觀地乃至如來地非已可得非當可得非現可得畢竟淨故善現當知內空乃至無性自性空中極喜地乃至法雲地不可得故說不可得所以者何此中極喜地乃至法雲地非已可得非當可得非現可得畢竟淨故善現當知內空

乃至無性自性空中一切陀羅尼門三摩地門不可得故說不可得所以者何此中一切陀羅尼門三摩地門非已可得非當可得非現可得畢竟淨故善現當知內空乃至無性自性空中五眼六神通不可得故說不可得所以者何此中五眼六神通非已可得非當可得非現可得畢竟淨故善現當知內空乃至無性自性空中如來十力乃至十八佛不共法不可得故說不可得所以者何此中如來十力乃至十八佛不共法非已可得非當可得非現可得畢竟淨故善現當知內空乃至無性自性空中無忘失法恒住捨性不可得故說不可得所以者何此中無忘失法恒住捨性非已可得非當可得非現可得畢竟淨故善現當知內空乃至無性自性空中一切智道相智一切相智不可得故說不可得所以者何此中一切智道相智一切相智非已可得非當可得非現可得畢竟淨故善現當知內空乃至無性自性空中預流向乃至諸佛無上正等菩提不可得故說不可得所以者何此中預流向乃至諸佛無上正等菩提非已可得非當可得非現可得畢竟淨故善現當知內空乃至無性自性空中嚴淨佛土成熟有情不可得故說不可得所以者何此中嚴淨佛土成熟有情非已可得非當可得非現可得畢竟淨故如是善現諸菩薩摩訶薩行深般若波羅蜜多時雖觀諸法皆無所有都不可得畢竟淨故無乘大乘而出住者然無所得而爲方便乘於大乘從三界生死中出至一切智智中住窮未來際利樂有

情無斷無盡

大般若波羅蜜多經卷第四百九十二

音釋

補特伽羅梵語也或云福伽羅或富特伽羅此云數取趣謂數數往来諸趣也

大般若波羅蜜多經卷第四百九十三

唐三藏法師玄奘奉詔譯

第三分善現品第三之十二

爾時具壽善現白佛言世尊言大乘大乘者普超一切世間天人阿素洛等最尊最勝如是大乘與虛空等譬如虛空普能容受無量無數無邊有情大乘亦爾普能容受無量無數無邊有情又如虛空無來無去無住可見大乘亦爾無來無去無住可見又如虛空前後中際皆不可得大乘亦爾前後中際皆不可得如是大乘最尊最勝與虛空等多所容受無動無住三世平等超過三世故名大乘佛告善現如是如是如汝所説菩薩大乘具如是等無邊功德善現當知諸菩薩摩訶薩大乘者即是六種波羅蜜多所謂布施波羅蜜多乃至般若波羅蜜多復次善現諸菩薩摩訶薩大乘者謂内空外空内外空大空空空勝義空有為空無為空畢竟空無際空散空本性空自相空一切法空無性空無性自性空復次善現諸菩薩摩訶薩大乘者即是一切陀羅尼門所謂文字陀羅尼等無量無數陀羅尼門復次善現諸菩薩摩訶薩大乘者即是一切三摩地門所謂健行三摩地等無量無數三摩地門復次善現諸菩薩摩訶薩大乘者謂三十七菩提分法三解脫門廣説乃至十八佛不共法等無量無邊殊勝功德當知皆是菩薩大乘復次善現汝説大乘普超一切世間天人阿素洛等最尊最勝者如是如是如汝所説善現當知若欲界色界無色界是眞如非虛妄無變異不顛倒非假

設是眞是實有常有恒無變無易有實性者則此大乘非尊非勝不超一切世間天人阿素洛等以欲界色界無色界是遍計所執是虚妄假合是有遷動乃至一切無常無恒有變有易都無實性故此大乘普超一切世間天人阿素洛等最尊最勝復次善現若色蘊乃至識蘊是眞如非虚妄無變異不顛倒非假設是眞是實有常有恒無變無易有實性者則此大乘非尊非勝不超一切世間天人阿素洛等以色蘊乃至識蘊是遍計所執是虚妄假合是有遷動乃至一切無常無恒有變有易都無實性故此大乘普超一切世間天人阿素洛等最尊最勝復次善現若眼處乃至意處是眞如非虚妄無變異不顛倒非假設是眞是實有常有恒無變無易有實性

者則此大乘非尊非勝不超一切世間天人阿素洛等以眼處乃至意處是遍計所執是虚妄假合是有遷動乃至一切無常無恒有變有易都無實性故此大乘普超一切世間天人阿素洛等最尊最勝復次善現若色處乃至法處是眞如非虚妄無變異不顛倒非假設是眞是實有常有恒無變無易有實性者則此大乘非尊非勝不超一切世間天人阿素洛等以色處乃至法處是遍計所執是虚妄假合是有遷動乃至一切無常無恒有變有易都無實性故此大乘普超一切世間天人阿素洛等最尊最勝復次善現若眼界乃至意界是眞如非虚妄無變異不顛倒非假設是眞是實有常有恒無變無易有實性者則此大乘非尊非勝不超一切世間天人

阿素洛等以眼界乃至意界是遍計所執是
虛妄假合是有遷動乃至一切無常無恒有
變有易都無實性故此大乘普超一切世間
天人阿素洛等最尊最勝復次善現若色界
乃至法界是眞如非虛妄無變異不顛倒非
假設是眞是實有常有恒無變無易有實性
者則此大乘非尊非勝不超一切世間天人
阿素洛等以色界乃至法界是遍計所執是
虛妄假合是有遷動乃至一切無常無恒有
變有易都無實性故此大乘普超一切世間
天人阿素洛等最尊最勝復次善現若眼識
界乃至意識界是眞如非虛妄無變異不顛
倒非假設是眞是實有常有恒無變無易有
實性者則此大乘非尊非勝不超一切世間
天人阿素洛等以眼識界乃至意識界是遍
計所執是虛妄假合是有遷動乃至一切無
常無恒有變有易都無實性故此大乘普超
一切世間天人阿素洛等最尊最勝復次善
現若眼觸乃至意觸是眞如非虛妄無變異
不顛倒非假設是眞是實有常有恒無變無
易有實性者則此大乘非尊非勝不超一切
世間天人阿素洛等以眼觸乃至意觸是遍
計所執是虛妄假合是有遷動乃至一切無
常無恒有變有易都無實性故此大乘普超
一切世間天人阿素洛等最尊最勝復次善
現若眼觸爲緣所生諸受乃至意觸爲緣所
生諸受是眞如非虛妄無變異不顛倒非假
設是眞是實有常有恒無變無易有實性者
則此大乘非尊非勝不超一切世間天人阿
素洛等以眼觸爲緣所生諸受乃至意觸爲

緣所生諸受是遍計所執是虚妄假合是有遷動乃至一切無常無恒有變有易都無實性故此大乘普超一切世間天人阿素洛等最尊最勝復次善現若地界乃至識界是眞如非虚妄無變異不顛倒非假設是眞是實有常有恒無變無易有實性者則此大乘非尊非勝不超一切世間天人阿素洛等以地界乃至識界是遍計所執是虚妄假合是有遷動乃至一切無常無恒有變有易都無實性故此大乘普超一切世間天人阿素洛等最尊最勝復次善現若因緣乃至增上緣是眞如非虚妄無變異不顛倒非假設是眞是實有常有恒無變無易有實性者則此大乘非尊非勝不超一切世間天人阿素洛等以因緣乃至增上緣是遍計所執是虚妄假合

是有遷動乃至一切無常無恒有變有易都無實性故此大乘普超一切世間天人阿素洛等最尊最勝復次善現若無明乃至老死是眞如非虚妄無變異不顛倒非假設是眞是實有常有恒無變無易有實性者則此大乘非尊非勝不超一切世間天人阿素洛等以無明乃至老死是遍計所執是虚妄假合是有遷動乃至一切無常無恒有變有易都無實性故此大乘普超一切世間天人阿素洛等最尊最勝復次善現若眞如乃至不思議界是實有性非非有性則此大乘非尊非勝不超一切世間天人阿素洛等以眞如乃至不思議界非實有性是非有性故此大乘普超一切世間天人阿素洛等最尊最勝復次善現若斷界離界滅界安隱界寂靜界無

生界無滅界無染界無淨界無作界無爲界是實有性非非有性則此大乘非尊非勝不超一切世間天人阿素洛等以斷界乃至無爲界非實有性是非有性故此大乘普超一切世間天人阿素洛等最尊最勝復次善現若布施波羅蜜多乃至般若波羅蜜多是實有性非非有性則此大乘非尊非勝不超一切世間天人阿素洛等以布施波羅蜜多乃至般若波羅蜜多非實有性是非有性故此大乘普超一切世間天人阿素洛等最尊最勝復次善現若内空乃至無性自性空是實有性非非有性則此大乘非尊非勝不超一切世間天人阿素洛等以内空乃至無性自性空非實有性是非有性故此大乘普超一切世間天人阿素洛等最尊最勝復次善現若苦集滅道聖諦是實有性非非有性則此大乘非尊非勝不超一切世間天人阿素洛等以苦集滅道聖諦非實有性是非有性故此大乘普超一切世間天人阿素洛等最尊最勝復次善現若四念住乃至八聖道支是實有性非非有性則此大乘非尊非勝不超一切世間天人阿素洛等以四念住乃至八聖道支非實有性是非有性故此大乘普超一切世間天人阿素洛等最尊最勝復次善現若四靜慮四無量四無色定是實有性非非有性則此大乘非尊非勝不超一切世間天人阿素洛等以四無量四無色定非實有性是非有性故此大乘普超一切世間天人阿素洛等最尊最勝復次善現若空無相無願解脱門是實有性非非有性則此大乘非

尊非勝不超一切世間天人阿素洛等以空無相無願解脫門非實有性是非有性故此大乘普超一切世間天人阿素洛等最尊最勝復次善現若八解脫九次第定是實有性非非有性則此大乘非尊非勝不超一切世間天人阿素洛等以八解脫九次第定非實有性是非有性故此大乘普超一切世間天人阿素洛等最尊最勝復次善現若陀羅尼門三摩地門是實有性非非有性則此大乘非尊非勝不超一切世間天人阿素洛等以陀羅尼門三摩地門非實有性是非有性故此大乘普超一切世間天人阿素洛等最尊最勝復次善現若五眼六神通是實有性非非有性則此大乘非尊非勝不超一切世間天人阿素洛等以五眼六神通非實有性是

非有性故此大乘普超一切世間天人阿素洛等最尊最勝復次善現若如來十力乃至十八佛不共法是實有性非非有性則此大乘非尊非勝不超一切世間天人阿素洛等以如來十力乃至十八佛不共法非實有性是非有性故此大乘普超一切世間天人阿素洛等最尊最勝復次善現若極喜地法乃至法雲地法是實有性非非有性則此大乘非尊非勝不超一切世間天人阿素洛等以極喜地法乃至法雲地法非實有性是非有性故此大乘普超一切世間天人阿素洛等最尊最勝復次善現若極喜地補特伽羅乃至法雲地補特伽羅是實有性非非有性則此大乘非尊非勝不超一切世間天人阿素洛等以極喜地補特伽羅乃至法雲地補特

伽羅非實有性是非有性故此大乘普超一切世間天人阿素洛等最尊最勝復次善現若淨觀地法乃至如來地法是實有性非非有性則此大乘非尊非勝不超一切世間天人阿素洛等以淨觀地法乃至如來地法非實有性是非有性故此大乘普超一切世間天人阿素洛等最尊最勝復次善現若淨觀地補特伽羅乃至如來地補特伽羅是實有性非非有性則此大乘非尊非勝不超一切世間天人阿素洛等以淨觀地補特伽羅乃至如來地補特伽羅非實有性是非有性故此大乘普超一切世間天人阿素洛等最尊最勝復次善現若一切世間天人阿素洛等是實有性非非有性則此大乘非尊非勝不超一切世間天人阿素洛等以一切世間天人阿素洛等非實有性是非有性故此大乘普超一切世間天人阿素洛等最尊最勝復次善現若菩薩摩訶薩從初發心乃至安坐妙菩提座其中所起無量種心是實有性非非有性則此大乘非尊非勝不超一切世間天人阿素洛等以菩薩摩訶薩從初發心乃至安坐妙菩提座其中所起無量種心非實有性是非有性故此大乘普超一切世間天人阿素洛等最尊最勝復次善現若菩薩摩訶薩金剛喻智是實有性非非有性則此大乘非尊非勝不超一切世間天人阿素洛等以菩薩摩訶薩金剛喻智非實有性是非有性故此大乘普超一切世間天人阿素洛等最尊最勝復次善現若菩薩摩訶薩金剛喻智所斷煩惱習氣相續是實有性非非有性

則此能斷金剛喻智不能達彼都無自性斷已證得無上微妙一切智智非尊非勝不超一切世間天人阿素洛等以金剛喻智所斷煩惱習氣相續非實有性是非有性故此能斷金剛喻智能了達彼都無自性斷已證得無上微妙一切智智普超一切世間天人阿素洛等最尊最勝復次善現若諸如來應正等覺三十二大士相八十隨好所莊嚴身是實有性非非有性則諸如來應正等覺威光妙德非尊非勝不超一切世間天人阿素洛等以諸如來應正等覺三十二大士相八十隨好所莊嚴身非實有性是非有性故諸如來應正等覺威光妙德普超一切世間天人阿素洛等最尊最勝復次善現若諸如來應正等覺所放光明是實有性非非有性則諸如來應正等覺所放光明非尊非勝不能普照十方殑伽沙等世界不超一切世間天人阿素洛等以諸如來應正等覺所放光明非實有性是非有性故諸如來應正等覺所放光明皆能普照十方殑伽沙等世界普超一切世間天人阿素洛等最尊最勝復次善現若諸如來應正等覺所具六十美妙支音是實有性非非有性則諸如來應正等覺所具六十美妙支音非尊非勝不能遍告十方無量無數百千俱胝殑伽沙等世界所化有情不超一切世間天人阿素洛等以諸如來應正等覺所具六十美妙支音非實有性是非有性故諸如來應正等覺所具六十美妙支音皆能遍告十方無量無數百千俱胝殑伽沙等世界所化有情普超一切世間天人阿

素洛等最尊最勝復次善現若諸如來應正等覺所轉無上微妙法輪是實有性非非有性則諸如來應正等覺所轉無上微妙法輪非尊非勝非極清淨亦非一切世間沙門婆羅門等所不能轉不超一切世間天人阿素洛等以諸如來應正等覺所轉無上微妙法輪非實有性是非有性故諸如來應正等覺所轉無上微妙法輪最極清淨一切世間所有沙門婆羅門等皆無有能如法轉者普超一切世間天人阿素洛等最尊最勝復次善現若諸如來應正等覺所化有情是實有性非非有性則諸如來應正等覺所轉無上微妙法輪非尊非勝不能令彼諸有情類入無餘依般涅槃界不超一切世間天人阿素洛等以諸如來應正等覺所化有情非實有性是非有性故諸如來應正等覺所轉無上微妙法輪皆能令彼諸有情類入無餘依般涅槃界普超一切世間天人阿素洛等最尊最勝由如是等種種因緣故說大乘普超一切世間天人阿素洛等最尊最勝復次善現汝作是說如是大乘與虛空等者如是如是如汝所說所以者何譬如虛空東西南北四維上下一切方分皆不可得大乘亦爾東西南北四維上下一切方分皆不可得故說大乘與虛空等又如虛空長短高下方圓邪正一切形色皆不可得大乘亦爾長短高下方圓邪正一切形色皆不可得故說大乘與虛空等又如虛空青黃赤白紅紫碧緑縹等顯色皆不可得大乘亦爾青黃赤白紅紫碧緑縹等顯色皆不可得故說大乘與虛空等又如

虛空非過去非未來非現在大乘亦爾非過去非未來非現在故說大乘與虛空等又如虛空非增非減非進非退大乘亦爾非增非減非進非退故說大乘與虛空等又如虛空非雜染非清淨大乘亦爾非離染非清淨故說大乘與虛空等又如虛空無生無滅無住無異大乘亦爾無生無滅無住無異故說大乘與虛空等又如虛空非善非不善非無記大乘亦爾非善非不善非無記故說大乘與虛空等又如虛空無見無聞無覺無知大乘亦爾無見無聞無覺無知故說大乘與虛空等又如虛空非所知非所識大乘亦爾非所知非所識故說大乘與虛空等又如虛空非遍知非永斷非作證非修習大乘亦爾非遍知非永斷非作證非修習故說大乘與虛空等又如虛空非果非果法非異熟非異熟法大乘亦爾非果非果法非異熟非異熟法故說大乘與虛空等又如虛空非有貪法非離貪法非有瞋法非離瞋法非有癡法非離癡法大乘亦爾非有貪法非離貪法非有瞋法非離瞋法非有癡法非離癡法故說大乘與虛空等又如虛空非墮欲界非墮色界非墮無色界大乘亦爾非墮欲界非隨色界非墮無色界故說大乘與虛空等又如虛空無初發心無第二第三第四第五第六第七第八第九第十發心大乘亦爾無初發心乃至無有第十發心故說大乘與虛空等又如虛空無淨觀地種性地第八地具見地薄地離欲地已辦地獨覺地菩薩地如來地可得大乘亦爾無淨觀地乃至如來地可得故說大乘

與虛空等又如虛空無預流向預流果一來向一來果不還向不還果阿羅漢向阿羅漢果獨覺向獨覺果菩薩如來可得大乘亦爾無預流向預流果乃至菩薩如來可得故說大乘與虛空等又如虛空無聲聞地獨覺地菩薩地如來地可得大乘亦爾無聲聞地獨覺地菩薩地如來地可得故說大乘與虛空等又如虛空非有色非無色非有見非無見非有對非無對非合非散大乘亦爾非有色非無色非有見非無見非有對非無對非合非散故說大乘與虛空等又如虛空非常非無常非樂非苦非我非無我非淨非不淨大乘亦爾非常非無常非樂非苦非我非無我非淨非不淨故說大乘與虛空等又如虛空非空非不空非有相非無相非有願非無願大乘亦爾非空非不空非有相非無相非有願非無願故說大乘與虛空等又如虛空非寂靜非不寂靜非遠離非不遠離大乘亦爾非寂靜非不寂靜非遠離非不遠離故說大乘與虛空等又如虛空非明非闇大乘亦爾非明非闇故說大乘與虛空等又如虛空非可得非不可得大乘亦爾非可得非不可得故說大乘與虛空等又如虛空非蘊處界非離蘊處界大乘亦爾非蘊處界非離蘊處界故說大乘與虛空等又如虛空非可說非不可說大乘亦爾非可說非不可說故說大乘與虛空等又如虛空非有戲論非無戲論大乘亦爾非有戲論非無戲論故說大乘與虛空等由如是等種種因緣故作是說如是大乘與虛空等復次善現汝作是說譬如虛空

普能容受無量無數無邊有情大乘亦爾普能容受無量無數無邊有情者如是如是如汝所說所以者何有情無所有故當知虛空亦無所有虛空無所有故當知大乘亦無所有由如是義故說大乘譬如虛空普能容受無量無數無邊有情何以故若有情若虛空若大乘如是一切皆無所有不可得故復次善現有情無量故當知虛空亦無量虛空無量故當知大乘亦無量有情無數故當知虛空亦無數虛空無數故當知大乘亦無數有情無邊故當知虛空亦無邊虛空無邊故當知大乘亦無邊由如是義故說大乘譬如虛空普能容受無量無數無邊有情何以故若有情無量無數無邊若虛空無量無數無邊若大乘無量無數無邊如是一切皆無所有不可得故復次善現有情無所有故當知虛空亦無所有虛空無所有故當知大乘亦無所有大乘無所有故當知無量亦無所有無量無所有故當知無數亦無所有無數無所有故當知無邊亦無所有無邊無所有故當知一切法亦無所有由如是義故說大乘譬如虛空普能容受無量無數無邊有情何以故若有情若虛空若大乘若無量若無數若無邊若一切法如是一切皆無所有不可得故復次善現我無所有故當知有情亦無所有有情無所有故當知命者亦無所有命者無所有故當知生者亦無所有生者無所有故當知養者亦無所有養者無所有故當知士夫亦無所有士夫無所有故當知補特伽羅亦無所有補特伽羅無所有故當知意生

亦無所有意生無所有故當知儒童亦無所有儒童無所有故當知作者亦無所有作者無所有故當知受者亦無所有受者無所有故當知知者亦無所有知者無所有故當知見者亦無所有見者無所有故當知虛空亦無所有虛空無所有故當知大乘亦無所有大乘無所有故當知無量亦無所有無量無所有故當知無數亦無所有無數無所有故當知無邊亦無所有無邊無所有故當知一切法亦無所有由如是義故說大乘譬如虛空普能容受無量無數無邊有情何以故若我乃至見者若虛空若大乘若無量若無數若無邊若一切法如是一切皆無所有不可得故復次善現我乃至見者無所有故當知眞如乃至不思議界展轉亦無所有眞如乃至不思議界無所有故當知虛空亦無所有虛空無所有故當知大乘亦無所有大乘無所有故當知無量無數無邊展轉亦無所有無量無數無邊無所有故當知一切法亦無所有由如是義故說大乘譬如虛空普能容受無量無數無邊有情何以故若我乃至見者若眞如乃至不思議界若無量無數無邊若一切法如是一切皆無所有不可得故復次善現我乃至見者無所有故當知斷界乃至無爲界展轉亦無所有斷界乃至無爲界無所有故當知虛空亦無所有虛空無所有故當知大乘亦無所有大乘無所有故當知無量無數無邊展轉亦無所有無量無數無邊無所有故當知一切法亦無所有由如是義故說大乘譬如虛空普能容受無量無數

無邊有情何以故若我乃至見者若斷界乃至無爲界若虛空若大乘若無量無數無邊若一切法如是一切皆無所有不可得故復次善現我乃至見者無所有故當知色蘊乃至識蘊展轉亦無所有色蘊乃至識蘊無所有故當知虛空亦無所有虛空無所有故當知大乘亦無所有大乘無所有故當知無量無數無邊展轉亦無所有無量無數無邊無所有故當知一切法亦無所有由如是義故說大乘譬如虛空普能容受無量無數無邊有情何以故若我乃至見者若色蘊乃至識蘊若虛空若大乘若無量無數無邊若一切法如是一切皆無所有不可得故復次善現我乃至見者無所有故當知眼處乃至意處展轉亦無所有眼處乃至意處無所有故當

知虛空亦無所有虛空無所有故當知大乘亦無所有大乘無所有故當知無量無數無邊展轉亦無所有無量無數無邊無所有故當知一切法亦無所有由如是義故說大乘譬如虛空普能容受無量無數無邊有情何以故若我乃至見者若眼處乃至意處若虛空若大乘若無量無數無邊若一切法如是一切皆無所有不可得故復次善現我乃至見者無所有故當知色處乃至法處展轉亦無所有色處乃至法處無所有故當知虛空亦無所有虛空無所有故當知大乘亦無所有大乘無所有故當知無量無數無邊展轉亦無所有無量無數無邊無所有故當知一切法亦無所有由如是義故說大乘譬如虛空普能容受無量無數無邊有情何以故若

我乃至見者若色處乃至法處若虛空若大乘若無量無數無邊若一切法如是一切皆無所有不可得故復次善現我乃至見者無所有故當知眼界乃至意界展轉亦無所有眼界乃至意界無所有故當知虛空亦無所有虛空無所有故當知大乘亦無所有大乘無所有故當知無量無數無邊展轉亦無所有無量無數無邊無所有故當知一切法亦無所有由如是義故說大乘譬如虛空普能容受無量無數無邊有情何以故若我乃至見者若眼界乃至意界若虛空若大乘若無量無數無邊若一切法如是一切皆無所有不可得故復次善現我乃至見者無所有故當知色界乃至法界展轉亦無所有色界乃至法界無所有故當知虛空亦無所有虛空無所有故當知大乘亦無所有大乘無所有故當知無量無數無邊展轉亦無所有無量無數無邊無所有故當知一切法亦無所有由如是義故說大乘譬如虛空普能容受無量無數無邊有情何以故若我乃至見者若色界乃至法界若虛空若大乘若無量無數無邊若一切法如是一切皆無所有不可得故

大般若波羅蜜多經卷第四百九十三

音釋

阿素洛（梵語也亦云阿修羅此云無酒又云非天）　緑縹（縹普沼切帛青白色）

大般若波羅蜜多經卷第四百九十四

唐三藏法師玄奘奉　詔譯

第三分善現品第三之十三

復次善現我乃至見者無所有故當知眼識界乃至意識界展轉亦無所有眼識界乃至意識界無所有故當知虛空亦無所有虛空無所有故當知大乘亦無所有大乘無所有故當知無量無數無邊展轉亦無所有無量無數無邊無所有故當知一切法亦無所有由如是義故說大乘譬如虛空普能容受無量無數無邊有情何以故若我乃至見者若眼識界乃至意識界若虛空若大乘若無量無數無邊若一切法如是一切皆無所有不可得故復次善現我乃至見者無所有故當知眼觸乃至意觸展轉亦無所有眼觸乃至意觸無所有故當知虛空亦無所有虛空無所有故當知大乘亦無所有大乘無所有故當知無量無數無邊展轉亦無所有無量無數無邊無所有故當知一切法亦無所有由如是義故說大乘譬如虛空普能容受無量無數無邊有情何以故若我乃至見者若眼觸乃至意觸若虛空若大乘若無量無數無邊若一切法如是一切皆無所有不可得故復次善現我乃至見者無所有故當知眼觸爲緣所生諸受乃至意觸爲緣所生諸受展轉亦無所有眼觸爲緣所生諸受乃至意觸爲緣所生諸受無所有故當知虛空亦無所有虛空無所有故當知大乘亦無所有大乘無所有故當知無量無數無邊展轉亦無所有無量無數無邊無所有故當知一切法亦

無所有由如是義故說大乘譬如虛空普能容受無量無數無邊有情何以故若我乃至見者若眼觸爲緣所生諸受乃至意觸爲緣所生諸受若虛空若大乘若無量無數無邊若一切法如是一切皆無所有不可得故復次善現我乃至見者無所有故當知地界乃至識界展轉亦無所有地界乃至識界無所有故當知虛空亦無所有虛空無所有故當知大乘亦無所有大乘無所有故當知無量無數無邊展轉亦無所有無量無數無邊無所有故當知一切法亦無所有由如是義故說大乘譬如虛空普能容受無量無數無邊有情何以故若我乃至見者若地界乃至識界若虛空若大乘若無量無數無邊若一切法如是一切皆無所有不可得故復次善現

我乃至見者無所有故當知因緣乃至增上緣展轉亦無所有因緣乃至增上緣無所有故當知虛空亦無所有虛空無所有故當知大乘亦無所有大乘無所有故當知無量無數無邊展轉亦無所有無量無數無邊無所有故當知一切法亦無所有由如是義故說大乘譬如虛空普能容受無量無數無邊有情何以故若我乃至見者若因緣乃至增上緣若虛空若大乘若無量無數無邊若一切法如是一切皆無所有不可得故復次善現我乃至見者無所有故當知無明乃至老死展轉亦無所有無明乃至老死無所有故當知虛空亦無所有虛空無所有故當知大乘亦無所有大乘無所有故當知無量無數無邊展轉亦無所有無量無數無邊無所有故

當知一切法亦無所有由如是義故說大乘譬如虛空普能容受無量無數無邊有情何以故若我乃至見者若無明乃至老死若虛空若大乘若無量無數無邊若一切法如是一切皆無所有不可得故復次善現我乃至見者無所有故當知布施波羅蜜多乃至般若波羅蜜多展轉亦無所有布施波羅蜜多乃至般若波羅蜜多無所有故當知虛空亦無所有虛空無所有故當知大乘亦無所有大乘無所有故當知無量無數無邊展轉亦無所有無量無數無邊無所有故當知一切法亦無所有由如是義故說大乘譬如虛空普能容受無量無數無邊有情何以故若我乃至見者若布施波羅蜜多乃至般若波羅蜜多若虛空若大乘若無量無數無邊若一切法如是一切皆無所有不可得故復次善現我乃至見者無所有故當知內空乃至無性自性空展轉亦無所有內空乃至無性自性空無所有故當知虛空亦無所有虛空無所有故當知大乘亦無所有大乘無所有故當知無量無數無邊展轉亦無所有無量無數無邊無所有故當知一切法亦無所有由如是義故說大乘譬如虛空普能容受無量無數無邊有情何以故若我乃至見者若內空乃至無性自性空若虛空若大乘若無量無數無邊若一切法如是一切皆無所有不可得故復次善現我乃至見者無所有故當知苦聖諦乃至道聖諦展轉亦無所有苦聖諦乃至道聖諦無所有故當知虛空亦無所有虛空無所有故當知大乘亦無所有大乘

無所有故當知無量無數無邊展轉亦無所
有無量無數無邊無所有故當知一切法亦
無所有由如是義故說大乘譬如虛空普能
容受無量無數無邊有情何以故若我乃至
見者若苦聖諦乃至道聖諦若虛空若大乘
若無量無數無邊若一切法如是一切皆無
所有不可得故復次善現我乃至見者無所
有故當知四念住乃至八聖道支展轉亦無
所有四念住乃至八聖道支無所有故當知
虛空亦無所有虛空無所有故當知大乘亦
無所有大乘無所有故當知無量無數無邊
展轉亦無所有無量無數無邊無所有故當
知一切法亦無所有由如是義故說大乘譬
如虛空普能容受無量無數無邊有情何以
故若我乃至見者若四念住乃至八聖道支
若虛空若大乘若無量無數無邊若一切法
如是一切皆無所有不可得故復次善現我
乃至見者無所有故當知四靜慮四無量四
無色定展轉亦無所有四靜慮四無量四無
色定無所有故當知虛空亦無所有虛空無
所有故當知大乘亦無所有大乘無所有故
當知無量無數無邊展轉亦無所有無量無
數無邊無所有故當知一切法亦無所有由
如是義故說大乘譬如虛空普能容受無量
無數無邊有情何以故若我乃至見者若四
靜慮四無量四無色定若虛空若大乘若無
量無數無邊若一切法如是一切皆無所有
不可得故復次善現我乃至見者無所有故
當知空無相無願解脫門展轉亦無所有空
無相無願解脫門無所有故當知虛空亦無

所有虛空無所有故當知大乘亦無所有大乘無所有故當知無量無數無邊展轉亦無所有無量無數無邊無所有故當知一切法亦無所有由如是義故說大乘譬如虛空普能容受無量無數無邊有情何以故若我乃至見者若空無相無願解脫門若虛空若大乘若無量無數無邊若一切法如是一切皆無所有不可得故復次善現我乃至見者無所有故當知八解脫九次第定展轉亦無所有八解脫九次第定無所有故當知虛空亦無所有虛空無所有故當知大乘亦無所有大乘無所有故當知無量無數無邊展轉亦無所有無量無數無邊無所有故當知一切法亦無所有由如是義故說大乘譬如虛空普能容受無量無數無邊有情何以故若我乃至見者若八解脫九次第定若虛空若大乘若無量無數無邊若一切法如是一切皆無所有不可得故復次善現我乃至見者無所有故當知極喜地乃至法雲地展轉亦無所有極喜地乃至法雲地無所有故當知虛空亦無所有虛空無所有故當知大乘亦無所有大乘無所有故當知無量無數無邊展轉亦無所有無量無數無邊無所有故當知一切法亦無所有由如是義故說大乘譬如虛空普能容受無量無數無邊有情何以故若我乃至見者若極喜地乃至法雲地若虛空若大乘若無量無數無邊若一切法如是一切皆無所有不可得故復次善現我乃至見者無所有故當知淨觀地乃至如來地展轉亦無所有淨觀地乃至如來地無所有故

當知虛空亦無所有虛空無所有故當知大
乘亦無所有大乘無所有故當知無量無數
無邊展轉亦無所有無量無數無邊無所有
故當知一切法亦無所有由如是義故說大
乘譬如虛空普能容受無量無數無邊有情
何以故若我乃至見者若淨觀地乃至如來
地若虛空若大乘若無量無數無邊若一切
法如是一切皆無所有不可得故復次善現
我乃至見者無所有故當知陀羅尼門三摩
地門展轉亦無所有陀羅尼門三摩地門無
所有故當知虛空亦無所有虛空無所有故
當知大乘亦無所有大乘無所有故當知無
量無數無邊展轉亦無所有無量無數無邊
無所有故當知一切法亦無所有由如是義
故說大乘譬如虛空普能容受無量無數無
邊有情何以故若我乃至見者若陀羅尼門
三摩地門若虛空若大乘若無量無數無邊
若一切法如是一切皆無所有不可得故復
次善現我乃至見者無所有故當知五眼六
神通展轉亦無所有五眼六神通無所有故
當知虛空亦無所有虛空無所有故當知大
乘亦無所有大乘無所有故當知無量無數
無邊展轉亦無所有無量無數無邊無所有
故當知一切法亦無所有由如是義故說大
乘譬如虛空普能容受無量無數無邊有情
何以故若我乃至見者若五眼六神通若虛
空若大乘若無量無數無邊若一切法如是
一切皆無所有不可得故復次善現我乃至
見者無所有故當知如來十力乃至十八佛
不共法展轉亦無所有如來十力乃至十八

佛不共法無所有故當知虛空亦無所有虛空無所有故當知大乘亦無所有大乘無所有故當知無量無數無邊展轉亦無所有無量無數無邊無所有故當知一切法亦無所有由如是義故說大乘譬如虛空普能容受無量無數無邊有情何以故若我乃至見者若如來十力乃至十八佛不共法若虛空若大乘若無量無數無邊若一切法如是一切皆無所有不可得故復次善現我乃至見者無所有故當知無忘失法恒住捨性展轉亦無所有無忘失法恒住捨性無所有故當知虛空亦無所有虛空無所有故當知大乘亦無所有大乘無所有故當知無量無數無邊展轉亦無所有無量無數無邊無所有故當知一切法亦無所有由如是義故說大乘譬如虛空普能容受無量無數無邊有情何以故若我乃至見者若無忘失法恒住捨性若虛空若大乘若無量無數無邊若一切法如是一切皆無所有不可得故復次善現我乃至見者無所有故當知一切智道相智一切相智展轉亦無所有一切智道相智一切相智無所有故當知虛空亦無所有虛空無所有故當知大乘亦無所有大乘無所有故當知無量無數無邊展轉亦無所有無量無數無邊無所有故當知一切法亦無所有由如是義故說大乘譬如虛空普能容受無量無數無邊有情何以故若我乃至見者若一切智道相智一切相智若虛空若大乘若無量無數無邊若一切法如是一切皆無所有不可得故復次善現我乃至見者無所有故當

知預流一來不還阿羅漢獨覺菩薩如來展轉亦無所有預流乃至如來無所有故當知虛空亦無所有虛空無所有故當知大乘亦無所有大乘無所有故當知無量無數無邊展轉亦無所有無量無數無邊無所有故當知一切法亦無所有由如是義故說大乘譬如虛空普能容受無量無數無邊有情何以故若我乃至見者若預流乃至如來若虛空若大乘若無量無數無邊若一切法如是一切皆無所有不可得故復次善現我乃至見者無所有故當知聲聞乘獨覺乘如來乘展轉亦無所有聲聞乘獨覺乘如來乘無所有故當知虛空亦無所有虛空無所有故當知大乘亦無所有大乘無所有故當知無量無數無邊展轉亦無所有無量無數無邊無所有故當知一切法亦無所有由如是義故說大乘譬如虛空普能容受無量無數無邊有情何以故若我乃至見者若聲聞乘獨覺乘如來乘若虛空若大乘若無量無數無邊若一切法如是一切皆無所有不可得故復次善現如涅槃界普能容受無量無數無邊有情大乘亦爾普能容受無量無數無邊有情由此因緣故作是說譬如虛空普能容受無量無數無邊有情大乘亦爾普能容受無量無數無邊有情復次善現汝作是說又如虛空無來無去無住可見大乘亦爾無來無去無住可見者如是如是如汝所說所以者何以一切法無來無去亦復不住何以故以一切法若動若住不可得故由此因緣大乘亦無來處去處住處可得所以者何色乃至識

無來無去亦復不住色乃至識本性無來無去亦復不住色乃至識眞如無來無去亦復不住色乃至識自性無來無去亦復不住色乃至識自相無來無去亦復不住何以故以色乃至識本性眞如自性自相若動若住不可得故復次善現眼處乃至意處無來無去亦復不住眼處乃至意處本性無來無去亦復不住眼處乃至意處眞如無來無去亦復不住眼處乃至意處自性無來無去亦復不住眼處乃至意處自相無來無去亦復不住何以故以眼處乃至意處本性眞如自性自相若動若住不可得故復次善現色處乃至法處無來無去亦復不住色處乃至法處本性無來無去亦復不住色處乃至法處眞如無來無去亦復不住色處乃至法處自性無來無去亦復不住色處乃至法處自相無來無去亦復不住何以故以色處乃至法處本性眞如自性自相若動若住不可得故復次善現眼界乃至意界無來無去亦復不住眼界乃至意界本性無來無去亦復不住眼界乃至意界眞如無來無去亦復不住眼界乃至意界自性無來無去亦復不住眼界乃至意界自相無來無去亦復不住何以故以眼界乃至意界本性眞如自性自相若動若住不可得故復次善現色界乃至法界無來無去亦復不住色界乃至法界本性無來無去亦復不住色界乃至法界眞如無來無去亦復不住色界乃至法界自性無來無去亦復不住色界乃至法界自相無來無去亦復不住何以故以色界乃至法界本性眞如自性

自相若動若住不可得故復次善現眼識界乃至意識界無來無去亦復不住眼識界乃至意識界本性無來無去亦復不住眼識界乃至意識界眞如無來無去亦復不住眼識界乃至意識界自性無來無去亦復不住眼識界乃至意識界自相無來無去亦復不住何以故以眼識界乃至意識界本性眞如自性自相若動若住不可得故復次善現眼觸乃至意觸無來無去亦復不住眼觸乃至意觸本性無來無去亦復不住眼觸乃至意觸眞如無來無去亦復不住眼觸乃至意觸自性無來無去亦復不住眼觸乃至意觸自相無來無去亦復不住何以故以眼觸乃至意觸本性眞如自性自相若動若住不可得故復次善現眼觸爲緣所生諸受乃至意觸爲緣所生諸受無來無去亦復不住眼觸爲緣所生諸受乃至意觸爲緣所生諸受本性無來無去亦復不住眼觸爲緣所生諸受乃至意觸爲緣所生諸受眞如無來無去亦復不住眼觸爲緣所生諸受乃至意觸爲緣所生諸受自性無來無去亦復不住眼觸爲緣所生諸受乃至意觸爲緣所生諸受自相無來無去亦復不住何以故以眼觸爲緣所生諸受乃至意觸爲緣所生諸受本性眞如自性自相若動若住不可得故復次善現地界乃至識界無來無去亦復不住地界乃至識界本性無來無去亦復不住地界乃至識界眞如無來無去亦復不住地界乃至識界自性無來無去亦復不住地界乃至識界自相無來無去亦復不住何以故以地界乃至識界

本性眞如自性自相若動若住不可得故復次善現因緣乃至增上緣無來無去亦復不住因緣乃至增上緣本性無來無去亦復不住因緣乃至增上緣眞如無來無去亦復不住因緣乃至增上緣自性無來無去亦復不住因緣乃至增上緣自相無來無去亦復不住何以故以因緣乃至增上緣本性眞如自性自相若動若住不可得故復次善現無明乃至老死無來無去亦復不住無明乃至老死本性無來無去亦復不住無明乃至老死眞如無來無去亦復不住無明乃至老死自性無來無去亦復不住無明乃至老死自相無來無去亦復不住何以故以無明乃至老死本性眞如自性自相若動若住不可得故復次善現眞如乃至不思議界無來無去亦復不住眞如乃至不思議界本性無來無去亦復不住眞如乃至不思議界眞如無來無去亦復不住眞如乃至不思議界自性無來無去亦復不住眞如乃至不思議界自相無來無去亦復不住何以故以眞如乃至不思議界本性眞如自性自相若動若住不可得故復次善現斷界離界滅界安隱界寂靜界無生界無滅界無染界無淨界無作界無爲界無來無去亦復不住斷界乃至無爲界本性無來無去亦復不住斷界乃至無爲界眞如無來無去亦復不住斷界乃至無爲界自性無來無去亦復不住斷界乃至無爲界自相無來無去亦復不住何以故以斷界乃至無爲界本性眞如自性自相若動若住不可得故復次善現内空乃至無性自性空無來

無去亦復不住內空乃至無性自性空本性無來無去亦復不住內空乃至無性自性空眞如無來無去亦復不住內空乃至無性自性空自性無來無去亦復不住內空乃至無性自性空自相無來無去亦復不住何以故以內空乃至無性自性空本性眞如自性自相若動若住不可得故復次善現苦集滅道聖諦無來無去亦復不住苦集滅道聖諦本性無來無去亦復不住苦集滅道聖諦眞如無來無去亦復不住苦集滅道聖諦自性無來無去亦復不住苦集滅道聖諦自相無來無去亦復不住何以故以苦集滅道聖諦本性眞如自性自相若動若住不可得故復次善現布施波羅蜜多乃至般若波羅蜜多無來無去亦復不住布施波羅蜜多乃至般若波羅蜜多本性無來無去亦復不住布施波羅蜜多乃至般若波羅蜜多眞如無來無去亦復不住布施波羅蜜多乃至般若波羅蜜多自性無來無去亦復不住布施波羅蜜多乃至般若波羅蜜多自相無來無去亦復不住何以故以布施波羅蜜多乃至般若波羅蜜多本性眞如自性自相若動若住不可得故復次善現四念住乃至八聖道支無來無去亦復不住四念住乃至八聖道支本性無來無去亦復不住四念住乃至八聖道支眞如無來無去亦復不住四念住乃至八聖道支自性無來無去亦復不住四念住乃至八聖道支自相無來無去亦復不住何以故以四念住乃至八聖道支本性眞如自性自相若動若住不可得故復次善現四靜慮四無

量四無色定無來無去亦復不住四靜慮四無量四無色定本性無來無去亦復不住四靜慮四無量四無色定眞如無來無去亦復不住四靜慮四無量四無色定自性無來無去亦復不住四靜慮四無量四無色定自相無來無去亦復不住何以故以四靜慮四無量四無色定本性眞如自性自相若動若住不可得故復次善現八解脫九次第定無來無去亦復不住八解脫九次第定本性無來無去亦復不住八解脫九次第定眞如無來無去亦復不住八解脫九次第定自性無來無去亦復不住八解脫九次第定自相無來無去亦復不住何以故以八解脫九次第定本性眞如自性自相若動若住不可得故復次善現空無相無願解脫門無來無去亦復不住空無相無願解脫門本性無來無去亦復不住空無相無願解脫門眞如無來無去亦復不住空無相無願解脫門自性無來無去亦復不住空無相無願解脫門自相無來無去亦復不住何以故以空無相無願解脫門本性眞如自性自相若動若住不可得故復次善現極喜地乃至法雲地無來無去亦復不住極喜地乃至法雲地本性無來無去亦復不住極喜地乃至法雲地眞如無來無去亦復不住極喜地乃至法雲地自性無來無去亦復不住極喜地乃至法雲地自相無來無去亦復不住何以故以極喜地乃至法雲地本性眞如自性自相若動若住不可得故復次善現淨觀地乃至如來地無來無去亦復不住淨觀地乃至如來地本性無來無

去亦復不住淨觀地乃至如來地眞如無來無去亦復不住淨觀地乃至如來地自性無來無去亦復不住淨觀地乃至如來地自相無來無去亦復不住何以故以淨觀地乃至如來地本性眞如自性自相若動若住不可得故復次善現陀羅尼門三摩地門無來無去亦復不住陀羅尼門三摩地門本性無來無去亦復不住陀羅尼門三摩地門眞如無來無去亦復不住陀羅尼門三摩地門自性無來無去亦復不住陀羅尼門三摩地門自相無來無去亦復不住何以故以陀羅尼門三摩地門本性眞如自性自相若動若住不可得故復次善現五眼六神通無來無去亦復不住五眼六神通本性無來無去亦復不住五眼六神通眞如無來無去亦復不住五眼六神通自性無來無去亦復不住五眼六神通自相無來無去亦復不住何以故以五眼六神通本性眞如自性自相若動若住不可得故復次善現如來十力乃至十八佛不共法無來無去亦復不住如來十力乃至十八佛不共法本性無來無去亦復不住如來十力乃至十八佛不共法眞如無來無去亦復不住如來十力乃至十八佛不共法自性無來無去亦復不住如來十力乃至十八佛不共法自相無來無去亦復不住何以故以如來十力乃至十八佛不共法本性眞如自性自相若動若住不可得故復次善現無忘失法恒住捨性無來無去亦復不住無忘失法恒住捨性本性無來無去亦復不住無忘失法恒住捨性眞如無來無去亦復不住無

忘失法恒住捨性自性無來無去亦復不住無忘失法恒住捨性自相無來無去亦復不住何以故以無忘失法恒住捨性本性眞如自性自相若動若住不可得故復次善現一切智道相智一切相智無來無去亦復不住一切智道相智一切相智本性無來無去亦復不住一切智道相智一切相智眞如無來無去亦復不住一切智道相智一切相智自性無來無去亦復不住一切智道相智一切相智自相無來無去亦復不住何以故以一切智道相智一切相智本性眞如自性自相若動若住不可得故復次善現菩薩菩薩法無來無去亦復不住菩薩菩薩法本性無來無去亦復不住菩薩菩薩法眞如無來無去亦復不住菩薩菩薩法自性無來無去亦復不住菩薩菩薩法自相無來無去亦復不住何以故以菩薩菩薩法本性眞如自性自相若動若住不可得故復次善現菩提佛陀無來無去亦復不住菩提佛陀本性無來無去亦復不住菩提佛陀眞如無來無去亦復不住菩提佛陀自性無來無去亦復不住菩提佛陀自相無來無去亦復不住何以故以菩提佛陀本性眞如自性自相若動若住不可得故復次善現有爲無爲無來無去亦復不住有爲無爲本性無來無去亦復不住有爲無爲眞如無來無去亦復不住有爲無爲自性無來無去亦復不住有爲無爲自相無來無去亦復不住何以故以有爲無爲本性眞如自性自相若動若住不可得故善現當知由如是義故作是說又如虛空無來無去無

住可見大乘亦爾無來無去無住可見

大般若波羅蜜多經卷第四百九十四

大般若波羅蜜多經卷第四百九十五

唐三藏法師玄奘奉詔譯

第三分善現品第三之十四

復次善現汝作是說又如虛空前後中際皆不可得大乘亦爾前後中際皆不可得如是乃至三世平等超過三世故名大乘者如是如是如汝所說所以者何過去世過去世空未來世未來世空現在世現在世空三世平等三世平等空超過三世超過三世空大乘大乘空菩薩菩薩空何以故善現空無一二三四五六七八九十廣說乃至百千等相是故大乘三世平等超過三世善現當知此大乘中等不等相俱不可得貪不貪相瞋不瞋相癡不癡相慢不慢相亦不可得如是乃至善非善相有記無記相有漏無漏相有罪無罪相雜染清淨相世間出世間相有染離染相生死涅槃相亦不可得常無常相苦非苦相我無我相淨非淨相寂靜不寂靜相遠離不遠離相亦不可得欲界超欲界相色界超色界相無色界超無色界相如是等相亦不可得所以者何此大乘中諸法自性不可得故善現當知過去未來現在色蘊乃至識蘊過去未來現在色蘊乃至識蘊自性皆空空中過去未來現在色蘊乃至識蘊皆不可得所以者何過去未來現在色蘊乃至識蘊皆即是空空性亦空空中空性尚不可得何況空中有過去未來現在色蘊乃至識蘊自性可得善現當知過去未來現在眼處乃至意處過去未來現在眼處乃至意處自性皆空空中過去未來現在眼處乃至意處皆不可

得所以者何過去未來現在眼處乃至意處皆即是空空性亦空空中空性尚不可得何況空中有過去未來現在眼處乃至意處自性可得善現當知過去未來現在色處乃至法處過去未來現在色處乃至法處自性皆空空中過去未來現在色處乃至法處皆不可得所以者何過去未來現在色處乃至法處皆即是空空性亦空空中空性尚不可得何況空中有過去未來現在色處乃至法處自性可得善現當知過去未來現在眼界乃至意界過去未來現在眼界乃至意界自性皆空空中過去未來現在眼界乃至意界皆不可得所以者何過去未來現在眼界乃至意界皆即是空空性亦空空中空性尚不可得何況空中有過去未來現在眼界乃至法界自性可得善現當知過去未來現在色界乃至法界過去未來現在色界乃至法界自性皆空空中過去未來現在色界乃至法界皆不可得所以者何過去未來現在色界乃至法界皆即是空空性亦空空中空性尚不可得何況空中有過去未來現在色界乃至法界自性可得善現當知過去未來現在眼識界乃至意識界過去未來現在眼識界乃至意識界自性皆空空中過去未來現在眼識界乃至意識界皆不可得所以者何過去未來現在眼識界乃至意識界皆即是空空性亦空空中空性尚不可得何況空中有過去未來現在眼識界乃至意識界自性可得善現當知過去未來現在眼觸乃至意觸過去未來現在眼觸乃至意觸自性皆空空中

過去未來現在眼觸乃至意觸皆不可得所以者何過去未來現在眼觸乃至意觸皆即是空空性亦空空中空性尚不可得何況空中有過去未來現在眼觸乃至意觸自性可得善現當知過去未來現在眼觸爲緣所生諸受乃至意觸爲緣所生諸受過去未來現在眼觸爲緣所生諸受乃至意觸爲緣所生諸受自性皆空空中過去未來現在眼觸爲緣所生諸受乃至意觸爲緣所生諸受皆不可得所以者何過去未來現在眼觸爲緣所生諸受乃至意觸爲緣所生諸受皆即是空空性亦空空中空性尚不可得何況空中有過去未來現在眼觸爲緣所生諸受乃至意觸爲緣所生諸受自性可得善現當知過去未來現在地界乃至識界過去未來現在地界乃至識界自性皆空空中過去未來現在地界乃至識界皆不可得所以者何過去未來現在地界乃至識界皆即是空空性亦空空中空性尚不可得何況空中有過去未來現在地界乃至識界自性可得善現當知過去未來現在因緣乃至增上緣過去未來現在因緣乃至增上緣自性皆空空中過去未來現在因緣乃至增上緣皆不可得所以者何過去未來現在因緣乃至增上緣皆即是空空性亦空空中空性尚不可得何況空中有過去未來現在因緣乃至增上緣自性可得善現當知過去未來現在無明乃至老死過去未來現在無明乃至老死自性皆空空中過去未來現在無明乃至老死皆不可得所以者何過去未來現在無明乃至老死皆

即是空空性亦空空中空性尚不可得何況空中有過去未來現在無明乃至老死自性可得善現當知過去未來現在布施波羅蜜多乃至般若波羅蜜多過去未來現在布施波羅蜜多乃至般若波羅蜜多自性皆空空中過去未來現在布施波羅蜜多乃至般若波羅蜜多皆不可得所以者何過去未來現在布施波羅蜜多乃至般若波羅蜜多皆即是空空性亦空空中空性尚不可得何況空中有過去未來現在布施波羅蜜多乃至般若波羅蜜多自性可得善現當知過去未來現在四念住乃至八聖道支過去未來現在四念住乃至八聖道支自性皆空空中過去未來現在四念住乃至八聖道支皆不可得所以者何過去未來現在四念住乃至八聖道支皆即是空空性亦空空中空性尚不可得何況空中有過去未來現在四念住乃至八聖道支自性可得善現當知過去未來現在四靜慮四無量四無色定過去未來現在四靜慮四無量四無色定自性皆空空中過去未來現在四靜慮四無量四無色定皆不可得所以者何過去未來現在四靜慮四無量四無色定皆即是空空性亦空空中空性尚不可得何況空中有過去未來現在四靜慮四無量四無色定自性可得善現當知過去未來現在空無相無願解脫門過去未來現在空無相無願解脫門自性皆空空中過去未來現在空無相無願解脫門皆不可得所以者何過去未來現在空無相無願解脫門皆即是空空性亦空空中空性尚不可得

何況空中有過去未來現在空無相無願解脫門自性可得善現當知過去未來現在八解脫九次第定過去未來現在八解脫九次第定自性皆空空中過去未來現在八解脫九次第定皆不可得所以者何過去未來現在八解脫九次第定皆即是空空性亦空空中空性尚不可得何況空中有過去未來現在八解脫九次第定自性可得善現當知過去未來現在淨觀地乃至如來地過去未來現在淨觀地乃至如來地自性皆空空中過去未來現在淨觀地乃至如來地皆不可得所以者何過去未來現在淨觀地乃至如來地皆即是空空性亦空空中空性尚不可得何況空中有過去未來現在淨觀地乃至如來地自性可得善現當知過去未來現在極喜地乃至法雲地過去未來現在極喜地乃至法雲地自性皆空空中過去未來現在極喜地乃至法雲地皆不可得所以者何過去未來現在極喜地乃至法雲地皆即是空空性亦空空中空性尚不可得何況空中有過去未來現在極喜地乃至法雲地自性可得善現當知過去未來現在陀羅尼門三摩地門過去未來現在陀羅尼門三摩地門自性皆空空中過去未來現在陀羅尼門三摩地門皆不可得所以者何過去未來現在陀羅尼門三摩地門皆即是空空性亦空空中空性尚不可得何況空中有過去未來現在陀羅尼門三摩地門自性可得善現當知過去未來現在五眼六神通過去未來現在五眼六神通自性皆空空中過去未來現在五眼

六神通皆不可得所以者何過去未來現在五眼六神通皆即是空空性亦空空中空性尚不可得何況空中有過去未來現在五眼六神通自性可得善現當知過去未來現在如來十力乃至十八佛不共法過去未來現在如來十力乃至十八佛不共法自性皆空空中過去未來現在如來十力乃至十八佛不共法皆不可得所以者何過去未來現在如來十力乃至十八佛不共法皆即是空空性亦空空中空性尚不可得何況空中有過去未來現在如來十力乃至十八佛不共法自性可得善現當知過去未來現在無忘失法恒住捨性過去未來現在無忘失法恒住捨性自性皆空空中過去未來現在無忘失法恒住捨性皆不可得所以者何過去未來現在無忘失法恒住捨性皆即是空空性亦空空中空性尚不可得何況空中有過去未來現在無忘失法恒住捨性自性可得善現當知過去未來現在一切智道相智一切相智過去未來現在一切智道相智一切相智自性皆空空中過去未來現在一切智道相智一切相智皆不可得所以者何過去未來現在一切智道相智一切相智皆即是空空性亦空空中空性尚不可得何況空中有過去未來現在一切智道相智一切相智自性可得善現當知過去未來現在異生聲聞獨覺菩薩如來過去未來現在異生乃至如來過去未來現在異生乃至如來自性皆空空中過去未來現在異生乃至如來皆不可得所以者何過去未來現在異生乃至如來皆即是空空性亦空空中空性尚

不可得何況空中有過去未來現在異生乃至如來自性可得以我有情廣説乃至知者見者不可得故復次善現前後中際色蘊乃至識蘊皆不可得三際平等中色蘊乃至識蘊亦不可得所以者何平等中前後中際色蘊自性乃至識蘊自性皆不可得何以故平等中平等性尚不可得何況平等中有前後中際色蘊自性乃至識蘊自性可得復次善現前後中際眼處乃至意處皆不可得三際平等中眼處乃至意處亦不可得所以者何平等中前後中際眼處自性乃至意處自性皆不可得何以故平等中平等性尚不可得何況平等中有前後中際眼處自性乃至意處自性可得復次善現前後中際色處乃至法處皆不可得三際平等中色處乃至法處亦不可得所以者何平等中前後中際色處自性乃至法處自性皆不可得何以故平等中平等性尚不可得何況平等中有前後中際色處自性乃至法處自性可得復次善現前後中際眼界乃至意界皆不可得三際平等中眼界乃至意界亦不可得所以者何平等中前後中際眼界自性乃至意界自性皆不可得何以故平等中平等性尚不可得何況平等中有前後中際眼界自性乃至意界自性可得復次善現前後中際色界乃至法界皆不可得三際平等中色界乃至法界亦不可得所以者何平等中前後中際色界自性乃至法界自性皆不可得何以故平等中平等性尚不可得何況平等中有前後中際色界自性乃至法界自性可得復次善現前

後中際眼識界乃至意識界皆不可得三際平等中眼識界乃至意識界亦不可得所以者何平等中前後中際眼識界自性乃至意識界自性皆不可得何以故平等中平等性尚不可得何况平等中有前後中際眼識界自性乃至意識界自性可得復次善現前後中際眼觸乃至意觸皆不可得三際平等中眼觸乃至意觸亦不可得所以者何平等中前後中際眼觸自性乃至意觸自性皆不可得何以故平等中平等性尚不可得何况平等中有前後中際眼觸自性乃至意觸自性可得復次善現前後中際眼觸爲緣所生諸受乃至意觸爲緣所生諸受皆不可得三際平等中眼觸爲緣所生諸受乃至意觸爲緣所生諸受亦不可得所以者何平等中前後中際眼觸爲緣所生諸受自性乃至意觸爲緣所生諸受自性皆不可得何以故平等中平等性尚不可得何况平等中有前後中際眼觸爲緣所生諸受自性乃至意觸爲緣所生諸受自性可得復次善現前後中際地界乃至識界皆不可得三際平等中地界乃至識界亦不可得所以者何平等中前後中際地界自性乃至識界自性皆不可得何以故平等中平等性尚不可得何况平等中有前後中際地界自性乃至識界自性可得復次善現前後中際因緣乃至增上緣皆不可得三際平等中因緣乃至增上緣亦不可得所以者何平等中前後中際因緣自性乃至增上緣自性皆不可得何以故平等中平等性尚不可得何况平等中有前後中際因緣自

性乃至增上緣自性可得復次善現前後中際無明乃至老死皆不可得三際平等中無明乃至老死亦不可得所以者何平等中前後中際無明自性乃至老死自性皆不可得何以故平等中平等性尚不可得何況平等中有前後中際無明自性乃至老死自性可得復次善現前後中際布施波羅蜜多乃至般若波羅蜜多皆不可得三際平等中布施波羅蜜多乃至般若波羅蜜多亦不可得所以者何平等中前後中際布施波羅蜜多自性乃至般若波羅蜜多自性皆不可得何以故平等中平等性尚不可得何況平等中有前後中際布施波羅蜜多自性乃至般若波羅蜜多自性可得復次善現前後中際四念住乃至八聖道支皆不可得三際平等中四念住乃至八聖道支亦不可得所以者何平等中前後中際四念住自性乃至八聖道支自性皆不可得何以故平等中平等性尚不可得何況平等中有前後中際四念住自性乃至八聖道支自性可得復次善現前後中際四靜慮四無量四無色定皆不可得三際平等中四靜慮四無量四無色定亦不可得所以者何平等中前後中際四靜慮四無量四無色定自性皆不可得何以故平等中平等性尚不可得何況平等中有前後中際四靜慮四無量四無色定自性可得復次善現前後中際空無相無願解脫門皆不可得三際平等中空無相無願解脫門亦不可得所以者何平等中前後中際空無相無願解脫門自性尚不可得何況平等中有前後中際

空無相無願解脱門自性可得復次善現前後中際八解脱九次第定皆不可得三際平等中八解脱九次第定亦不可得所以者何平等中前後中際八解脱九次第定自性皆不可得何以故平等中平等性尚不可得何況平等中有前後中際八解脱九次第定自性可得復次善現前後中際淨觀地乃至如來地皆不可得三際平等中淨觀地乃至如來地亦不可得所以者何平等中前後中際淨觀地自性乃至如來地自性皆不可得何以故平等中平等性尚不可得何況平等中有前後中際淨觀地自性乃至如來地自性可得復次善現前後中際極喜地乃至法雲地皆不可得三際平等中極喜地乃至法雲地亦不可得所以者何平等中前後中際極喜地自性乃至法雲地自性皆不可得何以故平等中平等性尚不可得何況平等中有前後中際極喜地自性乃至法雲地自性可得復次善現前後中際陀羅尼門三摩地門皆不可得三際平等中陀羅尼門三摩地門亦不可得所以者何平等中前後中際陀羅尼門三摩地門自性皆不可得何以故平等中平等性尚不可得何況平等中有前後中際陀羅尼門三摩地門自性可得復次善現前後中際五眼六神通皆不可得三際平等中五眼六神通亦不可得所以者何平等中前後中際五眼六神通自性皆不可得何以故平等中平等性尚不可得何況平等中有前後中際五眼六神通自性可得復次善現前後中際如來十力乃至十八佛不共法皆

不可得三際平等中如來十力乃至十八佛不共法亦不可得所以者何平等中前後中際如來十力自性乃至十八佛不共法自性皆不可得何以故平等中平等性尚不可得何況平等中有如來十力自性乃至十八佛不共法自性可得復次善現前後中際無忘失法恒住捨性皆不可得三際平等中無忘失法恒住捨性亦不可得所以者何平等中前後中際無忘失法恒住捨性自性皆不可得何以故平等中平等性尚不可得何況平等中有前後中際無忘失法恒住捨性自性可得復次善現前後中際一切智道相智一切相智皆不可得三際平等中一切智道相智一切相智亦不可得所以者何平等中前後中際一切智道相智一切相智自性皆不可得何以故平等中平等性尚不可得何況平等中有前後中際一切智道相智一切相智自性可得復次善現前後中際異生聲聞獨覺菩薩如來皆不可得三際平等中異生乃至如來亦不可得所以者何平等中前後中際異生自性乃至如來自性皆不可得何以故平等中平等性尚不可得何況平等中有前後中際異生自性乃至如來自性可得以我有情廣說乃至知者見者不可得故如是善現諸菩薩摩訶薩安住般若波羅蜜多精勤修學三際平等速能圓滿一切智智如是名為諸菩薩摩訶薩三際平等大乘之相若菩薩摩訶薩安住如是大乘相中普超一切世間天人阿素洛等速能證得一切智智窮未來際利樂有情爾時具壽善現白佛言

世尊善哉善哉如來今者善爲菩薩摩訶薩衆宣說如是大乘之義如是大乘最尊最勝過去菩薩摩訶薩衆於此中學已能證得一切智智未來菩薩摩訶薩衆於此中學當能證得一切智智現在十方無量無數無邊世界一切菩薩摩訶薩衆於此中學現能證得一切智智是故大乘最尊最勝能爲菩薩摩訶薩衆一切智智眞勝所依佛告善現如是如是如汝所說過去未來現在菩薩摩訶薩衆皆依大乘精勤修學速能證得一切智智窮未來際利樂有情是故大乘最尊最勝普超一切世間天人阿素洛等諸菩薩衆當勤修學爾時滿慈子白佛言世尊如來先教尊者善現爲諸菩薩摩訶薩衆宣說般若波羅蜜多而今何故乃說種種大乘之義爾時善現即白佛言我從前來所說種種大乘之義將無違越所說般若波羅蜜多佛告善現汝從前來所說種種大乘之義皆順般若波羅蜜多無所違越所以者何一切善法菩提分法若聲聞法若獨覺法若菩薩法若如來法如是一切無不攝入甚深般若波羅蜜多爾時善現復白佛言何等名爲一切善法菩提分法若聲聞法若獨覺法若菩薩法若如來法如是一切無不攝入甚深般若波羅蜜多佛告善現若布施波羅蜜多乃至般若波羅蜜多若四念住乃至八聖道支若四靜慮四無量四無色定若空無相無願解脫門若八解脫九次第定若淨觀地乃至如來地若極喜地乃至法雲地若一切陀羅尼門三摩地門若五眼六神通若如來十力乃至十八佛

不共法若無忘失法恒住捨性若一切智道相智一切相智善現當知諸如是等一切善法菩提分法若聲聞法若獨覺法若菩薩法若如來法如是一切無不攝入甚深般若波羅蜜多善現當知若大乘若般若波羅蜜多乃至布施波羅蜜多若色蘊乃至識蘊若眼處乃至意處若色處乃至法處若眼界乃至意界若色界乃至法界若眼識界乃至意識界若眼觸乃至意觸若眼觸爲緣所生諸受乃至意觸爲緣所生諸受若地界乃至識界若因緣乃至增上緣若無明乃至老死若欲界色界無色界若善法不善法若有記法無記法若學法無學法非學非無學法若四念住乃至八聖道支若四靜慮四無量四無色定若八解脫九次第定若空無相無願解脫

門若淨觀地乃至如來地若極喜地乃至法雲地若一切陀羅尼門三摩地門若五眼六神通若如來十力乃至十八佛不共法若無忘失法恒住捨性若一切智道相智一切相智若善法非善法若有記法無記法若有漏法無漏法若有爲法無爲法若世間法出世間法若苦集滅道聖諦若内空乃至無性自性空若眞如乃至不思議界若斷界乃至無爲界若諸如來應正等覺若佛所覺所說法律若菩提若涅槃如是等一切法皆非相應非不相應無色無見無對一相所謂無相由此因緣汝從前來所說種種大乘之義皆順般若波羅蜜多無所違越所以者何大乘不異般若波羅蜜多乃至布施波羅蜜多般若波羅蜜多乃至布施波羅蜜多不異大乘何

以故若大乘若般若波羅蜜多乃至布施波羅蜜多其性無二無二分故大乘不異四念住乃至八聖道支四念住乃至八聖道支不異大乘何以故若大乘若四念住乃至八聖道支其性無二無二分故大乘不異四靜慮四無量四無色定四靜慮四無量四無色定不異大乘何以故若大乘若四靜慮四無量四無色定其性無二無二分故大乘不異八解脫九次第定八解脫九次第定不異大乘何以故若大乘若八解脫九次第定其性無二無二分故大乘不異空無相無願解脫門空無相無願解脫門不異大乘何以故若大乘若空無相無願解脫門其性無二無二分故大乘不異淨觀地乃至如來地淨觀地乃至如來地不異大乘何以故若大乘若淨觀地乃至如來地其性無二無二分故大乘不異極喜地乃至法雲地極喜地乃至法雲地不異大乘何以故若大乘若極喜地乃至法雲地其性無二無二分故大乘不異陀羅尼門三摩地門陀羅尼門三摩地門不異大乘何以故若大乘若陀羅尼門三摩地門其性無二無二分故大乘不異五眼六神通五眼六神通不異大乘何以故若大乘若五眼六神通其性無二無二分故大乘不異如來十力乃至十八佛不共法如來十力乃至十八佛不共法不異大乘何以故若大乘若如來十力乃至十八佛不共法其性無二無二分故大乘不異無忘失法恒住捨性無忘失法恒住捨性不異大乘何以故若大乘若無忘失法恒住捨性其性無二無二分故大乘不

異一切智道相智一切相智一切智道相智一切相智不異大乘何以故若大乘若一切智道相智一切相智其性無二無二分故大乘不異苦集滅道聖諦苦集滅道聖諦不異大乘何以故若大乘若苦集滅道聖諦其性無二無二分故大乘不異內空乃至無性自性空內空乃至無性自性空不異大乘何以故若大乘若內空乃至無性自性空其性無二無二分故大乘不異眞如乃至不思議界眞如乃至不思議界不異大乘何以故若大乘若眞如乃至不思議界其性無二無二分故大乘不異斷界乃至無爲界斷界乃至無爲界不異大乘何以故若大乘若斷界乃至無爲界其性無二無二分故大乘不異善法非善法善法非善法不異大乘何以故若大

乘若善法非善法其性無二無二分故大乘不異有記法無記法有記法無記法不異大乘何以故若大乘若有記法無記法其性無二無二分故大乘不異有漏法無漏法有漏法無漏法不異大乘何以故若大乘若有漏法無漏法其性無二無二分故大乘不異世間法出世間法世間法出世間法不異大乘何以故若大乘若世間法出世間法其性無二無二分故大乘不異有爲法無爲法有爲法無爲法不異大乘何以故若大乘若有爲法無爲法其性無二無二分故大乘不異蘊處界等蘊處界等不異大乘何以故若大乘若蘊處界等其性無二無二分故善現當知由此義故汝從前來所說種種大乘之義皆順般若波羅蜜多無所違越若說大乘則說

般若波羅蜜多若說般若波羅蜜多則說大乘如是二名義無異故

大般若波羅蜜多經卷第四百九十五

大般若波羅蜜多經卷第四百九十六

唐三藏法師玄奘奉詔譯

第三分善現品第三之十五

爾時具壽善現白佛言世尊諸菩薩摩訶薩前際不可得後際不可得中際不可得色蘊乃至識蘊無邊故當知菩薩摩訶薩亦無邊眼處乃至意處無邊故當知菩薩摩訶薩亦無邊色處乃至法處無邊故當知菩薩摩訶薩亦無邊眼界乃至意界無邊故當知菩薩摩訶薩亦無邊色界乃至法界無邊故當知菩薩摩訶薩亦無邊眼識界乃至意識界無邊故當知菩薩摩訶薩亦無邊眼觸乃至意觸無邊故當知菩薩摩訶薩亦無邊眼觸爲緣所生諸受乃至意觸爲緣所生諸受無邊故當知菩薩摩訶薩亦無邊地界乃至識界無邊故當知菩薩摩訶薩亦無邊因緣乃至增上緣無邊故當知菩薩摩訶薩亦無邊無明乃至老死無邊故當知菩薩摩訶薩亦無邊布施波羅蜜多乃至般若波羅蜜多無邊故當知菩薩摩訶薩亦無邊四念住乃至八聖道支無邊故當知菩薩摩訶薩亦無邊四靜慮四無量四無色定無邊故當知菩薩摩訶薩亦無邊八解脫九次第定無邊故當知菩薩摩訶薩亦無邊空無相無願解脫門無邊故當知菩薩摩訶薩亦無邊五眼六神通無邊故當知菩薩摩訶薩亦無邊如來十力乃至十八佛不共法無邊故當知菩薩摩訶薩亦無邊無忘失法恒住捨性無邊故當知菩薩摩訶薩亦無邊一切智道相智一切相智無邊故當知菩薩摩訶薩亦無邊一切陀

羅尼門三摩地門無邊故當知菩薩摩訶薩亦無邊淨觀地乃至如來地無邊故當知菩薩摩訶薩亦無邊極喜地乃至法雲地無邊故當知菩薩摩訶薩亦無邊苦集滅道聖諦無邊故當知菩薩摩訶薩亦無邊内空乃至無性自性空無邊故當知菩薩摩訶薩亦無邊真如乃至不思議界無邊故當知菩薩摩訶薩亦無邊斷界乃至無爲界無邊故當知菩薩摩訶薩亦無邊聲聞獨覺大乘無邊故當知菩薩摩訶薩亦無邊復次世尊即色蘊乃至識蘊菩薩摩訶薩無所有不可得離色蘊乃至識蘊菩薩摩訶薩無所有不可得如是乃至即聲聞獨覺大乘菩薩摩訶薩無所有不可得離聲聞獨覺大乘菩薩摩訶薩無所有不可得如是世尊我於此等一切法以

一切種一切處一切時求菩薩摩訶薩都無所見竟不可得云何令我以般若波羅蜜多教誡教授諸菩薩摩訶薩復次世尊諸菩薩摩訶薩但有假名都無自性如說我等畢竟不生但有假名都無自性諸法亦尒畢竟不生但有假名都無自性世尊何等色乃至識畢竟不生若畢竟不生則不名色乃至識如是乃至何等聲聞獨覺大乘畢竟不生若畢竟不生則不名聲聞獨覺大乘世尊我豈能以畢竟不生般若波羅蜜多教誡教授畢竟不生菩薩摩訶薩世尊離畢竟不生亦無菩薩摩訶薩能行無上正等菩提世尊若菩薩摩訶薩聞如是說心不沉沒亦不憂悔其心不驚不恐不怖當知是菩薩摩訶薩能行般若波羅蜜多爾時具壽舍利子問具壽善現

言何緣故說諸菩薩摩訶薩前際不可得後際不可得中際不可得何緣故說色蘊乃至識蘊無邊故當知菩薩摩訶薩亦無邊如是乃至聲聞獨覺大乘無邊故當知菩薩摩訶薩亦無邊何緣故說即色蘊乃至識蘊菩薩摩訶薩無所有不可得離色蘊乃至識蘊菩薩摩訶薩無所有不可得如是乃至即聲聞獨覺大乘菩薩摩訶薩無所有不可得離聲聞獨覺大乘菩薩摩訶薩無所有不可得何緣故說我於此等一切法以一切種一切處一切時求菩薩摩訶薩都無所見竟不可得云何令我以般若波羅蜜多教誡教授諸菩薩摩訶薩何緣故說諸菩薩摩訶薩但有假名都無自性何緣故說如說我等畢竟不生但有假名都無自性何緣故說諸法亦尒畢竟不生但有假名都無自性何緣故說何等色乃至識畢竟不生如是乃至何等聲聞獨覺大乘畢竟不生何緣故說若畢竟不生則不名色乃至識如是乃至若畢竟不生則不名聲聞獨覺大乘何緣故說我豈能以畢竟不生般若波羅蜜多教誡教授畢竟不生菩薩摩訶薩何緣故說離畢竟不生亦無菩薩摩訶薩能行無上正等菩提何緣故說若菩薩摩訶薩聞如是說心不沉沒亦不憂悔其心不驚不恐不怖當知是菩薩摩訶薩能行般若波羅蜜多具壽今應為我演說尒時具壽善現荅舍利子言尊者所問何緣故說諸菩薩摩訶薩前際不可得後際不可得中際不可得者舍利子有情無所有故諸菩薩摩訶薩前後中際不可得有情空故諸菩薩摩

訶薩前後中際不可得有情遠離故諸菩薩摩訶薩前後中際不可得有情無自性故諸菩薩摩訶薩前後中際不可得舍利子色蘊乃至識蘊無所有故諸菩薩摩訶薩前後中際不可得色蘊乃至識蘊空故諸菩薩摩訶薩前後中際不可得色蘊乃至識蘊遠離故諸菩薩摩訶薩前後中際不可得色蘊乃至識蘊無自性故諸菩薩摩訶薩前後中際不可得舍利子眼處乃至意處無所有故諸菩薩摩訶薩前後中際不可得眼處乃至意處空故諸菩薩摩訶薩前後中際不可得眼處乃至意處遠離故諸菩薩摩訶薩前後中際不可得眼處乃至意處無自性故諸菩薩摩訶薩前後中際不可得舍利子色處乃至法處無所有故諸菩薩摩訶薩前後中際不可得色處乃至法處空故諸菩薩摩訶薩前後中際不可得色處乃至法處遠離故諸菩薩摩訶薩前後中際不可得色處乃至法處無自性故諸菩薩摩訶薩前後中際不可得舍利子眼界乃至意界無所有故諸菩薩摩訶薩前後中際不可得眼界乃至意界空故諸菩薩摩訶薩前後中際不可得眼界乃至意界遠離故諸菩薩摩訶薩前後中際不可得眼界乃至意界無自性故諸菩薩摩訶薩前後中際不可得舍利子色界乃至法界無所有故諸菩薩摩訶薩前後中際不可得色界乃至法界空故諸菩薩摩訶薩前後中際不可得色界乃至法界遠離故諸菩薩摩訶薩前後中際不可得色界乃至法界無自性故諸菩薩摩訶薩前後中際不可得舍利子眼

識界乃至意識界無所有故諸菩薩摩訶薩前後中際不可得眼識界乃至意識界空故諸菩薩摩訶薩前後中際不可得眼識界乃至意識界遠離故諸菩薩摩訶薩前後中際不可得眼識界乃至意識界無自性故諸菩薩摩訶薩前後中際不可得舍利子眼觸乃至意觸無所有故諸菩薩摩訶薩前後中際不可得眼觸乃至意觸空故諸菩薩摩訶薩前後中際不可得眼觸乃至意觸遠離故諸菩薩摩訶薩前後中際不可得眼觸乃至意觸無自性故諸菩薩摩訶薩前後中際不可得舍利子眼觸爲緣所生諸受乃至意觸爲緣所生諸受無所有故諸菩薩摩訶薩前後中際不可得眼觸爲緣所生諸受乃至意觸爲緣所生諸受空故諸菩薩摩訶薩前後中

際不可得眼觸爲緣所生諸受乃至意觸爲緣所生諸受遠離故諸菩薩摩訶薩前後中際不可得眼觸爲緣所生諸受乃至意觸爲緣所生諸受無自性故諸菩薩摩訶薩前後中際不可得舍利子地界乃至識界無所有故諸菩薩摩訶薩前後中際不可得地界乃至識界空故諸菩薩摩訶薩前後中際不可得地界乃至識界遠離故諸菩薩摩訶薩前後中際不可得地界乃至識界無自性故諸菩薩摩訶薩前後中際不可得舍利子因緣乃至增上緣無所有故諸菩薩摩訶薩前後中際不可得因緣乃至增上緣空故諸菩薩摩訶薩前後中際不可得因緣乃至增上緣遠離故諸菩薩摩訶薩前後中際不可得因緣乃至增上緣無自性故諸菩薩摩訶薩前

後中際不可得舍利子無明乃至老死無所有故諸菩薩摩訶薩前後中際不可得無明乃至老死空故諸菩薩摩訶薩前後中際不可得無明乃至老死遠離故諸菩薩摩訶薩前後中際不可得無明乃至老死無自性故諸菩薩摩訶薩前後中際不可得舍利子布施波羅蜜多乃至般若波羅蜜多無所有故諸菩薩摩訶薩前後中際不可得布施波羅蜜多乃至般若波羅蜜多空故諸菩薩摩訶薩前後中際不可得布施波羅蜜多乃至般若波羅蜜多遠離故諸菩薩摩訶薩前後中際不可得布施波羅蜜多乃至般若波羅蜜多無自性故諸菩薩摩訶薩前後中際不可得舍利子四念住乃至八聖道支無所有故諸菩薩摩訶薩前後中際不可得四念住乃至八聖道支空故諸菩薩摩訶薩前後中際不可得四念住乃至八聖道支遠離故諸菩薩摩訶薩前後中際不可得四念住乃至八聖道支無自性故諸菩薩摩訶薩前後中際不可得舍利子四靜慮四無量四無色定無所有故諸菩薩摩訶薩前後中際不可得四靜慮四無量四無色定空故諸菩薩摩訶薩前後中際不可得四靜慮四無量四無色定遠離故諸菩薩摩訶薩前後中際不可得四靜慮四無量四無色定無自性故諸菩薩摩訶薩前後中際不可得舍利子八解脫九次第定無所有故諸菩薩摩訶薩前後中際不可得八解脫九次第定空故諸菩薩摩訶薩前後中際不可得八解脫九次第定遠離故諸菩薩摩訶薩前後中際不可得八解脫九

次第定無自性故諸菩薩摩訶薩前後中際不可得舍利子空無相無願解脱門無所有故諸菩薩摩訶薩前後中際不可得空無相無願解脱門空故諸菩薩摩訶薩前後中際不可得空無相無願解脱門遠離故諸菩薩摩訶薩前後中際不可得空無相無願解脱門無自性故諸菩薩摩訶薩前後中際不可得舍利子五眼六神通無所有故諸菩薩摩訶薩前後中際不可得五眼六神通空故諸菩薩摩訶薩前後中際不可得五眼六神通遠離故諸菩薩摩訶薩前後中際不可得五眼六神通無自性故諸菩薩摩訶薩前後中際不可得舍利子如來十力乃至十八佛不共法無所有故諸菩薩摩訶薩前後中際不可得如來十力乃至十八佛不共法空故諸菩薩摩訶薩前後中際不可得如來十力乃至十八佛不共法遠離故諸菩薩摩訶薩前後中際不可得如來十力乃至十八佛不共法無自性故諸菩薩摩訶薩前後中際不可得舍利子無忘失法恒住捨性無所有故諸菩薩摩訶薩前後中際不可得無忘失法恒住捨性空故諸菩薩摩訶薩前後中際不可得無忘失法恒住捨性遠離故諸菩薩摩訶薩前後中際不可得無忘失法恒住捨性無自性故諸菩薩摩訶薩前後中際不可得舍利子一切智道相智一切相智無所有故諸菩薩摩訶薩前後中際不可得一切智道相智一切相智空故諸菩薩摩訶薩前後中際不可得一切智道相智一切相智遠離故諸菩薩摩訶薩前後中際不可得一切智道相

智一切相智無自性故諸菩薩摩訶薩前後中際不可得舍利子一切陀羅尼門三摩地門無所有故諸菩薩摩訶薩前後中際不可得一切陀羅尼門三摩地門空故諸菩薩摩訶薩前後中際不可得一切陀羅尼門三摩地門遠離故諸菩薩摩訶薩前後中際不可得一切陀羅尼門三摩地門無自性故諸菩薩摩訶薩前後中際不可得舍利子淨觀地乃至如來地無所有故諸菩薩摩訶薩前後中際不可得淨觀地乃至如来地空故諸菩薩摩訶薩前後中際不可得淨觀地乃至如来地遠離故諸菩薩摩訶薩前後中際不可得淨觀地乃至如來地無自性故諸菩薩摩訶薩前後中際不可得舍利子極喜地乃至法雲地無所有故諸菩薩摩訶薩前後中際不可得極喜地乃至法雲地空故諸菩薩摩訶薩前後中際不可得極喜地乃至法雲地遠離故諸菩薩摩訶薩前後中際不可得極喜地乃至法雲地無自性故諸菩薩摩訶薩前後中際不可得舍利子苦集滅道聖諦無所有故諸菩薩摩訶薩前後中際不可得苦集滅道聖諦空故諸菩薩摩訶薩前後中際不可得苦集滅道聖諦遠離故諸菩薩摩訶薩前後中際不可得苦集滅道聖諦無自性故諸菩薩摩訶薩前後中際不可得舍利子内空乃至無性自性空無所有故諸菩薩摩訶薩前後中際不可得内空乃至無性自性空空故諸菩薩摩訶薩前後中際不可得内空乃至無性自性空遠離故諸菩薩摩訶薩前後中際不可得内空乃至無性自性空無

自性故諸菩薩摩訶薩前後中際不可得舍利子眞如乃至不思議界無所有故諸菩薩摩訶薩前後中際不可得眞如乃至不思議界空故諸菩薩摩訶薩前後中際不可得眞如乃至不思議界遠離故諸菩薩摩訶薩前後中際不可得眞如乃至不思議界無自性故諸菩薩摩訶薩前後中際不可得舍利子斷界乃至無爲界無所有故諸菩薩摩訶薩前後中際不可得斷界乃至無爲界空故諸菩薩摩訶薩前後中際不可得斷界乃至無爲界遠離故諸菩薩摩訶薩前後中際不可得斷界乃至無爲界無自性故諸菩薩摩訶薩前後中際不可得舍利子聲聞獨覺大乘無所有故諸菩薩摩訶薩前後中際不可得聲聞獨覺大乘空故諸菩薩摩訶薩前後中際不可得聲聞獨覺大乘遠離故諸菩薩摩訶薩前後中際不可得聲聞獨覺大乘無自性故諸菩薩摩訶薩前後中際不可得何以故舍利子有情乃至大乘無所有故遠離無自性中諸菩薩摩訶薩前後中際皆不可得故舍利子非有情乃至大乘無所有有異非有情乃至大乘空有異非有情乃至大乘遠離有異非有情乃至大乘無自性有異非菩薩摩訶薩前際有異非菩薩摩訶薩後際有異非菩薩摩訶薩中際有異舍利子若有情乃至大乘無所有若有情乃至大乘空若有情乃至大乘遠離若有情乃至大乘無自性若菩薩摩訶薩前際若菩薩摩訶薩後際若菩薩摩訶薩中際如是一切皆無二無二分舍利子由此因緣我作是說諸菩薩摩訶薩

前後中際皆不可得復次舍利子尊者所問何緣故說色蘊乃至識蘊無邊故當知菩薩摩訶薩亦無邊如是乃至聲聞獨覺大乘無邊故當知菩薩摩訶薩亦無邊者舍利子色蘊乃至大乘皆如虛空所以者何如太虛空前後中際皆不可得由彼中邊俱不可得說為虛空色蘊乃至大乘亦復如是前後中際俱不可得何以故色蘊乃至大乘皆性空故空中前際後際中際皆不可得亦以中邊俱不可得故說為空舍利子由此因緣我作是說色蘊乃至識蘊無邊故當知菩薩摩訶薩亦無邊如是乃至聲聞獨覺大乘無邊故當知菩薩摩訶薩亦無邊復次舍利子尊者所問何緣故說即色蘊乃至識蘊菩薩摩訶薩無所有不可得離色蘊乃至識蘊菩薩摩訶薩無所有不可得如是乃至即聲聞獨覺大乘菩薩摩訶薩無所有不可得離聲聞獨覺大乘菩薩摩訶薩無所有不可得者舍利子色蘊乃至大乘色蘊乃至大乘性空何以故色蘊乃至大乘性空中色蘊乃至大乘無所有不可得故諸菩薩摩訶薩亦無所有不可得舍利子非色蘊乃至非大乘非色蘊乃至非大乘性空何以故非色蘊乃至非大乘性空中非色蘊乃至非大乘無所有不可得故諸菩薩摩訶薩亦無所有不可得舍利子由此因緣我作是說即色蘊乃至識蘊菩薩摩訶薩無所有不可得離色蘊乃至識蘊菩薩摩訶薩無所有不可得如是乃至即聲聞獨覺大乘菩薩摩訶薩無所有不可得離聲聞獨覺大乘菩薩摩訶薩無所有不可得

復次舍利子尊者所問何緣故説我於此等一切法以一切種一切處一切時求菩薩摩訶薩都無所見竟不可得云何令我以般若波羅蜜多教誡教授諸菩薩摩訶薩者舍利子色於色不可得色於受想行識亦不可得受於受不可得受於色想行識亦不可得想於想不可得想於色受行識亦不可得行於行不可得行於色受想識亦不可得識於識不可得識於色受想行亦不可得舍利子眼處於眼處不可得眼處於耳鼻舌身意處亦不可得耳處於耳處不可得耳處於眼鼻舌身意處亦不可得鼻處於鼻處不可得鼻處於眼耳舌身意處亦不可得舌處於舌處不可得舌處於眼耳鼻身意處亦不可得身處於身處不可得身處於眼耳鼻舌意處亦不可得意處於意處不可得意處於眼耳鼻舌身處亦不可得舍利子色處於色處不可得色處於聲香味觸法處亦不可得聲處於聲處不可得聲處於色香味觸法處亦不可得香處於香處不可得香處於色聲味觸法處亦不可得味處於味處不可得味處於色聲香觸法處亦不可得觸處於觸處不可得觸處於色聲香味法處亦不可得法處於法處不可得法處於色聲香味觸處亦不可得舍利子眼界於眼界不可得眼界於耳鼻舌身意界亦不可得耳界於耳界不可得耳界於眼鼻舌身意界亦不可得鼻界於鼻界不可得鼻界於眼耳舌身意界亦不可得舌界於舌界不可得舌界於眼耳鼻身意界亦不可得身界於身界不可得身界於眼耳鼻舌意

界亦不可得意界於意界不可得意界於眼耳鼻舌身界亦不可得舍利子色界於色界不可得色界於聲香味觸法界亦不可得聲界於聲界不可得聲界於色香味觸法界亦不可得香界於香界不可得香界於色聲味觸法界亦不可得味界於味界不可得味界於色聲香觸法界亦不可得觸界於觸界不可得觸界於色聲香味法界亦不可得法界於法界不可得法界於色聲香味觸界亦不可得舍利子眼識界於眼識界不可得眼識界於耳鼻舌身意識界亦不可得耳識界於耳識界不可得耳識界於眼鼻舌身意識界亦不可得鼻識界於鼻識界不可得鼻識界於眼耳舌身意識界亦不可得舌識界於舌識界不可得舌識界於眼耳鼻身意識界亦不可得身識界於身識界不可得身識界於眼耳鼻舌意識界亦不可得意識界於意識界不可得意識界於眼耳鼻舌身識界亦不可得舍利子眼觸於眼觸不可得眼觸於耳鼻舌身意觸亦不可得耳觸於耳觸不可得耳觸於眼鼻舌身意觸亦不可得鼻觸於鼻觸不可得鼻觸於眼耳舌身意觸亦不可得舌觸於舌觸不可得舌觸於眼耳鼻身意觸亦不可得身觸於身觸不可得身觸於眼耳鼻舌意觸亦不可得意觸於意觸不可得意觸於眼耳鼻舌身觸亦不可得舍利子眼觸爲緣所生諸受於眼觸爲緣所生諸受不可得眼觸爲緣所生諸受於耳鼻舌身意觸爲緣所生諸受亦不可得耳觸爲緣所生諸受於耳觸爲緣所生諸受不可得耳觸爲緣所

生諸受於眼鼻舌身意觸爲緣所生諸受亦不可得鼻觸爲緣所生諸受於鼻觸爲緣所生諸受不可得鼻觸爲緣所生諸受於眼耳舌身意觸爲緣所生諸受亦不可得舌觸爲緣所生諸受於舌觸爲緣所生諸受不可得舌觸爲緣所生諸受於眼耳鼻身意觸爲緣所生諸受亦不可得身觸爲緣所生諸受於身觸爲緣所生諸受不可得身觸爲緣所生諸受於眼耳鼻舌意觸爲緣所生諸受亦不可得意觸爲緣所生諸受於意觸爲緣所生諸受不可得意觸爲緣所生諸受於眼耳鼻舌身觸爲緣所生諸受亦不可得舍利子地界於地界不可得地界於水火風空識界亦不可得水界於水界不可得水界於地火風空識界亦不可得火界於火界不可得火界於地水風空識界亦不可得風界於風界不可得風界於地水火空識界亦不可得空界於空界不可得空界於地水火風識界亦不可得識界於識界不可得識界於地水火風空界亦不可得舍利子因緣於因緣不可得因緣於等無間緣所緣緣增上緣亦不可得等無間緣於等無間緣不可得等無間緣於因緣所緣緣增上緣亦不可得所緣緣於所緣緣不可得所緣緣於因緣等無間緣增上緣亦不可得增上緣於增上緣不可得增上緣於因緣等無間緣所緣緣亦不可得舍利子無明於無明不可得無明於行識名色六處觸受愛取有生老死亦不可得行於行不可得行於無明識名色六處觸受愛取有生老死亦不可得識於識不可得識於無明行

名色六處觸受愛取有生老死亦不可得名色於名色不可得名色於無明行識六處觸受愛取有生老死亦不可得六處於六處不可得六處於無明行識名色觸受愛取有生老死亦不可得觸於觸不可得觸於無明行識名色六處受愛取有生老死亦不可得受於受不可得受於無明行識名色六處觸愛取有生老死亦不可得愛於愛不可得愛於無明行識名色六處觸受取有生老死亦不可得取於取不可得取於無明行識名色六處觸受愛有生老死亦不可得有於有不可得有於無明行識名色六處觸受愛取生老死亦不可得生於生不可得生於無明行識名色六處觸受愛取有老死亦不可得老死於老死不可得老死於無明行識名色六處

觸受愛取有生亦不可得舍利子布施波羅蜜多於布施波羅蜜多不可得布施波羅蜜多於淨戒等波羅蜜多亦不可得如是乃至般若波羅蜜多於般若波羅蜜多不可得般若波羅蜜多於布施等波羅蜜多亦不可得舍利子四靜慮於四靜慮不可得四靜慮於四無量四無色定亦不可得四無量於四無量不可得四無量於四靜慮四無色定亦不可得四無色定於四無色定不可得四無色定於四靜慮四無量亦不可得舍利子四念住於四念住不可得四念住於四正斷等亦不可得如是乃至八聖道支於八聖道支不可得八聖道支於四念住等亦不可得舍利子八解脫於八解脫不可得八解脫於八勝處九次第定十遍處亦不可得八勝處於八

勝處不可得八勝處於八解脱九次第定十遍處亦不可得九次第定於九次第定不可得九次第定於八解脱八勝處十遍處亦不可得十遍處於十遍處不可得十遍處於八解脱八勝處九次第定亦不可得舍利子空解脱門於空解脱門不可得空解脱門於無相無願解脱門亦不可得無相解脱門於無相解脱門不可得無相解脱門於空無願解脱門亦不可得無願解脱門於無願解脱門不可得無願解脱門於空無相解脱門亦不可得舍利子五眼於五眼不可得五眼於六神通亦不可得六神通於六神通不可得六神通於五眼亦不可得舍利子如來十力於如來十力不可得如來十力於四無所畏等亦不可得如是乃至十八佛不共法於十八佛不共法不可得十八佛不共法於如來十力等亦不可得舍利子無忘失法於無忘失法不可得無忘失法於恒住捨性亦不可得恒住捨性於恒住捨性不可得恒住捨性於無忘失法亦不可得舍利子一切智於一切智不可得一切智於道相智一切相智亦不可得道相智於道相智不可得道相智於一切智一切相智亦不可得一切相智於一切相智不可得一切相智於一切智道相智亦不可得舍利子内空於内空不可得内空於外空等亦不可得如是乃至無性自性空於無性自性空不可得無性自性空於内空等亦不可得舍利子真如於真如不可得真如於法界等亦不可得如是乃至不思議界於不思議界不可得不思議界於真如等亦不

可得舍利子斷界於斷界不可得斷界於離界等亦不可得如是乃至無爲界於無爲界不可得無爲界於斷界等亦不可得舍利子苦聖諦於苦聖諦不可得苦聖諦於集滅道聖諦亦不可得集聖諦於集聖諦不可得集聖諦於苦滅道聖諦亦不可得滅聖諦於滅聖諦不可得滅聖諦於苦集道聖諦亦不可得道聖諦於道聖諦不可得滅聖諦於苦集滅聖諦亦不可得舍利子陀羅尼門於陀羅尼門不可得陀羅尼門於三摩地門亦不可得三摩地門於三摩地門不可得三摩地門於陀羅尼門亦不可得舍利子異生地於異生地不可得異生地於種性地等亦不可得如是乃至如來地於如來地不可得如來地於異生地等亦不可得舍利子極喜地於極

喜地不可得極喜地於離垢地等亦不可得如是乃至法雲地於法雲地不可得法雲地於極喜地等亦不可得舍利子預流於預流不可得預流於一來等亦不可得如是乃至正等覺於正等覺不可得正等覺於預流等亦不可得舍利子菩薩摩訶薩於菩薩摩訶薩不可得菩薩摩訶薩於般若波羅蜜多教誡教授亦不可得般若波羅蜜多於般若波羅蜜多不可得般若波羅蜜多於菩薩摩訶薩教誡教授亦不可得教誡教授於教誡教授不可得教誡教授於菩薩摩訶薩般若波羅蜜多亦不可得何以故舍利子諸如是等若法若我自性空故舍利子由此因緣我作是說我於此等一切法以一切種一切處一切時求菩薩摩訶薩都無所見竟不可得云

何令我以般若波羅蜜多教誡教授諸菩薩摩訶薩

大般若波羅蜜多經卷第四百九十六

大般若波羅蜜多經卷第四百九十七

唐三藏法師玄奘奉　詔譯

第三分善現品第三之十六

復次舍利子尊者所問何縁故說諸菩薩摩訶薩但有假名都無自性者舍利子以諸菩薩摩訶薩名唯客攝故時舍利子問善現言何縁故說以諸菩薩摩訶薩名唯客所攝善現荅言如一切法名唯客所攝於十方三世無所從來無所至去亦無所住一切法中無名名中無一切法非合非散但假施設所以者何以一切法與名俱自性空故自性空中若一切法若名俱無所有都不可得諸菩薩摩訶薩名亦復如是唯客所攝無所從來無所至去亦無所住但假施設由斯故說諸菩薩摩訶薩但有假名都無自性舍利子如色蘊乃至識蘊名唯客所攝所以者何色蘊等非名名非色蘊等色蘊等中無名名中無色蘊等非合非散但假施設何以故以色蘊等與名俱自性空故自性空中若色蘊等若名俱無所有都不可得諸菩薩摩訶薩名亦復如是唯客所攝由斯故說諸菩薩摩訶薩但有假名舍利子如眼處乃至意處名唯客所攝所以者何眼處等非名名非眼處等眼處等中無名名中無眼處等非合非散但假施設何以故以眼處等與名俱自性空故自性空中若眼處等若名俱無所有都不可得諸菩薩摩訶薩名亦復如是唯客所攝由斯故說諸菩薩摩訶薩但有假名都無自性舍利子如色處乃至法處名唯客所攝所以者何色處等非名名非色處等色處等中無名名

中無色處等非合非散但假施設何以故以色處等與名俱自性空故自性空中若色處等若名俱無所有都不可得諸菩薩摩訶薩名亦復如是唯客所攝由斯故說諸菩薩摩訶薩但有假名都無自性舍利子如眼界乃至意界名唯客所攝所以者何眼界等非名名非眼界等眼界等中無名名中無眼界等非合非散但假施設何以故以眼界等與名俱自性空故自性空中若眼界等若名俱無所有都不可得諸菩薩摩訶薩名亦復如是唯客所攝由斯故說諸菩薩摩訶薩但有假名都無自性舍利子如色界乃至法界名唯客所攝所以者何色界等非名名非色界等色界等中無名名中無色界等非合非散但假施設何以故以色界等與名俱自性空故

自性空中若色界等若名俱無所有都不可得諸菩薩摩訶薩名亦復如是唯客所攝由斯故說諸菩薩摩訶薩但有假名都無自性舍利子如眼識界乃至意識界名唯客所攝所以者何眼識界等非名名非眼識界等眼識界等中無名名中無眼識界等非合非散但假施設何以故以眼識界等與名俱自性空故自性空中若眼識界等若名俱無所有都不可得諸菩薩摩訶薩名亦復如是唯客所攝由斯故說諸菩薩摩訶薩但有假名都無自性舍利子如眼觸乃至意觸名唯客所攝所以者何眼觸等非名名非眼觸等眼觸等中無名名中無眼觸等非合非散但假施設何以故以眼觸等與名俱自性空故自性空中若眼觸等若名俱無所有都不可得諸

菩薩摩訶薩名亦復如是唯客所攝由斯故說諸菩薩摩訶薩但有假名都無自性舍利子如眼觸爲緣所生諸受乃至意觸爲緣所生諸受名唯客所攝所以者何眼觸爲緣所生諸受等非名名非眼觸爲緣所生諸受等眼觸爲緣所生諸受等中無名名中無眼觸爲緣所生諸受等非合非散但假施設何以故以眼觸爲緣所生諸受等與名俱自性空故自性空中若眼觸爲緣所生諸受等若名俱無所有都不可得諸菩薩摩訶薩名亦復如是唯客所攝由斯故說諸菩薩摩訶薩但有假名都無自性舍利子如地界乃至識界名唯客所攝所以者何地界等非名名非地界等地界等中無名名中無地界等非合非散但假施設何以故以地界等與名俱自性空故自性空中若地界等若名俱無所有都不可得諸菩薩摩訶薩名亦復如是唯客所攝由斯故說諸菩薩摩訶薩但有假名都無自性舍利子如因緣乃至增上緣名唯客所攝所以者何因緣等非名名非因緣等因緣等中無名名中無因緣等非合非散但假施設何以故以因緣等與名俱自性空故自性空中若因緣等若名俱無所有都不可得諸菩薩摩訶薩名亦復如是唯客所攝由斯故說諸菩薩摩訶薩但有假名都無自性舍利子如無明乃至老死名唯客所攝所以者何無明等非名名非無明等無明等中無名名中無無明等非合非散但假施設何以故以無明等與名俱自性空故自性空中若無明等若名俱無所有都不可得諸菩薩摩訶薩

名亦復如是唯客所攝由斯故說諸菩薩摩訶薩但有假名都無自性舍利子如布施波羅蜜多乃至般若波羅蜜多名唯客所攝所以者何布施波羅蜜多等非名名非布施波羅蜜多等布施波羅蜜多等中無名名中無布施波羅蜜多等非合非散但假施設何以故以布施波羅蜜多等與名俱自性空故自性空中若布施波羅蜜多等若名俱無所有都不可得諸菩薩摩訶薩名亦復如是唯客所攝由斯故說諸菩薩摩訶薩但有假名都無自性舍利子如內空乃至無性自性空名唯客所攝所以者何內空等非名名非內空等內空等中無名名中無內空等非合非散但假施設何以故以內空等與名俱自性空故自性空中若內空等若名俱無所有都不可得諸菩薩摩訶薩名亦復如是唯客所攝由斯故說諸菩薩摩訶薩但有假名都無自性舍利子如真如乃至不思議界名唯客所攝所以者何真如等非名名非真如等真如等中無名名中無真如等非合非散但假施設何以故以真如等與名俱自性空故自性空中若真如等若名俱無所有都不可得諸菩薩摩訶薩名亦復如是唯客所攝由斯故說諸菩薩摩訶薩但有假名都無自性舍利子如斷界乃至無爲界名唯客所攝所以者何斷界等非名名非斷界等斷界等中無名名中無斷界等非合非散但假施設何以故以斷界等與名俱自性空故自性空中若斷界等若名俱無所有都不可得諸菩薩摩訶薩名亦復如是唯客所攝由斯故說諸菩薩

摩訶薩但有假名都無自性舍利子如苦集滅道聖諦名唯客所攝所以者何苦聖諦等非名名非苦聖諦等苦聖諦等中無名名中無苦聖諦等非合非散但假施設何以故以苦聖諦等與名俱自性空故自性空中若苦聖諦等若名俱無所有都不可得諸菩薩摩訶薩名亦復如是唯客所攝由斯故說諸菩薩摩訶薩但有假名都無自性舍利子如四念住乃至八聖道支名唯客所攝所以者何四念住等非名名非四念住等四念住等中無名名中無四念住等非合非散但假施設何以故以四念住等與名俱自性空故自性空中若四念住等若名俱無所有都不可得諸菩薩摩訶薩名亦復如是唯客所攝由斯故說諸菩薩摩訶薩但有假名都無自性舍利子如四靜慮四無量四無色定名唯客所攝所以者何四靜慮等非名名非四靜慮等四靜慮等中無名名中無四靜慮等非合非散但假施設何以故以四靜慮等與名俱自性空故自性空中若四靜慮等若名俱無所有都不可得諸菩薩摩訶薩名亦復如是唯客所攝由斯故說諸菩薩摩訶薩但有假名都無自性舍利子如八解脫九次第定名唯客所攝所以者何八解脫等非名名非八解脫等八解脫等中無名名中無八解脫等非合非散但假施設何以故以八解脫等與名俱自性空故自性空中若八解脫等若名俱無所有都不可得諸菩薩摩訶薩名亦復如是唯客所攝由斯故說諸菩薩摩訶薩但有假名都無自性舍利子如空無相無願解脫

門名唯客所攝所以者何空解脫門等非名名非空解脫門等空解脫門等中無名名中無空解脫門等非合非散但假施設何以故以空解脫門等與名俱自性空故自性空中若空解脫門等若名俱無所有都不可得諸菩薩摩訶薩名亦復如是唯客所攝由斯故說諸菩薩摩訶薩但有假名都無自性舍利子如淨觀地乃至如來地名唯客所攝所以者何淨觀地等非名名非淨觀地等淨觀地等中無名名中無淨觀地等非合非散但假施設何以故以淨觀地等與名俱自性空故自性空中若淨觀地等若名俱無所有都不可得諸菩薩摩訶薩名亦復如是唯客所攝由斯故說諸菩薩摩訶薩但有假名都無自性舍利子如極喜地乃至法雲地名唯客所攝所以者何極喜地等非名名非極喜地等極喜地等中無名名中無極喜地等非合非散但假施設何以故以極喜地等與名俱自性空故自性空中若極喜地等若名俱無所有都不可得諸菩薩摩訶薩名亦復如是唯客所攝由斯故說諸菩薩摩訶薩但有假名都無自性舍利子如五眼六神通名唯客所攝所以者何五眼等非名名非五眼等五眼等中無名名中無五眼等非合非散但假施設何以故以五眼等與名俱自性空故自性空中若五眼等若名俱無所有都不可得諸菩薩摩訶薩名亦復如是唯客所攝由斯故說諸菩薩摩訶薩但有假名都無自性舍利子如如來十力乃至十八佛不共法名唯客所攝所以者何如來十力等非名名非如來

十力等如來十力等中無名名中無如來十力等非合非散但假施設何以故以如來十力等與名俱自性空故自性空中若如來十力等若名俱無所有都不可得諸菩薩摩訶薩名亦復如是唯客所攝由斯故說諸菩薩摩訶薩但有假名都無自性舍利子如無忘失法恒住捨性名唯客所攝所以者何無忘失法等非名名非無忘失法等無忘失法等中無名名中無無忘失法等非合非散但假施設何以故無忘失法等與名俱自性空故自性空中若無忘失法等若名俱無所有都不可得諸菩薩摩訶薩名亦復如是唯客所攝由斯故說諸菩薩摩訶薩但有假名都無自性舍利子如一切智道相智一切相智名唯客所攝所以者何一切智等非名名非一切智等一切智等中無名名中無一切智等非合非散但假施設何以故以一切智等與名俱自性空故自性空中若一切智等若名俱無所有都不可得諸菩薩摩訶薩名亦復如是唯客所攝由斯故說諸菩薩摩訶薩但有假名都無自性舍利子如陀羅尼門三摩地門名唯客所攝所以者何陀羅尼門等非名名非陀羅尼門等陀羅尼門等中無名名中無陀羅尼門等非合非散但假施設何以故以陀羅尼門等與名俱自性空故自性空中若陀羅尼門等若名俱無所有都不可得諸菩薩摩訶薩名亦復如是唯客所攝由斯故說諸菩薩摩訶薩但有假名都無自性舍利子如聲聞獨覺大乘名唯客所攝所以者何聲聞等非名名非聲聞等聲聞等中無名

名中無聲聞等非合非散但假施設何以故以聲聞等與名俱自性空故自性空中若聲聞等若名俱無所有都不可得諸菩薩摩訶薩名亦復如是唯客所攝由斯故説諸菩薩摩訶薩但有假名都無自性復次舍利子尊者所問何緣故説如説我等畢竟不生但有假名都無自性者舍利子我畢竟無所有不可得云何當有生乃至見者亦畢竟無所有不可得云何當有生舍利子色畢竟無所有不可得云何當有生受想行識亦畢竟無所有不可得云何當有生如是乃至聲聞乘畢竟無所有不可得云何當有生獨覺乘大乘亦畢竟無所有不可得云何當有生舍利子由此因緣我作是説如説我等畢竟不生但有假名都無自性復次舍利子尊者所問何

緣故説諸法亦爾畢竟不生但有假名都無自性者舍利子諸法都無和合自性何以故和合有法自性空故時舍利子問善現言何法都無和合自性善現荅言舍利子色蘊都無和合自性受想行識蘊亦都無和合自性如是乃至聲聞乘都無和合自性獨覺乘大乘亦都無和合自性舍利子由此因緣我作是説諸法亦爾畢竟不生但有假名都無自性復次舍利子一切法非常亦無散失何以故若法非常無盡性故時舍利子問善現言何法非常亦無散失善現荅言舍利子色蘊非常亦無散失受想行識蘊非常亦無散失如是乃至聲聞乘非常亦無散失獨覺乘大乘非常亦無散失何以故舍利子若法非常則無自性若無自性則無盡故復次舍利子

一切非樂亦無散失何以故若法非樂無盡性故時舍利子問善現言何法非樂亦無散失善現荅言色蘊非樂亦無散失受想行識蘊非樂亦無散失如是乃至聲聞乘非樂亦無散失獨覺乘大乘非樂亦無散失何以故舍利子若法非樂則無自性若無自性則無盡故復次舍利子一切非我亦無散失何以故若法非我無盡性故時舍利子問善現言何法非我亦無散失善現荅言舍利子色蘊非我亦無散失受想行識蘊非我亦無散失如是乃至聲聞乘非我亦無散失獨覺乘大乘非我亦無散失何以故舍利子若法非我則無自性若無自性則無盡故復次舍利子一切法寂靜亦無散失何以故若法寂靜無盡性故時舍利子問善現言何法寂靜亦無散失善現荅言舍利子色蘊寂靜亦無散失受想行識蘊寂靜亦無散失如是乃至聲聞乘寂靜亦無散失獨覺乘大乘寂靜亦無散失何以故舍利子若法寂靜則無自性若無自性則無盡故復次舍利子一切法遠離亦無散失何以故若法遠離無盡性故時舍利子問善現言何法遠離亦無散失善現荅言舍利子色蘊遠離亦無散失受想行識蘊遠離亦無散失如是乃至聲聞乘遠離亦無散失獨覺乘大乘遠離亦無散失何以故舍利子若法遠離則無自性若無自性則無盡故復次舍利子一切法空無相無願亦無散失何以故若法是空無相無願無盡性故時舍利子問善現言何法是空無相無願亦無散失善現荅言舍利子色蘊是空無相無願亦

無散失受想行識蘊是空無相無願亦無散失如是乃至聲聞乘是空無相無願亦無散失獨覺乘大乘是空無相無願亦無散失何以故舍利子若法是空無相無願則無自性若無自性則無盡故復次舍利子一切法是善無罪無漏無染出世清淨無爲亦無散失何以故若法是善無罪無漏無染出世清淨無爲無盡性故時舍利子問善現言何法是善無罪無漏離染出世清淨無爲亦無散失善現荅言舍利子色蘊是善無罪無漏離染出世清淨無爲亦無散失受想行識蘊是善無罪無漏離染出世清淨無爲亦無散失如是乃至聲聞乘是善無罪無漏離染出世清淨無爲亦無散失獨覺乘大乘是善無罪無漏離染出世清淨無爲亦無散失何以故舍利子若法是善無罪無漏離染出世清淨無爲則無自性若無自性則無盡故復次舍利子一切法非常非壞時舍利子問善現言何法非常非壞善現荅言舍利子色蘊非常非壞何以故本性爾故受想行識蘊亦非常非壞何以故本性爾故如是乃至聲聞乘非常非壞何以故本性爾故獨覺乘大乘亦非常非壞何以故本性爾故復次舍利子以要言之若善法非善法若有記法無記法若有罪法無罪法若有漏法無漏法若有染法無染法若世間法出世間法若雜染法清淨法若生死法涅槃法若有爲法無爲法如是一切皆非常非壞何以故本性爾故舍利子由此因緣我作是說諸法亦爾畢竟不生但有假名都無自性復次舍利子尊者所問何緣故

說何等色乃至識畢竟不生如是乃至何等聲聞獨覺大乘畢竟不生者舍利子一切色乃至識本性不生何以故色乃至識本性皆空無作無起所以者何空法作者不可得故如是乃至一切聲聞獨覺大乘本性不生何以故一切聲聞獨覺大乘本性皆空無作無起所以者何空法作者不可得故舍利子由此因緣我作是說何等色乃至識畢竟不生如是乃至何等聲聞獨覺大乘畢竟不生復次舍利子尊者所問何緣故說若畢竟不生則不名色乃至識如是乃至若畢竟不生則不名聲聞獨覺大乘者舍利子色乃至識本性空故若法本性空則不可施設若生若滅若住若異由此緣故若畢竟不生則不名色乃至識何以故空非色受想行識故如是乃至聲聞獨覺大乘本性空故若法本性空則不可施設若生若滅若住若異由此緣故若畢竟不生則不名聲聞獨覺大乘何以故空非聲聞獨覺大乘故舍利子由此因緣我作是說若畢竟不生則不名色乃至識如是乃至若畢竟不生則不名聲聞獨覺大乘復次舍利子尊者所問何緣故說我豈能以畢竟不生般若波羅蜜多教誡教授畢竟不生菩薩摩訶薩者舍利子畢竟不生即是般若波羅蜜多般若波羅蜜多即是畢竟不生何以故畢竟不生與般若波羅蜜多無二無二分故舍利子畢竟不生即是菩薩摩訶薩菩薩摩訶薩即是畢竟不生何以故畢竟不生與菩薩摩訶薩亦無二無二分故舍利子由此因緣我作是說我豈能以畢竟不生般若波

羅蜜多教誡教授畢竟不生菩薩摩訶薩復次舍利子尊者所問何緣故說離畢竟不生亦無菩薩摩訶薩能行無上正等菩提者舍利子諸菩薩摩訶薩行深般若波羅蜜多時不見離畢竟不生有深般若波羅蜜多亦不見離畢竟不生有菩薩摩訶薩何以故若畢竟不生若深般若波羅蜜多若菩薩摩訶薩皆無二無二分故舍利子諸菩薩摩訶薩行深般若波羅蜜多時不見離畢竟不生有色乃至識何以故若畢竟不生若色乃至識皆無二無二分故如是乃至諸菩薩摩訶薩行深般若波羅蜜多時不見離畢竟不生有聲聞獨覺大乘何以故若畢竟不生若聲聞獨覺大乘皆無二無二分故舍利子由此因緣我作是說離畢竟不生亦無菩薩摩訶薩能行無上正等菩提復次舍利子尊者所問何緣故說若菩薩摩訶薩聞如是說心不沉沒亦不憂悔其心不驚不恐不怖當知是菩薩摩訶薩能行般若波羅蜜多者舍利子諸菩薩摩訶薩行深般若波羅蜜多時不見諸法有覺有用觀一切法如幻如夢如響如像如光影如陽焰如變化事如尋香城雖現似有而無其實聞說諸法本性皆空踊躍歡喜深心信樂舍利子由此因緣我作是說若菩薩摩訶薩聞如是說心不沉沒亦不憂悔其心不驚不恐不怖當知是菩薩摩訶薩能行般若波羅蜜多爾時具壽善現白佛言世尊若時菩薩摩訶薩行深般若波羅蜜多觀察諸法是時菩薩摩訶薩於色乃至識都無所得無受無取無住無著亦不施設爲色蘊乃至

識蘊於眼處乃至意處於色處乃至法處於眼界乃至意界於色界乃至法界於眼識界乃至意識界於眼觸乃至意觸於眼觸爲緣所生諸受乃至意觸爲緣所生諸受於地界乃至識界於因緣乃至增上緣於無明乃至老死亦復如是是時菩薩摩訶薩於布施波羅蜜多乃至般若波羅蜜多都無所得無受無取無住無著亦不施設爲布施波羅蜜多乃至般若波羅蜜多於內空乃至無性自性空於苦聖諦乃至道聖諦於四念住乃至八聖道支於四靜慮四無量四無色定於八解脫九次第定於空無相無願解脫門於淨觀地乃至如來地於極喜地乃至法雲地於五眼六神通於如來十力乃至十八佛不共法於無忘失法恒住捨性於一切陀羅尼門三摩地門於諸菩薩摩訶薩行諸佛無上正等菩提於真如乃至不思議界於斷界乃至無爲界於一切智道相智一切相智亦復如是何以故世尊是菩薩摩訶薩行深般若波羅蜜多時不見色蘊乃至識蘊如是乃至不見一切智道相智一切相智故所以者何以色性空無生無滅受想行識性空無生無滅如是乃至以一切智性空無生無滅道相智一切相智性空無生無滅世尊色無生無滅即非色受想行識無生無滅即非受想行識如是乃至一切智無生無滅即非一切智道相智一切相智無生無滅即非道相智一切相智所以者何色乃至識與無生無滅無二無二分如是乃至一切智道相智一切相智與無生無滅無二無二分何以故世尊以無生

無滅法非一非二非多非異是故色乃至識無生無滅即非色乃至識如是乃至一切智道相智一切相智無生無滅即非一切智道相智一切相智世尊色不二即非色受想行識不二即非受想行識如是乃至一切智不二即非一切智道相智一切相智不二即非道相智一切相智世尊色入無二法數受想行識入無二法數是故名色乃至識如是乃至一切智入無二法數道相智一切相智入無二法數是故名一切智道相智一切相智爾時舍利子問具壽善現言仁者所説若時菩薩摩訶薩行深般若波羅蜜多觀察諸法者何謂菩薩摩訶薩何謂般若波羅蜜多云何觀察諸法善現答言尊者所問何謂菩薩摩訶薩者舍利子爲欲利樂諸有情故勤求

無上正等菩提故名菩薩具如實覺雖徧了知一切法相而無所執故復名摩訶薩時舍利子問善現言云何菩薩摩訶薩具如實覺雖徧了知一切法相而無所執善現答言舍利子諸菩薩摩訶薩雖如實知一切色相而無所執雖如實知一切受想行識相而無所執如是乃至雖如實知一切一切相智而無所執雖如實知一切道相智一切相智相而無所執時舍利子問善現言何等名爲一切法相善現答言若由如是諸行相狀表知諸法是色是聲是香是味是觸是法是内是外是有漏是無漏是有爲是無爲此等名爲一切法相復次舍利子尊者所問何謂般若波羅蜜多者舍利子有勝妙慧於一切法能如實覺遠有所離故名般若波羅蜜多時舍利

子問善現言此於何法而能遠離善現荅言此於諸蘊諸處諸界緣起等法皆能遠離故名般若波羅蜜多又舍利子有勝妙慧於一切法能如實覺遠有所到故名般若波羅蜜多時舍利子問善現言此於何法而能遠到善現荅言此於布施波羅蜜多乃至般若波羅蜜多皆能遠到如是乃至此於一切智道相智一切相智皆能遠到故名般若波羅蜜多舍利子由此因緣說爲般若波羅蜜多復次舍利子尊者所問云何觀察諸法者舍利子諸菩薩摩訶薩行深般若波羅蜜多時觀察色乃至識非常非無常非樂非苦非我非無我非淨非不淨非空非不空非有相非無相非有願非無願非寂靜非不寂靜非遠離非不遠離如是乃至觀察一切智道相智一切相智非常非無常非樂非苦非我非無我非淨非不淨非空非不空非有相非無相非有願非無願非寂靜非不寂靜非遠離非不遠離舍利子此等名爲觀察諸法舍利子諸菩薩摩訶薩行深般若波羅蜜多時應作如是觀察諸法爾時舍利子問具壽善現言仁者何緣作如是說色乃至識無生無滅即非色乃至識如是乃至一切智道相智一切相智無生無滅即非一切智道相智一切相智善現荅言舍利子色乃至識色乃至識性空此性空中無生無滅亦無色乃至識由斯故說色乃至識無生無滅即非色乃至識如是乃至一切智道相智一切相智一切智道相智一切相智性空此性空中無生無滅亦無一切智道相智一切相智由斯故說一切智

道相智一切相智無生無滅即非一切智道相智一切相智爾時舍利子問具壽善現言仁者何緣作如是說色乃至識不二即非色乃至識如是乃至一切智道相智一切相智不二即非一切智道相智一切相智善現答言舍利子若色若不二乃至若識若不二如是乃至若一切智若不二若道相智一切相智若不二如是一切非合非散無色無見無對一相所謂無相由斯故說色乃至識不二即非色乃至識如是乃至一切智道相智一切相智不二即非一切智道相智一切相智爾時舍利子問具壽善現言仁者何緣作如是說色乃至識入無二法數是故名色乃至識如是乃至一切智道相智一切相智入無二法數是故名一切智道相智一切相智善現答言舍利子色乃至識不異無生無滅無生無滅不異色乃至識色乃至識即是無生無滅無生無滅即是色乃至識如是乃至一切智道相智一切相智不異無生無滅無生無滅不異一切智道相智一切相智一切智道相智一切相智即是無生無滅無生無滅即是一切智道相智一切相智由斯故說色乃至識入無二法數是故名色乃至識如是乃至一切智道相智一切相智入無二法數是故名一切智道相智一切相智

大般若波羅蜜多經卷第四百九十七

大般若波羅蜜多經卷第四百九十八

唐三藏法師玄奘奉詔譯

第三分善現品第三之十七

爾時具壽善現白佛言世尊若時菩薩摩訶薩行深般若波羅蜜多如實觀察一切法相是時菩薩摩訶薩見我乃至見者無生畢竟淨故見色乃至識無生畢竟淨故見眼處乃至意處無生畢竟淨故見色處乃至法處無生畢竟淨故見眼界乃至意界無生畢竟淨故見色界乃至法界無生畢竟淨故見眼識界乃至意識界無生畢竟淨故見眼觸乃至意觸無生畢竟淨故見眼觸爲緣所生諸受乃至意觸爲緣所生諸受無生畢竟淨故見地界乃至識界無生畢竟淨故見因緣乃至增上緣無生畢竟淨故見無明乃至老死無生畢竟淨故見布施波羅蜜多乃至般若波羅蜜多無生畢竟淨故見内空乃至無性自性空無生畢竟淨故見眞如乃至不思議界無生畢竟淨故見斷界乃至無爲界無生畢竟淨故見苦集滅道聖諦無生畢竟淨故見四念住乃至八聖道支無生畢竟淨故見四靜慮四無量四無色定無生畢竟淨故見八解脫九次第定無生畢竟淨故見空無相無願解脫門無生畢竟淨故見淨觀地乃至如來地無生畢竟淨故見極喜地乃至法雲地無生畢竟淨故見五眼六神通無生畢竟淨故見如來十力乃至十八佛不共法無生畢竟淨故見無忘失法恒住捨性無生畢竟淨故見一切陀羅尼門三摩地門無生畢竟淨故見一切智道相智一切相智無生畢竟淨

故見異生及異生法無生畢竟淨故見預流及預流法無生畢竟淨故見一來及一來法無生畢竟淨故見不還及不還法無生畢竟淨故見阿羅漢及阿羅漢法無生畢竟淨故見獨覺及獨覺法無生畢竟淨故見菩薩摩訶薩及菩薩摩訶薩法無生畢竟淨故見諸如來應正等覺及諸如來應正等覺法無生畢竟淨故時舍利子語善現言如我領解仁所說義我有情等畢竟不生色乃至識畢竟不生乃至如來應正等覺及如來法畢竟不生若如是者諸異生類六趣受生應無差別不應預流得預流果不應一來得一來果不應不還得不還果不應阿羅漢得阿羅漢果不應獨覺得獨覺菩提不應菩薩摩訶薩為得一切相智精勤修學漸次證得五種菩提

復次善現若一切法畢竟不生云何預流為預流果勤修永斷三結真道云何一來為一來果勤修永斷貪恚癡道云何不還為不還果勤修永斷順下結道建立五種分位差別云何阿羅漢為阿羅漢果勤修永斷順上結道云何獨覺為獨覺菩提勤修獨悟緣起法道云何菩薩摩訶薩為度無量無數有情勤修多百千難行苦行備受無量難忍大苦云何如來應正等覺證得無上正等菩提轉妙法輪度有情類善現報言舍利子非我於彼無生法中許有異生乘煩惱業往來六趣受生差別非我於彼無生法中許有能入諦現觀者非我於彼無生法中許有預流得預流果乃至有獨覺得獨覺菩提非我於彼無生法中許有菩薩摩訶薩為得一切相智精勤

修學漸次證得五種菩提非我於彼無生法中許有預流爲預流果勤修永斷三結眞道乃至有獨覺爲獨覺菩提勤修獨悟緣起法道非我於彼無生法中許有菩薩摩訶薩爲度無量無數有情勤修多百千難行苦行備受無量難忍大苦然諸菩薩摩訶薩雖爲有情修無量種難行苦行而於其中無苦行想所以者何若於苦行住苦行想終不能爲無量無數無邊有情作大饒益一切菩薩摩訶薩衆以無所得而爲方便於諸有情住如父母兄弟妻子及己身想爲度彼故發起無上正等覺心乃能爲彼無量無數無邊有情作大饒益舍利子諸菩薩摩訶薩應作是念如我自性於一切法以一切種一切處時求不可得內外諸法亦復如是都無所有皆不可得若住此想便不見有難行苦行由此能爲無量無數無邊有情修多百千難行苦行作大饒益所以者何是菩薩摩訶薩於一切法一切有情以一切種一切處時求不可得故於其中無所執著舍利子非我於彼無生法中許有如來應正等覺證得無上正等菩提轉妙法輪度有情類何以故舍利子以一切法一切有情都無所有不可得故無證無度及證度者爾時舍利子問具壽善現言於意云何爲許生法證生法爲許無生法證無生法耶善現荅言我不許生法證生法亦不許無生法證無生法時舍利子復問具壽善現言於意云何爲許生法證無生法爲許無生法證生法耶善現荅言我亦不許生法證無生法亦復不許無生法證生法舍利子言若

如是者豈都無得無現觀耶善現荅言雖有得有現觀然不由此二法而證但隨世間言說施設有得現觀非勝義中有得現觀但隨世間言說施設有預流預流果廣說乃至有諸如來應正等覺有佛無上正等菩提非勝義中有如是事舍利子言若隨世間言說施設有得現觀及預流等非勝義中有此事者六趣差别亦隨世間言說施設非勝義耶善現荅言如是如是所以者何非勝義中有諸煩惱業果異熟若生若滅染淨法故爾時舍利子復問具壽善現言於意云何爲許未生法生爲許已生法生耶善現荅言我不許未生法生亦不許已生法生舍利子言何等是未生法而不許彼生善現荅言色乃至識是未生法我不許彼生所以者何自性空故如是乃至諸佛無上正等菩提是未生法我不許彼生所以者何自性空故舍利子言何等是已生法而不許彼生善現荅言色乃至識是已生法我不許彼生所以者何自性空故如是乃至諸佛無上正等菩提是已生法我不許彼生所以者何自性空故爾時舍利子復問具壽善現言於意云何爲許生生爲許不生生耶善現荅言我不許生生亦不許不生生所以者何生與不生如是二法非合非散無色無見無對一相所謂無相由如是義我不許生生亦不許不生生爾時舍利子問具壽善現言仁者於所說無生法樂辯說無生相耶善現荅言我於所說無生法亦不樂辯說無生相所以者何若無生法若無生相若樂若辯說如是一切皆非合非散無色無

見無對一相所謂無相不可辯說時舍利子問善現言於無生法起無生言此無生言亦無生不善現荅言如是如是於無生法起無生言此法及言俱無生義所以者何色乃至識一切無生何以故本性空故眼處乃至意處一切無生何以故本性空故色處乃至法處一切無生何以故本性空故眼界乃至意界一切無生何以故本性空故色界乃至法界一切無生何以故本性空故眼識界乃至意識界一切無生何以故本性空故眼觸乃至意觸一切無生何以故本性空故眼觸爲緣所生諸受乃至意觸爲緣所生諸受一切無生何以故本性空故地界乃至識界一切無生何以故本性空故因緣乃至增上緣一切無生何以故本性空故無明乃至老死一切無生何以故本性空故身語意行一切無生何以故本性空故布施波羅蜜多乃至般若波羅蜜多一切無生何以故本性空故如是乃至一切智道相智一切相智一切無生何以故本性空故舍利子由如是義於無生法起無生言此法及言俱無生義舍利子若所說法若能說言說者聽者皆無生義所以者何以一切法本性皆空空中都無能所生義時舍利子讃善現言說法人中仁爲第一除佛世尊無能及者所以者何隨所問詰種種法門皆能酬荅無所滯礙善現報言諸佛弟子於一切法無依著者法爾皆能隨所問詰一一酬荅自在無畏所以者何以一切法無所依故時舍利子問善現言云何諸法都無所依善現荅言色乃至識本性空故不依

内不依外不依兩間如是乃至一切智道相智一切相智本性空故不依内不依外不依兩間舍利子由如是義我説諸法都無所依如是舍利子諸菩薩摩訶薩修行六種波羅蜜多時應淨色應淨受想行識如是乃至應淨一切智應淨道相智一切相智如是亦應淨菩提道時舍利子問善現言云何菩薩摩訶薩修行六種波羅蜜多時淨菩提道善現荅言舍利子布施淨戒安忍精進靜慮般若波羅蜜多各有二種所謂世間及出世間舍利子言云何世間布施波羅蜜多云何出世間布施波羅蜜多善現荅言舍利子若菩薩摩訶薩爲大施主能施一切沙門婆羅門貧病孤露道行乞者衣服飲食及餘資具若復有來乞男與男乞女與女乞妻妾與妻妾乞官位與官位乞國土與國土乞王位與王位乞頭與頭乞目與目乞手足與手足乞支節與支節乞血肉與血肉乞皮骨與皮骨乞僮僕與僮僕乞生類與生類如是一切隨其所求内外之物悉皆施與雖作是施而有所依謂作是念我施彼受我爲施主我不慳貪我隨佛教一切能捨我行布施波羅蜜多彼行施時以有所得而爲方便與諸有情平等共有迴向無上正等菩提復作是念我持此福施諸有情令得此世後世安樂乃至證得無餘涅槃彼著三輪而行布施一者自想二者他想三者施想由著此三輪而行施故名世間布施波羅蜜多云何此施名爲世間以與世間同修行故不能動出世間法故如是名爲世間布施波羅蜜多舍利子若菩薩摩訶

薩行布施時三輪清淨一者不執我爲施者二者不執彼爲受者三者不執施及施果是菩薩摩訶薩行布施時三輪清淨復次舍利子若菩薩摩訶薩以大悲心而爲上首所修施福普施有情於諸有情都無所得雖與有情平等共有迴向無上正等菩提而於其中不見少相由都無所執而行施故名出世間布施波羅蜜多云何此施名出世間不與世間同修行故能永動出世間法故如是名爲出世布施波羅蜜多舍利子言云何世間淨戒波羅蜜多乃至般若波羅蜜多云何出世間淨戒波羅蜜多乃至般若波羅蜜多善現荅言舍利子若菩薩摩訶薩修行淨戒乃至般若時有所依者著三輪故名爲世間波羅蜜多以與世間同修行故不能動出世間法故若菩薩摩訶薩修行淨戒乃至般若時無所依者三輪淨故名出世間波羅蜜多不與世間同修行故能永動出世間法故復次舍利子諸菩薩摩訶薩所修般若波羅蜜多有是世間有是出世云何名爲世間般若波羅蜜多云何名爲出世般若波羅蜜多舍利子若菩薩摩訶薩修布施時依有所得而行布施謂作是念我能調伏慳貪之心而行布施是菩薩摩訶薩依我有情布施想故雖捨一切內外所有而不名爲出世般若若菩薩摩訶薩修淨戒時依有所得而修淨戒謂作是念我能安住杜多功德我能調伏身語及心我能修行十善業道是菩薩摩訶薩依止我見及有情見諸善法見雖能修行種種淨戒亦持施與一切有情平等共有迴向無上正

等菩提而於菩提謂爲實有依諸功德自讚毁他亦不名爲出世般若若菩薩摩訶薩修安忍時依有所得而修安忍謂作是念我能忍受一切有情於我所行種種惡事是菩薩摩訶薩依我有情安忍見故雖能忍受他所作惡亦能持此安忍善根與諸有情平等共有迴向無上正等菩提而有所得爲方便故亦不名爲出世般若若菩薩摩訶薩修精進時依有所得而修精進謂作是念我能發起身心精進勤修福慧二種資粮是菩薩摩訶薩雖常發起身心精進勤修福慧二種資粮而得身心福慧之相及得我相諸有情相亦得所求菩提之相由有所得爲方便故未得名爲出世般若若菩薩摩訶薩修靜慮時依有所得而修靜慮謂作是念我能修行慈悲喜捨等持等至靜慮神通入出自在是菩薩摩訶薩於諸靜慮深生味著雖持所得靜慮善根與諸有情平等共有迴向無上正等菩提以有所得爲方便故而未名爲出世般若若菩薩摩訶薩修般若時依有所得而修般若謂作是念我能觀察一切法空所謂色空乃至識空如是乃至諸佛無上正等菩提亦皆是空是菩薩摩訶薩以有所得而爲方便雖觀一切皆畢竟空亦持善根施有情類迴向無上正等菩提亦於自他所修善法平等發起隨喜之心亦能悔除自所作惡亦能勸請十方世界無量如來應正等覺轉妙法輪度有情衆亦能發願起勝神通爲諸有情作大饒益而有所得爲方便故猶未名爲出世般若如是名爲世間般若波羅蜜多舍利子

若菩薩摩訶薩修布施時用微妙慧以無所得而爲方便於我有情及布施等都無所得爲趣無上正等菩提三輪清淨而修布施波羅蜜多淨菩提道是則名爲出世般若若菩薩摩訶薩用微妙慧以無所得而爲方便於我有情及淨戒等都無所得爲趣無上正等菩提三輪清淨而修淨戒波羅蜜多淨菩提道是則名爲出世般若若菩薩摩訶薩用微妙慧以無所得而爲方便於我有情及安忍等都無所得爲趣無上正等菩提三輪清淨而修安忍波羅蜜多淨菩提道是則名爲出世般若若菩薩摩訶薩用微妙慧以無所得而爲方便於我有情身心精進福慧資粮都無所得爲趣無上正等菩提三輪清淨而修精進波羅蜜多淨菩提道是則名爲出世般若若菩薩摩訶薩用微妙慧以無所得而爲方便於我有情及諸靜慮等持等至都無所得爲趣無上正等菩提三輪清淨而修靜慮波羅蜜多淨菩提道是則名爲出世般若若菩薩摩訶薩用微妙慧以無所得而爲方便於一切法一切有情都無所得爲趣無上正等菩提三輪清淨而修般若波羅蜜多淨菩提道是則名爲出世般若是菩薩摩訶薩持如是等一切善根與諸有情平等共有迴向無上正等菩提如是迴向當知即是無上迴向無差別迴向無等等迴向不思議迴向無對迴向無量迴向微妙迴向如是名爲出世般若波羅蜜多舍利子如是六種波羅蜜多何因緣故名爲世間復何因緣名爲出世間舍利子世間者謂彼六種波羅蜜多是世間

故名爲世間造世間故名爲世間由世間故名爲世間爲世間故名爲世間因世間故名爲世間屬世間故名爲世間依世間故名爲世間舍利子出世間者謂此六種波羅蜜多是出世間故名出世拔出世間故名出世由世間出故名出世爲世間出故名出世從世間出故名出世世間之出故名出世依世間出故名出世舍利子如是菩薩摩訶薩修行六種波羅蜜多時淨菩提道爾時舍利子問具壽善現言何等名爲諸菩薩摩訶薩菩提道善現荅言舍利子布施波羅蜜多乃至般若波羅蜜多是菩薩摩訶薩菩提道內空乃至無性自性空是菩薩摩訶薩菩提道眞如乃至不思議界是菩薩摩訶薩菩提道苦集滅道聖諦是菩薩摩訶薩菩提道四念住乃至八聖道支是菩薩摩訶薩菩提道四靜慮四無量四無色定是菩薩摩訶薩菩提道八解脫九次第定是菩薩摩訶薩菩提道空無相無願解脫門是菩薩摩訶薩菩提道極喜地乃至法雲地是菩薩摩訶薩菩提道一切陀羅尼門三摩地門是菩薩摩訶薩菩提道五眼六神通是菩薩摩訶薩菩提道如來十力乃至十八佛不共法是菩薩摩訶薩菩提道無忘失法恒住捨性是菩薩摩訶薩菩提道一切智道相智一切相智是菩薩摩訶薩菩提道舍利子如是等無量無邊大功德聚一切皆是諸菩薩摩訶薩菩提道爾時舍利子問具壽善現言如是所說大功德聚爲由何等波羅蜜多勢力所辦善現荅言如是所說大功德聚皆由般若波羅蜜多勢力所辦

何以故舍利子如是般若波羅蜜多能與一切善法爲母一切聲聞獨覺菩薩如來善法從此生故如是般若波羅蜜多普能攝受一切善法一切聲聞獨覺菩薩如來善法依此住故舍利子過去菩薩摩訶薩衆修學般若波羅蜜多極圓滿故已得無上正等菩提未來菩薩摩訶薩衆修學般若波羅蜜多極圓滿故當得無上正等菩提現在十方諸佛國土無量菩薩摩訶薩衆修學般若波羅蜜多極圓滿故今得無上正等菩提復次舍利子若菩薩摩訶薩聞說般若波羅蜜多心無疑惑亦不迷悶當知是菩薩摩訶薩住如是住恒不捨離謂無所得而爲方便常勤救濟一切有情當知是菩薩摩訶薩成就如是最勝作意所謂大悲相應作意時舍利子謂善現言若菩薩摩訶薩住如是住恒不捨離成就大悲相應作意者則一切有情亦應成就菩薩摩訶薩所以者何以一切有情亦於此住及此作意常不捨離則諸菩薩摩訶薩與一切有情應無差別爾時具壽善現報舍利子言善哉善哉誠如所說能如實知我所說意雖似難我而成我義何以故舍利子有情乃至見者非有故當知如是住及作意亦非有有情乃至見者無實故當知如是住及作意亦無實有情乃至見者無性故當知如是住及作意亦無性有情乃至見者空故當知如是住及作意亦空有情乃至見者遠離故當知如是住及作意亦遠離有情乃至見者寂靜故當知如是住及作意亦寂靜有情乃至見者無覺知故當知如是住及作意亦無覺

知舍利子色乃至識非有故無實故無性故空故遠離故寂靜故無覺知故當知如是住及作意亦非有無實無性空遠離寂靜無覺知如是乃至聲聞獨覺無上菩提非有故無實故無性故空故遠離故寂靜故無覺知故當知如是住及作意亦非有無實無性空遠離寂靜無覺知舍利子由此因緣諸菩薩摩訶薩於如是住及此作意常不遠離與諸有情亦無差別以一切法及諸有情皆畢竟空無差別故爾時世尊讚善現曰善哉善哉汝善能爲諸菩薩摩訶薩宣說般若波羅蜜多此皆如來威神之力若有欲爲諸菩薩摩訶薩宣說般若波羅蜜多皆應如汝之所宣說若菩薩摩訶薩欲學般若波羅蜜多皆應隨汝所說而學若菩薩摩訶薩隨汝所說而學般若波羅蜜多是菩薩摩訶薩疾得無上正等菩提轉妙法輪窮未來際利益安樂一切有情具壽善現爲衆宣說甚深般若波羅蜜多時於此三千大千世界六種變動東涌西没西涌東没南涌北没北涌南没中涌邊没邊涌中没爾時世尊即便微笑具壽善現白言世尊何因何緣現此微笑佛告善現如我今者於此三千大千世界爲諸菩薩摩訶薩衆宣說般若波羅蜜多今於十方無量無數無邊世界各有如來應正等覺亦爲菩薩摩訶薩衆宣說般若波羅蜜多如我今者於此三千大千世界宣說般若波羅蜜多有十二京天人等衆於一切法得無生忍今於十方無量無數無邊世界各有無量無數無邊諸有情類聞彼諸佛爲諸菩薩摩訶薩衆宣說

般若波羅蜜多於空法中深生信解皆發無上正等覺心勤修菩薩摩訶薩行

第三分天帝品第四之一

爾時於此三千大千佛之世界所有一切四大天王及諸天帝展轉乃至色究竟天各與無量百千俱胝那庾多衆俱來會坐是諸天衆淨業所感異熟身光雖能照曜而比如來所現常光百分不及一千分不及一乃至鄔波尼殺曇分亦不及一所以者何佛身常光威德熾盛於諸光中最尊最勝最上最妙無比無等無上第一蔽諸天光皆令不現如秋滿月映奪衆星時天帝釋白善現言今此三千大千世界所有一切四大天王及諸天帝展轉乃至色究竟天各與眷屬皆來集會欲聞大德宣說般若波羅蜜多唯願大德哀愍爲說大德何謂菩薩摩訶薩甚深般若波羅蜜多云何菩薩摩訶薩應住般若波羅蜜多云何菩薩摩訶薩應學般若波羅蜜多爾時具壽善現告天帝釋言憍尸迦汝等天衆皆應諦聽善思念之吾當承佛威神之力順如來意爲諸菩薩摩訶薩衆宣說般若波羅蜜多如菩薩摩訶薩可於其中應如是住應如是學憍尸迦汝諸天等未發無上菩提心者今皆應發憍尸迦諸有已入聲聞獨覺正性離生不復能發大菩提心何以故憍尸迦彼於生死流已作限隔故其中若有能發無上菩提心者我亦隨喜所以者何諸有勝人應求勝法我終不障他勝善品憍尸迦汝問何謂菩薩摩訶薩甚深般若波羅蜜多者諦聽諦聽當爲汝說憍尸迦若菩薩摩訶薩起應

一切智智心以無所得爲方便思惟色蘊乃至識蘊若無常若苦若無我若不淨若空若無相若無願若寂靜若遠離若如病若如癰若如箭若如瘡若熱惱若逼切若敗壞若衰朽若變動若速滅若可畏若可猒若有灾若有横若有疫若有癘若不安隱不可保信無生無滅無染無淨無作無爲思惟眼處乃至意處思惟色處乃至法處思惟眼界乃至意界思惟色界乃至法界思惟眼識界乃至意識界思惟眼觸乃至意觸思惟眼觸爲緣所生諸受乃至意觸爲緣所生諸受思惟地界乃至識界思惟無明乃至老死亦復如是憍尸迦是謂菩薩摩訶薩甚深般若波羅蜜多復次憍尸迦若菩薩摩訶薩起應一切智智心以無所得爲方便思惟無明緣行行緣識識緣名色名色緣六處六處緣觸觸緣受受緣愛愛緣取取緣有有緣生生緣老死乃至純大苦蘊集已復以無所得爲方便思惟無明滅故行滅行滅故識滅識滅故名色滅名色滅故六處滅六處滅故觸滅觸滅故受滅受滅故愛滅愛滅故取滅取滅故有滅有滅故生滅生滅故老死乃至純大苦蘊滅如是諸滅無我空無相無願寂靜遠離無生無滅無染無淨無作無爲憍尸迦是謂菩薩摩訶薩甚深般若波羅蜜多復次憍尸迦若菩薩摩訶薩起應一切智智心以無所得爲方便思惟内空乃至無性自性空無我我所無相無願寂靜遠離無生無滅無染無淨無作無爲憍尸迦是謂菩薩摩訶薩甚深般若波羅蜜多復次憍尸迦若菩薩摩訶薩起應一切

智智心以無所得爲方便思惟眞如乃至不思議界無我我所無相無願寂靜遠離無生無滅無染無淨無作無爲憍尸迦是謂菩薩摩訶薩甚深般若波羅蜜多復次憍尸迦若菩薩摩訶薩起應一切智智心以無所得爲方便思惟斷界乃至無爲界無我我所無相無願寂靜遠離無生無滅無染無淨無作無爲憍尸迦是謂菩薩摩訶薩甚深般若波羅蜜多復次憍尸迦若菩薩摩訶薩起應一切智智心以無所得爲方便思惟布施波羅蜜多乃至般若波羅蜜多思惟四念住乃至八聖道支思惟四靜慮四無量四無色定思惟八解脫九次第定思惟空無相無願解脫門思惟淨觀地乃至如來地思惟極喜地乃至法雲地思惟五眼六神通思惟如來十力乃至十八佛不共法思惟無忘失法恒住捨性思惟一切陀羅尼門三摩地門思惟一切智道相智一切相智皆是無常無我空無相無願寂靜遠離變動速滅不可保信無生無滅無染無淨無作無爲憍尸迦是謂菩薩摩訶薩甚深般若波羅蜜多復次憍尸迦若菩薩摩訶薩起應一切智智心以無所得爲方便安住内空乃至無性自性空安住眞如乃至不思議界安住斷界乃至無爲界安住苦聖諦乃至道聖諦憍尸迦是謂菩薩摩訶薩甚深般若波羅蜜多復次憍尸迦若菩薩摩訶薩起應一切智智心以無所得爲方便修行布施波羅蜜多乃至般若波羅蜜多修行四念住乃至八聖道支修行四靜慮四無量四無色定修行八解脫九次第定修行空無相

無願解脫門修行極喜地乃至法雲地修行五眼六神通修行如來十力乃至十八佛不共法修行無忘失法恒住捨性修行一切陀羅尼門三摩地門修行一切智道相智一切相智修行一切菩薩摩訶薩行修行諸佛無上正等菩提憍尸迦是謂菩薩摩訶薩甚深般若波羅蜜多

大般若波羅蜜多經卷第四百九十八

音釋

如癰（癰於容切癰癤也） 有疫（疫音役瘟疫也） 有癘（癘力霽切疾疫也）

大般若波羅蜜多經卷第四百九十九

唐三藏法師玄奘奉　詔譯

第三分天帝品第四之二

復次憍尸迦若菩薩摩訶薩行深般若波羅蜜多時作如是觀唯有諸法更相緣助滋潤增長展轉周遍其中都無我及我所如實觀察不可得故復作是觀諸菩薩摩訶薩以所修集殊勝善根與諸有情平等共有迴向無上正等菩提集善根心不與迴向心和合迴向心亦不與集善根心和合迴向心不與菩提心和合菩提心亦不與迴向心和合集善根心於迴向心中無所有不可得迴向心於集善根心中亦無所有不可得迴向心於菩提心中無所有不可得菩提心於迴向心中亦無所有不可得諸菩薩摩訶薩雖如實觀諸法而於諸法都無所見憍尸迦是謂菩薩摩訶薩甚深般若波羅蜜多時天帝釋問善現言大德云何諸菩薩摩訶薩集善根心不與迴向心和合迴向心亦不與集善根心和合迴向心不與菩提心和合菩提心亦不與迴向心和合集善根心於迴向心中無所有不可得迴向心於集善根心中亦無所有不可得迴向心於菩提心中無所有不可得菩提心於迴向心中亦無所有不可得善現答言憍尸迦諸菩薩摩訶薩集善根心則非心迴向心菩提心亦非心不應非心能有所集若能迴向若所迴向不應非心迴向非心心亦不應迴向非心非心不應迴向於心心亦不應迴向於心何以故憍尸迦非心即是不可思議不可思議即是非心如是二種俱無

所有無所有中無迴向義憍尸迦心無自性心所亦然心及心所既無自性故心亦無迴向心義憍尸迦諸菩薩摩訶薩若作是觀是謂菩薩摩訶薩甚深般若波羅蜜多爾時世尊讃善現曰善哉善哉汝今善能爲諸菩薩摩訶薩衆宣說般若波羅蜜多亦能勸勵諸菩薩摩訶薩令深歡喜勤修般若波羅蜜多具壽善現便白佛言我既知恩云何不報所以者何過去諸佛及諸弟子爲諸菩薩摩訶薩衆宣說六種波羅蜜多示現教導讃勵慶喜安慰建立令得究竟世尊爾時亦在中學今證無上正等菩提轉妙法輪饒益我等故我今者應隨佛教爲諸菩薩摩訶薩衆宣說六種波羅蜜多示現教導讃勵慶喜安慰建立令得究竟速證無上正等菩提轉妙法輪窮未來際利益安樂一切有情是則名爲報彼恩德爾時具壽善現復告天帝釋言憍尸迦汝問云何菩薩摩訶薩應住般若波羅蜜多者諦聽諦聽當爲汝說諸菩薩摩訶薩於深般若波羅蜜多如所應住不應住相憍尸迦色蘊乃至識蘊色蘊乃至識蘊性空諸菩薩摩訶薩諸菩薩摩訶薩性空若色蘊乃至識蘊性空若諸菩薩摩訶薩性空如是一切皆無二無二分憍尸迦諸菩薩摩訶薩於深般若波羅蜜多應如是住憍尸迦眼處乃至意處眼處乃至意處性空色處乃至法處色處乃至法處性空眼界乃至意界眼界乃至意界性空色界乃至法界色界乃至法界性空眼識界乃至意識界眼識界乃至意識界性空眼觸乃至意觸眼觸乃至意觸性空眼

觸爲緣所生諸受乃至意觸爲緣所生諸受眼觸爲緣所生諸受乃至意觸爲緣所生諸受性空地界乃至識界地界乃至識界性空因緣乃至增上緣因緣乃至增上緣性空無明乃至老死無明乃至老死性空無明滅乃至老死滅無明滅乃至老死滅性空布施波羅蜜多乃至般若波羅蜜多布施波羅蜜多乃至般若波羅蜜多性空内空乃至無性自性空内空乃至無性自性空性空眞如乃至不思議界眞如乃至不思議界性空斷界乃至無爲界斷界乃至無爲界性空苦集滅道聖諦苦集滅道聖諦性空四念住乃至八聖道支四念住乃至八聖道支性空四靜慮四無量四無色定四靜慮四無量四無色定性空八解脫九次第定八解脫九次第定性空空無相無願解脫門空無相無願解脫門性空淨觀地乃至如來地淨觀地乃至如來地性空極喜地乃至法雲地極喜地乃至法雲地性空五眼六神通五眼六神通性空如來十力乃至十八佛不共法如來十力乃至十八佛不共法性空無忘失法恒住捨性無忘失法恒住捨性性空一切陀羅尼門三摩地門一切陀羅尼門三摩地門性空聲聞獨覺無上乘聲聞獨覺無上乘性空預流乃至如來預流乃至如來性空一切智道相智一切相智一切智道相智一切相智性空諸菩薩摩訶薩諸菩薩摩訶薩性空若眼處乃至一切相智性空若諸菩薩摩訶薩性空如是一切皆無二無二分憍尸迦諸菩薩摩訶薩於深般若波羅蜜多應如是住時天帝釋問善

現言云何菩薩摩訶薩行深般若波羅蜜多時所不應住善現荅言憍尸迦諸菩薩摩訶薩行深般若波羅蜜多時不應住色蘊不應住受想行識蘊何以故以有所得爲方便故如是乃至不應住一切智不應住道相智一切相智何以故以有所得爲方便故復次憍尸迦諸菩薩摩訶薩行深般若波羅蜜多時不應住此是色蘊不應住此是受想行識蘊何以故以有所得爲方便故如是乃至不應住此是一切智不應住此是道相智一切相智何以故以有所得爲方便故復次憍尸迦諸菩薩摩訶薩行深般若波羅蜜多時不應住色蘊乃至識蘊若常若無常若樂若苦若我若無我若淨若不淨若空若不空若有相若無相若有願若無願若寂靜若不寂靜若遠離若不遠離何以故以有所得爲方便故如是乃至不應住一切智道相智一切相智若常若無常若樂若苦若我若無我若淨若不淨若空若不空若有相若無相若有願若無願若寂靜若不寂靜若遠離若不遠離何以故以有所得爲方便故復次憍尸迦諸菩薩摩訶薩行深般若波羅蜜多時不應住預流果是無爲所顯何以故以有所得爲方便故不應住一來不還阿羅漢果獨覺菩提諸佛無上正等菩提是無爲所顯何以故以有所得爲方便故復次憍尸迦諸菩薩摩訶薩行深般若波羅蜜多時不應住預流是福田應受供養何以故以有所得爲方便故不應住一來不還阿羅漢獨覺菩薩如來是福田應受供養何以故以有所得爲方便故復次

憍尸迦諸菩薩摩訶薩行深般若波羅蜜多時不應住初地何以故以有所得爲方便故不應住第二地乃至第十地何以故以有所得爲方便故復次憍尸迦諸菩薩摩訶薩行深般若波羅蜜多時不應住初發心已便作是念我當圓滿布施波羅蜜多乃至般若波羅蜜多我當圓滿四念住乃至八聖道支我當圓滿四靜慮四無量四無色定我當圓滿八解脫九次第定我當圓滿空無相無願解脫門我修加行旣圓滿已當入菩薩正性離生我已得入正性離生當住菩薩不退轉地我當圓滿菩薩五通我住菩薩圓滿五通當遊無量無數佛土禮敬瞻仰承事供養諸佛世尊於諸佛所聽聞正法如理思惟廣爲他說我當嚴淨如十方佛所居國土安立有情我當化作如十方佛所居國土安立有情我當成熟諸有情類令證無上正等菩提或得涅槃或居善趣我當往詣無量無數諸佛國土親近承事諸佛世尊復以無邊華香瓔珞寶幢旛蓋伎樂燈明衣服飲食及餘資具供養恭敬尊重讃歎我當安立無量無數無邊有情令於無上正等菩提得不退轉何以故以有所得爲方便故復次憍尸迦諸菩薩摩訶薩行深般若波羅蜜多時不應住作是念我當成辦清淨五眼所謂肉眼天眼慧眼法眼佛眼不應住作是念我當成辦殊勝六通所謂殊勝神境智通天眼智通天耳智通他心智通宿住隨念智通漏盡智通不應住作是念我當成辦一切殊勝三摩地門於諸等持隨心所欲自在遊戲不應住作是念我當

成辦一切殊勝陁羅尼門於諸總持所作事業皆得自在不應住作是念我當成辦如來十力乃至十八佛不共法不應住作是念我當成辦三十二相八十隨好所莊嚴身令諸有情見者歡喜觀無猒倦獲勝利樂不應住作是念我當成辦無忘失法恒住捨性不應住作是念我當成辦一切智道相智一切相智通達諸法無著無礙何以故以有所得爲方便故復次憍尸迦諸菩薩摩訶薩行深般若波羅蜜多時不應住此是隨信行此是隨法行此是第八補特伽羅此是預流極七返有此是家家此是一間此是齊首補特伽羅乃至壽盡煩惱方盡此是預流定不墮法此是中間般涅槃法此是一來至此世間得盡苦際此是不還向此是不還果往彼方得般涅槃者此是阿羅漢向此是阿羅漢果現在必入無餘涅槃此是獨覺此是菩薩超諸聲聞獨覺等地安住菩薩摩訶薩地修一切智及道相智一切相智覺一切法一切相已永斷一切煩惱纏結習氣相續證得無上正等菩提得成如來應正等覺具大威力轉妙法輪作諸佛事度脱無量無數有情令得涅槃畢竟安樂何以故以有所得爲方便故復次憍尸迦諸菩薩摩訶薩行深般若波羅蜜多時不應住作是念我當善修四神足已安住如是殊勝等持由此等持增上勢力令我壽命如殑伽沙大劫而住不應住作是念我當獲得壽量無邊不應住作是念我當成就三十二相是一一相百福莊嚴有情見者獲大利樂不應住作是念我當成就八十隨好是

一一好有無數量希有勝事有情見者得大饒益不應住作是念我當安住一嚴淨土其土寬廣於十方面如殑伽沙世界之量不應住作是念我當安坐一金剛座其座廣大量等三千大千世界不應住作是念我當安處大菩提樹其樹高廣衆寶莊嚴所出妙香氤氳馥能令聞者貪瞋癡等心疾皆除無量無邊身病亦愈諸有聞此菩提樹香離諸聲聞獨覺作意定得無上正等菩提不應住作是念願我當得嚴淨佛土其土清淨無諸穢惡何以故以有所得爲方便故復次憍尸迦諸菩薩摩訶薩行深般若波羅蜜多時不應住作是念願我當得淨佛土中都無執著色蘊乃至識蘊名聲亦無執著眼處乃至意處名聲亦無執著色處乃至法處名聲亦無執著眼界乃至意界名聲亦無執著色界乃至法界名聲亦無執著眼識界乃至意識界名聲亦無執著眼觸乃至意觸名聲亦無執著眼觸爲緣所生諸受乃至意觸爲緣所生諸受名聲亦無執著地界乃至識界名聲亦無執著因緣乃至增上緣名聲亦無執著無明乃至老死名聲亦無執著布施波羅蜜多乃至般若波羅蜜多名聲亦無執著内空乃至無性自性空名聲亦無執著眞如乃至不思議界名聲亦無執著斷界乃至無爲界名聲亦無執著苦集滅道聖諦名聲亦無執著四念住乃至八聖道支名聲亦無執著四靜慮四無量四無色定名聲亦無執著八解脫九次第定名聲亦無執著空無相無願解脫門名聲亦無執著淨觀地乃至如來地名聲亦

無執著極喜地乃至法雲地名聲亦無執著五眼六神通名聲亦無執著如來十力乃至十八佛不共法名聲亦無執著三十二相八十隨好名聲亦無執著無忘失法恒住捨性名聲亦無執著一切陀羅尼門三摩地門名聲亦無執著一切智道相智一切相智名聲亦無執著聲聞獨覺大乘名聲亦無執著預流向預流果乃至菩薩如來名聲何以故以有所得爲方便故所以者何一切如來應正等覺證得無上正等覺時覺一切法都無所有名字音聲皆不可得諸菩薩摩訶薩住不退轉地時亦見諸法都無所有名字音聲都不可得憍尸迦是爲菩薩摩訶薩於深般若波羅蜜多如所應住不應住相憍尸迦諸菩薩摩訶薩於深般若波羅蜜多隨所應住不應住相以無所得而爲方便應如是學時舍利子作是念言若菩薩摩訶薩行深般若波羅蜜多時於一切法皆不應住云何應住甚深般若波羅蜜多具壽善現知舍利子心之所念便謂之曰於意云何諸如來心爲何所住舍利子言諸如來心都無所住所以者何諸佛之心不住色蘊乃至識蘊不住眼處乃至意處不住色處乃至法處不住眼界乃至意界不住色界乃至法界不住眼識界乃至意識界不住眼觸乃至意觸不住眼觸爲緣所生諸受乃至意觸爲緣所生諸受不住地界乃至識界不住因緣乃至增上緣不住無明乃至老死不住有爲界無爲界不住布施波羅蜜多乃至般若波羅蜜多不住內空乃至無性自性空不住真如乃至不思議界不

住斷界乃至無爲界不住苦集滅道聖諦不住四念住乃至八聖道支不住四靜慮四無量四無色定不住八解脫九次第定不住空無相無願解脫門不住淨觀地乃至如來地不住極喜地乃至法雲地不住五眼六神通不住如來十力乃至十八佛不共法不住三十二相八十隨好不住無忘失法恒住捨性不住一切陀羅尼門三摩地門不住一切智道相智一切相智何以故以一切法不可得故如是善現如來之心於一切法都無所住亦非不住時具壽善現謂舍利子言諸菩薩摩訶薩行深般若波羅蜜多時亦復如是雖住般若波羅蜜多而同如來於一切法心無所住亦非不住所以者何諸菩薩摩訶薩行深般若波羅蜜多時雖住般若波羅蜜多而於色蘊非住非不住於受想行識蘊亦非住非不住如是乃至於一切智非住非不住於道相智一切相智亦非住非不住何以故舍利子以色等法無二相故舍利子諸菩薩摩訶薩於深般若波羅蜜多隨此非住非不住相以無所得而爲方便應如是學爾時衆中有諸天子竊作是念諸藥叉等言詞呪句種種差別雖復隱密而我等輩猶可了知尊者善現於深般若波羅蜜多雖以種種言詞顯示然我等輩竟不能解具壽善現知諸天子心之所念便告彼言汝等天子於我所說不能解耶諸天子言如是如是我於尊者所說般若波羅蜜多甚深句義都不能解具壽善現復告彼言我曾於此甚深般若波羅蜜多相應義中不說一字汝亦不聞當何所解何

以故諸天子甚深般若波羅蜜多相應義中文字言說皆遠離故由於此中說者聽者及能解者皆不可得一切如來應正等覺所證無上正等菩提微妙甚深亦復如是天子當知如佛化作一化佛身此化佛身化作四衆俱來集會而爲說法於意云何此中有實能說能聽能解者不諸天子言不也大德善現告言如是天子一切法皆如化故今於此甚深般若波羅蜜多相應義中說者聽者及能解者皆不可得天子當知如夢見佛爲衆說法於意云何此中有實能說能聽能解者不諸天子言不也大德善現告言如是天子一切法皆如夢故今於此甚深般若波羅蜜多相應義中說者聽者及能解者皆不可得天子當知如有二人處一山谷各住一面讚佛法僧俱時發響於意云何是二響聲能互相聞更相解不諸天子言不也大德善現告言如是天子一切法皆如響故今於此甚深般若波羅蜜多相應義中說者聽者及能解者皆不可得天子當知如工幻師或彼弟子於四衢道幻作四衆及一如來爲衆說法於意云何此中有實說者聽者能解者不諸天子言不也大德善現告言如是天子一切法皆如幻故今於此甚深般若波羅蜜多相應義中說者聽者及能解者皆不可得天子當知由是因緣我當於此甚深般若波羅蜜多相應義中不說一字汝亦不聞當何所解時諸天子復作是念大德善現於此般若波羅蜜多甚深義中雖復種種方便顯說欲令易解然其義趣甚深轉甚深微細更微細難可測

量具壽善現知彼心念便告之曰天子當知色蘊非甚深非微細受想行識蘊亦非甚深非微細何以故諸天子色蘊自性乃至識蘊自性皆非甚深非微細故如是乃至一切智非甚深非微細道相智一切相智亦非甚深非微細何以故諸天子一切智自性道相智一切相智自性皆非甚深非微細故時諸天子復作是念大德善現所說法中不施設色蘊亦不施設受想行識蘊何以故色蘊等性皆不可說故如是乃至不施設一切智亦不施設道相智一切相智何以故一切智等性皆不可說故大德善現所說法中不施設預流向預流果一來向一來果不還向不還果阿羅漢向阿羅漢果獨覺向獨覺果一切菩薩摩訶薩行諸佛無上正等菩提何以故預流向等性皆不可說故大德善現所說法中亦不施設文字語言何以故文字語言性皆不可說故具壽善現知諸天子心所念法便告之言如是如是如汝所念色蘊乃至無上菩提文字語言皆不可說是故於此甚深般若波羅蜜多相應義中無說無聽亦無解者由斯汝等於諸法中應隨所說修深固忍天子當知諸有欲證欲住預流一來不還阿羅漢果獨覺菩提諸佛無上正等菩提要依此忍乃能證住如是天子諸菩薩摩訶薩從初發心乃至究竟應住無說無聽無解甚深般若波羅蜜多常勤修學不應暫捨時諸天子復作是念大德善現於今欲為何等有情說何等法具壽善現知諸天子心之所念而告彼言天子當知吾今欲為如幻如化如夢有

情亦復宣說如幻如化如夢之法所以者何如是聽者於所說法無聞無解無所證故時諸天子尋復問言能說能聽及所說法皆如幻化夢所見耶善現答言如是如是如汝所說如幻有情爲如幻者說如幻法如化有情爲如化者說如化法如夢有情爲如夢者說如夢法天子當知我乃至見者如幻如化如夢所見色蘊乃至識蘊亦如幻如化如夢所見乃至預流一來不還阿羅漢果獨覺菩提諸佛無上正等菩提亦如幻如化如夢所見時諸天子問善現言大德今者爲但說我乃至菩提如幻如化如夢所見爲亦說涅槃如幻如化如夢所見耶善現答言我於今者不但說我乃至菩提如幻如化如夢所見亦說涅槃如幻如化如夢所見天子當知設更有法過涅槃者我亦說爲如幻如化如夢所見何以故諸天子幻化夢事與一切法乃至涅槃悉皆無二無二分故爾時具壽舍利子大目連執大藏滿慈子大迦多衍那大迦葉波等諸大聲聞及無量百千菩薩摩訶薩同時舉聲問具壽善現曰所說般若波羅蜜多如是甚深難見難覺寂靜微妙非所尋思超尋思境最勝第一誰能信受爾時慶喜白大聲聞及諸菩薩摩訶薩言有不退轉諸菩薩摩訶薩於此般若波羅蜜多能深信受復有無量已見聖諦於諸深法能盡源底所願已滿諸漏永盡大阿羅漢於此般若波羅蜜多亦能信受復有無量諸善男子善女人等已於過去無量無數百千俱胝那庾多佛親近供養發弘誓願種諸善根聰明智慧善友所攝

於此般若波羅蜜多亦能信受所以者何如是人等於法非法能無分別謂不以空不空分別色乃至識亦不以色乃至識分別空不空不以有相無相分別色乃至識亦不以色乃至識分別有相無相不以有願無願分別色乃至識亦不以色乃至識分別有願無願不以寂靜不寂靜分別色乃至識亦不以色乃至識分別寂靜不寂靜不以遠離不遠離分別色乃至識亦不以色乃至識分別遠離不遠離不以生不生分別色乃至識亦不以色乃至識分別生不生不以滅不滅分別色乃至識亦不以色乃至識分別滅不滅如是乃至不以空不空分別有爲無爲界亦不以有爲無爲界分別空不空不以有相無相分別有爲無爲界亦不以有爲無爲界分別有相無相不以有願無願分別有爲無爲界亦不以有爲無爲界分別有願無願不以寂靜不寂靜分別有爲無爲界亦不以有爲無爲界分別寂靜不寂靜不以遠離不遠離分別有爲無爲界亦不以有爲無爲界分別遠離不遠離不以生不生分別有爲無爲界亦不以有爲無爲界分別生不生不以滅不滅分別有爲無爲界亦不以有爲無爲界分別滅不滅由此因緣如是人等於此般若波羅蜜多皆能信受時具壽善現告諸天子言如是般若波羅蜜多實爲甚深難見難覺寂靜微妙非所尋思超尋思境最勝第一其中實無能信受者所以者何此中無法可顯可示既實無法可顯可示故信受者亦不可得時舍利子問善現言豈不般若波羅蜜多甚深教

中廣說三乘相應之法謂聲聞乘法獨覺乘法無上乘法廣說攝受諸菩薩摩訶薩從初發心展轉乃至第十發心諸菩薩道所謂布施波羅蜜多乃至般若波羅蜜多安住內空乃至無性自性空安住眞如乃至不思議界安住斷界乃至無爲界安住苦集滅道聖諦若四念住乃至八聖道支若四靜慮四無量四無色定若八解脫九次第定若空無相無願解脫門若極喜地乃至法雲地若五眼六神通若如來十力乃至十八佛不共法若無忘失法恒住捨性若一切陀羅尼門三摩地門若一切智道相智一切相智廣說攝受諸菩薩摩訶薩神通勝事謂菩薩摩訶薩於深般若波羅蜜多勤修行故隨所生處常受化生於不退神通能自在遊戲能善通達無量法門從一佛土至一佛土供養恭敬尊重讚歎諸佛世尊隨所願樂植衆德本於諸佛所受持正法乃至無上正等菩提常不忘失恒居勝定離擾亂心由此因緣得無礙辯無斷盡辯無踈謬辯應辯迅辯諸所演說豐義味辯一切世間最勝妙辯善現答言如是如是誠如所說於此般若波羅蜜多甚深教中以無所得而爲方便廣說三乘相應之法乃至廣說攝受菩薩神通勝事乃至令得一切世間最勝妙辯時舍利子問善現言如是般若波羅蜜多甚深教中諸有所說以無所得爲方便者此於何法以無所得爲方便耶善現答言此於我乃至見者以無所得而爲方便此於色乃至識以無所得而爲方便此於眼處乃至意處以無所得而爲方便此於色處

乃至法處以無所得而爲方便此於眼界乃至意界以無所得而爲方便此於色界乃至法界以無所得而爲方便此於眼識界乃至意識界以無所得而爲方便此於眼觸乃至意觸以無所得而爲方便此於眼觸爲緣所生諸受乃至意觸爲緣所生諸受以無所得而爲方便此於地界乃至識界以無所得而爲方便此於因緣乃至增上緣以無所得而爲方便此於無明乃至老死以無所得而爲方便此於布施波羅蜜多乃至般若波羅蜜多以無所得而爲方便此於內空乃至無性自性空以無所得而爲方便此於眞如乃至不思議界以無所得而爲方便此於斷界乃至無爲界以無所得而爲方便此於苦集滅道聖諦以無所得而爲方便此於四念住乃至八聖道支以無所得而爲方便此於四靜慮四無量四無色定以無所得而爲方便此於八解脫九次第定以無所得而爲方便此於空無相無願解脫門以無所得而爲方便此於淨觀地乃至如來地以無所得而爲方便此於極喜地乃至法雲地以無所得而爲方便此於五眼六神通以無所得而爲方便此於如來十力乃至十八佛不共法以無所得而爲方便此於三十二大士相八十隨好以無所得而爲方便此於無忘失法恒住捨性以無所得而爲方便此於一切陀羅尼門三摩地門以無所得而爲方便此於一切智道相智一切相智以無所得而爲方便此於預流向預流果乃至菩薩摩訶薩行諸佛無上正等菩提以無所得而爲方便時舍利子

問善現言何因緣故於此般若波羅蜜多甚深教中以無所得而爲方便廣說三乘相應之法何因緣故於此般若波羅蜜多甚深教中以無所得而爲方便廣說攝受諸菩薩摩訶薩從初發心展轉乃至第十發心諸菩薩道何因緣故於此般若波羅蜜多甚深教中廣說攝受諸菩薩摩訶薩神通勝事乃至令得一切世間最勝妙辯善現荅言舍利子由內空乃至無性自性空故於此般若波羅蜜多甚深教中以無所得而爲方便廣說三乘相應之法舍利子由內空乃至無性自性空故於此般若波羅蜜多甚深教中以無所得而爲方便廣說攝受諸菩薩摩訶薩從初發心展轉乃至第十發心諸菩薩道舍利子由內空乃至無性自性空故於此般若波羅蜜多甚深教中以無所得而爲方便廣說攝受諸菩薩摩訶薩神通勝事乃至令得一切世間最勝妙辯所以者何以一切法無不皆空究竟推徵不可得故

大般若波羅蜜多經卷第四百九十九

音釋

氤氳　氤音因氳紆倫切氣貌　氛馥　氛敷文切馥音伏香氣也

大般若波羅蜜多經卷第五百

唐三藏法師玄奘奉詔譯

第三分天帝品第四之三

爾時天帝釋及此三千大千世界所有四大王衆天乃至色究竟天咸作是念尊者善現承佛神力爲諸菩薩摩訶薩衆雨大法雨我等今者爲供養故各宜化作天諸妙華奉散如來應正等覺及諸菩薩摩訶薩衆并苾芻僧尊者善現甚深般若波羅蜜多而爲供養時天帝釋及諸天衆作是念已便各化作天妙香華奉散供養時此三千大千世界華悉充滿以佛神力於虚空中合成華臺莊嚴殊妙量等三千大千世界具壽善現覩斯事已作是念言今所散華於諸天處未曾見有是華殊妙定非水陸草木所生應是諸天從心化出時天帝釋既知善現心之所念謂善現言此所散華實非水陸草木所生但是諸天心所化現爾時善現語帝釋言此華不生即非華也時天帝釋問善現言爲但是華不生爲餘法亦爾善現荅言非但是華不生餘法亦無生義何謂也憍尸迦色亦不生受想行識亦不生此既不生即非色乃至識所以者何以不生法離諸戲論不可施設爲色等故眼處乃至意處色處乃至法處眼界乃至意界色界乃至法界眼識界乃至意識界眼觸乃至意觸眼觸爲緣所生諸受乃至意觸爲緣所生諸受地界乃至識界因緣乃至增上緣無明乃至老死布施波羅蜜多乃至般若波羅蜜多内空乃至無性自性空眞如乃至不思議界斷界乃至無爲界苦集滅道聖諦

四念住乃至八聖道支四靜慮四無量四無色定八解脫九次第定空無相無願解脫門淨觀地乃至如來地極喜地乃至法雲地五眼六神通如來十力乃至十八佛不共法三十二大士相八十隨好無忘失法恒住捨性一切陀羅尼門三摩地門一切智道相智一切相智預流向預流果乃至菩薩摩訶薩行諸佛無上正等菩提預流一來不還阿羅漢獨覺菩薩及諸如來應正等覺應知亦爾時天帝釋竊作是念尊者善現智慧甚深不壞假名而說法性佛知其意便印彼言如憍尸迦心之所念具壽善現智慧甚深不壞假名說諸法性時天帝釋即白佛言尊者善現於何等法不壞假名而說法性爾時佛告天帝釋言憍尸迦色乃至識但是假名如是假名不離法性具壽善現不壞如是色等假名而說色等法性所以者何色等法性無壞無不壞是故善現所說亦無壞無不壞如是乃至一切如來應正等覺應知亦爾憍尸迦具壽善現於如是法不壞假名而說法性爾時善現語帝釋言憍尸迦如是如是如佛所說諸所有法無非假名憍尸迦諸菩薩摩訶薩知一切法但假名已應學般若波羅蜜多憍尸迦諸菩薩摩訶薩如是學時不於色學亦不於受想行識學所以者何是菩薩摩訶薩不見色可於中學亦不見受想行識可於中學如是乃至於諸如來應正等覺應知亦爾時天帝釋問善現言諸菩薩摩訶薩何因緣故不見色亦不見受想行識乃至亦不見一切如來應正等覺可於中學善現荅言憍尸迦

色色性空受想行識受想行識性空乃至如來應正等覺如來應正等覺性空憍尸迦諸菩薩摩訶薩由此因緣不見色乃至識乃至不見一切如來應正等覺可於中學何以故憍尸迦不可色空見色空不可色空學色空如是乃至不可如來應正等覺空見如來應正等覺空不可如來應正等覺空學如來應正等覺空憍尸迦若菩薩摩訶薩不於空學是菩薩摩訶薩爲於空學何以故無二分故憍尸迦若菩薩摩訶薩不於色空學乃至不於一切如來應正等覺空學是菩薩摩訶薩爲於色空學乃至爲於一切如來應正等覺空學何以故無二分故憍尸迦若菩薩摩訶薩以無二爲方便於色空學乃至以無二爲方便於諸如來應正等覺空學是菩薩摩訶

薩能以無二而爲方便學布施波羅蜜多乃至般若波羅蜜多學內空乃至無性自性空學真如乃至不思議界學斷界乃至無爲界學苦集滅道聖諦學四念住乃至八聖道支學四靜慮四無量四無色定學八解脱九次第定學空無相無願解脱門學淨觀地乃至如來地學極喜地乃至法雲地學五眼六神通學如來十力乃至十八佛不共法學三十二大士相八十隨好學無忘失法恒住捨性學一切陀羅尼門三摩地門學一切智道相智一切相智學預流向預流果乃至菩薩摩訶薩行諸佛無上正等菩提學預流一來不還阿羅漢獨覺菩薩及諸如來應正等覺憍尸迦若菩薩摩訶薩能以無二而爲方便學布施波羅蜜多乃至如來應正等覺是菩薩

摩訶薩能以無二而爲方便學無量無數無邊不可思議清淨佛法憍尸迦若菩薩摩訶薩能以無二而爲方便學無量無數無邊不可思議清淨佛法是菩薩摩訶薩不爲色增故學不爲色減故學乃至不爲一切如來應正等覺增故學不爲一切如來應正等覺減故學何以故憍尸迦以色乃至一切如來應正等覺無二分故憍尸迦若菩薩摩訶薩不爲色增故學亦不爲色減故學乃至不爲一切如來應正等覺增故學亦不爲一切如來應正等覺減故學是菩薩摩訶薩不爲攝受色故學亦不爲滅壞色故學如是乃至不爲攝受一切如來應正等覺故學亦不爲滅壞一切如來應正等覺故學何以故憍尸迦攝受滅壞無二分故時舍利子問善現言諸菩薩摩訶薩如是學時不爲攝受色故學亦不爲滅壞色故學乃至不爲攝受一切如來應正等覺故學亦不爲滅壞一切如來應正等覺故學耶善現荅言如是如是舍利子諸菩薩摩訶薩如是學時不爲攝受色故學亦不爲滅壞色故學乃至不爲攝受一切如來應正等覺故學亦不爲滅壞一切如來應正等覺故學時舍利子問善現言何因緣故諸菩薩摩訶薩如是學時不爲攝受色故學亦不爲滅壞色故學乃至不爲攝受一切如來應正等覺故學亦不爲滅壞一切如來應正等覺故學善現荅言諸菩薩摩訶薩如是學時不見有色是可攝受及可滅壞亦不見有能攝受色及滅壞者乃至不見有一切如來應正等覺是可攝受及可滅壞亦不見有能攝

受一切如來應正等覺及滅壞者何以故舍利子以色等法若能若所内外俱空不可得故舍利子若菩薩摩訶薩不見諸法是可攝受及可滅壞亦復不見有能攝受及滅壞者而學般若波羅蜜多是菩薩摩訶薩速能成辦一切智智時舍利子問善現言諸菩薩摩訶薩如是學般若波羅蜜多時速能成辦一切智智耶善現荅言舍利子諸菩薩摩訶薩如是學般若波羅蜜多時速能成辦一切智智何以故舍利子是菩薩摩訶薩如是學時於一切法不爲攝受不爲滅壞爲方便故時舍利子問善現言若菩薩摩訶薩如是學時於一切法不爲攝受不爲滅壞爲方便者云何能成辦一切智智耶善現荅言是菩薩摩訶薩行深般若波羅蜜多不見色乃至識若

生若滅若取若捨若染若淨若合若散若增若減乃至不見一切如來應正等覺若生若滅若取若捨若染若淨若合若散若增若減所以者何以色乃至一切如來應正等覺皆無自性都不可得如是舍利子諸菩薩摩訶薩行深般若波羅蜜多於一切法不見生滅乃至增減以無所學無所成辦而爲方便修學般若波羅蜜多則能成辦一切智智爾時天帝釋問舍利子言大德諸菩薩摩訶薩所學般若波羅蜜多當於何求舍利子言憍尸迦諸菩薩摩訶薩所學般若波羅蜜多當於前說善現品求時天帝釋謂善現言尊者神力爲依持故令舍利子作是說耶善現言憍尸迦非我神力爲依持故令舍利子作如是說天帝釋言是誰神力爲依持故令舍利子

作如是説善現報言是佛神力爲依持故令舍利子作如是説天帝釋言一切法無依持如何可言是佛神力爲依持故令舍利子作如是説善現告言如是如是如汝所説一切法無依持是故如來非能依持非所依持但爲隨順世俗法故説爲依持憍尸迦即無依持如來不可得離無依持如來不可得無依持眞如中如來不可得如來中無依持眞如不可得無依持法性中如來不可得如來中無依持法性不可得憍尸迦即色如來不可得離色如來不可得色眞如中如來不可得如來中色眞如不可得色法性中如來不可得如來中色法性不可得如是乃至即一切相智如來不可得離一切相智如來不可得一切相智眞如中如來不可得如來中一切相智眞如不可得一切相智法性中如來不可得如來中一切相智法性不可得何以故憍尸迦如來與色非合非散如來與離色非合非散如來與色眞如非合非散如來與離色眞如非合非散如來與色法性非合非散如來與離色法性非合非散如是乃至如來與一切相智非合非散如來與離一切相智非合非散如來與一切相智眞如非合非散如來與離一切相智眞如非合非散如來與一切相智法性非合非散如來與離一切相智法性非合非散憍尸迦彼尊者舍利子所説是於一切法非即非離非合非散如來神力而爲依持以無依持爲依持故復次憍尸迦汝先所問諸菩薩摩訶薩所學般若波羅蜜多當於何求者憍尸迦諸菩薩摩訶薩所

學般若波羅蜜多不應於色求不應離色求如是乃至不應於一切相智求不應離一切相智求何以故憍尸迦若色若離色乃至若一切相智若離一切相智若般若波羅蜜多若菩薩摩訶薩若求如是一切非合非散無色無見無對一相所謂無相所以者何諸菩薩摩訶薩所學般若波羅蜜多非色非離色乃至非一切相智非離一切相智非色眞如非離色眞如乃至非一切相智眞如非離一切相智眞如非色法性非離色法性乃至非一切相智法性非離一切相智法性何以故憍尸迦如是一切皆無所有都不可得由無所有不可得故諸菩薩摩訶薩所學般若波羅蜜多非色非離色乃至非一切相智非離一切相智非色眞如非離色眞如乃至非一切相智眞如非離一切相智眞如非色法性非離色法性乃至非一切相智法性非離一切相智法性時天帝釋白善現言諸菩薩摩訶薩所學般若波羅蜜多是大波羅蜜多是無量波羅蜜多是無邊波羅蜜多諸預流者於此中學得預流果諸一來者於此中學得一來果諸不還者於此中學得不還果諸阿羅漢者於此中學得阿羅漢果諸獨覺者於此中學得獨覺菩提諸菩薩摩訶薩於此中學能成熟有情嚴淨佛土證得無上正等菩提善現報言如是如是如汝所說何以故憍尸迦色大故諸菩薩摩訶薩所學般若波羅蜜多亦大乃至一切相智大故諸菩薩摩訶薩所學般若波羅蜜多亦大所以者何以色乃至一切相智前後中際皆不可得故說爲

大由彼大故諸菩薩摩訶薩所學般若波羅蜜多亦說爲大憍尸迦色無量故諸菩薩摩訶薩所學般若波羅蜜多亦無量乃至一切相智無量故諸菩薩摩訶薩所學般若波羅蜜多亦無量所以者何以色乃至一切相智量不可得猶如虛空量不可得色等亦爾故說無量憍尸迦虛空無量故色等亦無量色等無量故諸菩薩摩訶薩所學般若波羅蜜多亦無量憍尸迦色無邊故諸菩薩摩訶薩所學般若波羅蜜多亦無邊乃至一切相智無邊故諸菩薩摩訶薩所學般若波羅蜜多亦無邊所以者何以色乃至一切相智若中若邊俱不可得猶如虛空若中若邊俱不可得色等亦爾故說無邊憍尸迦虛空無邊故色等亦無邊色等無邊故諸菩薩摩訶薩所學般若波羅蜜多亦無邊復次憍尸迦所緣無邊故諸菩薩摩訶薩所學般若波羅蜜多亦無邊天帝釋言云何所緣無邊故諸菩薩摩訶薩所學般若波羅蜜多亦無邊善現荅言一切智智所緣無邊故諸菩薩摩訶薩所學般若波羅蜜多亦無邊復次憍尸迦法界所緣無邊故諸菩薩摩訶薩所學般若波羅蜜多亦無邊天帝釋言云何法界所緣無邊故諸菩薩摩訶薩所學般若波羅蜜多亦無邊善現荅言法界無邊故所緣亦無邊所緣無邊故法界亦無邊法界所緣無邊故諸菩薩摩訶薩所學般若波羅蜜多亦無邊復次憍尸迦眞如所緣無邊故諸菩薩摩訶薩所學般若波羅蜜多亦無邊天帝釋言云何眞如所緣無邊故諸菩薩摩訶薩所學般若波

羅蜜多亦無邊善現荅言眞如無邊故所緣亦無邊所緣無邊故眞如亦無邊眞如所緣無邊故諸菩薩摩訶薩所學般若波羅蜜多亦無邊復次憍尸迦有情無邊故諸菩薩摩訶薩所學般若波羅蜜多亦無邊天帝釋言云何有情無邊故諸菩薩摩訶薩所學般若波羅蜜多亦無邊善現荅言於意云何言有情有情者是何法增語天帝釋言有情有情者非法增語亦非非法增語但是假立客名所攝無事名所攝無緣名所攝善現復言於意云何於此般若波羅蜜多甚深經中爲亦顯示有實有情不天帝釋言不也大德善現告言於此般若波羅蜜多甚深經中既不顯示有實有情故說無邊以彼中邊不可得故憍尸迦於意云何若諸如來應正等覺經殑伽沙等劫住說諸有情名字此中頗有有情有生有滅不天帝釋言不也大德何以故以諸有情本性淨故彼從本來無所有故善現告言由斯我說有情無邊故諸菩薩摩訶薩所學般若波羅蜜多亦無邊憍尸迦由此因緣當知諸菩薩摩訶薩所學般若波羅蜜多應說爲大無量無邊

第三分現窣堵波品第五之一

爾時會中天帝釋等欲界諸天梵天王等色界諸天及伊舍那神仙天女同時三返高聲唱言善哉善哉大德善現承佛神力佛爲依持善爲我等世間天人分別開示微妙法性所謂般若波羅蜜多若菩薩摩訶薩能於如是甚深般若波羅蜜多如說修行不遠離者我等於彼恭敬供養尊重讚歎猶如如來應

正等覺如是般若波羅蜜多甚深教中無法可得所謂此中無色可得亦無受想行識可得如是乃至無一切智可得亦無道相智一切相智可得雖無如是諸法可得而有施設三乘聖教謂聲聞獨覺無上乘聖教爾時佛告諸天等言如是如是如汝所說於此般若波羅蜜多甚深教中雖無色等諸法可得而有施設三乘聖教若菩薩摩訶薩於此般若波羅蜜多以無所得而爲方便能如說行不遠離者汝諸天等皆應至誠恭敬供養尊重讃歎猶如如來應正等覺所以者何於此般若波羅蜜多甚深教中雖廣說有三乘聖教而說如來都不可得非即布施乃至般若波羅蜜多如來可得非離布施乃至般若波羅蜜多如來可得非即內空乃至無性自性空如來可得非離內空乃至無性自性空如來可得非即眞如乃至不思議界如來可得非即斷界離眞如乃至不思議界如來可得非即斷界乃至無爲界如來可得非離斷界乃至無爲界如來可得非即苦集滅道聖諦如來可得非離苦集滅道聖諦如來可得非即四念住乃至八聖道支如來可得非離四念住乃至八聖道支如來可得非即四靜慮四無量四無色定如來可得非離四靜慮四無量四無色定如來可得非即八解脱九次第定如來可得非離八解脱九次第定如來可得非即空無相無願解脱門如來可得非離空無相無願解脱門如來可得非即極喜地乃至法雲地如來可得非離極喜地乃至法雲地如來可得非即五眼六神通如來可得非離五

眼六神通如來可得非即如來十力乃至十八佛不共法如來可得非離如來十力乃至十八佛不共法如來可得非即無忘失法恒住捨性如來可得非離無忘失法恒住捨性如來可得非即一切陀羅尼門三摩地門如來可得非離一切陀羅尼門三摩地門如來可得非即一切智道相智一切相智如來可得非離一切智道相智一切相智如來可得諸天等當知若菩薩摩訶薩於一切法以無所得而爲方便精勤修學布施波羅蜜多乃至一切相智是菩薩摩訶薩於此般若波羅蜜多能正修行常不捨離是故汝等應當至誠恭敬供養尊重讚歎彼菩薩摩訶薩猶如如來應正等覺天等當知我於往昔然燈如來應正等覺出現世時蓮華王都四衢道首見然燈佛獻五莖華布髮掩泥聞正法要以無所得爲方便故便得不離布施淨戒安忍精進靜慮般若波羅蜜多廣說乃至一切相智及餘無量無邊佛法時然燈佛即便授我無上正等大菩提記作是言善男子汝於來世過無數劫於此世界賢劫之中當得作佛號釋迦牟尼如來應正等覺明行圓滿善逝世間解無上丈夫調御士天人師佛薄伽梵宣說般若波羅蜜多度無量衆時諸天等俱白佛言如是般若波羅蜜多甚爲希有令諸菩薩摩訶薩衆速能攝受一切智智以無所得而爲方便於色乃至識無取無捨如是乃至於一切智道相智一切相智無取無捨爾時佛觀四衆和合及諸菩薩摩訶薩衆并四大王衆天展轉乃至色究竟天皆來集會同

爲明證即便顧命天帝釋言憍尸迦若菩薩摩訶薩若苾芻苾芻尼鄔波索迦鄔波斯迦若諸天子若諸天女若善男子善女人等不離一切智智心以無所得爲方便於深般若波羅蜜多受持讀誦精勤修習如理思惟爲他廣說當知是輩一切惡魔及彼眷屬不能得便何以故憍尸迦是善男子善女人等善住色空無相無願乃至善住一切相智空無相無願不可以空而得空便不可無相得無相便不可無願得無願便所以者何如是諸法皆無自性若能得便若所得便若時若處若惱害事俱不可得復次憍尸迦是善男子善女人等人非人等皆不得便所以者何是善男子善女人等以無所得而爲方便於諸有情常勤修習慈悲喜捨是故一切人非人等不能惱害復次憍尸迦是善男子善女人等終不橫爲諸險惡緣之所傷害亦不橫死所以者何是善男子善女人等常修布施波羅蜜多於諸有情正安養故復次憍尸迦於此三千大千世界所有四大王衆天乃至廣果天已發無上菩提心者於深般若波羅蜜多若未聽聞受持讀誦精勤修學如理思惟皆應不離一切智智心以無所得爲方便於深般若波羅蜜多至心聽聞受持讀誦精勤修學如理思惟復次憍尸迦若善男子善女人等不離一切智智心以無所得爲方便於深般若波羅蜜多至心聽聞受持讀誦精勤修學如理思惟是善男子善女人等若在空澤若在曠野若在險道及危難處終不怖畏驚恐毛竪所以者何是善男子善女人等不

離一切智智心以無所得爲方便善修内空乃至無性自性空故時此三千大千世界所有四大王衆天乃至色究竟天等俱時合掌同白佛言若善男子善女人等不離一切智智心以無所得爲方便常能於此甚深般若波羅蜜多至心聽聞受持讀誦精勤修學如理思惟書寫解說廣令流布我等常隨恭敬擁衛不令一切灾横侵惱所以者何此善男子善女人等即是菩薩摩訶薩故由是菩薩摩訶薩故令諸有情永斷地獄傍生鬼界阿素洛等諸險惡趣由是菩薩摩訶薩故令諸天人藥叉龍等永離一切灾横疾疫貧窮飢渴寒熱等苦由是菩薩摩訶薩故令諸天人阿素洛等永離種種不如意事所住之處兵戈永息一切有情慈心相向由是菩薩摩訶薩故世間便有十善業道若四靜慮四無量四無色定若布施波羅蜜多乃至般若波羅蜜多若内空乃至無性自性空若眞如乃至不思議界若斷界乃至無爲界若苦集滅道聖諦若四念住乃至八聖道支若八解脫九次第定若空無相無願解脫門若淨觀地乃至如來地若極喜地乃至法雲地若五眼六神通若如來十力乃至十八佛不共法若無忘失法恒住捨性若一切陀羅尼門三摩地門若一切智道相智一切相智由是菩薩摩訶薩故世間便有刹帝利大族婆羅門大族長者大族居士大族諸小國王轉輪聖王輔臣僚佐由是菩薩摩訶薩故世間便有四大王衆天乃至他化自在天梵衆天乃至色究竟天空無邊處天乃至非想非非想處天由

是菩薩摩訶薩故世間便有預流向預流果一來向一來果不還向不還果阿羅漢向阿羅漢果獨覺向獨覺果由是菩薩摩訶薩故世間便有諸菩薩摩訶薩成熟有情嚴淨佛土及修種種菩薩勝行由是菩薩摩訶薩故世間便有如來應正等覺證得無上正等菩提轉妙法輪度無量衆由是菩薩摩訶薩故世間便有佛法僧寶利益安樂一切有情世尊由此因緣我等天衆及阿素洛諸龍藥叉并諸大力人非人等常應隨逐恭敬守護此諸菩薩摩訶薩衆不令一切灾横侵惱令於般若波羅蜜多聽聞受持讀誦修學如理思惟書寫等事常無間斷爾時佛告天帝等言如是如是如汝所說若善男子善女人等不離一切智智心以無所得爲方便常能於此甚深般若波羅蜜多至心聽聞受持讀誦精勤修學如理思惟書寫解說廣令流布當知是善男子善女人等即是菩薩摩訶薩由是菩薩摩訶薩故令諸有情求斷惡趣乃至三寶出現世間與諸有情作大饒益是故汝等諸天龍神及大勢力人非人等常應隨逐恭敬供養尊重讃歎勤加守護此菩薩摩訶薩勿令一切灾横侵惱汝等若能恭敬供養尊重讃歎勤加守護如是菩薩摩訶薩者當知即是供養恭敬尊重讃歎勤加守護我及十方一切如來應正等覺是故汝等一切天龍藥叉神仙阿素洛等常應隨逐此菩薩摩訶薩恭敬供養尊重讃歎勤加守護勿令一切灾横侵惱汝等當知假使充滿三千大千堪忍世界聲聞獨覺譬如蘆葦甘蔗竹林稻麻

叢等間無空隙有善男子善女人等於彼福田以無量種上妙樂具恭敬供養尊重讚歎盡其形壽若復有人經須臾頃恭敬供養尊重讚歎一初發心不離六波羅蜜多菩薩摩訶薩以前功德比此福聚百分不及一千分不及一乃至鄔波尼殺曇分亦不及一所以者何不由聲聞獨覺乘故有菩薩摩訶薩及諸如來應正等覺出現世間但由菩薩摩訶薩故世間便有聲聞獨覺及諸如來應正等覺出現於世是故汝等一切天龍及大勢力人非人等常應守衛恭敬供養尊重讚歎是菩薩摩訶薩勿令一切灾橫侵惱汝等由此所獲福聚於天人中常得安樂乃至證得究竟涅槃窮未來際作大饒益時天帝釋尋白佛言甚奇希有諸菩薩摩訶薩於深般若波羅蜜多至心聽聞受持讀誦精勤修學如理思惟書寫解說廣令流布攝受如是現法勝利成熟有情嚴淨佛土從一佛國趣一佛國親近承事諸佛世尊於勝善根隨所欣樂以於諸佛恭敬供養尊重讚歎即能生長令速成滿於諸佛所聽受正法乃至無上正等菩提終不忘失所聞法要速能攝受族姓圓滿父母圓滿生身圓滿眷屬圓滿相好圓滿光明圓滿眼耳圓滿音聲圓滿陀羅尼圓滿三摩地圓滿復以方便善巧力故變身如佛從一世界趣一世界至無佛國讚說布施乃至般若波羅蜜多讚說內空乃至無性自性空讚說眞如乃至不思議界讚說斷界乃至無爲界讚說苦集滅道聖諦讚說四念住乃至八聖道支讚說四靜慮四無量四無色定讚

說八解脫九次第定讚說空無相無願解脫門讚說淨觀地乃至如來地讚說極喜地乃至法雲地讚說五眼六神通讚說如來十力乃至十八佛不共法讚說無忘失法恒住捨性讚說一切陀羅尼門三摩地門讚說一切智道相智一切相智讚說佛寶法寶僧寶復以方便善巧力故爲諸有情宣說正法隨宜安置三乘法中令永解脫生老病死證無餘依般涅槃界或復拔濟諸惡趣苦令天人中受諸妙樂時天帝釋復白佛言如是般若波羅蜜多甚爲希有若能攝受如是般若波羅蜜多則爲具足攝受六種波羅蜜多廣說乃至一切相智亦爲具足攝受預流一來不還阿羅漢果獨覺菩提一切菩薩摩訶薩行諸佛無上正等菩提爾時世尊告天帝釋如是如是如汝所說若能攝受如是般若波羅蜜多則爲具足攝受六種波羅蜜多廣說乃至一切菩薩摩訶薩行諸佛無上正等菩提

大般若波羅蜜多經卷第五百

音釋

灾橫 橫戶孟切謂不以理也　蘆葦 葦爲賄切葭屬　甘蔗 蔗之夜切

空隙 空苦貢切隙乞逆切罅也

大般若波羅蜜多經卷第五百一

唐三藏法師玄奘奉　詔譯

第三分現窣堵波品第五之二

復次憍尸迦若善男子善女人等能於如是甚深般若波羅蜜多至心聽聞受持讀誦精勤修學如理思惟書寫解說廣令流布是善男子善女人等所獲現法當來勝利汝應諦聽極善思惟吾當爲汝分別解說天帝釋言唯然願說我等樂聞佛言憍尸迦若有諸惡外道梵志若諸惡魔及魔眷屬若餘暴惡增上慢者於是菩薩摩訶薩所欲作種種不饒益事彼適興心速自遭禍必當殄滅不果所願何以故憍尸迦是菩薩摩訶薩以應一切智智心用無所得爲方便常修布施波羅蜜多乃至般若波羅蜜多以大悲願而爲上首若諸有情長夜慳貪興諸鬪諍是菩薩摩訶薩於內外法一切皆捨方便令彼安住布施波羅蜜多若諸有情長夜破戒作諸惡業是菩薩摩訶薩於內外法一切皆捨方便令彼安住淨戒波羅蜜多若諸有情長夜忿恚更相損害是菩薩摩訶薩於內外法一切皆捨方便令彼安住安忍波羅蜜多若諸有情長夜懈怠捨諸善業是菩薩摩訶薩於內外法一切皆捨方便令彼安住精進波羅蜜多若諸有情長夜散亂心務囂動是菩薩摩訶薩於內外法一切皆捨方便令彼安住靜慮波羅蜜多若諸有情長夜愚癡不知善惡是菩薩摩訶薩於內外法一切皆捨方便令彼安住般若波羅蜜多若諸有情流轉生死貪瞋癡等纏繞其心造作衆多不饒益事是菩薩

摩訶薩善權方便令彼伏滅貪瞋癡等生死因緣或令安住四靜慮四無量四無色定或令安住四念住乃至八聖道支或令安住空無相無願解脱門或令安住八解脱九次第定或令安住諸菩薩地或令安住内空乃至無性自性空或令安住眞如乃至不思議界或令安住斷界乃至無爲界或令安住苦集滅道聖諦或令安住淨觀地乃至如來地或令安住五眼六神通或令安住如來十力乃至十八佛不共法或令安住無忘失法恒住捨性或令安住一切陀羅尼門三摩地門或令安住一切智道相智一切相智或令安住預流果乃至獨覺菩提或令安住一切菩薩摩訶薩行或令安住諸佛無上正等菩提或令安住諸餘世間出世善法憍尸迦如是名爲於深般若波羅蜜多至心聽聞受持讀誦精勤修學如理思惟書寫解説廣令流布諸菩薩摩訶薩現法勝利憍尸迦是菩薩摩訶薩由此因緣於當來世速證無上正等菩提轉妙法輪度無量衆隨本所願安立有情令於三乘修學究竟乃至證得無餘涅槃憍尸迦如是名爲於深般若波羅蜜多至心聽聞受持讀誦精勤修學如理思惟書寫解説廣令流布諸菩薩摩訶薩當來勝利復次憍尸迦若善男子善女人等於此般若波羅蜜多至心聽聞受持讀誦精勤修學如理思惟書寫解説廣令流布其地方所若有惡魔及魔眷屬或有種種外道梵志及餘暴惡增上慢者憎嫉般若波羅蜜多欲爲障礙詰責違拒令速隱没雖有此願終不能成彼因暫聞般

若聲故衆惡漸滅功德漸生後依三乘得盡苦際或脫惡趣生天人中憍尸迦如有妙藥名曰莫耆是藥威勢能銷衆毒如是妙藥隨所在處諸毒蟲類不能逼近有大毒蛇飢行求食遇見生類欲螫噉之其生怖死奔趣妙藥蛇聞藥氣尋便退走何以故憍尸迦如是妙藥具大威勢能益身命銷伏衆毒當知般若波羅蜜多具大威勢亦復如是若善男子善女人等至心聽聞受持讀誦精勤修學如理思惟書寫解說廣令流布諸惡魔等於此菩薩摩訶薩所欲爲惡事由此般若波羅蜜多威神力故令彼惡事於其方所自當殄滅無所能爲何以故憍尸迦由此般若波羅蜜多具大威力能摧衆惡增善法故云何般若波羅蜜多能摧衆惡增長諸善謂此般若波羅蜜多滅貪瞋癡無明乃至純大苦蘊障蓋隨眠纏垢結縛我見有情見乃至見者見斷見常見無見有見乃至種種諸惡見趣慳貪破戒忿恚懈怠散亂愚癡常想樂想我想淨想及餘一切貪瞋癡慢疑見行等無不能滅亦滅色執乃至識執乃至亦滅一切相智執菩提涅槃執憍尸迦如是般若波羅蜜多能滅此等一切惡法及能增長一切善事是故般若波羅蜜多有無數量大威神力復次憍尸迦若善男子善女人等於此般若波羅蜜多至心聽聞受持讀誦精勤修學如理思惟書寫解說廣令流布是菩薩摩訶薩常爲三千大千世界四大天王及天帝釋堪忍界主大梵天王淨居天等并餘善神常來擁護不令一切災橫侵惱如法所求無不滿足十方

世界現在如來應正等覺亦常護念令惡漸減善法漸增謂令增長布施波羅蜜多乃至般若波羅蜜多如是乃至亦令增長一切智道相智一切相智以無所得爲方便故所修所住常無退減憍尸迦是菩薩摩訶薩由此因緣言詞威肅聞皆敬愛發言稱量語不諠雜堅事善友深知恩報不爲慳嫉忿恨覆惱諂誑憍等隱蔽其心憍尸迦是菩薩摩訶薩自能離斷生命亦勸他離斷生命無倒稱揚離斷生命法歡喜讚歎離斷生命者如是乃至自能離邪見亦勸他離邪見無倒稱揚離邪見法歡喜讚歎離邪見者憍尸迦是菩薩摩訶薩自能行布施乃至般若波羅蜜多亦勸他行布施乃至般若波羅蜜多無倒稱揚行布施乃至般若波羅蜜多法歡喜讚歎行布施乃至般若波羅蜜多者如是乃至自能修一切智道相智一切相智亦勸他修一切智道相智一切相智無倒稱揚修一切智道相智一切相智法歡喜讚歎修一切智道相智一切相智者憍尸迦是菩薩摩訶薩修行布施乃至般若波羅蜜多以無所得而爲方便與諸有情平等共有迴向無上正等菩提是菩薩摩訶薩常作是念我若不能修行布施波羅蜜多當生貧窮下賤種類我若不能修行淨戒波羅蜜多閉人天門墮諸惡趣我若不能修行安忍波羅蜜多當缺諸根形貌醜陋不具菩薩圓滿色身我若不能修行精進波羅蜜多便不能修菩薩勝道常懷懈怠衆事不成我若不能修行靜慮波羅蜜多便不能修菩薩勝定心恒散亂所欲不成我若

不能修行般若波羅蜜多便不能得方便善巧超諸聲聞獨覺等地若有如是貧窮等事尚無勢力成熟有情亦復不能嚴淨佛土況常能得一切智智是菩薩摩訶薩常作是念我不應隨慳貪勢力若隨彼力則我布施波羅蜜多不得圓滿我不應隨破戒勢力若隨彼力則我淨戒波羅蜜多不得圓滿我不應隨忿恚勢力若隨彼力則我安忍波羅蜜多不得圓滿我不應隨懈怠勢力若隨彼力則我精進波羅蜜多不得圓滿我不應隨散亂勢力若隨彼力則我靜慮波羅蜜多不得圓滿我不應隨愚癡勢力若隨彼力則我般若波羅蜜多不得圓滿若我六種波羅蜜多不得圓滿終不能得一切智智利益安樂一切有情憍尸迦是菩薩摩訶薩不離一切智智心以無所得爲方便於此般若波羅蜜多至心聽聞受持讀誦精勤修學如理思惟書寫解說廣令流布得如是等現法當來世出世間功德勝利爾時天帝釋白佛言世尊如是般若波羅蜜多甚奇希有能調菩薩摩訶薩衆令離高心復能迴向一切智智爾時佛告天帝釋言憍尸迦云何般若波羅蜜多甚奇希有能調菩薩摩訶薩衆令離高心復能迴向一切智智時天帝釋白言世尊諸菩薩摩訶薩行世間布施波羅蜜多時若於如來應正等覺及諸菩薩獨覺聲聞孤窮老病道行乞者而行布施便作是念我能施佛乃至乞者是菩薩摩訶薩無方便善巧故雖行布施波羅蜜多而起高心不能迴向一切智智諸菩薩摩訶薩行世間淨戒安忍精進靜慮般

若波羅蜜多時便作是念我能修行淨戒乃至般若波羅蜜多亦作是念我能圓滿淨戒乃至般若波羅蜜多是菩薩摩訶薩無方便善巧故雖行淨戒乃至般若波羅蜜多而起高心不能迴向一切智智如是乃至諸菩薩摩訶薩修行一切智道相智一切相智時若作是念我能修行一切智道相智一切相智亦作是念我能圓滿一切智道相智一切相智是菩薩摩訶薩無方便善巧故雖修行一切智道相智一切相智而起高心不能迴向一切智智諸菩薩摩訶薩成熟有情嚴淨佛土時若作是念我能成熟有情嚴淨佛土餘無此能是菩薩摩訶薩無方便善巧故雖成熟有情嚴淨佛土而起高心不能迴向一切智智世尊如是菩薩摩訶薩衆依世間心修諸善法無方便善巧故我我所執擾亂心故雖修般若波羅蜜多而未得故不能調伏高心亦不能迴向一切智智世尊若菩薩摩訶薩行出世布施波羅蜜多時善修般若波羅蜜多故不得施者不得受者不得布施是菩薩摩訶薩依止般若波羅蜜多而行布施故能調伏高心亦能迴向一切智智若菩薩摩訶薩行出世淨戒乃至般若波羅蜜多時善修般若波羅蜜多故不得淨戒乃至般若及一切法是菩薩摩訶薩依上般若波羅蜜多而行淨戒乃至般若故能調伏高心亦能迴向一切智智如是乃至若菩薩摩訶薩修行一切智道相智一切相智時善修般若波羅蜜多故不得一切智道相智一切相智及一切法是菩薩摩訶薩依止般若波羅蜜多而

修一切智道相智一切相智故能調伏高心亦能迴向一切智智若菩薩摩訶薩成熟有情嚴淨佛土時善修般若波羅蜜多故不得成熟有情嚴淨佛土及一切法是菩薩摩訶薩依止般若波羅蜜多而成熟有情嚴淨佛土故能調伏高心亦能迴向一切智智世尊由此因緣我作是說如是般若波羅蜜多甚奇希有能調菩薩摩訶薩衆令離高心復能迴向一切智智爾時佛告天帝釋言憍尸迦若善男子善女人等能於般若波羅蜜多甚深經典不離一切智智心以無所得爲方便至心聽聞受持讀誦精勤修學如理思惟書寫解說廣令流布是善男子善女人等身心安樂不爲一切災横侵惱若在軍旅交戰陣時至心念誦如是般若波羅蜜多於諸有情慈悲護念不爲刀杖之所傷殺所對怨敵皆起慈心設起惡心自然退敗是善男子善女人等若在軍旅刀箭所傷失命喪身終無是處何以故憍尸迦是善男子善女人等不離一切智智心以無所得爲方便長夜修行甚深般若波羅蜜多自能降伏貪瞋癡慢惡見隨眠纒垢惡業種種刀杖亦能除他貪瞋癡慢惡見隨眠纒垢惡業諸刀杖故復次憍尸迦若善男子善女人等能於般若波羅蜜多甚深經典不離一切智智心以無所得爲方便至心聽聞受持讀誦精勤修學如理思惟恭敬供養尊重讚歎書寫解說廣令流布是善男子善女人等一切毒藥蠱道鬼魅厭禱呪術皆不能害水不能溺火不能燒刀杖惡獸怨賊惡神衆邪魍魎不能傷害何以故憍

尸迦如是般若波羅蜜多是大神呪如是般若波羅蜜多是大明呪如是般若波羅蜜多是無上呪如是般若波羅蜜多是無等等呪如是般若波羅蜜多是一切呪王最上最妙無能及者具大威力能伏一切不爲一切之所降伏是善男子善女人等精勤修學如是呪王不爲自害不爲他害不爲俱害何以故憍尸迦是善男子善女人等學此般若波羅蜜多了自他俱不可得故憍尸迦是善男子善女人等學此般若波羅蜜多大呪王時不得我乃至見者不得色乃至識如是乃至不得一切智道相智一切相智以於我等無所得故不爲自害不爲他害不爲俱害憍尸迦是善男子善女人等學此般若波羅蜜多大呪王時於我及法雖無所得而證無上正等菩提觀諸有情心行差別隨宜爲轉無上法輪令如說行得大饒益何以故憍尸迦過去未來現在菩薩摩訶薩衆皆於如是甚深般若波羅蜜多大神呪王精勤修學已當現證無上菩提轉妙法輪度無量衆復次憍尸迦若善男子善女人等於此般若波羅蜜多甚深經典不離一切智智心以無所得爲方便至心聽聞受持讀誦精勤修學如理思惟書寫解說廣令流布是善男子善女人等隨所居止國土城邑人及非人不爲一切災橫疾疫之所傷害何以故憍尸迦是善男子善女人等隨所住處爲此三千大千世界及餘十方無量無數無邊世界所有四大王衆天乃至色究竟天幷諸龍神阿素洛等常來守護恭敬供養尊重讚歎不令般若波羅蜜多大

神呪王有留難故復次憍尸迦若善男子善女人等書此般若波羅蜜多大神呪王置清淨處恭敬供養尊重讚歎雖不聽聞受持讀誦精勤修學如理思惟亦不爲他開示分別而此住處國邑王都人非人等不爲一切災橫疾疫之所傷害何以故憍尸迦如是般若波羅蜜多大神呪王隨所住處爲此三千大千世界及餘十方無量無數無邊世界所有四大王衆天乃至色究竟天并諸龍神阿素洛等常來守護恭敬供養尊重讚歎不令般若波羅蜜多大神呪王有留難故憍尸迦是善男子善女人等但書般若波羅蜜多大神呪王置清淨處供養恭敬尊重讚歎尚獲如是現法勝利況能聽聞受持讀誦精勤修學如理思惟及廣爲他開示分別當知是輩功德無邊速證菩提饒益一切復次憍尸迦若善男子善女人等怖畏怨家惡獸災橫厭禱疾疫毒藥呪等應書般若波羅蜜多大神呪王隨多少分香囊盛貯置寶筒中恒隨逐身供養恭敬尊重讚歎諸怖畏事皆自銷除天龍鬼神常守護故憍尸迦譬如有人或旁生類入菩提樹院或至彼院邊人非人等不能傷害何以故憍尸迦過去未來現在諸佛皆坐此處證得無上正等菩提得菩提已施諸有情無恐無怖無怨無害身心安樂安立無量無數有情令住天人尊貴妙行安立無量無數有情令住三乘安樂妙行安立無量無數有情令現證得或預流果或一來果或不還果或阿羅漢果安立無量無數有情令當證得獨覺菩提安立無量無數有情令修菩

薩摩訶薩行當得無上正等菩提如是勝事皆由般若波羅蜜多威神之力是故此處一切天龍阿素洛等皆同守護恭敬供養尊重讚歎當知般若波羅蜜多甚深經典隨所住處亦復如是一切天龍阿素洛等常來守護恭敬供養尊重讚歎不令般若波羅蜜多有留難故憍尸迦如是般若波羅蜜多甚深經典隨所在處當知是處即眞制多一切有情皆應敬禮當以種種上妙花鬘塗散等香衣服瓔珞寶幢旛蓋衆妙珍奇妓樂燈明供養恭敬尊重讚歎爾時天帝釋白佛言世尊若善男子善女人等書此般若波羅蜜多甚深經典種種莊嚴恭敬供養尊重讚歎復以種種上妙花鬘塗散等香衣服瓔珞寶幢旛蓋衆妙珍奇妓樂燈明而爲供養有善男子善女人等佛涅槃後起窣堵波七寶嚴飾寶函盛貯佛設利羅安置其中恭敬供養尊重讚歎復以種種上妙花鬘塗散等香衣服瓔珞寶幢旛蓋衆妙珍奇妓樂燈明而爲供養二所獲福何者爲多佛告憍尸迦我還問汝當隨意答於意云何如來所得一切智智及相好身依何等法修學而得天帝釋言如來所得一切智智及相好身依此般若波羅蜜多甚深經典修學而得佛告憍尸迦如是如是如汝所說我依般若波羅蜜多甚深經典修學故得一切智智及相好身何以故憍尸迦不學般若波羅蜜多甚深經典能得無上正等菩提無有是處憍尸迦非但獲得相好身故說名如來應正等覺要由證得一切智智說名如來應正等覺憍尸迦如來所得一切

智智要由般若波羅蜜多爲因故起佛相好身但爲依處若不依止佛相好身一切智智無由而起是故般若波羅蜜多正爲因生一切智智欲令此智現前相續故復修集佛相好身此相好身若非遍智所依處者一切天龍阿素洛等不應竭誠供養恭敬以相好身與佛遍智爲所依止故諸天龍神阿素洛等供養恭敬由此縁故我涅槃後諸天龍神人非人等供養恭敬我設利羅憍尸迦若善男子善女人等但於般若波羅蜜多甚深經典恭敬供養尊重讚歎則爲供養一切智智及所依止佛相好身并涅槃後佛設利羅何以故憍尸迦一切智智及相好身并設利羅皆以般若波羅蜜多爲根本故憍尸迦若善男子善女人等但於佛身及設利羅恭敬供養尊重讚歎非爲供養一切智智及此般若波羅蜜多何以故憍尸迦佛身遺體非此般若波羅蜜多一切智智之根本故憍尸迦由此因縁若善男子善女人等欲供養佛若身若心及餘功德先當聽聞受持讀誦精勤修學如理思惟書寫解說如是般若波羅蜜多甚深經典復以種種上妙花鬘塗散等香衣服瓔珞寶幢旛蓋衆妙珍奇妓樂燈明供養恭敬尊重讚歎以是故憍尸迦若善男子善女人等書此般若波羅蜜多甚深經典種種莊嚴恭敬供養尊重讚歎復以種種上妙花鬘塗散等香衣服瓔珞寶幢旛蓋衆妙珍奇妓樂燈明而爲供養有善男子善女人等佛涅槃後起窣堵波七寶嚴飾寶函盛貯佛設利羅安置其中恭敬供養尊重讚歎復以種種

上妙花鬘塗散等香衣服瓔珞寶幢旛蓋衆妙珍奇妓樂燈明而爲供養二所獲福前者爲多無量倍數何以故憍尸迦如是般若波羅蜜多甚深經典速能成辦布施波羅蜜多乃至般若波羅蜜多内空乃至無性自性空眞如乃至不思議界斷界乃至無爲界苦集滅道聖諦四念住乃至八聖道支四靜慮四無量四無色定八解脫九次第定空無相無願解脫門淨觀地乃至如來地極喜地乃至法雲地五眼六神通如來十力乃至十八佛不共法無忘失法恒住捨性一切陀羅尼門三摩地門一切智道相智一切相智成熟有情嚴淨佛土亦能成辦諸菩薩摩訶薩族姓圓滿色力圓滿財寶圓滿眷屬圓滿亦能成辦世間所有十善業道供養沙門父母師長施戒修等無量善法亦能成辦剎帝利大族婆羅門大族長者大族居士大族四大王衆天乃至非想非非想處天亦能成辦預流一來不還阿羅漢果獨覺菩提一切菩薩摩訶薩行諸佛無上正等菩提亦能成辦聲聞獨覺菩提如來應正等覺亦能成辦不可思量不可宣說無上無上上無等無等等一切智智時天帝釋復白佛言贍部洲人於此般若波羅蜜多甚深經典不恭敬供養尊重讚歎者彼豈不知恭敬供養尊重讚歎如是般若波羅蜜多甚深經典獲得種種功德勝利佛告憍尸迦我還問汝隨汝意答於意云何贍部洲内有幾許人成佛證淨成法證淨成僧證淨有幾許人於佛無疑於法無疑於僧無疑有幾許人於佛究竟於法究竟於僧究竟

有幾許人修十善業道有幾許人行施戒修有幾許人得三十七菩提分法有幾許人得三解脫門有幾許人得八解脫有幾許人得九次第定有幾許人得四無礙解有幾許人得六神通有幾許人永斷三結得預流果有幾許人薄貪瞋癡得一來果有幾許人斷五順下分結得不還果有幾許人斷五順上分結得阿羅漢果有幾許人發心定趣獨覺菩提有幾許人發心定趣諸佛無上正等菩提天帝釋言贍部洲內有少分人成佛證淨成法證淨成僧證淨如是乃至有少分人發心定趣諸佛無上正等菩提爾時佛告天帝釋言如是如是如汝所說憍尸迦贍部洲內極少分人成佛證淨成法證淨成僧證淨轉少分人於佛無疑於法無疑於僧無疑如是乃至轉少分人發心定趣諸佛無上正等菩提轉少分人既發心已精勤修習趣菩提行轉少分人精勤修習趣菩提行能不退轉證得無上正等菩提何以故憍尸迦諸有情類流轉生死無量世來多不見佛不聞正法不親近僧多不修行十善業道及施戒修不聞布施乃至般若波羅蜜多不修布施乃至般若波羅蜜多如是乃至不聞一切智道相智一切相智不修一切智道相智一切相智憍尸迦由是因緣當知於此贍部洲內極少分人成佛證淨成法證淨成僧證淨轉少分人於佛無疑於法無疑於僧無疑如是乃至轉少分人發心定趣諸佛無上正等菩提轉少分人既發心已精勤修習趣菩提行轉少分人精勤修習趣菩提行能不退轉證得無上正

等菩提復次憍尸迦我今問汝隨汝意答於意云何置贍部洲所有人類於此三千大千世界幾許有情供養恭敬父母師長幾許有情供養沙門婆羅門幾許有情布施持戒修諸福業幾許有情行十善業道幾許有情於諸欲中住猒患想無常想苦想無我想不淨想猒食想一切世間不可樂想幾許有情修四靜慮四無量四無色定幾許有情成佛證淨成法證淨成僧證淨如是乃至幾許有情發心定趣諸佛無上正等菩提幾許有情既發心已精勤修習趣菩提行幾許有情練磨長養趣菩提心幾許有情方便善巧修行般若波羅蜜多幾許有情得住菩薩不退轉地幾許有情疾證無上正等菩提天帝釋言於此三千大千世界少分有情供養恭敬父母師長如是乃至少分有情疾證無上正等菩提佛告憍尸迦如是如是如汝所說憍尸迦於此三千大千世界極少有情供養恭敬父母師長轉少有情供養恭敬沙門婆羅門如是乃至轉少有情得住菩薩不退轉地轉少有情疾證無上正等菩提復次憍尸迦我以無障清淨佛眼遍觀十方無邊世界雖有無量無數有情發菩提心修菩薩行而由遠離甚深般若波羅蜜多方便善巧若一若二若三有情得住菩薩不退轉地多分退墮聲聞獨覺下意下行下劣地中何以故憍尸迦諸佛無上正等菩提功德無邊甚難可證惡慧懈怠下劣精進下劣勝解下劣有情不能得故是故憍尸迦若善男子善女人等發菩提心修菩薩行欲住菩薩不退轉地疾證無上

正等菩提無留難者應於般若波羅蜜多甚深經典數數聽聞受持讀誦精勤修學如理思惟好請問師樂爲他說復應書寫衆寶莊嚴恭敬供養尊重讃歎復以種種上妙花鬘塗散等香衣服瓔珞寳幢旛蓋衆妙珍奇妓樂燈明而爲供養憍尸迦是善男子善女人等於餘攝入甚深般若波羅蜜多諸勝善法亦應聽聞受持讀誦精勤修學如理思惟好請問師樂爲他說復應書寫供養恭敬何謂攝入甚深般若波羅蜜多餘勝善法所謂布施乃至靜慮波羅蜜多内空乃至無性自性空眞如乃至不思議界斷界乃至無爲界苦集滅道聖諦四念住乃至八聖道支四靜慮四無量四無色定八解脱九次第定三解脱門極喜地乃至法雲地五眼六神通如來十力乃至十八佛不共法無忘失法恒住捨性陀羅尼門三摩地門一切智道相智一切相智若餘無量無邊佛法是謂攝入甚深般若波羅蜜多餘勝善法憍尸迦是善男子善女人等於餘隨順甚深般若波羅蜜多蘊處界等無量法門亦應聽聞受持讀誦如理思惟不應非毀令於無上正等菩提而作留難何以故憍尸迦是善男子善女人等應作是念如來昔住菩薩位時常勤修學順菩提法所謂般若乃至布施波羅蜜多如是乃至一切智道相智一切相智及餘無量無邊佛法并餘隨順甚深般若波羅蜜多蘊處界等無量法門由斯證得所求無上正等菩提我等今者爲求無上正等菩提亦應隨學甚深般若波羅蜜多及餘隨順諸勝善法定是我等眞

實大師我隨彼學所願當滿定是諸佛眞實法印一切如來應正等覺隨彼學故證得無上正等菩提亦是一切聲聞獨覺眞實法印皆隨彼學得至涅槃究竟彼岸是故憍尸迦諸善男子善女人等若佛住世若涅槃後應依般若波羅蜜多廣説乃至一切相智及餘無量無邊佛法蘊界處等無量法門常勤修學何以故憍尸迦如是般若波羅蜜多廣説乃至一切相智及餘無量無邊佛法蘊界處等無量法門是諸聲聞緣覺菩薩及餘天人阿素洛等利益安樂所依處故

大般若波羅蜜多經卷第五百一

音釋

窣堵波梵語也此云方墳又云圓塚窣蘇沒切堵音覩　嚻虛驕切喧也　詰責詰音乞問也責側格切誚也　螫噉螫施隻切蟲行毒也噉徒濫切食噉也　蠱道蠱果五切惑也又師巫爲蠱以左道惑人也　魅明祕切老精物也　魍魎魍文紡切魎里養切山川之精物又水石之怪也　制多梵語也亦云支提此云可供養處　設利羅梵語也亦云室利羅又云舍利此云骨身又云靈骨

大般若波羅蜜多經卷第五百二

唐三藏法師玄奘奉　詔譯

第三分現窣堵波品第五之三

爾時天帝釋白佛言世尊若善男子善女人等不離一切智智心以無所得爲方便於此般若波羅蜜多甚深經典至心聽聞受持讀誦精勤修學如理思惟廣爲有情宣說流布或有書寫衆寶嚴飾復持種種上妙華鬘塗散等香衣服瓔珞寶幢旛蓋衆妙珍奇妓樂燈明經須臾頃供養恭敬尊重讚歎是善男子善女人等由此因緣得幾許福佛告憍尸迦我還問汝當隨意答有善男子善女人等於諸如來般涅槃後爲供養佛設利羅故以妙七寶起窣堵波種種珍奇間雜嚴飾其量高大一踰繕那廣減高半復持種種天妙花鬘塗散等香衣服瓔珞寶幢旛蓋衆妙珍奇妓樂燈明盡其形壽供養恭敬尊重讚歎於意云何是善男子善女人等由此因緣得福多不天帝釋言甚多世尊甚多善逝佛告憍尸迦彼善男子善女人等所獲福聚甚多於此無量無邊復次憍尸迦置此一事有善男子善女人等於諸如來般涅槃後爲供養佛設利羅故以妙七寶起窣堵波種種珍奇間雜嚴飾其量高大一踰繕那廣減高半如是充滿一贍部洲或四大洲或小千界或中千界或復三千大千世界皆持種種天妙花鬘乃至燈明盡其形壽供養恭敬尊重讚歎於意云何是善男子善女人等由此因緣得福多不天帝釋言甚多世尊甚多善逝佛告憍尸迦彼善男子善女人等所獲福聚甚多於

此無量無邊復次憍尸迦置一三千大千世界假使三千大千世界諸有情類各於如來般涅槃後爲供養佛設利羅故以妙七寶起窣堵波種種珍奇間雜嚴飾其量高大一踰繕那廣減高半各滿三千大千世界中無空隙皆持種種天妙花鬘乃至燈明盡其形壽供養恭敬尊重讚歎於意云何如是三千大千世界諸有情類由此因緣得福多不天帝釋言甚多世尊甚多善逝佛告憍尸迦彼善男子善女人等所獲福聚甚多於此無量無邊時天帝釋便白佛言如是世尊如是善逝若善男子善女人等供養恭敬尊重讚歎甚深般若波羅蜜多當知則爲供養恭敬尊重讚歎過去未來現在諸佛世尊假使十方各如殑伽沙等世界一切有情各於如來般涅槃後爲供養佛設利羅故以妙七寶起窣堵波種種珍奇間雜嚴飾其量高大一踰繕那廣減高半各滿十方殑伽沙等諸佛世界中無空隙各持種種天妙花鬘乃至燈明或經一劫或一劫餘供養恭敬尊重讚歎世尊是諸有情由此因緣得福多不佛言甚多天帝釋言若善男子善女人等不離一切智智心以無所得爲方便於此般若波羅蜜多甚深經典至心聽聞受持讀誦精勤修學如理思惟廣爲有情宣說流布或有書寫衆寶嚴飾復持種種上妙花鬘乃至燈明經須臾頃供養恭敬尊重讚歎是善男子善女人等由此因緣所獲福聚甚多於彼無量無邊不可思議不可稱計何以故世尊由此般若波羅蜜多能總攝藏一切善法所謂十善業道若四

靜慮四無量四無色定若三十七菩提分法若三解脫門若八解脫九次第定若五眼六神通若布施波羅蜜多乃至般若波羅蜜多若內空乃至無性自性空若真如乃至不思議界若斷界乃至無爲界若四聖諦觀若十二緣起觀若淨觀地乃至如來地若極喜地乃至法雲地若一切陀羅尼門三摩地門若如來十力乃至十八佛不共法若無忘失法恒住捨性若一切智道相智一切相智若餘無量無邊佛法皆攝入此甚深般若波羅蜜多世尊如是般若波羅蜜多是諸如來真實法印亦是一切聲聞獨覺真實法印一切如來應正等覺於此中學已證當證無上菩提一切聲聞及諸獨覺於此中學已證當至涅槃彼岸由此因緣若善男子善女人等不離一切智智心以無所得爲方便於此般若波羅蜜多甚深經典至心聽聞受持讀誦精勤修學如理思惟廣爲有情宣說流布或有書寫衆寶嚴飾復持種種上妙花鬘乃至燈明供養恭敬尊重讚歎所獲福聚無量無邊不可思議不可稱計諸餘福聚皆不能及

第三分稱揚功德品第六之一

爾時佛告天帝釋言如是如是如汝所說憍尸迦若善男子善女人等不離一切智智心以無所得爲方便於此般若波羅蜜多甚深經典至心聽聞受持讀誦精勤修學如理思惟廣爲有情宣說流布或有書寫衆寶嚴飾復持種種上妙花鬘乃至燈明供養恭敬尊重讚歎所獲福聚無量無邊不可思議不可稱計何以故憍尸迦由此般若波羅蜜多普

能成辦一切如來應正等覺一切智道相智一切相智亦能成辦布施等五波羅蜜多亦能成辦內空乃至無性自性空亦能成辦真如乃至不思議界亦能成辦斷界乃至無爲界亦能成辦苦集滅道聖諦亦能成辦三十七種菩提分法亦能成辦四靜慮四無量四無色定亦能成辦八解脱九次第定亦能成辦三解脱門亦能成辦淨觀地乃至如來地亦能成辦極喜地乃至法雲地亦能成辦五眼六神通亦能成辦如來十力乃至十八佛不共法亦能成辦無忘失法恒住捨性亦能成辦陀羅尼門三摩地門亦能成辦成熟有情嚴淨佛土亦能成辦聲聞獨覺及無上乘亦能成辦諸佛無上正等菩提是故憍尸迦若善男子善女人等不離一切智智心以無所得爲方便於此般若波羅蜜多甚深經典至心聽聞受持讀誦精勤修學如理思惟廣爲有情宣說流布或有書寫衆寶嚴飾復持種種上妙花鬘乃至燈明供養恭敬尊重讚歎以前所造窣堵波福比此福聚百分不及一千分不及一乃至鄔波尼殺曇分亦不及一何以故憍尸迦若此般若波羅蜜多甚深經典在贍部洲人中住者即此世間佛法僧寶常不滅没由此因緣世間常有十善業道若四靜慮四無量四無色定若布施波羅蜜多乃至般若波羅蜜多如是乃至若一切智道相智一切相智若刹帝利大族婆羅門大族長者大族居士大族若四大王衆天乃至非想非非想處天若聲聞獨覺無上大乘若預流果乃至獨覺菩提若菩薩摩訶薩成熟

有情嚴淨佛土修諸菩薩摩訶薩行若諸如來應正等覺證得無上正等菩提轉妙法輪度有情類如是勝事常不滅没爾時於此三千大千堪忍世界所有四大王衆天乃至色究竟天同聲共白天帝釋言大仙於此甚深般若波羅蜜多常應聽聞受持讀誦精勤修學如理思惟供養恭敬尊重讚歎所以者何若能於此甚深般若波羅蜜多至心聽聞受持讀誦精勤修學如理思惟供養恭敬尊重讚歎則令一切惡法損減善法增益亦令一切天衆增益諸阿素洛朋黨損減亦令一切佛法僧眼常不損壞亦令一切佛法僧種常不斷絶大仙當知由三寶種不斷絶故世間便有布施淨戒安忍精進靜慮般若波羅蜜多亦有内空乃至無性自性空廣説乃至亦

有一切智道相智一切相智亦有預流果乃至獨覺菩提亦有菩薩摩訶薩行諸佛無上正等菩提亦有聲聞獨覺菩薩及諸如來應正等覺是故大仙常應於此甚深般若波羅蜜多至心聽聞受持讀誦精勤修學如理思惟供養恭敬尊重讚歎爾時佛告天帝釋言憍尸迦汝應於此甚深般若波羅蜜多至心聽聞受持讀誦精勤修學如理思惟供養恭敬尊重讚歎所以者何若阿素洛及惡朋黨起如是念我等當與諸天戰諍爾時汝等諸天眷屬應各至誠誦念如是甚深般若波羅蜜多供養恭敬尊重讚歎時阿素洛及彼朋黨所起惡心即皆自滅若諸天子或諸天女五衰相現其心驚惶怖畏殞没墮諸惡趣爾時汝等諸天眷屬應住其前至誠誦念甚深

般若波羅蜜多時彼天子或彼天女聞此般若波羅蜜多善根力故於此般若波羅蜜多生淨信故五衰相没身心安隱設有命終還生本處受天富樂倍勝於前所以者何聞信般若波羅蜜多福力大故憍尸迦若善男子善女人等或諸天子及諸天女甚深般若波羅蜜多一經其耳善根力故定得無上正等菩提所以者何三世諸佛及諸弟子皆學如是甚深般若波羅蜜多已證當證所求無上正等菩提入無餘依般涅槃界何以故憍尸迦甚深般若波羅蜜多普攝一切菩提分法若聲聞法若獨覺法若菩薩法若如來法皆具攝故時天帝釋即白佛言甚深般若波羅蜜多是大神呪是大明呪是無上呪是無等等呪是一切呪王最尊最勝最上最妙能伏

一切不爲一切之所降伏所以者何甚深般若波羅蜜多能滅一切惡不善法能滿一切殊勝善法爾時佛告天帝釋言如是如是如汝所説所以者何三世諸佛皆依如是甚深般若波羅蜜多大神呪王證得無上正等菩提轉妙法輪度有情衆何以故憍尸迦依深般若波羅蜜多世間便有十善業道若施戒修若四静慮四無量四無色定若布施波羅蜜多乃至般若波羅蜜多廣説乃至若一切智道相智一切相智若預流果乃至獨覺菩提若諸菩薩摩訶薩行若佛無上正等菩提復次憍尸迦依深般若波羅蜜多有菩薩摩訶薩依菩薩摩訶薩有十善業道廣説乃至有佛無上正等菩提亦有聲聞獨覺菩薩及正等覺出現世間譬如依因滿月輪故藥星

山海皆得增盛如是依因諸菩薩故十善業道廣說乃至諸佛無上正等菩提功德藥物皆得增盛一切人天聲聞獨覺有學無學賢聖星辰亦得增盛一切菩薩及諸如來應正等覺諸山大海亦得增盛若諸如來應正等覺未出世時唯有菩薩摩訶薩衆具大方便善巧力故爲諸有情無到宣說世出世法所以者何世間所有人乘天乘若聲聞乘獨覺乘若無上乘皆從菩薩摩訶薩衆方便善巧而得成辦菩薩所有方便善巧皆由般若波羅蜜多而得成辦諸菩薩摩訶薩成就方便善巧力故能滿布施波羅蜜多乃至般若波羅蜜多廣說乃至能滿一切智道相智一切相智能得三十二大士相八十隨好不墮聲聞獨覺等地成熟有情嚴淨佛土攝受菩薩壽量圓滿衆具圓滿淨土圓滿種性圓滿色力圓滿乃至證得一切智智復次憍尸迦若善男子善女人等於此般若波羅蜜多甚深經典至心聽聞受持讀誦精勤修學如理思惟書寫解說廣令流布當得成就現在未來世出世間功德勝利時天帝釋即白佛言是善男子善女人等云何成就現在未來世出世間功德勝利佛告憍尸迦是善男子善女人等現在不爲一切毒藥厭禱呪術之所傷害火不能燒水不能溺諸刀杖等亦不能害乃至不爲四百四病之所夭歿唯除先世定業異熟現世應受憍尸迦是善男子善女人等若遭官事怨賊逼迫至心誦念甚深般若波羅蜜多若至其所終不爲彼譴罰加害何以故憍尸迦甚深般若波羅蜜多威德勢力

法令爾故憍尸迦是善男子善女人等若有欲至國王王子大臣等處至心誦念甚深般若波羅蜜多必爲王等歡喜問訊恭敬供養何以故憍尸迦是善男子善女人等常於有情不離慈悲喜捨心故憍尸迦是善男子善女人等當得成就諸如是等所有現在功德勝利憍尸迦是善男子善女人等隨所生處常不遠離十善業道若施戒修若四靜慮四無量四無色定若六波羅蜜多廣說乃至若一切智道相智一切相智若三十二大士相八十隨好不墮地獄旁生鬼界除乘願力往彼受生與諸有情作饒益事隨所生處常具諸根形貌端嚴支分無缺永不生在貧窮下賤工商雜類屠膾漁獵盜賊獄吏旃茶羅家補羯娑家戍達羅等諸鄙穢族多生有佛嚴淨土中蓮花化生不造衆惡常不遠離迅疾神通隨心所欲遊諸佛土親近供養諸佛世尊成熟有情嚴淨佛土聽聞正法如說修行漸次證得一切智智憍尸迦是善男子善女人等當得成就諸如是等所有未來功德勝利是故憍尸迦若善男子善女人等欲得如是現在未來世出世間功德勝利乃至無上正等菩提常不離者應於如是甚深般若波羅蜜多不離一切智智心以無所得爲方便至心聽聞受持讀誦精勤修學如理思惟書寫解說廣令流布復持種種上妙花鬘塗散等香衣服瓔珞寶幢旛蓋衆妙珍奇妓樂燈明供養恭敬尊重讚歎無得暫捨爾時衆多外道梵志欲求佛過來詣佛所時天帝釋見已念言今此衆多外道梵志來趣法會伺求

佛短將非般若留難事耶我當誦念從佛所受甚深般若波羅蜜多令彼邪徒復道而去念已便誦甚深般若波羅蜜多於是衆多外道梵志遥申敬禮右遶世尊復道而去時舍利子見已念言彼有何緣適來還去佛知其意告舍利子彼外道等來求我失由天帝釋誦念般若波羅蜜多令彼還去舍利子我都不見彼外道等有少白法唯懷惡心爲求我過來至我所舍利子我都不見一切世間有諸天魔及外道等有情之類說般若時懷悖惡心來求得便何以故舍利子由此三千大千世界一切天衆若諸聲聞獨覺菩薩佛及一切具大威力龍神藥叉阿素洛等皆共守護甚深般若波羅蜜多不令邪徒爲作留難何以故舍利子是諸天等皆依般若波羅蜜多威力生故又舍利子十方各如殑伽沙界一切如來應正等覺聲聞獨覺菩薩諸天龍神藥叉阿素洛等皆共守護甚深般若波羅蜜多不令邪徒爲作留難何以故舍利子彼如來等皆依般若波羅蜜多威力生故爾時惡魔竊作是念今佛四衆前後圍遶欲色界天皆來集會宣說般若波羅蜜多此中定有諸大菩薩親於佛前受菩薩記當得無上正等菩提轉妙法輪空我境界我當往至破壞其眼作是念已化作四軍奮威勇鋭來詣佛所時天帝釋見已念言將非惡魔化作斯事欲來惱佛并與般若波羅蜜多而作留難何以故如是四軍嚴飾殊麗摩揭陀國影堅大王四種勝軍所不能及憍薩羅國勝軍大王四種勝軍亦不能及劫比羅國釋種大王四

種勝軍亦不能及吠舍離國栗呫毗王四種勝軍亦不能及吉祥茅國諸力士王四種勝軍亦不能及由斯觀察如是四軍定是惡魔之所化作惡魔長夜伺求佛短壞諸有情所修勝事我當誦念從佛所受甚深般若波羅蜜多令彼惡魔復道而去時天帝釋念已便誦甚深般若波羅蜜多於是惡魔復道而去甚深般若波羅蜜多大神咒王力所逼故爾時會中所有四大王衆天乃至色究竟天俱時化作諸妙天花及香鬘等種種供具踊身空中而散佛上合掌恭敬同白佛言願此般若波羅蜜多在贍部洲人中久住所以者何乃至般若波羅蜜多在贍部洲人間流布當知是處佛法僧寶常不滅没於此三千大千世界乃至十方無量無數無邊佛國亦復如是由是因緣諸菩薩摩訶薩所修勝行亦可了知隨諸方域有善男子善女人等以淨信心書持般若波羅蜜多供養恭敬當知是處有妙光明除滅闇冥生諸勝福爾時佛告諸天衆言如是如是如汝所說乃至般若波羅蜜多在贍部洲人間流布當知是處佛法僧寶常不滅没廣說乃至隨諸方域有善男子善女人等以淨信心書持般若波羅蜜多供養恭敬當知是處有妙光明除滅闇冥生諸勝福時諸天衆復各化作諸妙天花及香鬘等而散佛上重白佛言若善男子善女人等能於般若波羅蜜多至心聽聞受持讀誦精勤修學如理思惟書寫解說廣令流布一切惡魔及彼眷屬不能得便我等天衆亦常隨逐勤加守護令無損惱所以者何我等天衆

尊重法故敬彼如佛或如世尊所重弟子時天帝釋復白佛言是善男子善女人等非少善根能辦此事定於先世無量佛所多集善根多發正願多供養佛多事善友乃能於此甚深般若波羅蜜多至心聽聞受持讀誦精勤修學如理思惟書寫解說廣令流布世尊若善男子善女人等欲得諸佛一切智智當學般若波羅蜜多欲得般若波羅蜜多當學諸佛一切智智何以故諸佛所得一切智智皆從般若波羅蜜多而得起故一切般若波羅蜜多皆從諸佛一切智智而得起故所以者何諸佛所得一切智智不異般若波羅蜜多一切般若波羅蜜多不異諸佛一切智智諸佛所得一切智智與此般若波羅蜜多當知無二亦無二分爾時佛告天帝釋言如是如是如汝所說是故般若波羅蜜多功德威神甚奇希有爾時具壽慶喜白佛言世尊何緣如來應正等覺不廣稱讚布施等五波羅蜜多廣說乃至一切相智名字功德但廣稱讚第六般若波羅蜜多名字功德佛告慶喜第六般若波羅蜜多能與前五波羅蜜多廣說乃至一切相智爲尊爲導故我但廣稱讚般若波羅蜜多名字功德復次慶喜於意云何若不迴向一切智智而修布施廣說乃至一切相智名眞修布施波羅蜜多乃至一切相智不慶喜答言不也世尊不也善逝佛告慶喜要由迴向一切智智而修布施廣說乃至一切相智乃可名爲眞修布施波羅蜜多廣說乃至一切相智是故我說第六般若波羅蜜多能與前五波羅蜜多廣說乃至一切

相智爲尊爲導故我但廣稱讚般若波羅蜜多名字功德爾時慶喜復白佛言云何迴向一切智智而修布施波羅蜜多廣說乃至一切相智佛告慶喜以無二爲方便無生爲方便無所得爲方便迴向一切智智應修布施波羅蜜多廣說乃至一切相智具壽慶喜復白佛言以何無二爲方便無生爲方便無所得爲方便迴向一切智智應修布施波羅蜜多廣說乃至一切相智佛告慶喜以色乃至一切相智無二爲方便無生爲方便無所得爲方便迴向一切智智應修布施波羅蜜多廣說乃至一切相智爾時慶喜復白佛言云何以色乃至一切相智無二爲方便無生爲方便無所得爲方便迴向一切智智應修布施波羅蜜多廣說乃至一切相智佛告慶喜色色性空乃至一切相智一切相智性空何以故以色乃至一切相智性空與布施波羅蜜多廣說乃至一切相智皆無二無二分故慶喜當知由般若波羅蜜多故能迴向一切智智由迴向一切智智故能令布施波羅蜜多廣說乃至一切相智究竟圓滿是故般若波羅蜜多於布施等波羅蜜多廣說乃至一切相智爲尊爲導故我但廣稱讚般若波羅蜜多慶喜當知譬如大地以種散中衆緣和合便得生長應知大地與種生長爲所依止爲能建立如是般若波羅蜜多及所迴向一切智智與布施等波羅蜜多廣說乃至一切相智爲所依止爲能建立令得生長故此般若波羅蜜多於布施等波羅蜜多廣說乃至一切相智爲尊爲導故我但廣稱讚般若波

羅蜜多爾時天帝釋白佛言世尊今者如來應正等覺於此般若波羅蜜多功德勝利說猶未盡所以者何我從世尊所受般若波羅蜜多功德勝利甚深甚廣量無邊際諸善男子善女人等於此般若波羅蜜多甚深經典至心聽聞受持讀誦精勤修學如理思惟書寫解說廣令流布復持種種上妙花鬘乃至燈明而爲供養所獲功德亦無邊際若善男子善女人等於此般若波羅蜜多甚深經典至心聽聞受持讀誦精勤修學如理思惟書寫解說廣令流布則爲攝受一切佛法由此因緣世間便有十善業道若施戒修若四靜慮四無量四無色定若六波羅蜜多乃至一切相智若預流果乃至無上正等菩提若剎帝利大族乃至居士大族若四大王衆天乃至非想非非想處天若餘世間一切勝事無不出現爾時佛告天帝釋言憍尸迦我不說此甚深般若波羅蜜多但有前說功德勝利何以故憍尸迦甚深般若波羅蜜多具足無邊功德勝利分別演說不可盡故憍尸迦我亦不說於此般若波羅蜜多甚深經典至心聽聞受持讀誦精勤修學如理思惟書寫解說廣令流布復持種種上妙花鬘乃至燈明而爲供養諸善男子善女人等但有前說功德勝利何以故憍尸迦若善男子善女人等不離一切智智心以無所得爲方便於此般若波羅蜜多甚深經典至心聽聞受持讀誦精勤修學如理思惟書寫解說廣令流布復持種種上妙花鬘乃至燈明而爲供養是善男子善女人等成就無量殊勝戒蘊定蘊慧

蘊解脱蘊解脱知見蘊憍尸迦是善男子善女人等當知如佛何以故受持過去未來現在一切如來應正等覺無上道故決定趣向佛菩提故利益安樂一切有情無窮盡故超諸聲聞獨覺地故憍尸迦聲聞獨覺所有戒蘊定蘊慧蘊解脱蘊解脱知見蘊比此善男子善女人等所有戒蘊定蘊慧蘊解脱蘊解脱知見蘊百分不及一千分不及一乃至鄔波尼殺曇分亦不及一何以故憍尸迦是善男子善女人等超過一切聲聞獨覺下劣心想於諸聲聞獨覺乘法終不稱讚於一切法無所不知謂能正知無所有故憍尸迦若善男子善女人等不離一切智智心以無所得為方便於此般若波羅蜜多甚深經典至心聽聞受持讀誦精勤修學如理思惟書寫解說廣令流布復持種種上妙花鬘乃至燈明供養恭敬尊重讚歎我說獲得現在未來無量無邊功德勝利時天帝釋即白佛言我等諸天常隨守護是善男子善女人等不令一切人非人等種種惡緣之所損害爾時佛告天帝釋言若善男子善女人等以應一切智智心用無所得為方便於此般若波羅蜜多甚深經典受持讀誦時有無量百千天子為聽法故皆來集會歡喜踴躍敬受如是甚深般若波羅蜜多憍尸迦若善男子善女人等以應一切智智心用無所得為方便宣說如是甚深般若波羅蜜多相應之法時有無量諸天子等皆來集會以天威力令說法師增益辯才宣揚無盡憍尸迦若善男子善女人等以應一切智智心用無所得為方便宣說

如是甚深般若波羅蜜多時有無量諸天子等敬重法故皆來集會以天威力令說法師辯才無滯設有障難不能遮斷憍尸迦諸善男子善女人等以應一切智智心用無所得爲方便於此般若波羅蜜多甚深經典至心聽聞受持讀誦精勤修學如理思惟書寫解說廣令流布復持種種上妙花鬘乃至燈明而爲供養於現在世當獲無邊功德勝利魔及魔軍不能惱害復次憍尸迦若善男子善女人等於四衆中宣說般若波羅蜜多心無怯怖不爲一切論難所伏所以者何彼由如是甚深般若波羅蜜多大神呪王所護持故又此般若波羅蜜多秘密藏中具廣分別一切法故謂善法非善法有記法無記法有漏法無漏法有爲法無爲法世間法出世間法共法不共法聲聞法獨覺法菩薩法如來法諸如是等無量無邊差別法門皆入此攝又由如是諸善男子善女人等善住內空乃至無性自性空都不見有能論難者亦不見有所論難者亦不見有所說般若波羅蜜多何以故憍尸迦此善男子善女人等由深般若波羅蜜多大神呪王所護持故不爲一切異學論難之所屈伏復次憍尸迦若善男子善女人等於此般若波羅蜜多甚深經典至心聽聞受持讀誦精勤修學如理思惟書寫解說廣令流布是善男子善女人等心常不驚不恐不怖心不沉没亦不憂悔所以者何是善男子善女人等不見有法可令驚恐乃至憂悔憍尸迦若善男子善女人輩欲得此等現在無邊功德勝利當於般若波羅蜜多甚

深經典至心聽聞受持讀誦精勤修學如理思惟書寫解說廣令流布復持種種上妙花鬘乃至燈明供養恭敬尊重讚歎無得暫捨復次憍尸迦若善男子善女人等以應一切智智心用無所得爲方便能於般若波羅蜜多甚深經典至心聽聞受持讀誦精勤修學如理思惟書寫解說廣令流布復持種種上妙花鬘乃至燈明供養恭敬尊重讚歎是善男子善女人等恒爲父母師長親友國王大臣及諸沙門婆羅門等之所敬愛亦爲十方無邊世界諸佛菩薩獨覺聲聞之所護念復爲世間諸天魔梵人及非人阿素洛等之所守衛是善男子善女人等成就最勝無斷辯才於一切時能修布施乃至般若波羅蜜多廣說乃至一切相智成熟有情嚴淨佛土常無懈廢是善男子善女人等成就菩薩殊勝神通遊諸佛土自在無礙是善男子善女人等不爲一切外道異論之所降伏而能降伏外道異論憍尸迦若善男子善女人等欲得如是現在未來無斷無盡功德勝利應於般若波羅蜜多甚深經典以應一切智智心用無所得爲方便至心聽聞受持讀誦精勤修學如理思惟書寫解說廣令流布復持種種上妙花鬘乃至燈明供養恭敬尊重讚歎復次憍尸迦若善男子善女人等書寫如是甚深般若波羅蜜多種種莊嚴置清淨處供養恭敬尊重讚歎時此三千大千國土及餘十方無邊世界所有四大王衆天乃至廣果天已發無上菩提心者常來是處觀禮讀誦如是般若波羅蜜多供養恭敬尊重讚歎右遶

禮拜合掌而去所有淨居天亦常來此觀禮讀誦供養恭敬尊重讚歎右遶禮拜合掌而去有大威德諸龍藥叉廣說乃至人非人等亦常來此觀禮讀誦供養恭敬尊重讚歎右遶禮拜合掌而去憍尸迦是善男子善女人等應作是念今此三千大千國土及餘十方無邊世界一切天龍廣說乃至人非人等常來至此觀禮讀誦我所書寫甚深般若波羅蜜多供養恭敬尊重讚歎右遶禮拜合掌而去此我則為已設法施作是念已歡喜踊躍令所獲福倍復增長憍尸迦是善男子善女人等由此三千大千國土及餘十方無邊世界天龍藥叉阿素洛等常隨擁護不為一切人非人等之所惱害唯除宿世定惡業因現在應熟或轉重惡現世輕受憍尸迦是善男子善女人等由此般若波羅蜜多甚深經典大威神力獲如是等現世種種功德勝利謂諸天等已發無上菩提心者或依佛法已得殊勝利樂事者敬重法故常隨守護增其勢力何以故憍尸迦是善男子善女人等已發無上正等覺心恒為救拔諸有情故恒為成熟諸有情故恒為不捨諸有情故恒為利樂諸有情故彼諸天等亦復如是由此因緣常來擁護令諸災橫不能侵惱

大般若波羅蜜多經卷第五百二

音釋

須臾頃 臾羊朱切頃丘穎切須臾不久貌三十須臾頃爲一晝夜

踰繕那 梵語也亦云由旬此云限量如此方驛地或四十里六十里八十里踰音俞繕時戰切

空隙 空苦貢切虛也隙乞逆切空閑也

鄔波尼殺曇 梵語也此謂數之極鄔安古切曇徒南切

殞 羽敏切歿也

夭歿 夭於兆切

少歿也又不盡天年讀之夭歿莫勃切終也

譴罰 譴詰戰切謫問也罰音伐罪罰也

屠膾 屠同都切殺也膾古外切切肉也屠膾爲屠宰之類也

補

羯娑 梵語也此謂羿歹屍等之賤類羯居謁切

戍達羅 梵語也亦云首陀此云農田種戍殊遇切

悖惡 悖蒲妹切逆也

勇銳 銳于芮切勇銳謂勇猛銳利知死不避也

摩揭陀 梵語也此云無惱害國名也瓶沙王居之揭居謁切

吠舍離 梵語也亦云毗耶離此云廣嚴吠房廢切

栗呫毗 梵語也亦云離車此云仙族王呫音帖

大般若波羅蜜多經卷第五百三

唐三藏法師玄奘奉　詔譯

第三分稱揚功德品第六之二

爾時天帝釋白佛言世尊是善男子善女人等以何驗知有此三千大千國土及餘十方無邊世界天龍藥叉阿素洛等來至其處觀禮讀誦彼所書持甚深般若波羅蜜多供養恭敬尊重讚歎合掌右遶歡喜護念爾時佛告天帝釋言是善男子善女人等若見般若波羅蜜多甚深經典所在之處有妙光明或聞其處異香氛郁或復聞有微細樂音當知爾時有大神力威德熾盛諸天龍等來至其處觀禮讀誦彼所書持甚深般若波羅蜜多供養恭敬尊重讚歎合掌右遶歡喜護念復次憍尸迦是善男子善女人等修鮮淨行嚴麗其處至心供養甚深般若波羅蜜多當知爾時有大神力威德熾盛諸天龍等來至其處觀禮讀誦彼所書持甚深般若波羅蜜多供養恭敬尊重讚歎合掌右遶歡喜護念憍尸迦隨有如是具大神力威德熾盛諸天龍等來至其處此中所有惡鬼邪神驚怖退散無敢住者由此因緣是善男子善女人等心便廣大起淨勝解所修善業倍復增明諸有所爲皆無障礙以是故憍尸迦甚深般若波羅蜜多隨所在處應當周帀除去糞穢掃拭塗治香水散灑敷設寶座而安置之燒香散花張施幰蓋寶幢幡鐸間飾其中衆妙珍奇金銀寶器衣服瓔珞妓樂燈明種種雜綵莊嚴其處若能如是供養般若波羅蜜多甚深經典便有無量具大神力威德熾盛諸天龍

等來至其處觀禮讀誦彼所書持甚深般若波羅蜜多供養恭敬尊重讚歎合掌右遶歡喜護念復次憍尸迦是善男子善女人等若能如是供養恭敬尊重讚歎甚深般若波羅蜜多決定當得身心無倦身心安樂身心調柔身心輕利繫心般若波羅蜜多夜寢息時無諸惡夢唯得善夢謂見如來應正等覺身眞金色相好莊嚴放大光明普照一切聲聞菩薩前後圍遶身處衆中聞佛爲說布施淨戒安忍精進靜慮般若波羅蜜多乃至無上正等菩提相應之法復聞分別布施淨戒安忍精進靜慮般若波羅蜜多乃至無上正等菩提相應之義或於夢中見菩提樹其量高廣衆寶莊嚴有菩薩摩訶薩往詣其下結跏趺坐證得無上正等菩提轉妙法輪度有情衆或於夢中見有無量百千俱胝那庾多數大菩薩衆論議決擇種種法義謂應如是成熟有情嚴淨佛土修菩薩行降伏魔軍斷煩惱習趣證無上正等菩提或復夢中見十方界各有無量百千俱胝那庾多佛亦聞其聲謂某世界有某如來應正等覺若干百千俱胝那庾多菩薩摩訶薩聲聞弟子恭敬圍遶說如是法或復夢中見十方界各有無量百千俱胝那庾多佛入般涅槃彼一一佛般涅槃後各有施主爲供養佛設利羅故以妙七寶各起無量百千俱胝那庾多數大窣堵波復於一一窣堵波所各以無量上妙花鬘塗散等香衣服瓔珞寶幢旛蓋衆妙珍奇妓樂燈明經無量劫供養恭敬尊重讚歎憍尸迦是善男子善女人等見如是類諸善夢相若

睡若覺身心安樂諸天神等益其精氣令彼自覺身體輕便由此因緣不多貪著飲食醫藥衣服卧具於四供養其心輕微如瑜伽師入勝妙定由彼定力滋潤身心從定出已雖遇美饍而心輕微此亦如是何以故憍尸迦是善男子善女人等由此三千大千國土及餘十方無邊世界一切如來應正等覺聲聞菩薩天龍藥叉阿素洛等具大神力勝威德者慈悲護念以妙精氣冥注身心令其志勇體充盛故憍尸迦若善男子善女人等欲得如是現在種種功德勝利應發一切智智心以無所得爲方便於此般若波羅蜜多甚深經典至心聽聞受持讀誦精勤修學如理思惟書寫解說廣令流布憍尸迦若善男子善女人等雖於般若波羅蜜多甚深經典不能聽聞受持讀誦精勤修學如理思惟廣爲有情宣說流布而但書寫衆寶嚴飾復持無量上妙花鬘乃至燈明供養恭敬尊重讚歎亦得如前所說種種功德勝利何以故憍尸迦是善男子善女人等能廣利樂無量無邊諸有情故復次憍尸迦若善男子善女人等以應一切智智心用無所得爲方便於此般若波羅蜜多甚深經典至心聽聞受持讀誦精勤修學如理思惟書寫解說廣令流布復持種種上妙花鬘乃至燈明而爲供養是善男子善女人等所獲福聚無量無邊勝餘有情盡其形壽以無量種上妙飲食衣服卧具醫藥資緣供養十方一切世界諸佛菩薩及聲聞衆亦勝十方佛及弟子般涅槃後有爲供養設利羅故以妙七寶起窣堵波高廣嚴麗

復以無量天妙花鬘乃至燈明盡其形壽供養恭敬尊重讚歎何以故憍尸迦十方諸佛及弟子衆皆因如是甚深般若波羅蜜多而生長故

第三分佛設利羅品第七

爾時佛告天帝釋言憍尸迦假使充滿此贍部洲佛設利羅以爲一分有書般若波羅蜜多甚深經典復爲一分此二分中汝取何者天帝釋言我意寧取甚深般若波羅蜜多所以者何我於諸佛設利羅所非不信樂供養恭敬尊重讚歎然諸佛身及設利羅皆因般若波羅蜜多甚深經典而出生故皆由般若波羅蜜多功德勢力所熏修故乃爲一切世間天人阿素洛等供養恭敬尊重讚歎時舍利子謂帝釋言憍尸迦甚深般若波羅蜜多無色無見無對一相所謂無相無相之法既不可取汝云何取何以故憍尸迦甚深般若波羅蜜多無取無捨無增無減無聚無散無益無損無染無淨不與諸佛菩薩獨覺聲聞之法不棄愚夫異生之法不與無爲界不棄有爲界不與諸空不棄諸有不與波羅蜜多乃至一切相智不棄一切雜染之法爾時天帝釋報舍利子言如是如是誠如所說大德若如實知甚深般若波羅蜜多無色無見無對一相所謂無相無取無捨乃至不與一切相智不棄一切雜染之法是爲眞取甚深般若波羅蜜多亦眞修行甚深般若波羅蜜多所以者何般若靜慮精進安忍淨戒布施波羅蜜多不隨二行無二相故爾時佛讚天帝釋言善哉善哉如汝所說甚深般若波羅蜜

多乃至布施波羅蜜多不隨二行無二相故憍尸迦諸有欲令甚深般若波羅蜜多乃至布施波羅蜜多有二相者則爲欲令眞如乃至不思議界亦有二相何以故憍尸迦甚深般若波羅蜜多乃至布施波羅蜜多與眞如乃至不思議界皆無二無二分故時天帝釋復白佛言甚深般若波羅蜜多世間天人阿素洛等皆應至誠禮拜右遶供養恭敬尊重讃歎所以者何一切菩薩摩訶薩衆皆於般若波羅蜜多精勤修學證得無上正等菩提世尊如我坐在三十三天善法殿中天帝座上爲諸天衆宣説正法時有無量諸天子等來至我所聽我所説供養恭敬尊重讃歎右遶禮拜合掌而去我若不在彼法座時諸天子等亦來其處雖不見我如我在時恭敬供養咸言此處是天帝釋爲諸天等説法之座我等皆應如天主在供養右遶禮拜而去世尊如是般若波羅蜜多若有書寫受持讀誦廣爲有情宣説流布當知是處恒有此土幷餘十方無邊世界無量無數天龍藥叉阿素洛等皆來集會設無説者敬重法故亦於是處供養恭敬尊重讃歎禮拜而去何以故一切如來應正等覺及諸菩薩摩訶薩衆獨覺聲聞一切有情所有樂具皆依般若波羅蜜多而得有故佛設利羅亦由般若波羅蜜多功德熏修受供養故世尊甚深般若波羅蜜多與諸菩薩摩訶薩行及所證得一切智智爲因爲緣爲所依止爲能引發是故我説假使充滿此贍部洲佛設利羅以爲一分有書般若波羅蜜多甚深經典復爲一分此二分

中我意寧取甚深般若波羅蜜多世尊我若於此甚深般若波羅蜜多受持讀誦正憶念時心契法故都不見有諸怖畏相所以者何甚深般若波羅蜜多無相無狀無言無說由深般若波羅蜜多無相無狀無言無說靜慮等五波羅蜜多廣說乃至一切相智亦無相無狀無言無說世尊若深般若波羅蜜多有相有狀有言有說非無相狀及言說者不應如來應正等覺知一切法無相無狀無言無說證得無上正等菩提爲諸有情說一切法無相無狀無言無說世尊由深般若波羅蜜多無相無狀無言無說非有相狀及有言說是故如來應正等覺知一切法無相無狀無言無說證得無上正等菩提爲諸有情說一切法無相無狀無言無說世尊是故般若波羅蜜多甚深經典應受一切世間天人阿素洛等以無量種上妙花鬘乃至燈明供養恭敬尊重讃歎世尊若有於此甚深般若波羅蜜多至心聽聞受持讀誦精勤修學如理思惟書寫解說廣令流布復以無量上妙花鬘乃至燈明供養恭敬尊重讃歎決定不復墮諸惡趣邊鄙達絮蔑戾車中不墮聲聞獨覺等地必趣無上正等菩提常見諸佛恒聞正法不離善友嚴淨佛土成熟有情從一佛國至一佛國以無量種上妙供具供養恭敬尊重讃歎諸佛世尊及諸菩薩摩訶薩衆復次世尊假使充滿三千世界佛設利羅以爲一分有書般若波羅蜜多甚深經典復爲一分此二分中我意寧取甚深般若波羅蜜多何以故一切如來應正等覺及三千界佛設利

羅皆從般若波羅蜜多而出生故又三千界佛設利羅皆由般若波羅蜜多功德勢力所熏修故得諸天人阿素洛等供養恭敬尊重讚歎由此因縁若善男子善女人等供養恭敬尊重讚歎佛設利羅決定不生諸險惡趣常生善趣受諸富樂隨心所願乘三乘法畢竟證得三乘涅槃復次世尊諸善男子善女人等若見如來應正等覺若見般若波羅蜜多甚深經典此二功德平等無異何以故甚深般若波羅蜜多與諸如來應正等覺平等無二無二分故復次世尊若有如來應正等覺住三示導爲諸有情宣說正法所謂契經乃至論議若善男子善女人等於深般若波羅蜜多受持讀誦廣爲他說此二功德平等無異何以故若彼如來應正等覺若三示導若所宣說十二分教皆依般若波羅蜜多而出生故復次世尊若十方界如殑伽沙諸佛世尊住三示導爲諸有情宣說正法所謂契經乃至論議若善男子善女人等於深般若波羅蜜多受持讀誦廣爲他說此二功德平等無異何以故若十方界如殑伽沙諸佛世尊若三示導若所宣說十二分教皆依般若波羅蜜多而出生故復次世尊若善男子善女人等以無量種上妙花鬘乃至燈明供養恭敬尊重讚歎十方世界如殑伽沙諸佛世尊有善男子善女人等書持般若波羅蜜多甚深經典復以種種上妙花鬘乃至燈明供養恭敬尊重讚歎此二功德平等無異何以故諸佛世尊皆依般若波羅蜜多而出生故復次世尊若善男子善女人等於深般若波

羅蜜多至心聽聞受持讀誦精勤修學如理思惟書寫解說廣令流布彼於當來不墮地獄傍生鬼界不墮聲聞及獨覺地何以故是善男子善女人等決定當住不退轉地遠離一切灾横疾疫衰惱怖畏如負債人怖畏債主即便親近奉事國王依王勢力得免怖畏王喻般若波羅蜜多彼負債人喻善男子善女人等依恃般若波羅蜜多得離一切衰惱怖畏世尊譬如有人依附王故王攝受故爲諸世人供養恭敬尊重讚歎佛設利羅亦復如是由深般若波羅蜜多所熏修故爲諸天人阿素洛等供養恭敬尊重讚歎王喻般若波羅蜜多佛設利羅喻依王者世尊諸佛所得一切智智亦依般若波羅蜜多而得成就是故我說假使充滿此三千界佛設利羅以爲一分有書般若波羅蜜多甚深經典復爲一分此二分中我意寧取甚深般若波羅蜜多何以故佛設利羅堅踰金剛具種種色三十二相八十隨好所莊嚴身如來十力廣說乃至一切相智皆由般若波羅蜜多而成辦故布施等五波羅蜜多皆由般若波羅蜜多名到彼岸何以故若無般若波羅蜜多施等不能到彼岸故復次世尊若此三千大千世界或餘世界所有王都城邑聚落其中若有受持讀誦書寫解說供養恭敬甚深般若波羅蜜多是處有情不爲一切人非人等之所惱害唯除決定惡業應受此中有情漸次修學三乘正行隨其所願乃至證得三乘涅槃復次世尊甚深般若波羅蜜多於三千界作大饒益具大神力隨所在處則爲有佛作大

佛事所謂利樂一切有情世尊譬如無價大寶神珠具無量種勝妙威德隨所住處有此神珠人及非人終無惱害設有男子或復女人爲鬼所執身心苦惱若有持此神珠示之由珠威力鬼便捨去諸有熱病或風或痰或熱風痰合集爲病若有繫此神珠著身如是諸病無不除愈此珠在闇能作照明熱時能涼寒時能煖隨地方所有此神珠時節調和不寒不熱若地方所有此神珠蛇蝎等毒無敢停止設有男子或復女人爲毒所中楚痛難忍若有持此神珠令見珠威勢故毒即消滅若諸有情身嬰癩疾惡瘡腫疱目眩瞖等眼病耳病鼻病舌病喉病身病諸支節病帶此神珠衆病皆愈若諸池沼泉井等中其水濁穢或將枯涸以珠投之水便盈滿香潔澄淨具八功德若以青黄赤白紅紫碧緑雜綺種種色衣裹此神珠投之於水水隨衣綵作種種色如是無價大寶神珠威德無邊說不能盡若置箱篋亦令其器具足成就無邊威德設空箱篋由曾置珠其器仍爲衆人愛重具壽慶喜問帝釋言如是神珠爲天獨有人亦有耶天帝釋言人中天上俱有此珠若在人中形小而重若在天上形大而輕又人中珠相不具足在天上者其相周圓天上神珠威德殊勝無量倍數過人所有時天帝釋復白佛言甚深般若波羅蜜多亦復如是爲衆德本能滅無量惡不善法隨所在處令諸有情身心苦惱皆悉除滅人非人等不能爲害世尊所說無價大寶神珠非但喻於甚深般若波羅蜜多亦喻如來一切智智亦喻靜慮

乃至布施波羅蜜多亦喻内空乃至無性自性空亦喻四念住乃至十八佛不共法亦喻眞如乃至不思議界亦喻無忘失法恒住捨性亦喻一切智道相智一切相智亦喻一切陀羅尼門三摩地門亦喻無量無邊佛法何以故如是功德皆由般若波羅蜜多大神呪王之所引顯功德深廣無量無邊佛設利羅由諸功德所熏修故佛涅槃後堪受一切世間天人阿素洛等供養恭敬尊重讚歎復次世尊佛設利羅是極圓滿最勝清淨般若靜慮精進安忍淨戒布施波羅蜜多廣說乃至永斷煩惱習氣相續及餘無量無邊佛法所依器故佛涅槃後堪受一切世間天人阿素洛等供養恭敬尊重讚歎復次世尊佛設利羅是極圓滿最勝清淨功德珍寶波羅蜜多所依器故是極圓滿最勝清淨無染無淨無生無滅無入無出無增無減無來無去無動無止無此無彼波羅蜜多所依器故是極圓滿最勝清淨諸法實性波羅蜜多所依器故佛涅槃後堪受一切世間天人阿素洛等供養恭敬尊重讚歎復次世尊置三千界佛設利羅假使充滿十方各如殑伽沙界佛設利羅以爲一分有書般若波羅蜜多甚深經典復爲一分此二分中我意寧取甚深般若波羅蜜多何以故一切如來應正等覺及設利羅皆因般若波羅蜜多而出生故皆由般若波羅蜜多所熏修故皆爲般若波羅蜜多所依器故堪受一切世間天人阿素洛等供養恭敬尊重讚歎世尊若善男子善女人等供養恭敬尊重讚歎佛設利羅天上人中受諸

富樂無有窮盡人中所謂剎帝利大族乃至居士大族天上所謂四大王衆天乃至他化自在天即由如是殊勝善根至最後身得盡苦際世尊若善男子善女人等於深般若波羅蜜多至心聽聞受持讀誦書寫解説如理思惟甚深般若波羅蜜多速得圓滿甚深般若波羅蜜多得圓滿故復令靜慮波羅蜜多乃至布施波羅蜜多及三十七菩提分法乃至十八佛不共法亦得圓滿由此復能超諸聲聞及獨覺地證入菩薩正性離生獲得菩薩勝妙神通乘此神通遊諸佛國從一佛土至一佛土供養恭敬尊重讚歎諸佛世尊成熟有情嚴淨佛土發勝思願受種種身爲欲饒益諸有情故或作大輪王或作小輪王或作大國王或作小國王或作剎帝利或作婆羅門或作毗沙門或作天帝釋或作梵王或作餘類利益安樂無量有情是故世尊我於諸佛設利羅所非不信樂供養恭敬尊重讚歎然於般若波羅蜜多甚深經典供養恭敬尊重讚歎所獲功德甚多於彼由此因緣我意寧取甚深般若波羅蜜多世尊若善男子善女人等供養恭敬尊重讚歎甚深般若波羅蜜多則爲增長一切佛法亦爲攝受世出世間富樂自在如是已爲供養恭敬尊重讚歎佛設利羅及諸如來應正等覺爾時佛告天帝釋言如是如是如汝所説

第三分福聚品第八之一

爾時天帝釋白佛言世尊若善男子善女人等欲得常見十方無量無數世界一切如來應正等覺法身色身當於般若波羅蜜多甚

深經典至心聽聞受持讀誦精勤修學如理思惟書寫解説廣令流布是善男子善女人等旣得常見十方無量無數世界一切如來應正等覺法身色身漸次修行甚深般若波羅蜜多令速圓滿是時應以法性修習觀佛隨念世尊一切法性略有二種一者有爲二者無爲云何名爲有爲法性謂内空乃至無性自性空智若四念住乃至十八佛不共法智若善非善法智若有記無記法智若有漏無漏法智若有爲無爲法智若有罪無罪法智若世間出世間法智若雜染清淨法智諸如是等無量門智皆悉説名有爲法性云何名爲無爲法性謂一切法無生無滅無住無異無染無淨無增無減無相無爲無性自性如是説名無爲法性是善男子善女人等應以如是二種法性於諸如來應正等覺修佛隨念爾時佛告天帝釋言如是如是如汝所説憍尸迦過去未來現在諸佛皆依般若波羅蜜多已證當證現證無上正等菩提過去未來現在諸佛聲聞弟子皆依般若波羅蜜多已得當得現得預流一來不還阿羅漢果過去未來現在獨覺皆依般若波羅蜜多已現當證獨覺菩提何以故憍尸迦甚深般若波羅蜜多秘密藏中廣説三乘相應法故然此所説以無所得爲方便故無性無相爲方便故無生無滅爲方便故無染無淨爲方便故無造無作爲方便故無入無出爲方便故無增無減爲方便故無取無捨爲方便故如是所説皆依世俗不依勝義所以者何甚深般若波羅蜜多非般若波羅蜜多非非般若

波羅蜜多非此岸非彼岸非中流非陸非水非高非下非平等非不平等非有相非無相非世間非出世間非有漏非無漏非有爲非無爲非善非非善非有記非無記非過去非未來非現在憍尸迦甚深般若波羅蜜多不與諸佛法不與菩薩法不與獨覺法不與聲聞法亦不棄捨異生諸法時天帝釋復白佛言甚深般若波羅蜜多是大波羅蜜多是無上波羅蜜多是無等等波羅蜜多諸菩薩摩訶薩修行如是甚深般若波羅蜜多時雖知一切有情心行境界差別而不得我不得有情乃至不得知者見者亦不得色受想行識乃至不得六觸爲緣所生諸受亦復不得布施波羅蜜多乃至般若波羅蜜多如是乃至不得十八佛不共法及餘無量無邊佛法何以故非深般若波羅蜜多於一切法依有所得而出現故所以者何甚深般若波羅蜜多都無自性亦不可得能得所得及二依處性相皆空不可得故爾時佛告天帝釋言如是如是如汝所説憍尸迦諸菩薩摩訶薩以無所得而爲方便長夜修學甚深般若波羅蜜多尚不得菩提及薩埵況得菩薩摩訶薩旣不得菩薩摩訶薩豈得菩薩摩訶薩法尚不得菩薩摩訶薩法況得諸佛無上正等菩提時天帝釋復白佛言諸菩薩摩訶薩爲但應修甚深般若波羅蜜多爲亦應修餘五波羅蜜多耶爾時佛告天帝釋言諸菩薩摩訶薩以無所得而爲方便具修六種波羅蜜多修布施時不得布施不得施者不得受者修淨戒時不得淨戒不得持戒者不得犯戒者修

安忍時不得安忍不得安忍者不得忿恚者修精進時不得精進不得精進者不得懈怠者不得精進所應作事不得能作若身若心修靜慮時不得靜慮不得靜慮者不得散亂者修般若時不得般若不得具妙慧者不得具惡慧者不得般若所觀諸法性相差別復次憍尸迦諸菩薩摩訶薩甚深般若波羅蜜多爲明爲導修習一切波羅蜜多無所執著令速圓滿復次憍尸迦諸菩薩摩訶薩於一切法以無所得而爲方便甚深般若波羅蜜多爲明爲導雖觀諸法而無所著令所修習速得圓滿謂無所得而爲方便甚深般若波羅蜜多爲明爲導雖觀諸蘊諸處諸界廣說乃至一切相智而無所著由此因緣令所修習速得圓滿憍尸迦如贍部洲所有諸樹枝條莖幹花葉果實雖有種種形色不同而其蔭影都無差別具大功德衆所歸依如是前五波羅蜜多雖各有異而由般若波羅蜜多攝受迴向一切智智以無所得爲方便故諸差別相都不可得具大功德衆所歸依時天帝釋復白佛言甚深般若波羅蜜多成就廣大殊勝功德成就一切殊勝功德成就圓滿殊勝功德成就無量殊勝功德成就無數殊勝功德成就無邊殊勝功德成就無等殊勝功德成就無盡殊勝功德若善男子善女人等書寫如是甚深般若波羅蜜多衆寶莊嚴受持讀誦供養恭敬尊重讚歎依此經說如理思惟有善男子善女人等書寫如是甚深般若波羅蜜多施他受持廣令流布此二福聚何者爲多爾時佛告天帝釋言我還問汝

當隨意答若善男子善女人等從他請得佛設利羅盛以寶函置高勝處復持種種上妙花鬘乃至燈明供養恭敬尊重讚歎有善男子善女人等從他請得佛設利羅分施與他如芥子許令彼敬受如法安置復以無量上妙花鬘乃至燈明供養恭敬尊重讚歎於意云何此二福聚何者爲勝天帝釋言如我解佛所説義者此二福聚後者爲勝何以故以諸如來應正等覺以大悲心爲有情類應於諸佛設利羅所供養恭敬而得度者將涅槃時以金剛喻三摩地力碎金剛身令如芥子復以深廣大悲神力加持如是佛設利羅令於如來般涅槃後有得一粒如芥子量供養恭敬獲福無邊於天人中受多勝樂乃至最後得盡苦際故施他者其福爲勝爾時佛讚天帝釋言善哉善哉如汝所説憍尸迦於深般若波羅蜜多若自受持供養恭敬若轉施他廣令流布此二福聚後者爲多何以故由施他者能令無量無數有情得利樂故復次憍尸迦若有於此甚深般若波羅蜜多所説義趣如實爲他分別解説令得正解所獲福聚復勝施他流布功德多百千倍敬此法師當如敬佛亦如奉事尊梵行者所以者何甚深般若波羅蜜多即是諸佛諸佛即是甚深般若波羅蜜多甚深般若波羅蜜多不異諸佛諸佛不異甚深般若波羅蜜多何以故三世諸佛皆依般若波羅蜜多精勤修學證得無上正等菩提尊梵行者當知即是住不退轉地菩薩摩訶薩是菩薩摩訶薩亦依般若波羅蜜多精勤修學證得無上正等菩提聲

聞種性補特伽羅亦依般若波羅蜜多精勤修學得阿羅漢果獨覺種性補特伽羅亦依般若波羅蜜多精勤修學得獨覺菩提菩薩種性補特伽羅亦依般若波羅蜜多精勤修學超諸聲聞獨覺等地證入菩薩正性離生漸次修行諸菩薩行得住菩薩不退轉地以是故憍尸迦若善男子善女人等欲以無量上妙花鬘乃至燈明供養恭敬尊重讚歎現在佛者當書般若波羅蜜多甚深經典以無量種上妙花鬘乃至燈明供養恭敬尊重讚歎憍尸迦我觀是義初得無上正等覺時作是思惟我依誰住誰堪受我供養恭敬作是念時都不見有諸天魔梵人非人等與我等者況當有勝復自思惟我依此法已證無上正等菩提此法甚深寂靜微妙我當還依此法而住供養恭敬謂深般若波羅蜜多憍尸迦我已成佛尚依般若波羅蜜多供養恭敬況善男子善女人等欲求無上正等菩提而不依此甚深般若波羅蜜多精勤修學供養恭敬尊重讚歎何以故憍尸迦甚深般若波羅蜜多能生菩薩摩訶薩眾從此菩薩摩訶薩眾生諸如來應正等覺依諸如來應正等覺聲聞獨覺而得生故以是故憍尸迦若菩薩乘若獨覺乘若聲聞乘諸善男子善女人等皆於般若波羅蜜多應勤修學以無量種上妙花鬘乃至燈明供養恭敬尊重讚歎所以者何聲聞獨覺及菩薩乘要依般若波羅蜜多精勤修學得至究竟復次憍尸迦若善男子善女人等教贍部洲諸有情類皆令安住十善業道於意云何是善男子善女人等

由此因緣得福多不天帝釋言甚多世尊甚多善逝佛告憍尸迦若善男子善女人等書寫般若波羅蜜多甚深經典施他讀誦若轉書寫廣令流布是善男子善女人等所獲福聚甚多於前何以故憍尸迦甚深般若波羅蜜多秘密藏中廣說一切無漏之法諸善男子善女人等於中已學今學當學或有已入今入當入聲聞種性正性離生漸次乃至已正當得阿羅漢果或有已入今入當入獨覺種性正性離生漸次乃至已正當得獨覺菩提或有已入今入當入菩薩種性正性離生漸次修行諸菩薩行已得今得當得無上正等菩提憍尸迦甚深般若波羅蜜多秘密藏中所說一切無漏法者謂布施波羅蜜多乃至般若波羅蜜多若內空乃至無性自性空若眞如乃至不思議界若斷界乃至無爲界若苦集滅道聖諦若四念住乃至八聖道支若四靜慮四無量四無色定若八解脫九次第定若空無相無願解脫門若淨觀地乃至如來地若極喜地乃至法雲地若五眼六神通若如來十力乃至十八佛不共法若無忘失法恒住捨性若一切陀羅尼門三摩地門若一切智道相智一切相智若餘無量無邊佛法皆是此中所說一切無漏之法

大般若波羅蜜多經卷第五百三

音釋

氛郁 氛敷文切祥氣也郁乙六切馥郁香醲也
塗治 塗音徒泥也杇也治直利切理也又修治也
憓盖 憓許偎切車上張繒曰憓盖居太切覆也車盖也
俱胝 梵語也此云百億胝張尼切
那庾多 梵語也此云萬億庾弋渚切
若覺 覺居効切寤也夢醒曰覺
瑜伽 梵語也此云相應瑜容朱切

切

達絮 梵語也此謂微信佛法人也絮息據切

蔑戾車 梵語也亦云彌離車此云惡見蔑彌列切戾力霽切

熉 乃管切温也

蛇蝎 蝎音歇毒蟲

嬰 一盈切紫也

疱 疋貌切瘡疱也

眩 熒絹切目無常主也

枯涸 涸曷各切水竭也

箱篋 箱息良切竹器也篋語叶切箱屬

薩埵 梵語也此云成衆生謂用佛道成就衆生也

莖幹 莖何庚切小枝也幹居案切木旁生者爲枝正出者爲幹

大般若波羅蜜多經卷第五百四

唐三藏法師玄奘奉　詔譯

第三分福聚品第八之二

復次憍尸迦若善男子善女人等教一有情住預流果所獲福聚尚勝教化一贍部洲諸有情類皆令安住十善業道所以者何諸有安住十善業道不免地獄傍生鬼界若諸有情住預流果便得永脫諸險惡趣況教令住一來不還阿羅漢果所獲福聚而不勝彼憍尸迦若善男子善女人等教贍部洲諸有情類皆住預流一來不還阿羅漢果所獲福聚不如有人教一有情令其安住獨覺菩提所以者何獨覺菩提所有功德勝預流等多百千倍憍尸迦若善男子善女人等教贍部洲諸有情類皆令安住獨覺菩提所獲福聚不如有人教一有情令趣無上正等菩提所以者何若教有情令趣無上正等菩提則令世間佛眼不斷何以故憍尸迦由有菩薩摩訶薩故便有預流一來不還阿羅漢果獨覺菩提亦有如來應正等覺轉妙法輪度有情衆諸菩薩摩訶薩皆依般若波羅蜜多而得成就以是故憍尸迦若善男子善女人等書寫般若波羅蜜多甚深經典施他讀誦若轉書寫廣令流布所獲福聚勝前福聚無量無邊所以者何甚深般若波羅蜜多秘密藏中廣說世間出世善法依此善法世間便有刹帝利大族乃至居士大族四大王衆天乃至非想非非想處天亦有布施波羅蜜多廣說乃至一切相智亦有預流一來不還阿羅漢果獨覺菩提一切菩薩摩訶薩行諸佛無上正

等菩提亦有預流乃至諸佛施設可得復次憍尸迦置贍部洲諸有情類若善男子善女人等教四大洲諸有情類皆令安住十善業道於意云何餘如上說復次憍尸迦置四大洲諸有情類若善男子善女人等教小千界諸有情類皆令安住十善業道於意云何餘如上說復次憍尸迦置小千界諸有情類若善男子善女人等教中千界諸有情類皆令安住十善業道於意云何餘如上說復次憍尸迦置中千界諸有情類若善男子善女人等教大千界諸有情類皆令安住十善業道於意云何餘如上說復次憍尸迦置大千界諸有情類若善男子善女人等教化十方各如殑伽沙等世界諸有情類皆令安住十善業道於意云何餘如上說復次憍尸迦置此十方各如殑伽沙等世界諸有情類若善男子善女人等教化十方一切世界諸有情類皆令安住十善業道於意云何餘如上說復次憍尸迦若善男子善女人等教贍部洲諸有情類皆令安住四靜慮四無量四無色定五神通於意云何是善男子善女人等由此因緣得福多不天帝釋言甚多世尊甚多善逝佛告憍尸迦若善男子善女人等書寫般若波羅蜜多甚深經典施他讀誦若轉書寫廣令流布是善男子善女人等所獲福聚甚多於前何以故憍尸迦甚深般若波羅蜜多祕密藏中廣說一切無漏之法諸善男子善女人等於中已學今學當學或有已入今入當入聲聞種性正性離生漸次乃至已正當得阿羅漢果或有已入今入當入獨覺種性

正性離生漸次乃至已正當得獨覺菩提或有已入今入當入菩薩種性正性離生漸次修行諸菩薩行已得今得當得無上正等菩提憍尸迦甚深般若波羅蜜多秘密藏中所說一切無漏法者所謂布施波羅蜜多廣說乃至一切相智若餘無量無邊佛法皆是此中所說一切無漏之法復次憍尸迦若善男子善女人等教一有情住預流果所獲福聚尚勝教化一贍部洲諸有情類皆令安住四靜慮四無量四無色定五神通所以者何諸有安住四靜慮四無量四無色定五神通者不免地獄傍生鬼界若諸有情住預流果便得永脫諸險惡趣況教令住一來不還阿羅漢果所獲福聚而不勝彼憍尸迦若善男子善女人等教贍部洲諸有情類皆住預流一來不還阿羅漢果所獲福聚不如有人教一有情令其安住獨覺菩提所以者何獨覺菩提所有功德勝預流等多百千倍憍尸迦若善男子善女人等教贍部洲諸有情類皆令安住獨覺菩提所獲福聚不如有人教一有情令趣無上正等菩提所以者何若教有情令趣無上正等菩提則令世間佛眼不斷何以故憍尸迦由有菩薩摩訶薩故便有預流一來不還阿羅漢果獨覺菩提亦有如來應正等覺轉妙法輪度有情衆諸菩薩摩訶薩皆依般若波羅蜜多而得成就以是故憍尸迦若善男子善女人等書寫般若波羅蜜多甚深經典施他讀誦若轉書寫廣令流布所獲福聚勝前福聚無量無邊所以者何甚深般若波羅蜜多秘密藏中廣說世間出世善

法依此善法世間便有剎帝利大族廣說乃至亦有諸佛施設可得復次憍尸迦置贍部洲諸有情類若善男子善女人等教四大洲諸有情類皆令安住四靜慮四無量四無色定五神通於意云何餘如上說復次憍尸迦置四大洲諸有情類若善男子善女人等教小千界諸有情類皆令安住四靜慮四無量四無色定五神通於意云何餘如上說復次憍尸迦置小千界諸有情類若善男子善女人等教中千界諸有情類皆令安住四靜慮四無量四無色定五神通於意云何餘如上說復次憍尸迦置中千界諸有情類若善男子善女人等教大千界諸有情類皆令安住四靜慮四無量四無色定五神通於意云何餘如上說復次憍尸迦置大千界諸有情類若善男子善女人等教化十方各如殑伽沙等世界諸有情類皆令安住四靜慮四無量四無色定五神通於意云何餘如上說復次憍尸迦置此十方各如殑伽沙等世界諸有情類若善男子善女人等教化十方一切世界諸有情類皆令安住四靜慮四無量四無色定五神通於意云何餘如上說復次憍尸迦若善男子善女人等於此般若波羅蜜多甚深經典至心聽聞受持讀誦精勤修學如理思惟所獲福聚勝於教化一贍部洲諸有情類皆令安住十善業道四靜慮四無量四無色定五神通亦勝教化一四大洲諸有情類亦勝教化一小千界諸有情類亦勝教化一中千界諸有情類亦勝教化一大千界諸有情類亦勝教化十方各如殑伽沙界諸有

情類亦勝教化盡十方界諸有情類皆令安住十善業道四靜慮四無量四無色定五神通憍尸迦此中如理思惟者謂以非二非不二行爲求無上正等菩提思惟般若波羅蜜多乃至布施波羅蜜多如是乃至以非二非不二行爲求無上正等菩提思惟一切智道相智一切相智復次憍尸迦若善男子善女人等於此般若波羅蜜多甚深經典以無量門廣爲他說宣示開演顯了解釋分別義趣令其易解所獲福聚勝自聽聞受持讀誦精勤修學如理思惟甚深般若波羅蜜多所獲功德無量倍數憍尸迦此中般若波羅蜜多義趣者謂此般若波羅蜜多所有義趣不應以二相觀亦不應以不二相觀非有相非無相非入非出非增非減非染非淨非生非滅非取非捨非執非不執非住非不住非實非不實非合非散非相應非不相應非少分非非少分非全分非非全分非因緣非非因緣非法非非法非真如非非真如非實際非非實際如是義趣有無量門復次憍尸迦若善男子善女人等自於般若波羅蜜多甚深經典至心聽聞受持讀誦精勤修學如理思惟以無量門爲他廣說宣示開演顯了解釋分別義趣令其易解所獲福聚過前福聚無量無邊時天帝釋即白佛言諸善男子善女人等應以種種巧妙文義爲他演說甚深般若波羅蜜多爾時佛告天帝釋言如是如是如汝所說諸善男子善女人等應以種種巧妙文義爲他演說甚深般若波羅蜜多憍尸迦若善男子善女人等能以種種巧妙文義爲

他演說甚深般若波羅蜜多成就無量無數無邊不可思議大功德聚憍尸迦若善男子善女人等盡其形壽以無量種上妙花鬘乃至燈明及餘供具供養恭敬尊重讚歎十方無量無數世界一切如來應正等覺有善男子善女人等自於般若波羅蜜多甚深經典至心聽聞受持讀誦精勤修學如理思惟復依種種巧妙文義以無量門廣爲他說宣示開演顯了解釋分別義趣令其易解所獲福聚甚多於前所以者何三世諸佛皆依般若波羅蜜多精勤修學證得無上正等菩提復次憍尸迦若善男子善女人等無量無數無邊大劫以有所得而爲方便勤修布施乃至般若波羅蜜多有善男子善女人等於深般若波羅蜜多以無所得而爲方便至心聽聞受持讀誦精勤修學如理思惟復以種種巧妙文義經須臾間爲他辯說宣示開演顯了解釋分別義趣令其易解所獲福聚甚多於前憍尸迦有所得者謂善男子善女人等修布施時作如是念我能布施彼是受者此是施果施及施物彼修施時名住布施不名布施波羅蜜多修淨戒時作如是念我能持戒爲護於彼此是戒果及所持戒彼修戒時名住淨戒不名淨戒波羅蜜多修安忍時作如是念我能修忍爲護彼故此是忍果及忍自性彼修忍時名住安忍不名安忍波羅蜜多修精進時作如是念我能精進爲修斷彼此精進果及精進自性彼精進時名住精進不名精進波羅蜜多修靜慮時作如是念我能修定彼是定境此是定果及定自性彼修定

時名住靜慮不名靜慮波羅蜜多修般若時作如是念我能修慧彼是慧境此是慧果及慧自性彼修慧時名住般若不名般若波羅蜜多憍尸迦是善男子善女人等以有所得爲方便故不能圓滿布施等六波羅蜜多時天帝釋即白佛言諸菩薩摩訶薩云何修行而能圓滿布施等六波羅蜜多爾時佛告天帝釋言若菩薩摩訶薩修布施時不得施者受者施果施及施物如是乃至修般若時不得慧者慧境慧果及慧自性以無所得爲方便故便能圓滿布施等六波羅蜜多憍尸迦諸菩薩摩訶薩應以如是無所得慧及以種種巧妙文義宣說般若乃至布施波羅蜜多所以者何於當來世有善男子善女人等以有所得而爲方便爲他宣說相似般若乃至布施波羅蜜多初發無上菩提心者聞彼所說相似般若乃至布施波羅蜜多心便迷謬退失中道是故應以無所得慧及以種種巧妙文義爲發無上菩提心者宣說般若乃至布施波羅蜜多時天帝釋復白佛言云何名爲宣說相似般若靜慮精進安忍淨戒布施波羅蜜多爾時佛告天帝釋言若善男子善女人等說有所得般若等六波羅蜜多如是名爲宣說相似般若靜慮精進安忍淨戒布施波羅蜜多時天帝釋復白佛言云何善男子善女人等說有所得般若等六波羅蜜多佛言憍尸迦若善男子善女人等爲發無上菩提心者說色乃至識若常若無常若樂若苦若我若無我若淨若不淨如是乃至說一切智道相智一切相智若常若無常若樂若

苦若我若無我若淨若不淨作如是言若有能依如是等法修行般若乃至布施波羅蜜多是行般若乃至布施波羅蜜多復作是說修行般若乃至布施波羅蜜多者應求色乃至一切相智若常若無常若樂若苦若我若無我若淨若不淨若有能求如是等法修行般若乃至布施波羅蜜多是行般若乃至布施波羅蜜多憍尸迦若有如是求色乃至一切相智若常若無常若樂若苦若我若無我若淨若不淨依此等法修行般若乃至布施波羅蜜多者我說名爲行有所得相似般若乃至布施波羅蜜多憍尸迦若如前說當知皆是說有所得相似般若乃至布施波羅蜜多復次憍尸迦若善男子善女人等爲發無上菩提心者宣說般若乃至布施波羅蜜多作如是言來善男子我當教汝修學般若乃至布施波羅蜜多若依我教而修學者當速安住菩薩初地乃至十地憍尸迦彼以有相及有所得而爲方便依時分想教修般若乃至布施波羅蜜多是謂宣說相似般若乃至布施波羅蜜多復次憍尸迦若善男子善女人等爲發無上菩提心者宣說般若乃至布施波羅蜜多作如是言來善男子我當教汝修學般若乃至布施波羅蜜多若依我教而修學者速超聲聞獨覺等地速入菩薩正性離生得諸菩薩無生法忍及得菩薩殊勝神通能遊十方一切佛土供養恭敬尊重讚歎諸佛世尊由此速證一切智智憍尸迦彼以有相及有所得而爲方便依時分想教修般若乃至布施波羅蜜多是謂宣說相似般若

乃至布施波羅蜜多復次憍尸迦若善男子善女人等告菩薩乘種性者言若於般若波羅蜜多甚深經典至心聽聞受持讀誦精勤修學如理思惟決定當獲無量無數無邊功德憍尸迦彼以有相及有所得而為方便作如是說是謂宣說相似般若乃至布施波羅蜜多復次憍尸迦若善男子善女人等告菩薩乘種性者言汝於三世諸佛世尊從初發心乃至究竟所有善根皆應隨喜一切合集為諸有情迴向無上正等菩提憍尸迦彼以有相及有所得而為方便作如是說是謂宣說相似般若乃至布施波羅蜜多時天帝釋復白佛言云何宣說真正般若乃至布施波羅蜜多佛言憍尸迦若善男子善女人等以無所得而為方便宣說般若乃至布施波羅蜜多是名宣說真正般若乃至布施波羅蜜多時天帝釋復白佛言云何善男子善女人等以無所得而為方便宣說般若乃至布施波羅蜜多佛言憍尸迦若善男子善女人等為發大乘菩提心者宣說般若乃至布施波羅蜜多作如是言來善男子應修般若乃至布施波羅蜜多汝正修時不應觀色乃至一切相智若常若無常若樂若苦若我若無我若淨若不淨何以故善男子色色自性空乃至一切相智一切相智自性空是色自性即非自性乃至是一切相智自性即非自性若非自性即是般若乃至布施波羅蜜多於此般若乃至布施波羅蜜多色乃至一切相智皆不可得彼常無常樂苦我無我淨不淨亦不可得所以者何此中尚無色等可得何況

有彼常無常樂苦我無我淨不淨可得善男子汝若能修如是般若乃至布施波羅蜜多是修般若乃至布施波羅蜜多憍尸迦是善男子善女人等作此等說是謂宣說眞正般若乃至布施波羅蜜多復次憍尸迦若善男子善女人等爲發大乘菩提心者宣說般若乃至布施波羅蜜多作如是言來善男子我當教汝修學般若乃至布施波羅蜜多汝修學時勿觀諸法有少可住可超可入可得可證可聽聞等所獲功德及可隨喜迴向菩提何以故善男子於此般若乃至布施波羅蜜多畢竟無有少法可住可超可入可得可證可聽聞等所獲功德及可隨喜迴向菩提所以者何以一切法自性皆空若自性空則無所有若無所有則是般若乃至布施波羅蜜多於此般若乃至布施波羅蜜多竟無少法有入有出有生有滅有斷有常有一有異有來有去而可得者憍尸迦是善男子善女人等作此等說與上異品一切相違是名宣說眞正般若乃至布施波羅蜜多以是故憍尸迦諸善男子善女人等應於般若波羅蜜多甚深經典以無所得而爲方便至心聽聞受持讀誦精勤修學如理思惟當以種種巧妙文義爲他廣說宣示開演顯了解釋分別義趣令其易解憍尸迦由此因緣我作是說若善男子善女人等於深般若波羅蜜多以無所得而爲方便至心聽聞受持讀誦精勤修學如理思惟復以種種巧妙文義經須臾間爲他辯說宣示開演顯了解釋分別義趣令其易解所獲功德甚多於前復次憍尸迦若

善男子善女人等教贍部洲諸有情類或四大洲諸有情類或小千界諸有情類或中千界諸有情類或大千界諸有情類或復十方各如殑伽沙等世界諸有情類或盡十方無邊世界諸有情類皆令住預流果若一來果若不還果若阿羅漢果若獨覺菩提於意云何是善男子善女人等由此因緣得福多不天帝釋言甚多世尊甚多善逝佛告憍尸迦若善男子善女人等於此般若波羅蜜多甚深經典以無量門巧妙文義爲他廣說宣示開演顯了解釋分別義趣令其易解復作是言來善男子汝當於此甚深般若波羅蜜多至心聽聞受持讀誦令善通利如理思惟隨此法門應勤修學是善男子善女人等所獲功德甚多於前何以故憍尸迦一切預流一來不還阿羅漢果獨覺菩提皆是般若波羅蜜多所流出故復次憍尸迦若善男子善女人等教贍部洲諸有情類或四大洲諸有情類或小千界諸有情類或中千界諸有情類或大千界諸有情類或復十方各如殑伽沙等世界諸有情類皆發無上正等覺心或住菩薩不退轉地於意云何是善男子善女人等由此因緣得福多不天帝釋言甚多世尊甚多善逝佛告憍尸迦若善男子善女人等於此般若波羅蜜多甚深經典以無量門巧妙文義爲他廣說宣示開演顯了解釋分別義趣令其易解復作是言來善男子汝當於此甚深般若波羅蜜多至心聽聞受持讀誦令善通利如理思惟隨此法門應正信解若正信解則能修學甚深般若波羅蜜多若能

修學甚深般若波羅蜜多則能證得一切智法若能證得一切智法則修般若波羅蜜多增益圓滿若修般若波羅蜜多增益圓滿便證無上正等菩提憍尸迦是善男子善女人等所獲功德甚多於前何以故憍尸迦若一切初發無上正等覺心菩薩摩訶薩若一切住不退轉地菩薩摩訶薩乃至無上正等菩提皆是般若波羅蜜多所流出故復次憍尸迦若贍部洲諸有情類若四大洲諸有情類若小千界諸有情類若中千界諸有情類若大千界諸有情類若復十方各如殑伽沙等世界諸有情類皆趣無上正等菩提有善男子善女人等於此般若波羅蜜多甚深經典以無量門巧妙文義廣爲彼說宣示開演顯了解釋分別義趣令其易解復作是言來善男子汝當於此甚深般若波羅蜜多至心聽聞受持讀誦令善通利如理思惟隨此法門應正信解若正信解則能修學甚深般若波羅蜜多若能修學甚深般若波羅蜜多則能證得一切智法若能證得一切智法則修般若波羅蜜多增益圓滿若修般若波羅蜜多增益圓滿便證無上正等菩提若善男子善女人等遇一不退轉菩薩摩訶薩於此般若波羅蜜多甚深經典以無量門巧妙文義爲彼廣說宣示開演顯了解釋分別義趣令其易解復作是言來善男子汝當於此廣說如前憍尸迦是善男子善女人等所獲功德甚多於前復次憍尸迦若贍部洲諸有情類若四大洲諸有情類若小千界諸有情類若中千界諸有情類若大千界諸有情類若復十

方各如殑伽沙等世界諸有情類皆於無上正等菩提得不退轉有善男子善女人等於此般若波羅蜜多甚深經典以無量門巧妙文義爲彼廣說宣示開演顯了解釋分别義趣令其易解其中有一作如是言我今欣樂速證無上正等菩提拔濟有情生死衆苦若善男子善女人等爲成彼事以無量門巧妙文義廣說般若波羅蜜多宣示開演顯了解釋分别義趣令其易解憍尸迦是善男子善女人等所獲功德甚多於前爾時天帝釋白佛言世尊如如菩薩摩訶薩轉近無上正等菩提如是如是應以布施波羅蜜多乃至般若波羅蜜多教誡教授廣說乃至應以一切智道相智一切相智教誡教授應以上妙衣服飲食卧具醫藥隨其所須種種資具供養攝受世尊若善男子善女人等能以如是法施財施供養攝受彼菩薩摩訶薩是善男子善女人等所獲功德甚多於前所以者何彼菩薩摩訶薩要由如是法施財施供養攝受速證無上正等菩提爾時具壽善現告天帝釋言善哉善哉汝能勸勵彼菩薩摩訶薩復能攝受彼菩薩摩訶薩亦能護助彼菩薩摩訶薩汝今已作佛聖弟子所應作事何以故憍尸迦一切如來諸聖弟子爲欲利樂諸有情故方便勸勵彼菩薩摩訶薩令速證得所求無上正等菩提以法財施供養攝受勤加護助彼菩薩摩訶薩令速證得所求無上正等菩提所以者何一切如來聲聞獨覺世間勝事由彼菩薩摩訶薩故而得出現何以故憍尸迦若無菩薩摩訶薩發起無上正等覺

心則無菩薩摩訶薩能學六波羅蜜多乃至一切相智若無菩薩摩訶薩學六波羅蜜多乃至一切相智則無菩薩摩訶薩能證無上正等菩提若無菩薩摩訶薩證得無上正等菩提則無如來聲聞獨覺世間勝事憍尸迦由有菩薩摩訶薩發起無上正等覺心便有菩薩摩訶薩能學六波羅蜜多乃至一切相智由有菩薩摩訶薩學六波羅蜜多乃至一切相智便有菩薩摩訶薩能證無上正等菩提由有菩薩摩訶薩證得無上正等菩提轉妙法輪能斷地獄旁生鬼界亦能損減阿素洛黨增天人衆便有剎帝利大族乃至居士大族出現世間亦有四大王衆天乃至非想非非想處天出現世間復有六波羅蜜多乃至一切相智出現世間復有聲聞獨覺及無上乘出現世間

第三分隨喜迴向品第九之一

爾時慈氏菩薩謂具壽善現言若菩薩摩訶薩以無所得而爲方便於諸有情所有功德隨喜俱行諸福業事若菩薩摩訶薩以無所得而爲方便持此隨喜俱行諸福業事與諸有情平等共有迴向無上正等菩提若餘有情隨喜迴向諸福業事若諸異生聲聞獨覺諸福業事謂施戒修三福業事若四念住等諸福業事是菩薩摩訶薩所有隨喜迴向功德於彼異生聲聞獨覺諸福業事爲最爲勝爲尊爲高爲妙爲微妙爲上爲無上無等無等等所以者何以諸異生修福業事但爲令已自在安樂聲聞獨覺修福業事但爲自調伏爲自寂靜爲自涅槃諸菩薩摩訶薩所有

隨喜迴向功德普爲一切有情調伏寂靜得涅槃故爾時具壽善現問慈氏菩薩言是菩薩摩訶薩隨喜迴向心普緣十方無量無數無邊世界一一世界無量無數無邊諸佛已涅槃者從初發心乃至無上正等菩提如是乃至入無餘依涅槃界後展轉乃至正法滅已於其中間所有六種波羅蜜多相應善根及與聲聞獨覺菩薩一切有情若共不共無量無數無邊佛法相應善根若彼異生弟子所有施戒修性三福業事若彼聲聞弟子所有學無學位無漏善根若諸如來應正等覺所成戒蘊定蘊慧蘊解脫蘊解脫知見蘊及爲利樂一切有情大慈大悲大喜大捨無量無數無邊佛法及彼諸佛所說正法若依彼法精勤修學或得預流一來不還阿羅漢果

獨覺菩提或入菩薩正性離生或修菩薩摩訶薩行如是所有一切善根及餘有情於諸如來應正等覺聲聞菩薩諸弟子衆若現住世若涅槃後所種善根是諸善根一切合集現前隨喜旣隨喜已復以如是隨喜俱行諸福業事與諸有情平等共有迴向無上正等菩提願此善根與諸有情同共引發無上菩提如是所起隨喜迴向於餘所起諸福業事爲最爲勝爲尊爲高爲妙爲微妙爲上爲無上無等無等等於意云何彼菩薩摩訶薩緣如是事起隨喜迴向心爲有如是所緣事可得如彼菩薩摩訶薩所取相不慈氏菩薩答善現言彼菩薩摩訶薩緣如是事起隨喜迴向心實無如是所緣事可得如彼菩薩摩訶薩所取相時具壽善現謂慈氏菩薩言若無

所緣事如所取相者彼菩薩摩訶薩隨喜迴向心以取相爲方便普緣十方無量無數無邊世界一一世界無量無數無邊諸佛已涅槃者從初發心乃至法滅所有善根及弟子等所有善根一切合集現前隨喜迴向無上正等菩提如是所起隨喜迴向將非顛倒如於無常謂常於苦謂樂於無我謂我於不淨謂淨是想心見顛倒此於無相而取其相亦應如是如所緣事實無所有隨喜迴向心亦如是諸善根等亦如是無上菩提亦如是布施等六波羅蜜多廣說乃至一切相智亦如是若如所緣事實無所有隨喜迴向心廣說乃至一切相智亦如是者何等是所緣何等是事何等是隨喜迴向心廣說乃至何等是一切相智而彼菩薩摩訶薩緣如是事起隨

喜心迴向無上正等菩提時慈氏菩薩報具壽善現言若菩薩摩訶薩久學六種波羅蜜多已曾供養無量諸佛久發大願多植善根爲多善友之所攝受善學諸法自相皆空是菩薩摩訶薩於所緣事及隨喜迴向心諸善根等無上菩提諸佛世尊并一切法皆不取相而能發起隨喜之心迴向無上正等菩提如是所起隨喜迴向以非二非不二爲方便非有相非無相爲方便非有所得非無所得爲方便非染非淨爲方便非生非滅爲方便於所緣事乃至無上正等菩提能不取相不取相故非顛倒攝若菩薩摩訶薩未久學六種波羅蜜多未曾供養無量諸佛未久發大願未多植善根未爲多善友之所攝受未於一切法善學自相空是菩薩摩訶薩於所緣

事及隨喜迴向心諸善根等無上菩提諸佛世尊幷一切法猶取其相起隨喜心迴向無上正等菩提如是所起隨喜迴向以取相故猶顚倒攝非眞隨喜迴向之心復次大德不應爲彼新學大乘諸菩薩等及對其前宣說般若乃至布施波羅蜜多及餘佛法自相空義所以者何新學大乘諸菩薩等於如是法雖有少分信敬愛樂而彼聞已尋皆忘失驚怖疑惑多生毀謗若不退轉地菩薩摩訶薩或曾供養無量諸佛久發大願多植善根爲多善友所攝受者應對其前爲彼廣說分別開示一切般若乃至布施波羅蜜多及餘佛法自相空義所以者何不退轉地諸菩薩等若聞此法皆能受持終不忘失亦不驚恐疑惑毀謗大德當知諸菩薩摩訶薩應以如是隨喜俱行諸福業事迴向無上正等菩提當於爾時應作是念所可用心隨喜迴向此所用心盡滅離變此所緣事及諸善根亦皆如心盡滅離變此中何等是所用心復以何等爲所緣事及諸善根而說隨喜迴向無上正等菩提是心於心理不應有隨喜迴向以無二心俱時起故心亦不可隨喜迴向心自性空故若菩薩摩訶薩行深般若波羅蜜多時能如是知一切般若乃至布施波羅蜜多皆無所有廣說乃至一切相智亦無所有是菩薩摩訶薩知一切法皆無所有而復能以隨喜俱行諸福業事迴向無上正等菩提如是隨喜迴向之心非顚倒攝以無所得爲方便故名眞隨喜迴向無上正等菩提

大般若波羅蜜多經卷第五百四

大般若波羅蜜多經卷第五百五

唐三藏法師玄奘奉　詔譯

第三分隨喜迴向品第九之二

爾時天帝釋白具壽善現言新學大乘諸菩薩摩訶薩聞如是法其心將無驚恐疑惑新學大乘諸菩薩摩訶薩云何能以所修善根迴向無上正等菩提云何攝受隨喜俱行諸福業事迴向無上正等菩提時具壽善現告天帝釋言新學大乘諸菩薩摩訶薩若修般若波羅蜜多廣說乃至一切相智以無所得而爲方便及以無相而爲方便攝受般若波羅蜜多廣說乃至一切相智是菩薩摩訶薩由此因緣能於般若波羅蜜多廣說乃至一切相智自相空義多生勝解常爲善友之所攝受如是善友以無量門巧妙文義爲其辯說甚深般若波羅蜜多廣說乃至一切相智相應之法以如是法教誡教授令其乃至得入菩薩正性離生未入菩薩正性離生亦常不離甚深般若波羅蜜多廣說乃至一切相智亦爲辯說諸惡魔事令其聞已於諸魔事心無增減何以故諸惡魔事性無所有不可得故亦以是法教誡教授令其乃至得入菩薩正性離生常不離佛於諸佛所種諸善根復由善根所攝受故常生菩薩摩訶薩家乃至無上正等菩提於諸善根常不遠離憍尸迦新學大乘諸菩薩摩訶薩若能如是以無所得而爲方便及以無相而爲方便攝諸功德於諸功德多生勝解常爲善友之所攝受聞如是法心不驚恐亦無疑惑復次憍尸迦新學大乘諸菩薩摩訶薩隨所修集布施等

六波羅蜜多廣說乃至一切相智皆應以無所得而爲方便及以無相而爲方便與諸有情平等共有迴向無上正等菩提復次憍尸迦新學大乘諸菩薩摩訶薩普於十方無量無數無邊世界一切如來應正等覺斷諸有路絶戲論道棄諸重擔摧聚落刺盡諸有結具足正智心善解脫巧說法者及彼弟子所成戒蘊定蘊慧蘊解脫蘊解脫知見蘊及餘所作種種功德并於是處所種善根謂刹帝利大族乃至居士大族等所種善根若四大王衆天乃至淨居天等所種善根如是一切合集稱量現前發起比餘善根爲最爲勝爲尊爲高爲妙爲微妙爲上爲無上無等無等等隨喜之心復以如是隨喜俱行諸福業事與諸有情平等共有迴向無上正等菩提爾

時慈氏菩薩問具壽善現言新學大乘諸菩薩摩訶薩若念如來及諸弟子所有功德并人天等所種善根如是一切合集稱量現前發起比餘善根爲最勝等隨喜之心復以如是隨喜善根與諸有情平等共有迴向無上正等菩提是菩薩摩訶薩云何不墮想心見倒具壽善現答言大士若菩薩摩訶薩於所念佛及諸弟子所有功德不起諸佛及諸弟子功德之想於人天等所種善根不起善根人天等想於所發起隨喜迴向大菩提心亦復不起隨喜迴向菩提心想是菩薩摩訶薩所起隨喜迴向之心則不墮於想心見倒若菩薩摩訶薩於所念佛及諸弟子所有功德取佛弟子功德之相於人天等所種善根取彼善根人天等相於所發起隨喜迴向大菩

提心取所發起隨喜迴向善提心相是菩薩摩訶薩所起隨喜迴向之心則便墮於想心見倒復次大士若菩薩摩訶薩以如是心念一切佛及諸弟子功德善根正知此心盡滅離變非能隨喜正知彼法其性亦然非所隨喜又正了達能迴向心法性亦爾非能迴向及正了達所迴向法其性亦爾非所迴向若有能依如是所說隨喜迴向是正非邪諸菩薩摩訶薩皆應如是隨喜迴向復次大士若菩薩摩訶薩普於三世諸佛世尊從初發心至得無上正等菩提乃至法滅於其中間所有功德若佛弟子及諸獨覺依彼佛法所起善根若諸異生聞彼說法所種善根若諸龍神阿素洛等聞彼說法所種善根若刹帝利大族乃至居士大族聞彼說法所種善根若

四大王衆天乃至色究竟天聞彼說法所種善根若善男子善女人等聞彼說法發起無上正等覺心勤修種種諸菩薩行如是一切合集稱量現前發起比餘善根爲最勝等隨喜之心復以如是隨喜善根與諸有情平等共有迴向無上正等菩提於如是時若正解了諸能隨喜迴向之法盡滅離變諸所隨喜迴向之法自性皆空雖如是知而能隨喜迴向無上正等菩提復於是時若正解了都無有法可能隨喜迴向於法何以故以一切法自性皆空空中都無能所隨喜迴向法故雖如是知而能隨喜迴向無上正等菩提是菩薩摩訶薩若能如是隨喜迴向修行般若波羅蜜多廣說乃至一切相智便能不墮想心見倒所以者何是菩薩摩訶薩於隨喜心及

所隨喜功德善根不生執著於迴向心及所迴向無上菩提亦不執著由無執著不墮顛倒如是菩薩所起隨喜迴向之心名爲無上隨喜迴向遠離一切虛妄分別復次大士若菩薩摩訶薩於所修作諸福業事如實了知離蘊處界亦離般若波羅蜜多廣說乃至一切相智是菩薩摩訶薩於所修作諸福業事如是知已能正隨喜迴向無上正等菩提復次大士若菩薩摩訶薩如實了知隨喜俱行諸福業事遠離隨喜俱行諸福業事自性諸佛世尊遠離諸佛世尊自性功德善根遠離功德善根自性聲聞獨覺及諸異生遠離聲聞獨覺及諸異生自性隨喜迴向大菩提心遠離隨喜迴向大菩提心自性菩薩摩訶薩遠離菩薩摩訶薩自性般若波羅蜜多乃至一切相智遠離般若波羅蜜多乃至一切相智自性一切菩薩摩訶薩行遠離一切菩薩摩訶薩行自性諸佛無上正等菩提遠離諸佛無上正等菩提自性是菩薩摩訶薩如是修行離性般若波羅蜜多名眞修行甚深般若波羅蜜多能正隨喜迴向無上正等菩提復次大士諸菩薩摩訶薩於已涅槃一切如來應正等覺及諸弟子功德善根若欲發起隨喜迴向無上正等菩提心者應作如是隨喜迴向謂作是念如諸如來應正等覺及諸弟子皆已滅度自性非有功德善根亦復如是我所發起隨喜迴向無上正等菩提之心及所迴向無上菩提其性亦爾如是知已於諸善根發生隨喜迴向無上正等菩提便能不生想心見倒若菩薩摩訶薩以取相爲方

便行深般若波羅蜜多於已滅度諸佛世尊及諸弟子功德善根取相隨喜迴向無上正等菩提是爲非善隨喜迴向以過去佛及諸弟子功德善根非相無相所取境界是菩薩摩訶薩以取相念發生隨喜迴向無上正等菩提是故非善隨喜迴向由斯便墮想心見倒若菩薩摩訶薩不取相爲方便行深般若波羅蜜多於已滅度諸佛世尊及諸弟子功德善根離相隨喜迴向無上正等菩提是名爲善隨喜迴向由斯不墮想心見倒爾時慈氏菩薩問具壽善現言云何菩薩摩訶薩於諸如來應正等覺及弟子衆功德善根隨喜俱行福業事等皆不取相而能隨喜迴向無上正等菩提善現答言應知菩薩摩訶薩所學般若波羅蜜多有如是等方便善巧雖不取相而所作成非離般若波羅蜜多有能正起隨喜俱行諸福業事迴向無上正等菩提是故菩薩摩訶薩衆欲成所作應學般若波羅蜜多慈氏菩薩摩訶薩言大德善現莫作是說何以故以甚深般若波羅蜜多中諸佛世尊及弟子衆并所成就功德善根皆無所有不可得故所作隨喜諸福業事發心迴向無上菩提亦無所有不可得故此中菩薩摩訶薩行深般若波羅蜜多時應作是觀過去諸佛及弟子衆功德善根性皆已滅所作隨喜諸福業事發心迴向無上菩提性皆寂滅我若於彼諸佛世尊及弟子衆功德善根取相分別及於所作隨喜俱行諸福業事發心迴向無上菩提取相分別以是取相分別方便發生隨喜迴向無上正等菩提諸佛世尊

皆所不許所以者何於已滅度諸佛世尊及弟子等取相分別隨喜迴向無上菩提是則名爲大有所得是故菩薩摩訶薩衆欲於如來及諸弟子功德善根正發隨喜迴向無上正等菩提不應於中起有所得取相分別隨喜迴向若於其中起有所得取相分別隨喜迴向佛不說彼有大義利何以故如是隨喜迴向之心妄想分別名雜毒故如有飲食雖具上妙色香美味而雜毒藥愚人淺識貪取噉之初雖適意歡喜快樂而後食消倍受衆苦或便致死若近失命如是一類補特伽羅不善受持不善觀察甚深般若波羅蜜多文句義理不善讀誦不善通達甚深義趣而告大乘種性者曰來善男子汝於三世諸佛世尊從初發心至得無上正等菩提轉妙法輪度有情衆入無餘依涅槃界已乃至法滅於其中間若修般若波羅蜜多廣說乃至一切相智已集當集現集善根若成熟有情嚴淨佛土已集當集現集善根若諸如來所有戒蘊定蘊慧蘊解脫蘊解脫智見蘊及餘無量無邊功德若佛弟子一切有漏無漏善根若諸如來已現當記諸天人等獨覺菩提所有功德若諸天龍阿素洛等已集當集現集善根若善男子善女人等於諸功德發生隨喜迴向善根如是一切合集稱量現前隨喜與諸有情平等共有迴向無上正等菩提如是所說隨喜迴向以有所得取相分別而爲方便譬如世間雜毒飲食初益後損故此非善隨喜迴向所以者何以有所得取相分別發起隨喜迴向之心有因有緣有作意有戲論

不應般若波羅蜜多彼雜毒故則爲謗佛不隨佛教不隨法說菩薩種性補特伽羅不應隨彼所說而學是故大德應說云何住菩薩乘善男子等應於三世十方諸佛及弟子等功德善根隨喜迴向謂彼諸佛從初發心乃至法滅於其中間若修般若波羅蜜多廣說乃至一切相智集諸善根如是乃至若善男子善女人等於諸功德發生隨喜迴向善根住菩薩乘諸善男子善女人等云何於彼功德善根發生隨喜迴向無上正等菩提具壽善現荅慈氏菩薩言住菩薩乘諸善男子善女人等行深般若波羅蜜多欲不謗佛而發隨喜迴向心者應作是念如諸如來無上佛智了達遍知功德善根有如是性有如是相有如是法而可隨喜我今亦應如是隨喜如諸如來無上佛智了達遍知應以如是諸福業事迴向無上正等菩提我今亦應如是迴向住菩薩乘諸善男子善女人等於諸如來及弟子等功德善根應作如是隨喜迴向若作如是隨喜迴向則不謗佛隨佛所教隨法而說是菩薩摩訶薩如是隨喜迴向之心不雜衆毒能至究竟復次大士住菩薩乘諸善男子善女人等行深般若波羅蜜多於諸如來及弟子等功德善根應作如是隨喜迴向如色等蘊不墮三界非三世攝隨喜迴向亦應如是廣說乃至如一切智道相智一切相智不墮三界非三世攝隨喜迴向亦應如是如諸戒蘊定蘊慧蘊解脫蘊解脫知見蘊不墮三界非三世攝隨喜迴向亦應如是所以者何如彼諸法自性空故不墮三界非三世

攝隨喜迴向亦復如是謂諸如來自性空故不墮三界非三世攝諸佛功德自性空故不墮三界非三世攝聲聞獨覺及人天等自性空故不墮三界非三世攝彼諸善根自性空故不墮三界非三世攝於彼隨喜自性空故不墮三界非三世攝所迴向法自性空故不墮三界非三世攝能迴向者自性空故不墮三界非三世攝若菩薩摩訶薩行深般若波羅蜜多時如實了知五蘊等法不墮三界非三世攝若不墮三界非三世攝則不可以彼有相爲方便有所得爲方便發生隨喜迴向無上正等菩提何以故以蘊等法自性不生若法不生則無所有不可以彼無所有法隨喜迴向無所有故是菩薩摩訶薩如是隨喜迴向無上正等菩提不雜衆毒能至究竟住菩薩乘諸善男子善女人等若以有相而爲方便或有所得而爲方便於諸如來及弟子等功德善根發生隨喜迴向之心當知是邪隨喜迴向此邪隨喜迴向之心諸佛世尊所不稱讚如是隨喜迴向之心非佛世尊所稱讚故不能圓滿布施等六波羅蜜多廣説乃至不能圓滿一切智道相智一切相智由諸功德不圓滿故不能嚴淨佛土成熟有情由不能嚴淨佛土成熟有情故不證無上正等菩提何以故由彼所起隨喜迴向有相有得雜衆毒故復次大士諸菩薩摩訶薩行深般若波羅蜜多時應作是念如十方界一切如來應正等覺如實通達功德善根有如是法可依是法發生無倒隨喜迴向我今亦應依如是法發生隨喜迴向無上正等菩提是爲

正發隨喜迴向由斯定證無上菩提能盡未來度有情故爾時世尊讚善現言善哉善哉汝今已爲一切菩薩摩訶薩等作大佛事謂爲菩薩摩訶薩等善說無倒隨喜迴向如是所說隨喜迴向以無相無得無生無滅無染無淨無性自性自相性空而爲方便亦以真如法界法性廣說乃至不思議界爲方便故善現當知假使三千大千世界一切有情皆得成就十善業道四靜慮四無量四無色定五神通於意云何是諸有情福德多不善現答言甚多世尊甚多善逝佛告善現若善男子善女人等於諸如來及弟子等功德善根起無染著隨喜迴向所獲功德甚多於前善現當知是善男子善女人等所起如是隨喜迴向於餘善根爲最爲勝爲尊爲高爲妙爲微妙爲上爲無上無等無等等復次善現假使三千大千世界一切有情皆得預流一來不還阿羅漢果獨覺菩提若善男子善女人等於彼預流乃至獨覺盡其形壽以諸供具而奉施之供養恭敬尊重讚歎於意云何是善男子善女人等由此因緣得福多不善現答言甚多世尊甚多善逝佛告善現若善男子善女人等於諸如來及弟子等功德善根起無染著隨喜迴向所獲功德甚多於前善現當知是善男子善女人等所起如是隨喜迴向於餘善根爲最爲勝乃至廣說復次善現假使三千大千世界一切有情皆趣無上正等菩提設有十方各如殑伽沙等世界一切有情一一於彼以諸供具而奉施之經如殑伽沙等大劫供養恭敬尊重讚歎於意云

何是諸有情由此因緣得福多不善現答言甚多世尊甚多善逝如是福聚若有形色十方各如殑伽沙界不能容受佛告善現如是如是如汝所說善現當知若善男子善女人等於諸如來及弟子等功德善根起無染著隨喜迴向所獲功德甚多於前善現當知是善男子善女人等所起如是隨喜迴向於餘善根爲最爲勝乃至廣說善現當知以前福聚比後功德百分不及一千分不及一乃至鄔波尼殺曇分亦不及一所以者何彼有情類十善業道四靜慮等皆以有相及有所得爲方便故彼善男子善女人等以諸供具奉施預流乃至發趣大菩提者亦以有相及有所得爲方便故爾時四大天王各與眷屬三萬二千諸天子俱頂禮佛足合掌恭敬白言

世尊彼諸菩薩摩訶薩乃能發起如是廣大隨喜迴向謂彼菩薩摩訶薩方便善巧以無相無所得無染著無思作而爲方便於諸如來及弟子等功德善根發起無倒隨喜迴向如是所起隨喜迴向不墮二法不二法中時天帝釋及蘇夜摩天子珊覩史多天子善變化天子最自在天子各與眷屬無量百千諸天子俱皆持種種天妙華鬘塗散等香衣服瓔珞寶幢幡蓋衆妙珍奇奏天樂音以供養佛頂禮雙足合掌白言彼諸菩薩摩訶薩乃能發起如是廣大隨喜迴向謂彼菩薩摩訶薩方便善巧以無相無所得無染著無思作而爲方便於諸如來及弟子等功德善根發起無倒隨喜迴向如是所起隨喜迴向不墮二法不二法中時大梵天王及極光淨天遍

淨天廣果天色究竟天各與無量百千俱胝那庾多天衆前詣佛所頂禮雙足合掌恭敬俱發聲言希有世尊彼諸菩薩摩訶薩爲般若波羅蜜多方便善巧所攝受故超勝於前無方便善巧有相有所得善男子等所修善根爾時佛告四大王衆天乃至色究竟天等言假使三千大千世界一切有情皆趣無上正等菩提普於過去未來現在十方世界一切如來從初發心乃至法住於其中間所修布施波羅蜜多廣說乃至一切相智相應善根若諸弟子所有善根若諸如來所有戒蘊定蘊慧蘊解脫蘊解脫知見蘊及餘無量無邊佛法若諸如來所說正法若依彼法修習施性戒性修性三福業事若依彼法精勤修學得預流果一來不還阿羅漢果獨覺菩提得入菩薩正性離生若諸有情修布施淨戒安忍精進靜慮般若等所引善根如是一切合集稱量以有相有所得有染著有思作有二不二而爲方便現前隨喜既隨喜已迴向無上正等菩提有善男子善女人等發趣無上正等菩提普於過去未來現在十方世界一切如來從初發心乃至法住於其中間所修布施波羅蜜多相應善根廣說乃至若諸有情修布施淨戒安忍精進靜慮般若等所引善根如是一切合集稱量以無相無所得無染著無思作無二不二而爲方便現前隨喜既隨喜已迴向無上正等菩提是善男子善女人等隨喜迴向於餘善根爲最爲勝乃至廣說於前有情隨喜迴向百倍爲勝千倍爲勝乃至鄔波尼煞曇倍亦最爲勝具壽善

現前白佛言如佛所說是善男子善女人等隨喜迴向於餘善根爲最爲勝乃至廣說齊何說是隨喜迴向於餘善根爲最勝等佛告善現是善男子善女人等普於過去未來現在十方世界一切如來聲聞獨覺菩薩及餘一切有情諸善根等不取不捨不矜不蔑非有所得非無所得達一切法無生無滅無染無淨無增無減無去無來無集無散無入無出作如是念如三世法眞如法界廣說乃至不思議界我亦如是於諸善法以無所得而爲方便隨喜迴向善現齊是所起隨喜迴向我說於餘善根爲最勝等如是隨喜迴向勝餘隨喜迴向百倍千倍乃至鄔波尼煞曇倍是故我說如是所起隨喜迴向於餘善根爲最勝等復次善現住菩薩乘諸善男子善女人等欲於三世十方如來從初發心乃至法住於其中間所修布施乃至般若波羅蜜多相應善根廣說乃至無量無數無邊佛法若諸聲聞獨覺菩薩功德善根若餘有情所有施性戒性修性三福業事及餘善根如是一切合集稱量現前發起無倒隨喜迴向心者應作是念色乃至識與解脫等廣說乃至一切相智與解脫等戒蘊等五與解脫等於一切法所起勝解與解脫等三世諸佛與解脫等三世諸法與解脫等一切隨喜及諸迴向與解脫等佛及弟子并諸獨覺諸根熟變與解脫等佛及弟子并諸獨覺所得涅槃與解脫等諸佛菩薩獨覺聲聞諸法法性與解脫等一切有情及一切法并彼法性與解脫等如諸法性無縛無解無染無淨無起無盡無

生無滅無取無捨我於如是功德善根現前隨喜持此善根與諸有情平等共有迴向無上正等菩提如是隨喜迴向非能隨喜迴向無所隨喜所迴向故如是所起隨喜迴向非轉非息無生滅故善現是菩薩摩訶薩隨喜迴向於餘所起隨喜迴向爲最爲勝乃至廣說若菩薩摩訶薩成就如是隨喜迴向疾證無上正等菩提復次善現若趣大乘諸善男子善女人等假使能於十方現在各如殑伽沙等世界一切如來及諸弟子以有相有所得爲方便盡其形壽常以種種上妙供具供養恭敬尊重讚歎彼諸如來及弟子衆般涅槃後取設利羅以妙七寶造立高廣諸窣堵波晝夜精勤禮拜右繞復以種種上妙花鬘乃至燈明供養恭敬尊重讚歎復以有相及有所得而爲方便勤修布施乃至般若及餘善根有善男子善女人等發趣大乘能以無相及無所得而爲方便修行六種波羅蜜多相應善根方便善巧於餘一切功德善根發正隨喜持此善根與諸有情平等共有迴向無上正等菩提是善男子善女人等由依般若波羅蜜多方便善巧隨喜迴向勝前所說發趣大乘善男子等所作功德百倍千倍乃至鄔波尼煞曇倍故說如是隨喜迴向於餘善根爲最勝等是故善現發趣大乘諸菩薩摩訶薩應以無相及無所得而爲方便勤修布施乃至般若波羅蜜多相應善根及依般若波羅蜜多方便善巧於諸如來及弟子等功德善根發生無倒隨喜迴向若菩薩摩訶薩能以無相及無所得而爲方便隨喜迴向

是菩薩摩訶薩疾證無上正等菩提能盡未來利樂一切

第三分地獄品第十之一

爾時舍利子白佛言世尊甚深般若波羅蜜多能作照明畢竟淨故皆應敬禮諸人天等所欽重故無所染著世間諸法不能汙故遠離一切三界翳眩能除煩惱諸見闇故最為上首於一切種菩提分法極尊勝故能作安隱永斷一切驚恐逼迫災橫事故能施光明攝受諸有情令得五眼故能示中道令失路者離二邊故善能發生一切智智永斷一切煩惱相續并習氣故是諸菩薩摩訶薩母菩薩所修一切佛法從此生故不生不滅自相空故脫一切生死非常非壞故能為依怙施諸有情諸法寶故能成圓滿如來十力一切他論不能屈故能轉三轉十二行相無上法輪達一切法無轉還故能示諸法無倒自性顯了無性自性空故世尊諸有情類於此般若波羅蜜多應云何住爾時佛告舍利子言諸有情類於此般若波羅蜜多應如佛住供養禮敬思惟般若波羅蜜多應如供養禮敬思惟佛薄伽梵何以故舍利子佛不異般若波羅蜜多般若波羅蜜多不異佛佛即是般若波羅蜜多般若波羅蜜多即是佛所以者何諸佛菩薩獨覺聲聞皆由般若波羅蜜多而得出現一切世間十善業道四靜慮四無量四無色定五神通亦由般若波羅蜜多而得出現一切布施波羅蜜多廣說乃至一切相智亦由般若波羅蜜多而得出現時天帝釋竊作是念今舍利子以何因緣問佛斯事

時舍利子知彼心念便告之言憍尸迦諸菩薩摩訶薩由此般若波羅蜜多所攝受故方便善巧能於三世十方諸佛從初發心乃至法住於其中間所有功德若諸聲聞獨覺菩薩餘有情類所有善根如是一切能以無相及無所得而爲方便合集稱量現前隨喜既隨喜已與諸有情平等共有迴向無上正等菩提由此因縁故問斯事復次憍尸迦諸菩薩摩訶薩所學般若波羅蜜多超勝布施乃至靜慮波羅蜜多無邊倍數如生盲人百千等衆無淨眼者善引導之猶尚不能近趣正道況能遠達豐樂大城如是前五波羅蜜多諸生盲衆若無般若波羅蜜多淨眼者導尚不能趣菩薩正道況能遠達一切智城復次憍尸迦布施等五波羅蜜多要由般若波羅蜜多名有目者復由般若波羅蜜多之所攝受名到彼岸天帝釋言豈不前五波羅蜜多亦互爲首攝受餘五波羅蜜多令到彼岸既爾何縁獨讚般若超勝餘五波羅蜜多舍利子言天主所說理不應爾所以者何非由前五波羅蜜多爲首攝餘令到彼岸要由般若波羅蜜多具大勢力方便善巧攝受餘五波羅蜜多令無執著速到彼岸是故般若波羅蜜多於前五種爲最爲勝爲尊爲高爲妙爲微妙爲上爲無上無等無等等爾時舍利子白佛言世尊諸菩薩摩訶薩云何應引發般若波羅蜜多佛告舍利子諸菩薩摩訶薩不爲引發色故應引發般若波羅蜜多不爲引發受想行識故應引發般若波羅蜜多廣說乃至不爲引發一切智故應引發般若波羅

蜜多不爲引發道相智一切相智故應引發般若波羅蜜多不爲引發一切法故應引發般若波羅蜜多舍利子言云何菩薩摩訶薩不爲引發色乃至一切法故應引發般若波羅蜜多佛告舍利子以色乃至一切法無作無生無得無壞無自性故諸菩薩摩訶薩不爲引發色乃至一切法故應引發般若波羅蜜多時舍利子復白佛言諸菩薩摩訶薩如是引發般若波羅蜜多與何法合佛告舍利子諸菩薩摩訶薩如是引發般若波羅蜜多不與一切法合由不合故得名般若波羅蜜多舍利子言如是般若波羅蜜多不與何等一切法合世尊告曰如是般若波羅蜜多不與善法合不與非善法合不與有罪法合不與無罪法合不與有漏法合不與無漏法合不與有爲法合不與無爲法合不與有染法合不與無染法合不與世間法合不與出世法合不與雜染法合不與清淨法合不與生死法合不與涅槃法合何以故舍利子甚深般若波羅蜜多於一切法無所得故不可說與如是法合時天帝釋便白佛言甚深般若波羅蜜多豈亦不與一切智合佛言如是如汝所說甚深般若波羅蜜多亦不說與一切智合由此於彼無所得故天帝釋言云何般若波羅蜜多於一切智無合無得世尊告曰非深般若波羅蜜多於一切智如名如相如所造作有合有得天帝釋言云何般若波羅蜜多於一切智亦有合得世尊告曰由深般若波羅蜜多於一切智如名相等無受無取無住無斷無執無捨如是合得而無合得於

一切法亦復如是如名相等無受無取無住無斷無執無捨如是合得而無合得時天帝釋復白佛言甚奇世尊希有善逝如是般若波羅蜜多爲一切法無生無滅無作無成無得無壞無自性故出現世間雖有合得而無合得如是理趣不可思議唯佛世尊能覺能說時具壽善現白佛言世尊若菩薩摩訶薩行深般若波羅蜜多時起如是想甚深般若波羅蜜多與一切法若合不合是菩薩摩訶薩俱捨俱遠甚深般若波羅蜜多佛告善現復有因緣諸菩薩摩訶薩捨遠般若波羅蜜多謂彼修行甚深般若波羅蜜多時起如是想甚深般若波羅蜜多無所有非眞實不堅固不自在是菩薩摩訶薩捨遠般若波羅蜜多爾時善現復白佛言若菩薩摩訶薩信甚深般若波羅蜜多時爲不信何法佛告善現若菩薩摩訶薩信甚深般若波羅蜜多時則不信色不信受想行識廣說乃至不信一切智不信道相智一切相智具壽善現復白佛言云何菩薩摩訶薩信甚深般若波羅蜜多時則不信色乃至不信一切相智佛告善現諸菩薩摩訶薩行深般若波羅蜜多時觀一切色廣說乃至一切相智不可得故雖信般若波羅蜜多而不信色廣說乃至一切相智如是善現諸菩薩摩訶薩信甚深般若波羅蜜多時則不信色乃至不信一切相智

大般若波羅蜜多經卷第五百五